圖版 ❖ I

仁者壽

桂馥筆法，晚輩竊習之，
望能得其三分神髓是幸。
　志堅

圖一　研討會宣傳海報（2024年6月）　　圖二　沈寶春先生大一時攝於淡江瀛苑

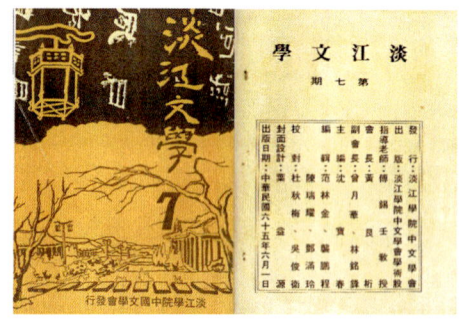

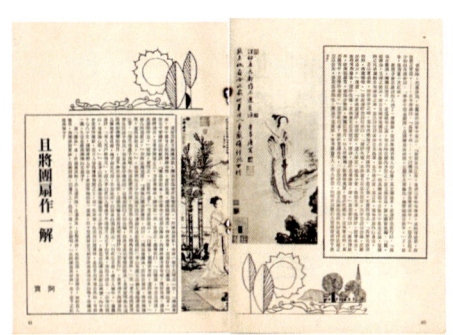

圖三　沈寶春先生主編之《淡江文學》　　圖四　沈寶春先生攝於國立臺灣師範大學
　　　第7期（1976年6月）　　　　　　　　　「次常用字」編輯室

圖五 師生合影於國立臺灣大學文學院（右起沈寶春先生、徐富昌先生、金祥恆先生、江淑惠先生、徐士賢先生；後排右二蔣秋華先生）

圖六 沈寶春先生以父親之名捐贈的「鳳凰呈祥」銅雕位於國立成功大學歷史文物館與中國文學系館間（右起高佑仁、沈寶春先生、費陽，2025年5月攝）

圖七 沈寶春先生與謝一民先生合影於國立成功大學舊文學院中國文學系研究室（今國立成功大學歷史系館）

圖八　長春吉林大學「紀念于省吾教授百年誕辰暨中國古文字學研討會」與會學者合影
　　　（倒數第二排最左短髮黑衣者為沈寶春先生，1996 年 11 月攝）

圖九　國立成功大學「甲骨學與資訊科技學術研討會」合影（坐者右一饒宗頤先生，
　　　右二李孝定先生；後排立者右三邱德修先生，右四許學仁先生，左三沈寶春先
　　　生，左四王駿發院長，左五黃競新先生，左八黃沛榮先生，1992 年攝）

圖十　沈寶春先生與學者合影於鳳凰樹劇場（前排坐者右二裘錫圭先生、右三胡厚宣先生，右四謝一民先生，右五葉政欣先生；後排右一胡振宇先生，右三黃競新先生，左二沈寶春先生，1992年攝）

圖十一　「金文研究與應用網路計畫」工作團隊合影（坐者右起林清源先生、陳昭容先生、季旭昇先生、沈寶春先生）

圖十二　中研院文哲所冬令學術營師生合影（2014年1月攝）

圖十三　沈寶春先生與法國學者於巴黎餐廳餐敘（右一龐壯城，右四沈寶春先生，右五汪德邁先生，右六風儀誠先生，左一李中耀先生，左二李曉紅先生，2017年3月攝）

圖十四　龍宇純先生與沈寶春先生合影於臺南赤嵌樓（1999年攝）

圖十五　沈寶春先生與學生們合影（坐者右二沈寶春先生，右三高佑仁；立者右一郭妍伶，右二後張宇衛，右二莊惠茹，右三邱郁茹，左一簡欣儀，左四龐壯城，2016年1月攝）

圖十六　香港中文大學「第二屆國際中國古文字學研討會」與會學者合影（前排右一張光裕先生，右三李孝定先生，右六饒宗頤先生，右八胡厚宣先生，左三巴納先生；二排右一沈寶春先生，1993年10月攝）

圖十七　與中國學者合影於臺南的赤嵌樓（右起吳振武先生、曹錦炎先生、沈寶春先生、何琳儀先生、陳信雄先生，2002年12月攝）

圖十八　東京大學大西克也教授演講合影（前排右起沈寶春先生、大西克也先生、許長謨先生，左三簡欣儀；後排左二龎壯城，左五彭慧賢，左七費陽，2011年12月攝）

學術論文集叢書

瞻彼淇奧
——沈寶春教授七秩壽慶論文集

高佑仁　主編

季序

季旭昇*

　　民國六十九年我考回母校師大國文研究所碩士班，沈寶春是我的學姊。由於師大國文研究所是當時報名人數最多，也最難考的中文研究所，能考上的都是鳳毛麟角、人中精英，所以學長姊都是我們尊敬的豪傑。學姊找的指導老師是本所最優秀的文字學專家許錟輝老師，做的論文題目是難度極高的《《商周金文錄遺》考釋》（當時兩岸敵對，臺灣實施戒嚴，一般人不允許擁有大陸書籍，也拿不到大陸書籍，略有嫌疑的，警備總部都會登門嚴查），最後完成了師大國研所三十年來份量最龐大的碩士論文，品質之精自不在話下。碩士畢業後旋即考上臺大中文研究所博士班，找了更嚴格的龍宇純老師當指導教授，完成了高水準的博士論文《王筠之金文學研究》。博士畢業後旋即到成功大學任教。學姊由雲林貧農→淡江中文系學士→師大國文研究所碩士→臺大中文研究所博士→成功大學中文系教師的發展，簡直是鯉登龍門，步步高陞，成為人人稱讚的奮鬥典範！個個豔羨的人生傳奇。

　　對沈教授有更深入的認識，始於在史語所合作「金文研究與應用網路計畫」，我們把《殷周金文集成》的隸定一件件、一字字的討論，每月一次，風雨無阻，持續數年，沈教授討論之認真，我是親眼所見，極為感動。後來又合作許學仁老師主持的「楚系簡帛文字字典基礎工程研究計畫」，沈教授也是認真負責，貢獻良多。另外，參與學術研討會，只要是沈教授講評我的時候，她一定會一五一十地指出文章的缺點，連一個錯字都不放過！這些點點滴滴的交往經驗，沈教授給我的深刻認識就是「認真負責」！

　　在教學方面，沈教授的風格也是「認真負責」，學生對她都是既敬且

---

* 國立臺灣師範大學國文學系教授。

畏！指導研究生也是如此，所以經她指導過的研究生論文都是扎實精審，這在學界已經是眾所肯定的「沈門」學風了！

　　至於沈教授的論著之扎實精審，那是更不用說了。她的碩博論已為大家所熟知，我另外隨手舉個例子吧！段玉裁《說文解字注》說烏鴉全身黑，看不出眼睛，因此說「烏」字从「鳥」而不點眼睛：「鳥字點睛，烏則不，以純黑故，不見其睛也。」但是，清代出土的毛公鼎有「烏」字，明明白白是有眼珠子的（當然，段玉裁去世前毛公鼎尚未出土，他應該是看不到的），在常見的段注中也未見段玉裁引金文，因此我們一般都以為段玉裁《說文解字注》沒有用到金文。只有沈老師把段玉裁《說文解字注》一個字一個字的檢視過（那時候還沒有電腦檔可以檢索），並且寫成了一篇〈論段玉裁《說文解字注》的金文應用〉，發表在 1993 年《第一屆國際清代學術研討會論文集》。同樣的，沈老師所撰〈論戴侗《六書故》的金文應用〉（1994 年《第五屆文字學全國學術研討會論文》）、〈由桂馥《說文解字義證》的取證金文談「專臚古籍，不下己意」的問題〉（1996 年《成大中文學報》第四期）、〈〈從古文字學方面來評判清代文字聲韻訓詁之學的得失〉補正——談朱駿聲《說文通訓定聲》與《補遺》中的金文應用〉（1996 年吉林大學古文字研究室編：《于省吾教授誕辰 100 周年紀念文集》），都是類似的系列作品，功夫扎實，結論精審。遍觀沈教授的著作，每一篇都符合這樣的風格，這就是「沈門」學風得以成立的堅實基礎。

　　與做事認真、為學扎實相對，沈教授為人溫婉、待客熱情。凡是到臺南的朋友，沈教授都會熱情地接待，從名勝古迹的導覽到臺南美食的饗宴，讓人從精神到口腹都得到飽滿的收穫。同時沈教授展示她對藝術畫作的收藏、師長手澤的珍視、書房佈置的雅緻，這些都讓人感受到沈教授在學術教學之外，對人文藝術的沉潛與深愛！《論語・述而篇》孔子說：「志於道，據於德，依於仁，游於藝。」對這孔門四目，沈教授肯定是心嚮往之，身力行之。

一眨眼，沈教授已七十歲了，門人共同撰文為老師祝壽（也邀了兩位老師襄助），論文集叫做《瞻彼淇奧——沈寶春教授七秩壽慶論文集》。主標題「瞻彼淇奧」四字取自《詩經・衛風・淇奧》，毛詩序說：「〈淇奧〉，美武公之德也。有文章，又能聽其規諫，以禮自防，故能入相于周。美而作是詩也。」有文章，又能聽其規諫，以禮自防，這不就是沈教授七十年來所追求的境界嗎！《論語・雍也篇》說：「知者樂，仁者壽。」不就是追求這種境界必然的結果嗎！值此佳辰，逢此盛事，因細數我所認識的沈教授為人行事治學之點滴，並願我中文學界都能與「沈門」同風，有文章、有德行，智者樂、仁者壽。是為序。

中華民國一一四年七月一日　學弟　季旭昇　恭撰

黃序

黃聖松[*]

在當代小學研究領域，沈寶春教授無疑是當代極具代表性且貢獻卓著之學者。自 1990 年代初期至 2010 年代，沈教授筆耕不輟，所涉領域含括古文字學、金文與甲骨文釋讀、清代小學、出土文獻訓詁、古典辭書編纂學等，形成一套層層鋪陳、互為發明之學術體系。在沈教授研究歷程中，吾人不僅得以窺見一位學人對文字學之熱忱與敬畏，更見證當代學術如何在傳統根基開展新思。

沈教授早期發表於《國語文教育通訊》之鴻文，已展現其對詞語語義、修辭習慣與語用現象的關注。〈真的「我手寫我口」嗎？〉與〈「好」個什麼——「好」字的歷史〉，反映其語文教育背景與語言社會觀察之敏銳。唯沈教授未止步於語言表層之運用，而是深入字詞之歷史層面、音義演變，乃至於古文字構形與用法，其〈釋「凡」與「凸凡凸广」〉標誌學術重心轉向古文字學之開端。

自 1993 年起，沈教授持續發表關於金文應用與清代小學家研究之著作，如〈論段玉裁《說文解字注》的金文應用〉、〈從黃生與方以智的交集面談明末清初的小學風貌〉，乃至重釋桂馥、朱駿聲等清代文字學者之觀點，說明其對「訓詁學與金文互證」問題之關注。這些論文不僅重新界定清代學術之史觀地位，更為現代學界提供重新詮釋《說文解字》與清代注本之堅實基礎。

尤為值得一提者，是沈教授對「出土文獻」與「文字考釋」交會處之深耕，表現於多篇探討西周金文重文現象與簋類器銘文之篇卷，如〈西周金文重疊詞探析〉、〈談青銅簋類器自名前的修飾語問題〉等。此類研究不僅建立在對器物與材料細讀之背景，更展現對詞彙結構、修辭策略與史實紀錄互證之綜合能力。沈教授〈從先秦金文論重疊詞的起源問題〉對「子子孫孫」重

---

[*] 國立成功大學中國文學系教授兼系主任。

疊語用之源流提出見解，進一步說明語言形式與文化意識形態之深層關聯。

沈教授對甲骨文釋讀亦具獨創性，其〈甲骨文「𠂤」字說新解〉與〈論殷墟花園莊東地甲骨「死」字與匕器的形義發展關係〉等作，兼顧文字形構、出土地層與器物形制之綜合解釋架構，體現考據精神與歷史感知。同時，沈教授對《郭店楚簡》、《上博簡》、《清華簡》等近年發表簡帛文獻亦投注大量心力，提出如「君子」身分、「几」字形義分布、〈程寤〉夢象等頗具啟發性之解讀，對簡帛研究社群貢獻甚大。

除古文字與出土文獻，沈教授亦關注古典辭書與語文典籍編纂問題。沈教授以臺灣《中文大辭典》、教育部《異體字字典》為對象，探討現代編纂如何在古今文獻之間求取平衡，其「古今共構，內外互補」觀點，直指當代辭書學發展的核心議題。

縱覽沈教授近三十年學術成就，其研究特色可概括為三：「考據之精」、「視野之廣」、「詮釋之活」。沈教授不僅於古文字學、出土文獻與清代小學之間搭建橋樑，更展現古文字學研究者在材料詮釋、理論建構與學術對話之多重能量。沈教授之研究既是小學之深化，亦是文獻學與思想史之交叉發展，為當代中國語文學術地圖繪出一道重要而清晰之經緯。

沈教授持續探索、反覆耕耘之歷程縮影，亦為後進學人提供諸多思維與方法之啟示。沈教授之學術步履，正如行山者不辭艱險、登高望遠，亦不忘回望來處、承前啟後。這不僅是對學術之承擔，亦是對傳統文化深沉而自覺之回應。在《瞻彼淇奧——沈寶春教授七秩壽慶論文集》出版之際，筆者忝為國立成功大學中國文學系主任，謹以此文祝賀。

後學　黃聖松　敬上

2025 年 5 月 25 日

編輯序

　　沈寶春教授出身雲林農家，少小立志，負笈北上，歷經淡江、師大、臺大淬鍊，於成大中文系根植講席，傳薪授業數十載。其學術志業，研精甲骨，析理金文；旁通簡牘，兼究清儒；訓詁音韻，貫串融通。衣缽所傳，開枝散葉，桃李芬芳，遍布四宇。

　　歲次乙巳九月，適逢沈師七秩嵩壽，門人弟子感念師恩之厚，爰共襄盛舉，輯成此編，以誌師德，用申景仰之誠，聊表祝頌之意。

　　本書特邀臺灣師範大學國文系季旭昇教授、成功大學中文系主任黃聖松教授賜序，並由書法家林志堅老師題署書名，炳煥彌光，增色生輝。全書共收十六篇文稿，其中〈求真之路——談五十年來（1974-2024）我的學術轉折〉為沈師演講之逐字記錄；其餘十五篇，或為親炙於沈師門下，或為尚在深造之再傳弟子，故本書可謂「三代同堂」之作。所收篇章涵蓋文字學、出土文獻、《說文》學、文學研究等領域，皆為沈師學術精神之流衍。

　　《詩經・衛風・淇奧》云：「瞻彼淇奧，綠竹猗猗。」竹之為物，虛心挺立，謙中茂美，不但彼此依傍，新筍亦自側抽出，蔚然成林。本書取名於此，意寓學術薪傳之道，如竹之生勢，代有萌發，生生不息。

　　本書之編輯，由國立成功大學中國文學系高佑仁教授統籌，經編輯小組編次體例，釐正文辭，悉心從事，龎壯城助理教授二校，莊惠茹博士推薦以國家圖書館典藏清代彩繪本《詩經圖譜慧解》「淇泉篆竹」為封面，並協助授權事宜。書成於茲，感念撰稿師友之情義，編務同仁之辛勞暨各方賢達之襄助。庶幾是編，不獨為沈師七秩嵩壽之賀章，亦為學術園地之榮景，流播後學，芬芳不絕。

編輯委員會　謹識
2025 年歲次乙巳仲夏六月

目次

圖版		I
李序	李旭昇	I
黃序	黃聖松	V
編輯序	編輯委員會	VII
求真之路——談五十年來（1974-2024）我的學術轉折	沈寶春	1
悲愁緣欲老，老過卻無悲——白居易詩文中呈現的老年、衰弱及自在	陳家煌	19
試說商周金文中用作動詞的「麗／邐」	林宏佳	43
它它熙熙，桃李芬芳	莊惠茹	71
談〈閟宮〉「三壽作朋」及出土文獻「參（三）壽」一詞	張宇衛	73
也談安大簡《詩經》的幾個「歸」字	高佑仁	97
清代金石學家許瀚詩文薈萃——讀《攀古小廬文集》	郭妍伶	117
贛州忘歸岩魯元將軍「可歸」摩崖題刻的空間分析	雷晉豪	129
明代河套的虛與實——以農業生產的視角為中心	曾裕龍	147
《說文解字・敘》「漢興有草書」、「諷籀書九千字」發覆	龐壯城	191

台灣文學的生態移情
　　——吳晟早期詩作中的非人類角度
………………………………………… 費　　陽（Thomas Eduard Fliss） 219

清華陸〈鄭文公問太伯〉箚記二則………………………… 簡欣儀 235

《漢隸字源》之文淵閣本底本及其相關問題……………… 邱郁茹 251

直、肆、果
　　——楚簡〈五行〉成「義」的修養論探微……………… 嚴浩然 277

《安大簡》書寫現象觀察…………………………………… 謝宜家 293

臺港兩地教育標準字形的取捨
　　——從重要差異字例說起……………………………… 胡智聰 325

沈寶春教授指導研究生一覽表……………………………………… 359

求真之路
——談五十年來（1974-2024）我的學術轉折[*]

沈寶春[**]

　　從大學一直到現在，我認為學術工作是一條不斷向前邁進的路，絕對不能退縮，所以學術是一條永恆探索、不斷開發的求真之路，尤其是「小學」領域，它本身就是一個求真的過程。我大學唸淡江文理學院的中國文學系，其實也有一番轉折，請容我「自報家門」——我的父母親沒有讀過書，也沒有上過學，他們都務農，家裡非常貧困，生了十一個孩子，兩位夭折，所以我有九個兄弟姊妹，我是排行老七，上有兩位哥哥、四位姊姊，下有兩位弟弟。

　　早年，大專聯考是相當困難的，平均要五、六十分才可以擠上最後的中國文化大學。在考大專聯考的前一天，我還在曬稻穀，這自然會影響我的考試，而且當時雲林還沒有設立試場，所以必須到臺南，我就住在成功大學的宿舍裡。放榜後，我考上了淡江文理學院的中國文學系，可是姊姊們很有意見，因為家裡太窮苦了，九個孩子的註冊費，對我們家來講是很大的負擔，所以姊姊們都希望我能去考夜間部，尤其是商學院。我當然不願意，因為我對文學非常感興趣，她們跟我說：「如果你唸中文系，是沒有前途的，出來找不到工作，所以應該去考商學院比較好。」我還是不肯，姊姊就打了我幾個巴掌，說「你就是講不聽、不聽話！」但我還是堅持，因為那是我的興趣所在，我的九個兄弟姊妹都很會讀書，我的大哥那時候在唸臺大醫學系，他說服了父母親，讓我去讀淡江中文系，這是我進入淡

---

[*] 2024 年 6 月 22 日發表於國立成功大學中國文學系主辦、日本「一般財団法人　ユーラシア財団 from Asia」贊助「東亞漢字學術研討會」之專題演講（頁 II，圖一。編者按：本文圖片詳參書前圖版彩頁）。

[**] 國立成功大學中國文學系退休教授兼前系主任。

江的開始。當然這是我的興趣所在，而且我很不容易爭取到這個機會，所以一定得好好讀書，對不對？這是我穿著大學服，衣服則是大姊幫我裁製的（頁II，圖二）。

因為時間的關係，今天就簡單介紹，在文字學這條路上啟蒙我的幾位先生。

大二上文字學，我的文字學老師是王甦先生，他是魯實先生的弟子，他用的教材是黎明文化的《說文解字注》，不曉得你們看過這個版本沒有？書後附有魯先生所寫的《說文正補》，這對我來講比《說文解字》原書還具有吸引力。老師按《說文解字》一個字、一個字講，有時候會涉及到《說文正補》，我就會翻後面的《說文正補》，當然我大二的文字學修得其實不是頂好的，因為還沒有完全地參透。

大四的時候，我修了兩位老師的課，一位是韓耀隆老師的「尚書」，另外一位呢，其實應該是周何老師開的「禮記」，但是他從頭到尾沒出現過，都由邱德修老師來代課。因為韓老師本身研究甲骨、金文，他的碩士論文題目是《甲金文中稱代詞用法研究》，上課時他常舉古文字方面的材料。至於邱老師，他對我的影響更大，我之所以報考師大國文研究所也是受他的啟發。此外，還有一位影響我的，大二時我負責主編《淡江文學》，編輯委員中有一位各位可能都很熟悉，那就是龔鵬程先生，我們都稱他為「老龔」，他是我的學長，也是古典詩社的社長，當時我是社員之一，因此常常有所接觸，而且他還教我們打太極拳。在編輯《淡江文學》之時，我發表了一篇初試啼聲之作——〈且將團扇作一解〉（頁II，圖三）。這是王昌齡〈長信秋詞〉五首中的一首，我覺得「團扇」這個詞應該有它更深一層的含義，所以就嘗試寫了這篇論文，可見我大學二年級就特別關注文學與訓詁的關係。

因為龔鵬程學長先考上臺灣師範大學國文研究所，對我來講，學長姐都是朝著這個方向發展的，所以我也跟進。

這裡說明一下，當時國內設立中文研究所的大學並不多，大概只有五、六間學校，淡江文理學院還沒有博、碩士班，所以我們都是屬於人家說的「外銷品」，必須向外征戰，大概連征一個月之久，那年我的考運還算不錯，接連考上了政大、東海。當年師大跟臺大是同一天考試，所以我只能夠做選擇，師大對我家的經濟困頓有所幫助，而且我的學長姐都去考了師大，所以後來我決定選擇先報考師大。

　　進入師大後，才赫然發現課業壓力非常重，而且還要點書。這是我碩二的課表，一個學期要修十四學分。碩一的時候，我記得至少修了十門課，在期末的一個月裡，基本上都在寫報告，每三天就要交一篇，所以在師大受到的訓練很廣，修的課程也很多。

　　除此之外，還有一門課，就是所謂的「治（ㄔˊ）學方法」。若依據教育部國語辭典應該念成「治（ㄓˋ）學」，但到底是「治（ㄔˊ）學」還是「治（ㄓˋ）學」比較好呢？「治」字原本是水的專名，所以從「水」旁，右半是它的音符，基本上這個音符當專名的話，有兩種讀法：一是唸「ㄧˇ」，二是唸「ㄊㄞˊ」，都是水的專名。若翻開《廣韻》會發現「治」有三個讀音：一是唸「ㄔˊ」，一是唸「ㄓˋ」，另一唸「ㄓˊ」，三種讀音蠻有趣的，不管怎麼讀都是「治理」之意，就像你去治理水，要知道它的來龍去脈，不能用堵塞，而得用疏通的方式，這跟我們做學問的道理很相似，要知道它的過去，了解它的未來如何走，而且需要融會貫通。當時，師大國文研究所所長是李鍌先生，「鍌」字很難唸，當時字典還查不到，我們都把他拆成「李洗金」讀。所長負責的課程就是「治學方法」，他特別告訴我們：「你們要讀『ㄔˊ』學方法，不要念『ㄓˋ』學方法。」究竟哪個好呢？我後來想想，「ㄔˊ」有持續的意思，「ㄓˋ」有治理的意涵，「ㄓˊ」則表示要根植在地，穩紮穩打，各種讀音都有它的寓意，真可謂寓「學」於「治」呢！

當時，師大國文研究所每年報名的考生大約三、四百位，只錄取十五位，所以我們班上有人考到第十一次才考上。每位學生都分配有研究室，即在老師的研究室裡，下課就負責整理書和點書，就是點十三經注疏、《史記》、《漢書》、《說文解字》的句讀，好像還有《昭明文選》。句讀的訓練對後來閱讀古文經籍有很大的幫助，現在很多論文引用古籍時標點符號都錯了，這就是我們講的「離經辨志」，如果沒辦法分析文句的話，表示你對這句話理解得不夠通透，所以我們當時要點書。李鍌所長在「治學方法」課上，主要就是檢查你的標點做了沒？有沒有錯誤？有沒有寫札記來記錄異同，這就是他的工作。

那時李鍌所長曾說：「你們那麼多人都研究文學去了，經學、小學都沒有人做？是不是有同學可以朝經學、小學的方向研究呢？」我覺得我是比較偏向理性、比較細心的人，對很多事物具有強烈的好奇心，一直到在成大任教，同事都還戲稱我為「好奇寶寶」。由此可知，要做研究的第一個驅動條件就是「好奇」，想追求真相，釐清事實，「好奇心」正是驅動研究的發動機。

雖然，我對文學也充滿興趣，比如說我曾在《孔孟月刊》發表了〈從《顏氏家訓》談顏之推「崇儒尚質」的文學論〉。當時師大比較特殊的地方是，老師會在很多學校兼職，譬如說潘重規、林尹、高明等諸位先生，他們除了師大開課外，也在政大、文化授課，所以三間學校的研究生就會聚在師大一起上課，有助於我們彼此之間的學術交流與認識，比如說孔仲溫和雷僑雲老師，或像許學仁和季旭昇老師，正是因師大、政大和文化的研究生一起上課的緣故而成為好友。當時師大跟臺大的關係也相當密切，臺大老師會來師大開課，師大老師也會去臺大開課，比如師大的汪中老師就在臺大開「杜詩研究」，而臺大的所長葉慶炳先生則來師大開「中國文學史專題討論」，這樣我就有機會修「中國文學史專題討論」，這門課是按歷代文學的主題作探討的，當年期末報告我寫了一篇有關魏晉南北朝志

怪小說的文章，發現侯君素的《旌異記》文本裡頭摻入宋代的一些材料，所以魯迅在《中國小說史略》的批判未必正確，因為他針對的材料真偽雜糅，所以我就寫了〈《旌異記》考異〉批判魯迅《中國小說史略》的錯誤，而這說法被葉慶炳老師首肯，認為很精采而且具有說服力，他給了我最高分，同儕們都笑稱我「飛上枝頭變鳳凰」啦！老師還建議我去投《中外文學》，這篇文章最後沒有正式發表，為什麼呢？因為自覺寫得不夠成熟，後來看到臺師大的學弟王基倫老師也發表了一篇有關《旌異記》的文章，論點跟我一樣，那就更不用投了。

正因為師大跟臺大的教學聯繫網絡，我發現兩校是存有一些不同點的，雖然涉及的領域是一樣的，可是著重的訓練有一點點的不同。在師大不只是點書和修的課很多，還有實際操作的訓練，當時候我們研究生因為執行教育部整理「次常用字」的關係，都會參與到編輯的工作。

這照片是在師大校區進行「次常用字」編輯的地方（頁 II，圖四），忘記當時候為何我笑得這麼開心了，這地方現在已經拆掉了，蓋了新大樓。你們可以看到，當時還是使用「卡片」作整理，一張一張卡片，然後一個一個字按照部首作區分。除了參與教育部「次常用字」的編纂工作外，我們也協助周何與邱德修老師主編五南出版社《國語活用辭典》，據說這本辭典賣得相當好，到現在已不知幾刷了？我們絕大部分的同學都參與了這個工作。

師大的章、黃學派標榜「義理、辭章、考據三者並重」，而我又對文學充滿興趣，所以最初是想朝文學的方向走的，可是回頭一想，從事文學方面可能需要很高的才華，我自己沒有完全的把握，深覺不夠，於是就選擇往「小學」的方向走，既選擇小學就必須考慮請誰來指導？當時許錟輝老師沒有開文字學方面的課，而是開了「尚書研究」。你們看我大學時修韓耀隆老師的《尚書》，碩士班還是修《尚書》，可我卻沒有朝《尚書》的路途走，那兩者會有一些不同嗎？兩位老師當然講的不太一樣。可是我

碩論的選題其實跟許老師的關係比較不那麼密切，而是跟邱德修老師較接近的。一聽我考上師大國文研究所後，邱老師就說：「妳要先把《說文解字》好好讀透，找出一些議題。」並把他的論文《《說文解字》古文釋形考述》送給我，要我仔細研讀，這本書我現在還保留著，裡頭夾有很多他的筆記和紙箋。

　　我的碩士論文選題是邱老師建議的，當時他想研究于省吾先生的《商周金文錄遺》，此書蒐集了流落在中國海外的青銅器遺珍。邱老師說自己沒辦法研究，就把書送給我說：「你碩士論文可以寫《《商周金文錄遺》考釋》呀！」當時我也一口答應，後來才發現這是個大工程，《商周金文錄遺》收錄六百一十六器，尤其當時還沒有打字機的年代，更沒有電腦或掃描器，就得買兩本書自行將銘文剪下貼上，而且要處理所有青銅器器類，光一個器寫一頁，就需要六百一十六頁，再加上討論的話，當然就超過千頁以上了，所以我這本碩士論文有一千多頁。每天抄，光抄就花了半年，而這本論文，我想，也是古文字研究領域裡，有史以來第一本作「全文檢索表」的。因為我用卡片一個字一個字分別載錄，並把銘文涉及的字作了一番的編排，你們可以看到書後附有「《錄遺》所見可考單字表」，也就是說《商周金文錄遺》收錄的六百一十六器銘文的任何一個字，都可以在書後附錄的全文檢索表中檢索得到，這方法我借鑑於哈佛燕京學社的古籍引得。這本書寫完之後，當然也遭遇很多的困難，我參加碩士論文口試的時候，老師說：「你這本書太厚了，我們可不可以只考三分之一就好？」然後，去考臺大博士班時，口試委員也很直接地告訴我：「我們沒辦法看完整本書。」

　　決定去考臺大時，還遇到一件事，讓我覺得臺大跟師大的學風的確是不同的。我報考臺大時，是先筆試後口試，口試是由七位委員組成，針對你的論文題目發問，當時由龍宇純、張以仁、梅廣、丁邦新四位先生主問專業，其後廖蔚卿、林文月兩位先生與所長葉慶炳先生再接著問，他們首

先就問我說：「你為什麼只考臺大，沒有報考師大？」這讓我非常地驚訝！怎會有這個問題？因為我覺得他們應該要問我專業的問題，而不是這個。當時我想了一想，能講什麼呢？於是回答說：「這是我個人的選擇，我拒絕回答這個問題。」幾位委員瞪著我看，大概被我的回答給嚇到，可是臺大畢竟是尊重個人選擇，有著非常開放自由的學風，所以我一答完這個問題的時候，所長就出來緩頰說：「對、對，這是你個人的選擇，你可以不用告訴他們。」氣氛也就稍稍緩解一下。當然，後面還有很多很奇怪的問題，譬如說：「你碩士論文是用文言文寫的，為什麼你的研究計畫用白話文寫？」這個問題也令人詫異，我說：「寫文言文是我們師大的傳統，大家考試都用文言文寫，連報告也是文言文寫的，我們接觸的全都是古文古籍，你看點書也是文言文嘛，所以這是我們師大的傳統。但是我知道臺大用白話文，我只是證明我的白話文也寫得不錯。」老師就哈哈大笑起來。當然還有很多專業的問題需即時答辯的，就不再細述了。

　　進入臺大之後，由於我的入學考試讓老師們印象深刻，所以當時龍先生已有收我為學生的想法，我後來才知道臺大的學生都很畏懼他，但我因不認識也不知道，宛如初生之犢就找他指導了。龍先生在臺大研究所並沒有開文字學方面課程，反而由金祥恆老師開文字方面的課程，我修了金老師的「說文研究」跟「甲骨文研究」，就在他的「第十研究室」上課，裡面常擠滿了人，金老師的口音非常重，所以要聽懂他的話其實不太容易。臺大上課都在老師的研究室上，所以老師舉到什麼例子，就在書櫃裡頭把書拿出來當場翻閱，由此可見老師對書籍文本嫻熟掌握的程度，可隨時拿來舉例證成。修金老師的課，收穫非常多，但也很辛苦，因為他都開八點的課，連上週一、二、三，每次兩個小時，清晨趕赴八點的課對我來說是挺艱辛的，因為家在遙遠的那一方。

　　龍先生在我唸博士班的時候，他並未開古文字方面的課程，開的是「荀子研究」。課堂上他會把《荀子》的押韻、聲韻的問題拿來跟先秦的一些

古籍作比較，而且不是只用一個版本，而是採用各種版本來比觀，一篇一篇的閱讀，基本上他以王先謙《荀子集解》為底本，然後參酌潘重規先生的訂補、梁啟雄先生《荀子柬釋》等，幾個版本合在一起看，去談同樣一個材料為什麼諸家學者的見解會不太一樣？並問講臺下的研究生看法，然後提出他的意見。龍先生授課方式即今日我們研究解讀戰國文字常用的辦法，就是先蒐集各家說法來進行比較，並思索根據的素材既然一樣，為什麼得出的結論卻不太一樣？這種類比的方式，我在「荀子研究」課就學到很多，這是我當年的筆記，但因為搬了好幾次家，加上臺北又很潮濕，筆記就有點受潮了。這是上「《說文解字》研究」大夥跟金老師的合照，這裡可以看到徐富昌老師、江淑惠老師、徐士賢老師和蔣秋華老師，中間是金祥恆先生，這是我們下課後拍的照片（頁 III，圖五）。

到了要撰寫博士論文時，龍先生的基本觀念是，論文要重質不重量，因為我的碩士論文太厚太長，他就跟我說：「一篇好的學術論文不在數量而在品質，如果你的博士論文寫得精采，即使兩萬字也可以畢業。」我想你們聽到這樣的話一定很開心，精采出眾的博論只要兩萬字就能畢業了。所以，我的博士論文不敢再寫到一千多頁，一定要壓縮頁數。

在我撰述博士論文時，有一篇文章對我的影響特別大，那就是于省吾先生的〈從古文字學方面來評判清代文字、聲韻、訓詁之學的得失〉，我看了這篇文章後，有一些失望，就是他由「古文字學」的角度切入，用來評判清代的文字、聲韻、訓詁的得失，可是文章裡用到的清代古文字學方面的材料卻闕如。清代人可以看到的古文字學材料就是青銅器銘文（金文），而且著錄非常多，當然甲骨文要到清光緒二十五、六年（1899-1900）才發現嘛，而戰國文字在那時候還不是研究重點，但至少金文方面著錄非常多，材料也很豐富，那清代《說文》四大家有沒有使用這些金文呢？當時候，梁啟超寫《清代學術概論》認為在《說文》四大家裡頭，王筠是最有創見的，認為他利用金文談《說文解字》，提出了很多修正意見，這說

法對我很有啟發，於是我的博士論文就揀定了王筠，開始撰寫《王筠之金文學研究》。我很好奇到底王筠用了多少金文材料？他講得如何？除了王筠之外，透過于省吾先生的文章，我也對段玉裁、桂馥、朱駿聲等清代《說文》四大家怎麼應用青銅器方面的材料而感到興趣、好奇，所以一路追索下去，譬如說桂馥，很多人認為他只是把資料做了臚列，沒有自己的意見，事實上，桂馥在《說文解字義證》裡頭是有自己的意見，他會用「馥案」、「桂馥案」的方式來表示。在清代之外，我也往回溯，比如說上溯明代的方以智、宋代的戴侗，我也寫了這方面的論文去探討。

在取得博士學位後，我很幸運地來到成大任教。你們都知道找工作很辛苦，對不對？當時臺北處在交通黑暗期，正在興建捷運，且天天下雨，我先生就說：「你畢業了，我們可以搬到南部去。」我就答應了，嫁雞隨雞嘛！成大恰巧有職缺，所以就有機會遷到府城臺南來居住。在成大的時候，整個學術又有了一番的轉折。這是我以前研究室的門前，中文系館前的「鳳凰呈祥」銅雕則是我以父之名捐贈的（頁III，圖六）。

初到成大，當時文字學由謝一民老師授課，我沒有文字學的課可上，就像博士班剛畢業時，因沒有文字學的課可教而改講授聲韻學，因為就其他專業領域的人來講，文字、聲韻、訓詁應該都是相通的，你可以教文字就可以教訓詁，你可以教訓詁就可以教聲韻，可是他們不曉得文字、聲韻、訓詁雖三位一體，可還是天差地別的，所以我剛畢業去淡江教的是聲韻學，來到成大後教的是訓詁學，既然沒有文字學的課可上，我也只好試試看，然而，這對我未來學術領域的開拓是頗有助益的。

談起謝一民老師，他文字學的課上得氣韻生動，很受學生歡迎。他習慣呼我「丫頭」，不稱呼「沈老師」，卻常喊「丫頭過來、丫頭過來」（頁III，圖七）。後來，他因為煙癮而得了肺癌，在學期初就走了，很多的課由我承擔下來，這是我開始上文字學且指導他留下的研究生的原因。起初我還是繼續做《說文》方面的研究，也第一次參加在長春舉行的中國古文

字研究會年會（頁 IV，圖八），從這時開始，我也對桂馥多了一點關注，因為研究桂馥的人實在太少了，《桂馥的六書學》就從這時候開始發想的。

　　成大應該是中研院、臺大之外，甲骨文研究的另一個重鎮，大家可能不曉得以前成大有一間「甲骨文研究室」，就在現今中文系館的地下室，由黃競新老師主導，要把《甲骨文合集》全部上網並且作全文檢索，這個計畫屬於校級計畫，除了跟圖書館合作外，也由電機系協助，所以很早就開發利用電腦做甲骨綴合的工作，可是甲骨綴合透過電腦來處理，有不少的滯礙困難點，因為綴合是需要嚴絲合縫仔細地判斷，但拓片本身卻有很多模糊不明的，綴合工作就不是那麼容易了。成大那時也辦了很多甲骨學跟資訊相互結合的會議，譬如這幀是民國八十一年（1992）在成大舉辦的「甲骨學與資訊科技學術研討會」，在這會議上，邀請了幾位重量級學者如李孝定先生、饒宗頤先生，邱德修老師在這裡，這是黃沛榮老師（頁 IV，圖九），另外也邀請了甲骨學泰斗，相片這個地點你們現在大概不太清楚，因為經過裝潢後已經煥然一新，這是「鳳凰樹劇場」的舊貌，當時邀請了裘錫圭先生，還有胡厚宣先生，相片裡還有謝一民老師和胡先生的公子胡振宇，我則在這裡（頁 V，圖十）。

　　可以見得，當時成大中文系對甲骨文跟電腦結合是有很大的企圖心，可這就涉及到三個問題，第一是學校經費來源很不穩定。第二是《甲骨文合集》授權遭遇到困難。第三，當時的科技還沒有進展到那樣高的層次可配合無間，所以阻礙重重。黃老師後來離開成大到彰師大去了，後續工作經圖書館館長與文學院院長協商，希望由我來接，那一陣子，我投入了這項工作，也寫了一些有關這方面的論文，並朝著甲骨學的方向發展。

　　早期國科會獎勵學者，都以單篇論文為主的，我覺得那是一個快樂的研究時光，因為你可以撰寫自己最想要寫的論文。可是之後，國科會改採理工學院的方式來執行計畫，早期是採個人型一年期計畫，後來就鼓勵學者申請多年期整合型計畫。多年期整合型計畫自有它的優點，可集思廣益、

眾志成城，做一個大型的、個人做不來的事情，所以當時好友季旭昇老師就說：「我們來做『金文研究與應用網路計畫』吧！」這個多年期的整合型的計畫在執行時，每個月成員都會到中研院史語所設置的「金文工作室」集合並開會討論，今天在座各位之中有些人也參與了這個工程（頁 V，圖十一）。主持人是季老師，我是子計畫的共同主持人，目前「金文研究與應用網路計畫」已經可以在中研院史語所找到相關資料庫，當然，在處理「簋」子題時，我也寫了一些有關這方面的論文。

在「金文研究與應用網路計畫」執行告一段落後，換許學仁老師說：「我們來執行戰國竹簡的部分如何？」這也是一件多年期整合型的計畫，就是「楚系簡帛文字字典基礎工程研究計畫」，我負責郭店楚簡的部分。各位可以看到相片裡很多熟面孔。針對這計畫，我也寫了一些相關的文章，資料庫則由臺灣師範大學的羅凡晸老師負責，你們也可以在網路上檢索到「戰國楚簡帛電子文字編」。

我到成大任教最大的一個困擾是，當時成大圖書館小學方面的典藏並不豐富，幾乎要什麼書沒什麼書，很多書都找不到，令人生惱。時任文學院院長的王三慶老師就鼓勵我說：「妳可以去跟國科會申請圖書計畫呀！」其實這個圖書計畫要申請是相當困難的，因為圖書的複本率不能超過30%，你想想看，中研院還有臺大、國家圖書館購入典藏書籍的速度很快，但這計畫要求複本率不超過 30%，本身任務就頗為艱巨。可再怎麼困難，為了南部學術的發展還是必須去做，所以我就滿口答應來申請這個「補助人文及社會科學研究圖書計畫」中的「出土文獻研究」主題了。當時是把全世界所有的圖書資訊都蒐集起來，再一本一本的篩選，務使複本率不超過 30%，果然最後申請到接近九百萬元經費分兩年執行的圖書計畫，而這計畫的執行，對成大或者南部的學術研究者來說，貢獻與功效我想應該是有的。有一次政大的李老師打電話給我，說他女兒李博士要來臺南找一些北部找不到的書，目前成大圖書館有典藏，希望我能帶她去成大圖書館找

找。我一看是計畫購買的那些書就很開心，至少我要達成的目標做到了，這是我去爭取了兩年有關「出土文獻研究」開花結果的情況。當然，執行圖書計畫也需要有書面成果，所以我也編了兩本書，一是《《首陽吉金》選釋附 2008 年金文學年鑑》，另一是《2009 年金文學題要與年鑑》。其實我個人覺得有個工作對古文字來講是蠻重要的，就是編年鑑，希望以後也有人繼續做每一年年鑑，尤其是臺灣部分，誰做了什麼研究，誰出了什麼書，每年有一個簡單題要來回顧，像《四庫全書總目》提要一樣，也能順道訓練後起之秀。我覺得在課堂上選一本書來做考釋的工作，再附上年鑑也挺好，譬如說甲骨學年鑑、金文學年鑑、戰國文字年鑑之類，在座的韓國明知大學姜允玉老師可以號召大家，編輯韓國、日本、臺灣、中國每一年的年鑑，然後寫個簡單的題要，我覺得這對大家都是有裨益的。

當然，教學方面不應侷限在校園圍牆以內，有時覺得文字學也要推廣到一般大眾，因為每個人每天都會接觸文字，我們的名字中就有文字，所以文字很重要，它是一個根基。我曾被朋友拉著去參與這些工作，譬如公共電視臺正準備製作「一字千金」這個節目，我被許學仁老師拉去參加，他說學者不能只躲在學校象牙塔裡而不對社會貢獻所學。當時剛拍第一季第一集，參賽者都是名記者，其中有徐展元，我只認得他，是體育主播。許老師說「一字千金」剛開始需要一位「資深女學者」，大家都知道小學專業冷門，再加上「資」深「女」學者條件的限制，選來選去我就被抓去擔任節目的評審了。這也是我第一次到攝影棚錄製節目，後來這一季節目送去角逐金鐘獎還得了獎（編者按：第 50 屆金鐘獎綜合節目獎），你們可上網去看頒獎典禮。

此外，蔡信發老師當時正負責「中國語文知識庫」的編輯，也邀請我參與有關字詞形音義演變的撰述。而來到臺南，還有一件事讓我感受特別深刻，你們有聽過《中華日報》嗎？它是在地的一份報紙，我在臺北從沒聽說過，來到臺南後，發現有一家中華日報報社而且歷史悠久，它對推廣

藝文活動不遺餘力，也曾邀請我做一場有關文字的演講，當時我想講什麼好呢？既要專業，又要普及，演講活動的推廣既然重要，也是份內該做的，文字學的工作不只是在研究室裡面，也應該跟社會大眾有連結，探討文字到底是怎麼樣的一回事？有次參與中研院主辦的「走入傳統之心」冬令研習營，這是中研院跟美國四大名校哈佛、耶魯、柏克萊和麻省理工合作舉辦的暑假或冬季研習營活動，四校的學生都可參加，由我作金文方面的專題演講（頁 VI，圖十二）。中國大陸的研習活動規模可能更大些，有舉辦全國博士生論壇，這張是在重慶西南大學舉辦的論壇時拍攝的。

如今退休後我也沒閒著，除被邀請參與《臺大中文學報》的編輯委員工作四年，又當了任期三年的《臺大文史哲學報》編輯，今年 7 月就要開會，要看很多論文和閱讀眾多審查意見。當然也曾受邀演講，去上海復旦大學、安徽大學（主要目的是去看當時尚未發表的安大簡）、法國的阿爾多瓦大學。這位是法國漢學家 Léon Vandermeersch 汪德邁先生，另一位是法國漢學家 Olivier Venture 風儀誠先生（頁 VI，圖十三），那次發表的論文也翻成法文由友豐書局出版了。退休後，我把自己歷年撰寫的單篇論文做一番整理搜集，本不好勞駕別人，但我指導的學生們熱心幫忙才能完成心願。

做學問本是條「求真」之路。你們在日常的閱讀中就會發現很多的問題，我舉個簡單的例子，譬如《說文解字・敘》大家都讀過吧，在國、高中國文課本裡也看得到。可你們讀的時候有沒有覺得〈敘〉的前後有些怪奇？因為《說文解字・敘》與〈後敘〉（也就是許沖上《說文》書）的記載有一些相互牴牾，為什麼呢？因為許慎自己敘述《說文解字》材料來源是「博采通人」，可許沖在上《說文》書中卻提出他父親撰《說文》是「慎博問通人，考之於逵」，多出了「考之於逵」這一句，這就涉及到作者原創性問題了，有如我們現在論文署名的第一作者、第二作者、第三作者，

到底許慎在寫《說文解字》之時，有沒有「考之於逵」？這是一個很有趣的問題，不是嗎？

當然之前有人研究過許慎所采的「通人」情況，比如說馬宗霍或者是我的指導教授龍宇純先生（頁 VII，圖十四），他們說《說文解字》中引通人的地方都是該字有疑問的，或像蔡信發老師也曾整理過《說文解字》全書引用的通人考。可是許慎撰寫《說文解字》到底有沒有「考之於逵」？好奇之下，我就把《說文解字》裡頭引用到「賈逵」，喔！不！許慎不是稱其師為「賈逵」，而是稱為「賈侍中」，把所有的資料全部蒐集起來，一共 16 處，沒有很多，發現他在「隉，危也」的字義下，引用了徐巡、賈侍中和班固三位學者的釋義，卻不採賈逵的說法，反而用了班固說法，所以我再去考察其他引用的「通人」和引用「賈侍中」的用語有沒有殊異？發現其實許慎撰寫《說文解字》時，並沒有「考之於逵」的諮詢確認，既然沒有「考之於逵」，那許沖在上《說文》書裡為什麼要特別提舉出來呢？推測可能跟「賈侍中」的職位「侍中」有關，侍中是皇帝左右的要人，許沖借「考之於逵」這層關係去引起皇帝的重視，並由此力度來建立起舉識推重的橋梁呀！

退休至今（2024），我共寫了六篇論文。最近一篇是〈由清華簡〈赤鵠之集湯之屋〉、〈尹至〉談〈女鳩〉、〈女房〉的亡佚〉，在《漢學研究》上發表，2023 年 12 月出版。因為我覺得做學問就是你的興趣，一輩子的堅持，何況退休總算可以「從心所欲不踰矩」，可以做自己喜歡的主題，並開始大量的閱讀，譬如說我寫〈從《集古錄》銅器銘文的釋讀談歐陽脩與劉敞、楊元明的交會出新〉時，先慢慢閱讀《歐陽文忠公全集》，再把與他相關的著作也翻閱一遍，你們想，若在以前還得教書授課的時候，怎有可能花這麼多時間專注地閱讀。後來，我看到有文章提及日本天理大學的一本小書很重要，就是歐陽脩亡佚的書信集（編者按：東英壽考校，洪本健箋注《新見歐陽脩九十六篇書簡箋注》），在書信集裡頭，赫然發現歐

陽脩好像不識古文字，各位看《集古錄》中所著錄「金少石多」，青銅銘文比較少，石刻碑銘比較多，至於青銅銘文的釋讀，看起來歐陽脩他是不太懂，得靠兩個人，一位就是劉敞，另一位就是楊元明來幫他解讀，在這亡佚的書信集裡就表現得非常明顯，所以我探討真相，追索實情，寫了這一篇顛覆大家想法的文章。

讀完歐陽脩著作後，我開始閱讀蘇東坡的全集，蘇東坡在唐宋八大家中係首屈一指，影響深遠的，我也好奇蘇東坡是否批評過王安石《字說》？譬如龍宇純先生在《中國文字學》裡，曾提及蘇東坡嘲笑王安石說「坡是水之皮，滑是水之骨」、「以竹鞭犬，有何可笑」，這真的出自東坡話語嗎？東坡的確喜歡開玩笑，但真相又是如何？激起我的好奇心，所以就把蘇東坡所有文集翻遍，蒐集有關他對《說文解字》的說法，然後仔細推敲，推測這些說法可能出自南宋筆記小說，乃「好事者粉飾增華」的結果，摻有不太純粹成分的說詞，所以必須謹慎對待，於是就寫了〈談蘇東坡與《說文解字》〉這篇文章。

此外，我也很好奇，宋代開始著錄青銅器，譬如你們熟悉的李清照跟趙明誠撰作的《金石錄》，此前還有歐陽脩的《集古錄》，然而當時文人是如何跟青銅器對話的？尤其是蘇東坡。所以，在寫〈談蘇東坡與《說文解字》〉的同時，我順便蒐集蘇東坡與青銅器的關聯資料，繼而寫了一篇〈涵古融今談蘇軾的古器物學〉以探討、釐清東坡跟青銅器的關係。

當然，我也不只寫文章。有一次，在匈牙利羅蘭大學就讀漢學組博士班的學生正要撰寫論文，你們知道羅蘭大學在博班新生尚未開學前就已經開出二、三十本書必須閱讀，如今他只是博二，卻已在核心期刊上發表了三篇論文，有一次我跟他說，你的指導教授應該很欣慰你發表這麼多有品質的論文，今年八月還要參加歐洲漢學會議宣讀論文，但他竟然跟我說：「我的指導教授離開了，去當顧問。」我很好奇地問：「中文系漢學組的教授去當什麼顧問？」他說：「顧公司，給人問。而且薪水是他以前的三

倍喔！」我說，我也在當顧問，但是我是「無給職」的顧問，常常有來自四面八方的問題，譬如說「睽違」，我們時常講的睽違多日，「睽違」為什麼從「目」字旁而不是從「日」呢？既有人問，你就必須去解答這樣的問題。或是在香港任教的學生問「塘湖甘公宮者虔之，信豐人也，字宗奇」如何解？我說，標點符號標錯了，所以才讀不通！前面不是講「離經」才能「辨志」，這裡點斷為「塘湖甘公宮者，虔之信豐人也，字宗奇」，這樣就通了嘛！又比如簡報上的這個問題是我韓國朋友問的，問這個「禮／礼」為什麼古文寫的是從「乙」字旁？「灋／法」呢，為什麼可以寫成「法」？用在什麼時候？而且他還傳了一幅草書來就教。不只這些，旁邊那枚印章，是今年得了文化獎的成大建築系老師問的，他說「這枚印章刻的是什麼呢？」他問了好多篆刻家都解讀不出來，你們看得出來嗎？下面的章比較簡單，是「龍坡」，對不對？上面的章就比較困難了，你們可以回去研究看看，用偏旁分析得出來否？這也是「實用」求真的一環。我覺得中文系其實可做的工作非常多，社會賢達的問題求解也相當殷切，如果你沒有這樣的基礎訓練而要去說服他們，那麼可能就會造成一些遺憾或誤解，所以我一直認為能讀中文系是非常幸福的，因為讀的是古人充滿智慧而優美的文思。每次我去醫學院教國文課時，感覺讀醫的人好似這座成大醫學院四面封閉的景觀，冷冷的玻璃窗與外界隔離；但反觀中文系的系館，自然的風進來，隨時間推移的光影流動，倘佯在文學中是這般的美好，就覺得美好幸福的人才會讀文學，所以我一直覺得中文系是一個非常好的科系，而且在上大學之前，絕大部分人是為考試讀書的，上了大學才可以真正擺脫束縛領略到文學的本質，所以我教的大一學生都很喜歡上國文課，因為可以涵詠在文學的天地中，談人性，談生活，談人生會碰觸到的各種現象。但我想不管科學怎麼變化，時代怎麼推移，做學問其實還是求基本的、紮紮實實的工夫，你們要持之以恆，不斷地儲蓄積澱才可能有一番成就的。

最後，總結我個人幾點小小的淺見，就是做學問，第一要有懷疑的精神，就像我剛剛講，許慎明明說的是「博采通人」，為什麼到許沖就變成「博問」，既是「問」，對象就需要是當時還活著的人，才能「博問通人，考之於逵」了，所以你們不可以完全相信權威。我也曾寫過一篇〈在權威的縫隙中〉，質疑于省吾先生他從古文字學的立場去談清代文字、聲韻、訓詁之學的得失，可是清代古文字學的材料卻闕如，對不對？所以呢，得有求真的精神，實事求是，追索真相，竭盡所能做出最好的。第二，《說文解字》是小學之祖，解經之鑰，古老又新穎，具有多層次鈐鍵，可以深入探索。譬如說，我曾經從《說文解字》談許慎或當時人關注「小兒」的什麼問題並造出哪些字？赫然發現《說文解字》中關注小孩子啼哭的問題在各地區的方言裡皆有所表現，造出很多跟小孩子「啼哭」有關的專用字，這現象似乎也放諸四海皆準哩！實在特殊。當然，撰寫論文後，若能歸納出新理論，建構出新的系統則更好。

　　現在重點來了，大家都面臨人類是否被 AI 取代的問題。前陣子在新聞報導中，我看到臺大文學獎已設立了兩個獎項，就是透過 AI 來協作的共創獎項，透過人跟 AI 的互動來考察：設定是否細膩、指令是否具邏輯、語言的熟稔度及其創意如何來評定。我很早就說，我們的論文走到最後可能也需要 AI 的協助，那怎麼去訂定這個規範呢？其實是非常重要的，你不可能避免這樣一個新工具的應用，勢必得與時俱進。就我所知，我的藝術界朋友很早就採用 AI 輔助雕塑，輸入很多的選項，然後去調整參數變化造型，藝術界的創作已經跟 AI 做了緊密的結合。蘇建洲老師也跟我提起過，吉林大學現在就用 AI 來協助青銅器的分期，這種趨勢也就是你們未來要面對的課題，因時制宜，善加利用新工具，可畢竟它只是一個工具，不能取代研究的全部。前提是人們得與時俱進，在我的研究歷程中，譬如說在甲骨文、金文、戰國文字的計畫執行中，主題不斷流動「位移」，你可以不斷移動、移動，你的領域就會越來越寬廣，然後順勢而為，保持開放的心靈，之後

就可以真正去做自己喜歡的，所以保持開放的態度，不要畫地自限。時代變了，書籍不再是掌握資料的唯一憑藉，所以不要拒絕任何的可能，那你就有無限的可能，當然你的態度會決定你的高度，若能好好厚積實力，學會與困難共舞，才能高瞻遠矚、振翅飛天，就像莊子〈逍遙遊〉「搏扶搖而上九萬里」，這時，才華就是你最好的通行證！當然，這一切都要以「健康」為前提，所以敬祝各位身康體泰，學術與生活均衡發展，一切愉悅順利，發光發亮。

這是我研究古文字時經常用到的一些網站，我把它們列出來提供各位參考，最後這個網站是國科會的「TAIDE-LX-7B 語言模型導入生成 AI」，你們可以試著玩玩。以上是我五十年來學術「求真」之路──小學部分很簡單的一個回顧分享，謝謝大家！

逐字稿整理｜高佑仁、邱郁茹

悲愁緣欲老，老過卻無悲
——白居易詩文中呈現的老年、衰弱及自在[*]

陳家煌[**]

一 前言

　　白居易（772-846）年少多病，在早期詩中不斷地吟詠其病況。一部《白氏長慶集》幾乎是白居易一生真誠的日常記錄，而面對老病的恐懼及無奈，一直是白居易作詩重要的主題。[1] 白居易將他肉體的衰弱變化過程，自年輕到老年，鉅細靡遺地寫入他的詩集中。白居易從五十三歲卸任杭州刺史後，便疏於宦情，中間雖然有短暫擔任蘇州刺史及至長安擔任京官，位至刑部侍郎。但其表明欲歸居洛下實踐其中隱生活的意願，屢見詩文之中，最後也能得償夙願。白居易晚年退居洛下十九年，詩文中屢屢以年老詩人自居。喜老、賀老以及相關的老年生活，成為他晚年詩文書寫的主題。這種迥異於中國傳統文人的書寫意識，相當值得研究。而且，白居易長壽富貴，年屆七十，立即懸車退休，完全退出政壇。自其退休至死亡五年間，依然吟詠不輟，創作量豐富。退休後所描寫吟詠的老年處境，亦值得現代普遍長壽之人及高齡社會參考。白居易如何面對年老、安於年老甚至欣賞讚美年老，是本文最關注之處。所以本文將從白居易對衰弱變化與邁向老年著手，探討他從抗拒到接受的心境轉變，最後再敘述白居易安於年老處境，以一

---

[*] 本文初稿原於 2024 年 11 月 16 日國立中正大學歷史系舉辦的「轉型與變革：第十六屆唐代文化國際學術研討會」中宣讀，會中承蒙蕭麗華院長給予寶貴的評論意見。投稿《瞻彼淇奧——沈寶春教授七秩壽慶論文集》，亦蒙二位論文審查人審查給予修改意見，謹申謝忱。沈寶春教授乃是本人大學二年級時的文字學老師，學生不才，用此拙作，敬祝老師平安健康，無憂無病。也希望老師能如白居易晚年退休後，功成身退，自在悠遊於世間。

[**] 國立成功大學中國文學系教授兼前副院長。

[1] 丸山茂說：「白居易把日常生活的一切都用詩文記述下來，他的一生都這樣一字一句定格在《文集》中了。」見〔日〕丸山茂著、張劍譯：《唐代文化與詩人之心》（北京：中華書局，2014 年），頁 3-4。

位老年詩人自居後的自在狀況。白居易以一位自在的老詩人為當時世俗周知，不僅是年老的詩人，而且是快樂自在的老詩人。

二　白居易詩中的老年與衰弱書寫

白居易年少多病，引起他早年的畏懼死亡的情結，在白居易研究中，大致已成定論。[2]最明確的例子，便是白居易自註於十八歲時所作的詩作〈病中作〉：

久為勞生事，不學攝生道。少年已多病，此身豈堪老。[3]

在年華正盛時的十八歲青少年時期，寫下如此不祥的詩句，看來白居易從年輕時便時時擔憂自己多病短命，無法活到年老。[4]白居易年輕時有一首詩很特別，就是他還未應舉考進士前的〈代鄰叟言懷〉，寫下了自己預測就算能長壽卻不見得開心的某種微妙感傷情緒：

人生何事心無定，宿昔如今意不同。

宿昔愁身不得老，如今恨作白頭翁。[5]

這首詩寫在他廿六歲中舉之前。雖然詩題是〈代鄰叟言懷〉，不過，當然是白居易夫子自道之詩：在未老之前畏懼死亡，但料想著自己變老了之後，又必須面臨到年老的困境及問題。他將這種矛盾的心情寫出來，十分傳神真切。但我們不禁要問，正處於廿多歲的年輕白居易，不該是積極樂觀開朗地面對自己接下來的人生嗎？年少多慮的憂愁，使得他對很多事情都採取稍微悲觀的想法。當然，這跟他生長的家庭背景有關：父母近親通婚及父母年齡差距太大的陰影、母親心疾（精神疾病）的折磨，還有最

---

[2] 雖然白居易研究者多有此種看法，但其中論述最為完整的當為侯迺慧。她認為白居易因早衰多病而常憂死，這是對夭亡的恐懼與生命憂患意識表現，見侯迺慧：〈園林道場——白居易的安閒養生觀念與實踐〉，《人文集刊》第 9 期（2010 年 12 月），頁 45-49。

[3] 唐・白居易：〈病中作〉，顧學頡校點：《白居易集》（北京：中華書局，1979 年），卷 13，頁 263。

[4] 白居易疾病書寫詩作類型，亦可參見何騏竹的整理。何騏竹：〈白居易詠病詩中呈現的自我療癒〉，《成大中文學報》第 57 期（2017 年 6 月），頁 42-48。

[5] 唐・白居易：〈代鄰叟言懷〉，《白居易集》，卷 13，頁 267。

小幼弟白幼美的夭折。[6]最重要的是父親死後,在同父異母的大哥白幼文支援下,自己勢必要應試中舉的考試壓力,都讓體質羸弱不堪的白居易快樂不起來。在成長過程中,白居易面臨很多辛苦及無可奈何的事,童年及少年時期與一般人相較比較辛苦。這也使得白居易敏感易傷,人生觀雖然說不上悲觀,但也對未來的不確定感充滿著無助的無力感和消沈感。他甚至將整個生命視為逐漸消磨的過程。在歲月的流逝中,不取其成長的積極義,而常看到歲月消失的悲傷感。[7]如他剛在進士中舉後所寫的這首詩:

  酒盞酌來須滿滿,花枝看即落紛紛。

  莫言三十是年少,百歲三分已一分。[8]

白居易廿六歲進士登第,此詩寫在〈及第後憶舊山〉之後的第二首。照理說,進士登第的白居易應該是志得意滿,但此詩卻隱隱呈現了對未來死亡的畏懼。因為在年輕時會思考到已消耗掉多少一生百歲中時光的比例,基本上便是時刻關心或擔憂死亡的那一刻終將來臨的心態。因此,白居易對自己年歲幾何的意識也非常明顯,常於詩中展現。例如他在任翰林學士時的寒食節所寫的這首詩:

  無月無燈寒食夜,夜深猶立闇花前。

  忽因時節驚年幾,四十如今欠一年。[9]

此詩作於元和五年,白居易卅九歲時。元和五年的寒食節,換成陰曆是落在二月廿二日或二月廿三日,但這兩天均不是初一或卅日,應該都有月亮。大概是當天陰天,陰雲遮月。寒食禁火,白居易在暗淡無光的夜裡猶立於室外

---

[6] 關於白居易父母婚姻及母親心疾最後投井自殺的經過,芳村弘道有詳細的深入研究。〔日本〕芳村弘道著、秦嵐等譯:《唐代的詩人研究》(北京:中華書局,2014年),頁140-147。

[7] 川合康三提到白居易詩中特有的「詩的日常性」,毫無變化、日復一日的日常生活,在白居易詩中被反覆吟唱,構成日常生活的衣食住行諸要素都在詩中得到具體而詳盡的描寫,若能從這點切入看待白居易此種寫詩特性,似乎更能有所得。〔日本〕川合康三著、劉維治等譯:《終南山的變容:中唐文學論集》(上海:上海古籍出版社,2013年),頁266-269。

[8] 唐・白居易:〈花下自勸酒〉,《白居易集》,卷13,頁269。

[9] 唐・白居易:〈寒食夜〉,《白居易集》,卷14,頁273。

花前。在這個團圓的日子,白居易住在長安,母親和弟弟均在身旁,也和妻子新婚不久,他卻想到再一年就四十歲了。這種對於年近四十的自覺意識,多出現在白居易詩中,例如他有詩句「行年欲四十,有女曰金鑾」、「我今欲四十,秋懷亦可知」,都是展現對於四十歲即將到來的無奈。不過,明確地將四十歲定位為感嘆衰老的年齡界限,也是白居易特有的想法。大概也是寫作〈寒食夜〉左右任翰林學士的時期,白居易明明位居近侍的權力核心中,前途一片光明,但他卻有種衰老將至的陰影籠罩心中而寫下了這首詩:

> 歲去年來塵土中,眼看變作白頭翁。
> 如何辦得歸山計,兩頃村田一畝宮。[10]

白居易此時已經擔任翰林學士五年了。以「內相」的身分協助唐憲宗施政,成為憲宗得力幕僚群中的一分子,也是朝野人士眼中政治前途一片光明的青壯派人物。不過他對於世俗的成就卻全然不提,也沒得意及驕傲,反而是對於時光流逝無比感傷。甚至認為歲去年來的過程中,所有經歷的一切都似塵土,不值得一提。但在此過程中,自己的肉體「眼看變作白頭翁」,除了是誇張的寫法,亦是白居易對自己衰老變化的極度畏懼。最後的兩句,白居易完全無視他目前所擔任人稱內相的翰林學士的密勿近侍之職,政治前途一片大好,而萌發起想退隱的「歸山計」,然後清算自己所擁有的房地產,能否支撐他退休後的生活。

除了擔心自己無法長壽,白居易也對於自身衰弱的些微變化敏感地以詩作記錄下來。例如這首也是寫在卅九歲的〈感髮落〉,在旁人眼中閱讀後,也覺得白居易是否過慮:

> 昔日愁頭白,誰知未白衰。眼看應落盡,無可變成絲。[11]

這首詩雖然簡短,但卻能清楚地透露出白居易畏老懼衰的心情。首句因畏老而擔心頭白,因為白髮是老人最重要的徵兆。但是髮未變白卻掉落,又是肉體衰敗的現象。所以白居易雖然畏懼年老的到來,不過與變老相比,未老先

---

[10] 唐・白居易:〈詠懷〉,《白居易集》,卷14,頁276。
[11] 唐・白居易:〈感髮落〉,《白居易集》,卷14,頁277。

衰，才是他最畏懼的事。[12]

當然，變老與衰弱，通常是伴隨而來的自然老化現象。不過還不到四十歲正值壯年的白居易，擔心年老的到來，以及畏懼衰弱的情緒，似乎過於敏感。這當然與他年少時感嘆「少年已多病，此身豈堪老」早衰多病的體質有關。但不論如何，嘆老及畏衰，乃是白居易詩中最常吟詠的二大主題。這二大主題，也成了白居易詩分四類中的「感傷」類的基調。還有，老與衰，基本上都是因為時光流逝而造成肉體的變化。對於這種無可奈何的變化，使白居易自己有著沈重的無力感並生發出感傷的情緒。例如此詩所寫的：

> 離離暑雲散，嫋嫋涼風起。池上秋又來，荷花半成子。
> 朱顏易銷歇，白日無窮已。人壽不如山，年光急於水。
> 青蕪與紅蓼，歲歲秋相似。去歲此悲秋，今秋復來此。[13]

此詩詩題為〈早秋曲江感懷〉，收入感傷詩之中。此詩中今白居易所感所傷的部分，便是「人壽不如山，年光急於水」。對於日復一日的白日升降以及年年的荷花開落，白居易感嘆在這往復循環的不變之中，年光急於水的時間流逝，只有人們人壽不如山而且「朱顏易銷歇」，逐漸老去。白居易寫此詩時卅七歲。在前一年時，他也寫過〈曲江早秋〉，這首詩中感慨「人壽七十稀，七十新過半」，[14]時隔一年再寫下〈早秋曲江感懷〉。在寫作〈曲江早秋〉這首詩時，白居易在元和二年的春天結婚，與楊虞卿、楊汝士的京兆楊家聯姻，在人生未來的仕途上邁進了極大的一步；在同一年，白居易亦由畿縣的盩厔縣尉，調充京兆府的貢舉考官，主持京兆府府試試務，也在這一年錄取的未來的宰相牛僧孺。貢舉試畢，白居易兼任集賢院校理，這在唐代是文士

---

[12] 侯迺慧指出：白居易大量在詩中書寫白髮，乃是因為傷逝傷老的時間焦慮造成，而這也顯現出白居易高度關注自己的身體後的大量自我觀看行為。見侯迺慧：〈身體意識、存在焦慮與轉為道用——白居易詩的疾病書寫與自我治療〉，《臺北大學中文學報》第 22 期（2017 年 9 月），頁 14-17。
[13] 唐・白居易：〈早秋曲江感懷〉，《白居易集》，卷 9，頁 171。
[14] 唐・白居易：〈曲江早秋〉，《白居易集》，卷 9，頁 169。

高尚的學術榮譽職銜。雖然寫此詩之後的十一月五日，白居易才由集賢院召試制書等五道，初授翰林學士。寫作〈曲江早秋〉此詩時，白居易大致上已被視為是未來政治前途可期的明日之星，但他卻沒有任何一絲得意自豪的驕矜之意，反而是仔細地計算自己：「人生已經過了一半了！」這種對人生所剩餘幾的想法，一般會浮現在老人的腦海意識中，對於一個卅六歲的青壯人而言，相當不尋常。對於時間消逝的異常敏感意識，感受到年光急於水的恐懼，是白居易詩中相當獨特的特色。

　　白居易在任翰林學士的六年期間，幾乎每到秋天，都會儀式性地前往曲江感懷。例如他在〈曲江感秋〉這首詩下自註：「五年作。」也就是他於元和五年秋天時，寫下這首詩：

　　沙草新雨地，岸柳涼風枝。三年感秋意，併在曲江池。
　　早蟬已嘹唳，晚荷復離披。前秋去秋思，一一生此時。
　　昔人三十二，秋興已云悲。我今欲四十，秋懷亦可知。
　　歲月不虛設，此身隨日衰。暗老不自覺，直到鬢成絲。[15]

白居易從元和二年十一月擔任翰林學士後，自元和三年秋到五年秋寫這首詩為止，共在曲江度過了三次的秋天，所以白居易在詩中寫到「三年感秋意，併在曲江池」，此乃實寫。詩中所謂的「昔人三十二，秋興已云悲」，用的是潘岳的〈秋興賦・序〉中所謂：「余春秋三十有二，始見二毛。」此詩於秋日有所感的，當然是最後四句，感嘆歲月無情地流逝，而身體隨日衰弱，自己卻對此自然現象無能為力的感傷。

　　對於自己有意識的過度畏懼衰老，白居易在母親去世後，於下邽守喪期間，開始尋求佛法的慰藉。例如他在此詩中所寫的：

　　白髮知時節，暗與我有期。今朝日陽裡，梳落數莖絲。
　　家人不慣見，憫默為我悲。我云何足怪，此意爾不知。
　　凡人年三十，外壯中已衰。但思寢食味，已減二十時。

---

[15] 唐・白居易：〈曲江感秋〉，《白居易集》，卷9，頁174。

> 況我今四十，本來形貌羸。書魔昏兩眼，酒病沈四肢。
>
> 親愛日零落，在者仍別離。身心久如此，白髮生已遲。
>
> 由來生老死，三病長相隨。除卻念無生，人間無藥治。[16]

此詩明白如話，娓娓道來白居易對於自身衰老的感受及感慨。對於自己感受到衰弱的原因，除了自然老化以外，還有讀書太過、酒喝太多，以及經常面臨到親友之間生離死別的哀痛。精神耗損和肉體過度使用，都是自己逐漸衰弱而產生白髮及落髮的主因。最後白居易直截地在詩裡面說，人生中的生老死三個不可或缺的過程，以人力而言不可能避免。若要免除生老病死所帶來的煩惱，則必須要依靠佛理才能達成。詩中的「無生」即「無生忍」，是大乘經論的通用語彙，唐代北宗禪師偏好使用此語，白居易詩中也常出現，在此詩中則作為佛教的代稱。

這種因時間流逝而悲嘆年華老去的嘆老情節，在白居易四十歲到五十歲的詩作中經常出現。主題類似，內容也大致相同，只是寫作面向有時會有些微的改變。例如〈歎老三首〉的第一首，就跟上面所引的〈白髮〉內容，異常相似：

> 晨興照青鏡，形影兩寂寞。少年辭我去，白髮隨梳落。
>
> 萬化成於漸，漸衰看不覺。但恐鏡中顏，今朝老於昨。
>
> 人年少滿百，不得長歡樂。誰會天地心，千齡與龜鶴。
>
> 吾聞善醫者，今古稱扁鵲。萬病皆可治，唯無治老藥。[17]

此詩也是感嘆因年華消逝而自己肉體逐漸變化。當然，此詩也貼切準確地寫出一般人對於年老到來而不自知的現象，即是「萬化成於漸，漸衰看不覺」。習慣了日常生活的周遭環境，大致以為生活是固定不變，卻不知漸變的過程，我們難以察覺，而容易忽略。但對時間異常敏感的白居易，卻能感知到：「今朝老於昨」。詩的最後也是感嘆衰老是無藥可醫的自然變化，每個人都遇得到，對此，所有人都無能為力。

---

[16] 唐・白居易：〈白髮〉，《白居易集》，卷9，頁177。

[17] 唐・白居易：〈歎老三首〉，《白居易集》，卷10，頁186。

值得注意的是，白居易在任杭州刺史之前，詩中所描寫的衰弱，通常都是寫自身衰弱的感受，而不太寫出實際肉體衰弱的現象。寫到衰弱時，除了與年老相互連結之外，也通常會與生病相關聯。他在任杭州刺史前，以「衰病」二字入詩題的詩作，便有三首，分別是二首同題〈衰病〉及〈衰病無趣因吟所懷〉：

  老辭遊冶尋花伴，病別荒狂舊酒徒。
  更恐五年三歲後，些些談笑亦應無。[18]

  朝餐多不飽，夜臥常少睡。自覺寢食間，都無少年味。
  平生好詩酒，今亦將捨棄。酒唯下藥飲，無復曾歡醉。
  詩多聽人吟，自不題一字。病姿引衰相，日夜相繼至。
  況當尚少朝，彌慚居近侍。終當求一郡，聚少漁樵費。
  合口便歸山，不問人間事。[19]

  老與病相仍，華簪髮不勝。行多朝散藥，睡少夜停燈。
  祿食分供鶴，朝衣減施僧。性多移不得，郡政謾如繩。[20]

以上的第一首〈衰病〉作於白居易江州司馬時期，第二首〈衰病無趣因吟所懷〉作於中書舍人時期，而第三首〈衰病〉作於杭州刺史時期。這三首的寫作時間，大約都在白居易五十歲上下。在這些以衰病為題的詩中，白居易都只寫因衰病而產生的心理感受，而不具體明確寫出如何衰病，以及衰病的肉體反應。第一首〈衰病〉寫的是因衰病可能無法聚伴行樂；〈衰病無趣因吟所懷〉及第二首〈衰病〉，寫的是因體力的衰退，深怕自己無法完成工作重任，而產生某種埋怨自身衰病的無力感。[21]姑且不論第一首〈衰病〉，上引的

---

[18] 唐‧白居易：〈衰病〉，《白居易集》，卷17，頁360。
[19] 唐‧白居易：〈衰病無趣因吟所懷〉，《白居易集》，卷11，頁225。
[20] 唐‧白居易：〈衰病〉，《白居易集》，卷20，頁436。
[21] 白居易任官時，有很強烈的制度意識，用在公務上則成為盡心盡責的戮力於公務。關於白居易制度意識及認真執行工作的部分，請參閱劉寧：《唐宋之際詩歌演變研究——以

後二首，會讓白居易興發起衰病感嘆的，可能不是真的自身肉體的衰病，而是遭遇到繁重的工作負擔時，白居易先用自身衰病為某種搪塞的理由。但一再強調自己衰病的原因，可能是他對於繁重的工作任務的某種較為溫和的抱怨，還有對於自己年老能否負擔重責工作的再思考吧。白居易對於自己日漸年老的敏感異於他人，不過，五、六十歲之後，真正到了古人認為的初老時期，白居易似乎對自己年老的感傷已不那麼強烈了。他的心態也逐漸地由畏懼年老，到慢慢接受年老，正視自己已經變老，並安於此種年老的狀態了。

三　取捨後的餘裕——逐漸接受變老的狀態

　　白居易自四十四歲左遷江州後，在江州前後四年，過著幾乎不用負擔公務工作的半隱居生活。當然白居易非常清楚他被貶江州，並不是重貶，而是朝廷中以憲宗為首的主戰派，將主和派的朝臣貶謫，以利用兵淮西、山東及河北等不臣的方鎮。[22]年屆中年，由四十中段往五十歲邁進的白居易，開始重新整理自己的人生歷程，也重新思考即將面臨的衰老年歲的來臨。[23]因為重新審視前半生，白居易對衰老也就沒那麼排斥和抗拒，甚至隱然有逐步接受的想法，如此詩所陳述的想法：

　　三十氣太壯，胸中多是非。六十身太老，四體不支持。

　　四十至五十，正是退閒時。年長識命分，心慵少營為。

　　見酒興猶在，登山力未衰。吾年幸當此，且與白雲期。[24]

此詩下自註：「黃石巖下作。」謝思煒註此詩引〈廬山記〉，黃石巖位於雙澗峰下黃巖寺附近。所以此詩作於白居易登山入黃巖寺之後，因此詩中有「登山力未衰」的句子。白居易在這首詩中，將三十歲及六十歲的缺點，以氣太

　　元白之元和體的創作影響為中心》（北京：北京師範大學出版社，2002 年），頁 19-32。

[22] 陳家煌：〈由白居易貶江州之史實考察論其詩人意識之形成〉，《中山人文學報》第 34 期（2013 年 1 月），頁 197-206。

[23] 靜永健甚至認為，白居易在江州時期的意識中，常擔心自己會死在江州司馬的任內。見〔日〕靜永健著、劉維治譯：《白居易寫諷諭詩的前前後後》（北京：中華書局，2007 年），頁 185-187。

[24] 唐・白居易：〈白雲期〉，《白居易集》，卷 7，頁 137-138。

壯及身太老來概括。換言之，四十至五十，則血氣不那麼剛烈，肉體也不會太衰老，性格逐漸圓熟。而體力尚在時，應該是在事業上有所成就，而打算更上一層樓的打拚時刻，絕對不會是適合「退閒」的時候。不過白居易卻說此時「正是退閒時」，當然是幽默地反諷自己退閒於江州司馬官職上閒退的處境。白居易於此詩對自身年歲的領悟是「年長識命分」，這跟他貶江州之前不斷地嘆老畏衰的詩作主題，有很大的落差。因年長而理解命中該有的事物，和強求不來的事物。理解其間分際後，能在有限的範圍內，自在且有餘裕地生活著，這是白居易貶到江州之後，在心力上有餘裕後深刻的感悟。閒暇後有餘裕的身心伸展空間，讓一向忙碌的白居易對於年老有另一種認識，例如同樣在江州寫的這首詩的心情：

> 不爭榮耀任沈淪，日與時疏共道親。
> 北省朋僚音信斷，東林長老往還頻。
> 病停夜食閒如社，慵擁朝裘暖似春。
> 漸老漸諳閒氣味，終身不擬作忙人。[25]

這首詩首聯是以無奈地口吻在寫出自己閒暇，其實是外放江州，遠離權力核心後，不得不過著閒暇的日子，所以和北省（中書省和門下省）的官員友人疏離，反而跟東林寺的出家人頻繁往來。腹聯中有寫到病，但應該不是生病，而是衰弱後的身體不適，只好停夜食，跟和尚們「過午不食」一樣。「漸老漸諳閒氣味」更是一種自我人生的重新啟迪，若將能夠享受「閒」的處境和伴隨而來的老態相伴，以前懼老的心態，就可以相當平順地慢慢接受。因年老而能享受和理解「閒氣味」的話，那變老，對白居易而言似乎也覺得沒那麼糟糕。

相同的，在三十歲及四十歲之際，令白居易視為漸老徵兆的白髮及白鬚，在任江州司馬中期之後，好像也沒那麼可怕和可厭，如〈偶宴有懷〉此詩所寫的：

---

[25] 唐・白居易：〈閒意〉，《白居易集》，卷17，頁360。

> 遇興尋文客，因歡命酒徒。春遊憶親故，夜會似京都。
>
> 詩思閒仍在，鄉愁醉暫無。狂來欲起舞，慚見白髭鬚。[26]

對於白居易最愛的詩酒，有此同好的友人來訪，除了鄉愁消逝，也引發了詩興。但歡樂時，見到白髭鬚，才驚覺自己已初老，已有老貌了。此詩中的白髭鬚，不是可畏可驚的意象，而是白居易拿自己年老外貌來開玩笑的意象。

同樣拿白髮來開玩笑，也出現在這首任江州司馬後期的詩中：

> 顧我長年頭似雪，饒君壯歲氣如雲。
>
> 朱顏今日雖欺我，白髮他時不放君。[27]

這首詩的詩題就是「戲答」。這裡白居易戲答少年們，雖然壯歲氣如雲的少年們笑白居易此時的滿頭白髮，並拿自己的朱顏當成是白居易白髮的對照。但白居易卻以過來人的口吻，跟他們說總有一天會輪到他們滿頭白髮的。從這首詩來看，白居易似乎擺脫了畏懼年老的心態，並逐漸能安於老年滿頭白髮的狀態。以他能輕鬆回應少年們的玩笑，自信地說出「白髮他時不放君」便可以知道，他已視自己逐漸邁向年老，為自然變老的過程，如此便無需抗拒及懼怕了。

對於年壽長短的驚畏恐懼心態，白居易在江州時期已漸漸不縈掛胸懷。這可能跟他日漸年長的閱歷和人生體驗，還有深刻體會老莊及佛學道理有關。例如這二首，以淺白的語言及簡單的意象來探討：

> 青松高百丈，綠蕙低數寸。同生大塊間，長短各有分。
>
> 長者不可退，短者不可進。若用此理推，窮通兩無悶。
>
> 椿壽八千春，槿花不經宿。中間復何有，冉冉孤生竹。
>
> 竹身三年老，竹色四時綠。雖謝椿有餘，猶勝槿不足。[28]

在這兩首詩中，詩題雖題為「齊物」，但詩的內容卻是在強調命定及認分。

---

[26] 唐・白居易：〈偶宴有懷〉，《白居易集》，卷17，頁361。
[27] 唐・白居易：〈戲答諸少年〉，《白居易集》，卷17，頁364。
[28] 唐・白居易：〈齊物二首〉，《白居易集》，卷7，頁143-144。

青松和綠蕙高度各有不同、椿木及槿花和竹子壽命也有差異。第一首顯示出若認清楚自己的本分，則草樹的長短就跟人的窮通一樣，只能接受，難以用外力來改變；而第二首則寫出，在長壽的椿木和短命的槿花之間，還有介於其間壽命長短適中的竹子。第二首詩的寓意很清楚，白居易就是以「竹身三年老」的竹子為喻，希望自己的人生壽命，雖不能如椿木般長達八千歲，但只要不跟僅有一日壽命的槿花一樣太過短暫就可以了，所以用竹子自喻，也是展現了白居易對自身壽命長短的看法。竹子雖然僅有三年命期，不過它「竹色四時綠」，在不算短的在世時間內，展露其身為竹子的特性。將自身的本分及命定的特性清楚地審視瞭解後，那麼對於未來老去的狀況，也將不過於焦慮及惶恐不安。[29]

對白居易而言，擺脫自身肉體老化及衰弱焦慮的方法，似乎是悠閑地過生活。心境上的悠閑舒適，可以讓白居易忘卻老之將至，如此詩〈食後〉所寫的：

食罷一覺睡，起來兩甌茶。舉頭看日影，已復西南斜。

樂人惜日促，憂人厭年賒。無憂無樂者，長短任生涯。[30]

對於白居易而言，吃完午飯，然後去睡午覺，午睡醒來後，已經來到傍晚了。在江州的生活，本來就是無所事事。因為無公務纏身，讓身為江州司馬的白居易，過著「官足以庇身，食足以給家。州民康，非司馬功；郡政壞，非司馬罪，無言責，無事憂」[31]的無職責負擔的官職，且可以「綽綽可以從容於山水詩酒間」的生活。對於積極進取且對未來有企圖心的人，白居易認為「樂人憂日促」。白居易在貶江州之前，也曾經於下邽守喪三年半，但對於衰老卻是相當在意。那是因為白居易守喪時，才四十歲，而且是卸下翰林學士這

---

[29] 在這段時期，白居易應有受到《莊子》氣化理論的影響，而形成「委順」的觀念來調解貶謫的不適，進而拋開病身的不適達到外適的體驗，見何儒育：〈論白居易江州時期氣化體驗中的《莊子》思想：以成玄英《南華真經疏》為參照〉，《文與哲》第 35 卷（2019 年 12 月），頁 35-40。

[30] 唐・白居易：〈食後〉，《白居易集》，卷 7，頁 143。

[31] 唐・白居易：〈江州司馬廳記〉，《白居易集》，卷 43，頁 933。

個重要樞密職位而守喪。此時的白居易，名利心仍重，對未來的政治前途抱有極大的渴望。這種積極進取的心態，在貶江州之前都還在。所以他服除之後任太子左贊善大夫時，雖然是五品的朝官，不過因為是東宮官，是清職而無實權，所以白居易在詩中有非常多的抱怨。如他在任太子左贊善大夫時所寫的這首詩，以白牡丹自喻官職，充滿落寞及無奈：

白花冷澹無人愛，亦占芳名道牡丹。
應似東宮白贊善，被人還喚作朝官。[32]

從此詩中可看出白居易擔任冷官的不甘心。雖然五品京官都有上早朝的資格，稱為「朝參官」，但白居易引白牡丹自喻，自己任東官宮，就像白牡丹的處境一樣，「冷澹無人愛」。從這首詩看來，白居易對於官場前途，在四十三歲守喪完後，如年輕時一般，依然熱中。

因為熱中權勢富貴，心態便顯得積極進取。積極進取的人，對於時光的感受，便是「惜日促」，害怕時不我予，因為擔憂時不我予，所以更懼怕衰老的到來。人若衰老，便無足夠的精神及體力，應付成事過程間的所有挑戰。年輕力壯，才有足夠的氣力做事。白居易會擔憂害怕衰老，便是他必須擁有足夠的體力，才能達到他的願望，做完他想做的事。身體若一旦衰老，其健康程度無法應付雜沓的公務庶事，則在任官的工作效率上，便會有所減損。白居易從筮仕踏入仕途後，一向全力以赴完成公務，不僅全力以赴，有時還用力過度，惹得君王或長官憤懣。關於自己前半生的過度奮鬥，雖然也得到相應的名位聲望。但是白居易在江州時期也重新審視自己，要這麼拚命地爭名逐利地過下去嗎？在左遷江州時期，白居易大概體會到人生需有「取捨」，之後才能得到「餘裕」。有餘裕後，便能從容地面對將老的人生，並且接受，不用擔憂自己的體力精神無法負荷過重的公務工作。

本人近來重讀白集，突然覺得他在江州時期所寫的〈截樹〉此詩，看

---

[32] 唐・白居易：〈白牡丹〉，《白居易集》，卷15，頁309。

似修剪樹木的實事實作之詩,仔細思索,此詩可能是一首譬喻詩。也就是白居易藉由修剪樹木枝葉的內容,隱喻自己必須有所取捨,修剪人生不必要的多餘龐雜事務。清心寡欲後,才能清楚看到自己生活的目標:

> 種樹當前軒,樹高柯葉繁。惜哉遠山色,隱此蒙籠間。
> 一朝持斧斤,手自截其端。萬葉落頭上,千峰來面前。
> 忽似決雲霧,豁達睹青天。又如所念人,久別一款顏。
> 始有清風至,稍見飛鳥還。開懷東南望,目遠心遼然。
> 人各有偏好,物莫能兩全。豈不愛柔條,不如見青山。[33]

如果把枝葉看成是人們身外之物的浮名利祿,那麼,這首詩的寓意就昭然若揭了。若將「遠山色」視作人生的象徵,本詩中的大樹枝幹為個人世俗成就及庶務責任。那麼過多的身外名利,雖然會使得自身雄壯威武,樹高葉繁。但是大樹要維持此等規模,必然本體需要有強力的支持。而且重點是如此大樹,會遮蔽視線,令人看不到遠方的高山,使人無法有高瞻遠矚的理念和未來想像。以種樹而言,當然希望枝葉繁茂;以人生而言,當然希望富貴而至將相,揚名立萬,光宗耀祖。只不過,大樹在茁壯過程會阻礙遠望的視線,而人在追求名利的過程中,也會迷失自我。白居易在左遷江州之前,就是太重視世俗間的成就。因為害怕沒有在身強力壯時期達到人間聲望的高峰,所以才會畏懼年老及衰病體弱的到來,因為人一旦衰老,便無法再上一層。這就是「樂人惜日促」,要珍惜每段可以向上爬的時光,不要虛度光陰。這種生活態度過久了,人難免會疲憊,因為用力過度,一味地追逐名利,會使人迷失自我。這時就要適當地修剪類似大樹枝葉的身外名利的束縛。修剪枝葉,可以「千峰來面前」,可以「豁達睹青天」,可以使「清風至」,可以使「飛鳥還」。最後修剪完柯葉,可以「開懷東南望,目遠心遼然」,得到一種遠望抒懷的悠然自在感。最後白居易感嘆,「人各有偏好,物莫能兩全」,抉擇取捨很重要。最後他以截樹為喻,向世人宣稱也選擇了修剪外在名利的束

---

[33] 唐・白居易:〈截樹〉,《白居易集》,卷7,頁140。

縛，不在名利修羅場中迷失自我。在取捨修剪的過程中，重新找回自我人生的目標，獲得新生。

在這首〈截樹〉中，我們可以看出在現實生活中，修剪樹木的重要。一般園藝活動中，提到樹木枝葉的修剪，通常是站在能培植良好植物的角度來談論枝葉修剪的重要性。但是此詩，卻是從能不能見到遠方青山的角度，來思考枝葉修剪這件事，這種特殊的切入點，引起我對白居易此詩的興趣。或許，他在江州時期的人生中領悟到一件事：取捨後所得到的餘裕，才能讓他仔細地品味人生。從他日後的人生抉擇來看，他所取的是生活的餘裕，而捨的是對名利過度的追求吧。

除了想有所取捨，芟除身外過多的因為要維持名利地位所必須從事的束縛外，白居易到了江州後，對於自我感覺到滿足，而產生不會因為有所不足而愁煩的想法，愈來愈濃烈。例如他在寫給元稹的〈與元九書〉中提到自己任江州司馬：「官品至第五，月俸四五萬，寒有衣、饑有食，給身之外，施及家人，亦可謂不負白氏之子矣！」[34]不視左遷江州為人生困頓逆境而有所抱怨。以知足之心來消解左遷的失落。同樣地，他在這首詩中，更顯示出他認為所得的名利已足夠，不需要費心用力爭逐的心態：

故人對酒歎，歎我在天涯。見我昔榮遇，念我今蹉跎。
問我為司馬，官意復如何。答云且勿歎，聽我為君歌。
我本蓬蓽人，鄙賤劇泥沙。讀書未百卷，信口嘲風花。
自從筮仕來，六命三登科。顧慚虛劣姿，所得亦已多。
散員足庇身，薄俸可資家。省分輒自愧，豈為不遇耶。
煩君對杯酒，為我一咨嗟。[35]

「自從筮仕來，六命三登科」，是白居易年至四十五歲，官至江州司馬的人生成就。這種人生成就，足以令白居易感覺到「顧慚虛劣姿，所得亦已多」。對名利的追求已經滿足了，不用再費力過度地追求了。因為他省察自己的本

---

[34] 唐・白居易：〈與元九書〉，《白居易集》，卷45，頁964。
[35] 唐・白居易：〈答故人〉，《白居易集》，卷7，頁130。

分及才能,所得亦已多也讓他自愧。

職是之故,對名利已不再過度追求的白居易,自然不用去擔心自己衰老後,無能為力去負責重要的職務工作。衰老是一種自然現象,而白居易在四十四到四十八歲時的江州時期,因領悟到必須有所取捨才能得到餘裕。只要捨棄追逐名利的欲望,那麼不論是肉體或精神都能有餘裕。若是身心有餘裕,就不用擔心肉體和心靈必須去承受過度強烈的職務工作。因為畢竟要維持榮華富貴,必須有所付出,而這種付出,會耗損身心精力。若是捨棄名利之心,就算是衰老,體力精神也能應付悠閒的生活,這也就是白居易詩中提到的「無憂無樂者,長短任生涯」的意思。

因為白居易產生了「所得亦已多」的自我滿足心態,也理解了「人各有偏好,物莫能兩全」要有所取捨的道理。貪夫徇財,烈士徇名,白居易追求的是身心有所餘裕,以迎接衰老的來臨。所以,離開江州之後,白居易的官越升越高,但是他卻在所有官職最後,幾乎都是以辭官終結。最後自求分司官,餘生十九年在洛陽履道坊宅第終老。這也是他以取捨名利的方式取得晚年的餘裕,最後以逐漸衰老的精力應付老況。從抗拒到接受衰老,乃是白居易於江州領悟名利取捨之後,在初老時得到的最大禮物。

四　身為老年詩人的自在

在江州時期,白居易體認到了「取捨」後能得到生活上的餘裕,不會讓自己過度消耗精力心神。因此就算變老後,體力和集中力消退,也不用過於擔心,因為有了餘裕後,便能從容地應付,游刃有餘。所謂的取捨,偏重在捨。也就是若捨去對追求名利的欲望,減省公務勞力的付出,那麼空餘下來的時間和精力,則足以應付年老時的各種狀態。雖然這種想法大概萌生於江州時期,不過,在江州升忠州刺史時,白居易對於左遷後職位的陞遷,還是感到無比的歡喜。離開江州司馬的職務陞任忠州刺史時,白居易四十八歲。離開江州要前往忠州時,此詩足見白居易雀躍的心情:

> 好去民曹李判官，少貪公事且謀歡。
> 男兒未死爭能料？莫作忠州刺史看。[36]

明明在勸李判官，在公務上不要過勞，追求名利以致無暇尋歡作樂。但在詩末又突顯自己人生世俗的成就不會僅止於忠州刺史，明確地表達自己此時追逐名利之心依然熾熱不消。

之後白居易卸任忠州刺史，再次回京擔任郎官，於五十歲時再陞任中書舍人並賜緋後，達到他人生政治生涯成就的第二高峰。在還沒賜緋（文散官五品的朝議大夫銜）前，白居易其實蠻焦慮的。跟他同時有授緋資格的好友元宗簡，時任京兆少尹，也就是長安首都的副首長，二人都急切地等待賜緋消息的到來。白居易為此盼望的心情，留下二首詩作為記錄：

> 朝客朝回回望好，盡紆朱紫佩金銀。
> 此時獨與君為伴，馬上青袍唯兩人。
>
> 鳳閣舍人京亞尹，白頭俱未著緋衫。
> 南宮起請無消息，朝散何時得入銜。[37]

這二首詩乃是同時所作相連的二絕句。因為白居易與元宗簡此時均未賜緋，所以官服的服色都是綠色。要賜緋後，文散官至五品或四品，官服才會換成淺紅色和深紅色。官服的服色，是依文散官位而非職事官位來規定。所以上一首詩，白居易感嘆上早朝的朝官（職事官階五品以上的京官才有資格上早朝），大家都著紅色或紫色（文散官階三品以上著紫）的官服，只有自己和元宗簡穿綠色的青袍官服。下一首則是直白地寫出白居易等待賜緋正式命令下來前的急躁心情。南官是尚書省，賜緋是吏部的業務，所以白居易苦候消息而不得；朝散則是文散官銜朝議大夫的簡寫，此乃白居易和元宗簡急切等候的官銜。白居易這兩首詩，其實其等候官銜人事命令的心情，其實頗為庸俗，不過這也表示了白居易對朝散官銜的重視。同樣地，在擔任中書舍人，

---

[36] 唐・白居易：〈戲贈戶部李巡官〉，《白居易集》，卷17，頁373。
[37] 唐・白居易：〈朝迴和元少尹絕句〉、〈重和元少尹〉，《白居易集》，卷19，頁405。

職居中樞，密勿公事，白居易又開始擔心自己衰老的體力無法負荷公務：

> 龍尾道邊來一望，香爐峰下去無因。
> 青山舉眼三千里，白髮平頭五十人。
> 自笑形骸紆組綬，將何言語掌絲綸。
> 君恩壯健猶難報，況被年年老逼身。[38]

龍尾道乃唐代於大明宮早朝時，升上宮殿早朝的階梯。此詩將名利之地的龍尾道和廬山草堂對比，寫出自己漸老恐無力擔負中書舍人掌絲綸的重任，因此興發感嘆。詩末的二句，亦是顯現出白居易擔憂因年老體力衰退無法盡到應盡的工作職責，而害怕衰老的到來。

五十歲左右的白居易，雖然還熱衷於權勢職位，無法割捨其名利欲望。不過在五十二歲任杭州刺史後，他就在工作及生活中，取得比較好的平衡。也就是公務雖然也負責任地處理完，但工作不過勞，會留點餘裕給自己喜歡的事。如他這首〈初領郡政衙退登東樓作〉，就是傳達他任杭州刺史的工作及生活態度：

> 鰥惸心所念，簡牘手自操。何言符竹貴，未免州縣勞。
> 賴是餘杭郡，臺榭繞官曹。凌晨親政事，向晚恣遊遨。
> 山冷微有雪，波平未生濤。水心如鏡面，千里無纖毫。
> 直下江最闊，近東樓更高。煩襟與滯念，一望皆遁逃。[39]

對於公務工作，白居易還是負責任地親力親為。前四句就是他自述任杭州刺史的工作態度及工作內容。只不過，在公務繁忙的情況下，雖然「凌晨親政事」，公務之餘，也會放下工作而「向晚恣遊遨」，從事飲宴及欣賞杭州美景。所以白居易已不像在貶江州之前，汲汲營營於公務的績效及名位的追求，甚至思考，如何在有限的剩餘人生歲月中，得到滿足快樂的事。這種想法，可以在杭州刺史任上連續撰寫的類似宣言式的二首詩中得窺其要：

> 索索風戒寒，沈沈日藏耀。勸君飲濁醪，聽我吟清調。

---

[38] 唐・白居易：〈登龍尾道南望憶廬山舊隱〉，《白居易集》，卷19，頁407。
[39] 唐・白居易：〈初領郡政衙退登東樓作〉，《白居易集》，卷8，頁155。

芳節變窮陰,朝光成夕照。與君生此世,不合長年少。
今晨從此過,明日安能料。若不結跏禪,即須開口笑。

明月照君席,白露霑我衣。勸君酒杯滿,聽我狂歌詞。
五十已後衰,二十已前癡。晝夜又分半,其間幾何時。
生前不歡樂,死後有餘貲。焉用黃壚下,珠衾玉匣為。[40]

上一首〈清調吟〉及下一首〈狂歌詞〉,都是白居易初至杭州所作。在〈清調吟〉中,白居易體會到,人生在世,「不合長年少」,也就是年老衰頹和大限時刻終究會到來。時光也快速地流轉飛逝,尋歡作樂讓自己開心,才是餘生最重要的事。第二首的〈狂歌詞〉則寫富貴利祿和金銀財寶,都是死不帶去的身外之物。在短暫的人生之中,生前要歡樂,不然珠衾玉匣都是無用之物。

　　餘生要務為自在開心,公務工作量力而為,名利富貴不過度追求,留有生活的餘裕以便享受人生,變成白居易晚年後的處世態度。因為不受公務拘牽束縛,並且在政壇上握有選擇職務的特權,白居易在五十五歲以百日假卸下蘇州刺史後,之後過於繁忙的職務,白居易一律以「百日假」的手段,自求免職。所以白居易在晚年退居洛下時,自豪地向他人誇耀自己是「一生耽酒客,五度棄官人」,[41]在這二句詩句下,白居易自註:「蘇州、刑部侍郎、河南尹、同州刺史、太子少傅,皆以病免也。」能夠擔任這些重要官職,而且都以百日假為手段免官(棄官)而不受世人批評的白居易,可見其政治資本有多雄厚,才能享有這些政治上的特權。何況,那時還是牛李黨爭最激烈的唐文宗時期。

　　因此,白居易以分司官的身分退居在洛陽履道宅後,幾乎就不干涉政務,也幾乎放棄在政治場域中更上一層的任何機會,過著自在而愉快的老

---

[40] 唐・白居易:〈清調吟〉、〈狂歌詞〉,《白居易集》,卷8,頁155。
[41] 唐・白居易:〈醉中得上都親友書,以予停俸多時,憂問貧乏,偶乘酒興,詠而報之〉,《白居易集》,卷36,頁837。

年生活。[42]對於其他熱衷權勢富貴的友人,白居易也不會妄加批判,而是用自行其是的心態來看待自己和他人不同的人生抉擇,如此詩所寫的:

> 何處披襟風快哉,一亭臨澗四門開。
> 金章紫綬辭腰去,白石清泉就眼來。
> 自得所宜還獨樂,各行其志莫相咍。
> 禽魚出得池籠後,縱有人呼可更迴?[43]

此詩是白居易以刑部尚書致仕,在會昌二年七十一歲時所寫的詩。對於退休後完全卸下公務的白居易而言,脫去了金章紫綬外在榮利的身分地位象徵後,才能真正地欣賞白石清泉的美好。「自得所宜還獨樂,各行其志莫相咍」,即是白居易對於自己五十多歲以後退居洛下任分司官的自我解釋。此詩中,幾乎不見白居易對年老的感傷或畏懼氣味,也沒在詩中向朝中親故抱怨自己年逾七旬的年老實況,反而是寫出卸下職責後的愉快心情。值得一提的是,白居易在六十八歲時中風,造成他左腿不良於行,但這似乎也沒有消減白居易感受美好世界的興致。

對於名利的取捨,讓自己減少公務工作,讓白居易本來惶恐可能因年老衰頹而無精力應付工作的心情,頓時消失。可以有餘裕之後,白居易也不再畏懼年老的到來,相反地,他竟然有「喜老」的特殊想法。在白居易詩中,以喜老作為詩題的,便有二首,分別是〈覽鏡喜老〉及〈喜老自嘲〉:

> 今朝覽明鏡,鬚鬢盡成絲。行年六十四,安得不衰羸。
> 親屬惜我老,相顧興歎咨。而我獨微笑,此意何人知。
> 笑罷仍命酒,掩鏡拈白髭。爾輩且安坐,從容聽我詞。
> 生若不足戀,老亦何足悲。生若苟可戀,老即生多時。

---

[42] 關於白居易洛下履道宅的生活情調,曹淑娟以「壺中天地」這種類似神話仙境來闡述履道園「園為我有」、「我在園中」安頓身心的老年生活。見曹淑娟:〈江南境物與壺中天地－白居易履道園的收藏美學〉,《臺大中文學報》第 35 期(2011 年 12 月),頁 113。另,赤井益久對白居易的「壺中天」也有論述,見〔日〕赤井益久:《中唐文人之文藝及其世界》(北京:中華書局,2014 年),頁 89-93。

[43] 唐・白居易:〈題新澗亭兼酬寄朝中親故見贈〉,《白居易集》,卷 36,頁 837。

不老即須夭，不夭即須衰。晚衰勝早夭，此理決不疑。
古人亦有言，浮生七十稀。我今欠六歲，多幸或庶幾。
儻得及此限，何羨榮啟期。當喜不當歎，更傾酒一卮。[44]

面黑頭雪白，自嫌還自憐。毛龜著下老，蝙蝠鼠中仙。
名籍同逋客，衣裝類古賢。裘輕被白氎，靴暖踏烏氈。
周易休開卦，陶琴不上弦。任從人棄擲，自與我周旋。
鐵馬因疲退，鉛刀以鈍全。行開第八秩，可謂盡天年。[45]

〈覽鏡喜老〉作於白居易六十四歲時，而〈喜老自嘲〉作於七十一歲。這兩首詩雖然都寫得淺白易懂，帶有白居易娓娓道來說理性強的特色。〈覽鏡喜老〉一詩的宗旨在於「晚衰勝早夭」，對於自己年老不用過於感傷，因為「老即生多時」，能活到老，表示自己已經活得很久了，是值得高興的事。這種經由比較後感覺佔了便宜的想法，直率可愛，也頗有說服力。〈喜老自嘲〉則是白居易自喜自己能活到七十以上，雖然在政治成就像是被人棄擲不受重用，不過卻能在免除名利的外在束縛後，過著與自我周旋的快意生活，最後終能以全盡天年而自喜。當然，能夠享受老年生活而感到自在，必須在物質條件上有餘裕。白居易在這首詩中，扼要地概括他的年老日常生活：

日出起盥櫛，振衣入道場。寂然無他念，但對一爐香。
日高始就食，食亦非膏粱。精粗隨所有，亦足飽充腸。
日午脫巾簪，燕息窗下床。清風颯然至，臥可致羲皇。
日西引杖屨，散步遊林塘。或飲茶一甌，或吟詩一章。
日入多不食，有時唯命觴。何以送閒夜，一曲秋霓裳。
一日分五時，作息率有常。自喜老後健，不嫌閒中忙。
是非一以貫，身世交相忘。若問此何許，此是無何鄉。[46]

---

[44] 唐・白居易：〈覽鏡喜老〉，《白居易集》，卷30，頁676。
[45] 唐・白居易：〈喜老自嘲〉，《白居易集》，卷37，頁854。
[46] 唐・白居易：〈偶作二首〉之二，《白居易集》，卷22，頁492-493。

此詩作於白居易五十八歲時。此詩叨絮著老年白居易平常的一日作息。從起床後盥梳開始，唸經、吃飯、休息、喝茶、吟詩、散步，到了晚上則不食卻飲酒，白居易自稱日常將一日分為五等分，照表操課。如此規律的日常生活步調，讓白居易在老年生活時感覺到「自喜老後健」，能讓白居易不以年老衰頹而感傷的主要原因，就是白居易選擇了「閑中忙」的生活方式。無過多的責任及工作外務，讓白居易得以按照自己的興趣，悠哉游哉地過著與世無爭的生活。如此一來，就算肉體老去，精神不似年輕時敏銳，但也足以應付老年的日常生活，自在快活。[47]

白居易於六十八歲時中風，年輕時最擔憂的老病及死亡已迫在眉睫，但是他卻寫了十五首近體組詩，有五律、七律和七絕，合稱〈病中詩十五首〉，其詩序，可以看出真的年老後的白居易，是如何看待自己的老病及死亡：

> 開成己未歲，余蒲柳之年，六十有八。冬十月甲寅旦，始得風痺之疾。體瘴目眩，左足不支，蓋老病相乘時而至耳。余早棲心釋梵，浪跡老莊。因疾觀身，果有所得。何則？外形骸而內忘憂恚，先禪觀而後順醫治。旬月以還，厥疾少間。杜門高枕，澹然安閒。吟諷興來，亦不能遏。因成十五首，題為病中詩。且貽所知，兼用自廣。昔劉公幹病漳浦，謝康樂臥臨川，咸有篇章，抒詠其志。今引而序之者，慮不知我者，或加誚焉。[48]

年老中風，對一般人而言，在身心上應該是一大打擊。但白居易不僅毫無沮喪落寞的情緒，反而寫詩來抒詠其志，對外宣示其不驚畏恐懼的心態。除了上述白居易因領悟到取捨而得到餘裕，不過度用力於公務工作以追求名利後，能有精力上的餘裕過生活，因此不用過度擔憂年老力衰。但在白居易真

---

[47] 拙著〈論白居易詩的晚期風格〉中也提到，白居易在生命晚期放棄政治權力後得到身心安頓，專心致力於自己喜好事物，使他成為當時純粹的「詩人」，世人亦以詩人之形象來看待白居易。請參見陳家煌：〈論白居易詩的晚期風格〉，《國文學報》第 54 期（2013 年 12 月），頁 119-128。

[48] 唐・白居易：〈病中詩十五首〉，《白居易集》，卷 35，頁 787。

正六十歲以後的行逕看來，白居易也在佛教教義及老莊思想中，得到身心安頓，如他說的：「棲心釋梵，浪跡老莊。」因為佛道的思想，讓他勘破生死，無有罣礙。就算生病中風，他依然「澹然安閑」。

如在他病中組詩的第二首，白居易知命而豁達開朗，溢於言表：

風疾侵凌臨老頭，血凝筋滯不調柔。
甘從此後支離臥，賴是從前爛漫遊。
迴思往事紛如夢，轉覺餘生杳若浮。
浩氣自能充靜室，驚飆何必蕩虛舟。
腹空先進松花酒，膝冷重裝桂布裘。
若問樂天憂病否，樂天知命了無憂。[49]

此詩算較短的七言排律。前面敘說病況，接下來說中風前的遊樂經驗，足以令不良於行的自己於病中慢慢回味。接著詩中用浩氣能充室和無主虛舟的孟子和莊子書中典故，比喻自己正派且無欲求，藉著松花酒及桂布裘讓身體暖和，愉快地養病。最後一聯，白居易自問自答，將他不擔憂風痺之病的理由，歸因於他「知命」，所以無所憂懼。此詩的最後一句，白居易又開了自己字號的玩笑。眾所皆知，白居易字樂天的典故，來自《易經‧繫辭上》：「樂天知命故不憂。」中風後的白居易，還能展現其幽默的一面，足見其無憂並非口說而已。

五 結論

本文先概述白居易貶江州前，中年之前早期詩中的老年與衰弱書寫。在中年以前的白居易，因為職責意識太強，而且熱衷名利，之所以會畏懼年老及衰弱，主要是因為怕年老力衰，無法勝任國家社會賦予他的任務和工作。他年輕時於官場上盡力，表面上是為了酬報君恩，但實際上他靠著很多方式，以通過國家科舉考試、寫詩、上奏、擔任翰林院夜直最頻繁的

---

[49] 唐‧白居易：〈枕上作〉，《白居易集》，卷35，頁788。

方式,取得社會上的詩名、任官聲望及皇帝的寵信。這一切追逐名利的舉措,必須具備大量的體力及精力來執行。白居易深恐自己衰老甚至死亡,而無法負擔這些要務重責,無法達到自己設定的社會成就。這種對衰老的畏懼及算數著時光日子消逝的不安感,充斥在白居易早期的詩文之中。

但白居易在四十四歲貶江州後,重新思索自己的前半生。他領悟到對名利要有所取捨,若不那麼費心地去追逐名利,那麼就不會有過多的職責工作落到自己身上。若工作量減少的話,就可以找回自己的時間,經營自己想過的生活。在上文中,本人以〈截樹〉一詩為例,認為這是白居易以詩喻志的一首重要的作品。在江州時期之後,白居易逐漸地接受自己變老的事實,也不會在詩文中展露出畏老懼衰的心情了。在裁減適當的工作分量後,白居易五十歲之後的仕途日益平順。他也靠著前半生努力工作所累積的政治資本及文化資本,享有能要求退守東都任分司官的特權。白居易的求官,是直接跟當時的宰相牛僧孺要求的,牛僧孺也答應了,而世人甚至李黨的政敵們,無人起身反對白居易的求官分司東都。從這點也可以看出白居易在政壇上的好人緣。但白居易想要分司東都遠身避禍的企圖,不想介入當時牛李的紛爭,也是眾所皆知的事。

白居易真正到老,五、六十歲後退居東都洛下,過著半隱居的生活。在詩中經常出現其快活日子的詩句。昔人稱白居易詩中多樂詩,與其他詩人不同,這也是白居易在接受年老後,放棄追逐名利之心,安心在洛陽做著自己喜歡的事。因此他在詩中一反早年對衰老的看法,有「喜老」的心態傾向。不斷地在詩中歌頌自己老年的日常生活,甚至在六十八歲中風後,依然以勘破生死的口吻訴說他對年老病衰時的不畏懼心態,其實很值得我們現代逐步邁入高齡社會的現代人借鑒。白居易處理老年日常生活的方式,也值得我們現代人學習。

試說商周金文中用作動詞的「麗／邐」

林宏佳[*]

一　前言

「麗」或加上辵旁的「邐」字，見於商周金文中的次數不少，就中研院「殷周金文暨青銅器資料庫」所見，兩者合計二十五見。[1]其中，多數用為國名或人名，[2]有五處用作動詞者，皆作「器主＋麗／邐」的形式，辭例一致，故字形雖或僅作「麗」(〈陶觥〉、〈荊子鼎〉)，或加辵作「邐」(〈尹光鼎〉、〈𢀥簋〉、〈保員簋〉)，應代表同一語言，以下引用各篇銘文時各隨其字形，行文則以「麗／邐」表示。

銘文中這些用作動詞的「麗／邐」具體應如何理解，學者間的看法仍未臻一致，尚有進一步考索的空間，故草撰此文、試做辨析，希望有助於對此字用法的理解。此外，也有兩例用作形容詞，見於〈方𢀖各鼎〉「麗鼎」、〈元年師旋簋〉「麗般（鞶）」二器，因〈方𢀖各鼎〉中的用法與動詞有關，因此也一併討論。

---

[*] 國立臺灣大學中國文學系教授。
[1] 「殷周金文暨青銅器資料庫」：https://bronze.asdc.sinica.edu.tw/qry_bronze.php（2025年2月5日檢索）。
[2] 用作國名者：「鍾麗（離）」〈鍾離君柏鐘〉（春秋中期，NB0926-0934）、〈鍾離君柏簠〉（春秋中期，NB0935、0936）、〈鍾離公柏戟〉（春秋中期，NB0939）、〈鍾離公柏戈〉（春秋中期，NB0940）、〈鍾離公柏戟〉（春秋中期，NB0941）、〈康鎛〉（春秋中期或晚期，NB0946-0950）；用作人名者：〈毳卣〉「毳眔麗賜」（西周早期，NB3015）、〈毳尊〉（西周早期，NB3014）；「麗妠」〈取膚盤〉（春秋早期，10126）、〈取膚匜〉（春秋早期，10253）；「陳麗子」，〈陳麗子戈〉（戰國，11082）。〈毳卣〉、〈毳尊〉之「麗」為人名，參曹錦炎：〈毳尊卣銘文考釋〉，《古文字研究》第33輯（北京：中華書局，2020年8月），頁276。本文於青銅器名後標示之數字或「NA＋數字」、「NB＋數字」，均為中央研究院歷史語言研究所製作「殷周金文暨青銅器資料庫」之編號，時代亦皆依資料庫所定；資料庫提供研究許多便利，謹此誌謝。

二 動詞「麗／邐」的既有說解

用作動詞的「麗／邐」，行用時間主要集中在殷末至西周早期，是一個具有時代特色的詞彙，但如何落實於銘文的解釋中，仍是有待研探的議題。為便討論，在此先依「殷周金文暨青銅器資料庫」之釋文列出相關辭例，以備討論（後文引用銘文時，如無必要，皆逕用寬式釋文）：

1. 〈尹光鼎〉（商代晚期，2709）
 乙亥，王唯才（在）䚤𠂤（次），王鄉（饗）酉（酒），尹光邐（麗），隹（唯）各。商（賞）貝。用乍（作）父丁彝。隹（唯）王正（征）井方。〔🐘〕

2. 〈耴簋〉（商代晚期，3975）
 辛巳，王䵼（飲）多亞耴言（享），京邐（麗），易（賜）貝二朋，用乍（作）大子丁。〔耴髟〕

3. 〈陶觥〉（商代晚期，NB1284）
 癸亥，小臣𣈶易（賜）百工，王乍（作）冊䟒友、小夫麗（儷）。易（賜）圭一、璧一、章（璋）五。陶用乍（作）上且（祖）癸𢍜（尊）彝。隹（唯）王曰：嗣，才（在）九月。〔或〕

4. 〈荊子鼎〉（西周早期，NB0567）
 丁子（巳），王大祓（佑）。戊午，荊子蔑曆，敬（賞）白牡一。己未，王賞多邦白（伯），荊子麗，賞𨧜（秬鬯）卣（卣）、貝二朋，用乍（作）文母乙𢍜（尊）彝。

5. 〈保員簋〉（西周早期，NA1442）
 唯王既㷻（燎），埒（厥）伐東尸（夷），才（在）十又一月，公反自周。己卯，公才（在）盧，保員邐（麗），辟公易（賜）保員金車，曰：用事。𧻚（施）于寶𣪘（簋），𣪘（簋）用鄉（饗）公逆洀吏（使）。

諸銘字形如下：

1〈尹光鼎〉（照）	1〈尹光鼎〉（拓）	2〈耴簋〉（拓）	3〈陶觥〉·器（摹）
3〈陶觥〉·蓋（摹）	4〈荊子鼎〉（照）	4〈荊子鼎〉（摹）	5〈保員簋〉（拓）

「麗／邐」用作動詞雖然只有上揭五例，不過學界的理解方式頗為紛歧，彼此間亦時見論難，相關討論至為繁多。為求簡明，以下試作分類，略作敘介與分析：

（一）「麗／邐」表達輔佐之意

此說認為「麗／邐」較寬泛地表示器主從事協助工作，包括：

1　讀為「婐」，訓為「侍」

吳闓生於〈尹光鼎〉言「邐，侍也」，[3] 但未說明「邐」為何有「侍」義，後來楊樹達另為申明其說。前此，楊樹達已先讀〈尹光鼎〉銘中的「各」為「愙」，云：

> 此當讀為愙。《說文》十篇下〈心部〉云：「愙，敬也。」〈遹毁〉云：「唯六月既生霸，穆穆王在葊京，……王饗酒，遹御，亡遣（譴）。穆穆王寴錫遹……用乍文考尊彝。」按兩銘文體大同，此云「尹光邐，惟愙，」彼云「遹御，無譴。」皆述王賞賜之由，文雖異而意

---

[3] 清·吳闓生：《吉金文錄》（北京：中國書店，2009年，重影1933年南宮邢氏刻本），卷1，頁9。又，〈尹光鼎〉，吳氏稱「乙亥鼎」；吳氏於〈耴簋〉亦有簡單說解，稱〈耴彝〉，見卷2，頁16。

    相近也。釋各為至，與上文不相承貫矣。[4]

即以〈遹簋〉「王饗酒，遹御」與〈尹光鼎〉「王饗酒、尹光邐」相比照，「御」、「邐」看來都是賞賜的理由，而「御」本即供職之意，以此方向思考，故提出「邐」可通讀為「婐」，云：

> 余疑字當讀為婐。《說文》十二篇〈女部〉下云：「婐，婐婉也，一曰：女侍曰婐，从女，果聲。」引孟軻曰：「舜為天子，二女婐。」按今《孟子・盡心下篇》字作果，《趙岐注》訓果為侍。然則「尹光邐」謂「尹光侍」也。麗與果古音並在歌部，音相近，故得相通假。婐字《廣韻》音烏果切，而裸字則郎果切，蓋婐字古音與裸同，故銘文以邐字為之也。邐字吳闓生訓侍，是矣，然無說，今為明之如此。
>
> 〈辛子彝〉云：「辛子，王畬多亞職言，京麗。」文例與此銘同，麗亦當讀為婐。[5]

「王饗酒，遹御」與「王饗酒、尹光邐」文例相類，且都是受賞的原因，據此誠然可以順利通讀上下文，但此說也不無讓人保留之處，如「敬」字習見，「各」在金文亦有其習慣用法，在此為何改用「各」表示「愙」？此似亦難說。[6]更重要的是，「邐」讀為「婐」、訓為「侍」，雖可通讀本銘，但在〈荊子鼎〉可能就不是很適合，此另詳後文。

2　訓為佐匹之意

  于省吾於〈耴簋〉言「邐謂佐匹侑酒者也」，[7]言簡意賅而少於說明，然張光裕之說與此相近，可資補充，云：

---

[4] 楊樹達：《積微居金文說・尹光鼎跋》（上海：上海古籍出版社，2007年），頁256-257。謝明文認為〈榮簋〉（西周早期，4121）「唯正月甲申，榮各，王休賜厥臣父榮瓚、王裸貝百朋」之「各」，用法可能也與〈尹光鼎〉之「各」相同，見氏著：《商代金文研究》（上海：中西書局，2022年），頁167。

[5] 楊樹達：《積微居金文說・尹光鼎再跋》，頁257。引文〈辛子彝〉即〈耴簋〉。

[6] 又，〈遹簋〉「遹御，亡譴」只是謙稱自己未受責難而已，〈尹光鼎〉除非是引述王的話語，不然自稱「尹光愙」，似易予人人臣自矜之感。

[7] 于省吾：《雙劍誃吉金文選》（北京：中華書局，2009年），頁290。

邐實有並行、襄助之意。《禮記・王制》:「郵（過）罰麗于事。」注：「麗，附也。」今日所用「附麗」一辭，其義亦得而明也。故「王鄉酉，尹光邐」云者，當指尹光在王左右，襄助鄉酉及有關事宜，此猶飲酒禮中「祝侑」所擔任之角色。《說文》云：「娽，耦也，從女，有聲。讀若佑。侑，娽或从人。」段注：「耕有耦者，取相助也，故引伸之凡相助曰耦，娽之義取乎此。《周禮》宮正『以樂侑食』，鄭曰：『侑，猶勸也。』按勸即助，《左傳》王享醴，命晉侯侑。杜云既饗，又命晉侯助以束帛，以助釋宥。古經多假宥為侑。」段氏釋義至明，邐，猶儷，邐、儷、侑三字，義固相當也。保鼎邐公，或亦因公鄉酉之故。此外，衡諸上述伐東夷諸器，保鼎或曾隨屖公出征，有若上引諸器之憲、小臣謎、魯侯之隨趞、白懋父、明公之出征東夷也。彼等皆有功，故屖公、趞、白懋父、明公遂承王命，對其隨員有所賞賜。[8]

此以「麗」有附麗之意，故得謂「尹光在王左右，襄助鄉酉及有關事宜」，朱鳳瀚考釋〈陶觥〉時亦云：

> 「麗」在此義近同於《禮記・王制》「凡制五刑，必即天倫，郵麗罰于事」之「麗」，鄭玄注云：「麗，附也。」即附儷，可徑讀作「儷」，義為「偶」、「伴」、「偕」，作為動詞時即可理解作「伴侍」、「配合」、「輔佐」等意。[9]

以上二說，可以互相補充，都是採取較為寬泛的佐助義，並未指定具體的角色。若理解為在飲酒禮中任佐匹侑勸之職，比較容易引起質疑的是〈保員簋〉並未記載有宴飲之事。不過，正如凡國棟釋讀〈荊子鼎〉時所說：

> 𠂤子在周王大賞多邦伯的過程中擔任「麗」的角色，雖然未有明言飲酒，

---

[8] 張光裕：〈新見保鼎殷銘試釋〉，《澹煙疏雨：張光裕問學論稿》（上海：上海古籍出版社，2018年），頁75-76。
[9] 朱鳳瀚：〈新見商金文考釋（二篇）〉，《出土文獻與古文字研究》第6輯（上海：上海古籍出版社，2015年），頁136。

不過賞賜、燕飲很可能是同時進行的，因此這裡的「麗」亦應讀為「釃」。張光裕先生推測「保員邐公，或因公饗酒之故」也是同樣的道理。[10]
凡國棟對「麗／邐」的具體解釋雖與張光裕不同，唯誠如其說，賞賜、宴飲很可能同時舉行，故銘文雖未明言宴飲，不妨假設其中實有宴飲。不過，「附麗」在語意上似乎只是一起參與，和較積極的佐助典禮之間，還是有些差異；相較之下，如果將「麗／邐」解釋為宴飲中某種特定的工作內容，或者具有特定職務的角色，就更可以證明其中實有宴飲之事，而這兩種思路在過去也都有學者提出，如下所論。

（二）「麗／邐」表達宴飲中特定的工作內容或角色

相較於將「邐」視為較寬泛的從事協助工作，此類說法較明確地定位了作器者參與協助的工作內容，或者具體擔任的角色，且都明確與宴飲有關，包括：

1 讀為「釃」，濾酒

高田忠周提出此說，云：

> 此從丽鹿從辵，即為邐明矣。……然如銘意，當叚借為釃字。《說文》：「釃，下酒也。一曰醇也。從酉，麗聲。」《詩・伐木》：「釃酒有藇」，《傳》：「以筐曰釃，以藪曰湑。」蓋王將招飲，故先令尹釃醇酒，尹當事甚勉。「惟各」者，惟窓也。《詩・那》：「執事有恪」，即此義也。[11]

唯所述較簡，黃鳳春等云：

> 釃即濾酒。《詩・小雅・伐木》：「伐木許許，釃酒有藇。」毛傳：「以

---

[10] 凡國棟：〈隨州葉家山新出「𠂤子鼎」銘文簡釋〉，《楚簡楚文化與先秦歷史文化國際學術研討會論文集》（武漢：湖北教育出版社，2013年），頁15。
[11] 〔日本〕高田忠周：《古籀篇》，《國家圖書館藏古籀文獻彙編》（北京：北京圖書館，2009年），第9冊，卷66，頁233-234。又，赤塚忠亦主張假借為「釃」，見氏著：《稿本殷金文考釋》（出版地不詳，昭和卅四年〔1959〕），頁110〈尹光鼎〉。

筐曰釃。」《後漢書・馬援傳》：「援乃擊牛釃酒，勞饗軍士。」李賢注：「釃，猶濾也。」酒乃糧食所釀，由於古人釀酒技術水平的原因，酒中難免有酒糟等雜質，故飲酒之時須經過濾，去其雜質。從銘文記載看，尹光、享京在王鄉酒、飲多亞叔的過程中臨時充當釃酒的角色。⿰子在周王大賞多邦伯的過程中擔任「麗」的角色，雖然未有明言飲酒，不過賞賜、宴飲很可能是同時進行的，因此這裡的「麗」亦應讀為「釃」。張光裕先生推測「保員邐公，或亦因公鄉酒之故」也是同樣的道理。[12]

「釃」既是宴飲中的特定工作，則即使銘文沒有直接敘寫宴飲，也可據以認定銘文所敘情境實有宴飲。

2 讀為「贊」

黃錦前於「復旦網」發表〈再論荊子鼎〉，主張「麗／邐」可讀為「位」或「涖」，訓為「臨」；[13]網名「水土」（沈培）在回文中則提出可讀為「贊」。在聲音條件上，沈培指出「徙」與從「贊」聲的「纘」關係密切，且從「麗」聲的字跟從「徙」聲的字亦具密切關係，「麗」是歌部字和讀為元部字的「贊」，是陰陽對轉的關係。在銘文通讀上，沈培則指出：

「贊」有「助」、「佐」義，正合以上有些學者的理解。古人行禮中往往有「贊者」，贊者因為做了佐助之事而受到賞賜，這也是合乎情理的事情。以此去理解相關銘文，無一不能文從字順。至於具體如何「助」、如何「佐」，很可能是「引導」、「引進」一類的佐助行為。因

---

[12] 黃鳳春、陳樹祥、凡國棟：〈湖北隨州葉家山新出西周曾國銅器及相關問題〉，《文物》2011年第11期（2011年11月），頁79-80。

[13] 黃錦前：〈再論荊子鼎〉，2012年2月28日，復旦大學出土文獻與古文字研究中心，網址：http://www.fdgwz.org.cn/Web/Show/1789#_ednref13（2025年2月10日上網）。又，黃錦前另曾發表〈三論荊子鼎〉，主張讀為「纂」，2012年3月4日，復旦大學出土文獻與古文字研究中心，網址：http://www.fdgwz.org.cn/Web/Show/1794（2025年2月10日上網）。

此，古書中有訓「贊」為「導」、「引」或「進」者。

《國語·周語一》：「先時五日，瞽告有協風至，王即齋宮，百官御事，各即其齋三日。王乃淳濯饗醴，及期，鬱人薦鬯，犧人薦醴，王祼鬯，饗醴乃行，百吏、庶民畢從。及籍，后稷監之，膳夫、農正陳籍禮，太史贊王，王敬從之。王耕一墢，班三之，庶民終于千畝。其后稷省功，太史監之；司徒省民，太師監之；畢，宰夫陳饗，膳宰監之。膳夫贊王，王歆大牢，班嘗之，庶人終食。」韋昭注「太史贊王」的「贊」為「導也」。

《後漢書·班固傳》：「陳百僚而贊群后。」李賢注：「贊，引也。」

《漢書·東方朔傳》：「主乃贊。」顏師古注：「贊，進也。」

大概正因為是「導」、「引」或「進」這樣的行為，銘文寫作「邐」就容易理解了。尹光鼎前面說「贊」，後面說「各」，即來到，也毫無矛盾。聽簋說「就贊」，表示前往贊助，也很通順。

順便一提，《小盂鼎》也有「贊某人」的「贊」，不過是借「瓚」為之。[14]

黃錦前正式發表時，即改從此說，並引用沈培致作者的私人郵件，補充云：

文獻中的「贊者」以及青銅器銘文如《小盂鼎》中的「瓚」大都是贊賓，以「邐」或「麗」為「贊」是贊王或比贊者地位高的人。[15]

從用法上區分了文獻「贊者」與透過「麗／邐」記錄的「贊」在用法上的差異。

然而，若邐者的工作是引導，則就情理而言，賓因為是接受邀請，自己應當到什麼位置應聽從主人方的安排，因此應有引導者；王作為典禮的舉辦者，其前如有內侍引導，或在情理之中，但為何需要由對現場情況未必清楚

---

[14] 同注13。
[15] 黃錦前：〈說荊子鼎銘文中的「麗」〉，《湖南省博物館刊》第12輯（長沙：嶽麓書社，2016年），頁219-226。

的他國之君負責引導？[16]在這個情況下，過去寬泛地訓為佐助一類的意思，反而比較適合，黃錦前考釋〈陶觥〉時，即未取引導之意，改而認為：

> 「麗」或「邐」應讀為「贊」，訓「助」「佐」，即在宴饗或盟會等場合充任儐相的角色。

即將讀為「贊」的「麗／邐」訓為佐助之意；不過這樣除了又會面臨〈保員簋〉中未明言有宴飲的問題，還有兩個需要解決的問題：

其一，黃錦前引《國語・晉語八》所載：

> 宋之盟，楚人固請先歃。叔向謂趙文子曰：「……昔成王盟諸侯于岐陽，楚為荊蠻，置茅蕝，設望表，與鮮卑守燎，故不與盟。今將與主狎諸侯之盟，唯有德也，子務德無爭先，務德所以服楚也。」乃先楚人。[17]

認為「置茅蕝，設望表」相當於〈荊子鼎〉所稱之「荊子麗」，即荊子在此次大會中，可能負責「置茅蕝，設望表」之類的輔助工作。[18]此就情理而言，固然可能，同時又有〈晉語八〉的書證，正好可支持「麗／邐」讀為「贊」、訓為佐助的解釋。

然而，依〈晉語八〉的記載，岐陽之會，楚之所以「不與盟」，是因為被視為荊蠻而遭到刻意排擠。但〈荊子鼎〉明云荊子受到蔑曆，不但沒有被排擠，反而還是正面嘉獎的對象，其所受禮遇與〈晉語八〉所載截然不同，顯然不是同一事件。

其次，荊子雖稱「子」，仍為一國之君，周天子宴客時，有何理由要讓他國國君擔任佐助的工作呢？《毛詩序》經常言及諸侯助祭，如《周頌・烈文・序》：「成王即政，諸侯助祭也。」〈臣工・序〉：「諸侯助祭，遣於廟也。」〈振鷺・序〉：「二王之後來助祭也。」[19]然其場合都是祭祀，而〈荊子鼎〉

---

[16] 今日宴客多在餐廳，主人對場地未必熟悉，由服務生引導蓋屬合理。唯古人常在自宅宴客，是否亦需另有服務人員引導，似尚可進一步探討。

[17] 清・徐元誥：《國語集解》（北京：中華書局，2002年），頁429-431。

[18] 黃錦前：〈說荊子鼎銘文中的「麗」〉，頁224。

[19] 漢・毛亨傳，漢・鄭玄箋，唐・孔穎達疏：《毛詩注疏》（臺北：藝文印書館，2001年，

在「王賞多邦伯」的場合中，讓同為一國之君的荊子任佐助之責，於理總有未愜。何況如果荊子在盟會中確實被視為蠻夷，還在銘文中表明自己從事的是被貶抑的工作，不是也很違反常理嗎？

3 讀為「僎」

> 李家浩釋讀〈耆夜〉「辛公甲」云：
>
> 「辛公䛊甲為立」之「為立」頗費解。……
>
> 禮書說上賓有「介」，主人有「僎」。……
>
> 我認為聽簋等銘文的「邐」或「麗」應該讀為「僎」。上古音雖然「麗（邐）」屬來母歌部，「僎」屬從母元部，但是從麗得聲的「篱」、「曬」、「灑」、「釃」等字卻屬心母，與從母都是齒頭音；歌、元二部是嚴格的陰陽對轉關係。我們雖然在文獻中沒有找到「麗（邐）」、「僎」直接通用的例子，但是卻找到它們間接通用的例子。……
>
> 〈耆夜〉「為立」之「為」與聽簋「就邐」之「就」同義，都是擔任的意思；其後的「立」與「邐」，疑是同一個詞的不同寫法。……[20]

撇除目前麗、僎尚無直接通假之例的問題，將「麗／邐」讀為「僎」，有禮書上的根據，角色上也很明確是宴饗中輔佐主人的職務；既可以避免〈保員簋〉未明言有宴飲的問題，也可以通讀多數銘文，可說是相當理想的方案。

但此說應用在〈荊子鼎〉時，和讀為「贊」相同，都還需要說明荊子如果未被視為蠻夷，周天子飲多亞酒時，為何要讓地位相當的荊子任佐助之責？此外〈荊子鼎〉特稱「大祓」，乃是一次特別盛大的典禮，[21]銘文所記丁

影清嘉慶二十年〔1815〕江西南昌府學刻本），卷 19-1，頁 710、卷 19-2，頁 722、卷 19-3，頁 730。

[20] 李家浩：〈清華竹簡〈耆夜〉的飲至禮〉，李學勤主編：《出土文獻》第 4 輯（上海：中西書局，2013 年），頁 22-25。又，〈耴簋〉銘「言京」，舊多分釋為二字，李家浩從何琳儀釋為「就」一字，故此引〈耴簋〉銘作「就邐」，另詳註 23。

[21] 李學勤連繫〈保卣〉、〈保尊〉與《尚書·康誥》，認為銘文所記為《左傳·昭公四年》所述成王岐山之陽會盟諸侯之事，見氏著：〈斗子鼎與成王岐陽之盟〉，《夏商周文明研究》（北京：商務印書館，2015 年），頁 136-139；原刊《中國國家博物館館刊》2012 年第 1 期。

巳（54）、戊午（55）、己未（56）是三個連續的干支，其後的兩個事件「荊子蔑曆」、「賞多邦伯」中，「荊子蔑曆」的日期既在「賞多邦伯」之前，其重要性應當更高——即或不然，讓前一天剛受蔑曆的荊子，在隔天賞多邦伯時擔任「僕」從事輔佐典禮進行的工作，其間尊卑冷暖的落差不是太大了嗎？前述單純理解為佐匹類意思的訓解，就〈荊子鼎〉而言，也會有相同的困難。

（三）其他

1 取「附麗」義，解為特定的工作

〈保員簋〉在「邐」字之前，先敘述了「唯王既燎，厥伐東夷，在十又一月，公反自周」，因述及征伐之事，基於此背景，馬承源於「麗」取附麗之義，將「保」解為車右，云：

> 保員邐。……此器的保，是車右之名，《呂氏春秋‧孟春紀》：「是月也，天子乃以元日祈穀於上帝。乃擇元辰，天子親載耒耜，措之參於保、介、御間」，《正義》：「措之於參保介御之間者：保介，車右也。御者，御車之人。車右乃御人皆主參乘。於是天子在左，御者在中，車右在右。」……員自稱為保，說明他是公的車右。邐，附麗，即在公車之右親附不離，擔任公的近衛。[22]

此說以銘文「保」為車右，「邐」則取附麗之意，解為保員「在公車之右親附不離」，單就〈保員簋〉銘文自有其合理性。然而，〈孟春紀〉所述的場合是「天子乃以元日祈穀於上帝」，乃是承平時的祭祀；〈保員簋〉所述則是「伐東尸」，兩者情境能否類似，似不無疑問。並且，車右雖然也在戰場上，然其身分與公並不相稱，是否適合自稱附麗，後文論及〈保員簋〉銘文時，再

---

[22] 馬承源：〈新獲西周青銅器研究二則〉，《上海博物館集刊——建館四十周年特輯》第 6 期（上海：上海古籍出版社，1992 年），頁 152。又，文中所引《呂氏春秋》，亦見《禮記‧月令》。

做進一步辨析。

2 「麗／邐」讀為「列」

「邐」為來母，其韻部舊歸支部，何琳儀則認為應改歸歌部，與「列」屬來母月部，為陰入對轉，故可讀為「列」；〈耴簋〉舊釋「亯京」二字者，應釋為「就」一字，[23]銘文即從「耴亯京邐」變為「耴就邐」，並云：

> 準此，聽簋「就邐」讀「就列」。《論語・季氏》：「陳力就列，不能者止。」疏：「言當陳其力，度己所認，以就其位。不能則當止。」由此可見，「就列」即「就位」，猶言「就于所列之位」，亦引申為「任職」。「就列」後世習見，例如《後漢書・鄧彪傳》：「審能而就列者，出身之常體。」劉楨《魯都賦》：「舞人就列，整飭容華。」
> 聽簋「就邐（列）」，相當西周銅器銘文中習見的「即立（位）」。……據《說文》「位，列中庭之左右謂之位。从人、立」的記載，已足以說明「位」、「列」都在宗廟儀禮中性質相同的專用術語。至於「就邐（位）」用於宴飲、「即立（位）」用于冊命。二者間的細微差別，似乎也就是所謂「周因於殷禮，所損益，可知也」（《論語・為政》）。[24]

何琳儀將舊釋「亯京」二字者改釋為「就」，應屬可從。但他在文中所引〈鄧

---

[23] 前此，赤塚忠於《稿本殷金考釋》的注釋中，已隸定為亯，並指出亯在甲骨用為人地名，但他在釋文中仍隸為「亯京」二字，何琳儀則逕釋為「就」。以上分見〔日本〕赤塚忠：《中國古代の宗教と文化・殷金文考釋》（東京：研文社，1990年），頁762-764。何琳儀：〈耴簋小箋〉，《古文字研究》第25輯（北京：中華書局，2004年），頁178-181；收入氏著：《安徽大學漢語言文字研究叢書・何琳儀卷》（合肥：安徽大學出版社，2013年），頁13-17。又，赤塚忠《殷金文考釋》先是以《稿本殷金考釋》為名於昭和卅四年（1959）年出版，後收錄於昭和五十二年（1977）由東京角川書店發行的《中國古代の宗教と文化》，其時已去掉「稿本」二字，二本間有不少差異，詳參魏慈德：〈談日本赤塚忠的殷金文考釋及其兩個版本〉，張西平編：《國際漢語教育史研究》第3輯（北京：商務印書館，2022年），頁86-94。本文引用的是1990年東京研文社為應讀者需求，據1977年版重新發行的復刻版。

[24] 何琳儀：〈耴簋小箋〉，《安徽大學漢語言文字研究叢書・何琳儀卷》（合肥：安徽大學出版社，2013年），頁13-17；原刊《古文字研究》第25輯（北京：中華書局，2004年），頁178-181。

彪傳〉只是泛言依能力而擔任職位，尚未及執行職務；同樣的，〈魯都賦〉中舞者也只是到自己應站的位置，尚未開始起舞。若取此二例與銘文相類比，則尹光、钔在宴飲中處於自己應居的位置，實是原本即應有的作為，若無贊佐之功，何由受賞呢？同理，「器主邐」一句，學者具體解釋雖各有不同，但大致都認同是器主受賞的原因；而「即位」者是因將受冊命而「即位」，在典禮純是受命者，別無功勳，「器主邐」若等同於「即位」，則尹光、钔若也只是站到自己應站的位置，何由因此而獲賞呢？

小結以上所述，將「麗／邐」寬泛地理解為協助佐匹之意，有〈遹簋〉銘文可以對照，但「麗」只是附麗之意，與佐匹在字義上其實仍有差距；如果理解為宴飲中特定的工作或角色，雖然可以據以認定銘文所敘情境與宴飲有關，但就〈荊子鼎〉而言，荊子本為一國之君，與王賞賜的對象「多邦伯」地位相當，除非是有意貶低荊子，否則實難解釋為何要讓荊子擔任某種服侍的工作？而荊子在賞多邦伯的前一天剛受蔑曆，也不宜視為被貶低的對象。至於讀為「列」之說，雖可與冊命銘文習見的「即立（位）」相比附，但使用「麗／邐」的銘文都用於受賞的理由，如果在冊命禮上站到自己應站的位置，雖是受賞的場合，卻不宜視為受賞的理由。

三　動詞「麗／邐」試解

（一）典禮的接受者也可以是受賞的原因

如前一節所述，金文中用作動詞的「麗／邐」字，先是吳闓生訓為「侍」，楊樹達則引用〈遹簋〉銘文予以輔證。〈遹簋〉（西周中期，4207）銘云：

> 唯六月既生霸，穆穆王在葊京，呼漁于大池，王饗酒，遹御亡譴，穆穆王親賜遹爵，遹拜首稽首，敢對揚穆穆王休，用作文考父乙障彝，其孫孫子子永寶。

銘文明言「饗酒」，器主名「遹」後緊接「御」，其後又有賞賜，確實與〈尹光鼎〉情境頗為相似，「御」即為服事之意，看到「麗／邐」用作動詞的器

銘也都同時記有賞賜時，即很容易從因佐助而受賞的方向考慮。

然而，作為受賞的理由，器主在各項典禮中的角色，未必只能是協助王進行該典禮，也可能直接就是該典禮的邀請對象。因受饗禮而有賞賜，在西周金文中其實也有不少例子，如：

> 丙午，天君饗禘酒在斤，天君賞厥征人斤貝，用作父丁隣彝。（〈征人鼎〉，西周早期，2674）

> 唯王初如□，迺自商師復，還至于周，王夕饗醴于□室，穆公侑□，王呼宰□賜穆公貝廿朋，穆公對王休，用作寶皇簋。（〈穆公簋蓋〉，西周中期，4191）[25]

上揭二例，皆有饗亦皆賞賜，[26]而作器者應該就是該饗禮的接受者而非服侍者。如此，以〈尹光鼎〉為例，「王饗酒，尹光邐」，則尹光本即此次饗酒所饗的對象，〈荊子鼎〉「王賞多邦伯，荊子麗」，則荊子即受賞的多邦伯之一。

事實上，張光裕、馬承源、朱鳳瀚都已提到用作動詞的「麗」有附麗之意，各家對如何附麗的看法雖未盡一致，但大抵均視為特定典禮中的某種服務人員。如果不將「附麗」限定在典禮的服務人員，而調整為典禮的接受者（被邀請者），即使「麗／邐」仍維持為附麗的解釋，作器者就不再是典禮的服務人員而成為典禮本身邀請、招待的對象。據此，基本上即可以解釋大部分銘文。問題在於，如果器主自己就是典禮原本的受邀者而非服務人員，為何又說自己是附麗，顯得自己不是受邀者呢？這大概是因為附麗之事，視說話者所談論的對象，語意上其實是有差異的，如下所論。

（二）自稱附麗為謙辭

「附麗」這個概念，如果是談論第三者，則屬於中性、客觀的敘述，稱

---

[25] 侑，指「被宴之臣與王相酬酢」，見裘錫圭：〈應侯視工簋補釋〉，《裘錫圭學術文集》（上海：復旦大學出版社，2015年），第3卷，頁144。

[26] 更多例子，可參看周聰俊：《饗禮考辨》（新北市：花木蘭文化出版社，2012年），頁116-117。

美的對象偏向被附麗的一方。以其如此，若是用於說自己，背後的原因即在不便於直接稱舉自己的光榮事蹟，故用附麗的方式即可表示自己有參與該光榮的典禮，又可將稱美的對象轉向被附麗者，而形成一種謙虛的說話方式。「附驥」一詞最足以表明此點，《史記‧伯夷列傳》載：

> 雲從龍、風從虎，聖人作而萬物覩。伯夷、叔齊雖賢，得夫子而名益彰。顏淵雖篤學，附驥尾而行益顯。[27]

太史公以顏淵之「行益顯」乃因其為孔子弟子、麗附於夫子的緣故，這是屬於第三人的中性敘述，且歸美於孔子。但此後「附驥」一詞用於自稱時，則為謙虛的用法，至今猶然。

同理，季札讓國時，以「附」陳述自己為附屬，也是一種謙虛的說法：

> 吳子諸樊既除喪，將立季札。季札辭曰：「曹宣公之卒也，諸侯與曹人不義曹君，將立子臧。子臧去之，遂弗為也，以成曹君。君子曰『能守節』。君，義嗣也，誰敢奸君，有國，非吾節也。札雖不才，願附於子臧，以無失節。」固立之，棄其室而耕，乃舍之。（《左傳‧襄公十四年》）[28]

季札決心讓國而援引子臧故事，稱「願附於子臧」即表明自己在不嗣位這件事上並非首創而是從屬於子臧，這一方面是援引舊例，另一方面也是較為謙虛的說法。

甚至於，地位相對較高者，有時也對地位較低者使用「從」，如《左傳‧僖公十五年》載：

> 秦獲晉侯以歸，晉大夫反首拔舍從之。秦伯使辭焉，曰：「二三子何其感也！寡人之從君而西也，亦晉之妖夢是踐，豈敢以至？」[29]

秦穆公、晉惠公都是國君，二人地位原本相等，但此時晉惠公為被俘之君，

---

[27] 漢‧司馬遷，〔日本〕瀧川資言考證：《史記會注考證》（臺北：天工書局，1989年），卷61，頁3640-3641。

[28] 晉‧杜預注，唐‧孔穎達疏：《春秋左傳注疏》（臺北：藝文印書館，2001年，影清嘉慶二十年〔1815〕江西南昌府學刻本），卷32，頁557。

[29] 晉‧杜預注，唐‧孔穎達疏：《春秋左傳注疏》，卷14，頁231。

秦穆公稱「寡人之從君而西也」彷彿自己是從屬於晉惠公而行，即是以自示謙下而為脫辭，道理和季札將自己從屬於子臧是相同的。

以下，略依各器敘寫人物、事件關係的詳略，嘗試以「附麗」義帶入相關銘文，逐一說明。

（三）〈荊子鼎〉、〈保員簋〉銘文試說

為便討論，先以己意迻錄銘文如下：

> 丁巳，王大侑。戊午，荊子蔑歷，賞白牡一。己未，王賞多邦伯，荊子麗，賞秬鬯卣、貝二朋，用作文母乙障彝。（〈荊子鼎〉）

> 唯王既燎——厥伐東夷，在十又一月。公反自周，己卯，公在虞，保員邐，辟公賜保員金車，曰：「用事。」施于寶簋，簋用饗公逆洀使。（〈保員簋〉）

〈荊子鼎〉銘云「王賞多邦伯，荊子麗」，「麗」若解釋為佐助一類的意思，自可通讀銘文，但荊子本即一國之君，地位與多邦伯相若，讓他在「王賞多邦伯」時任佐助之職，除非是〈晉語八〉特稱「楚為荊蠻」而刻意予排擠，否則本非合理的儀節安排。並且，如前所述，〈荊子鼎〉以三個連續的干支記錄三個事件，「大侑」居於最前為最重要的典禮，「荊子蔑歷」居次，其重要性蓋在「王賞多邦伯」之前，荊子既受蔑歷，自無將之視為荊蠻而予以排擠之理；且若要予以排擠，為何又賞賜秬鬯、貝呢？二者待遇截然不同，實難調和，是〈荊子鼎〉銘文所述，恐不能適用〈晉語八〉的情境。

若「麗」改取麗附之意，則荊子本即一國之君，於「王賞多邦伯」時以身為「多邦伯」之一，本在受賞之列，但以「麗」稱自己和邦伯一同受賞，顯得自己並非受賞的主角，故為謙虛的說法。[30]

---

[30] 或者，也還可以進一步考慮的是：〈荊子鼎〉敘事既以「大侑」、「荊子蔑歷」、「賞多邦伯」為序，而「荊子蔑歷」中受蔑歷的只有荊子一人，是唯一的主角、「賞多邦伯」中受賞的是「多邦伯」，乃是眾人一起受賞，則「王賞多邦伯」也可能是王在蔑歷荊子後賞荊子，多邦伯只是附帶受賞。若荊子本為最重要的受賞者，卻以「邐」稱之，就是更加謙遜的說法了。

〈保員簋〉「在十又一月」，張光裕已指出在斷句上，有可能屬「厥伐東夷」或「公反自周」，[31]在此姑屬前。學者在解釋上較大的歧異是「唯王既燎」，張光裕認為是在下文伐東夷之前，[32]馬承源則認為是獲勝後告廟燎之。[33]兩位先生另皆徵引〈䏩伯取簋〉（西周早期，4169）銘文：

> 唯王伐逨魚，誕伐淳黑，至𡧍于宗周，賜䏩伯取貝十朋，敢對揚王休，用作朕文考寶䵼簋，其萬年子子孫孫其永寶用。

張先生並認為就〈䏩伯取簋〉所敘，「『燎于宗周』，或在王伐之後」。[34]就〈保員簋〉而言，燎祭在戰前者合於銘文敘寫次序，較為直觀；但若以〈䏩伯取簋〉例之，則可將「厥伐東夷」視為對「既燎」的補充，燎祭可如馬承源所說，是在戰勝後告廟。

其次，張、馬兩位先生都認為保員參與伐東夷之役，宜是。如此，「保」如張光裕的設想，可能是官名；「邐」則可如馬承源主張，取附麗之意：相對於王，公從王伐東夷；相對於公，保員又從公伐東夷，因保員從公伐東夷有功，故公自周返虘後即以保員的從伐之功而賜予金車。

在此，還應該說明的是：馬承源認為保員擔任車右，車右既然也在戰場、參與了戰爭，為何不適合自稱附麗呢？這是因為「附屬」成為自謙的前提，是雙方身分相當。就像主人宴請賓客，賓客是宴會的受邀參加者，自稱附屬乃是在賓、主相對的情況下，強調主人為主、賓客為從；又或者雖然同為賓客，但表示自己只是附帶，乃是推尊其他賓客，因此是謙虛的說法。至於宴會或典禮的服務人員雖然也在現場，但只是宴會的勞務提供者，並非宴會的受邀者，他們固然有服務客人，但其身分與主人、客人都不相當，就不宜說自己是附屬了。在〈保員簋〉的例子中，如果以宴會為喻，公是主，賓客應該是其他隨同公作戰的將帥，車右的身分實際上與公並不相當，故不適合自

---

[31] 張光裕：《澹煙疏雨：張光裕問學論稿》，頁74。
[32] 張光裕：《澹煙疏雨：張光裕問學論稿》，頁73。
[33] 馬承源：〈新獲西周青銅器研究二則〉，頁151。
[34] 張光裕：《澹煙疏雨：張光裕問學論稿》，頁73。

稱附屬。

(四)〈耴簋〉、〈尹光鼎〉銘文試說

辛巳，王飲多亞，耴就麗；賜貝二朋，用作大子丁。〔耴髭〕(〈耴簋〉) [35]

乙亥，王醺，在彙次，王饗酒——尹光麗；唯各、賞貝，用作父丁彝。唯王征井方。〔□〕(〈尹光鼎〉) [36]

〈耴簋〉「就麗」應是兩個義近動詞連用，「就」是一個狀態及物動詞，其後多接賓語，其例習見，不煩舉例；值得注意的是也有部分未接續賓語的例子，如：

革言三就，有孚。(《易・革》) [37]

昧明，王乃秉枹，親就鳴鐘鼓、丁寧、錞于，振鐸。(《國語・吳語》) [38]

並且，「就」也可以和其他動詞連用，如：

維予小子，不聰敬止。日就月將，學有緝熙于光明。(《詩・周頌・敬之》) [39]

天子五年一巡守：歲二月，東巡守至于岱宗，柴而望祀山川，覲諸侯，問百年者就見之。(《禮記・王制》) [40]

〈敬之〉「日就月將」為錯文，猶「日月就將」。銘文「王飲多亞，耴就麗」即謂王飲多亞時，耴自己亦得以就位麗附；實際上，耴若本來就是王所飲的多亞之一，稱「就麗」即只是謙虛的用法而已。

---

[35] 銘文「就」從何琳儀釋，見註 23。
[36] 銘文醺，從謝明文釋，見氏著：《商代金文研究》，頁 165-166。
[37] 魏・王弼、晉・韓康伯注，唐・孔穎達疏：《周易注疏》(臺北：藝文印書館，2001 年，影清嘉慶二十年〔1815〕江西南昌府學刻本)，卷 5，頁 112。
[38] 清・徐元誥：《國語集解》，頁 550。
[39] 漢・毛亨傳，漢・鄭玄箋，唐・孔穎達疏：《毛詩注疏》，卷 19-3，頁 740。
[40] 漢・鄭玄注，唐・孔穎達疏：《禮記注疏》(臺北：藝文印書館，2001 年，影清嘉慶二十年〔1815〕江西南昌府學刻本)，卷 5，頁 222。

同理，〈尹光鼎〉「王饗酒，尹光邐」即王饗酒時，尹光本即此次接受饗酒的對象，只是以「邐」謙稱自己是附帶的參加者而已。

在此可進一步討論的是，〈尹光鼎〉「唯各」、「賞貝」的主語是誰？

楊樹達讀本銘「各」為「愙」已見前引，認為尹光以愙敬而受賞；韋心瀅訓「各」為止，串講銘文云：

> 商王舉行饗祭，尹光助祭。祭祀結束後，王賞賜尹光貝，尹光因而作祭祀父丁彝器。[41]

李晶則認為「止」是人名，「邐」取佐助意，云：

> 「尹光」其人只是在商王的饗禮中擔任佐助、輔相之職，而真正受到賞賜並鑄器紀念者乃是「各」。[42]

具體解釋雖然不同，但都認為「賞貝」是主語為尹光的受動句。

然而，「賞貝」在商代晚期金文中，並無可信的受動句用法。「賞」最典型的例子，都是「賞」前直接出現賞賜者，如：

> 癸巳，𠨘賞小子𠷎貝十朋。（〈小子𠷎簋〉，商代晚期，4138）
>
> 甲寅，子賞小子省貝五朋。（〈小子省卣〉，商代晚期，5394）
>
> 子光賞小子啟貝。（〈小子啟尊〉，商代晚期，5965）

其例多見，不煩殫舉。少數賞賜者之後沒有緊接著「賞」的例子，基本原因是承前而省，如：

> 辛亥，王才（在）□，賞寢孜□貝二朋，用作祖癸寶障。（〈寢孜簋〉，商代晚期，3941）
>
> 己酉，戍鈴障宜于召，置鏞，冊九律冊，賞貝十朋；𠀠剌用宝丁宗彝，在九月，唯王十祀啟日五。隹來束。（〈戍鈴方彝〉，商代晚期，9894）

〈寢孜簋〉在「賞」字前補敘地點，〈戍鈴方彝〉補充資訊較多，但戍鈴為賞

---

[41] 韋心瀅：〈關於故宮博物院所藏邐簋的定名及相關問題〉，《故宮博物院院刊》2012年第5期（2012年9月），頁87。

[42] 李晶：〈「尹光方鼎」與「聽簋」的補釋與定名問題〉，《中原文物》2017年第1期（2017年2月），頁111。

賜者、万刻為受賞制器者，賞賜者皆承前而省，並非受動句。尤值一提的是，偶而也可見「賞」字前是受賞者的例子，此時則用「于」帶出賞賜者，如：

　　　　□□，麋婦賞于矧。(〈麋婦觚〉，商代晚期，7312)

略如下表所示：

○	賞賜者＋賞＋受賞者＋賞賜物
○	受賞者＋賞＋于＋賞賜者
＊	受賞者＋賞＋賞賜物

由此觀之，〈尹光鼎〉「賞貝」的賞賜者亦當承前而省，即「王」；「各」依其在金文中的常訓「至」，可標點作：

　　　王饗酒——尹光邐；唯各、賞貝

破折號表示「尹光邐」是對「王饗酒」的補充資訊，故「唯各、賞貝」的主語都是「王饗酒」的「王」。如此，銘文敘寫王到饗禮現場之後，在典禮進行中又於尹光有所賞賜，將尹光理解為接受此次饗酒禮的人員，應是最直接的。

（五）〈陶觥〉銘文試說

　　癸亥，小臣䚄賜百工，王作冊殷友小夫麗，賜圭一、璧一、璋五；陶用作上祖癸䵼彝。唯王曰：「嗣。」在九月。[43]

〈陶觥〉於 2015 年由朱鳳瀚刊布並進行考釋，[44]此後李學勤、[45]黃錦前、[46]

---

[43] 銘文「陶」原作「㕑」，諸家均讀「陶」；鄔可晶改釋「覆」，見氏著：〈說古文字裡舊釋「陶」之字〉，《文史》2018 年第 3 輯（總第 124 輯），頁 5-20。唯為便稱引，以下仍襲舊稱「陶觥」。

[44] 朱鳳瀚：〈新見商金文考釋（二篇）〉，頁 132-142。

[45] 李學勤：〈論陶觥及所記史事〉，《出土文獻》第 7 輯（上海：中西書局，2015 年），頁 1-3。

[46] 黃錦前：〈陶觥讀釋〉，《文博》2018 年第 4 期（2018 年 11 月），頁 73-76＋67。

董珊、[47]周寶宏、[48]謝明文[49]皆陸續撰文研探。銘文中的「麗」字，李學勤從楊樹達讀為「媒」，朱鳳瀚取附麗義，唯朱鳳瀚理解為伴侍、配合、輔助之意，謝明文認為「麗」具體應讀為哪個字尚待研究，但其與「御」語法位置大致相同，應為侍、御、侑一類的意思，[50]前文就此已有辨析，此不複述。

董珊於「麗」亦取附麗義，但涉及一整句話的理解方式，云：

> 此處可分兩小句，讀作「王、作冊毁（耦），友、小夫麗（儷）」，動詞「毁（耦）」和「麗（儷）」詞義相近，句義是王和作冊相比耦，友與小夫為附儷。照這樣理解，此處是說當時冊命庭禮中的幾類參與者。

> 據西周冊命金文記載，冊命時周王與史官位於阼階之上，東楹的秉冊之史（作冊）將命冊授給王，王再授冊給西楹的讀冊之史。商代冊命的儀節應與此相去不遠。「耦」的意思是相互匹配輔佐，由此可知陶觥銘所記「王、作冊耦」的情形。……

> 在冊命禮中，王與作冊史官屬主黨，受冊命者及其他參與者則屬於賓黨。「友、小夫麗」應該是說小臣之友僚和下屬也參與這次冊命。[51]

然所謂「耦」，似乎較常見於射禮，冊命禮中是否有此概念，似仍待考；且既然說「耦」字意為「相互匹配輔佐」，冊命禮中史官、作冊輔佐於王則是，卻難說明王對史官、作冊有何輔佐，不易看出「相互」之意。

周寶宏將「麗」視為人名，也是王賞賜給小臣䚄的賞賜品之一，「陶」則為賞賜品，譯寫原銘文為：

> 癸亥日，小臣䚄受到殷王賞賜百工（多種工匠）、王的作冊毁的下屬小夫麗，又賞賜圭一、璧一、璋五、陶器若干，小臣䚄因此用作祭祀上祖癸的寶尊彝……

---

[47] 董珊：〈新見商代金文考釋四種〉，復旦大學出土文獻與古文字研究中心編：《出土文獻與傳世典籍的詮釋》（上海：中西書局，2019年），頁1-16。

[48] 周寶宏：〈新見商末金文考釋兩篇〉，《甲骨文與殷商史》新12輯（上海：上海古籍出版社，2022年），頁270-285。

[49] 謝明文：《商代金文研究》，頁793-803。

[50] 謝明文：《商代金文研究》，頁167、800-801。

[51] 董珊：〈新見商代金文考釋四種〉，頁10。

此說減少銘文敘述的人數，自「百工」以下至「陶」都是賞賜品，整個架構變得相當清晰簡潔，但銘文 ⿰亻⿱日匃 是否仍可釋「陶」，學界已有不同的看法；即使仍釋「陶」，相對於圭、璧、璋，陶器有何特殊性列居賞賜品之中，也頗令人疑惑。

本文傾向於「小臣䏁賜百工」之「賜」可能是小臣䏁代王賞賜百工。商代銘文中，有時似用「賜」而表示代賜，如：

> 庚午，王令寢農省北田四品，在二月。作冊友史賜𠷎貝，用作父乙䵼。（〈寢農鼎〉，商代晚期，2710）

此例受王令省北田的是寢農，應該也就是作器者，但所記賞賜者則是作冊友史，若寢農受命省北田和冊友史賜貝二事間是有因果關係的，則命寢農省田的既是王，作冊友史蓋為代王賞賜。

單就「麗」字訓解而言，依〈寢農鼎〉的例子，〈陶觥〉所述應是王賞賜陶圭、璧、璋，而由小臣䏁代為賞賜，陶本為百工之一，故以「麗」稱自己只是附麗於此次受賜，「麗」的用法與其他用作動詞狀語的例子是一致的。

銘文的其他部分，「百工」，李學勤認為是朝中百官；「友」，朱鳳瀚、李學勤都指出為僚友之意；「小夫」，黃錦前認為是「應係作器陶自稱，或帶有自謙的意味」，均可從。[52]綜此，此次賞賜對象可能是多位新就職的臣子，故稱賞賜對象是「百工」，最後又記錄「王曰：嗣」表示自己承嗣乃奉王命而來；特稱自己是「王作冊𣪘友小夫麗」句，則一方面帶出此次賜命的主體是「王」，另一方面可能表示自己所繼承的職位即受作冊𣪘所領導的作冊集團之屬吏。作冊𣪘蓋為作冊之長，陶既以「小夫」自謙，一併記錄領導之名，也就具有標舉長官之名的作用，並非沒有意義的修飾文句而已。

最後，尚可一談的是，上揭五器，〈尹光鼎〉、〈耴簋〉皆賞貝，〈荊子鼎〉於賞貝外又賞矩鬯，〈保員簋〉賜金車、〈陶觥〉則賜圭、璧、璋，後三者的賞賜都異常隆重，就這個角度來說，將作器者視為該典禮的獲邀者而非贊佐

---

[52] 黃錦前：〈陶觥讀釋〉，頁74。

者，賞賜物與獲賞者在典禮中的身分，應該也更為匹配。

四　用作形容詞的「麗」試解

本節擬討論兩條「麗」用作形容詞的例子，亦先引述其辭例、字形如下：

1. 〈方妟各鼎〉（西周早期～西周中期，NB1590）

    方妟各自作齋麗鼎，其永用。

2. 〈元年師旋簋〉（西周晚期，4279）[53]

    王呼作冊尹冊命師旋曰：備于大左，官司豐還左右師氏，賜汝赤巿、同黃、麗般（鞶），敬夙夕用事。

其字形各如下所示：

1〈方妟各鼎〉	2〈元年師旋簋〉	3〈取膚匜〉

〈元年師旋簋〉乃是典型的「麗」字，〈方妟各鼎〉之字形，張光裕取周原甲骨及〈元年師旋簋〉、〈尹光鼎〉、〈辛巳簋〉（即〈耴簋〉）、〈保員簋〉等器「麗／邐」字相比較，尤其是〈取膚匜〉省去鹿形的部分，與此形最為相近，故認為是鼎銘此形乃取「麗」字鹿角部分，[54]字形、時代都相近，宜屬可從。[55]

上一節所述諸「麗／邐」字，都是用於提及自己的銘文，除此之外，「麗」字正好也有自稱以及稱第三者的用法，可以〈方妟各鼎〉說明。鼎銘稱「麗鼎」，「麗」為「鼎」的形容詞；所謂「麗鼎」，張光裕已引禮書以明之，云：

---

[53] 又見〈元年師旋簋〉4280、4281、4282。

[54] 張光裕：〈香江新見彝銘兩則〉，《雪齋學術論文二集》（臺北：藝文印書館，2004年），頁207-208。

[55] 此字如何釋讀，學者尚有不同看法。范常喜改釋「從」、禤健聰以為即鬻字，各有專文，鄔可晶各有評論，詳氏著：〈金文「鬻器」考〉，《甲骨金文語文論集》（上海：上海古籍出版社，2024年），頁331-351。釋「壽」之說，在字形上似仍不如釋「麗」之省形為直截。

今本銘稱「麗鼎」云者,當亦取比陳、相伴義,其性質實有如禮經中所稱之「羞鼎」,乃陪鼎之屬。《儀禮・聘禮》致館設飧:

宰夫朝服設飧:飪一牢,在西,鼎九,羞鼎三。腥一牢,在東,鼎七……飪一牢,在西,鼎七,羞鼎三,堂上之饌六。

《鄭玄注》:「羞鼎,則陪鼎也,以其實言之,則曰羞,以其陳言之,則曰陪。」故《聘禮》有司入陳,述及羞鼎時,則以陪鼎稱之。《聘禮》歸饔餼於賓介:

君使卿韋弁,歸饔餼五牢。上介請事,賓朝服禮辭。有司入陳,饔:飪一牢,鼎九,設于西階前,陪鼎當內廉,東面北上,上當碑,南陳。牛、羊、豕、魚、腊、腸胃同鼎,膚、鮮魚、鮮腊。設扃鼏,膷、臐、膮,蓋陪牛羊豕。

《鄭玄注》云:「陪鼎三牲,臐、膷、臐、膮陪之。」今所見方妘各鼎高僅 19 釐米,體型較小,正合陪鼎之用。禮經從用途著眼,僅稱羞鼎,陪鼎,不意今竟得見金文中有自名「邐鼎」者,比合古禮經意,其義益明矣。[56]

張先生引禮經「羞鼎」、「陪鼎」解釋銘文「邐鼎」,其說誠是;「邐」字若取麗附之意,則陪鼎以附麗於原設「鼎九」之外,與「陪鼎」之稱蓋亦可以相合相成。此鼎雖為方妘各所作,但並非方妘各自己的代表,故可視為「麗」用於稱述第三者的用例。

至於「麗」用為形容詞的另一個例子,見於〈元年師旋簋〉。銘文「鞶」原作, 作為賞賜物,亦見〈瘋盨〉(西周中期,4462),作 。郭沫若認為可釋作「般」,讀為「鞶」,云:

「麗鞶」者,鞶屬也。《禮記・內則》:「男鞶革、女鞶絲。」鄭玄注云:「鞶,小囊,盛帨巾者。男用韋、女用繒。有緣飾之,則是鞶裂。」[57]

---

[56] 張光裕:〈香江新見彝銘兩則〉,頁 207-208。
[57] 郭沫若:〈長安縣張家坡銅器群銘文彙釋・師旋設甲〉,轉引自周法高編:《金文詁林補》(臺北:中央研究院歷史語言研究所,1982 年),第 5 冊,卷 10,頁 3097;原刊《考古

似乎以銘文「麗鞶」即〈內則〉鄭《注》之「鞶裂」；《商周青銅器銘文選》雖亦讀為「麗鞶」，但說解有異，云：

> 《說文・鹿部》：「麗，旅行也。鹿之性，見食急則必旅行。从鹿，丽聲。禮，麗皮納聘，蓋鹿皮也。」麗鞶，即鹿皮製鞶。鞶，銘作般，當讀為鞶。《說文・革部》：「鞶，大帶也。《易》曰：『或錫之鞶帶』。男子帶鞶，婦人帶絲，从革般聲。」《易・訟》：「或錫之鞶帶」，荀爽《注》：「鞶帶，宗廟之服。」麗鞶與赤市絅衡都為古代的命服。一說麗鞶即《左傳・桓公二年》「鞶厲游纓」之「鞶厲」，麗讀為厲，指大帶之垂飾。[58]

前者實際上是將「麗」讀為「厲」，但語序與《左傳》及本銘皆不合；後者麗字雖從鹿，「麗皮」特指成對的鹿皮，單獨的「麗」則似乎沒有指鹿本身的用法，是二說皆難肯定；況且本篇銘文所謂「般」字，與典型的「般」字寫法不同，是否即是「般」字，亦未可必，[59]「麗」用為「般」的狀語，自亦難推論其用法，姑錄其說以為參考。[60]

學報》1961 年第 1 期。引文「繪」，《禮記注疏》作「繢」。按，郭沫若引鄭注在「鞶裂」下缺漏「與」字，「與」以示疑而未定，詳《正義》所論，《禮記注疏》，卷 28，頁 538。

[58] 馬承源主編：《商周青銅器銘文選》（北京：文物出版社，1990 年），頁 200。

[59] 郭沫若另以此字可隸定為「豛」，假借為「裼」；同讀為「裼」者，陳夢家、馬承源與劉洪濤、傅強解釋又各不相同；施謝捷又以為字「攸」字異體，諸家解釋，頗為參差，可參：劉洪濤、傅強：〈據清華簡釋金文中的「裼襲」〉，2014 年 12 月 20 日，武漢大學簡帛網・簡帛文庫，網址：http://m.bsm.org.cn/?guwenzi/6290.html（2025 年 3 月 11 日上網）。

[60] 李零以最早見於兩周之際以後作 ⿳、⿳（以下以⿳代表）等兩鬲形者，在中間㇄以外的部分為「丽」，取儷耦之意解釋諸銘。見氏著：〈丽器考〉，《青銅器與金文》第 4 輯（上海：上海古籍出版社，2020 年），頁 54。李森以⿳源於早期「麗」字，詳參氏著：〈金文「⿳」字補說〉，《漢字漢語研究》2023 年第 1 期（2023 年 3 月），頁 26-36＋54。唯就〈方妞各鼎〉「麗鼎」而言，張光裕所云陪鼎的角度較能解釋鼎在大小上的差異。

五　餘論:「麗」的造字取意

　　「麗」字之有附麗義，前此已有多位學者指出，文獻亦足可徵，故上文以附麗義嘗試說解大多數帶有「麗／䕻」字的銘文，即使不能成立，也不影響「麗」字有此義項，故在此擬附帶談一下「麗」為何有麗屬、附麗之義。

　　上一節的最後提及郭沫若對〈元年師㫃簋〉「麗㿝」的考釋，他除了將「麗」讀為「厲」外，也曾考慮過直接將「麗」解為美麗之意，其說云：

> 如解麗為美麗，意亦可通。但此當是後來引伸之義，有緣飾之麗鑿美觀，故麗字引伸而為美也。[61]

認為美麗應是較晚的引伸之義；季旭昇說解「麗」字云：

> 元年師㫃簋「麗」字从「鹿」，上著兩大角。引申因有華麗義、儷偶義。《儀禮‧士冠禮》「儷皮」鄭玄注：「兩鹿皮也」。《說文》以為「儷皮」蓋「鹿皮」也。蓋儷讀為麗，麗亦鹿類也。《說文》古、籀目前未見。當為「麗」上部之省體。[62]

則著眼於鹿的兩大角而引申出華麗、儷偶義，但尚未及於附麗一義。若以上諸銘取附麗義是可行的，則其時代早至殷商時期，年代相當久遠，可能比華麗、儷偶義都還要更早，甚或就是其本義。

　　麗為何有附麗義？可能也和華麗、儷偶義相同，有取於鹿角的特色。鹿角成對，具儷偶義至為直截，至於附麗義，則《禮記‧月令》載：

> （仲夏）鹿角解，蟬始鳴。半夏生，木堇榮。
>
> （仲冬）芸始生，荔挺出，蚯蚓結，麋角解，水泉動。[63]

記載了古人對鹿、麋解角季節不同的觀察，而其解角季節雖有不同，共同的特色則在於都會解角。如此，鹿角每年重新生長，到特定季節就會脫落，鹿

---

[61] 同註 59，周法高編：《金文詁林補》，第 5 冊，卷 10，頁 3098。
[62] 季旭昇：《說文新證》（福州：福建人民出版社，2010 年），頁 776。
[63] 漢‧鄭玄注，唐‧孔穎達疏：《禮記注疏》，卷 16，頁 318、卷 17，頁 346。

角對於鹿並非長出之後就永遠固著於鹿首，而只是暫時性的附著，附麗義可能也就是因此而生的了。

六 結論

用作動詞的「麗／邐」，目前最普遍的看法，一是認為表示寬泛的輔佐義，二是認為表示具特定身分的人（贊、儐）。前者解釋在宴饗中擔任佐助之職，很適合放在〈尹光鼎〉、〈耴簋〉等直接敘及飲宴之事的銘文，但相對的，在〈保員簋〉、〈荊子鼎〉、〈陶觥〉這種銘文未述及飲宴之事的例子，就需要另外假設在現實中存在銘文所未明言的宴飲。後者可以適應大部分的銘文，但與〈荊子鼎〉所及王對荊子的重視不太相稱。

如果不堅持用作動詞狀語的「麗／邐」，只能表示說話者是擔任輔佐工作，而只是一種謙稱自己本是該典禮邀請對象的措辭方式，則如張光裕、馬承源、朱鳳瀚諸學者均指出「麗」有附麗義，或可據以疏通各篇銘文。另一方面，這些用作附麗義的銘文，大都屬殷末至周初，時代相對較早，「附麗」有可能就是「麗」的本義，著眼於鹿角具有季節性脫落的特質，並非永久固著於鹿首，或許正是「麗」具附麗義的造字背景。

它它熙熙，桃李芬芳

莊惠茹[*]

　　與寶春老師結緣於大二的文字學課堂上。在大二眾多與經典新鮮碰撞的課程中，文字學無疑是最魔幻的一門課。

　　至今仍記得第一堂課鐘響，老師穿著圓裙微笑緩步走上講臺的情景。當老師以清麗的筆觸在黑板上寫下自己的名字時，字跡之美，讓四周音聲俱凝。爾後的課堂上，老師的粉筆彷彿沾了魔法，在點劃之間，帶我們穿越千古，走向殷商巫祝的甲骨卜辭、走過兩周的吉金燦燦，然後，在轉角跨入漢代，整學年掉入《說文解字》字海中。

　　現下想來，真真是上天給的好福氣，大二那年有幸成為老師的計畫助理。同班六位女生擠進老師的小小研究室，一人一本《甲骨文合集》，就著圖紙，慢慢描摹拓片。小女生聚在一起總也聒噪，總愛吃食，有時也會嘲哳或啞訥。老師總優雅地坐在靠窗桌畔安靜閱讀，偶爾抬起頭來，微笑地看我們說那春花秋月，追那陽春白雪。那溫柔敦厚的學者風雅，是一張細細密密的網，在那三年裡，包容著我們的喧鬧，安撫著我們的青春逆毛，並在很多不經意的時候，用美食與關懷陪伴著我們收拾徬徨，安頓身心。

　　在那段時間裡，老師以身教，帶著我們體會傳統文人的雅趣。我們何其幸運，跟班看戲、賞花、品糕、聆曲、閱讀、聽講；甚至當我們興起籌組古典詩社時，還收到老師默默遞來的創團基金！老師欣然地看著我們玩耍，並低調地以實際行動給予支持鼓勵，還提醒我們切勿張揚。

　　一直到研究所入了寶師門下後，才知道什麼叫學無止盡。碩二那年暑假，老師高興地抱了好厚一本《上博簡》，翻開〈孔子詩論〉，告訴我們出土文物裡的新發現，眼裡有光。此後經年，研究室裡的古文字研究資料與時俱增，老師帶領著我們讀材料、查原典。當我們擺盪於論文迷津時，協助我們

---

[*] 國家圖書館特藏文獻組。

釐清思緒，指引方向，並告訴我們別著急，再翻檢再細思，耐著心慢慢求索，縱使書山多曲徑，也總有通幽處，而古文字雖多變臉，總有定格展顏時。後來才明白，學術研究如此，生命旅程亦是。人生行旅中那些繞不出的困頓與自我懷疑，每每在老師的溫婉開解與盈盈笑語中，伴隨著研究室裡的咖啡香氣，輕柔淡去。

寶師門下開枝散葉，也因著老師的關係，師門間友愛團結，溫暖相繫。從論文選題到職涯發展，老師總鼓勵我們「去我執」。凡有所取必有所捨，取捨之間，且行且寬心，勇敢邁開步伐，多元嘗試，從中學習，順勢發展。踏入職場後，每次的職務異動，總在老師一句「很好哇」中靜定下來。每每和老師分享職場所得，也總得老師鼓勵之語及寶貴的經驗分享。

何其幸福，師徒之緣情牽緣長，得此深厚福澤。謹以此文，敬祝老師熙福長樂，吉祥安康！

談〈閟宮〉「三壽作朋」
及出土文獻「參（三）壽」一詞[*]

張宇衛[**]

一　前言

　　《詩經・魯頌・閟宮》一詩詩旨，〈毛詩序〉謂：「頌僖公能復周公之宇也。」朱熹《詩序辨說》則改以「此詩言『莊公之子』，又言『新廟奕奕』，則為僖公修廟之詩明矣。」[1] 屈萬里僅視為「頌僖公之詩」，[2] 三說講述的詩旨重點不同，但詩中所繫對象為僖公這一點則無異。

　　朱熹之說僅以修廟一事作為詩作描繪的重點，忽略此事背後所烘托的僖公形象，尤其從詩作中所形塑出踵繼先祖，維繫魯邦，進而得以受福等描述皆與僖公相關，因此可以說「修廟」僅是一事件，但從僖公能夠實／執行此事，從而帶出對其形象的讚頌。而其中第四章為描述僖公在祭享上準備豐厚，並得到祝嘏之辭，徵引如下：

> 秋而載嘗，夏而楅衡。
> 白牡騂剛，犧尊將將。
> 毛炰胾羹，籩豆大房。
> 萬舞洋洋，孝孫有慶。
> 俾爾熾而昌，俾爾壽而臧。
> 保彼東方，魯邦是常。
> 不虧不崩，不震不騰。

---

[*] 本文初稿曾得到林宏佳教授及石兆軒、王誠御、黃以侖、闞河仰等學棣諸多寶貴意見，促使我能重新審視與修改若干論說，又文章相關資料得誠御學棣協助收集，在此一併深致謝忱。
[**] 國立臺灣大學中國文學系副教授。
[1] 宋・朱熹：《詩序辨說》（北京：中華書局，1985 年），頁 46。
[2] 屈萬里：《詩經詮釋》（臺北：聯經出版社，1983 年），頁 610。

　　　　三壽作朋，如岡如陵。

「俾爾熾而昌，俾爾壽而臧」蓋祝嘏之辭，即讓僖公昌盛且長壽，並「保彼東方，魯邦是常」為使得魯邦能夠立足於東方外且世代得以綿延。所謂「三壽作朋，如岡如陵」一句亦是對僖公在壽命上的頌讚，然而針對「三壽作朋」一句的訓詁與詮釋歷來頗多異說，大抵僅於「壽」字理解無異，但當組合成「三壽」一詞時，便呈現出諸說紛呈的局面，其中有些解讀甚至影響到「朋」的理解，不過反觀此句動詞「作」卻多半在各家說解之中被忽視，間接揭示過去學者們在句子的結構未加以關注外，亦同時缺乏相近的語句結構的對比，而停留在個別句子內部字詞之解釋。是故，本文將試著以「三壽作朋」為主軸，梳理出此句之詮釋說法的演變歷史，接著從語法分析、社會觀念來談此句的語義。

二　學界關於「三壽作朋」字詞訓詁與詮釋之進程

　　陳英傑在梳理「三壽」各家說法時，提到「諸說的爭議焦點在『三（參）』上，主其數詞者，又有虛指、實指之別，主『參星』者，則以『參』為正字。」[3]論及「三（參）」之作為實、虛與參星等三主流，只是文中未對各家之說加以徵引與論證，[4]由於「三」作為實指，各家又有細部的差異，故本文以下再嘗試就「三」為實指、虛指以及改以「參」為本字等觀點做出細部的討論。

---

[3] 陳英傑：《西周金文作器用途銘辭研究》（北京：線裝書局，2009 年），頁 390-392。
[4] 按：本文重新梳理各家之說，在於近人統整過程多為舉例外，歸類上亦存在缺失，如王挺斌引用楊朝明之說，舉馬瑞辰為主張「三等壽」之代表，不僅忽略其前面之繼承，也未指出馬瑞辰的「三等壽」等於「三老」，且主張三等壽之人並不全同意此說。甚而薛培武直接認為三等壽的提出者為馬瑞辰。王挺斌：〈利用清華簡來解釋《詩經・魯頌・閟宮》「三壽作朋」〉，《武漢大學簡帛網》網站，2014 年 10 月 23 日，網址：http://www.bsm.org.cn/?chujian/6267.html（2024 年 11 月 30 日上網）。薛培武：〈說〈閟宮〉「三壽作朋」之「朋」及相關問題〉，《武漢大學簡帛網》網站，2018 年 6 月 19 日，網址：http://m.bsm.org.cn/?guwenzi/7904.html（2024 年 11 月 30 日上網）。案：再次引用則省略網址、上網時間。

（一）「三」為實指

1 視「三壽」為「三卿」

「三壽」之「三」作為數字實指，最初為鄭玄提出，孔穎達繼之解釋為「天子謂父事之者為三老，公卿大夫謂其家臣之長者稱室老，諸侯之國立三卿」，[5]蓋以「三卿」可以為天子之「三老」或公卿大夫「室老」、諸侯之「三卿」，並認為「作朋」是「常得賢人」，可見其說非著眼於「壽考」之壽命義，反而是以得賢人為朋伴來解讀，偏向以政治與治國的路線進行發揮。

南宋范處義在鄭、孔之說的基礎上稍作延伸，言「大國三卿亦皆壽考，與君為朋」，轉將所謂的「三卿」賦予「壽考」之特徵。[6]南宋嚴粲亦解為「國有壽考之三卿與作朋友」，[7]也將「壽考」與「三卿」予以聯繫，不單只是從賢人政治進行詮釋。

清人陳奐先以「《傳》釋『壽』為『考』，『三考』義未聞；疑『考』乃『老』之誤」為說，接著論證：

> 張衡〈東京賦〉：「降至尊以訓恭，送迎拜乎三壽。」薛綜《注》云：「三壽，三老也。」又《新序・襍事五》：「《詩》曰：『壽胥與試』，美用老人之言以安國也。」下章「壽」，三家《詩》釋為「老」，則與此「三壽」為「三老」義同。《箋》云：「三壽，三卿也」，應是申成毛訓。〈椒聊〉《傳》：「朋，比也。」古「比方」、「比合」不分上去聲。「三壽作朋」，意謂君與臣合德也。[8]

其說反而回到鄭玄、孔穎達之君臣思維，只在「朋」字解釋上提出新說，以「比合」解之。然而陳奐此一解讀，「比方」如何產生「合德」義？在字義

---

[5] 漢・毛公傳，漢・鄭玄箋，唐・孔穎達正義：《十三經注疏・毛詩正義》（臺北：藝文印書館，2001年，影清嘉慶二十年〔1815〕江西南昌府學刻本），頁778。
[6] 宋・范處義：《詩補傳》，《通志堂經解》（臺北：漢京文化事業有限公司，1985年），頁10467（卷27頁14）。
[7] 宋・嚴粲：《詩緝》（北京：中華書局，2023年），頁1046-1047。
[8] 清・陳奐：《詩毛氏傳疏》（臺北：廣文書局，1967年），頁894。

勾合上明顯難以得證。

「三卿」之說不為後來學者所從，最早為南宋王應麟以「〈晉姜鼎銘〉曰：『保其孫子，三壽是利』，〈魯頌〉『三壽作朋』，蓋古語也。先儒以為『三卿』，恐非。」[9]指出〈晉姜鼎〉「三壽」一詞為古語，推斷「三卿」的解釋不可信。明代張次仲亦有類似的看法，云：「三壽者，上壽百，中壽八十，下壽六十，殆漢之所謂『三老』。朋，朋友。作朋，相與為友，同心一德而無忤也。〈晉姜鼎銘〉曰：『保其子孫，三壽是利』，『三壽』蓋古有此語；先儒以為三卿，非也。」[10]亦以〈晉姜鼎〉為例，排除三卿為三老之說，而是將「三壽」與三等壽、三老聯繫在一起，間接突顯其認同三等壽之說。舉〈晉姜鼎〉作為排除三卿說者，論之較詳者則屬王夫之，其云：

> 按《博古圖》載周〈晉姜鼎銘〉曰：「三壽是利」，晉六卿，非三，且卿之壽、利，不當載之姜氏之鼎。銘文無「岡陵」之語，是「三壽」古之通詞，非僅為魯設矣。三壽者，壽之三等也。《養生經》曰：「上壽百二十，中壽百年，下壽八十。」《左傳》晏子謂叔向曰：「三老凍餒。」杜預解曰：「三老，謂上壽、中壽、下壽，皆八十以上。」《論衡》曰：「《春秋說》：上壽九十，中壽八十，下壽七十。」三說不同，其為上、中、下之三等均也。而黃帝、堯、舜、文、武、太公、召公及漢初伏生、張蒼皆逾百歲，則古者不以九十為上壽，是《養生經》之言確於《論衡》矣。「朋」，並也。「三壽作朋」者，合並三壽，祝孝孫以無疆之壽也。[11]

以此詞非限定在魯國使用，以及因〈晉姜鼎〉「三壽」不符合晉國六卿等角度否決了「三卿」說，進而引據《養生經》、《左傳》杜預注、《論衡》等所

---

[9] 宋·王應麟著，清·翁元圻等注：《困學紀聞（全校本）》（北京：中華書局，2008 年），頁 410。

[10] 明·張次仲：《待軒詩記》，《詩經要籍集成》（北京：學苑出版社，2003 年），第 15 冊，頁 328（卷 8，頁 54）。

[11] 明·王夫之：《詩經稗疏》，《船山全書》（長沙：嶽麓書社，2011 年），第 3 冊，頁 215-216。

敘之壽分三等的觀點。以上揭示反對「三卿」說，大抵引用〈晉姜鼎〉為例，論證「三壽」為古之通語，這個觀點無疑是可從，至於主張「三壽」為「三等壽」者，尚有需探討之處，以下試著說明。

2　以「三壽」為「三等壽」

主張「三壽」為三等壽者，最早當數宋人范處義於《詩補傳》「或曰」所提出，云：「三壽，謂上中下也，上壽百二十，中壽百歲，下壽八十。魯人頌僖公與三壽之人為朋也，亦通。」[12]排除鄭、孔賢人政治的思考，並直陳「三壽」蓋「上壽、中壽、下壽」，張次仲觀點與之相近，只是以「殆漢之所謂『三老』。」[13]仍將「三壽」與具體的「三老」聯繫在一起。

前面已提到清人王夫之言三等壽，則據《養生經》、《左傳》杜預注、《論衡》為論，但他也看到這三書中對於三等壽年歲定義不同，最後其採《養生經》「上壽百二十，中壽百年，下壽八十。」為觀點，並以「朋」為合並之義。

馬瑞辰同張次仲認為「三壽」即「三老」，並引《左傳‧昭公三年》「三老凍餒」之杜預《注》「三老謂上壽、中壽、下壽，皆八十以上」為證。[14]

近世主張三等壽說者，如林義光同意「古人壽自有三等之分」，而把「三壽作朋」理解為「以三壽之人為輔佐也。」[15]以「輔佐」義解釋「朋」字，反觀徐中舒則以《詩經‧小雅‧伐木》之「友生」與〈曩中壺〉「傰生」同，論證傰即友也，故以「三壽作朋」正是祈壽考之義，[16]不過在徐中舒的論述中未明言「作朋」何以產生祈壽考之義。陳連慶則是從「中壽」一詞出發，先後徵引《左傳‧僖公三十二年》蹇叔哭師之「公使謂之曰：『爾何知！中壽，爾墓之木拱矣。』」孔《疏》：「上壽百二十歲，中歲百，下壽八十。」、

---

[12] 宋‧范處義：《詩補傳》，《通志堂經解》，頁10467（卷27頁14）。
[13] 明‧張次仲：《待軒詩記》，頁328（卷8頁54）。
[14] 清‧馬瑞辰：《毛詩傳箋通釋》（北京：中華書局，2004年），頁1147。
[15] 林義光：《詩經通解》（上海：中西書局，2012年），頁425。
[16] 徐中舒：〈金文嘏辭釋例〉，《徐中舒歷史論文選輯》（北京：中華書局，1998年），頁528-529。

《莊子‧盜跖》「人上壽百歲，中歲八十，下歲六十」、《呂氏春秋‧安死》「人之壽久之不過百，中壽不過六十」、《淮南子‧原道》「凡人中壽七十歲」、《論衡‧正說》「上壽九十，中壽八十，下壽七十」等，凸出自先秦下迄漢唐都有上壽、中壽、下壽的說法，[17]以此論證壽分三等，自先秦以來便一直存在著。

黃忠慎便直接說三壽為「上壽（一百二十歲），中壽（一百歲），下壽（八十歲）」並以「朋」為輩，故認為「三壽為朋」就是「僖公之壽可與三壽之人相齊等。」[18]

直至清華簡〈殷高宗問於三壽〉公布後，「三壽」為「三等壽」之說又得到注目，如王挺斌云：

> 我們如果把這裡的「參（三）壽與從」以及其中所提到的三位壽者與〈閟宮〉的「三壽作朋」聯繫起來，不難發現，後者所說的「三壽」，其實也是指三位長壽之人。……現在，有了清華簡的材料，我們可以明確〈閟宮〉「三壽作朋」所說的「三壽」，其實就是指三位長壽之人。過去學者所稱引的金文如晉姜鼎、宗周鐘、者減鐘、眞中乍佣生飲壺等銘文中的「參壽」或「三壽」現在可以確指為三位長壽之人，這是應該要注意的。希望〈殷高宗問於三壽〉其他簡文公佈以後，我們能有進一步的認識。[19]

把「三等壽」進一步轉化為「三位長壽之人」。不過王挺斌並未解釋「作朋」。鄔可晶原先指出此一文本「三壽」已具備人格化，[20]薛培武延續「三壽」為「三等壽之人」的看法，將「朋」理解為「佣」或「陪」之陪輔之義，這一點同林義光，並認為此句「似也兼有世世『陪輔』魯公左右的意思。」接著

---

[17] 陳連慶：〈〈晉姜鼎銘〉新釋〉，《古文字研究》第 13 輯（北京：中華書局，1986 年），頁 189-201。
[18] 黃忠慎：《詩經全注》（臺北：五南圖書出版股份有限公司，2008 年），頁 641。
[19] 王挺斌：〈利用清華簡來解釋《詩經‧魯頌‧閟宮》「三壽作朋」〉，《武漢大學簡帛網》網站。
[20] 鄔可晶之說轉引自蔣文：《先秦秦漢出土文獻與《詩經》文本的校勘和解讀》（上海：中西書局，2019 年），頁 60-69。

配合「如岡如陵」一句，得出「這與用『岡』和『陵』這一具體的山川類意象來比喻『三壽之人』輔佐魯公是很相似的。當然，說這些『三壽之人』陪輔左右，使國家如『岡陵』一樣長治久安，也是能講通詩義的。」[21]

以上揭示〈殷高宗問於三壽〉的公布是主張三等壽的分水嶺，在此之前的學者主要徵引《養生經》、《左傳》杜預注、《論衡》等書證明「三等壽」在古人的思維中確實存在，但之後的學者則是將「三等壽」與〈殷高宗問於三壽〉「彭祖、中壽、少壽」等同，開啟所謂三等壽「之人」之人格化的論述。

針對早期三等壽之說，季旭昇曾對早先學者的觀點提出疑問，言：「但是祝人長壽，尤其祝的是魯僖公，詩人的最高領袖，為什麼不祝他活到一百二十歲，而要含糊籠統地祝人從八十歲到一百二十歲？甚至於我們要奇怪，詩人為何不祝僖公『萬年無疆』（〈七月〉）、『胡不萬年』（〈鳲鳩〉）、『壽考萬年』（〈信南山〉），所以這樣的祝壽詞也令人覺得有點納悶。」[22]這個質疑是有道理的，為何祝壽要分成三等呢？楊朝明則提出〈㠱仲壺〉「匄三壽、懿德」之「匄三壽」絕不會是「求上、中、下三壽，而只能是求上壽，亦即求其壽如參星之高。」[23]亦不贊成匄求長壽有三等之分。

至於後期「三等壽之人」之人格化說，不同於以往學者，蔣文也注意到〈㠱仲壺〉「匄三壽、懿德」之「三壽、懿德」並舉，其也同楊朝明一樣認為此例不宜理解為「三等壽」，不過其另外提出了「三壽」存在辭例演變說，並以「壽雖分三等，然三等皆壽，不論是哪個等級，皆為長壽」，故以〈閟宮〉「三壽」是「上、中、下三位長壽之人」，並理解「三壽為朋」是「與三等老壽之人為伴，以喻壽之長」，[24]以下徵引其說：

> 前人無差別地理解金文中所有的「三／參壽」是不合理的，它們在各例中的意義並不完全相同。……㠱仲壺、侯古堆鎛和鄬子成周鐘之「三／

---

[21] 薛培武：〈說〈閟宮〉「三壽作朋」之「朋」及相關問題〉，《武漢大學簡帛網》網站。
[22] 季旭昇：《詩經古義新證》（北京：學苑出版社，2001年），頁122。
[23] 楊朝明：〈《詩經‧閟宮》「三壽作朋」試解〉，《出土文獻與儒家學術研究》（臺北：臺灣古籍出版有限公司，2007年），頁106-109。
[24] 蔣文：《先秦秦漢出土文獻與《詩經》文本的校勘和解讀》，頁60-69。

參壽」是長壽、多壽之義，略近於「眉壽」、「萬壽」等；訣鐘和晉姜鼎之「三／參壽」義為上、中、下三等之壽；者減鐘之「參（三）壽」義為三壽之人之壽。……總之，我們認為《詩經》和出土文獻中所見「三壽」的含義有細微的差別，但又彼此聯繫，既可表「上中下三等壽」，也可表「長壽」，還可指「三等壽之人」。〈閟宮〉「三壽作朋」應取最後一種理解，指與上、中、下三等壽之人為伴。[25]

蔣文的演變說確實發人深省，其中可以進一步思考的是這個演變背後的驅動為何？且真如其所言「『三壽』表長壽、多壽意仍然與『上、中、下三等壽』有關」，那麼「三」即從「實數」轉為「虛數」，且「三等壽」概念已經發生轉變，進而趨近於「多壽」，問題是這種轉變卻發生在時代最早的〈曩仲壺〉，而其認為的「三等壽」本義則直至《詩經》等文本才出現，這也不免讓人生疑，為何早期沒有本義用法？以及這個所謂演變的過程，是否存在客觀判斷基準？另外，可以進一步追問的是何以「為伴」就能產生「壽之長」的含義呢？

反駁三等壽之說者，鄧佩玲以「至於『上壽』、『中壽』、『下壽』之稱，最早見諸《左傳》，該書年代已屬春秋，難以說明『壽三等』之概念於西周中期經已形成」[26]提出時代上的質疑，但〈殷高宗問於三壽〉的出現，尤其「彭祖、中壽、少壽」三者是否支持三等壽之說？鄔可晶的後說則從學者說法之歷史層次進行探討，指出「三壽」是「三等壽」是宋人提出的新說，文中也指出〈殷高宗問於三壽〉的「彭祖、中壽、少壽」與文獻所謂「上壽、中壽、下壽」無法對應，在詞彙含義亦不等同。[27]

本文認為鄔可晶反駁的說法值得重視，但可稍加修正，就字詞對應而言

---

[25] 蔣文：《先秦秦漢出土文獻與《詩經》文本的校勘和解讀》，頁 65-67。
[26] 鄧佩玲：《天命、鬼神與祝禱——東周金文嘏辭探論》（臺北：藝文印書館，2011 年），頁 165。
[27] 鄔可晶：〈「三壽」辨義〉，《中國文字》二〇二二冬季號（總第八期）（臺北：萬卷樓圖書股份有限公司，2022 年 12 月），頁 49-72。

「彭祖」該當是「多／大[28]壽」的代表人物，過程中當思考的是「多／大、中、少」可用以表示三等嗎？由於「多／大、中、少」不同於早期註解文獻者所主張「上、中、下」有三等間距的概念，尤其面對「多／大壽」以「彭祖」為代表，早期文獻亦未點出彭祖明確之歲數，僅賦予多壽之美名，如此的話，「多／大、中、少」即未有數字年歲間距的等差，而僅僅言「三位」，而非三等。故以〈殷高宗問於三壽〉「三壽」論證「三等壽」的存在，在證據上確實不足。

3 以「三壽」為「公、崗、陵」

最早將「三壽」指向「公、崗、陵」者則見於朱熹所引述，其云：「三壽，未詳。……或曰：願公壽與岡、陵等而為三也。」[29]把魯僖公與岡、陵並列，明人朱善《詩解頤》亦以「則公之壽可以等岡、陵而為三矣」[30]為三，後來的何楷、[31]姚際恆[32]等皆採此說，牟應震《詩問》更是以「三壽」為「人與岡、陵同壽如朋也。倒裝句也」[33]取倒裝句為說，然而即使以倒裝句，仍無法合理說明句子的結構，以及未見舉證有相類似的結構變化。故遵從此說者雖不少，但卻多不為近人所取，原因無他，即在句構、邏輯上無法得到互證。

4 以「三壽」為「三倍壽」

最早以「三壽」為「參倍壽者」為高本漢，其以「『三壽』的意義按理該是『三倍的年歲』，也就是普通壽數的三倍」，並且認為依照這個道理，

---

[28] 按：此處以「多／大」表示，這是由於「少」又帶有「小」的含義，加上金文中有「大壽」一詞，故不排除存在「大、中、少」的對應。
[29] 宋‧朱熹：《詩集傳》（北京：中華書局，2022年），頁367。
[30] 明‧朱善：《詩解頤》，《詩經要輯集成》（北京：學苑出版社，2003年），第12冊，頁392（卷4，頁17）。
[31] 明‧何楷：《詩經世本古義》，《詩經要輯集成》（北京：學苑出版社，2003年），第17冊，頁39（卷24，頁27）。
[32] 清‧姚際恆：《詩經通論》（臺北：河洛出版社，1980年），頁361。
[33] 清‧牟應震：《詩問》，《詩經要輯集成》（北京：學苑出版社，2003年），第33冊，頁33（卷6，頁18）。

「《左傳》的『三老』也應該是『有三倍壽數的人』,也就是年壽很高的人」,進而說解「三壽作朋」為「你將和有三倍壽數的人作等儕」之義,[34]高本漢將「三老」理解為「有三倍壽數的人」,這點得不到相關文獻的支撐。又「三壽」作為三倍義者,高本漢未提出書證,鄔可晶針對此進行了補充,其引用《周禮・天官・凌人》:「掌冰政。歲十有二月,令斬冰,三其凌。」、《考工記・廬人》:「凡兵無過三其身,過三其身,弗能用也。」指出「三」有三倍義,並認為「『三壽』最初也是謂詞性的述賓結構」,[35]其注意到文獻中「三其N」的「三」作為動詞,才有所謂「三倍」用法,但在「三(數詞)＋N」的結構中是否有倍數用法,仍然缺乏文獻佐證。

另外,鄔可晶論證「三倍數」時,則是以「中壽六十」的基數,產生的疑問:(a)如果中壽基數已存在,不是間接證明「三等壽」亦可以存在;(b)「中壽」為六十,揆諸先秦是否都一樣?這也需要進一步論證。

總結上述四類以「三」為實指之說,其中「三卿」無法成立的癥結在忽略時代的特性;至於「公、崗、陵」則是在句法結構與邏輯上缺乏合理性;而「三倍壽」亦缺少「三(數詞)＋N」有倍數義的用法;至於最為人採信的「三等壽」,後世註解雖充分支持「壽」可分三等,但在早期文獻中卻缺乏佐證,即使〈殷高宗問於三壽〉有「三壽與從」之「彭祖、中壽、少壽」,也僅僅只是三人,而非「三等」之等級概念,這一點需要被注意與強調的。

(二)「三」為虛指

白川靜以「三壽」為「多壽」之義,為虛指。[36]杜正勝亦同。[37]

---

[34] 〔瑞典〕高本漢著,董同龢譯:《高本漢詩經注釋》(臺北:中華叢書編審委員會,1960年),頁 1100-1101。
[35] 鄔可晶:〈「三壽」辨義〉,頁 49-72。
[36] 〔日本〕白川靜:《金文通釋・第 35 輯》,收入《白川靜著作集・別卷・金文通釋 4》(東京:平凡社,2004 年),頁 92-93。
[37] 杜正勝:〈從眉壽到長生——中國古代生命觀念的轉變〉,《中央研究院歷史語言研究所集刊》第 66 本第 2 分(1995 年 6 月),頁 401。

王顯則是在判斷「三壽作朋」之「作」為「亡」之訛的情況下，進而以「三壽亡朋」即「萬壽無疆」。[38]

　　唐鈺明則具體指出「三壽」與「萬壽、眉壽」為同義詞，而以「三壽」為多壽、長壽之義，至於「三壽作朋」即長壽為侶，並云：「就是長壽與君同在。『三壽作朋，如岡如陵』，意猶今壽比南山。」[39]鄧佩玲反駁前人「三卿」、「壽三等」、「參星」諸說，舉列古書中「三」之多、眾之虛數義，主張「『三壽』所云者，當謂『壽』之多、眾，長壽百歲之謂也。」[40]不過鄧氏未就「三壽作朋」一句的理解進行說明。

　　針對「三」為虛指之多義提出反駁者，如陳美蘭即曾以「但在西周時期卻見不到這種用法，在商代或西周，數字三或參都是絕大多數是實指，縱使出現在集合名詞也是實指」，其指出商、西周出土文獻未有虛數用法，其反而主張「參壽」指參星之壽。[41]陳英傑也表示「『三』或『參』作數詞在金文中均是實指，如『三事』、『三有司』、『三方』、『三品』等，表數之極者未見，我們推想，『三』表示數之極當是陰陽五行思想盛行的春秋戰國時期的事，如云『一生二，二生三，三生萬物』等」，最後則以「從現有的材料看，壽之三等說較爲可信」為說。[42]揭示主張虛數說不可從之學者，則基本以西周金文中「三」無此用法。但若嚴格來看，西周金文亦無「參星」信仰的佐證，以及「三（參）」之等差義，間接揭示各家在批駁他說「沒有」的證據上，各家說法可能性都存在，但在論證己方論點之「有」據上，其實都缺乏實質的佐證。

---

[38] 王顯：〈《詩‧閟宮》「三壽作朋」解〉，中國社會科學院語言研究所古代漢語研究室編：《古漢語研究論文集》（北京：北京出版社，1982年），頁197-207。

[39] 唐鈺明：〈金文複音詞簡論──簡論漢語複音化起源〉，《著名中年語言學家自選集‧唐鈺明卷》（合肥：安徽教育出版社，2002年），頁125-126。

[40] 鄧佩玲：《天命、鬼神與祝禱──東周金文嘏辭探論》，頁169。

[41] 陳美蘭：《西周金文複詞研究》（臺北：國立臺灣師範大學博士論文，2004年6月），頁268-269。

[42] 陳英傑：《西周金文作器用途銘辭研究》（北京：線裝書局，2009年），上冊，頁390-392。

（三）「三」當以「參」為本字，指「參星」

郭沫若以〈魯頌・閟宮〉「三壽作朋」之「三壽」與金文「參壽」同，並以「參為本字，意謂壽如參星之高也。」[43]開啟以參星為高壽的代表。魯實先也提出「并以人壽而擬參星，是猶《荀子》以國壽而擬旗、翼，其義並謂如列星之壽也」，[44]採用旗、翼二星與「壽」相關，故推定「參」亦為參星以表壽。季旭昇也以「三壽」指「參星的年壽」，翻譯「三壽作朋」為「和參星一樣長壽」。[45]劉毓慶亦有類似的觀點，並認為「三壽作朋」如同是說「與天地同壽，與日月齊光」。[46]楊朝明則是透過金文「朋」字形，以其像兩串貝形，故認為「其意可引申為『比』或『同類』，『比』應該為同類相比。『參壽作朋』應為『參壽作比』或『壽比參星』，此句即頌僖公之壽與參星相同，因此，在這裡把『朋』字理解為『比』或『同類』比較合適，而不能解作『伴侶』、『朋友』或『合併』等意」。[47]

主張「參星」說者，習慣把句式理解為「（壽）與參星同（一樣）」，但「作朋」如何產生「與～同」的語義卻未見深入討論，遑論「朋」訓為「同類」，「參壽作朋」也只能理解為「參星之壽成為同類」，但文獻中顯然沒有類似的概念與句子結構，遑論學者已指出「參星」沒有主「壽」說。[48]再者，假設真存在此一星辰信仰，其條件也當是人間已有如此信仰崇拜，方能反應於天上的星辰，如「尾宿」存在生殖信仰，背後當有涉及到「孳尾」的生殖觀念，反觀「參」的概念上卻未見有關乎壽命的特點。

---

[43] 郭沫若：〈宗周鐘考釋〉，《兩周金文辭大系考釋》，《郭沫若全集・考古編・第八卷》（北京：科學出版社，2002年），頁123-124。
[44] 魯實先著，王永誠編輯：《周金疏證》（臺北：臺灣商務印書館，2011年），頁44-45。
[45] 季旭昇：《詩經古義新證》，頁126。
[46] 劉毓慶：《雅頌新考》（太原：山西高校聯合出版社，1996年），頁234。
[47] 楊朝明：〈《詩經・閟宮》「三壽作朋」試解〉，頁106-109。
[48] 王顯：〈《詩・閟宮》「三壽作朋」解〉，頁197-207。杜正勝：〈從眉壽到長生——中國古代生命觀念的轉變〉，頁383-487。

（四）小結

總結上述「三壽」之「三」為實、虛、參星三大解釋方向：

1、採實數為說者，僅「三等壽」有後世文獻佐證，但早期資料中仍未見，其餘三卿、三倍壽、「公、岡、陵」不是不符合時代就是無法講通語言結構；

2、採虛數為說者，則是主要被批評缺乏西周金文「三」為虛數的證據；

3、以「參星」為說者，缺乏參星主壽外，語義的結構亦有謬誤。除了「三壽」的解釋，試著再歸納諸家對「作朋」的理解：

三壽		作朋
三卿	孔穎達	「常得賢人」概念
	范處義	為朋
	嚴粲	作朋友
	陳奐	比合？
三等壽	范處義	為朋
	張次仲	相與為友
	王夫之	合並
	林義光	為輔佐
	黃忠慎	為輩（相齊等）
	薛培武	陪輔
	蔣文	為伴
三倍壽	高本漢	作等儕
	鄔可晶	則比／比類
多壽	王顯	亡朋（比）
	唐鈺明	為侶
參星	季旭昇	和～一樣
	劉毓慶	與～同
	楊朝明	與～相同

從表格揭示各家對「作」字理解可粗分為四：（a）不作解釋，如主參星說者；（b）則：副詞用法，為鄔可晶提出；（c）作或為：以「成為」理解，這是大部分學者的主張；（d）誤字說，為王顯提出。

不作解釋的（a）顯然不妥；至於（b）若把「作」視為副詞，「朋」就要變成動詞義，不過「朋」釋為「比」，主語當為有生名詞，那麼「三壽」就不宜分析為「三倍壽」，（d）誤字說，蔣文已有辯駁，可參看。至於（c）「作」訓為「作、為」雖屬常訓，但其中還涉及到動詞的分類與句子結構的分析，下文將羅列相關結構予以佐證。

至於，「朋」則有賢人、伴侶、等儕（同輩）、朋友、輔佐、同類，其中「賢人」是在君臣政治脈絡的延伸詮釋，「伴侶、等儕（同輩）、朋友」可視為相近語義的解釋；「輔佐」是通假義，與祝壽語境無直接關聯；「同類」之說則是在參星說的理解基礎上。是故，排除通假、君臣政治，以及參星導致結構的混亂之因素，「朋友」的解釋是相當符合常訓，並且適用於結構的理解。以下即從動詞「作」的句型談起。

三　「參壽作朋」詮解

（一）　從動詞作字句式談起

製作義之「作」本身為非賓格動詞，典籍文獻中常見「X 作 Y」、「Y 作」的句式結構，如「邯鄲將作亂」（《左傳‧定公十三年》）、「亂作」（《左傳‧莊公八年》），前者是所謂的致事結構，主要以陳述邯鄲興起亂事，後者則是當事句，則是表述亂已經興起之表態句。但「作」之製作義的兩種句式，顯然與本文要討論「三壽作朋」之「作」不同，原因是「三壽作朋」的「作」不強調興起致事義，此時的「作」則是文獻常見的分類動詞，語義是作為、成為等義，此一結構源自常見「X 作＋官職」，如《尚書‧禹貢》「萊夷作牧」，此時的「作」為及物動詞，主語未必是有生名詞，而可以是無生名詞，如：

金作贖刑。(《尚書‧舜典》)

王配于京,世德作求。(《詩經‧大雅‧下武》)

錫爾介圭,以作爾寶。(《詩經‧大雅‧崧高》)

以「金」作為贖罪之刑;以「世德(世代德行)」作為匹配;[49]以「介圭」作為你的寶物。故上文提到學者大抵將「三壽作朋」之「作」也理解為「作為」,這是符合分類動詞「作」的用法以及語義。稍加延伸說明的,屬於分類動詞的「作」,在語義與用法上,與分類動詞「為」字無別,例:

孔父嘉為司馬。(《左傳‧桓公二年》)

蠢爾蠻荊,大邦為讎。(《詩經‧小雅‧采芑》)

凡師,一宿為舍,再宿為信,過信為次。(《左傳‧莊公三年》)

子重請取於申呂,以為賞田。(《左傳‧成公七年》)

「孔父嘉為司馬」即同「萊夷作牧」結構;而「大邦為讎」亦與「金作贖刑」、「世德作求」同,至於「以作爾寶」則可與「以為賞田」參照,所以可以說在「作、為」作為分類動詞時,二者不僅語義相近,且語法結構同,間接促使二者朝向「作為」複音詞使用。

(二) 從春秋戰國「三壽」逆推西周「參壽」義

1 「三(參)壽」之「壽」轉喻為「壽者」——戰國

〈殷高宗問於三壽〉簡1「高宗觀於洹水之上,參壽與從」,文中的「參壽」之「壽」明顯已經發生轉喻,從名詞「壽命」義轉而為名詞「壽者(長壽的人)」義,而此時「參」則作為實指數詞,於是「參壽」指的便是三(位)壽者,也就是〈殷高宗問於三壽〉文本中所出現的「彭祖、中壽、少壽」三人,故王挺斌翻譯為「三位長壽之人」是相對合理的,且若按照「多／大、

---

[49] 馬瑞辰:「『求』當讀為『逑』,逑,匹也,配也。『作求』即『作配』耳。」清‧馬瑞辰:《毛詩傳箋通釋》,頁863。

中、少」的序列,「彭祖」當是「多壽」之代表,[50]即彭祖等於多壽（〔命〕多之長壽者）,其餘尚有所謂中壽、少壽,據此可以進一步澄清的是此處「參壽」為「三壽者」,卻不等於「三等壽」,其不同於《莊子・盜跖》「人上壽百歲,中壽八十,下壽六十」針對「人」的壽命給予量化評等,遂為「三等壽」。但〈殷高宗問於三壽〉中彭祖作為信仰,以及問道（政治之道、養生之道）的對象,[51]則未必受到百歲的評量與限制,因此本文同意鄔可晶所提出「三等壽」起源較晚的說法,此處不宜如蔣文翻譯為「三等老壽之人」,這樣的譯解也容易產生歧義性,即「〔三等老壽〕之人」則會被理解為某一具有三等老壽的人,而未必為三個人。

是故,〈殷高宗問於三壽〉「參壽」就是三位壽者,這三位壽者雖有「中、少」作為定語修飾而產生區別,但作為中心語的「壽（壽者）」卻是相同,均為長壽之人。由於〈殷高宗問於三壽〉有著戰國諸子思想匯流的書寫,[52]就杜正勝的研究,自春秋轉入戰國時,當時開始透過自我養生、養神以獲得長壽,[53]而當「壽」轉喻為「壽者」同時,這時候善養生之彭祖被標舉出來並納入其中,作為問道的對象,則顯得理所當然。

2 「三壽」之「壽」轉喻為「壽者」之始端——春秋

在〈殷高宗問於三壽〉「參壽」理解為「三（位）壽者」的基礎上,若

---

[50] 按：本文認為「彭祖、中壽、少壽」當是「彭祖」與「參壽（多/大壽、中壽、少壽）」兩套系統合流的結果,源於「彭祖」相傳為「高壽」之代表,而「參壽」之「壽」從「壽命」轉喻為「壽者」後,「參壽」即成了三位壽者,且「三位壽者」分別衍伸出「多壽、中壽、少壽」系統,當兩套系統接觸後,「彭祖」理所當然地與「多壽」結合,頂替其名,至於「中壽、少壽」只是在文獻演變中未尋得某一號人物替代,於是保留其名稱。黃庭頎則推斷「三壽」即「彭祖、中壽、少壽」,並認為此傳說自春秋已有。黃庭頎：《鑄勒功名——春秋青銅禮器銘文的演變與特色》（臺北：萬卷樓圖書有限公司,2018年）,頁116。

[51] 曹峰：〈道家「帝師」類文獻初探〉,《哲學論集》第49輯（2018年2月）,頁56。

[52] 林啟屏：〈《殷高宗問於三壽》思想析論〉,《哲學與文化》第44卷10期（2017年10月）,頁25-43。

[53] 杜正勝：〈從眉壽到長生——中國古代生命觀念的轉變〉,頁383-487。

再就出土文獻進行回溯，則當屬春秋中期〈者減鐘〉「用祈眉壽繁釐于其皇祖皇考，若召公壽，若參（三）壽」(《集成》198)，此一文例「召公壽」之「壽」仍是就長壽而言，即「召公的長壽」，「若召公壽」蓋「同召公的長壽一樣」，此時不僅繼承西周以來個人為自己向祖先求得「眉壽」的傳統，而開始以某個長壽之人之「壽」作為追求，並意欲齊等於某人之長壽，可以說此時開始產生了對「長壽命者的嚮往」。而在此排比句的結構中「參（三）壽」，蔣文認為可能為「參（三）壽壽」之省，[54]這種可能性不能排除，如此「三壽壽」之前一「壽」轉喻為「壽者」，後一「壽」字仍保留「壽命」，即可理解為「三位壽者的壽命」，以「三壽（名詞）＋壽（名詞）」起到與「召公（名詞）＋壽（名詞）」並列。

不過，本文認為也可以不用像蔣文視為「參（三）壽壽」之省，而是直接將「三壽」就理解為三位長壽之人，並且「若參（三）壽」可理解為「像三位長壽之人（一樣的長壽）」，此處以括號「（一樣的長壽）」來指向其背後比方的重點（長壽），這種用法在古書多見於譬況句中，如：

　　四海之內若一家。(《荀子·儒效》)

　　行此之信，順如四時。(《大戴禮記·禮察》)

　　一日不見，如三秋兮。(《詩經·王風·采葛》)

這裡的「一家、四時、三秋」不單只是「一個家庭、四個季節、三個秋天」，在「如、若」後面則產生「像一個家庭（一樣的親密）、像四個季節（一樣的循環）、像三個秋天（一樣的時間）」等，喻依並非表面的含義，背後還有涉及比方的面向，「親密、循環」等並未直接表述，但在比喻本身已然涵蓋名詞本身指涉的意涵。基於這一點認識，本文認為〈者減鐘〉「參壽」可以不視為省略，本身就涵蓋「參壽」這個名詞所涉及的「壽命」意涵。據此，也突顯「參壽」在當時已經轉喻為三位長壽之人，與「召公壽」一樣，作為當時人們在壽命企求的對象。

---

[54] 蔣文：《先秦秦漢出土文獻與《詩經》文本的校勘和解讀》，頁66。

回到《魯頌・閟宮》「三壽作朋」，前言已提及此詩在讚頌魯僖公，創作年代最早可以推到春秋中期，其與同時代的〈者減鐘〉「若召公壽，若參（三）壽」可相參照，即「希望齊等三位壽者（若參壽）」與「三位壽者成為朋友（三壽作朋）」之義，二者皆帶有對「多壽」之嚮往。如把「壽」改為錢，如今日會說「希望同有錢人（一樣的有錢）」、「希望與有錢人成為朋友」，皆在突顯對「錢財」的企求，此處的「壽」亦是如此。

3 「三壽」之「壽」未發生轉喻前——春秋上溯西周

在春秋同一時期的「參壽」也存在無法以「三位長壽之人」理解的例子：

萬年無期，□□參壽，其永鼓之。（〈侯古堆鎛〉，《新收》276，春秋晚）

萬年無期，□□參壽，其永鼓。（〈鄱子成周鐘〉，《新收》289，春秋晚）

二器人名處皆被刮除，謝明文並認為此一句式是省略祈求動詞，[55]鄔可晶則是認為沒有省略，「參壽」直接作為謂詞性，本文同意鄔可晶之非省略說，此一結構同〈叔尸鐘〉「<u>汝考壽</u>萬年」（《集成》278，春秋）、〈叔朕簠〉「<u>叔朕眉壽</u>，子子孫孫永寶用之。」（《集成》4620，春秋）、〈虢仲鐘〉「<u>虢仲眉壽</u>，永寶用享。」（春秋早），「考壽、眉壽」多為當時人們乞求的項目，當其作為謂詞使用時，即表示主語能夠進入這樣的狀態之中，如《左傳・昭公二十年》「若有德之君，外內不廢，上下無怨，動無違事，其祝史薦信，無愧心矣，是以鬼神用饗，國受其福，祝史與焉，其所以蕃祉<u>老壽</u>者，為信君使也，其言忠信於鬼神」之「老壽」，同「考壽、眉壽」用作動詞，而產生進入「老壽」狀態的動詞義，因此上述二器「□□參壽」亦是如此，即（祝願）某人可以進入「參壽」的狀態，所以蔣文以此二器的「參壽」同「眉壽、萬壽」為「長壽、多壽」之義，其說是可信的，即「<u>叔朕眉壽</u>」也同樣可以解讀為「叔朕能夠眉壽」、「<u>汝考壽</u>」為「您能夠考壽」，

---

[55] 謝明文：〈固始侯古堆一號墓所出編鎛補釋〉，《商周文字論集》（上海：上海古籍出版社，2017年），頁141-154。

也就是說此時的「壽」字仍為壽命之義,並未進一步轉喻為「壽者」之義。

〈侯古堆鎛〉等二器的「壽」仍為「壽命」,「參(三)」作為定語,但「三壽」無法以「三等壽」理解,因若依此理解便會產生以下的問題:(a)「參(三)」在當時是否有「三等」之等第義?(b)為何不求「一壽」之「一等壽」,何以要把目標分成三?這或許是蔣文仍將此處的「三壽」等於「長壽、多壽」義之因,而不強求解為「三等」。

不妨可以再從兩周金文「福、祿、壽」的限定語語義著手,整理如下:

	繁多	碩大	美善	長久
福	匄百福、萬年(〈衛簋〉,西周中) 降余多福、繁釐(〈叔向父禹簋〉,西周晚) 伯碩父、申姜其受萬福無疆(〈伯碩父鼎〉,西周晚)	以受大福,純魯多釐,大壽萬年(〈秦公鐘〉,春秋)	用匄魯福(〈啟卣〉,西周早)	匄永福(〈衛鼎〉,西周中)
祿	用祈匄百祿眉壽(〈史伯碩父鼎〉,西周晚)			
壽	用祈萬壽(〈伯百父簋〉,西周中)	以受大福,純魯多釐,大壽萬年(〈秦公鐘〉,春秋)	用祈純祿永命魯壽(〈乖伯簋〉,西周中) 其萬年霝壽(〈欒伯盤〉,西周晚)	用賜永壽(〈郜遣簋〉,春秋早)

這些限定語不外乎「多、大、長、美」等偏向正面的意思。其中涉及到「多」含義時,除了「多福」以「多」修飾外,其餘也會用「百、萬」等虛指數量之多。且在西周中「祿、福」等亦不見區分以等第,依此些材料顯示,「參(三)」理解為虛指的多數義是較好的,清人汪中在〈釋三九〉已列舉大量先秦時代「三」表示多數之虛指,[56]論之甚詳,其說可從。至於學者以西周

---

56 清・汪中:《述學》(臺北:廣文書局,1970年),頁 2-3。

金文未見「三（參）」直接表虛數，這有時是材料本身的問題，而不能斷言當時沒有存在。[57]本文此處則轉從文字結構證明古人已有以「三（參）」表多數，如「又（ꓱ）、[58]止（「ꓥ[59]『步』」）」為大家所嫻熟的，即分別以三指表示五指狀態，其次，則是見於「品（ꓥꓥ[60]）、晶（晶[61]）、眾（ꓥꓥ[62]）」等字，皆多以「三」個同樣結構構成「多數」的概念，以上兩點皆可充分說明當時已存在以「三（參）」表示多數之義。其中值得進一步注意的是「晶」又可以作為「參」的部件，如「ꓥ」（〈大克鼎〉，《集成》2836，西周晚），「晶」本身是以三顆星表示<u>眾多</u>的星辰，作為「參」的部件，在取義上亦無法排除這隱藏文字創意中可能表示「多數」的概念，是故「參（三）壽」之「參」表示虛數之多確實是可能存在的。

另外，從西周時期到春秋戰國，「壽命」從由上天、神明掌握，開始轉變到講求個人養生、養神。雖說在後來養生、養神的層次裡，善養生的「彭祖」被凸出，但是壽命為上天、神明掌握的信仰思想並未中絕，《楚辭‧天問》：「彭鏗斟雉帝何饗，受壽永多夫何長？」仍是問「彭祖」得到上帝給予壽命有多長呢？間接說明早期言「彭祖」之壽命長，亦可來自上帝的給予，既然「壽命」之「多」仍可為神明掌控，而當「壽」從壽命轉喻為「壽者」時，在春秋當時如何得到「長壽」便有兩層可能，一種則為上天神明的給予，此信仰傳統不變；另外則是透過養生、養神而得壽，在春秋晚期〈侯古堆鎛〉、〈鄁子成周鐘〉二器「人名＋參壽」句式之中，不見祈句之語，只言期望某個人可以進入「多壽」狀態，二人藉由進入「參壽（多壽）」的狀態，促使自己也成為「壽者」，此時不排除可能處於「上天給予／養生養神」之壽命觀的並存期。

---

[57] 按：陳英傑所謂「我們推想，『三』表數之極當是陰陽五行思想盛行的春秋戰國時期的事」，未知其依據，且春秋時期的陰陽五行究竟何以產生「三」為極數，亦待辨明。
[58] 〈又尊〉，商代晚，《集成》5449。
[59] 〈步爵〉，商代晚，《集成》7474。
[60] 〈保卣〉，西周早，《集成》5415。
[61] 《甲骨文合集》11595，典賓。
[62] 〈曶鼎〉，西周中，《集成》2838。

接著，時代再早一點的〈猷鐘〉、〈晉姜鼎〉，銘文「三（參）壽」一詞處於什麼環節，也需要進一步思考，例：

先王其嚴在上，豐豐，降余多福，福余沈孫，參壽唯🅐，猷其萬年，畯保四國。（〈猷鐘〉，《集成》260，西周晚）

畯保其孫子，三壽是🅑。（〈晉姜鼎〉，《集成》2826，春秋早）

學者多半同意二器「🅐、🅑」當為異體字，並且原來語序應該是「🅐／🅑三（參）壽」，過去學者多主張釋為「利」，但在字形上難以產生關聯，故近人多改讀，如董珊讀為「割」字，讀為「匄」；[63]鄔可晶原取許瀚「刻」的解釋，讀為賅備之「賅」，[64]後又改讀為「克」，訓為「能」。[65]首先，董珊讀為「匄」，強調作器者的企求，類似下列之例：

伯戜肇其作西宮寶，唯用綏神，懷虩（效）前文人，秉德恭純，唯匄萬年。（〈伯戜簋〉，《集成》4115，西周晚）

但仔細觀察，「唯匄萬年」的隱性主語是作器者（生人），前面「懷虩（效）前文人」主語也都是。反觀〈猷鐘〉「降余多福」、「福余沈孫」的主語則是先王，「參壽唯🅐」的隱性主語也當是先王，後面「猷其萬年，畯保四國」的主語才轉為作器者「猷」；〈晉姜鼎〉省略的主語當是前面出現的「晉姜」，期望其能「畯保其孫子」，而「三壽是🅑」亦是晉姜的企求。據此可知「🅐、🅑」這個動詞的主語既可以作器者（生人），也可以先人（神靈），但是若依董珊讀為「匄」，則只能是生人，無法為先人。[66]至於鄔可晶前說讀為「賅」，則可以講通。但後說釋為「克（能）」則不適合主語為先人。故若依「賅」解釋，則〈猷鐘〉「參壽唯🅐」即「先王賅備（猷）以參壽」，

---

[63] 董珊：《吳越題銘研究》（北京：科學出版社，2014年），頁40。
[64] 轉引自蔣文：《先秦秦漢出土文獻與《詩經》文本的校勘和解讀》，頁67。
[65] 鄔可晶：〈「三壽」辨義〉，頁49-72。
[66] 田煒則是把主語為先人的「匄」理解為「給予」，然而「匄」之給予義相對較晚，早期文獻未見。田煒：《西周金文字詞關係研究》（上海：上海古籍出版社，2016年），頁204-205。

〈晉姜鼎〉「三壽是𣂏」則是「晉姜賅備三壽」。然「𠚇、𣂏」是否為「刻」，還有待未來更多資料佐證。

暫且排除此字的考釋，依據語境，從西周晚期〈訣鐘〉則可以清楚知道「參（三）壽」是可以由先王給予的，表示壽命為神靈所掌握，因此當時人亦透過向神靈祈求以獲得「壽」，這點認識是符合上述杜正勝提出西周時期壽命為神靈掌握的觀點，但到了春秋早期的〈晉姜鼎〉「三壽是𣂏」雖然不提及先人，但前面銘文仍有「晉姜用祈綽綰眉壽」，可知「壽」還是為神靈所掌握，既然「參（三）壽」為神靈掌握，若以「三等壽」理解，便是神靈掌握／給予三等第的壽，興起的疑問是：

（a）神靈給出就是三等第的壽，作器者是否具有選擇權，或可自由選擇哪一個等第？

（b）若否，那麼神靈究竟給了哪個等第的壽？其標準為何？

這些問題是主張「三等壽」之學者無疑要面對的，反觀若以虛數之「多壽」理解，便無此問題，且可以合理解釋西周中期〈臬仲壺〉（《集成》6511）：

> 臬仲作倗生飲壺，匄三壽、懿德，萬年。

亦是向神靈祈匄「三壽」之例。至於鄔可晶認為若以「參壽」為虛指並將「萬壽、萬年」等同者，將造成「無謂的同義重複」，[67]然而參照下列：

> 用祈眉壽、萬年無疆。（〈豐伯車父簋〉，《集成》4107，西周晚）
>
> 用祈眉壽、萬人（年）。（〈柞伯鼎〉，《圖像》4107，西周晚）
>
> 用匄眉壽、多福，畯臣天子，萬年唯盂。（〈伯梁其盨〉，《集成》4447，西周晚）

既有「眉壽」亦有「萬年」，並無所謂「同義重複」。藉由這些例子的對比，反倒是佐證蔣文所謂「眉壽、三（參）壽」語義相近的論點。

---

67 鄔可晶：〈「三壽」辨義〉，頁64。

4 小結

最後將上述的討論，綜整於下表：

時間／語料	三（參）壽義	長壽之來源
西周中／冟仲壺	多壽	神靈所掌握，只能向神靈祈求。
西周晚／鈇鐘	多壽	
春秋早／晉姜鼎	多壽	
春秋中／者減鐘	三位壽者	1.神靈所掌握，只能向神靈祈求。
春秋晚／侯古堆鎛	多壽	2.個人養生、養神以求長壽，開始以某人之壽為目標。
春秋／閟宮	三位壽者	
戰國／殷高宗問於三壽	三位壽者——彭祖、中壽、少壽	個人養生、養神以求長壽，以某人之壽為目標。

春秋早期之前，「三（參）壽」蓋取「多壽」之義，此時「三（參）壽」為神靈所掌握。春秋中期後，「壽」已轉喻為「壽者」，為個體名詞，促使「三」從虛數轉為實指，並且三位壽者（之壽）成為當時人們嚮往的目標，即希望自己能夠像三位壽者一樣，其中當時嚮往的目標也包含「召公壽」。

到了戰國時期，出現「三壽者」具體對應的名號「彭祖、中壽、少壽」，但此時「彭祖〔多壽〕、中壽、少壽」仍不是三等第，而僅僅為三位壽者之稱，不過在同一時期的《莊子》出現「上壽、中壽、下壽」之「上、中、下」的層次，等第的概念開始出現，書中雖未言此三者為「三壽」，但由於「上、中、下」亦為「三」個項目，且具有層次性，理所當然在「三、壽」的命題之下，容易與「三位壽者」之「三、壽」產生交集，迫使「壽」從「壽者」又轉為「壽命」義，配合「上、中、下」之三層次，於是可能產生三等壽之義，不過也同鄔可晶所說的，「三（參）壽」分析為「三等壽」在文獻中產生的時代較晚，間接突顯「三等壽（上、中、下）」取代「三壽者（多／大、中、少）」的具體時間仍待考。

四　結語

　　本文以傳世文獻〈閟宮〉「三壽作朋」一句為主軸，文中依據「三」的解讀，綜整出前人諸說為三：（一）實指；（二）虛數；（三）參星等三大類說法，接著從文獻的歷史、語言的結構論證各家說法之不足處，如採「三等壽」說雖有後世文獻佐證，但早期資料中未見；採三倍壽則無法講通語言結構；至於以虛為說者，缺乏同期的語料證據；另以「參星」為說者，語義說解與語法結構間亦有謬誤。

　　據此，本文在「三壽作朋」之「作」確定為分類動詞的前提下，本文利用目前可見相關出土文獻進行歷時的解讀，指出戰國時期〈殷高宗問於三壽〉之「壽」已經轉喻為「壽者」，這是過去傳世文獻「三壽」解讀甚少被注意的，當以「壽」以「壽者」理解時，「三」即容易被視為實指，而為三位長壽者（彭祖、中壽、少壽），而非三等長壽者！進而回溯春秋時期〈晉姜鼎〉「若參壽」亦是如此，充分說明自春秋時期開始，已不像西周時期僅是向神靈匄壽，而是開始對某些長壽者產生崇拜與嚮往，希望（透過養生、養神方式）能與之齊同，這一點認識也有助於同為春秋時期的作品〈閟宮〉「三壽作朋」一句之理解，即除了向神靈匄壽外，嚮往傳說中長壽者之壽並與之為朋，藉此獲得相同特質，如同《楚辭·離騷》「吾將從彭咸之所居」，雖然學者依據對「彭咸」特質的理解不同，而產生了屈原有自殺、隱居等不同的嚮往，其背後便有著與之作伴之含義。

　　而在「三壽」之「壽」轉喻為「壽者」之前，「壽」仍為「壽命」之義，而「三」，本文認為仍以「虛數之多」解讀較為適切，即與西周時期「多壽、眉壽」概念同，並且此時「三壽」為神靈所掌握之物，人們仍透過祈匄方式來期望獲得，文中亦從文字結構角度列舉說明古人已存在以「三（參）」表示多數義。

　　最後，可以說蔣文辭例演變說開啟了「三壽」詞義之歷史層次，本文藉由社會觀念、語法分析，兼及文字結構等角度，試著勾勒出「三（參）壽」從「多壽—三位壽者—三等壽？」的詞義演變路線。

也談安大簡《詩經》的幾個「𡧧」字*

高佑仁**

一　前言

　　安大簡《詩經》出現四個「𡧧」字，對照今本《毛詩》文字，三個讀「寐」，一個讀「寢」，字形與文例如下：

（一）「𡧧」讀｛寐｝（後文以△1表示）

1、《詩經・關雎》：「寤求之，求之弗得，寤思服。」（安大一．簡2）

2、《詩經・陟岵》：「嗟予季，行役夙夜無。」（安大一．簡73）

（二）「𡧧」讀｛寢｝（後文以△2表示）

　　《詩經・小戎》：「我念君子，載載興。」（安大一．簡47）「𡧧」在戰國文字中幾乎都讀為「寢」，例如：「𡧧（寢）四鄰之殃禍」（《六德》簡3-4）、「寢茵」（信陽2-21）、「𡧧（寢）莞」（信陽2-24）、「𡧧（寢）筵」（信陽2-24）、「𡧧（寢）於路」（〈赤鵠之集湯之屋〉簡5-6）、「尻后之𡧧（寢）室之棟」（〈赤鵠之集湯之屋〉簡11-12），除了上述△1之外，找不到讀「寐」的用例。

　　此外「𡧧」還可以寫成「𡩁」、「㝱」、「寢」、「𡨦」、「𡩟」等，比如「𡩁（寢）令」（包.簡166）、「𡩁（寢）尹」（包.簡171）、「㝱（寢）尹」（上博九〈邦人不稱〉簡1）、「余獨服在寢」（清華壹〈皇門〉簡10）、「建臺寢」（清華陸〈子產〉簡7）、「集止于先公𡩟（寢）廟」（清華拾

---

* This research was supported in part by Higher Education Sprout Project, Ministry of Education to the Headquarters of University Advancement at National Cheng Kung University(NCKU).
** 國立成功大學中國文學系教授。

〈四告〉簡42)、「瘺（寢）遺」（包.簡183）、「瘺（寢）席」（包.簡260）、「瘺（寢）薦」（包260上）。包山簡146「瘺（寢）列五師」，同簡「瘺」又可作「𡩚」。上博四《曹沬之陳》「不晝瘺（寢）」（簡11），安大二《曹沬之陳》作「𡪄」（簡8），可見該字的異體寫法很多。

△2的「𡩚」，今本作「寢」，符合過去古文字的讀法，情況相對單純。本文要討論的是對應今本讀成「寐」的三個「𡩚」字（即△1）。

二　相關說法之介紹與評析

關於△1的理解方式，主要可分成「同義換讀說」、「通假說」及「誤字說」三種，還有一些學者提出個別零星意見，本文統整為「其他」（即第四說）。我們先將說法羅列出來，然後再進行評論。

（一）同義換讀說

這個說法認為「𡩚」就是「寢」字，《毛詩》所以作「寐」，是因為「寢」、「寐」二字意義接近，楚人用「寢」為「寐」，是一種「同義換讀」的現象。

徐在國在安大簡《詩經》尚未正式公布前，就曾指出「𡩚」即楚文字「寢」，它與《毛詩》的「寐」是同義換用關係，《說文》「寑」、「寐」二字皆訓為「臥也」。[1]黃德寬則認為「寐」與「寢（寑）」是同義詞的關係。[2]

徐在國在〈談安大簡《詩經》的一個異文〉一文中更詳盡的推論，他認為安大簡《詩經》的「寢」是正字，但因為「寢」、「寐」義同互訓，秦朝焚書坑儒，典籍失傳，至漢代口耳相授；再加上「寐」字有一種形體作

---

[1] 徐在國：〈安徽大學藏戰國竹簡《詩經》詩序與異文〉，《文物》2017年第9期（2017年9月），頁61。徐在國：〈安徽大學藏戰國竹簡《詩經》詩序與異文〉，《安大簡《詩經》研究》（上海：中西書局，2022年），頁210。
[2] 黃德寬：〈略論新出戰國楚簡《詩經》異文及其價值〉，《安徽大學學報（哲學社會科學版）》2018年第3期（2018年5月），頁71。

又从「㝱」（寢），漢代學者可能見到了「寐」字從「㝱」的寫法，誤認為是「寐」了，於是「寤寢」就變成了「寤寐」。[3]

蔣文認為「同義換讀」是最直接最可能的解釋。同義換讀是文字借用現象的一種。A字原本代表{A}詞，由於{A}詞和{B}詞意義相同或相近，借A字來表{B}詞。{A}／A和{B}的音可以截然不同，由於「寢」詞和「寐」詞意義相近，所以借用了原本記錄「寢」詞的「帰」字來表「寐」詞。「寢」、「帰」的讀音和「寐」相差甚遠，借「帰」表「寐」和語音完全無關，不可能發生在口傳情境中。[4]

劉洪濤認為此字就是「寢」字，上古說「寤寢」，漢代說「寤寐」，這是一個詞彙問題，因為異文的性質相當複雜。安大簡中這個字用作「寐」，應該看作省聲或同義換讀。[5]

梁慧婧主張「帰」讀「寐」屬「同義換讀」，[6]俞紹宏則提出兩個方案：一是〈陟岵〉的「寐」原可能不押韻；二是若從押韻角度來看，〈陟岵〉的「帰」最有可能同義換讀為「寐」。[7]楊濬豪認為「由梁慧婧及俞紹宏指出以押韻角度而言最有可能是『帰』同義換讀為『寐』，以韻例分析來說，本文支持同義換讀的說法。」[8]

---

[3] 徐在國：〈談安大簡《詩經》的一個異文〉，《湖南大學學報（社會科學版）》2019年第2期（2019年4月），頁104。又見安徽大學漢字發展與應用研究中心：《安徽大學藏戰國竹簡（一）》（上海：中西書局，2019年），頁71。

[4] 蔣文：〈由安大簡重審《詩經》早期流傳的口傳與書寫之爭〉，「《安徽大學藏戰國竹簡・詩經》國際學術研討會（International conference on the Anda Shi jing Bamboo Slips）」，2021年3月14日。又見《Bamboo and Silk》第4卷第1期（2021年1月），頁128-148。

[5] 西南大學讀書班：〈安大簡《詩經》討論紀要（2019年10月4日）〉，2019年10月9日，「西南大學漢語言文獻所」網站。

[6] 梁慧婧：〈《安大簡（一）・韻讀對讀表》韻腳標注問題〉，《文獻語言學》第10輯（2020年4月），頁55。

[7] 俞紹宏：〈據安大簡考辨《詩經》韻讀一例〉，《漢字漢語研究》第1期（2020年4月），頁17。

[8] 楊濬豪：〈安大簡《詩經》韻例詳校及其相關問題探究〉，《國文學報》第72期（2022年12月），頁111。

魏慈德認為傳本〈關雎〉作「寤寐求之」、「夙夜毋寐」，傳本〈陟岵〉作「夙夜無寐」，二句簡文中的「寢」，傳本都作「寐」，「寢」、「寐」為義近詞，兩者都有「睡」的意思。[9]

駱珍伊認為孟蓬生、鄔可晶、季旭昇師提出「帰」從「帚（彗）」聲，讀為「寐」較為可信。「㝱／帰」字本身應該就有「寢」與「寐」兩讀，正因為「㝱／帰／寐」既可讀為「寢」，也可讀為「寐」，所以《上博五·季庚子》的「寐」字寫作，就是在「㝱」字上附加聲符「未」。據此，《安大簡》讀為「寐」的「帰」字，應該與讀為「寐」的「㝱」字同，只是義符「宀」與「爿（牀）」替換。另外，讀為「寐」的「帰」字也有可能只是「寐」字省略聲符「未」的寫法。[10]

從上述羅列可知此說獲得不少學者的支持，筆者認為此說的優點是：語言文字中確實存在「同義換讀」現象，而「寐」、「寢」二字也都有睡臥之意，「同義換讀」的可能性不能完全排除。但此說的缺點也很明顯：

1、從商代以來，「㝱」（後來衍生的異體寫法還有「壹」、「寐」、「寐」、「濤」等為數眾多）用以表示{寢}，[11]同義換讀作為一種語言文字的使用現象，「帰（寢）」當「寐」來使用怎麼除了安大簡《詩經》三例之外，幾乎找不到其他旁證。過去「帰」都被學界釋作「寢」來使用，也沒有可用此規則把「帰」改釋作「寐」的條例。很難不讓人認為是專為這三例量身訂做的規則。

2、與其他同義換讀的現象不一樣的是，〈陟岵〉的「帰」居韻腳地位，《詩經·陟岵》押韻的段落如下：

父曰：「嗟予子[之]，行役夙夜無已[之]，上慎旃哉，猶來無止[之]。」

---

[9] 魏慈德：〈從安大簡《詩經》與《毛詩》的對比來推測《毛詩》從字詞到句章的整理過程〉，「詩與詩經——寫本時代的經學與文學（文本細讀）」研討會，臺北：中央研究院中國文哲研究所，2021年12月2-3日。

[10] 駱珍伊：《安徽大學藏戰國竹簡《詩經》研究》（臺北：國立臺灣大學博士論文，2022年），頁18。

[11] 謝明文：《商代金文研究》（上海：中西書局，2022年），頁488-489。

母曰:「嗟予季[脂],行役夙夜無寐[微],上慎旃哉,猶來無棄[脂]。」

兄曰:「嗟予弟[脂],行役夙夜必偕[脂],上慎旃哉,猶來無死[脂]。」

《詩經》的本質是韻文,透過句子最後一個音節,使用相同或相近的韻母,讓作品在諷誦時產生和諧的美感。第二章的「寐」是韻腳,屬「微」部字,因此能與前後句的「季」、「棄」相諧(二字都是「脂」部字),微部與脂部韻尾都是「i」,只有主要元音略有區別,在陳新雄師古韻三十二部裡屬於「脂微旁轉」。但如果把「寐」換讀為侵部的「寢」,那就不諧韻了。安大簡《詩經·小戎》就有讀作「寢」的「帰」,這說明書寫者很清楚該字的讀音。作為韻腳使用的單字,卻採同義換讀的方式書寫,這是讓人比較難以接受的事。

有些學者認為即便將「帰」釋作「寢」,「寢」在〈陟岵〉也能當韻腳使用,[12]或以「疏韻」來解釋,主張「帰」字不入韻,[13]這都不是解決問題的允當方式。

程浩曾經系統性地整理安大簡《詩經》中「同義換讀」的現象,並提出幾個「同義換用」又能諧韻的例證,例如《毛詩·周南·桃夭》「其葉蓁蓁」,簡本寫作「其葉萋萋」,「蓁蓁」與「萋萋」都是形容葉子茂盛,為「同義換用」的關係。在《毛詩》中,「蓁」與本章的「人」字押真部韻,簡本換用為「萋」字後,就變成了脂、真合韻。《毛詩·召南·甘棠》「勿翦勿拜」,簡本作「勿剗勿掇(剟)」,「掇(剟)」和今本的「拜」是寬泛意義上的「同義換用」,二字都是月部字,無論選用哪一個,都是既符合詩旨而又不出韻的。[14]程浩所舉都是換讀之後,還能諧韻的例子,這與〈陟岵〉換讀後便不諧韻,在本質上有比較大的差異。程浩所舉的「萋」、「剟」適足以說明選用換讀字時,也會考慮本身是否能符合韻腳的協調性。

---

[12] 梁慧婧:〈《安大簡(一)·韻讀對讀表》韻腳標注問題〉,《文獻語言學》2020年第1期(2020年4月),頁55。

[13] 程燕:〈安大簡《詩經》用韻研究〉,《漢字漢語研究》第2期(2020年7月),頁59。

[14] 程浩:〈安大簡《詩經》的「同義換用」現象與「窗」字釋讀〉,《文獻語言學》第14輯(北京:中華書局,2022年),頁114-115。

程浩曾解釋學者之所以難以接受〈陟岵〉的「寐」屬於同義換讀的原因，他認為：

> 學者之所以很少從「同義換用」的角度去考慮簡本《詩經》的異文，或是由於潛意識裡都認為《詩經》是用韻的，如果換用為同義詞便會有破壞韻讀的顧慮。比如簡本《周南‧關雎》對應《毛詩》「寤寐求之」之處，寫作「晤（寤）寑求之」。「寑」在楚文字中是「寢」字的常用異體，於簡文中讀為「寢」，作為《毛詩》「寐」的同義換用，本來不應有太多疑問。然而無獨有偶，傳本《魏風‧陟岵》的「行役夙夜無寐」一句，簡本對應「寐」的字也寫作「寑」，而且恰為韻腳字。為了迎合〈陟岵〉中「寐」與「棄」的物、質合韻，整理者便提出了簡本兩處的「寑」均是「寐」字誤寫的說法。後來也有一些學者嘗試論證了「寑」與「寐」音近通假的可能。實際上，「寑」與「寐」無論是形體還是讀音都有一定距離，反而是詞義均與睡眠相關，因此也不能完全排除「同義換用」的可能。[15]

「同義換讀」的可能性當然不能完全排除，但是問題是沒有讓人能充分信服的證據。

3、〈關雎〉中「寤寐」，馬王堆漢墓帛書《五行》引作「唔（寤）眛（寐）」（編號340），敦煌斯坦因作「寤寐」（編號1722）。除了《詩經‧陳風‧澤陂》三次出現「寤寐無為」外，《漢書》、《後漢書》、《中論》、《列女傳》都有「寤寐」的用法。《洛陽出土北魏墓誌選編》北魏元隱墓誌中有「寤言不寐」，其中「寤寐」作「寤寐」，[16]「寐」均以「未」聲之字表示。子居也指出先秦傳世文獻中，「寤」、「寐」並及辭例甚多，「寤」、「寑」並稱的情況一例也沒有。[17]

---

[15] 程浩：〈安大簡《詩經》的「同義換用」現象與「窻」字釋讀〉，頁114-115。
[16] 洛陽市文物局編：《洛陽出土北魏墓誌選編》（北京：科學出版社，2001年），頁306。
[17] 子居：〈安大簡《邦風‧周南‧關雎》解析〉，中國先秦史論壇，2019年9月18日。

（二）通假說

這個說法認為「帚」就是「寢」字，安大簡的「寢」與《毛詩》的「寐」因為古音接近，故可以通假，所以安大簡的「帚」並不是訛字。

今本《詩經·陟岵》「寐」與「棄」諧韻，若要依據安大簡《詩經》而將「寢」視為正字，必須面對「寢」如何能與「棄」字押韻的情況。對此，徐在國以「侵、質合韻」來說明「寢」、「棄」諧韻的現象。[18]

葉磊推測「寢」與「寐」有可能是通假關係，譚樊馬克推測「寢」就是「帚」聲，「帚」聲的「婦」和「寐」相近。孟蓬生認為也許「帚」就是用作「歸」字，進一步梳理了與之平行的「沫」與「靧」、「妹」與「媚」兩組字的關係，認為寐之於从帚之寢，猶沫之於靧、妹之於媚也。蘇文英指出卜辭「婦好帚」，鄔可晶將「帚」讀為「歸」。[19]孟蓬生認為「寢」旁的「帚」用作「歸」字，讀「歸」聲，因此「寢」應該是形聲字，「帚（歸）」聲屬見母，與「寐」聲屬明母，在楚方言可以通。[20]

高永安指出〈陟岵〉「季」、「寐」、「棄」都屬於術部，押韻，擬音為 ət，侵部擬音 əm，「寐」、「寢」當是陽入對轉。孟蓬生也進一步舉出見母與明母相通之例，即〈關雎〉以「教」為「芼」；〈兔罝〉以「繆」為「赳」，作為「寐—歸」的通假例證。[21]孟蓬生認為「寢」當讀為「寐」，並解釋「我們是以寢讀歸為起點的，也就是以帚讀歸為起點的。」[22]黃易青認為「蓬生說喉牙與明母相通，完全可信」，又分析了「寐」和「寢」的區別，同意讀「寤寐」之說。[23]孟蓬生當从「未」、「帚」雙聲。[24]

---

[18] 徐在國：〈談安大簡《詩經》的一個異文〉，頁104。
[19] 以上葉磊、譚樊馬克、孟蓬生、王化平、蘇文英等說見西南大學讀書班：〈安大簡《詩經》討論紀要（2019年9月26-28日）〉，2019年10月4日，「西南大學漢語言文獻所」網站。
[20] 開泰齋（即孟蓬生先生）在2019年9月28日的發言主張。
[21] 以上高永安、孟蓬生等說見西南大學讀書班：〈安大簡《詩經》討論紀要（2019年10月4日）〉。
[22] 西南大學讀書班：〈安大簡《詩經》討論紀要（2019年10月4日）〉。
[23] 西南大學讀書班：〈安大簡《詩經》討論紀要（2019年10月4日）〉。
[24] 西南大學讀書班：〈安大簡《詩經》討論紀要（2019年10月4日）〉。

季旭昇師支持孟蓬生之說，認為裘錫圭以為「帚」在甲骨可讀「彗」，故甲骨「歸」應釋為从𠂤、彗聲。「歸」屬見紐微部、「彗」有「于歲切」一讀，屬匣紐月部。「彗」、「歸」聲同屬喉牙，韻可旁對轉。據此，安大簡「俉帰求之」的「帰」从「爿」、「帚」聲，「帚」讀如「歸」，而「歸」、「寐」上古音都屬微部，見紐與明紐關係密切（或者為複輔音關係），因此「帰」字可以讀為「寐」，不必看成寫錯字。由此看來，「帰」字似乎有「寢」「寐」兩讀。[25]

「通假說」牽涉到古音分析的問題，因此本處須先對{寢}字構形進行說明。先將相關字形之結構、聲韻分析如下：

	聲紐	韻部	說明
帚	端	幽	唐蘭認為「寢」从「帚」聲。
寢 寑	清	侵	裘錫圭認為「寢」所从的「帚」有表音作用，會意兼形聲字。 表意字，从「宀」从「爿」，表示屋中有床，讀「寢」。 屋裡有床，與寢相近。
宿			
彗	匣	脂質	裘錫圭認為甲骨文「歸」从「帚」聲，「帚」有「彗」音。
歸	見	微	1.「歸」从「帚」，但從不能換成「叀」。 2.卜辭借「帚」為「婦」，但「叀」從不借為「婦」。
寐	明	微	从宀、未聲，形聲字。

商代文字的{寢}有兩種寫法：「寢」與「宿」，「宿」表示屋中有「爿（床）」，「寢」最早見於西周中期金文「殷鼎」（《銘圖》卷5，頁249），

---

[25] 季旭昇師：〈談安大簡《詩經》「寤帰求之」、「寤寐思服」、「為絺為綌」〉，《中國文字》二〇一九年冬季號（總第二期）（臺北：萬卷樓圖書股份有限公司，2019年），頁1-10。

字形作「■」,「寢」應該是糅合「帚」和「宀」而成的字,屬於「異構糅合」,[26]楚簡的「帚」則當是「寢」的省寫。[27]

甲骨文「帚（寢）」从「帚」聲,[28]裘錫圭認為「帚」是章母（照三）幽部字,「寢」是清母侵部字,幽、侵陰陽對轉；章系與精系的音相去也不算很遠,章、清二母就有一些諧聲相通的例子,所以,認為「帚」所從的「帚」有表音作用,還是可以的。「帚」是掃除的主要工具,而寢是最需要經常灑掃的地方,所以「帚」中的「帚」,除表音之外,也帶有表意功能。「帚」是個穩定性很高的字,甲骨文時代出現,一直延續到秦漢文字,例如秦公大墓殘磬、北大秦簡《禹九策》33、銀雀山漢墓竹簡,都還是使用「帚」表示｛寢｝。

「寢」還有一種从「疒」、「帚」聲的寫法,見於春秋晚期聽盂「■」（NA1072）,字即《說文》的「■（癗）」,東漢〈張表碑〉作「■」字从「叟」聲。「寢」字从「帚」的寫法,到了魏晉南北朝後,逐漸被从「叟」的寫法完全取代,只有少數擬古的碑文、字帖以及字書、辭典中才收錄从「帚」的「寢」,這應該和「寢」與「帚」聲漸遠,與「叟」聲較近,脫離不了關係。

古文字的「帚（寢）」有時還可以寫作「寑」,即《說文》「寢」字籀文「■」,「寑」應該分析為从「宀」、「寑」聲,「寑」从「又」持「帚」,應指以「帚」進行灑掃、刷洗之類動作,整體來看「寑」表示以「帚」對室

---

[26] 方稚松:〈申論甲骨文中的「帚」當讀為「婦」——兼談構字部件語義相通的漢字結構類型〉,《出土文獻》第12輯（2018年4月）,頁6。謝明文:《商代金文研究》,頁489。
[27] 參《郭店·六德》裘錫圭按語,荊門市博物館編:《郭店楚墓竹簡》（北京:文物出版社,1998年）,頁189。
[28] 唐蘭以為「帚」為聲符,「帚」古讀如侵也。商代時「帚」、「婦」、「侵」可以通假,說明三字讀音尚未產生激烈變化。唐蘭:《殷虛文字記》（北京:中國社會科學院,1981年）,頁27-30。

屋或庭院進行灑掃的意思。「㬎」字之音,應該跟「侵」、「寢」等字相同或極為相近,這是沒有問題的。[29]

「帚」除了讀音與「侵」、「寢」等字相同或極為相近之外,裘錫圭指出甲骨文的「𨖊(歸)」應理解為从「𠂤」、「帚」聲,「帚」大概就讀「彗」的音。「彗」是匣母祭部字,「歸」是見母微部字,聲韻皆近,所以可以相諧。[30]《裘錫圭學術文集》在「編按」下補充說明:「此文採『彗』為祭月部字說(月部的『雪』从『彗』聲),今按宜從『彗』為脂質部字說(『彗』、『惠』聲通之例很多),脂質部與微物部關係密切。古音質、緝二部關係也很密切,故緝部的『習』本从𦕎(彗)聲,『彗』古文作『篲』,从『習』聲。」[31]可見裘錫圭將「彗」字的古韻由「月部」修改成「脂質部」,「慧」所屬的「脂質」部與「歸」所屬的「微」部關係密切,所以「歸」字的「帚」旁聲音與「彗」非常接近。總結上述討論,裘錫圭認為甲骨文中的「帚」,讀音應該與「侵」、「寢」等字相同或極相近;從「歸」字來看,「帚」應該有「彗」音。

回到本文要討論的△1字形,許多學者依據「帚」字可讀「歸」,而「歸」屬見紐微部,「寐」屬明紐微部,認為二字只存在聲紐上的差別,只要能疏通明紐與見紐的關係,就能證明「帚(寢)」可讀作「寐」。如此一來,「帚」既可依照過去的理解釋作「寢」,不理解成錯字,又可以說明今本〈關雎〉、〈陟岵〉何以寫作「寐」。

裘錫圭對於「帚」有「寢」音也有「彗」音的推論是建立在甲骨文字形,但是「寐」(明紐微部)和「寢」(清紐侵部)在聲紐與韻部都有著極大的差別,〈陟岵〉的「帚」是個韻腳,要理解為「寢」,假借為「寐」,在學

---

[29] 裘錫圭:〈釋「𥄳」〉,《古文字研究》第28輯(北京:中華書局,2008年),頁25-35。裘錫圭:〈史牆盤銘解釋〉,《文物》1978年第3期(1978年3月),又收入《裘錫圭學術文集・金文及其他古文字卷》,頁6。
[30] 裘錫圭:〈殷墟甲骨文「彗」字補說〉,饒宗頤主編:《華學》第2輯(1996年12月),頁33-37。又見《裘錫圭學術文集・甲骨文卷》(上海:復旦大學出版社,2012年),頁427。
[31] 參裘錫圭:〈殷墟甲骨文「彗」字補說〉,《裘錫圭學術文集・甲骨文卷》,頁427。

理上有困難。高永安認為「寐」擬音為 ət，侵部擬音 əm，因此「寐」、「寢」當是陽入對轉。這樣的通假推論未免過於寬泛，因此「寢」、「寐」相通之說，很多人提出反對意見。（楊建忠對「寢」讀為「寐」表示懷疑。[32]楊軍認為此字讀為「寢」可疑。[33]趙彤懷疑侵部[-əm]、質部[-et]能押韻。[34]楊鵬樺認為「侵質合韻」之例似未曾見。[35]俞紹宏認為學者所論「帰」可讀作「寐」之說可能性不大。）[36]

「寢」與「寐」是古漢語常見的兩個睡眠動詞，渾言之可相通，例如《說文》將二字都訓為「臥也」；但析言之有別，「寐」（睡著）是相對於「寤」（睡醒）而言，是一種狀態，「寢」則強調睡覺的動作。[37]王鳳陽《古辭辨》指出「『寢』是入睡的前奏，是舒展開肢體躺在那裡；但『寢』不等於『寐』，睡著之後才能叫『寐』。」[38]朱駿聲云：「在牀曰『寢』，病寢曰『寢』，隱几曰『臥』，合目曰『眠』，眠而無知曰『寐』，坐寐曰『睡』，不脫冠帶而眠曰『假寐』。」可見「寢」、「寐」不能完全劃上等號。

孟蓬生認為「帰」當从「未」、「帚」雙聲，但如此一來「寢」與「寐」二字就無法區別了。古籍中「寢」與「寐」常常同時出現，例如《春秋公羊傳‧僖公二年》：「王揖而入，饋不食，寢不寐，數日。」《左傳‧昭公十二年》：「（靈）王揖而入，饋不食，寢不寐。」《漢書‧西南夷兩粵朝鮮傳》：「夙興夜寐，寢不安席。」我們很難想像「寢」、「寐」二字可以通假。

---

[32] 西南大學讀書班：〈安大簡《詩經》討論紀要（2019年10月4日）〉。
[33] 西南大學讀書班：〈安大簡《詩經》討論紀要（2019年10月4日）〉。
[34] 西南大學讀書班：〈安大簡《詩經》討論紀要（2019年10月4日）〉。
[35] 楊鵬樺：《簡帛韻文釋論》（廣州：中山大學博士論文，2020年6月），頁109。
[36] 俞紹宏：〈據安大簡考辨《詩經》韻讀一例〉，《漢字漢語研究》2020年第1期（2020年4月），頁12-17。
[37] 魏培泉：《《列子》的語言與編著年代》（臺北：中央研究院語言學研究所，2017年），頁152。
[38] 王鳳陽：《古辭辨（增訂本）》（北京：中華書局，2011年），頁801。

也許有人會問，若透過「帰」从「帚」聲，「帚」在甲骨可讀「彗」的條例，逕將「帰」讀為「寐」，表示楚簡的「帰」既可以讀「寢」，也可以讀「寐」，如此可行嗎？駱珍伊認為：

> 孟蓬生、鄔可晶、季師旭昇提出「帰」从「帚（彗）」聲，讀為「寐」較為可信。「帚／帰」字本身應該就有「寢」與「寐」兩讀，正因為「帚／帰／寢」既可讀為「寢」，也可讀為「寐」，所以《上博五・季庚子》的「寐」字寫作，就是在「帚」字上附加聲符「未」。據此，《安大簡》讀為「寐」的「帰」字，應該與讀為「寐（佑仁按：當是「寢」之誤）」的「帚」字同，只是義符「宀」與「爿（牀）」替換。[39]（佑仁按：這裡提到鄔可晶支持「帰」从「帚（彗）」聲的說法並不正確，實乃蘇文英引用鄔可晶將卜辭「婦好帚」讀為「婦好歸」之說，論證「帚」可以通「歸」。鄔可晶在〈出土《詩經》文獻所見異文選釋〉認為〈陟岵〉的「寐」是韻腳，讀「帰（寢）」便失韻，他認為「簡本文字必有誤」。）[40]

平情而論，「帰」通作「寐」完全是安大簡《詩經》△1 三個文例所造成，大徐本《說文》「寢」為「七荏切」，《集韻》歸為清母侵韻，「寐」為「蜜二切」，《集韻》歸為明母脂部，這兩個字都只有單一讀音，沒有又音。為了說通△1 三例，而為「帰」創造出「寐」的讀音，似乎把問題弄得更複雜。戰國秦漢文字本身就有表示{寐}的字，構形作「寢」（上博五.季.7、上博五.季.10）、「牀」（上博五.弟.22）、「寐」（秦始皇泰山刻石、熹平石經）、「眛」（馬王堆漢墓帛書.340）、「未」（阜陽漢簡《詩經》.S66），諸字均从「未」得聲，如果讓義項這麼相近的「帰（寢）」字來負擔「寐」的表達功能，會讓文字語言系統造成很大混亂。

---

[39] 駱珍伊：《安徽大學藏戰國竹簡《詩經》研究》，頁18。
[40] 鄔可晶：〈出土《詩經》文獻所見異文選釋〉，《出土文獻與古文字研究》第10輯（上海：復旦大學出土文獻與古文字研究中心，2022年），頁158。

（三）誤字說

這個說法認為「𡨦」就是「寑」字，《毛詩》所以作「寐」，是因為「寑」、「寐」二字構形接近，造成安大簡《詩經》的「𡨦（寑）」是個誤字，《毛詩》的「寐」是正確的寫法。

劉剛認為《詩經·陟岵》裡「寐」與「棄」押韻，為物、質合韻，所以簡文的「𡨦（寑）」可能是誤寫。[41]安大簡原整理者提出一個「或說」，認為楚文字「寐」可能作「𡨦」，簡本的「𡨦」是「𡨦」的誤字，當是參考劉剛說法而來。[42]

蔡偉認為受到抄手潛意識受與之相近字的影響（當然也包括字義相近），從而造成的訛誤現象。因為「寐」字字形作 、 （上博五《季庚子問於孔子》簡7、簡10）、 （上博五《弟子問》簡22），與「𡨦（寑）」字類似，所以會出現訛混的現象。[43]

种夢卓認為「寐」字應該是正字，而安大簡的「𡨦（寑）」是字形相近引起的訛誤。[44]

王思婷認為「雖然將『𡨦』釋為『寐』之訛誤為目前最理想的說法，但是仍缺少『未』與『爿』字形訛誤的例證，若有訛誤之例，此說便有成立的可能。」[45]

---

[41] 此說為徐在國〈談安大簡《詩經》的一個異文〉所引述，徐在國：〈談安大簡《詩經》的一個異文〉，《湖南大學學報（社會科學版）》2019年第2期（2019年4月），頁104。徐在國：〈安徽大學藏戰國竹簡《詩經》詩序與異文〉，《安大簡《詩經》研究》，頁222-223。
[42] 安徽大學漢字發展與應用研究中心：《安徽大學藏戰國竹簡（一）》，頁71。
[43] 蔡偉：〈清華簡《成人》篇「少昊」當為「少傾」說〉，武漢網，2019年10月22日。
[44] 种夢卓：《安大簡《詩經》書寫與文本研究》（哈爾濱：哈爾濱師範大學博士論文，2022年5月），頁12。
[45] 王思婷：《《安徽大學藏戰國竹簡（一）》集釋》（臺中：國立中興大學碩士論文，2022年7月），頁22。

蘇建洲、[46]孫興金、[47]郭理遠、[48]張煜傑、[49]趙彤、[50]楊鵬樺[51]都認為簡本△1 的「帚」是「秣（寐）」之誤。

　　化平認為整理者說「寢」是「寐」的訛字也是可能的。因為上博五《季庚子問於孔子》中的那個字（簡7「」、簡10「/」），就可能從「未」得聲，之所以從「帚」，是因為「寐」與「寢」同義，所以「帚」並非聲符。另外，在上博五《弟子問》中，「寐」寫作從爿從未（「」），而「未」形的左半，確實與「爿」相近。也就是《季庚子問於孔子》的那個字形先省去「宀」，然後左邊訛作「爿」。[52]

　　一般來說，古文字研究者並不喜歡輕易地將疑難問題導向書手寫錯字，原因有兩點：

　　1、「錯字說」作為一種「可能」，自然不是人人都願意應允接受，例如駱珍伊在其博士論文中認為「將『帚』字視為『秣』（寐）的訛字，可為一說，但是書手在兩首不同國風的詩，亦即在兩處相距甚遠的地方，都犯了同樣的錯誤，亦即都把讀為『寐』音的字誤寫成『帚』，這種錯誤機率似乎不合理。」[53]楊濬豪認為「郭理遠結合了原整理者與劉剛的說法，認為簡73的『帚』是『寐』字之誤，並進一步認為簡2的兩個『帚』字也是『寐』字之誤。若按郭文的說法，安大簡的書手在寫『寐』字時，就全部都寫錯了。郭文雖有其思考脈絡，但實難證成，故本文暫不採納。」[54]二者就都不接受錯字說。

---

[46] 西南大學讀書班：〈安大簡《詩經》討論紀要（2019年10月4日）〉。
[47] 孫興金：《安徽大學藏戰國楚簡《詩經》異文整理與研究》（濟南：山東大學碩士論文，2020年6月），頁9。
[48] 郭理遠：〈談安大簡《詩經》文本的錯訛現象〉，武漢網，2019年10月10日。又見《中國文字》二〇二一年冬季號（總第6期），頁209-211。
[49] 張煜傑：《清華簡《成人》集釋》（長春：吉林大學碩士論文，2021年），頁67。
[50] 西南大學讀書班：〈安大簡《詩經》討論紀要（2019年10月4日）〉。
[51] 楊鵬樺：《簡帛韻文釋論》，頁108-109。
[52] 西南大學讀書班：〈安大簡《詩經》討論紀要（2019年9月26-28日）〉。
[53] 駱珍伊：《安徽大學藏戰國竹簡《詩經》研究》，頁18。
[54] 楊濬豪：〈安大簡《詩經》韻例詳校及其相關問題探究〉，頁111。

2、錯字之說常被當成「備案」，如果出現更好說法，便會被捨棄。例如季旭昇師就認為「『歸』字可以讀為『寐』，不必看成寫錯字」。[55]

但是經過通盤的綜合判斷，筆者認為△1屬於錯字的可能性的確很高，我們先將「寢」、「寐」的相關寫法羅列如下：

	寢		寐	
從「宀」	清華・皇門・簡10	清華・子產・簡07-17	上博五・季庚子.7	上博五・季庚子.10
省略「宀」	上博六・天甲.11	上博六・天乙.10	上博・弟子問.簡22	

錯訛的途徑有兩個可能：1、楚簡的「寐」字有一種從「宀」的寫法，字形作從「𠬝（寢）」、「未」聲，並且將「未」聲置於「宀」旁下的左側，「𠬝」置於右側，「寐」的寫法與「𠬝（寢）」非常近似，只要將「未」誤寫成「𠦝」，即是「𠬝」字。2、楚簡的「寐」字有一種省略「宀」旁的寫法，字形作「𢘓」，「未」誤作「𠦝」就成「歸」了。除了字形因素之外，「寐」與「寢」都有睡眠之意，《詩經・關雎》：「寤寐求之。」《毛傳》、陳奐傳疏均云：「寐，寢也。」也有可能是受到字義相近而導致書寫錯誤。

陳劍曾經指出「李零先生所謂之『大道理管小道理』，字形分析往往是『事後諸葛亮』，雖未必盡是但確有其道理——竹書有明確文意、或有別本

---

[55] 季旭昇師：〈談安大簡《詩經》「寤寐求之」、「寤寐思服」、「為絺為綌」〉，頁1-10。

可對照，正是其對古文字考釋有巨大價值的重要原因所在。」（陳劍〈〈古文字考釋漫談〉資料長編〉（未刊稿）），意即在諸說都有成立的可能之下，仍可判斷哪個說法更具有成立的優先性。本處△1 三個「𡨄」字，今本《詩經》都是作「寐」，〈陟岵〉還當韻腳使用，文例非得理解為「寐」不可，這是「錯字說」最大的立論基礎，也就是「大道理」。

最後，筆者想指出：「寐」錯成「寢」，後世亦有其例。《詩經‧關雎》：「參差荇菜，左右流之。窈窕淑女，寤寐求之。」《太平御覽‧菜茹部五‧荇》引錄時誤將「荇」錯成「行」，誤將「寐」錯成「寢」。《後漢書‧孝和孝殤帝紀》云：「寤寐永歎，用思孔疚。」《太平御覽‧治道部九‧貢舉上》引錄時誤將「寐」錯成「寢」。「荇」誤作「行」，「寐」錯成「寢」，顯然就是筆誤，絕不能以同義換讀云云為解。

（四）其他

除了上述「同義換讀說」、「通假說」、「誤字說」三種比較多人主張的意見外，也有若干零星的個別意見，羅列如下：

1 「𡨄」就是「寐」

王曦指出此字可能是「寐」的異寫，「爿」表示所躺之牀，「宀」或可省寫。[56]

2 「𡨄」是「寢」的省聲

駱珍伊認為讀為「寐」的「𡨄」字，也有可能只是「寢」字省略聲符「未」的寫法。[57]

---

[56] 西南大學讀書班：〈安大簡《詩經》討論紀要（2019年10月4日）〉。
[57] 駱珍伊：《安徽大學藏戰國竹簡《詩經》研究》，頁18。

3 「寐」是「寢」，漢代經師誤認為「寐」

安大簡原整理者認為秦朝焚書坑儒，典籍失傳，至漢代口耳相授，漢代學者可能見到了「寐」字从「㝱」的寫法，把「寢」誤認為是「寐」；又因「寢」、「寐」互訓，意義相同，於是「寤寢」就變成了「寤寐」。[58]

關於 1，王曦認為「爿」是床，「宀」可以省寫，這都沒有疑義。但問題是「寐」要作為「𡨦（寐）」，意思是聲符「未」將被省略。「省聲」不是一種典型的構形演變模式，形聲字的聲符代表該字的讀音，是全字最重要的組成要件，古文字確實存在「省聲」的例證，但前提是必須有「不省聲」，也就是說出現了「不省聲」的字，論證「省聲」才能有說服力，例如《說文》認為「襲」是「龖」省聲（參小徐本、段注本《說文》），並以籀文作「𧞻」為例，這就讓人感到信服。要說「寐」是省「未」聲，那就必須出現一個从「寐」、「未」聲的不省聲字形，用以表示「寢」字，如此一來才能有說服力。

關於 3 的說法，子居曾予以批評，其云：

> 試想，漢代學人有什麼動力去整齊劃一地一起遍改群書，讓現在的人在傳世文獻中連一例「寤」、「寢」並稱的例子也看不到，全部都變成「寤」、「寐」呢？即便是避諱，都達不到這樣的遍改效果，都還會留下些改而未盡的辭例，有什麼驅動力還能夠大於避諱改字？相對來講，倒不如考慮安大簡編寫者將他所看到的「寐」都改書為「寐」是因為避諱之類的原因這個可能。實際上各方面來看，安大簡〈邦風〉雖然是目前可見最早的版本，但恐怕很難稱為善本。推想整理者讀「要」為「腰」，以「寐」為本字而以「寐」為訛字，大概都只是整理者自己主觀上要認定安大簡〈邦風〉是目前最可靠的善本的緣故。[59]

---

[58] 安徽大學漢字發展與應用研究中心：《安徽大學藏戰國竹簡（一）》，頁70。
[59] 子居：〈安大簡《邦風・周南・關雎》解析〉。

我們雖然不認同子居說「寐」改書為「歸」是「因為避諱之類的原因」,但他對於3的批評是正確的,《詩經》是先秦重要典籍,《漢書・藝文志》提出「凡三百五篇,遭秦而全者,以其諷誦,不獨在竹帛故也。」[60]《詩經》的本質是韻文,具有容易記憶、諷誦的特質,具有更頑強的生命力。另一方面,《詩經》的文本並沒有完全亡於秦火,文幸福指出「秦政焚坑之事,在始皇三十四年,下距其巡守而歿,前後不過四年;其時天下大亂,控制乏力,焚書之令,形同虛設,故壁藏密授者,往往有之,康有為曰:『藏書之禁,僅四年,不焚之刑僅城旦,則天下藏本必甚多。』(偽經考卷一)及秦覆亡,私學復熾,《史記》所謂:『文學彬彬稍進,詩書往往閒出。』(太史公自序)」,[61]范麗梅認為「因此《詩經》等各文本的焚燒,其實也只是一部份象徵性的焚毀而已,不至於將當時所有的《詩經》文本皆焚燒一空而毫無保留,這一點亦可由出土的漢初武帝以前的阜陽《詩經》文本的抄寫得到證明」,[62]未能焚毀殆盡,又得力於韻文易於背誦的本質,在漢代建國以後,《詩經》很早就得以復原並流行於世,先後出現浮丘伯、申培、轅固、韓嬰、毛亨、毛萇等多位精通《詩經》的學者。

因此,若說〈關雎〉篇原作「寤歸(寢)」,而後漢代學者一致都誤讀成「寤寐」,這就太不合於情理了。

三 結論

安大簡《詩經》出現四個「歸」字,對照今本《毛詩》文字,三個讀「寐」,一個讀「寢」,關於三個讀「寢」的「歸」,學界有三種主要看法,分別是:「同義換讀」、「通假」、「錯字」,此外還有一些零星的個別意見,我們統整成第四說「其他」。經過本文的討論,筆者認為「同義換讀」與「誤字」

---

[60] 東漢・班固:《漢書》(北京:中華書局,1964年),頁1708。
[61] 文幸福:《詩經毛傳鄭箋辨異》(臺北:文史哲出版社,1989年),頁51。
[62] 范麗梅:《簡帛文獻與《詩經》書寫文本之研究》(臺北:國立臺灣大學博士論文,2008年),頁507-508。

是諸說之中比較可行的方案,通假說對於古音的通假認定過於寬泛,而零星的個別意見(即第四說),也沒有成立的可能。

　　以「大道理管小道理」的原則來看,最安全、最簡易、最直接、最有可能成立的是「誤字說」,筆者以《太平御覽》的相同錯誤為例,證成此說。筆者之所以選擇「誤字」說,是因為「寐」或「癗」在楚簡一般都釋為「寢」,而且具有非常穩定的演變脈絡,我們有必要因為安大簡《詩經》出現三個以「寐」表「寐」的字,就說「寐」、「寢」具有「同義換讀」或「通假」關係嗎?對此,筆者比較保留,因為這樣的推論後續所衍伸出的問題,比本來要解決的問題還大。當然,「戰國文字什麼情況都有可能」(季旭昇師之語)假若未來出土資料裡還持續出現以「寐」表「寐」的例證,那麼也不排除滾動式修正,所謂「三分證據說三分話,沒有證據就不說話」。

清代金石學家許瀚詩文薈萃
——讀《攀古小廬文集》

郭妍伶[*]

一 前言

「攀古小廬」是清中葉學者許瀚的室名。許瀚（1797-1867），字印林，山東省日照縣人。長於音韻訓詁、金石考訂、目錄方志，時有「北方顧千里」之譽，往來師友如王念孫（1744-1832）王引之（1766-1834）父子、阮元（1764-1849）、何淩漢（1772-1840）、何紹基（1799-1873）、王筠（1784-1854）、吳式芬（1796-1856）、顧沅（1799-1851）、陳介祺（1813-1884）等，皆當時名士。許瀚家境貧寒，以坐館校書營生，雖然通經史、多著述，但困於財力，未能刊行，逮及付梓，又遭兵燹、祝融，書稿星散，散逸庋藏在各地圖書館、博物館、私家之手。民國以來，迭經王獻唐（1897-1960）、傅斯年（1896-1950）、袁行雲（1928-1988）、丁原基、崔巍、曹漢華、張詒三等人蒐集整理，文獻流通，益趨完備，洵便參考研閱。王獻唐首先關注山左鄉賢，進行系統蒐集、整理，匯聚山東名人函札七十餘通及題跋、考釋等四十餘篇而成的《顧黃書寮雜錄》，其中多有許瀚資料。[1]傅斯年則購求遺稿，定名《攀古小廬遺集》，[2]現藏臺灣中央研究院傅斯年圖書館。接著袁行雲爬梳考證，編寫《許瀚年譜》。[3]其後丁原基考察著述，撰成《許瀚之文獻學研究》，[4]並就

---

[*] 國立聯合大學華語文學系助理教授。
[1] 王獻唐：《顧黃書寮雜錄》（濟南：齊魯書社，1984年）。
[2] 《攀古小廬遺集》典藏於臺灣中央研究院歷史語言研究所傅斯年圖書館，共計六十冊，係傅斯年收購得來。近年史語所整理傅圖善本，彙編《中央研究院歷史語言研究所傅斯年圖書館藏未刊稿鈔本》，分經部、史部、集部、方志陸續出版；其中「集部」第13-16冊收入許瀚《攀古小廬遺集》，係自六十冊選印，且多袁行雲《攀古小廬篇目輯存》所未見。詳見劉錚雲主編：《中央研究院歷史語言研究所傅斯年圖書館藏未刊稿鈔本‧集部》（臺北：中央研究院歷史語言研究所，2014年）。
[3] 袁行雲：《許瀚年譜》（濟南：齊魯書社，1983年）。
[4] 丁原基：《許瀚之文獻學研究》（臺北：華正書局，1999年）。

《許瀚年譜》予以補苴。2001 年崔巍出版《許瀚日記》,[5]據海西閣抄錄十二冊毛邊抄本,取與《許瀚年譜》對照,訂誤補闕甚多。2011 年曹漢華完成《增廣《許瀚年譜》》,[6]後出轉精,援引諸多新資料,訂正增補此前學者記述或考證的錯誤、缺漏、空白,是瞭解許瀚生平經歷、交遊往來之重要參考。2019 年張詒三主要整理經學、小學和校書著作,完成《許瀚集:經學・校勘學》。[7]2022 年孫金生主編《許瀚書法集》,[8]收入家書、師友函札、七言聯、行書條屏、拓本題字、臨帖等書法作品六十三種。2022 年曹漢華、曹雙輯校《攀古小廬文集》,[9]堪稱許瀚著述整理迄今最全面、重要的成果。筆者披覽翻檢,深感《攀古小廬文集》資料豐富,對研究許瀚及金石學、清代學術洵有裨益。故不揣淺陋,略述本書內容價值,並就整理問題摘誤指瑕,冀供輯校者修訂及學界閱覽參考之助。

二　《攀古小廬文集》之內容與價值

《攀古小廬文集》廣蒐博採,標點斷句,校勘整理,補缺訂誤,是呈現許瀚詩文著作的重要成果。本書一千一百四十五頁,分上、下兩冊。分冊之方法,上冊為已刊刻者,下冊為未刊刻者,上冊收入四種:《攀古小廬文》、《攀古小廬文附補遺》、《攀古小廬雜著》、《攀古小廬日記》;下冊收入五種:《攀古小廬詩文》、《攀古小廬信札》、《攀古小廬金石跋》、《攀古小廬雜著拾遺》、《攀古小廬手迹輯存》。

(一)窮搜旁摭,編次標點

許瀚著作星散四處,詩文、手札、書跡等藏於公立圖書館、博物館各機構,及民間私家收藏。在多位學者的努力蒐集尋索之下,文獻整理漸趨豐富

---

[5] 崔巍:《許瀚日記》(石家莊:河北教育出版社,2001 年)。
[6] 曹漢華:《增廣《許瀚年譜》》(北京:九州出版社,2011 年)。
[7] 清・許瀚著,張詒三整理:《許瀚集:經學・校勘學》(天津:天津古籍出版社,2019 年)。
[8] 孫金生主編:《許瀚書法集》(濟南:山東美術出版社,2022 年)。
[9] 曹漢華、曹雙輯校:《攀古小廬文集》(濟南:齊魯書社,2022 年)。

完整，至曹漢華以弘揚日照鄉賢為志，窮搜遍輯，旁摭遺逸，從各種管道裒集積儲，終於完成《攀古小廬文集》，使彙集資料之豐富性、完整性得以超越前人。

《攀古小廬文集》系統性全面整理許瀚詩文，不論是已刊刻本，或未刊的鈔本，悉在收羅之列；惟非許瀚獨力寫就，諸如與人共同參與編校之作，及替人代筆，不予收入。《攀古小廬文集》上冊四種著作為前人已刊刻者，整理所據之版本概述如下：《攀古小廬文》據清光緒元年（1875）楊鐸函青閣翻刻咸豐七年（1857）刻本整理，收入〈《說文》答問〉等文。《攀古小廬文附補遺》據清光緒元年楊鐸函青閣翻刻咸豐七年刻本整理，收入〈《山左濟寧金石志》校語〉等文，並出注，說明篇名、補錄遺漏、改正錯字。《攀古小廬雜著》據清光緒間吳重熹刻本整理，七卷，依序是卷一、二經傳說，卷三經說（附雜考），卷四、五小學說，卷六至卷十金石說，卷十一、十二跋；並出注，錄存異文、改正錯字。《攀古小廬日記》據崔巍《許瀚日記》、山東博物館藏海西閣寫本整理，始自道光乙未年（1835），下訖咸豐三年癸丑（1853）。

未刊稿鈔主要有《攀古小廬遺集》（中央研究院傅斯年圖書館藏）、《許印林手稿》（北京國家圖書館藏）、《許印林遺書》（鈔本，山東博物館藏）、《許印林日記》（鈔本，山東博物館藏）、《攀古小廬雜著》（鈔本，山東省圖書館藏）、《晚清名人墨跡》（天津圖書館藏）等，《攀古小廬文集》下冊整理為五種著作。《攀古小廬詩文》八卷，卷一賦，卷二至五詩，卷六公文、論、傳述，卷七壽序、祭文、墓誌銘，卷八書序、書畫跋。《攀古小廬信札》收入許瀚寫給親人、師友的書信，計有一百二十八通。《攀古小廬金石跋》收入許瀚所寫金石書志、碑刻等跋文，計有一百四十一篇。《攀古小廬雜著拾遺》五卷，依序是經說、文字說、諸子說、校勘說、音韻說，計三十七篇。《攀古小廬手迹輯存》三卷，卷一自撰聯，卷二中堂、條屏、扇面書、拜帖，卷三雜記。

《攀古小廬文集》將已刊、未刊諸書勒成一部，編次梳理，使其內容規模完整，非常便於參考研閱。整理文本的基本方式，第一是斷句，並加上標點符號。即〈凡例〉第五條：「本集整理時，對原稿予以句讀，對其中明顯錯訛、竄行、誤句等均予以改正，采用現代漢語規範標點符號斷句。無法校正者依原刊稿存疑，不妄加刪改。」在斷句的同時，釐訂錯置。第二是編次順序，依照時間先後排列。〈凡例〉第六條：「本集整理許瀚未刊稿鈔時，對其中詩歌部分和書信部分按照創作年代編排，對於書信往復較多者，按人按時間編排，以便於讀者歸類查閱。」將詩歌、書信按照時間排序，便於瞭解許瀚寫作背景、與人交往之活動軌跡。

（二）校覈異同，辨正釋疑

　　《攀古小廬文集》不僅做了蒐集、斷句、標點、排序這些基本整理文獻的工作，更進一步比較版本差異、標示寫作時間、指出疑誤缺漏、解釋人物事件等，提高了文獻整理的學術價值。惟統觀〈凡例〉，見第三條：「本集所有稿件均注明所依據底本或內容來源，刊本分卷者標明卷數。對其中重出而內容多異者，在底本之外，校其異同、詳略，并出注。」扼要提到「注明」、「出注」，因〈凡例〉簡潔，並未詳加說明。實則輯校者的「注明」（以下逕稱「按語」）、「出注」（以下逕稱「當頁注」），對於閱讀本書，瞭解許瀚撰述、版本等，頗有助益。篇後附上輯校者按語，主要在下冊之詩文、信札、金石跋、雜著拾遺、手迹輯存。這些「按語」內容，大抵可分五類，以下舉例說明。

　　其一，說明稿件出處，即〈凡例〉第三條所言注明底本、來源、卷數等，本書均清楚載明出處。按語說明採錄出處，若兼有數者也一併述及。以「詩文」而言，例如頁724〈題《太山觀日出圖》〉，「錄自傅斯年圖書館藏《攀古小廬遺集》沈冊《攀古小廬雜著初草》。另為冊有初草。」以「信札」而言，例如頁857〈與何子毅書〉，「錄自傅斯年圖書館藏《攀古小廬遺集》章

冊。另見山東博物館藏《許印林先生遺稿》（郭光熙鈔本），與此同。傅斯年圖書館藏《攀古小廬遺集》咀冊有初稿，初稿文末有增文，即括號中文字。」以「金石跋」而言，例如頁1003〈《嵩洛訪碑圖》題記〉，「錄自日照市高興鎮丁申海先生藏黃易《嵩洛訪碑圖》鈔本。鈔錄者為楊鐸，許瀚為之作記於1853年九月，題目為筆者據稿本內容定。據題記內容可知該鈔本為許瀚咸豐元年刻書時所依底本。」以「雜著拾遺」而言，例如頁1094〈《管子‧弟子職》篇韵說〉，「錄自傅斯年圖書館藏《攀古小廬遺集》姚冊。另為冊有初稿。山東博物館藏鈔本《印林文存》有鈔稿。袁行雲先生編校《攀古小廬全集》係自《齊魯課士錄》刊本錄。」以「手迹輯存」而言，例如頁1115〈書扇《浣紗圖》〉，「錄自2019年保利拍賣有限公司春季拍賣會圖錄。」

其二，考證寫作時間，據前人說法或文獻資料佐證，以推定寫作於何時。以「詩文」而言，例如頁719〈觀射虎石憶江龍門〉，「疑作於道光十五年乙未（1835）河北校書期間。」以「信札」而言，例如頁889〈與丁伯才書（五）〉，「考此信當作於1852年。一是『送章丘王工』，可知時許瀚在刻印桂書期間；二是『俟瀚到青』，可知是移局青口之後；三是『歲歉』，據《日照縣志》紀載，1852年『春大旱，蝗成災，夏全縣饑荒』，較吻合。」

其三，記錄相關文獻，包括許瀚自注、其他人所寫按語、許瀚另外的跋文、鈐印等。以「詩文」而言，例如頁673〈夜坐〉，「詩後自注：『京師琉璃廠、火神廟自元旦興書市，逾望止。余初館賈曉湄吏部，次介休楊氏，現梁與亭太僕。』」頁726〈題泰山秦碑殘字〉，「稿本有注：『庚子歲作，補書於此。』」以「金石跋」而言，頁993〈跋〈隋刻邑義殘石〉〉，「抄本後有牟祥農案語：『此行在碑末，祥記。』蘇貽正收藏許瀚寄贈吳式芬冊頁有《邑義殘石》，亦記此刻，跋文曰：『在沂州府治西北古北大寺，今關帝廟大門外石階右偏南向。』」頁1013〈跋〈魏陳思王曹子建碑〉〉，「先後鈐印篆文陰刻『許瀚之印』方章一、篆文陰刻『印林』方章一、篆文陰刻『丁揚善印』方章一、篆文陰刻『艮善印信』方章一、篆文陰刻『丁少山』方章一。」以

「雜著拾遺」而言，例如頁 1041〈《左傳》重文〉「後有自注」，錄存許瀚自注：「《杜解補正》已有，似《日知錄》亦有『田巨鹿而焚』，足證是十一月非正月，不知亦有言及者否？周正月亦可焚，是亦不足辨。」

其四，簡介說明相關人事物，包括書信對象、文中涉及之人物事件等。以「詩文」而言，例如頁 761〈顧湘舟五十壽〉，「顧沅（1799-1851），字湘舟，長洲（今江蘇蘇州）人。道光間官至教諭。喜藏書，藏書、金石甲於三吳。建有書屋『懷古書屋』『藝海樓』，秘本、善本頗多。」以「信札」而言，例如頁 910〈與隋九香書〉，「隋九香，名隋汝齡，字九香。奉天人，許瀚同年舉人。道光二十八年（1848）至咸豐九年（1859）知江蘇贛榆縣。著有《遼海志略》。」說明相關人物事件，例如頁 863〈與王箓友書（三）〉，「許瀚在清江浦校刊《說文義證》一書時，因忙於《史籍考》一書，而將校刻事交薛壽、田普實二人，結果『校刻均不堪入目』。」又例如頁 893〈與丁伯才書（十一）〉，「弱侯（筆者按：「侯」誤「候」），指明日照籍狀元焦竑，為明代晚期著名思想家、藏書家、古音韻學家、文獻考據學家。」又例如頁 909〈與吳長飴書（三）〉，「奎峰書院，在日照，始建於明嘉靖年間，知縣馮舜田為之名，後因故停辦。至清道光年間知縣周瑞圖倡縣紳『集資』重建，仍名『奎峰書院』。」以「金石跋」而言，例如頁 1009〈跋《張黑女墓志》〉，「《張黑女墓志銘》是北魏晚期精美之作。清道光年間何紹基於山東發現此碑裱本。因海內孤本，故極為珍貴。現藏上海博物館。」以「雜著拾遺」而言，例如頁 1087〈擬《史籍考》校例〉，有長篇按語云：「《史籍考》，乾隆五十二年（1787），清畢沅主持醞釀和編纂，其中章學誠是主力人員。章學誠（1738-1801），字實齋，號少岩，清朝會稽（今紹興市）人，是著名的史學和教育家。自乾隆五十五年（1790）至五十九年（1794）的五年間，謝啓昆主持繼續編纂，胡虔、錢大昕等人一并參與。道光二十六年（1846），繼畢沅、謝啓昆之後，時任南河總督的潘錫恩主持再度續纂，對《史籍考》加以增訂，許瀚對此做了大量的工作。道光二十八年（1848）九月，潘錫恩病離南河總

督任，其離任時將許瀚等人所撰之稿收回，『寫成清本，待付手民』，進行了整理工作。從乾隆五十二年（1787）冬算起，至潘錫恩道光二十八年（1848）九月離任止，《史籍考》歷經六十個春秋，三易其主。但可惜的是，由於受太平天國起義的影響，此書沒來得及刊刻。更令人遺憾的是，咸豐六年（1856）潘家因戰亂殃及，『所居毀於火，藏書三萬餘卷，悉為煨燼』，而《史籍考》亦『與藏書同歸一炬，并原稿亦不復存』。」以「手跡輯存」而言，例如頁1106「秉初，許瀚妹婿、日照虎山東湖劉秉初，名元彝。著名宿儒劉紹緻子，逝於1857年七月。時許瀚正在海豐校書，同時幫助丁艮善審校《篆文〈論語〉》。得悉後『胸懷若割』（見《與丁少山書‧篆文論語附錄》），書此挽聯。」

其五，比較詳略，錄存異同。〈凡例〉第三條云：「對其中重出而內容多異者，在底本之外，校其異同、詳略，并出注。」對此，整理者採用兩種方法，一種是寫在篇末按語，另一種是當頁注。按語說明，例如頁733〈題未谷先生《戴花騎象圖》〉，「又袁行雲先生錄有《題桂未谷先生〈戴花騎象圖〉》一章，與此不同，茲錄於下：『汝南絕學，惟公克紹。止句斷獄，應免斯誚。騎象戴華，其業皇如。孰訪循良，請視此圖。』」至於「當頁注」，例如頁1080〈《荀子》校語〉，「案，《荀子‧議兵》篇蓋本於《丹書》《大戴》《金匱》《六韜》載文大同小異，當以《荀子》《大戴》為正。」出注云：「此案語許氏後刪，此入錄。」

三　《攀古小廬文集》整理疑誤舉隅

（一）部分用語有待商榷

書中部分用語待商榷。例如〈前言〉頁3，記述其父許致和「乾隆五十五年庚戌（1790）五月歲試入學，第二十名；嘉慶二年丁巳（1797）六月科試一等五名，由縣學升入府學；嘉慶五年庚申（1800）六月，科試一等三名，補廩生，時年三十一歲。」根據〈許致和年譜〉所載：「（乾隆五十五年）五

月，歲試入學，二十一名，學使鄒。」又載：「（嘉慶二年）六月科一等五名，補增，學使曹。攻讀經卷，參與科考。」可知本段敘述有幾處容待商榷：第一，「歲試入學」，〈許致和年譜〉係雜記當時學使考核，有「歲試」（生員考核）、「入學」（成為生員），許致和彼時參加乃是「歲試」而非「入學」。第二，「第二十名」，〈許致和年譜〉作「二十一名」，當根據年譜訂正。第三，無「縣學升入府學」事，對照〈許致和年譜〉可知是「補增」，即從「附生」升補為「增廣生員」（簡稱「增生」）。

又例如〈前言〉頁 6，「許瀚座師王引之受命纂修《康熙字典》」；頁 7，「許瀚座師王引之……」。「座師」為明清舉人、進士對主考官之尊稱，而許瀚師從王引之，是王氏擔任山東學政時主持「科考」，許瀚「科考第一」，得以准送鄉試，故不宜用「座師」稱王引之。

又例如〈前言〉頁 7，「許瀚中舉人之後，……在南北校書之暇，攻讀經卷，參與科考。」此時許瀚已中舉，勤讀用功準備參加「會試」而非「科考」。蓋「科考」為明清科舉制度之專有名詞，指各省學政考選秀才、生員，使其准送鄉試，不宜作為科舉考試之簡稱。

（二）文字、斷句、標點之疑誤疏漏

1　簡繁轉換致誤

本書文字採用繁體編排，惟偶見簡體，或因簡繁轉換反而致誤。簡體未改繁體，例如〈前言〉頁 4「毫厘不爽」，應是「釐」；頁 6「已届而立之年」，應是「屆」；頁 7「龔自闫」，應是「閆」；頁 17「湖广總督」，應是「廣」。正文部分，頁 412「高館岩跷倚玉屏」，應是「蹺」；頁 442「畢竟是豪杰」，應是「傑」；頁 473「仲云坡」，應是「雲」；頁 918「在京归還」，應是「歸」；頁 1106 倒數第三行「饮」、「阅」，應是「飲」、「閱」，皆是簡未轉繁。

因簡繁轉換反而致誤，例如頁 584「衝雞子一枚服之」，應是「沖」；

頁833〈《牙牌數》序〉第二、八、十三行的「麼五」、「麼六」、「麼二」、「麼二」,「麼」均應是牙牌之「么」;頁845「昔人論種明逸云」,「種」應是「种」,种明逸即种放（955-1015）,字明逸（一作名逸）,自號雲溪醉侯,北宋洛陽人,宋初知名隱士;頁1026「《捲耳》」,應是「卷」;頁1037「周公製禮」,應是「制」。

2 文字訛誤、脫漏

文字訛誤,例如〈前言〉頁1「許翰家族」,應是「瀚」;頁2「登成鈞」,應是「均」;頁6「拔貢成鈞」,應是「均」;頁16「凌廷勘」,應是「堪」。又正文頁412「以瑩地故」,應是「塋」;頁425「競日大風」,應是「竟」;頁534「發古榜,泰兆瀛第一」,應是「秦兆瀛」;頁844「錄自《顧黃書寮雜錄》」,應是「寮」;頁893「弱候」,應是「弱侯」;頁931「所留銀子未用,到館仍膽錢數千」,應是「賸」。

文字脫漏,例如頁1112「惟高太史不善畫,楊憲使、徐方伯、張太畫筆余嘗見之」,所指高、楊、徐、張四人,即明代初年高啟、楊基、徐賁、張羽,並稱「吳中四傑」,以詩聞名,世人將他們與初唐四傑王楊盧駱相比擬。其中,張羽曾任太常寺丞,故知「張太」脫漏一字,應是「張太常」。

除上述外,亦有符號羼入的情況,見下冊《攀古小廬手迹輯存》卷三〈《說文義證》寫刻始末〉（頁1116-1127）,在記錄開支金額前偶而出現人民幣「￥」符號,顯係打字誤羼。

3 斷句標點錯誤

書中偶見標點符號、斷句有疑誤處,例如:頁461「《范三家詩》《馮三家詩》」,應作「范《三家詩》、馮《三家詩》」,指范家相《三家詩拾遺》、馮登府《三家詩遺說》;頁486「送吉園先生《學庸》《講時文稿》二種」,應

作「送吉園先生《學庸講》、《時文稿》二種」。

又例如頁 494,「題:下學而上達,知我者其天乎。有所不足不敢不勉。以為未嘗有材焉,是豈山之性也哉。白駒空谷。得人字。」此段指頭場考《四書》三篇、試帖一首,題目分別出自《論語・憲問》:「上學而下達,知我者其天乎!」《中庸》:「有所不足,不敢不勉。」《孟子・告子上》:「以為未嘗有材焉,此豈山之性也哉!」及試帖詩題為:「白駒空谷得『人』字」。故「題」字以下標點斷句宜作「下學而上達,知我者其天乎」、「有所不足,不敢不勉」、「以為未嘗有材焉,是豈山之性也哉」、「白駒空谷得『人』字」。

又例如頁 495,「題:是以君子慎密而不出也,同律度量衡,何以舟之,維玉及瑤鞞琫容刀,夏叔孫豹如晉(襄四),故貫四時而不改柯易葉。」此段指做《五經》義的五道題目,分別出自《周易・繫辭傳上》:「是以君子慎密而不出也。」《書經・虞書・舜典》:「同律度量衡。」《詩經・大雅・公劉》:「何以舟之,維玉及瑤,鞞琫容刀。」《春秋》:「夏,叔孫豹如晉。」《禮記・禮器》:「貫四時而不改柯易葉。」故「題」字以下標點斷句宜作「是以君子慎密而不出也」、「同律度量衡」、「何以舟之,維玉及瑤,鞞琫容刀」、「夏,叔孫豹如晉(襄四)」、「故貫四時而不改柯易葉」。

又例如頁 495,「飯後搬出城,住心齋處。小寓房,二千四百,飯三千」,應作「飯後搬出城,住心齋處小寓,房二千四百,飯三千」。

(三)按語存疑待考,有可增補訂正者

例如頁 919〈與湘山書〉,按語云:「湘山,不詳何人。」從許瀚稱其「湘山五兄大人閣下」,古代書中尊稱位居三公、郡守此類高官者為「閣下」;又查清中葉字號「湘山」之官員僅一人,即何樞(1824-1900),字拱辰,號紫垣、湘山,河南祥符人,咸豐六年(1856)進士,曾任吏部郎中、湖南常德

府知府、湖南長沙府知府、四川按察使、湖南布政使、山西布政使等職。[10]官職尊稱、字號相符,故推知湘山應是何樞。

又例如頁965,「李遇孫,生卒年不詳。」關於李遇孫之生卒,學界多記其「不詳」,例如《中國錢幣大辭典・泉人著述編》云:「字金瀾,生卒年不詳。」[11]惟據嚴文郁《清儒傳略》所記,生於清乾隆三十年(1765),卒年約在道光十九年(1839)以後;[12]陳秀玉《李遇孫《尚書隸古定釋文》研究》從其說。[13]桑椹點校《金石學錄三種》云:「李遇孫(一七六五-?)。」[14]江慶柏《清代人物生卒年表》亦記云:「乾隆三〇年-?(1765-?)。」[15]則李遇孫之生年可據以錄入。

又例如頁1127,「孔蒨華,事迹不詳。查《許瀚日記》,1853年四月初七,許瀚著人送《說文義證》原本五十本至曲阜孔憲庚處。孔憲庚父親為孔昭杰峻峰,此孔蒨華不知孔經之何人。」孔蒨華,即孔憲恭。可參考王獻唐《顧黃書寮雜錄》收錄楊至堂〈致許印林書〉第八札云:「桂未谷先生(即:桂馥)著有《說文義證》,原稿存曲阜孝廉孔蒨華(孔憲恭,生卒年不詳,字少叔,號倩華,孔子第七十二代子孫)家。」[16]

(四) 收錄文獻與凡例不合

根據〈凡例〉第三條「捉刀之作不錄。」然頁831-832《攀古小廬詩文》

---

[10] 何樞之仕宦經歷,可查詢中央研究院歷史語言研究所「清代職官資料庫」,網址:https://newarchive.ihp.sinica.edu.tw/officerc/officertp?@@0.6162172202179996(2025年4月3日上網)、中央研究院近代史研究所「清季職官表查詢系統」,網址:http://ssop.digital.ntu.edu.tw/(2025年4月3日上網)。
[11] 中國錢幣大辭典編纂委員會編:《中國錢幣大辭典・泉人著述編》(北京:中華書局,2007年),頁36。
[12] 嚴文郁:《清儒傳略》(臺北:臺灣商務印書館,1990年),頁81。
[13] 陳秀玉:《李遇孫《尚書隸古定釋文》研究》(臺北:國立臺灣師範大學國文研究所博士論文,2012年),頁12。
[14] 清・李遇孫、清・陸心源、褚德彝著,桑椹點校:《金石學錄三種》(杭州:浙江人民美術出版社,2017年),〈點校說明〉,頁2。
[15] 江慶柏編著:《清代人物生卒年表》(北京:人民文學出版社,2005年),頁295。
[16] 王獻唐:《顧黃書寮雜錄》,頁147-148。

卷八收錄〈魏笛生《駢雅訓纂》序〉一文，篇末按語云：「此序為許瀚代潘錫恩所撰。作於道光二十八年戊申（1848）。道光間，魏茂林撰《駢雅訓纂》一書，索序於南河河道總督潘錫恩，時許瀚於清江浦為之代筆。」是許瀚捉刀之作，不宜收入。

四 結語

　　傅斯年的名言：「上窮碧落下黃泉，動手動腳找東西。」勉勵蒐集史料必須踏踏實實下功夫，許瀚著作多而散佚，窮搜匯聚之難可想而知。曹漢華先生以整理許瀚著述為職志，關注整理已逾二十年，真積力久，粲然可觀，規劃編成一套涵蓋小學、金文、石刻、詩集、尺牘、校勘語錄、日記、書跋題記、書法、文集、研究文集，篇幅多達百萬字的「許瀚學術總集」，這部《攀古小廬文集》僅是先行出版的一部分。如同本書〈前言〉列舉了許瀚在目錄版本學、樸學、金石學、校勘學、方志學、地理學、書法學七項上的學術成就，翻閱《攀古小廬文集》，我們便能窺見其治學撰述之稽古博涉。筆者碩、博士論文以許瀚、道咸山左金石學為題，長期留意許瀚及清代金石研究，《增廣許瀚年譜》及《攀古小廬文集》為案頭必備。在出版這兩部佳作之後，曹先生熟諳文獻，持續整理，再加上《攀古小廬文集》中提及部分資料受限於條件，暫時無法錄入，尚待補苴罅漏，是以翹首企盼「許瀚學術總集」早日面世，造福學林。

贛州忘歸岩魯元將軍「可歸」摩崖題刻的空間分析

雷晉豪[*]

一　前言

　　自北宋以來，金石學探索了石刻史料的文字與書法，發掘其證經補史的價值，取得重要的學術成就。然傳統金石學主要以拓本作為研究資料，而由於拓片是以單篇題銘為單元製作，故不免將銘文抽離於其物質脈絡。在不同類別的石刻史料之中，摩崖石刻是最受影響的一個類別。

　　摩崖石刻是以自然山體作為銘刻的物質載體，且同一片山體往往尚有其它石刻，但由於拓片是針對單篇題銘進行拓印，這就不免將摩崖銘刻抽離於其所座落的空間情境，將研究對象窄化為個別的題刻，形成盲點。本文所討論的魯元忘歸岩題刻即其一例。

　　江西贛州的通天岩景區包含了多座岩體，其中一座名為忘歸岩，其上有一幅近人題銘，共三行（圖一）：

圖一[1]

可歸

民國卅七年用石鼓文
字題巖　子真魯元

　　題銘行款自右左行，高 80 公分，寬 60 公分，大字字徑約 30 公分，落款小字字徑約 8 公分。[2]右方二大字通行隸定為「可歸」（其應隸定為「可歸」或

---

[*] 香港教育大學文學及文化學系助理教授。
[1] 本文中的通天岩照片均作者自攝。
[2] 贛州市政協學習文史委員會編：《丹崖悠悠：通天岩題記集錦》（北京：中國文史出版社，

「可逮」詳後論），左方二行小字書明其作者為魯元，字子真，題寫字體為石鼓文，落款年代為民國三十七年（1948）。

通天岩擁有大量自唐、宋以迄近代的摩崖題銘，魯元題銘是其中最晚的一品。在通天岩的眾多題刻之中，魯元題刻無論是其文字、書法或內容均無特出之處，故歷來未有深究。然而，前人均忽略了若考量魯元題銘的人文地理背景，則其中似尚有深意。蓋魯元題銘座落的山體名為「忘歸岩」，是通天岩之中的著名勝景（圖二、圖三）。其地貌為一道狹長的紅色丹霞山體，其中布有天然石洞，道路自其間穿行。遠遠望去，其紅色丹霞山體與石洞是天然奇觀，而身處石洞之中，兩側尚有石床可以躺臥，每當清風來襲最為愜意，故自古深受遊人喜愛。古人以「忘歸」名之，意指其風景使人流連忘返。是故在通天岩之中，忘歸岩兩壁擁有最多題銘，且其中最著名者為王陽明所題（圖四）：

　　青山隨地佳，豈必故園好。
　　但得此身閒，塵寰亦蓬島。
　　西林日初暮，明月來何早。
　　醉臥石床涼，洞雲秋未掃。（《丹崖悠悠》，頁30）

描述其醉臥忘歸岩石床的閒適心境，其後踵陽明唱和者眾，多寫景寄情，奠定了忘歸岩的人文基調。相形之下，魯元在忘歸岩題寫「可歸」，豈不是在煞風景嗎？且按魯元非不解風情之人，其自幼通曉舊學，長而師從趙藩、章太炎，精於詩詞，工於書法篆刻，與于右任、齊白石游，出版《九天一草廬詩稿》、《大地永春閣詞草》等創作文集。魯元推崇陽明學的「知行合一」精神，以「力行良知」教導子孫，[3]則其於王陽明流連忘返的忘歸岩上題寫「可歸」，豈不是在與前賢唱反調嗎？

　2001年），頁73。以下簡稱《丹崖悠悠》。
[3] 魯元：〈家父遺留書訓〉，收於政協劍川縣委員會編：《白族抗日將領魯元詩文集》（昆明：雲南民族出版社，2015年），頁357-361。

图二　　　　　　图三　　　　　　图四

　　以上有關魯元「可歸」的思考顯示，看似平凡無奇的字義，若與其所寄託的地理空間及其相關題銘等量齊觀，就不免出現矛盾，這就提示了一種不同於傳統金石學的研究方法。本文認為，若要完整理解摩崖題刻作者的旨意，除了字義之外，尚須考量銘文身處的地景脈絡。羅杰・夏蒂埃（Roger Chartier）云：

> 文本特定的歷史學或社會學意義，都依賴媒材條件和物理形式而存在，這是它們被讀者看到的前提。[4]

韓文彬（Robert E. Harrist, Jr.）強調：

> 在內容之外，文本的物質表徵是其所有符號功能中永不缺席的一個方面。[5]

二氏均指出了銘文座落的物質情境為作者旨意的重要組成部份。由於摩崖石刻往往位於城郊以外的山體，故必然是在旅行之中被解讀。清代陳元龍〈龍隱洞〉云：

> 看山如觀畫，游山如讀史。[6]

---

[4] Roger Chartier, *Forms and Meaning: Texts, Performances, and Audiences from Codex to Computer*, Philadelphia: University of Pennsylvania Press, 1995, p. 22. 譯文引自韓文彬著，王磊、霍司佳譯：《銘石為景：早期至中古中國的摩崖文字》（北京：北京大學出版社，2024年），頁11。
[5] 韓文彬著，王磊、霍司佳譯：《銘石為景：早期至中古中國的摩崖文字》，頁11。
[6] 原文刻於桂林龍隱巖。

「游山如讀史」描述了摩崖石刻作為旅途中的地景被觀看的過程。韓文彬提出了「游走式閱讀（peripatetic reading）」的概念，[7]說明旅行者穿行於空間中閱讀摩崖石刻的過程，具體而言應包含石刻所在的地名、旅者的遊覽路線以及題銘之間的相互關係。從這個角度審視忘歸岩的魯元題刻就會有新的認識。

以下首先對魯元題刻作文字學的分析，再將魯元題刻回歸其空間脈絡，並結合魯元詩文，以解讀魯元的內心世界。

二　魯元與通天岩

魯元，字子真，1907 年生於雲南劍川縣，白族人。少時承家學與塾師學習古典經史，長而赴昆明，師從趙藩，又赴上海、蘇州，受李根源引薦，師從章太炎。1927 年考入黃埔軍校，展開戎馬生涯，於北伐與抗日戰爭屢建功勳，逐步升遷至中將，領導國軍第 58 軍。1945 年抗戰勝利，任華中戰區中將受降指導官。1947 年調任贛南師管區中將副司令，駐吉安。1949 年因病滯留桂林，期間第 58 軍潰敗，魯元拒白崇禧之邀，未赴臺灣。1950 年於北京與解放軍朱德等人見面，然亦拒絕解放軍的職務，決意返回雲南。惟返鄉後屢受政治運動波及，1976 年始獲平反，任雲南省政協委員。晚年寄情於學術，曾出版《離騷講義》、《子真心書》、《詩經講義》、《為將之道》等，並撰寫抗戰回憶錄，是國軍著名的忠黨愛國之士與軍中儒將。[8]

魯元之女魯天寧運用父親的回憶錄結合多種資料，編輯有《魯元將軍年譜》，[9]然並未記錄魯元赴通天岩一事。據忘歸岩題刻其事在民國三十七年（1948），查《年譜》1948 年 12 月 2 日魯元由吉安赴贛州團管區巡視，次

---

[7] 韓文彬著，王磊、霍司佳譯：《銘石為景：早期至中古中國的摩崖文字》，頁 17。
[8] 張笑：〈魯元將軍傳略〉，政協劍川縣委員會編：《白族抗日將領魯元詩文集》，頁 1-6。林海：〈魯元將軍年譜綜述〉，政協劍川縣委員會編：《白族抗日將領魯元詩文集》，頁 3-6。
[9] 魯天寧：《魯元將軍年譜》，政協劍川縣委員會編：《白族抗日將領魯元詩文集》，頁 11-68。以下簡稱《年譜》。

年1月已調赴武漢(《年譜》，頁46-47)，推測其題寫忘歸岩一事在1948年12月2日之後至1949年1月之間。

　　1948年魯元駐贛南期間，留下數件題寫，忘歸岩題刻為其中之一。據《年譜》，魯元1948年調赴贛南後成立「贛風社」，與附庸風雅之士交游，並醉心於篆刻與書畫。該年夏季遊吉安青原山，應青雲寺住持之邀題「迎風橋」額，[10]又應吉安教會之邀題「福音堂」巨額，則其同年底的忘歸岩題刻究係魯元一時之興會，還是應時人之邀請呢？

　　按通天岩位於贛州城區以北約十公里，明嘉靖《贛州府志》云「石峯環列如屏，巔有一竅通天」，故以通天岩為總名。通天岩內又分為觀心岩、忘歸岩、龍虎岩、通天岩與翠微岩等山體，其上分佈著自唐、宋以來的佛教造像石龕315處，造像約359尊，以及摩崖題刻128品，自古為贛州勝景。[11]蔣經國主政贛南時，將通天岩打造成國民黨的重要據點。蔣經國在通天岩改造石窟，稱之為「避暑山房」，又建築俄式風格的洋樓作為舞廳，其僚屬袁清夷則為通天岩題「江南第一石窟」題辭，至今引為景區標語。抗戰勝利後，1946年蔣介石、蔣經國曾同赴通天岩視察，1947年國軍將通天岩中的龍虎岩改建為軍火庫，意外炸毀龍虎岩的摩崖題刻19品。[12]國共內戰末期，蔣介石曾計劃將張學良與趙四小姐軟禁於通天岩，樓已修訖，卻因中央政府遷臺而未果。[13]

　　由此可見，蔣經國主政贛南時期，通天岩成為國民黨高層的重要據點，抗戰勝利後仍為黨國高層的要地。故1948年12月魯元以國軍「贛南師管區副司令」的身份視察「贛州團管區」，其贛州部屬引領長官參觀通天岩自是情理之中。從其在贛南期間多應酬題額的行事看來，魯元在忘歸岩的題刻

---

[10] 魯元〈與吉安贛風社友好游白鷺洲即句〉有「茶罷老僧捧巨硯，迎風縱筆為題橋」，《白族抗日將領魯元詩文集》，頁209。
[11] 張總、夏金瑞：〈江西贛州通天岩石窟調查〉，《文物》1993年第2期（1993年2月），頁48-59。
[12] 贛州市政協學習文史委員會編：《丹崖悠悠》，頁76。
[13] 贛州市政協學習文史委員會編：《丹崖悠悠》，頁73-74。

雖不無可能是一時興起，但更可能是應贛州同僚的邀請而作，而其在黨國重地的題寫也必然對時局有針對性的意義。

三 「可歸」或「可逮」

通行說法將魯元的忘歸岩題刻隸定為「可歸」，但就文字學而言，《說文解字》小篆「歸」字作「歸」，而「逮」字作「逮」，故若以小篆為參照，題銘的第二字似乎更適合隸定為「逮」。按《說文》逮者「及也」，二字自可釋為「可逮」。但若回歸到忘歸岩的情境之中則「可逮」的句意不明，且與忘歸的地名缺乏關連，故該字究應隸定為「歸」或「逮」實有討論餘地。實際上，「歸」與「逮」的矛盾反映了當今的文字學知識，魯元題寫之時「歸」才是主流見解，以下從該字的拓本流傳與自隸定史說明之。

據題款魯元自云是以「石鼓文字題巖」，而在存世的石鼓文拓本中，「歸」字僅於〈霝雨〉篇中一見。由於元、明之間的安思遠本〈霝雨〉篇已經大面積泐損（圖五），[14] 故魯元所據必為宋代的拓摹本或仿宋拓本保存的「歸」字。

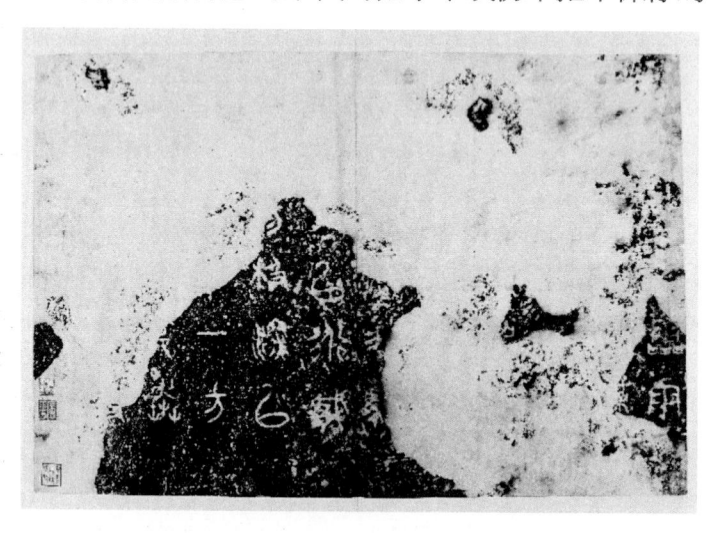

圖五　安思遠本石鼓文〈霝雨〉篇

---

[14] 馬成名主張更名為「陳元素本」，見馬成名：〈目前所知《石鼓文》存世最早拓本〉，馬成名：《石鼓文研究新析》（上海：上海書畫出版社，2024 年），頁 49-60。

查民國初期較易得的〈霝雨〉篇宋代拓摹本或仿宋拓本有三：薛尚功《歷代鐘鼎彝器款識法帖‧岐陽石鼓九》（以下簡稱《歷代》）；[15]阮元據天一閣藏北宋拓本復刻的《儀徵阮氏重橅天一閣北宋石鼓文本》（以下簡稱《重橅》，分嘉慶二年〔1797〕杭州府學本與嘉慶十二年〔1807〕揚州府學本，此處不細究），以及 1919 年秦文錦古鑑閣宣稱得到明代錫山安桂坡十鼓齋藏，而以珂羅版印製的《周石鼓文：古鑑閣藏宋拓本》（秦氏稱「中甲本」，即後所謂「中權本」），一直到三零年代，該社又以《周石鼓文：明錫山安氏十鼓齋藏第一本》、《宋拓石鼓文》等書名將該拓本多次再版（圖六）。[16]

圖六

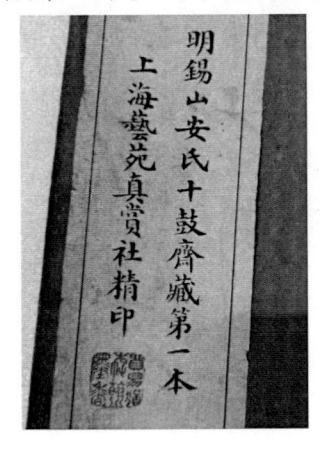

在上述三種拓摹本中，薛尚功《歷代》（圖七）附有釋文，隸定為「歸」。阮元的《重橅》天一閣本雖無釋文，但保留了銘文的佈局（圖八），從前後文可知應以「舫舟西歸」四字斷句（圖九），且作者的理解應為「歸」字。其銘文云：

---

[15] 北宋‧薛尚功：《歷代鐘鼎彝器款識法帖》（北京：中華書局，1986 年），頁 94-95。
[16] 秦文錦：《周石鼓文：古鑑閣藏宋拓本》（上海：上海藝苑真賞社，1919 年）。馬幾道（Gilbert L. Mattos）認為中甲本是 1930 年代出版，此誤，該拓本自 1919 年後多次再版。馬幾道的說法，見 Gilbert L. Mattos, *The Stone Drums of Ch'in*, Nettetal, West Germany: Steyler, 1988, pp. 57-58. 必需指出，依據最近研究，所謂十鼓齋拓本，包含上海藝苑真賞社的印製本，現藏日本三井紀念美術館的先鋒本、中權本、後勁本，以及近年來古物市場上流傳的十鼓齋藏本，均為清末民初以墨曬法仿宋拓的偽作，見馬成名：〈明朝安國十鼓齋《石鼓文》之我見〉，《石鼓文研究新析》，頁 1-48。

　　　　□□□癸，需雨□流。迄湧湧盈，淲淒君子，既涉涉馬，□流汧兮。[17]
　　　　洎洎溇溇，[18]□□□□，舫舟西歸。□□自廓，徒馭□□。隹舟以行，
　　　　或陰或陽。極深以戶，□于水一方。

詩文用韻，「癸」、「溇」、「歸」屬一組，而「行」、「陽」、「方」為一組。前一組「癸」、「溇」為脂部，「歸」屬微部，脂微旁轉。後一組則是押陽部韻。由此可見，詩文用韻極盡工巧，若將「舫舟西歸」釋為「舫舟西逮」，「逮」的上古音屬月部，不能協韻。

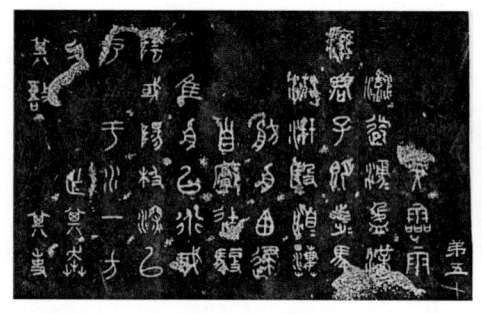

圖七　　　　　　　　　　　圖八　　　　　　　　圖九

　　　　秦文錦的上海藝苑真賞社本未附釋文，然查同社於民國十年（1921）出版的《碑聯集搨·周石鼓文·古鑒閣藏》，[19]書的前半為光緒二年（1876）宗室盛昱重摹阮元嘉慶二年杭州府學拓本，後半為集聯拓本，其中有五言「邋馬載禽歸」（圖十）、「漁舟日夕歸」（圖十一），以及七言的「盈天微雨一歸舟」（圖十二）等句，[20]說明《碑聯集搨》將該字理解為「歸」而非「逮」。

---

[17] 「殹」諸家釋為「也」或「兮」，然就句法而言，該字不宜釋「也」，見 Gilbert L. Mattos, *The Stone Drums of Ch'in*, pp.172-175.

[18] 「溇溇」二字之釋從徐寶貴，徐氏並引「有渰萋萋，興雨祈祈」，以為「雲行貌」。見徐寶貴：《石鼓文整理研究》（北京：中華書局，2008年），頁777-778。本文認為「萋萋」應採草木茂盛之意，如《詩經·出車》「卉木萋萋」，《詩經·葛覃》「維葉萋萋」，以及《詩經·秦風·蒹葭》「蒹葭萋萋」，「萋萋」即「蒼蒼」，「盛也」。〈需雨〉「洎洎萋萋」形容汧河的水勢以及兩岸草木茂盛的風貌。關於此句，有學者斷句為「汧殹洎洎，萋萋□□」，例如唐蘭：〈石鼓年代考〉，《故宮博物院院刊》1958年第1期（1958年4月），頁4-34。董珊：〈石鼓文考證〉，董珊：《秦漢銘刻叢考》（上海：上海古籍出版社，2020年），頁67。本文認為「洎洎萋萋」其後缺文亦應為重文結構，如《詩經·卷阿》「菶菶萋萋，雝雝喈喈」之句型，故斷讀為「洎洎溇溇，□□□□」。

[19] 秦絅孫：《碑聯集搨·周石鼓文·古鑒閣藏》（上海：上海藝苑真賞社，1921年）。

[20] 秦絅孫：《碑聯集搨·周石鼓文·古鑒閣藏》，頁29、34、40。

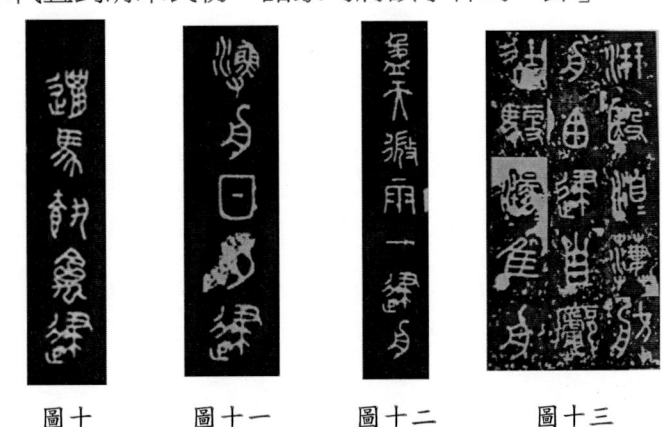

實際上，自宋代直到清末民初，諸家均將該字釋為「歸」。[21]

| 圖十 | 圖十一 | 圖十二 | 圖十三 |

將該字讀為「逮」始自羅振玉〈石鼓文考釋〉，其云：

> 此字鄭釋歸，誤……鼓文以⿱⿱象手持尾，即《說文》之逮……及也。[22]

強運開（1867-1932）《石鼓釋文》總結了該字的隸定過程云：

> 此篆自薛尚功及阮摹天乙閣、甲秀堂諸本誤摹作歸，遂致諸家皆釋作歸，蓋本《說文》籀文歸省作𠬪耳。今按安氏十鼓齋藏北宋拓弟一本作逮，中豎直通至上，是羅氏釋為逮字之說益信而有徵矣。[23]

強運開著《石鼓釋文》時，後勁本尚未出版（1936年始由中華書局以《北宋拓石鼓文》一卷出版），故其所謂「安氏十鼓齋藏北宋拓」是指上海藝苑真賞社印刷的中甲本。該拓本出版後一時頗為風行，故學者每引用之與薛尚功與阮元本對讀。[24]依強氏所論，隸定該字的關鍵是「帚」部件豎劃是否貫通。薛、阮本豎劃不上通，而在安氏本中則豎畫上通（圖十三），故強運開

---

[21] 自南宋鄭樵以至清末民初，諸家均釋為「歸」，見由雲龍《石鼓文彙考》引用南宋王厚之《古文苑》、元代潘迪《石鼓文音訓》、明代楊慎《石鼓文音釋》等書，收於許錟輝主編：《民國時期語言文字學叢書》（臺中：文听閣圖書有限公司，2009年），頁10、40、122。又見明代陶滋《石鼓文》、李中馥《石鼓文考》、清代朱彝尊《欽定日下舊聞考‧石鼓文》，收於陳紅彥、于春媚輯：《國家圖書館藏石鼓文研究資料彙編》（北京：國家圖書館出版社，2014年），第1冊，頁223、386、458。
[22] 羅振玉：〈石鼓文考釋〉，羅振玉：《羅雪堂先生全集三編》（臺北：文華出版公司，1970年），第3冊。
[23] 強運開：《石鼓釋文》（臺北：藝文印書館，1976年），頁164-165。
[24] 田步蟾：〈石鼓釋文‧序〉，頁13-16。

支持羅振玉讀為「遱」的學說。值得注意的是，儘管羅振玉與強運開提出了隸定為「遱」的學說，但在當時應是一種小眾的學說，僅限於學者間的討論。

釐清了該字在諸版本中的字形差異以及隸定史，則不難理解當今文字學者認知到的字形與字義矛盾，其實是基於近年古文字學研究深化後的知識，卻不等同於魯元題刻之時的知識。按魯元題刻的字形作「䢜」，「帚」部件豎劃貫通，故知其字形必然採自所謂十鼓齋的拓本。再考量魯元〈題石鼓文七絕〉知其開始欣賞石鼓文的時間大約在 1934 年：

雄渾古逸復雍容，奇韻攸歸眾妙鍾。

浩瀚天機垂異迹，彪炳萬代藝林宗。

1934 年冬月[25]

此時中華書局的「中權本」以及郭沫若《石鼓文研究》均未出版，故魯元所依據的只能是上海藝苑真賞社的「中甲本」。但魯元對該字的字義則最可能是宋代以來通行的「歸」字解，而較不可能採用當時尚屬小眾的「遱」字解。故魯元以該字形表達「歸」其實是兩條學術傳統的結合，其字形引用自民國時期流行的上海藝苑真賞社本，其字義則承襲了宋儒以降的主流見解，在魯元的知識體系之中，其字形與字義不只沒有不協和之處，反而是傳統與前沿的完美結合。[26]

---

[25] 魯元：〈題石鼓文七絕〉，《白族抗日將領魯元詩文集》，頁 106。

[26] 以上論證魯元對該字是承宋人理解為「歸」字，至於石鼓文中該字究應釋為「歸」或「遱」則是另一個問題，由於與本文主旨無涉，以下只簡單表達些意見。按該字自羅振玉釋「遱」後，由於十鼓齋拓本中該字「隶」部件豎畫上通，近人多從此說。然馬成名已證實所謂十鼓齋拓本為偽作（本文注 16），又考古出土材料中，豎畫上通的「隶」部件不能早於戰國晚期，如「隸」《睡·封 51》，「高奴禾石權」「隸」（《集成》10384），《里耶》8-135，以及《嶽麓一》質二 44（《戰國文字字形表》卷二），而石鼓文的年代據陳昭容說法在春秋晚期至戰國早期，這個時期「隶」的豎畫均未上通，如楚簡「隶」作「𢑚」（《郭店·尊》31），「遱」作「𨓚」（《郭店·語》1.75），秦簡「隸」作「隸」（《睡虎·秦》96），故不可能出現豎畫上通的「遱」，再度證實所謂十鼓齋拓本為偽作。此字在石鼓文中的原貌自應以薛尚功《歷代》以及阮元《重橅》本近是，書作「䢜」。在石鼓文的時代，這個字無疑能讀為「遱」，關鍵是有無可能讀為「歸」呢？本文認為，若以西周晚期的《說文》籀文「歸」省作「𨓚」，應是「歸」的異體，而石鼓文為籀文系統的文字，故類似異體被石鼓文採用是可能的，則宋人讀為「歸」還是有其依據。故此字之釋讀尚有待討論。關於石鼓文的年代，見陳昭容：〈秦公簋的時代問題：兼論石鼓文的相對年代〉，《中央研究院歷史語言研究所集刊》，第 64 本第 4 分（1993 年 12 月），頁 1077-1120。

四　魯元題刻的空間分析

循著「可歸」的釋讀，本節進一步探討「可歸」的空間脈絡，以呈現魯元題刻所欲傳達的意涵，具體而言則包含了忘歸岩在通天岩景區中的位置、忘歸岩的地名涵義，以及忘歸岩摩崖石刻的相互關係。以下先討論第一個課題。

今人由票房進入通天岩後的遊覽依序行經忘歸岩、龍虎岩、通天岩、翠微岩四塊主要山體。其中，忘歸岩的山體中有天然石洞，道路由其中穿行而過，故山體的兩壁均有摩崖題刻。今人將進入景區後首先抵達的一側稱為忘歸岩正面，而將穿越石洞後的另一側稱為忘歸岩背面。在忘歸岩正面中央刻有清代明理題「忘歸岩」三個醒目的大字（圖二。《丹崖悠悠》，頁 67），這就不免啟人疑竇，何以游客甫入景區即以「忘歸」相迎呢？實際上，忘歸岩是在近代公路開闢之後才成為景區的第一岩，古人的遊覽順序與現代相反。按「忘歸岩」之名已見諸南宋嘉定癸未胡榘刻辭：

> 嘉定癸未春，郡守胡榘、別乘趙崇雋、贛令趙水盥劭農西郊，竣事，同遊通天巖。觀趙清獻公之題刻，訪陽隱翁誦東坡之贊詩，歷翠微、忘歸二品，徘徊玉巖之下，久之，迺登山椒亭，由慧燈小嵓之路而返。[27]

胡榘的敘述顯示南宋時期忘歸岩為通天岩的最後一景，至清代遊覽順序仍大抵如此。清初邱成和[28]〈游忘歸岩記〉云：

> 自通天岩陟其巔，歷元帝閣，緣峭壁下穿石竇出，至忘歸岩，巖壁有王文成公詩……蓋至忘歸巖則境愈奇矣。[29]

嘉慶十年（1805）廖寅〈遊通天巖記〉記其旅遊順序亦同：

關於籀文的時代以及石鼓文與籀文相符之例，見陳昭容：〈王國維「戰國時秦用籀文六國用古文說」平議〉，陳昭容：《秦系文字研究》（臺北：中央研究院歷史語言研究所，2005 年），頁 15-46。

[27] 邵啟賢編：《贛石錄》，收入《石刻史料新編‧第三輯‧地方類》（臺北：新文豐出版公司，1986 年，民國九年〔1920〕石印本），第 12 冊，卷 1，頁 832。

[28] 邱成和的生存年代據「中國歷代人物」推算出生年約 1644 年，故約當清初。「中國歷代人物」，網址：https://inindex.com/biog/（2025 年 2 月 30 日上網）。

[29] 清‧黃德溥等修，褚景昕等纂：《江西省贛縣志》（臺北：成文出版社，1975 年，清同治十一年〔1872〕刻本，民國二十年〔1931〕重印本），頁 1856。

>謁陽玉巖之像，讀蘇公之贊……由龍虎巖折而西出洞天，至忘歸巖誦王陽明先生題咏及諸前人石刻，流連久之。[30]

李君涵〈游通天岩記略〉亦佐證忘歸岩為最後一景，故古代的遊覽順序應為翠微岩、通天岩、龍虎岩、忘歸岩。[31]

這個遊覽順序可以從文物的時間分佈得到佐證。張總、夏金瑞對通天岩的造像與題記作了全面調查，佐以常雪超的修訂，運用紀年題記以及造像的造型風格等指出，通天岩景區中的造像始於翠微岩，時代為晚唐五代，宋代文物分佈在翠微岩、通天岩，龍虎岩則多南宋、明代題刻，至忘歸岩則以明、清為主。[32]文物的分佈反映了通天岩的開發順序，亦間接佐證了文人紀錄的遊覽順序。由此可知，從南宋以至清代漫長的歷史積澱之中，忘歸岩均為通天岩景區中的最後一景，故以「忘歸」二字作為旅遊的總結。

在忘歸岩中，魯元刻辭又是處於最醒目的總結性位置。依常雪超的調查，忘歸岩正面共有 38 品摩崖題刻，其分佈以王陽明題刻（圖十四，第 12 品）為中心，陽明題刻之右為明理的「忘歸岩」三大字（圖十四，第 10 品），標示了該山體的地名，而魯元題刻係位於忘歸岩的右上側（圖十四，第 2 品）。由於忘歸岩右側的題刻只有 4 品，分佈密度較為稀疏，且第 3、4 品（圖十四）已經磨滅，故魯元題刻占據了忘歸岩右側其最醒目的高處，從古人的遊覽路線而言，可謂是整個通天岩景區的總結性刻石。

---

[30] 黃德溥等修，褚景昕等纂：《江西省贛縣志》，頁 1864。
[31] 常雪超：〈贛州通天岩摩崖石刻題記研究〉，《贛南師範大學學報》2021 年第 1 期（2021 年 1 月），頁 90-98。
[32] 張總、夏金瑞：〈江西贛州通天岩石窟調查〉，頁 48-59。常雪超：〈贛州通天岩摩崖石刻題記研究〉，頁 90-98。按：圖十四引自常雪超：〈贛州通天岩摩崖石刻題記研究〉，頁 91。

忘归岩摩崖石刻题记分布图（正面）

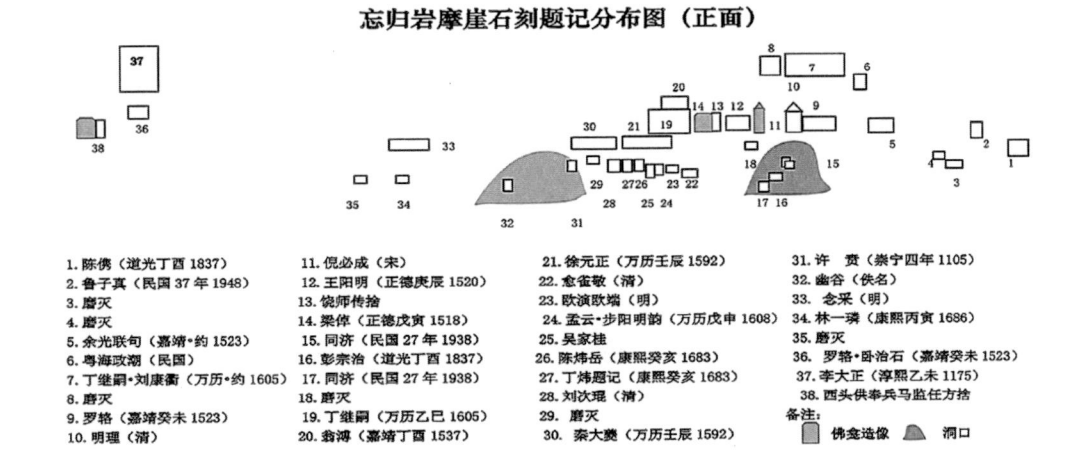

图十四

　　若考量魯元題刻與忘歸岩其它諸品的關係，則魯元的「可歸」更是忘歸岩中的異數。按忘歸岩正面自王陽明題刻之後唱和者眾，多仿陽明詩以借景抒情。王陽明的學生翁溥〈奉和陽明先師韻一首〉云：

　　朝來風雨過，真寂洞崖好。

　　晴霞帶白雲，游歷凌三島。

　　緬彼飛舄人，步虛何太早。

　　洞口空復春，花落無人掃。（《丹崖悠悠》，頁36）

又如孟雲和王陽明詩云：

　　人言此處佳，今到果然好。

　　氣象懸高奇，巉岩似海島。

　　澗松含晚翠，野鳥鳴春早。

　　逸興步徐徐，山花任人掃。（《丹崖悠悠》，頁50）

另有多品則藉忘歸岩之名強調了「歸」字，闡發了忘歸的意涵。丁繼嗣〈飲忘歸岩〉：

　　洞天鑿出半層岩，別是蓬壺迥不凡。

　　夏至奇雲常抱石，晝長斜日自籠杉。

> 水寒濺瀑人稀到，花落飛崖鳥獨銜。
>
> 醉此渾忘歸去晚，清風隱隱襲輕衫。(《丹崖悠悠》，頁 47)

除了直接點出「歸」字之外，亦有藉用典故以表達時光飛逝的筆法。劉次琨之詩云：

> 信步入天台，層層邱壑好。
>
> 青山即畫圖，卷石亦蓬島。
>
> 紅日與肩齊，白雲出岫早。
>
> 劉阮歸未歸，花落春風掃。(《丹崖悠悠》，頁 68)

而與魯元題刻位置相鄰的陳儁題刻云：

> 我歸心不歸，心與境俱好。
>
> 狂歌問古人，尋勝入空島。
>
> 自笑出山雲，竟比諸君早。
>
> 何日共梅花，靜把蓬門掃。(《丹崖悠悠》，頁 63)

這些題刻分佈在忘歸岩正面各處，或與陽明唱和，或借景抒情，充實了忘歸岩作為全景區總結的內涵。相較之下，魯元在眾多流連忘返的題刻之中，以醒目大字書寫「可歸」二字，在忘歸岩眾題刻之中尤顯突兀。如果再考慮魯元參訪忘歸岩應出於邀請，理應錦上添花，應酬作文，何以會寫出這等「煞風景」的話？

按「歸」者，《廣雅》「返也」，忘歸自是取流連忘返之意，但「歸」在傳統文學中又有表達辭官退隱的典故。陶淵明〈歸去來辭〉、〈歸園田居〉自是耳熟能詳，歐陽修《歸田錄》、謝遷《歸田稿》等亦以「歸」表達致仕居閑之意。魯元「可歸」之「歸」是採取了其辭官返鄉的字義，與其同一時期的詩文可以互證。魯元表達其返鄉的期望所作〈悲歌行〉云「萬里歸來慰母望，滿期從此樂天倫」，[33]以及記述其返回雲南昆明與妻兒相見時云「妻兒

---

[33] 魯元：〈悲歌行〉，《白族抗日將領魯元詩文集》，頁 219。

萬里見吾歸,驚喜悲歡驟四圍」,[34]均是以「歸」表達辭官還鄉。故其「可歸」之「歸」並非「忘歸岩」之「歸」的原始意義「歸返」,而係沿襲中國文學的「歸園」意象。綜合忘歸岩的地名可見,「可歸」二字的完整意涵必須要在地理脈絡之中才能得到充份的理解,魯元觸景生情,故一語雙關地利用「忘歸」反襯出其辭官退隱的堅決。

五 「可歸」的歷史背景

魯元在忘歸岩題寫的「可歸」二字,巧妙地利用地景反襯出其退隱的決心,若復結合其前後時期的詩文與行事表現,可進一步呈現其時魯元對於國、共兩黨的褒貶。

關於內戰時期魯元與國、共兩黨的互動,據《年譜》1949 年魯元臥病桂林,白崇禧欲接魯元赴臺灣,魯元以「久離慈膝,堅辭不去」(《年譜》,頁 49-50)。[35]1950 年,魯元聞舊時恩人李根源(印泉)在北京,遂赴京拜見,並賦有詩「忽聞印伯到北京,欣然北上慰睽違」。[36]透過李根源的介紹,魯元與朱德相識,二人均鼓勵其留京任職,魯元則以離家日久,欲返鄉孝敬母親而辭謝(《年譜》,頁 51)。魯元自離開家鄉後已二十六年未見母親,[37]其思母自是實情,但以省親為由婉拒白崇禧和朱德則顯是托詞。魯元之拒絕來臺灣以及加盟解放軍的真正原因在於其對國、共兩黨均已徹底失望,而這要從抗戰勝利後的局勢說起。

抗戰勝利後,1946 年國民政府通令縮軍,魯元統轄的 58 軍縮編為 58 師,軍、師長降為師、旅長,一時解甲者眾,人心惶惶。魯元因而上書中央政府進諫時弊,然未獲中央採納。1947 年魯元再上書中央,建議妥善安排

---

[34] 魯元:〈一九五〇年一月二八由北京返滇,抵昆明感賦〉,《白族抗日將領魯元詩文集》,頁 218。
[35] 魯元:〈鎮南關即筆〉,《白族抗日將領魯元詩文集》,頁 216。
[36] 魯元:〈萍鄉省視岳母太夫人感賦〉,《白族抗日將領魯元詩文集》頁 217。
[37] 魯元:〈悲歌行〉,《白族抗日將領魯元詩文集》,頁 219。

解甲官兵的生計，以穩定民心，惟亦未獲採納。該年冬，魯元貶為贛南師管區副司令，自認為是因上書獲罪（《年譜》，頁43），[38]其〈41歲生辰即筆〉當繫於1947年11月云：

  底事疑非復疑是，直躬何懼更何憂。

  也知窮達似天命！獨酌悠然憶馬周。[39]

魯元自許為直躬之人，對於貶官不憂不懼，以為時也命也。其後，國共內戰日熾，而國民黨的敗勢益顯，魯元則一貫抱持著反內戰的立場。關於內戰期間魯元的政治態度，《年譜》中少有敘述，或有意諱之，但魯元的詩文卻委婉道出相關訊息。1948年冬所作〈返軍感賦〉云：

  當年抗日竟豪英，九死慨同剩一生。

  但冀干戈化玉帛，不應萁豆自相烹。[40]

以及1949年初春的〈登黃鶴樓慨感成吟〉：

  戰雲悲彌天，慨感痛萬千。登樓長四望，不禁一泫然。

  但將祖國臻幸福，意見云何不能蠲。

  歲歲年年苦內戰，攘攘勢不共戴天。

  吁嗟同是炎黃裔，生死何顏見祖先。[41]

可見魯元對於國共內戰持否定態度，而由詩文云「意見云何不能蠲」，似主張兩黨應循政治協商的方式化解紛爭，觀1949年冬季魯元臥病桂林時作〈桂林醫院病床吟〉則其立場益明：

  桂林醫院月如霜，遙念華中盡戰場。

  同室操戈何日戢，人民早得復安詳。

---

[38] 魯元：〈國民革命軍第五八師暨一一兵團抗戰概述〉，《白族抗日將領魯元詩文集》，頁316-346。關於抗戰勝利後的整軍及其影響，參考劉鳳翰：〈陳誠與抗戰後之整軍（上）〉，《近代中國》第117期（1997年），頁71-94；劉鳳翰：〈陳誠與抗戰後之整軍（下）〉，《近代中國》第118期（1997年），頁94-114。

[39] 魯元：〈41歲生辰即筆〉，《白族抗日將領魯元詩文集》，頁207。

[40] 魯元：〈返軍感賦〉，《白族抗日將領魯元詩文集》，頁213。

[41] 魯元：〈登黃鶴樓慨感成吟〉，《白族抗日將領魯元詩文集》，頁215。

> 政爭何用肆刀槍,但把神州臻富強。
>
> 流血拋屍逞內戰,何顏去見祖炎黃。[42]

魯元認為在愛國的前提之下,「政爭何用肆刀槍」,應用協商的方式化解,並對內戰提出強烈的批判,認為是愧對中華民族祖先。惟國共內戰已到了不可收拾的程度,1949 年解放軍渡江,國民政府遷往臺灣,中共一黨統治大陸。1950 年魯元在北京與李根源對話時,李根源對魯元說「中共把國家搞好,亦是大好事」,魯元卻回答:

> 本來所謂革命,目的是搞好祖國,造福人民。當然,你不好,打倒你,我來幹。幹得好,幹下去;幹不好,打倒我,他來幹。幹得好,幹下去;幹不好,打倒他,讓更好的來幹。歷史潮流是永遠不斷前進的,決不容任何個人或集團可以包攬壟斷。(《年譜》,頁50)

綜上可見,魯元在國共內戰期反對內戰,主張政治協商。至 1949 年中共建國,將延安時期建立的一元化領導體制由戰時根據地往全國推廣,[43]其時政治協商既已無望,共產黨一黨專政,魯元改而主張責任政治與政黨輪替,並拒絕接受解放軍的軍職,說明其對國、共兩黨均持否定態度。

回歸到 1948 年 12 月至 1949 年 1 月魯元題寫「可歸」時的歷史背景,其時蔣介石政府不只經濟崩盤,且在遼瀋戰役中失敗,於徐蚌以及平津會戰亦漸趨劣勢,而共產黨取而代之的趨勢也日益顯著。值此一升一降、一進一退的政權過渡時期,魯元的「可歸」二字不僅利用忘歸岩之地景表達出堅定的辭官退隱意願,結合其同一時期的詩文更可見,忘歸岩上高懸的「可歸」是在昭告其對國、共兩黨的遠離,明示了其對內戰時局的批判。魯元晚年的〈慨感吟〉總結了其一生對於近代中國政治的看法:

> 獨慨辛亥革命空前諸公,滿懷充沛黃炎義。
>
> 滔滔後繼,爭相高唱革命。

---

[42] 魯元:〈桂林醫院病床吟〉,《白族抗日將領魯元詩文集》,頁 216。
[43] 陳永發:《中國共產革命七十年(修訂版)》(臺北:聯經出版事業公司,2001 年),頁 489-520。

只見爭權與奪利，愈演愈烈，看去無非悲劇。

嗚呼噫嘻！何時鑄我中華魂，弘我民族義。[44]

六　結論

　　江西贛州通天岩景區忘歸岩上，民國魯元題刻的「可歸」二字，在通天岩的歷代摩崖石刻之中不只時代最晚，內容也平凡無奇。然而，在忘歸岩上題「可歸」不免與其座落的地景違和，其背後應有深意。本研究從空間的角度分析指出，魯元題刻是巧妙地利用空間地景以表達自己的內心世界，一方面利用「歸」字的二重意涵，以「忘歸」與「可歸」的矛盾反襯出自身堅定的辭官意志，同時以總結性的位置昭告天下其對於國、共兩黨的遠離與否定。

　　從方法論的角度而言，傳統金石學研究摩崖石刻是以拓本作為材料，然由於拓本是以個別的銘文為單元進行拓印，不免抽離摩崖石刻的空間脈絡。另一方面，在「二重證據法」的指導之下，研究者亦著重於銘文與文獻的對讀，而較忽略了摩崖石刻的空間維度。本研究顯示，摩崖石刻作為一種人文地景，與其所座落的地理環境以及相鄰石刻具有呼應關係，故除了字義之外，尚需考量其所存在的空間脈絡，方能充份體察作者所欲傳達的旨意。本文的研究方法可說是一種三維度分析石刻史料的架構：

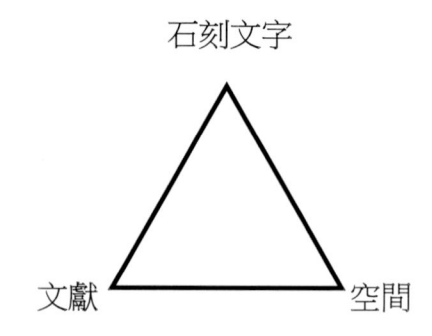

```
            石刻文字
              △
             ╱ ╲
            ╱   ╲
           ╱     ╲
          ╱       ╲
        文獻─────空間
```

---

[44] 魯元：〈慨感吟〉，《白族抗日將領魯元詩文集》，頁258。

明代河套的虛與實
——以農業生產的視角為中心

曾裕龍[*]

一 前言

　　明代歷 276 年，自洪武（1368-1398）肇始，元廷北徙，經土木之變（1449）及庚戌之變（1550），迄隆慶（1567-1572）和議的 200 年間，不斷與諸蒙古游牧部族周旋應對，並因此建構了以九個邊關重鎮為首的聯合防禦體系，號曰九邊，[1]用以抵禦遊牧民族的侵擾。即便到了隆慶和議之後，明廷還是對蒙古甚為提防。明人建構的九邊防禦體系所帶來的軍費開支，到了明代中後期成了王朝沉重的負擔。《明史》〈食貨志〉云：「世宗中年，邊供費繁，加以土木、禱祀，月無虛日，帑藏匱竭」、「二十九年，俺答犯京師，增兵設戍，餉額過倍。三十年，京邊歲用至五百九十五萬，戶部尚書孫應奎蒿目無策，乃議於南畿、浙江等州縣增賦百二十萬，加派於是始。嗣後，京邊歲用，多者過五百萬，少者亦三百餘萬，歲入不能充歲出之半」，[2]由此可見明代中葉時，財政窘迫的狀況因軍費的增長而日益嚴重。而西北為邊防重地，河套居中，五個軍鎮環伺在側，邊臣奏請朝廷「無以河套視陝西，而以河套視天下」，[3]可知當時河套邊防對明廷國安戰略之影響。

　　從明代中期開始，蒙古諸部落陸續駐牧黃河河套地區，進而屢次犯邊。明廷為了應對蒙古游牧部落帶來的危機，自成化（1465-1487）到嘉靖

---

[*] 匈牙利羅蘭大學中文系漢學博士候選人(PhD candidate in Sinology, Department of Chinese Studies, Eötvös Loránd University, Hungary)。
[1] 明・魏煥：《皇明九邊考》（臺灣：華文書局，1968 年），卷 1，〈鎮戍通考〉，頁 27-28。
[2] 清・張廷玉等撰：《明史》（北京：中華書局，1974 年），卷 78，志 54，〈食貨二・賦役〉，頁 1901。
[3] 明・何孟春：《餘冬序錄》，收入《四庫全書存目叢書》（濟南：齊魯書社，1995 年），子部第 102 冊，頁 168。

（1522-1566）年間，朝中不斷有收復河套、進兵搜剿及修築牆堡之議論，但對於是否出兵收復河套，始終未能決議。到了嘉靖時期，以小王子、吉囊及俺答為首的蒙古游牧部落聯盟形成，對邊地的侵擾更為加劇。嘉靖二十五年（1546），曾銑（1509-1548）時任兵部右侍郎，總督陝西三邊軍務，面對蒙古部族長期駐牧河套，並以河套為根據地，連年不斷地犯邊擄掠，再次主張收復河套以永久解決此邊患難題，並將他的想法與計畫羅列在其〈議收復河套疏〉中，[4]當中論及為何河套必須收復的理由，並闡述其復套之方法與步驟。疏中對河套自然地理環境與灌溉條件的描述將河套形容為佳美之故地，於理必須收復。疏中可見如「土地沃膏，艸木繁茂，禽獸生息」、「三邊沃壤」、「引黃河之水為大小之渠，渠以灌田，可備旱澇。……數年之後，套地可盡墾」等等對河套環境相當正面的敘述，並以此為重要理由之一來說服皇帝實行復套計畫。嘉靖皇帝首先讚賞曾銑能分擔君主對河套被蒙古人長久佔據且邊地屢遭蒙古部落侵擾的憂慮，要求兵部儘快對曾銑的倡議做出決議，最後又撥銀二十萬兩支持曾銑，「聽其修邊、餉兵、造器，便宜調度支用」，[5]展現了對曾銑所提計畫給予支持的初始態度。曾銑得到嘉靖皇帝的看重後，進一步推動他復套的想法，於次年再上一疏，提出更進一步的復套方略，其中再次描述河套之地利，如「且套地肥，久曠收穫必多」、「套內地半膏腴，不可勝耕」、「且套復後，以其沃壤，募民徙耕，久自填實」、「耕墾沃壤，以實新堡」、「三面阻河，號為沃壤，開渠通水，稼穡自便」、「惟開墾灌溉，填實有方，衛所州縣，夫何難置」[6]等等，他強調河套乃肥沃之地、有水利之便可以開渠通水，灌溉農作物，並可於收復河套後移民、置州縣，冀望皇帝同意施行復

---

[4] 明・曾銑：〈議收復河套疏〉，明・陳子龍等編：《皇明經世文編》，收入《四庫禁燬書叢刊》（北京：北京出版社，2000 年），卷 237，《曾襄敏公復套條議》，頁 496-502。

[5] 明・張居正等奉敕纂修：《明世宗實錄》（臺北：中央研究院歷史語言研究所，1966 年），卷 318，嘉靖二十五年十二月庚子條，頁 5928。

[6] 明・曾銑：〈復河套議〉，明・陳子龍等編：《皇明經世文編》，卷 240，《曾襄敏公復套條議》，頁 524-534。

套大計。然而，嘉靖皇帝在短短兩年內的時間內，改變其原先支持復套的立場，也失去對取勝的信心，懷疑是否出師有名，並指出兵力與糧食供給的問題。關於明代河套地區的地理環境是否適合耕墾移民、可以保障糧食供給的問題點上，學界尚沒有足夠深刻的探討。本文試圖就明代河套地區指涉的地理範圍及其自然環境條件進行分析探討，利用《明實錄》與各種奏疏的紀錄，以及明人對復套的評述，並結合明代的方志和筆記材料，解讀並說明是否適宜在明代所指的河套地區發展大規模農耕，進而實現規模化徙民屯墾，並就農業發展的視角，嘗試對明代中後期以來復套議中關於農業發展的可行性，提出進一步的思辨。

二 明代河套的地理範圍

黃河中游的河套地區就地理範圍而言，古今有著不同的涵義。黃河「河套」一詞在歷史上出現較晚，清人納蘭常安（1683-1748）寫道：「河套古未有名也，有之自明始。」[7]「河套」一詞現今文獻可考者，最早出現在《明英宗實錄》正統二年（1437）三月癸巳條：「今聞達賊在河套，逼近府谷等處，恐探知無備，竊來犯邊，乞暫留守哨從之。」[8]至於為何稱之為河套？明人崔銑（1478-1541）云：「河套者，河之隈也。」[9]清代《河套圖考》序中開宗明義即言：「何以套名？主形勝也。」[10]說明河套地區之得名乃是因為黃河在此處形成一個几字形的大拐彎，河形彎曲似套。而今天所謂黃河河套則分為前套、後套及西套三個區域，皆為適合農業發展、富有水利之便的地方。前套即土默川平原，位於今呼和浩特市及包頭

---

[7] 清·納蘭常安：《受宜堂宦遊筆記》（清乾隆十一年〔1746〕刻本），卷39,〈河套〉，頁9。
[8] 明·陳文等奉敕纂修：《明英宗實錄》（臺北：中央研究院歷史語言研究所，1962年），卷28，正統二年三月癸巳條，頁555。
[9] 明·崔銑：〈少保兼太子太傅都察院左都御史贈太傅諡襄敏王公神道碑〉，明·崔銑：《洹詞》，收入《景印文淵閣四庫全書》（臺北：臺灣商務印書館，1986年），集部第206冊，卷7，頁550。
[10] 清·楊江：《河套圖考》（清咸豐七年〔1857〕關中書院監院官署刻本），頁1。

市之間，陰山山脈中段的大青山以南，黃河北岸，由黃河及其支流大黑河沖積而成的平原；後套指今內蒙古巴彥淖爾市磴口縣東，烏拉特前旗西山嘴鎮以西，陰山山脈西段狼山以南，黃河以北的平原。若無特別指稱，現今一般所泛指的河套即為黃河後套；[11]西套即所謂的寧夏銀川平原，這三處分別位於黃河几字灣的北段與西段。

明代河套指涉的地理範圍與現今的河套地區有極大的差別。從明代中期後，明人所指的河套地區逐漸為蒙古游牧部落實際佔領，又有「北虜河套」一詞見於史籍。張雨（1512-?）在其成書於嘉靖二十六年（1547）的《邊政考》中提及：「曰北虜河套者何？吾故土也，委以巢虜，故曰北虜河套云。」[12]可知至少在曾銑所處時代，甚至早在余子俊（1429-1489）修築榆林大邊的成化時期，明人承認河套已經被蒙古部落實際佔據。而從明人對河套地區的地理範圍描述，我們可以得知明代的河套地區所包含的地域遠大於今天所謂河套的範圍，卻基本不包含現今的河套（前套、後套與西套）。曾銑在其〈復河套議〉中，對河套地區範圍的描述是北端從黃河南岸開始，南到延綏鎮，東從延綏鎮的黃甫川起，向西南延伸至與寧夏鎮交界的廣大地域：

> 河套道里，東自延綏黃甫川起，西至定邊北折至寧夏花馬池，又西至橫城止，實一千五百里，又中自榆林鎮城起，北至黃河南岸止約七百餘里，東西止二、三百餘里。[13]

比曾銑更早的黃瑜（1426-1497）在其《雙槐歲鈔》中論及河套墩臺時提到河套範圍和上述基本是一致的，文中亦提及河套三面臨黃河，東邊靠近山

---

[11] 韓梅圃：《河套調查記》（出版地不詳：綏遠省民眾教育館總務部，1934年），頁1。此書中所稱之河套即專指後套。
[12] 明‧張雨：《邊政考》，收入《明代蒙古漢籍史料彙編》（呼和浩特：內蒙古大學出版社，2011年），第7輯，卷7，頁212。
[13] 明‧曾銑：〈復河套議〉，明‧陳子龍等編：《皇明經世文編》，卷240，《曾襄敏公復套條議》，頁529。

西的偏頭關，西面到寧夏鎮，東到西有兩千餘里，南到北距離，從八、九百里到兩、三百里：

> 黃河套周迴六、七千里，土肥饒，可耕桑，三面阻河，切近陝西榆林堡。東至山西偏頭關，西至寧夏鎮，東西二千餘里。南至邊城，北至黃河，遠者八、九百里，近者二、三百里，惟黃甫川稍近。[14]

章潢（1527-1608）在其《圖書編》[15]中也有近乎一樣的記載，同樣是說河套北至黃河，南到榆林的邊牆。東邊接山西偏頭關，西邊與寧夏鎮交界。成書於嘉靖年間的《陝西通志》也有類似的描述，地理範圍與上述史料相符合，也提到黃河在陝西與山西之間深切，兩岸夾山的情形：

> 河套東至山西偏頭關地界，西至寧夏鎮地界，東西二千餘里，南自邊牆，北至黃河，遠者八、九百里六、七百里，近者二、三百里，惟黃甫川稍近。[16]

此段文字被明末清初的顧炎武（1613-1682）原封不動地在其《天下郡國利病書》中複述。[17]明刊本《陝西四鎮圖說》談及延綏鎮說道：

> 延鎮舊開綏德州治，北眺大河，自寧夏橫城北折，而東而南，迂迴兩千餘里，環抱河陰，名曰河套。[18]

從以上明人的著述中，我們可以明確得知明代河套的範圍在黃河几字灣以內，陝北榆林邊牆以北，西南面與寧夏鎮交界，東邊隔黃河與山西相望，這是沒有疑義的。明代河套大抵包含現在的鄂爾多斯市全境所轄七個旗兩個區，再加上陝北榆林市明長城以北至鄂爾多斯市轄境之間的地域，即清

---

[14] 明・黃瑜：《雙槐歲鈔》，收入《叢書集成新編》（臺北：新文豐股份有限出版公司，1986年），第87冊，卷8，〈河套墩臺〉，頁520。
[15] 明・章潢：《圖書編》，收入《景印文淵閣四庫全書》（臺北：臺灣商務印書館，1986年），子部第276冊，卷46，頁59。
[16] 明・趙廷瑞修：《陝西通志》（西安：三秦出版社，2006年），卷10，頁469。
[17] 清・顧炎武：《天下郡國利病書》，收入《顧炎武全集》（上海：上海古籍出版社，2011年），第17冊，頁3884。
[18] 明・佚名：《陝西四鎮圖說》（臺北國家博物館藏明刊本），第1冊，〈延綏鎮圖說〉，頁2，「數位典藏與學習電子書庫」，網址：https://ebook.teldap.tw/ebook_detail.jsp?id=87（2025年4月6日上網）。

代所謂的「伙盤地」,[19]其南境涵蓋了大部分的毛烏素沙地,因此明代認為的河套轄境,總面積約九萬平方公里,北抵黃河,南邊與榆林接壤,以榆林長城為界。榆林所在的長城大抵分南北兩道,北邊長城稱為大邊,南邊長城稱為二邊,相距 40-60 里,大邊分隔了河套與榆林。明代成化九年（1473）,為強化對河套蒙古部落的防禦,巡撫延綏都御史余子俊將延綏鎮鎮城從延綏鎮偏南方的綏德州,遷到北方邊界的榆林衛,[20]而長城大邊的修築也由余子俊於成化十年（1474）完成。[21]明人王士性（1546-1598）所著《廣志繹》中明確記載了榆林大邊長城的方位及走向,從靠近陝西與山西交界處的黃甫川附近開始,經諸多營堡,向西南綿延一千三百里與寧夏固原相接,[22]始建當時,大致上將毛烏素沙地隔絕在邊外。[23]在成化十年（1474）大邊長城修築完成之前,榆林與河套的分界較不清晰,但通過黃瑜對於河套墩臺的記載,我們可以勾勒出幾條與邊界相關的輪廓,分別是最北方一線的瞭望墩臺,中間的榆林城及營堡,最南一線的界石。正統二年（1437）王禎（？-？）開始修築了榆林城及鄰近諸堡,在這些堡城以北二、三十里開外又修築了瞭望墩臺,也就是黃瑜所謂的河套墩臺,用以監視蒙古部落的活動,隨時可以舉烽火傳遞敵情,從這些墩臺北望可見沙漠平地。又在這些營堡以南的二、三十里外的硬土山溝埋設界石,這些界石可視為當時官府認定的河套界,界石以南可以由軍民耕種,以北為邊境軍

---

[19] N·哈斯巴根:〈鄂爾多斯地區農耕的開端和地域社會變動〉,《清史研究》2006 年第 4 期（2006 年 11 月）,頁 4。
[20] 清·譚吉璁:《延綏鎮志》（臺北:成文出版社,1970 年）,卷 1,〈地理志〉,頁 10。
[21] 明·張雨:《邊政考》,卷 7,〈北虜河套〉,頁 219。榆林大邊具體由何人修築完成學界有不同說法,考量趙廷瑞編修,成書於嘉靖二十一年（1542）的《陝西通志》明確提及成化「八年余子俊奏築大邊城」,再者,成書於嘉靖二十六年（1547）張雨所著的《邊政考》〈北虜河套〉篇中也有相同文字記載,今取余子俊所築一說。
[22] 明·王士性著,呂景琳點校:《廣志繹》（北京:中華書局,1981 年）,卷 1,〈方輿崖略〉,頁 9-10。
[23] 明·胡汝礪:《寧夏新志》（上海:上海古籍書店,1961 年）,卷 1,頁 9。舒時光、鄧輝、吳承忠:〈明後期延綏鎮長城沿線屯墾的時空分布特徵〉,《地理研究》2016 年第 4 期（2016 年 4 月）,頁 790。

事管制區。所以事實上,正統(1436-1449)時期的榆林營堡和更北的瞭望墩臺皆在界石以北,這是當時比較特殊的現象。

> 正統初,始渡河來犯近邊。鎮守都督王楨(按:即「王禎」)始築榆林堡城,仍設法禦之。往北二、三十里之外,沙漠平地,則築瞭望墩臺,虜窺境即舉烟示警。往南二、三十里之外,則埋軍民種田界石,多於硬土山溝立焉。界石外,開創榆林一帶營堡,累增至二十四所,歲調延安、綏德、慶陽三衛官軍分戍,而河南、陝西客兵助之,列營積糧,以遏寇路。[24]

圖一為明代嘉靖(1522-1566)年間羅洪先(1504-1564)所著《廣輿圖》中的〈輿地總圖〉,圖中央上方可見河套位於榆林長城以北,三面環黃河。

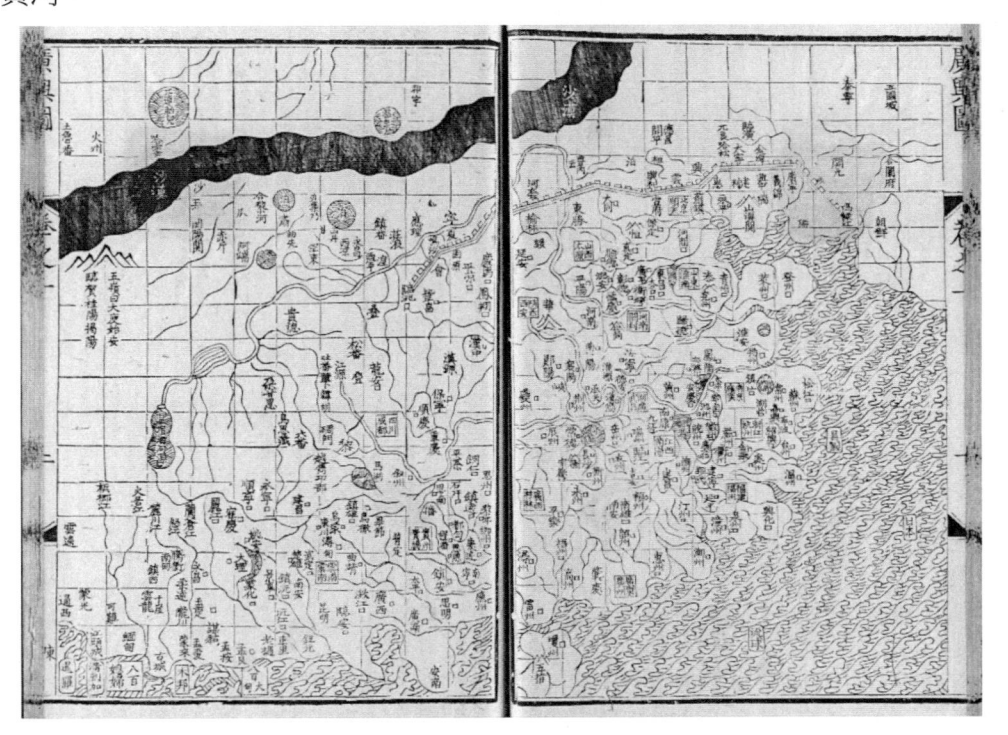

圖一 明代《廣輿圖》〈輿地總圖〉篇中所見河套(圖中央上方長城之北的「河套」)(明萬曆七年〔1579〕海虞錢岱刊本)

---

[24] 明・黃瑜:《雙槐歲鈔》,卷8,〈河套墩臺〉,頁520。

如此，明人所謂河套的範圍反而不包含今天黃河北岸的前套和西套，即土默川平原以及寧夏的銀川平原。至於現今位於內蒙古巴彥淖爾市的後套平原，據前述明代張雨的《邊政考》[25]及明代萬曆（1573-1620）年間《延綏鎮志》的記載，黃河此時主要分作南北兩支流過當地，[26]而當時以狼山山腳下的北支流烏加河（或作五加河）為主流，[27]現在的黃河主流為之前的南支，北支在道光三十年（1850）時，因西邊的烏蘭布和沙漠東侵導致河道淤積而堵塞，南支流遂成為主流。現今後套黃河灌區的開發乃始於南支流成為主流後的清末，於光緒（1875-1908）初年由王同春（1852-1925）領銜，利用地勢高低之差，開渠導河，始成灌區。[28]以明代指涉的河套地區之地形地貌而言，整體地勢呈西北高東南低，北部為黃河沖積平原區，東部是丘陵溝壑區，中南部為庫布齊沙漠和毛烏素沙地，西部為坡狀高原區，土地面積廣大佔約九萬平方公里。

三 明人復套倡議中的農業發展問題

明英宗天順六年（1462），因著蒙古部落間的互相仇殺，「諸酋毛里孩、阿羅出、孛羅出始入套，爭水草不相能，以故不敢深入為寇，時遣人貢馬。成化初，阿羅出結乩加思蘭，孛羅出結毛里孩，各為黨，出入河套」，[29]成化年間蒙古部落間的征戰加劇，各部為躲避紛亂，遂紛紛進入河套，進而犯邊擄掠。[30]弘治十三年（1500），蒙古火篩部落大舉踏冰渡

---

[25] 明・張雨：《邊政考》，卷7，〈北虜河套〉，頁213-214。
[26] 明・鄭汝璧：《延綏鎮志》（上海：上海古籍出版社，2011年），卷6，〈河環套地序略〉，頁484-485。
[27] 楊國順：〈寧夏銀川平原、內蒙古河套地區黃河演變與地理環境變遷〉，《人民黃河》1989年第3期（1989年4月），頁61-62。
[28] 顧頡剛：《王同春開發河套記》（北平：平綏鐵路管理局，1935年），頁5。
[29] 明・鄭曉：《今言》（北京：中華書局，1984年），卷2，頁62-63。近似的文字記載亦見於清・谷應泰：《明史紀事本末》（北京：中華書局，2015年），卷58，〈議復河套〉，頁887。
[30] 寶音德力根：〈15世紀中葉前的北元可汗世系及政局〉，《蒙古史研究》第6輯（呼和浩特：內蒙古大學出版社，2000年），頁131-155。

河進入河套駐牧，以後不絕，河套遂失。[31]明廷為了應對蒙古游牧部落帶來的危機，自成化年間到嘉靖年間，朝中不斷有人提出解決方案，綜觀此時期《明實錄》的記載及奏章文書，可以將諸多方案依實施強度分作三大類：（1）被動防守：築堡修邊，如王銳（1413-？）、[32]余子俊；[33]（2）主動驅離：搜套搗巢，如李賢（1408-1466）、[34]白圭（1421-1474）；（3）終極方案：復套徙民耕守，如丘濬（1420-1495）、李傑（1443-1517）、楊一清（1454-1530）與曾銑，這三類方案得兼而有之，第三類即為收復河套的倡議。曾銑的復套議主張之浩繁詳細，非前代的復套倡議者可比擬，也最為著名。了解及比較丘濬、李傑、楊一清及曾銑等人所提出的復套主張，對於我們理解明代中後期復套議的背景脈絡有所裨益。

　　自成化時期，關於如何應對進入河套的蒙古部族的話題，已經成為明廷議政的重點，王越（1426-1499）、白圭、葉盛（1420-1474）、馬文升（1426-1510）、丘濬、余子俊及李晟（1436-？）等人皆在這時期提出主張，最後憲宗同意葉盛的主張：「搜河套，復東勝，未可輕議，唯增兵守險，可為遠圖。」即先固守邊地，以後再伺機尋求復套，為此時期的議論定了基調。[35]丘濬在其《大學衍義補》中引用《宋史》對西夏的敘述，描繪河套「其地饒五穀，尤宜稻麥」，[36]可以屯田而不須由外地饋餉，弘治

---

[31] 明・魏煥：《皇明九邊考》，卷7，〈榆林鎮〉，頁305。
[32] 明・劉吉等奉敕纂修：《明憲宗實錄》（臺北：中央研究院歷史語言研究所，1966年），卷77，成化六年三月辛卯條，頁1492。
[33] 明・劉吉等奉敕纂修：《明憲宗實錄》，卷93，成化七年秋七月乙亥條，頁1782。
[34] 明・劉吉等奉敕纂修：《明憲宗實錄》，卷30，成化二年五月辛卯條，頁602-603。
[35] 參見清・張廷玉等撰：《明史》，卷177，列傳65，頁4723-4724。清・谷應泰：《明史紀事本末》，卷58，〈議復河套〉，頁890。
[36] 明・丘濬：《大學衍義補》，明・丘濬：《丘濬集》（海口：海南出版社，2006年），卷151，〈治國平天下之要〉，頁2355-2356。元・脫脫：《宋史》（北京：中華書局，1985年），卷486，〈列傳245〉，頁14028。此文句原出《宋史》對西夏的描述，此文句後接「甘、涼之間，則以諸河為溉，興、靈則有古渠曰唐來，曰漢源，皆支引黃河。故灌溉之利，歲無旱澇之虞」，故此文句當指河西走廊上武威與張掖之間的石羊河與黑河流域以及寧夏發達的黃河灌區較為適宜，不宜指明代河套範圍。事實上當時文獻記載西夏境內有不少荒漠砂磧之地，如橫山（白于山）以北，該地屬於之後明代河套的範圍，北宋時即被形容為砂磧之地。雖說宋夏時期，明代河套範圍與

(1488-1505）之前彼時蒙古部落尚未久居河套，主張應趁蒙古部落離遁之際佔領河套，並於河套中築城池以鎮守，沿黃河設營堡以防蒙古部落徑渡，甚至於黃河之北，據要害扼守之。到了正德（1506-1521）時期，李傑在其疏中論到如何解決北虜之患，亦主張收復河套，並以黃河為天然屏障來守衛河套。他也如丘濬引用《宋史》對西夏的描述形容河南內地（按：指河套地區）土地皆肥沃，適合種植五穀，因此得以徙民屯田以耕守。很顯然李傑認識到糧食供給是復套最終成敗的關鍵因素，所以強調在肥沃的河套地區可以實現大規模耕種，達成糧食自給。摘錄疏中其要如下：

> 二曰足糧餉，夫千里饋糧，士有飢色，故晁錯論備之策，曰先必積穀，充國建破虜之議，必先務屯田。今河南內地，土皆肥饒，種宜五穀。使要害既得，城堡完固，分兵屯田，且耕且守，復募民之願徙者，與發謫之當徙者，以充實之。[37]

約莫同時期，兩度總制陝西三邊的重臣楊一清於正德元年（1506）所上奏的〈為經理要害邊防保固疆場事〉一疏針對河套問題提出解決方案，結果「帝可其奏，刻期奏績」，[38]無奈後因忤劉瑾（1451-1510）而乞休事罷。同李傑一致，楊一清在此疏中對河套地區的描述同樣為「沃壤」，亦是故土，認為應當收復，其終極目標是要收復整個河套，繼而越過河套北端的黃河，在東勝（今呼和浩特市托克托縣）駐軍防守，兩者都強調在河套地區的屯耕，其區別主要在於楊一清的計畫更具企圖心，要在「河套方千里之地……開屯田數百萬」，完全解決糧食需從外部運補的問題，而大開屯田這點應該與楊一清在寧夏鎮總制邊務時見過黃河灌渠的經歷有關。楊一清也深知當時國力未逮，無法立即實現復套的想法，寄望十數年後有機可復。摘錄楊一清此疏部分原文如下，以供比較：

寧夏皆隸屬西夏國，丘濬此處借用《宋史》形容西夏的文句來描述河套地區「饒五穀」，有以偏概全，混淆明代河套與寧夏之嫌。
[37] 明・李傑：〈論西北備邊事宜三〉，明・陳子龍等編：《皇明經世文編》，卷 90，頁 230。
[38] 清・谷應泰：《明史紀事本末》，卷 58，頁 891。

> 國初舍受降而衛東勝，已失一面之險，其後，又撤東勝以就延綏，則以一面之地遮千餘里之衝，遂使河套沃壤，棄為虜巢。深山大沙勢顧在彼，而寧夏外險反南備河。此陝西北虜之患所以相尋而莫之能解也。茲欲復守東勝，因河為固，東接大同，西接寧夏，使河套方千里之地，歸我耕牧，開屯田數百萬，用省內郡轉輸，斯為上策。顧今之力有未能，未敢議及。[39]

在楊一清及李傑上疏復套之後，嘉靖朝面對的是比李傑與楊一清當時還嚴峻的局勢，在曾銑提出復套計畫的前一年，已有巡按山西御史陳豪（1499-1558）上疏請議決戰，欲「盡復套地」，[40]一年後的曾銑也向嘉靖皇帝提出復套方案，其內容與前朝楊一清以及李傑所奏有雷同之處，類似的論述與理由再次出現，如東勝棄守、據河而守、沃壤及屯墾等等，摘錄曾銑復套議原文如下，便於凸顯此三人論點之同異：

> 後以東勝孤遠，撤之內守，復改榆林為鎮城。方初徙時，套內無虜，土地沃膏，艸木繁茂，禽獸生息。當事之臣，不以此時據河守，乃區區於榆林之築，此時虜勢未大，猶有委也，失此不為。……一統故疆，三邊沃壤，其理宜復。頃自不守，遂使深山大川，勢顧在彼，而寧夏外險，反南備河，虜得出沒自由。……若夫復套，振武揚威，殲彼醜寇，驅其餘黨，擯諸大漠，臨河作障。……有願守邊者皆給以田。黃河不可引，如寧夏鑿渠可也，引黃河之水為大小之渠，渠以灌田，可備旱澇。高黍下稻，任土所宜。數年之後，套地可盡墾。……蓋套地三面阻河，中多平壤，鹽池水利，不異中州，加之渠堰，是為沃野，比之延綏沿邊沙礫之地，奚啻倍蓰。惟開墾灌溉，填實有方，衛所州縣，夫何難置。[41]

---

[39] 明·楊一清：《楊一清集》（北京：中華書局，2001年），卷7，〈為經理要害邊防保固疆場事〉，頁243-244。
[40] 清·谷應泰：《明史紀事本末》，卷58，〈議復河套〉，頁893。
[41] 明·曾銑：〈議收復河套疏〉，明·陳子龍等編：《皇明經世文編》，卷240，《曾襄愍公復套條議》，頁496-534。

在這段文字中，曾銑描繪的河套甚為佳美。諸如「土地沃膏」、「艸木繁茂」、「禽獸生息」等等皆是相當正面的敘述，而類似文字可見於前人對河套地區描述，[42]他把河套形容作「三邊沃壤」，理應收復。要把蒙古部落「擯諸大漠」，再「臨河作障」，「引黃河之水為大小之渠，渠以灌田」實現大規模耕種，完全開墾河套，最後置「衛所州縣」等等，一連串的實現步驟，躍然紙上。時任都御史的楊守謙（1505-1550）在曾銑上疏復套後亦上疏附和曾銑的倡議，同樣強調復套後須「移營田之人，耕墾沃壤，以實邊堡」。[43]曾銑與楊一清主張不同之處是，曾銑的復套議雖提及永樂時期對黃河之外東勝的棄守，但不再尋求復守東勝。在李傑與楊一清的論點基礎上，曾銑進一步明確提出引黃河之水灌溉的方法，來實現在河套地區大規模耕種，認為如此可以保障糧食供給，並希望藉此說服皇帝收復河套。綜上觀之，河套地區是否為沃壤？是否能夠大規模灌溉屯墾？成了李傑、楊一清、曾銑及楊守謙復套主張中的重要元素，不然，即便復套可成，若未能實現屯墾，徙民、置衛所州縣，即便短期可「因河為固」，「臨河作障」來防守河套地區，蒙古部落很可能會如後來謝肇淛（1567-1624）所云：「縱驅之去，終當復來。」[44]長期而言河套也未必能守得住，反倒成為明廷財政的重擔，這應是此三人都明白認識的一點。簡言之，當時河套的地理環境和條件是否得以實現大規模耕墾顯然關乎最終復套的成敗。

到底明代中後期河套地區的自然地理環境如何？是否誠如李傑、楊一清與曾銑所敘述的「土皆肥饒」，為適合大規模農業開墾的「三邊沃壤」？還是他們言過其實並想以此作為理由來實現復套？曾銑所說的引黃

---

[42] 如馬文升於奏疏中所云：「河套之中地方千里，草木茂盛，禽獸繁多。」參見馬文升：〈為驅虜寇出套以防後患事疏〉，明‧陳子龍等編：《皇明經世文編》，卷63，《馬端肅公奏疏》，頁640-641。

[43] 明‧楊守謙：〈議曾銑復套疏〉，收入《明臣奏議》（北京：中華書局，1985年），第4冊，卷25，頁440。

[44] 明‧謝肇淛：《五雜俎》（上海：上海古籍出版社，2005年），卷4，〈地部二〉，頁1559。

灌溉到底可不可行？考慮到曾銑的時代距離我們約五百年，因氣候變遷的緣故，河套的自然環境可能與現今有差距，無法以現地考察方式來確認當時環境，我們試著從史料的爬梳與現代自然地理學的研究中來窺探全貌。

四　明人對河套地理環境的描述及其農業活動

明代直接記錄河套地區的地理環境、農業活動及氣候的資料偶有所見，相比浩瀚的明代史料而言，顯得相對有限，大抵因為明廷於明代中期後，因邊患的緣故，對河套地區逐漸棄地禁邊，鮮少漢人在河套地區活動及居住的關係，[45]但仍有一些史料值得留意。

秦紘（1426-1505）於弘治十七年（1504）寫成的回憶錄中回憶其在天順三年（1459），調除陝西延安府葭州府谷縣的經歷時，說到邊民因蒙古侵擾，民生不穩定，而出境任意耕獵謀生的情況，從其描述的情況來看，當時邊民出邊的距離可達一百里遠，彼時榆林大邊未成，界石大約在當時榆林營堡以南二十至三十里以外。[46]

> 府谷乃極邊戎馬之地，內臣擠予於此，欲陷之死也。予未到時，達賊連年侵擾，民不安生，為縣官者惴惴焉，朝不保暮。及予在任，戍鼓不鳴，民出境外一百里，任意耕獵。[47]

成化二年（1466）兵部郎中楊琚（1430-？）的奏疏提及河套土地廣大肥沃，吸引葭州邊民出邊到前述的河套墩臺外種食的情況，地點是在葭州邊外，即明代河套的東南緣：

---

[45] 唐順之（1507-1560）與曾銑討論復套的書信中提到：「自百餘年來，中國無一人一騎入套中者，此路閉塞已久。」參見明・唐順之：《唐順之集》（杭州：浙江古籍出版社，2014年），卷8，〈答曾石塘總制三〉，頁330。此外，翁萬達的復河套議疏中亦提及：「河套久淪虜中，間諜罕至，虜不屋居，畜牧其內，山川之險易，途路之紆直，水草之有無，我不可必知也。」參見明・翁萬達：《翁萬達集》（上海：上海古籍出版社，1992年），卷4，〈復河套議〉，頁91。

[46] 依照黃瑜於其《雙槐歲鈔》一書中對於河套瞭望墩臺相關的記載，界石在墩臺往南二三十里處。明・黃瑜：《雙槐歲鈔》，卷8，頁520。

[47] 明・秦紘：《秦襄毅公自訂年譜》（北京：北京圖書館出版社，1998年），天順三年條，頁51-52。

> 延綏、慶陽二境東接偏頭關，西至寧夏花馬池，相去二千餘里，營堡迂疏，兵備稀少，以致河套達賊屢為邊患，近有百戶朱長，年七十餘，自幼熟游河套，親與臣言，套內地廣田腴，亦有塩池海子，葭州等民多出墩外種食。[48]

在成化六年（1470），兵部尚書白圭等人議戶部郎中萬翼（1437-1459）所言邊事時，也說到來自山東的逃民在神木、葭州諸邊耕牧的狀況，還提到守邊諸將私自安排軍人在界石外屯墾，可見當時軍隊與一般人民皆有在邊外從事耕種的情況，地點亦在葭州及神木邊外，即明代河套的東南緣：

> 邊境封疆之外，軍民不得擅出耕牧。邇歲守邊諸將乃私令軍士于界外開種沃地，于各堡分牧頭畜，招寇虜掠，因糧于我。欲令巡按御史行邊禁約宜，移文延綏鎮守諸官禁之，違者聽巡撫巡按奏治，其言山東逃民見在神木、葭州諸邊營堡耕牧，致生邊釁。[49]

再者，成化九年（1473），陝西紀功兵部郎中劉洪（1447-1515）的〈陳備邊事宜疏〉中也提到延綏及慶陽臨邊軍隊及人民遷移邊外耕牧，招致蒙古部落攻擊的情形，顯示出邊到河套地區墾植不是成化時期少見的狀況：

> 延、慶臨邊軍民遷移邊外，就地耕牧，往往招寇，寧死不避。宜令緣邊各衛所府州縣差官會勘，量其多寡遠近，擇取險地，督令修築砦堡，每砦堡推選眾所信服者一人，免其本身差操，定為總甲，各備兵器，自相操演。[50]

曾在成化七年（1471）到成化十二年（1476）巡撫延綏的余子俊，於成化十三年（1477）在其赴任兵部尚書前所上〈地方事〉疏中亦言及邊民越境種田的情形，余子俊的奏疏得到朝廷的同意嚴禁越境種田：

> 臣等議得延、慶沿邊一帶，正統初年，該鎮守陝西都御史陳鎰，經理邊務、埋立界石。彼時軍民依界種田，不敢纖毫違越，未聞難

---

[48] 明・劉吉等奉敕纂修：《明憲宗實錄》，卷27，成化二年三月己未條，頁538。
[49] 明・劉吉等奉敕纂修：《明憲宗實錄》，卷80，成化六年六月乙亥條，頁1569。
[50] 明・劉吉等奉敕纂修：《明憲宗實錄》，卷113，成化九年二月戊子條，頁2204。

> 過。近年營堡多有移出界石之外，遠者七八十里，近者二三十里。
> 越境種田，引惹賊寇，節該建議嚴禁，皆蒙俞允。[51]

同在成化年間，白圭的〈覆萬翼安邊疏〉也提到當時軍士私自於邊外開墾以致招寇擄掠的事件，並令巡按御史移文延綏鎮的官員來禁止，此文可見耕種之人甚至從山東遠道而來。以上這幾則記載皆反映當時出邊耕種是不可忽略的現象。

另外，根據萬曆年間成書的《延綏鎮志》所記載，明代邊地官員對出境種田的管制，事實上是時鬆時緊，因人而異，可見這種管制並不是嚴格的邊境管控：

> 大邊之外，各衙門有分地，居人亦各有舊庄及先世所占地，放人出耕，則地百倍。正統以前不禁，成化中間放，弘治來惟巡撫陳公壽一放，正德丁丑再放。[52]

從這些紀錄我們可以推知大概在天順（1457-1464）初年，甚至更早時，延綏一帶邊民便開始有人出境耕種，而官方雖然有明令管制，實行卻不甚嚴格，甚至時禁時放。然而，考慮邊民出境耕種的風險與距離成正比，出邊應不至於太遠，[53]曾銑自己也說到「無牆之處，耕者從事，必須官軍架梁」，[54]所以，即便出邊耕種在某些時段被暫時開放，或軍士有意為之，特別是在蒙古部落侵擾頻繁和軍事對峙嚴重的嘉靖朝，除非是被擄或投奔俺答而居於黃河北岸今呼和浩特地區土默川平原上的大小板升

---

[51] 明・余子俊：〈地方事疏〉，明・陳子龍等編：《皇明經世文編》，卷 61，《余肅敏公文集》，頁 610-611。

[52] 明・鄭汝璧：《延綏鎮志》，卷 2，〈錢糧上・邊外地〉，頁 151-152。

[53] 邱仲麟：〈採集、捕獵與墾種：明代軍民在北邊境外的經濟活動〉，《明代研究》第 19 期（2012 年 12 月），頁 69。

[54] 明・曾銑：〈復套條議〉，明・陳子龍等編：《皇明經世文編》，《曾襄愍公復套條議》，卷 240，頁 532。

從事農業活動，[55]否則當時漢人出邊耕種，或是軍士出邊屯墾的規模與距離應該還是有限。

明代當時的葭州即今日陝北榆林市的佳縣，下轄今日的神木縣、府谷縣及吳堡縣，[56]皆屬今日榆林市範圍，位於榆林市東北，與今日鄂爾多斯市準格爾旗、伊金霍洛旗交界，隔黃河與山西相望。成化六年（1470）時，榆林長城大邊尚未建成，延綏鎮治尚在綏德，未遷至榆林。大邊長城於成化十年（1474）建成後，從神木縣及府谷縣北，出大邊長城，但不出今日榆林市轄境即入當時的河套地區。自從榆林大邊長城建成，大邊長城即成為陝西與蒙古地區的邊界線，這邊界線從成化十年（1474）一直延續到清朝，再到民國，最終在中華人民共和國成立後，榆林大邊長城以北至現今陝西省與鄂爾多斯市邊界之內的土地才劃歸陝西，這片土地涵蓋大部分所謂的「伙盤地」。「伙盤地」得名於「民人出口種地，定例春出冬歸，暫時伙聚盤居」，「凡邊牆以北，牌界以南地土，即皆謂之伙盤」，[57]所謂「牌界」乃指清初於榆林北部各縣邊牆外，「直北禁留地五十里」內，「有沙者以三十里立界，無沙者以二十里立界，准令民人租種」蒙古貴族出租的土地。[58]這些人春去冬歸，也被稱為「雁行」。陝北邊民的出邊耕種如上述史料記載，至少從明代天順初年即零星開始，斷斷續續持續到清末民初。

---

[55] 「（豐州）崇山環合，水草甘美，中國叛人丘富、趙全、李自馨等居之，築城建墩搆宮殿甚宏麗，開良田數千頃，接於東勝川，虜人號曰板升。」明・張居正等奉敕纂修：《明世宗實錄》，卷 486，嘉靖三十九年七月庚午條，頁 8100。

[56] 元・朱思本撰，明・羅洪先等增補：《廣輿圖》（明萬曆七年〔1579〕海虞錢岱刊本），頁 35。清・高珣等纂修：《陝西省葭州志》（臺北：成文出版社，1969 年），頁 18-19。

[57] 清・王致雲修、朱壎纂、張琛補編：《神木縣志》（道光二十一年〔1841〕刊本），卷 3，頁 8，「中國數字方志庫」，網址：http://x.wenjinguan.com/default.aspx（2025 年 4 月 6 日上網）。

[58] 清・李熙齡纂修：《榆林府志》（道光二十一年〔1841〕刊本），卷 3，頁 4，「中國數字方志庫」，網址：http://x.wenjinguan.com/default.aspx（2025 年 4 月 6 日上網）。

除了以上對邊外河套地區耕墾的記述，包含前述黃瑜在其《雙槐歲鈔》中論及的河套是「土肥饒，可耕桑」外，我們還可以在明代中後期跨度一百多年的史料中找到其他不少對於河套地理環境的正向表述。例如李祚（1449-1508）也因襲《宋史》對西夏的描述說河套「其地饒五穀，尤宜稻麥」，[59] 馬文升的形容是「河套之中地方千里，草木茂盛，禽獸繁多」，[60] 余子俊的敘述是「水草便利，易於孳牧，地土肥饒，易於收種」，[61] 劉聚（？-1474）與王越在其奏疏中寫道：「河套北有黃河可據，中有水草，利於放牧。」[62] 李晟道：「河套地環千里，土厚物蕃，不宜棄之，以資寇養患。」[63] 崔銑也說河套「廣袤數千里，草卉豐茂，產獸肥美」，[64] 倪岳（1444-1501）云「河套之中，水草甘肥，易於駐箚」，[65] 許論（1495-1566）記載「軍士得耕牧套內，益以樵採圍獵之利，地方豐庶」，[66] 何贊（1493-？）的奏疏提及「河套沃野幾二千里，為吾中國門庭之險」，[67] 鄭汝璧（1546-1607）說「今河南土地（按：指河套地區）美好，水草甘豐，國家舉而委之黠虜已百有餘年」，[68] 鄭曉（1499-1566）感嘆「河套沃土，棄為虜巢」，[69] 章潢記述「河套昔時豐膏之壤，盡舉而棄

---

[59] 明·劉健、謝遷、李東陽、焦芳等奉敕纂修：《明孝宗實錄》，卷182，弘治十四年十二月己丑條，頁3357。亦參見註36。

[60] 明·馬文升：〈為驅虜寇出套以防後患事疏〉，明·陳子龍等編：《皇明經世文編》，卷63，《馬端肅公奏疏》，頁640-641。

[61] 明·余子俊：〈地方事〉，明·陳子龍等編：《皇明經世文編》，卷61，《余肅敏公文集》，頁610。

[62] 明·劉吉等奉敕纂修：《明憲宗實錄》，卷120，成化九年九月壬子條，頁2323。

[63] 明·劉吉等奉敕纂修：《明憲宗實錄》，卷256，成化二十年九月丁酉條，頁4328。

[64] 明·崔銑：〈少保兼太子太傅都察院左都御史贈太傅諡襄敏王公神道碑〉，明·崔銑：《洹詞》，卷7，頁550。

[65] 明·倪岳：〈論西北備邊事宜狀一〉，明·倪岳：《青谿漫稿》，收入《叢書集成續編》（臺北：新文豐股份有限出版公司，1989年），第139冊，卷13，頁475。

[66] 明·許論：《九邊圖論》，收入《叢書集成續編》（臺北：新文豐股份有限出版公司，1989年），第242冊，〈榆林〉，頁16。

[67] 明·張居正等奉敕纂修：《明世宗實錄》，卷218，嘉靖十七年十一月戊子條，頁4473。

[68] 明·鄭汝璧：《延綏鎮志》，卷6，〈經略河套考〉，頁491。

[69] 明·鄭曉：《皇明北虜考》，收入《明代蒙古漢籍史料彙編》（呼和浩特：內蒙古大學出版社，2006年），第1輯，頁191。

之」,[70]唐樞(1497-1574)載「榆林地乏耕牧,藉於河套為多。河套失自弘治、正德間,數千里膏腴之地盡為胡虜出沒,榆林由是失所養」[71]等等。這些表述中有人是親歷,有人是聽聞,也有人可能是有目的性的人云亦云,但基本可以肯定至少在正統、成化、弘治甚至到嘉靖年間,一部分河套地區確實有可耕之處,其中不少描述提到河套水草豐茂,而水草茂盛之處事實上更適合畜牧,這也是為何蒙古部落於此處駐留的原因。茲將本研究所收集關於明人對河套環境正向的表述及其文句語境分析整理於表一。我們發現,對於河套環境有正面描述且具備明確地理方位訊息的,皆指向明代河套的東南緣,其中一些描述明顯帶有支持其主張的目的性。

表一 明人對河套環境的正向表述（相同或近似文句取年代先者）

作者	史料出處	與河套環境相關的描述	文句語境分析
楊琚（1430-？）	《明憲宗實錄》	套內地廣田腴,亦有鹽池海子,葭州等民多出墩外種食。	引用自幼熟悉河套的百戶朱長對作者親言關於河套豐美的描述,並建議朝廷在延綏一帶移堡防邊。此文所指墩外種植處為明代河套東南緣,即葭州邊外,該處地肥,可耕墾。
劉聚（？-1474）／王越（1426-1499）	《明憲宗實錄》	河套北有黃河可據,中有水草,利於放牧；南有人煙,便於虜掠,以是久居不去。	說明因河套有水草及地利,導致蒙古部落久居不去。建議朝廷移堡添堡防守邊界,乃為安邊之策。
黃瑜（1426-1497）	《雙槐歲鈔》,頁 520	黃河套周迴六、七千里,土肥饒,可耕桑,三面阻河,切近陝西榆林堡。……榆林俗不藝圃,乃求種教植,自是蔬果與內地等。又於界石外開地以為屯田,給軍民耕	形容河套土地廣大且肥饒,可從事農作。嘉靖年間,趙廷瑞編撰的《陝西通志》卷 10 及萬曆年間,鄭汝璧所編撰的《延綏鎮志》皆沿用

---

[70] 明‧章潢:《圖書編》,收入《景印文淵閣四庫全書》,子部第 274 冊,卷 46,〈復河套議〉,頁 69。
[71] 明‧唐樞:《冀越通》,收入《叢書集成新編》(臺北:新文豐股份有限出版公司,1986 年),第 94 冊,頁 19。相同文句亦見明‧陳全之:《蓬窗日錄》(上海:上海書店出版社,2009 年),卷 2,〈河套議〉,頁 86。

作者	史料出處	與河套環境相關的描述	文句語境分析
		種，得糧十數萬石，以助經費。	此文句描述河套之肥饒，並感嘆河套之失。此文亦記述余子俊在榆林任內的貢獻，其在界石外開墾土地，且得豐收。
鄭環（1422-1482）	〈明故榮祿大夫右軍都督府致仕都督同知張公墓誌銘〉[72]	公乃建議以為河套地方廣邈，水草豐美，而邊城紆繞□空，地無險阻，易為寇竊。	描述河套水草豐美，容易被蒙古部落佔據，建議築邊修堡以備。宣揚張泰在正統及景泰（1450-1457）年間，於其總兵官任內備邊有功。
白圭（1421-1474）	《明憲宗實錄》	邊境封疆之外，軍民不得擅出耕牧。邇歲守邊諸將乃私令軍士于界外開種沃地，于各堡分牧頭畜，招寇虜掠，因糧于我。欲令巡按御史行邊禁約宜，移文延綏鎮守諸官禁之，違者聽巡撫巡按奏治，其言山東逃民見在神木、葭州諸邊營堡耕牧，致生邊釁。	此條說明邊外土地肥沃，軍士私自開墾，以致招寇。地點亦在葭州及神木邊外，即明代河套的東南緣。此文說明靠近邊境外的河套地區既可種植，亦可放牧，顯現農牧交錯地帶的特徵。
丘濬（1421-1495）	《大學衍義補》	其地饒五穀，尤宜稻麥。	此句原出自元‧脫脫所著《宋史》，用以形容西夏的土地，所指應為河西走廊上武威與張掖之間的石羊河與黑河流域以及寧夏發達的黃河灌區較為適宜，不宜指明代河套範圍。宋、夏時期河套與寧夏皆隸屬於西夏。丘濬以此疏主張河套地饒，可以屯田以守不需從外地餽糧。此文句亦被李祚引用，記載在《明孝宗實錄》中，李祚亦主張北虜不可不驅，河套不可不取。

---

[72] 參見王琨：〈明代寧夏總兵官張泰墓誌銘考釋〉，《寧夏師範學院學報（社會科學版）》2017年第1期（2017年2月），頁53-58＋97。

作者	史料出處	與河套環境相關的描述	文句語境分析
馬文升 （1426-1510）	《馬端肅公奏疏》	河套之中地方千里，草木茂盛，禽獸繁多。	此疏意欲驅虜寇出套，避免蒙古部落久據，遺患邊疆，而描述河套地區的佳美可為軍事或外交行動增添說服力。
倪岳 （1444-1501）	《青谿漫稿》	蓋緣河套之中，水草甘肥，易於駐劄，而腹裡之地，道路曠遠，難於守禦。	此疏以此文句解釋為何蒙古部落爭相進入河套，又為何難以防守。此文點出河套因有水草，易於駐牧，反而未提適合耕墾，又指出河套內部因路遠且土地荒曠，難以防守。相同文句亦收錄在鄭曉《皇明北虜考》，頁207。鄭曉引此句時認為出自王越奏疏，有誤。
李晟 （1436-？）	《明憲宗實錄》	河套地環千里，土厚物蕃，不宜棄之，以資寇養患。	李晟強調河套的地利，不可棄之，應以河套地大招陝西饑民及流民，以俾耕牧，以資糧馬。
李傑 （1443-1517）	《李□□奏疏》	今河南內地，土皆肥饒，種宜五穀。	此句模仿《宋史》對西夏的描述。
楊一清 （1454-1530）	《楊一清集》	其後，又撤東勝，以就延綏，則以一面之地遮千餘里之衝，遂使河套沃壤，棄為虜巢。	形容河套為沃壤但卻棄於北虜，造成延綏地區直面蒙古的威脅。楊一清在此疏提出河套解決方案，其終極主張是收復河套，復守東勝，並於河套實現大規模屯墾，無奈國力未逮。
崔銑 （1478-1541）	《洹詞》	河套者，河之隈也，廣袤數千里，草卉豐茂，產獸肥美。	此為神道碑文。形容河套豐美，並記述墓主人王越在河套抗擊蒙古部落之功績。
何贊 （1493-？）	《明世宗實錄》	河套沃野幾二千里，為吾中國門庭之險。	此疏指出河套是肥沃之地，且為邊疆險要之地，建議朝廷出兵復套，之後須興復屯法，以裕邊儲。

作者	史料出處	與河套環境相關的描述	文句語境分析
許論 （1495-1566）	《九邊圖論》	彼時虜少過河，軍士得耕牧套內，益以樵採圍獵之利，地方豐庶。	此文句亦見於魏煥所著《皇明九邊考》，卷7，〈榆林鎮〉，頁309。
曾銑 （1522-1566）	1.議收復河套疏 2.復套條議	1.套內無虜，土地沃膏，艸木繁茂，禽獸生息……三邊沃壤，其理宜復。 2.套內地半膏腴，不可勝耕。	此疏指出河套乃三邊沃壤，因是膏腴之地且是故壤，所以應當收復，之後因河固守，盡墾套地，並移民實之。
楊守謙 （1505-1550）	《明臣奏議》，〈議曾銑復河套疏〉，頁440。	復套則移營田之人，耕墾沃壤，以實邊堡。	此疏附和曾銑復套議，形容河套為沃壤，欲在復套後移營田之人耕墾，以實邊堡。
魏煥 （？-？）	《皇明九邊考》，卷7，頁307。	正統間失東勝城，退守黃河，套中膏腴之地令民屯種，以省邊糧。	此文記述明廷於正統年間棄守東勝衛，退守黃河以南，但還是讓百姓在河套屯墾。正統年間當時，虜患尚不嚴重，軍民得以入套耕墾，後來因畏懼招寇，明令禁止。
鄭曉 （1499-1566）	《皇明北虜考》	迨至成化，諸酋競起，分部爭雄，各據水草，殘我邊郡，河套沃土，棄為虜巢。	此文痛惜河套沃壤遭蒙古游牧部落佔據，並以此侵擾邊境。
唐樞 （1497-1574）	《冀越通》	榆林地乏耕牧，藉於河套為多。河套失自弘治、正德間，數千里膏腴之地盡為胡虜出沒，榆林由是失所養。	作者認為榆林本身缺乏耕牧條件，所以需要靠豐美的河套來給養，感嘆河套已為胡虜佔據，導致榆林的凋敝。且邊鎮中只有榆林軍忠義無搖志，常懷復套之憤，但卻苦於無糧。本文藉著描述河套的美好，對比因失去河套給養而凋敝的榆林，心懷復套之志。相同文句亦收入陳全之（1512-？）著作中，參見明‧陳全之：《蓬窗日錄》，卷2，〈河套議〉，頁86。
章潢 （1527-1608）	《圖書編》，卷	國家慎西北之防，以固封守，自東勝而西，因河為境，蓋二千餘里。自河以	此文為章潢記述前人之復套倡議，形容河套膏沃，且引用前述《宋

作者	史料出處	與河套環境相關的描述	文句語境分析
	46，頁 69-70。	南，則皆周秦以來朔方故地，且其地沃衍，有屯牧之利……蓋自東勝內移，榆林啟鎮，而河套昔時豐膏之壤，盡舉而棄之。……而《宋史》所載五穀皆宜。	史》對西夏的描述，認為河套五穀皆宜，待收復河套後，開衛所屯墾之。
王任重（1533-1610）	《邊防要略》[73]	遂奏築榆林城，南作延綏之屏翰，北保河套之沃壤……採套中之材木以擇匠氏，則公廨建矣。因套中之鹽池以設運司，則國課興矣。治地分田以闢四野之土，則屯田舉矣。	此文將河套形容為沃壤，認為余子俊遷鎮修邊，棄河套地區於邊外，實乃不智之舉，如棄珠玉於道。他認為要收復河套也未嘗不可。
鄭汝璧（1546-1607）	《延綏鎮志》（萬曆）	今河南土地美好，水草甘豐，國家舉而委之點虜已百有餘年。	鄭汝璧在其《延綏鎮志》卷六中單獨列出河套一節，其中感嘆榆林之貧乏，讚賞河套之豐美，哀痛河套之久失，導致附近三個軍鎮須屯兵二十萬，糧餉內耗無數。
佚名	《陝西四鎮圖說》	火篩入寇，始據河套，以方四千里膏腴之區為十餘萬腥羶之穴。	此文記述延綏鎮的歷史與地理狀況，感嘆自弘治八年（1495）火篩部落入寇後，膏腴的河套即為蒙古人佔據，戰守勞費不貲，日益困頓而無寧歲。

　　除了以上對河套地區環境的正面表述以外，我們還可以發現一些從成化到崇禎（1628-1644）年間對河套環境負面的描述，凸顯了河套地理環境的兩面性。成化年間的陸容（1436-1494）在其《菽園雜記》中有一條關於葉盛於成化七年（1471）往勘河套的記載：

> 延安、綏德之境，有黃河一曲，俗名河套。其地約廣七八百里，夷人時竊入其中，久之乃去。葉文莊公為禮部侍郎時，嘗因言者欲築

---

[73] 明・王任重：《邊防要略》，收入明・陳子龍等編：《皇明經世文編》，卷 414，頁 353。

立城堡，耕守其地，奉命往勘。大意謂其地沙深水少，難以駐牧；春遲霜早，不可耕種，其議遂寢。[74]

另有一條關於葉盛與王越議論河套問題對策的內容，涉及了套中環境，記載在《明憲宗實錄》中，指出河套內道路曠遠與沙深水少的狀況：

套中地境，動經數千百里，沙深水少，軍行日不過四、五十里，往返必踰月。[75]

這些記載反映了明代成化年間河套的另一種面貌，指出了鄰近延綏鎮外的河套地區生態環境並不適合耕種的情況，這與李傑、楊一清及曾銑對河套地區地理環境適合耕種的描述，形成鮮明的對比。這兩條描述河套「沙深水少」的紀錄可與董越（1431-1502）在成化年間所上〈論西北備邊事宜〉一疏相參照，該疏同樣提及河套沙深水少且地方廣大，想要深入直搗套中的蒙古部落非常困難。董越此疏特殊之處在於除了描述河套沙深水少外，還提及河套有部分可耕之地，但已被蒙古部落佔據用以畜牧，明確點出河套環境的兩種面貌：

且河套之地，方數千里，沙深水少，欲直搗深入，其勢甚難，前後經制之人，但於東西中三路各設屯堡……然今河套可耕之地，已盡為虜之畜牧，欲就屯種，斷無可能。[76]

正是由於此次葉盛對於河套地區的實際勘探報告，使得憲宗做出決策，放棄收復河套，採取守勢。[77]如果此次的報告是河套地區土地豐腴可耕桑、宜

---

[74] 明・陸容：《菽園雜記》（上海：商務印書館，1936年），卷8，頁84。

[75] 明・劉吉等奉敕纂修：《明憲宗實錄》，卷102，成化八年三月壬戌條，頁1998。

[76] 明・董越：〈論西北備邊事宜一〉，明・陳子龍等編：《皇明經世文編》，卷90，《董□□奏疏》，頁233。

[77] 葉盛此行的始末見於諸多文獻，參見明・徐學聚：《國朝典彙》（臺北：臺灣學生書局，1965年），卷171，兵部35，〈河套〉，頁2048。「命吏部右侍郎葉盛行視河套。時北虜入河套，議增兵設險，或請大舉搜套，驅虜出河外，沿河築城堡，抵東勝，徙民耕守其中。敕盛往議方略上言：『搜河套，復東勝，未可輕議，唯增兵守險，可為遠圖。宜合守臣剷削邊牆，增築城堡，收新軍以實邊，選土兵以助守便。』上從之。」近似記載亦可見於明・沈德符：《萬曆野獲編》（北京：中華書局，1997年），卷17，〈兵部・河套〉，頁432。歸有光（1507-1571）亦載此事件云：「議者欲驅出之，而連城屬之東勝，田作其間。公奉命往相視，獨以道險遠勞費，又春遲蚤

五穀的話,也許最後的決策將有所不同。此文所提延安、綏德之境的河套地點位於明代河套地區的東南緣,與前述成化二年(1466)楊珺奏疏中所敘述鄰近葭州邊外河套的地理方位基本一致(即今榆林市東北方向大邊長城以北)。然而,同是成化初年間的記述,呈現的面貌卻大大不同,一說「地廣田腴」,「葭州等民多出墩外種食」,另一說「沙深水少,難以駐牧;春遲霜早,不可耕種」。誰是誰非?或亦是亦非,後面進一步探討。

此外,倪岳在其論西北邊備的奏疏中也提到河套之中有「水草甘肥」,但也認為若要出兵復套而守東勝,須以「孤遠之軍,涉荒漠之地,輜重為累,饋餉為艱」,到時可能進退不得,一敗塗地。[78]前述黃瑜所著的《雙槐歲鈔》雖提到河套「土肥饒,可耕桑」,但也提到榆林堡城往北二、三十里之外是「沙漠平地」,因而在那築瞭望墩臺。[79]龔輝(1482-1566)在其《全陝政要》一書中記載當時葭州下轄的府谷縣時說道:「東至黃河三十步,西神木縣界一百二十,南黃河一百步,北沙漠界九十。」[80]說明在嘉靖中期,往北出府谷轄境進入河套即為沙漠。此外,《明英宗實錄》的紀錄也顯示早在正統年間河套東北部與東勝交界一帶已是沙漠相接:

> 鎮守陝西都督同知鄭銘等奏,陝西地界與東勝及察罕腦一帶沙漠相接,胡寇侵擾,殆無寧歲。[81]

霜,不可田,請增戍守而已。」明確指出河套不適宜耕作,參見明·歸有光:《震川先生集》(上海:上海古籍出版社,1981 年),卷 24,〈葉文莊公墓地免租碑〉,頁 560。此次葉盛的勘探結果對憲宗朝復套的政策產生重大的影響,使成化皇帝打消軍事收復河套並徙民耕守的打算,並引起後世部分人士的責備,如乾隆年間陳履中(1693-1769)就在其《河套志》一書說道:「自葉盛倡誕謾之論,遂堅棄河套之心……一言喪邦,葉盛之謂也。」參見清·陳履中:《河套志》,收入《四庫全書存目叢書》(臺南:莊嚴文化事業有限公司,1996 年),史部第 215 冊,卷 4,頁 743。

[78] 明·倪岳:〈論西北備邊事宜狀一〉,頁 476。
[79] 明·黃瑜:《雙槐歲鈔》,卷 8,〈河套墩臺〉,頁 520。
[80] 明·龔輝:《全陝政要》,收入《北京圖書館古籍珍本叢刊》(北京:書目文獻出版社,1996 年),史部·地理類第 22 冊,卷 2,頁 797。
[81] 明·陳文等奉敕纂修:《明英宗實錄》,卷 25,正統元年十二月甲戌條,頁 496。

從陸容記載成化年間葉盛往勘河套的經驗及弘治時期黃瑜對榆林城北和嘉靖時龔輝對於府谷北境的描述來看，即便不斷有漢人出邊耕種的事實，在曾銑之前七、八十年的成化年間，河套整體的生態環境已不容樂觀，到了曾銑與龔輝時代的嘉靖中期，早年出邊外耕種的河套東南緣地區也已可見沙漠。對照前述唐樞所云「榆林地乏耕牧，藉於河套為多。河套失自弘治、正德間，數千里膏腴之地盡為胡虜出沒，榆林由是失所養」，我們可以知道至少在嘉靖時期，即便不考慮蒙古人擄掠的風險，單就地理環境與氣候條件而言，也許小規模邊民出邊尋有水源的地方耕種尚能溫飽，若是整個榆林鎮都需要靠沙漠化趨勢明顯的河套地區來給養，應該是不切實際的想法，而所謂「數千里膏腴之地」只能說是文人未親歷河套而對其有失而不可得的感懷與失之可惜的想像，不見得契合現實。

除了以上關於明代河套東南部與東北部的描述外，我們尚可從一些明人的記述中以明人之眼管窺明代中後期廣大河套整體的自然環境狀況，包含河套南部、西南部、中部及西北部地區，即現今毛烏素沙地與庫布齊沙漠所在的範圍。《明憲宗實錄》記載成化九年（1473），當時寧夏鎮東南隅與延綏鎮定邊營交界的興武營及花馬池孤懸於沙漠的狀況，這兩營以北便是河套地區，以西是寧夏平原，以東則是延綏鎮定邊營等諸堡，既然說是孤懸沙漠，則可得知花馬池及興武二營以北必當處於沙漠邊緣：

> 寧夏三路俱當嚴守，東路平漫尤為要害，其花馬池、興武二營為萌城塩池石溝一帶藩籬，而靈州尤寧夏城喉襟，唇齒相賴，但二營孤懸沙漠，無險可據。[82]

再者，王瓊（1459-1532）在《北虜事跡》一書也提到花馬池數十里外的河套地區是乏水草之地，亦記載花馬池、定邊營邊外的環境水源有限，多「大沙凹凸」：

---

[82] 明・劉吉等奉敕纂修：《明憲宗實錄》，卷120，成化九年九月壬子條，頁2324。

而花馬池軍千餘，豈敢馳出數十里之外乏水草之地，與強虜鬭哉？[83]
虜眾臨牆止宿，必就有水泉外安營飲馬。今花馬池牆外有鍋底湖、柳門井，興武營外有蝦蟆湖等泉，定邊營外有東柳門等井，餘地多無井泉，又多大沙凹凸。[84]

余子俊在成化十二年（1476）的〈地方事〉疏中也提及延綏西路的定邊及安邊二營「俱係平漫沙漠」：

> 延綏西路定邊、安邊二營，正統初年開創，俱係平漫沙漠去處，難於打牆挑壕。[85]

同樣地，曾銑也於嘉靖二十六年（1547）對位於延綏鎮轄境西陲與寧夏交界的定邊營及比鄰的寧夏鎮花馬池一帶有過記載，當時人的認知是那裡邊外的土地已不可耕：

> 定邊、花馬一帶，全無水利之資，地多鹹瘠，田不可耕。……況無牆之處，耕者從事，必須官軍架梁。其行糧草料，又在防秋之外矣。或曰近邊地土，且不可耕，邊外之地可知矣。[86]

以上這些記錄都反映了河套地區西南部一帶，從正統年間到嘉靖年間面臨沙漠化的狀態。與楊一清同一時代的李東陽（1447-1516）在其〈西北備邊事宜狀〉中也提到河套內部是沙地，運送物資相當困難：

> 往時屢有建議，欲復守東勝，因河為固，東接大同，西接寧夏，以為聲援者，事不果行，或以為虜眾在內，未易深圖，或以為中界沙地，饋運難繼。[87]

---

[83] 明·王瓊：《北虜事跡》，收入《四庫全書存目叢書》（濟南：齊魯書社，1995年），子部第31冊，頁10。
[84] 明·王瓊：《北虜事跡》，頁15。相同文句亦見明·魏煥：《皇明九邊考》，卷7，〈榆林鎮〉，頁284。
[85] 明·余子俊：〈地方事〉，明·陳子龍等編：《皇明經世文編》，卷61，《余肅敏公文集》，頁610。
[86] 明·曾銑：〈復套條議〉，明·陳子龍等編：《皇明經世文編》，卷240，《曾襄愍公復套條議》，頁532。
[87] 明·李東陽：〈西北備邊事宜狀〉，明·陳子龍等編：《皇明經世文編》，卷54，《李西涯文集》，頁536。

桂萼（1478-1531）與李承勛（1473-1531）兩人於嘉靖九年（1530）分別在其奏疏中，以類似的文字描述榆林米脂縣以西土地沙漠化的情況，連車子都無法在當地使用，須以騾驢負重前行，而米脂以西，過橫山，即出長城而入明代河套，屬毛烏素沙地的南緣，可知明代毛烏素沙地擴張的影響。

　　榆林自米脂以西，涉沙而行，車不可進，騾驢負載。[88]

　　榆林自米脂以西，地涉深沙而行，車不可前，騾驢馱負。[89]

嘉靖十一年（1532），唐龍（1475-1546）在其〈大虜住套乞請處補正數糧芻以濟緊急支用〉一疏中，更直接提及榆林鎮城外百餘里的距離內，受毛烏素沙地南侵的影響，以致無法耕種的狀況，也提到之前軍民出邊耕種，即前面所述漢人出榆林鎮東北諸縣神木、府谷等邊外耕種情事，頗有悔失沃壤的感懷，殊不知榆林以北的河套地區也同樣面臨沙漠化趨勢。

　　榆林鎮城百餘里之內，一望沙漠，不生五穀。先年軍人俱出邊外耕
　　　種，又遇天年豐收，故米粟之多，每銀一兩，可糶二、三石。[90]

嘉靖十一年（1532）榆林這種荒涼歉收的光景與成化八年（1472）余子俊擴建榆林城後，於當地「內邊曠地皆墾，屯田歲得數萬石」[91]的情形相比，實在是天差地別，兩者時間相距六十年左右，自然環境已明顯惡化。到了隆慶三年（1569）左右，總理屯鹽都御史龐尚鵬（1524-1581）於巡歷九邊，考察屯政後所上〈清理延綏屯田疏〉也提及當時延綏鎮的嚴重沙漠化，從鎮城遠眺，一望黃沙無際，耕地不多，導致山坡無處不耕的狀況，凸顯環境惡化以及土地過度開發的情況。此時上距嘉靖朝曾銑議復河套的時間過了不到二十五年：

---

[88] 明・桂萼：〈進沿邊事宜疏〉，明・陳子龍等編：《皇明經世文編》，卷181，《桂文襄公奏疏》，頁566。
[89] 明・李承勛：〈會議事件〉，明・陳子龍等編：《皇明經世文編》，卷100，《李康惠奏疏》，頁310。
[90] 明・唐龍：〈大虜住套乞請處補正數糧芻以濟緊急支用〉，明・陳子龍等編：《皇明經世文編》，卷189，《唐漁石集》，頁661。
[91] 明・方孔炤：《全邊略記》，收入《四庫禁燬書叢刊》（北京：北京出版社，2000年），史部第11冊，卷4，〈陝西延綏略〉，頁146。

> 臣自永寧州渡河西入延綏，所至皆高山峭壁，橫亙數百里。土人耕牧，鋤山為田。雖懸崖偏陂，天地不廢，及至沿邊諸處，地多荒蕪，臣招父老面語之，皆云地力薄而虜患不可測。……照得該鎮東西延袤一千五百里，其間築有邊牆，堪護耕作者僅十之三四，虜騎鈔略，出沒無時，邊人不敢遠耕，其鎮城一望黃沙，瀰漫無際，寸草不生，猝遇大風，即有一二可耕之地，曾不終朝，盡為沙磧，疆界茫然。[92]

與曾銑同處嘉靖時期的翁萬達（1498-1552），在其反對復套的奏疏中提到與蒙古部落在河套作戰是「捨火器守險而與之馳射突擊于黃沙白草之間」。[93]萬曆年間王士性在其《廣志繹》一書提到河套時說道「其中皆蕪野荒原，惟虜可就水草住牧」。[94]到了崇禎七年（1634），王振奇（？-1634）進一步說道「昔之河套，一寸一金；今之河套，黃沙漠漠」，[95]此時距明亡只有十年，明末的人也感知河套環境已惡化。

毛烏素沙地歷史時期的發展進程與原因探討是學界的一個熱點題材，有學者提出毛烏素沙地受人類活動影響而日益擴張，如侯仁之、何彤慧等，但晚近的研究也指出毛烏素沙地的擴張是自然的進程，受人類影響不大，另有研究顯示不能忽略人類活動對沙地局部活動的影響。[96]前

---

[92] 明・龐尚鵬：〈清理延綏屯田疏〉，明・陳子龍等編：《皇明經世文編》，卷359，《龐中丞摘搞》，頁468-469。
[93] 明・翁萬達：《翁萬達集》，卷4，〈復河套議〉，頁91。
[94] 明・王士性著，呂景琳點校：《廣志繹》，卷3，〈江北行省〉，頁52。
[95] 明・王振奇：〈兵科抄出寧夏巡撫王振奇奏本〉，收入中央研究院歷史語言研究所編：《明清史料乙編》（上海：商務印書館，1936年），第2本，頁113。
[96] 有關毛烏素沙地的歷史變遷與人類活動的影響，近幾十年來學界有諸多研究發表，列舉其要，如侯仁之：〈從紅柳河上的古城廢墟看毛烏素沙漠的變遷〉，《文物》1973年第1期（1973年1月），頁35-41。王北辰：〈毛烏素沙地南沿的歷史演化〉，《中國沙漠》1983年第4期（1983年12月），頁11-21。趙永復：〈再論歷史上毛烏素沙地的變遷問題〉，《歷史地理》第7輯（1990年），頁171-180。韓昭慶：〈明代毛烏素沙地變遷及其與周邊地區墾殖的關係〉，《中國社會科學》2003年第5期（2003年9月），頁191-204。顧琳：〈明清時期榆林城遭受流沙侵襲的歷史記錄及其原因的初步分析〉，《中國歷史地理論叢》2003年第4期（2003年12月），頁52-56。曹永年：〈明萬曆間延綏中路邊牆的沙壅問題——兼談生態環境研究中的史料運用〉，《內蒙

述史料顯示在明代中期毛烏素沙地的南緣已經擴展到榆林鎮城外，並往西南一直延伸到定邊營及寧夏鎮的花馬池一帶，即整個榆林長城大邊中路及西路以北。再者，當時人已認為定邊營、花馬池以北的邊外土地已因沙漠化而不可耕。結合上述史料，我們有充分的理由相信，曾銑復套議提出時的明代嘉靖中期，陝北榆林大邊長城中路及西路邊外，即明代河套南部、西南部以及中部地區，已呈現不可忽視的沙漠化狀態，在無足夠水源之下無法進行大規模開墾耕種。至於明代河套西北方的庫布齊沙漠當時狀況如何，我們也可以從於明代嘉靖時成書的《廣輿圖》中，得知在寧夏鎮以北，黃河以東、以南的彼處被稱為「大沙堆」，當時已然是一片大沙漠。而根據研究，庫布齊沙漠甚至在北魏時期即已存在，記載於《魏書》及《水經注》中。[97]

古師範大學學報》2004 年第 1 期（2004 年 2 月），頁 5-9。何彤慧、王乃昂等：〈歷史時期中國西部開發的生態環境背景及後果——以毛烏素沙地為例〉，《寧夏大學學報（人文社會科學版）》2006 年第 2 期（2006 年 3 月），頁 26-31。鄧輝、舒時光等：〈明代以來毛烏素沙地流沙分布南界的變化〉，《科學通報》2007 年第 21 期（2007 年 11 月），頁 2556-2568。黃銀洲、王乃昂等：〈毛烏素沙地歷史沙漠化過程與人地關係〉，《地理研究》2009 年第 2 期（2009 年 4 月），頁 206-211。朱士光：〈關於進一步推進歷史時期毛烏素沙地生態環境變遷研究的幾點思考——為紀念統萬城興建 1600 年而作〉，《晉陽學刊》2014 年第 1 期（2014 年 1 月），頁 35-40。黃銀洲、王乃昂等：〈鄂爾多斯高原秦漢遺址空間分布及環境指示意義〉，《地理研究》2018 年第 11 期（2018 年 11 月），頁 2165-2176。徐志偉、鹿化煜等：〈毛烏素沙地風沙環境變化研究的理論和新認識〉，《地理學報》2021 年第 9 期（2021 年 9 月），頁 2203-2223。
[97] 牛俊傑、趙淑貞：〈關於歷史時期鄂爾多斯高原沙漠化問題〉，《中國沙漠》2000 年第 1 期（2000 年 3 月），頁 67-70。

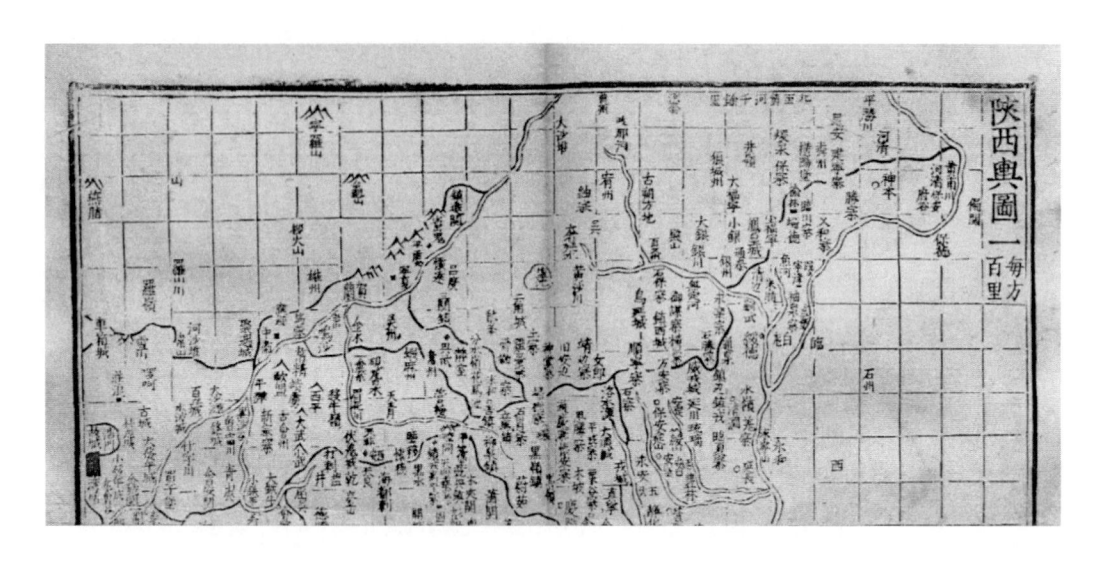

圖二　《廣輿圖》中陝西輿圖（局部）所示之庫布齊沙漠（圖中央上方的「大沙堆」）（明嘉靖三十七年〔1558〕南京十三道監察御史刊本）

從以上明人對河套地區環境的描述，我們得知明代河套有著兩種截然不同的面貌，這些描述不免都以偏概全，難以反映當時河套的全貌。我們甚至可以從某些極端的記述中窺探到作者的書寫帶有一些目的性，事實上官員對河套地區不同的描述會關係到河套到底值不值得明廷投注大筆財力與人力去收復及維繫。提倡復套的官員傾向把河套形容成適宜種植的沃壤，相反地，反對復套的官員如葉盛，把河套形容為「沙深水少，難以駐牧；春遲霜早，不可耕種」，不只地理環境不佳，氣候也不適合耕種。不同人對河套地區的描述成了可以左右朝廷決策的重要指標。明代中後期廣大的河套地區有大範圍的沙漠及沙漠化趨勢是事實，但也確有一些可耕之處，如其東南緣與延綏鎮交界那些有水源的地帶，但佔明代河套整體的面積相當有限。如果河套地區未必全然豐美且因邊患風險甚高，邊人為何要冒險出邊耕種？根據前述龐尚鵬考察，我們可以得知當時延綏當時環境惡化及過度開發導致「地力薄」外，嘉靖時人蘇志皋（1488-？，即岷峨山人）所著《譯語》載「虜中草茂，以糞多、燒荒灰燼多及不種植，地力有

餘故也」,[98]也說明了邊外的土地因為人口相對少而種植少,加以動物的糞便及燒荒的灰燼增加土地的肥力,所以吸引邊民冒險出邊。真實的明代河套雖有大範圍沙漠化的趨勢,相對於人口較稠密、土地開發潛力不高的邊內,只要能夠就近水源,卻相對有土地廣闊及肥力尚足的優勢,況且當時陝北屢有發生饑荒的情況,[99]邊民為了生存而冒險出邊求生存亦是不得已而為之。至於河套地區是否可以如楊一清甚至曾銑所提,能盡墾套地,進行大規模灌溉耕種,這是下段另外要探討的議題。本研究所收集之明代史料中關於河套地區的負面描述及其文句背景分析整理於表二。

表二 明人對河套環境的負面表述(相同或近似文句取年代先者)

作者	史料出處	對河套環境的描述	文句語境分析
鄭銘 (1429-1500)	《明英宗實錄》	鎮守陝西都督同知鄭銘等奏,陝西地界與東勝及察罕腦一帶沙漠相接,胡寇侵擾,殆無寧歲。	正統元年(1436)當時河套地區尚未被蒙古部落佔據,仍在陝西轄境,陝西地界與東勝一帶即為明代河套的東北部。此疏明確指出當地的惡劣環境,沙漠相接,並受到胡寇侵擾,請求皇帝派廷臣前來,及招募自願立功者。

---

[98] 明・蘇志皋:《譯語》(北京:中華書局,1985年),頁45。
[99] 如嘉靖年間三邊總制唐龍於〈大虜住套乞請處補正數糧芻以濟緊急支用〉疏中所述:「榆林地方節遭凶荒,公私俱匱。」參見明・萬表:《皇明經濟文錄》,卷38,〈大虜住套乞請處補正數糧芻以濟緊急支用〉,頁928。明代紀錄顯示在嘉靖八年(1529)四月至九年(1530)二月間於榆林餓死一萬三千三百四十三人,甚至發生人吃人的慘狀,參見明・萬表:《皇明經濟文錄》,卷38,〈延綏救荒事宜疏〉,頁923。隆慶二年(1568)王崇古也敘述榆林缺糧的狀況說:「榆林鎮城,四望沙漠,絕無耕收積貯。」參見明・王崇古:〈陝西四鎮軍務事宜疏〉,明・陳子龍等編:《皇明經世文編》,卷319,《王鑒川文集》,頁725。

作者	史料出處	對河套環境的描述	文句語境分析
陸容 (1436-1494)	《菽園雜記》	延安、綏德之境，有黃河一曲，俗名河套。其地約廣七八百里，夷人時竊入其中，久之乃去。葉文莊公為禮部侍郎時，嘗因言者欲築立城堡，耕守其地，奉命往勘。大意謂其地沙深水少，難以駐牧；春遲霜早，不可耕種，其議遂寢。	記述成化年間葉盛奉旨勘探河套地區，結論是河套地區不適合耕作，難以定居，收復河套的計畫因此擱置。本文敘述的事件對是否收復河套的政策決定有重大影響。
葉盛 (1420-1474) ／王越 (1426-1499)	《明憲宗實錄》	套中地境，動經數千百里，沙深水少，軍行日不過四、五十里，往返必踰月。	此文為葉盛與王越議論若調軍選將進入河套，將面臨道路曠遠及沙深水少的狀況。若要調集官軍，則需一、二十萬人，所需糧料供運之人不下數十萬，因事體重大，未敢定奪，建議先採守勢，分守要害之地。
董越 (1430-1502)	〈論西北備邊事宜一〉	且河套之地，方數千里，沙深水少，欲直搗深入，其勢甚難，前後經制之人，但於東西中三路，各設屯堡。	此疏認為河套內部沙深水少，道路曠遠，不易深入追擊，且各堡官軍一遇蒙古兵來，即堅閉不出。為充實軍力，在現有士兵之外，應多方設法招誘，選擇勇悍者優待之。
黃瑜 (1426-1497)	《雙槐歲鈔》	鎮守都督王禎（按：即「王禎」）始築榆林堡城，仍設法禦之。往北二、三十里之外，沙漠平地，則築瞭望墩臺。	此記述說明榆林堡城北方二、三十里開外設有明軍的瞭望墩臺，而墩臺外的河套地區在正統年間已是沙漠平地。
倪岳 (1444-1501)	《青谿漫稿》，卷13，頁476。	然以孤遠之軍，涉荒漠之地，輜重為累，饋餉為艱。……其開地方千里，綿亙無際，既無城郭之居，亦無委積之守。	此疏指出建議復套守東勝的朝臣乃出於胸臆之見，不切實際。要越過黃河至北岸復守東勝，是孤軍深入荒漠之地，到時孤不可援，可能導致進退不得，一敗塗地。此文點出河套內部大部分的土地荒漠化及未開發的現象。

作者	史料出處	對河套環境的描述	文句語境分析
李東陽 （1447-1516）	〈西北備邊事宜狀〉	往時屢有建議，欲復守東勝，因河為固，東接大同，西接寧夏，以為聲援者，事不果行，或以為虜眾在內，未易深圖，或以為中界沙地，饋運難繼。	此疏提及以往朝臣建議復套守東勝，但最後因為各種原因而未成。此文點出河套內部沙漠化以致難以饋餉是復套未成行之重要原因。
翁萬達 （1498-1552）	《翁萬達集》	捨火器守險而與之馳射突擊于黃沙白草之間，得邪？失邪？	此文句出於翁萬達反對曾銑復套議的奏疏中，認為不拿火器據險以守，反而跟蒙古部落在沙漠草地中比騎射是不利用自己的長處，反而以自己的短處對敵人的長處，乃不智的作法。此文點出當時河套的環境位於黃沙白草之間。
趙廷瑞 （1492-1549）	《陝西通志》，卷4，頁161。	無定河在縣西，自北沙漠來，東流自綏德界。	此為描述米脂縣自然環境的文句，指出流入米脂縣的無定河是來自北邊的沙漠地帶，說明米脂西北的河套地區已是沙漠。
王士性 （1546-1598）	《廣志繹》	其中皆蕪野荒原，惟虜可就水草住牧，安得中國人居之？即遷人實之，從何得室廬耕作？所謂得其地不足田，得其人不足守，幸而曾議不成耳。	本文認為曾銑的復套主張實乃不智，河套環境不適合漢人居住，不僅無法實現耕墾，還會徒費國家大量錢糧，最後還是保不住。故而慶幸曾銑之議未成。很顯然作者不會形容河套豐美，否則與其論點相悖。
王瓊 （1459-1532）	《北虜事跡》	虜眾臨牆止宿，必就有水泉外安營飲馬。今花馬池牆外有鍋底湖、柳門井，興武營外有蝦蟆湖等泉，定邊營外有東柳門等井，餘地多無井泉，又多大沙凹凸。	作者描述寧夏花馬池及附近興武營、定邊營邊牆外的水源狀況及地理環境，言及北虜入境大抵從花馬池平坦道路有水草之處結營而入。此文顯示花馬池外的河套水源有限，並且呈現「大沙凹凸」的沙漠化狀態。相同文句亦見《皇明九邊考》，卷7，〈榆林鎮〉，頁313。

作者	史料出處	對河套環境的描述	文句語境分析
王振奇（?-1634）	《明清史料乙編》	昔之河套，一寸一金；今之河套，黃沙漠漠。	此疏論及寧夏鎮收降蒙古來降者的狀況，感嘆當初吉囊部落甚為強盛，而如今殄滅大半，歸降日多，此文句透露當時河套沙漠化嚴重。此疏作於崇禎七年（1634）二月，明亡前十年。
章潢（1527-1608）	《圖書編》，卷47，〈寧夏等衛圖說〉，頁94。	花馬池⋯⋯當河套之衝⋯⋯東與榆林定邊營接壤，北臨沙漠之墟，城孤懸而寡援，地荒僻而廣闊，駿馬踰邊，長驅內地。	此文介紹寧夏衛的自然環境與防務。花馬池位於河套之南，與河套西南緣交界。此文說明花馬池北邊的河套乃為沙漠之地，荒僻而廣闊。

五　明代河套地區是否可以規模化引黃灌溉？

　　曾銑之前的楊一清主張「使河套方千里之地，歸我耕牧，開屯田數百萬」，至於如何在明代河套地區實現大規模屯墾？楊一清並未詳述，根據他曾在寧夏總制邊務的經歷，推測是想效法寧夏的黃河灌渠。後來的曾銑在其復套議中明確提出可如寧夏灌區「引黃河之水為大小之渠，渠以灌田」，如此「數年之後，套地可盡墾」。然而，這樣的論點或多或少立足於想像，與現實有極大的差距，因為要完全開墾河套地區，而不是只有小規模範圍的耕墾，則勢必要依賴天然條件，配合水利工程才能達成。茲將明代河套分區，依次說明大規模開墾河套地區及於該地引黃灌溉的可行性。

　　明代河套東南部地區當時包含從今天鄂爾多斯市的準格爾旗與伊金霍洛旗，一直到現今榆林鎮城北部及其東北諸縣，如葭州所轄神木縣、府谷縣的長城大邊以北，其地形地貌為黃土丘陵溝壑區。這一帶的河套地區隔黃河與山西相望。此處的黃河深切峽谷，兩岸夾山，甚少平地，峽谷深度距離水面在一百公尺以上，地表遠遠高於黃河水平面，整段峽谷涵蓋內蒙、陝西與山西三個省區，從內蒙古呼和浩特市清水河縣的喇嘛灣開始一

直到陝西省韓城市的龍門鎮為止,長度超過七百公里,被稱為晉陝大峽谷。在一般的情況下,如果河床與地面的高差太大而需要引水灌溉,則必須興築攔水壩使得水位抬高才可使水流入渠口到地表灌溉。[100]正因為此段黃河的水平面與地表高差太大,以古代的技術想要引黃河水到峽谷高處的地表灌溉幾乎是不可能的任務。即便以現代的工程及機械設備可以實現引黃河水灌溉農田,因為兩岸平地少,山地多,也沒有太大的經濟價值。

明代河套東南部地區有數條黃河支流流經,從東到西如皇甫川(古作黃甫川)、清水川、孤山川、窟野河及其上游的烏蘭木倫河、禿尾河、葭蘆河、無定河及其上游的海流兔河跟紅柳河等等,這些河流從河套地區流到陝北,最後匯入黃河。此地也有一些湖泊零星分布如紅鹼淖,漢人出邊墾植勢必需要依附這些河流、湖泊或水泉等水源。這個地區從延綏鎮東北長城邊外的河套地區一直延伸到其邊內神木及府谷、葭州,再到綏德一帶的地形地貌一致,丘陵溝壑縱橫,平地少,山坡地多,從 Google 衛星地圖便可以清楚看到這樣的地勢狀況。《秦疆治略》一書中提到此地區地形時,描述其山坡陡峭,即便在夏季有大雨來臨,卻難以建造堤堰來蓄水,不能充分利用水資源來大規模灌溉農作物:

> (綏德直隸州)境內皆高山陡坡,水多急流,無蓄洩之處,難以修築堤堰,不能引灌田畝。……(府谷縣)土瘠沙深,山高水冷,溝渠難資灌溉。[101]

明代中後期,此區域沙漠化趨勢明顯,且長城邊內的耕地有限,因土地開發過度而導致肥力不足,不得不往山坡地開發,破壞原生的植被,造成不合理的土地利用,加上此地區夏季季節性暴雨與徑流的侵蝕,水土流失嚴重。而水土流失加上土地過度利用的後果是破壞了表層的腐植質,使土壤的養分流失,改變了土壤的結構,若破壞持續,無法自然恢復,嚴重的話

---

[100] 張繼瑩:〈水到渠成——明清山西的環境、制度與水利經營〉,《漢學研究》第 36 卷第 1 期(2018 年 3 月),頁 188。

[101] 清・盧坤:《秦疆治略》(臺北:成文出版社,1970 年),頁 168、181。

便形成沙地。再者，此地區位於農牧過渡地帶，平均降雨量不多。另外一個特別的氣候因素是在十五世紀至十七世紀期間，全球正處於小冰河期氣候不穩定的情況，[102]明代中後期就在這時期當中。因為農牧過渡地帶的特殊地理環境與當時氣候條件，導致此地區自然災害較為頻繁，[103]自然的地理及氣候條件再結合人為的土地過度開發因素，使得很多邊內土地「土瘠沙深」，直接影響農業生產。至於有著類似地形地貌的長城邊外土地，因為較少人類農業活動，相對於邊內的過度墾植，可耕土地及其肥力自然優於邊內土地，因此吸引漢人出邊耕種。

論及灌溉，因山勢的原因，在古代很難於此地區的黃河支流修築堤壩來引水灌溉，[104]人們只能小範圍在易就水源處的山坡地和緩坡，或天然的淤地，以缺乏水渠之利的方式依勢屯墾。如果不注重水土保持的話，甚至只能以拋荒的方式不斷開發有肥力、有水源的土地來維持耕種，更不用談「屯田數百萬」了。總而言之，在明代河套東南部與延綏鎮東北部交界附近地帶，的確可以利用當地流經的黃河支流及零星的湖泊或水泉在尚未被人類過度墾植、土地肥力尚佳的區域小規模實施耕種，但若要在此黃土丘陵溝壑地區的地形地貌下引黃灌溉，或是在黃河支流大量地修築堤壩以蓄水灌溉，以明代的工程技術條件而言，很難實現。至於明代河套的南部及西南部地區，即寧夏鎮以東和延綏鎮中路及西路以北的地區，當時已經呈

---

[102] Timothy Brook, *The Price of Collapse- The Little Ice Age and the Fall of Ming China* (Princeton & Oxford：Princeton University Press, 2023) ,pp.165-166.

[103] 崔思朋：〈氣候與人口：歷史學視域下「農牧交錯帶」研究基本線索考察及反思〉，《重慶大學學報（社會科學版）》2020年第5期（2020年9月），頁284。

[104] 劉彥隨、李裕瑞：〈黃土丘陵溝壑區溝道土地整治工程原理與設計技術〉，《農業工程學報》2017年第10期（2017年5月），頁1-9。近幾十年來在黃土丘陵溝壑地區若要引黃河支流的水資源來灌溉的話，是採用建淤地壩或是更現代化的溝道土地整治的方式，即在上下游進行一系列的緩洪攔泥造地的系統性工程，形成攔泥、蓄水、灌溉、排洪一體化的綜合防護與利用模式，使荒溝變良田，但是這種現代化的系統性工程在古代無法實現。有個別利用天然淤積的壩子加以改造的例子，如榆林市子洲縣的天然聚湫是黃土高原天然的淤地壩，始於明代隆慶年間，但這是特例，為數不多。

現顯著的沙漠化景象，屬於毛烏素沙地的範圍，此地區是否可以引黃河水來灌溉？以下進一步探討可行性。

根據明人對河套範圍的界定，河套的西南部與當時的寧夏鎮交界，而寧夏鎮本身不屬於明代河套的範圍。雖然在明代中後期寧夏鎮時常受蒙古部落的侵擾，終明一代，寧夏鎮始終是明朝有效控制的領土，未曾丟失，所以寧夏雖屢有邊患的危機，卻沒有領土收復的問題。寧夏鎮銀川平原上的灌渠開發甚早，可以追溯到秦漢時期。明代以前已有秦渠、漢渠、漢延渠、唐徠渠等等古渠的存在。到明代時，寧夏銀川平原上引黃灌溉的情形已相當普遍，當時已是全國重要糧食產地，所以曾銑認為可以把寧夏引黃灌溉的經驗與方法推行到與之交界的明代河套地區，以解決收復河套後屯田及置州縣的問題。然而，寧夏銀川平原引黃灌溉的成功有其天然地理條件的配合，比鄰的河套地區想要引黃灌溉則有其天然的限制。黃河灌渠遍布的銀川平原屬於盆地地形，稱為銀川盆地，也被稱作銀川地塹，[105]其西依賀蘭山，東靠鄂爾多斯高原西緣，東西地勢高於中間的盆地，故黃河從靠鄂爾多斯高原這一側的台地邊緣由南往北流過，古人順地勢在銀川盆地開發引黃灌渠，充分地利用銀川盆地可以灌溉的土地來從事農業生產。[106]而明代河套西南緣與銀川盆地交界處屬於沙漠化台地，其地勢高出銀川盆地兩、三百公尺，[107]無法順勢流漫到黃河右岸外地勢高出黃河不少的河套地區，考慮到明代的工程技術，要開墾此區的河套地需要引水逆流而上到兩、三百公尺的相對高地，當時是無法進行的，這是靠近寧夏的河套西南緣無法開渠引黃灌溉的主因，否則此地早在明代以前就會如銀川盆地般被開渠造田，不用等到曾銑的時代，即便到現在也未見實行這樣的計畫，可

---

[105] 陳曉晶、虎新軍等：〈銀川平原基於地球物理資料三維建模的深部地質構造研究〉，《物探與化探》2020 年第 2 期（2020 年 3 月），頁 246。

[106] 如寧夏鎮靈州的漢伯與秦家二渠，兩者俱自「黃河開閘，流漫九十餘里，灌田甚溥」。參見明・龔輝：《全陝政要》，卷 4，〈寧夏鎮〉，頁 856。

[107] 周特先、王利等：〈寧夏構造地貌格局及其形成與發展〉，《地理學報》1985 年第 3 期（1985 年 6 月），頁 216-217。

見就其難度與經濟性考量,實乃不可行,而這無法在鄰近寧夏的河套地區開渠灌溉的因素並沒有被楊一清及曾銑所注意到。至於離黃河更遠的河套南部,即毛烏素沙地南緣地帶,甚至毛烏素沙地的中部腹地,要引黃灌溉更是不可能了。

接著我們考慮明代河套的西北部及北部黃河南岸地區。如前所述,明代河套的西北部已被當時人描繪成大沙堆,是明顯的沙漠地帶,也是今天鄂爾多斯市庫布齊沙漠的所在。雖然在近一、二十年於這一地帶有所謂「引黃入沙」的系統性水利工程的進行,使得黃河南岸一部分的庫布齊沙漠有所綠化,並帶動了一些農漁業的發展,但其規模相對整個庫布齊沙漠的範圍還是有限,況且,如果考量古代的工程技術條件的話,當時想要在這一帶「引黃入沙」實現規模化耕種也是幾乎不可能的任務,更不用說這一帶過於孤遠,難以補給及守衛的因素。最後我們考慮庫布齊沙漠以東,明代河套北部沿黃河南岸狹長的沖積平原地帶。這一個區域是明代河套地區環黃河地帶唯一適合進行引黃灌溉的地方,只是土地範圍不大,佔不到整個明代河套面積的百分之五,且過於偏遠,離曾銑當時蒙古俺答汗佔據的土默川平原隔黃河相望,而距明代所構建的九邊防衛體系較遠,受蒙古部落襲擊的風險較大,即便可以灌溉開發,卻不是理想的屯田造鎮區域。此外,用以區分農業地帶與畜牧地帶的年降雨量 400 公釐等雨線在明代時剛好經過明代河套地區,[108]加以處在小冰河期的影響,在此農牧過渡地帶,除非有天然水源或可以引河流灌溉,否則其天然降雨及氣候條件不足以支持大規模的農業屯墾活動。

明廷於明初將蒙古勢力逐出河套地區後,雖然設置了邊防衛所,但後來陸續內遷,鄒逸麟認為北方氣候條件與環境惡化是其主因。[109]就事實而言,自明初以來,隨著衛所的內遷與時間的推移,明廷逐漸失去了對河套

---

[108] 周松:《明初河套周邊邊政研究》(蘭州:甘肅人民出版社,2008 年),頁 16。
[109] 鄒逸麟:〈明清時期北部農牧過渡帶的推移和氣候寒暖變化〉,《復旦學報(社會科學版)》1995 年第 1 期(1995 年 1 月),頁 27-28。

地區的控制,我們可以說當時河套地區是沒有被明廷有效經營及控制的,而這與糧食的供給有很大的關係。在邊遠的河套地區所建構的防衛體系極度需要確保糧食的供給無虞,若糧食供給需要長期依靠遠途轉運的話,在古代尤其面臨實際的困難,不僅費時費力,開支大,運輸損耗亦大,[110]所以明廷不得不內撤東勝諸衛來避免「什伍虛耗」。[111]與曾銑同時代的邊關重臣,當時總督宣大的翁萬達在評論曾銑的復套議時,就直指在動輒千里的廣大河套地區為大軍進行糧食補給的難處,即便有黃河三面環繞可行漕運,但要靠陸路運輸到廣闊的河套腹地仍是艱難之舉:

> 況我邊去河,動輒千里,一年之食為數億萬,沿邊所出,僅足自供,益以此數,必仰內地,由內地而輸之邊,遠者二千里,近亦不下千餘里,乃又自邊而輸之於河,即糧道可通,飛輓實難,此尤所當擔慮而殫思者也。[112]

更何況,黃河自「葭州逆上,奔濤瀢濄,險石嶔崟」,對漕運極為不利。[113]嘉靖時期的魏煥在考查河套邊牆後也指出在洪武年間耿炳文(1340-1404)守關中時,因糧運艱遠,對河套已棄而不守,以致「城堡兵馬烽燧全無」。[114]同在嘉靖時期的張瀚(1511-1593)亦在其〈議裁續添兵將以節邊餉疏〉中也提及「陝西之患,不在無兵,而在無食。食既

---

[110] 余子俊曾算過這筆運輸帳:「運輸於河套,米豆值銀九十四萬兩,草六十萬兩,每人運米豆六斗,草四束,應用四百七萬人,約費行資八百二十五萬兩。」運輸費用竟是糧草物料價格的五倍多。參見清·張廷玉等撰:《明史》,卷178,列傳66,頁4737。

[111] 明·嚴從簡著,余思黎點校:《殊域周咨錄》(北京:中華書局,2000年),卷17,〈韃靼〉,頁565。

[112] 明·翁萬達:《翁萬達集》,卷4,頁93。

[113] 明·鄭汝璧:《延綏鎮志》,卷2,〈儲運〉,頁147。

[114] 明·魏煥:《皇明九邊考》,卷1,〈鎮戍通考〉,頁40-41。《明憲宗實錄》也記載河套「古有城池屯堡,兵民耕牧其中,後以闊遠難守,內徙而棄之」。參見明·劉吉等奉敕纂修:《明憲宗實錄》,卷121,頁2338。至於為何闊遠難守?其實是運糧補給困難之故。

不足，兵何可使？兵無實用，又從而虛耗之」，[115]同樣點出了農業生產對於收復河套及之後防守的關鍵作用，若沒有足夠糧食的支撐，再多軍隊也起不了作用。所以陝西的邊患，問題在糧食供給而不在軍隊，糧食供給的保障對維持軍事力量在河套的存在實乃重中之重。而在弘治五年（1492）前，軍鎮尚得以徵收本色吸引商人往邊鎮運糧置換鹽引圖利，正德中後本色盡改折色，失去往延綏鎮運糧的誘因，更凸顯糧食運補的問題，加重榆林地區因環境惡化因素造成的糧食危機。[116]曾銑的復套主張為明代中期後最後一次且最具計畫的復套倡議，姑且不論當時所處的嘉靖中期衰弱中的國力是否足以擊敗並有效驅逐勢力正強大的俺答蒙古部落聯盟，僅從當時河套所處的地理環境、氣候狀況和明代工程技術條件來看，曾銑所謂河套乃「三邊沃壤」、「套地可盡墾」恐怕多為想像誇大之詞，當時的河套地區不只許多地方已呈現沙漠化趨勢，受限於河套地形地貌的限制，特定範圍小部分耕墾可行，但在廣大的河套地區絕大部分是無法像寧夏銀川平原那樣，進行引黃灌溉來實行大規模耕墾的，考量農業生產條件及前述翁萬達所指出的饋糧給養問題，實是衰弱中的明廷從成化到嘉靖時期遲遲無法下定決心復套的重要原因。

---

[115] 明・張瀚：〈議裁續添兵將以節邊餉疏〉，明・陳子龍等編：《皇明經世文編》，卷300，《張元洲先生臺省疏》，頁475。

[116] 關於榆林糧食匱乏的原因，許論認為因榆林環境惡化又失去河套沃壤可耕牧的地利，加以賦稅制度改本色為折色的影響，造成榆林糧食嚴重匱乏，這觀點許多明人持續沿用，如唐樞等。單就環境惡化的影響，與榆林相望的河套地區一樣面對自然環境惡化的問題，參見明・許論：《九邊圖論》，〈榆林〉，頁16。有關弘治五年開中法本色改折色，導致邊儲日虛，參見清・張廷玉等撰：《明史》，卷80，〈食貨四・鹽法〉，頁1939。魏煥《皇明九邊考》及鄭汝璧之《延綏鎮志》（萬曆）亦記載在弘治、正德年間，布政使文貴（1449-1538）、戶部侍郎馮清（1459-？）改本色為折色，以至於軍需困窘，參見明・魏煥：《皇明九邊考》，卷7，〈榆林鎮〉，頁309。明・鄭汝璧：《延綏鎮志》，卷2，〈儲運〉，頁146-147。霍韜（1487-1540）亦在其疏中提及此鹽法變革導致的副作用：「商賈耕稼，積粟無用，輟業而歸，墩臺遂日頹壞，堡伍遂日崩析，游民遂日離散，邊地遂日荒蕪。」參見明・霍韜：〈哈密疏〉，明・陳子龍等編：《皇明經世文編》，卷186，《霍文敏公文集》，頁626。

曾銑的復套議被嘉靖皇帝終止之後，不少後人為之扼腕，徒呼負負，但是在明代後期還是有人指出想要收復棄之已久的廣大河套地區，並在這荒地徙民屯田是力有未逮且不切實際的想法。萬曆年間的王士性在親歷各地後所著《廣志繹》一書中，對曾銑的復套倡議作了相對客觀的評論，認為河套地區其實在明代之前早已喪失，其地理環境只適合蒙古游牧部落逐水草而居，不適合漢人「室廬耕作」，即便短期復套可成，也無法規模化耕種，無法耕種也就意味著軍隊囿於糧食供給而無法長期有效防守，故一味追求復套只會徒費國力錢財，最終還是守不住，而這樣的觀點其實就是把河套地區的農業生產條件當作復套能否真正成功的關鍵：

> 河套雖古朔方之地，但漢、唐來棄之已久。起寧夏至黃甫川，黃河北遠二千五百里，即南自川至定邊亦一千三百里，以圍徑求之，當得縱橫各一千二百里餘，其中皆蕪野荒原，惟虜可就水草住牧，安得中國人居之？即遷人實之，從何得室廬耕作？所謂得其地不足田，得其人不足守，幸而曾議不成耳。即成，費國家金錢數百萬取之，終亦必棄為虜復得。[117]

同是嘉靖朝的邊防重臣劉燾（1512-1598）在其與兵部的書信中，[118]更是直接指出河套丟失荒廢已久，屬華屬夷尚都未定，「套中之地俱為荒野之場」長久失於經略的事實，他的結論是於時於勢復套議皆是空談不可行，即便能收復也守不住，即便守得住，也將使俺答之眾結合吉囊部眾轉而攻擊其他地區，甚至波及京師，所以復套只會是勞師傷財之舉，不是經國的雄才大略。綜上言之，河套當時能不能被收復，收復後能不能守得住的關鍵在於河套的土地是否可以實現大規模耕種，使得糧食自持有餘，否則以明代中後期財政捉襟見肘的狀況，將承受不了長期軍費的

---

[117] 明・王士性著，呂景琳點校：《廣志繹》，卷3，〈江北四省〉，頁52。
[118] 明・劉燾：〈荅元老本兵議復河套書〉，明・陳子龍等編：《皇明經世文編》，卷305，《劉帶川書稿》，頁345-346。

開銷與糧食運補的支出。以當時的情勢來看，劉燾所言的確是相對客觀且符合現實的看法。

六　結論

本文從農業生產條件的視角檢視明代中後期朝廷熱議的河套問題，釐清明代河套的地理範疇，梳理明人對於河套虛虛實實的描述，指出河套被明人描繪為豐美的地方，基本上只在廣大河套的東南隅，並且此區域自成化年間已呈現環境惡化的景況，本研究顯示明人各自的記述往往未展現出河套真實的全貌，並且諸多書寫帶有其目的性。另外，本研究也解釋了為何廣大河套地區無法如寧夏平原一般按曾銑所願藉由引黃灌溉達成完全開墾。河套問題表面上是軍事問題，究其根本，其實是關乎自然環境與農業生產的問題。因為軍隊的招募和訓練，甚至武器的製造，也許可以短期幾年內見效，繼而戰能取勝，但農業生產條件及糧食運輸的困難卻是自然環境的問題，當時幾乎無法人為改變。總制尚書王瓊在研議延綏備禦之策時便說道「集兵非難，而饋餉為難」，[119]這也是即便明初時軍力強盛得以驅逐蒙古人出套，長期而言還是無法在河套北部邊境維持衛所的主因。古代農耕民族要在不適合農耕而適合游牧的土地上生存發展，只能轉變生產方式而加入適合該土地的生產型態。處於農牧交界地帶的明代河套，在明代中後期自然環境已逐漸惡化，要駐紮大量軍隊並從事大規模耕墾，沒有特殊的地利條件配合是無法達成的。至於是否可利用河套來從事畜牧活動，雖在成化時期曾在邊外畜牧，[120]但因畏懼招寇，以致禁止，楊一清曾記載弘治十四年（1501）間，蒙古

---

[119] 明・王瓊：《北虜事跡》，頁 13。
[120] 許論記載：「彼時虜少過河，軍士得耕牧套內。」參見明・許論：《九邊圖論》，〈榆林〉，頁 16。另外白圭的〈覆萬翼安邊疏〉也提及當時軍士於界外開種沃地，於各堡分牧頭畜，招寇虜掠。參見明・白圭：〈覆萬翼安邊疏〉，明・陳子龍等編：《皇明經世文編》，卷 42，《白恭敏奏疏》，頁 445。

部落大舉入侵、陝西邊境官馬甚至被搶去三千九百餘匹。[121]況且在冬天時，需備足草料餵養，若遇風雪侵凌，難免損傷。而冬季黃河封凍，蒙古部落極易踏河入套，侵擾邊境地帶。即便可以利用河套地區從事畜牧，若沒有駐軍保護，與屯田耕墾一樣將面對蒙古部落擄掠的威脅，而若須在佔地約九萬平方公里的河套地區駐紮大量軍士防守，則軍需糧餉的供給難題，明人無法單靠畜牧的生產力解決。就曾銑面臨的狀況而言，縱能一時取勝，若要長期在環境惡化的河套地區維持幾十萬人的軍隊以防守俺答與吉囊三、四十萬人的遊牧部落聯盟，[122]在無法大規模就地耕墾的條件下，勢必是中後期國力日衰的明廷無法長期承受的。

　　果真明代河套全境如李傑所謂「土皆肥饒，種宜五穀」，像楊一清所說可以「開屯田數百萬」，曾銑所形容的「三邊沃壤」，得以「引黃河之水為大小之渠，渠以灌田」，「套地可盡墾」的話，在明初國力鼎盛時不至於在這地區棄置邊防衛所以避免行伍虛耗，而會在這個地區持續屯墾、移民，繼而置州縣，以便有效控制及經營整個河套地區，且將不至於採取短暫低效的燒荒、搗巢、趕馬等驅逐手段應對。[123]與之對照，和明代河套交界，緯度相當的寧夏銀川平原，本身就具備良好的農業生產條件，可以被農耕民族大規模開渠耕墾，[124]自身有足夠糧食可以支持軍隊的消耗，終

---

[121] 明・楊一清：《楊一清集》，卷1，〈為處置馬營城堡事〉，頁20。
[122] 翁萬達在〈復河套議〉一疏中提到河套地區蒙古部落人數「可三、四十萬」，其中「控弦者當不下十餘萬」，明軍防守的軍力沿黃河兩千餘里及各邊堡及哨守所需人力「當三十萬眾不止也」。參見明・翁萬達：《翁萬達集》，卷4，頁91-93。蘇志皋的《譯語》也記載「小王子宗黨，與吉囊、俺答阿不孩輩，兵至數十萬，常據河套，與榆林、固原、寧夏諸邊相望」，參見明・蘇志皋：《譯語》，頁33。從以上明人記載可見在嘉靖時期，河套地區蒙古游牧部落的人數是相當可觀的。
[123] 張小勇、侯甬堅：〈明朝邊軍對河套蒙古部落的搗巢研究〉，《貴州民族研究》2014年第6期（2014年6月），頁147。
[124] 在明代之前的漢唐時期，寧夏平原就已修建完成不少引黃灌渠，至明代，仍有唐徠、漢延、漢伯、秦家、蜘蛛、七星等十幾條古渠發揮著良好的灌溉功能。在古渠基礎上，明人大力疏浚舊渠，並在衛寧灌區新開小幹渠，保證寧夏鎮屯田旱澇無虞，參見段詩樂、林箐：〈明長城寧夏鎮軍事聚落分布與選址研究〉，《風景園林》2021年第6期（2021年6月），頁110。

明一代,即便寧夏鎮邊患頻仍,始終能被明廷有效治理與掌控。真實的明代河套,既有沙深水少的現實之處,也有少部分久曠未開發且相對肥饒的佳美之地,至於對明代河套的描述該是「沙深水少」?還是「三邊沃壤」?虛實之間,很多時候是看敘事者有何書寫意圖了。

《說文解字・敘》「漢興有草書」、「諷籀書九千字」發覆

龐壯城[*]

一　引言

　　東漢許慎編著的《說文解字》，收錄九千三百五十三字，及重文一千一百六十三字，以小篆為主體，旁及古文與籀文，是古代中國第一本以形、音、義為主的重要字書，對歷代的古文字、文字，甚至經學、文學、史學等學科頗有助益，而其所撰〈敘〉更略述了上古至兩漢的文字起源、書體及語言現象，對文字學史之研究，十分重要。不過〈敘〉之「漢興有草書」、「諷籀書九千字」二句，涉及西漢初年官吏考課制度，歷來爭議未明，莫衷一是。本文在前人研究基礎上，認為《說文解字・敘》「漢興有草書」句當與下文「尉律」二字連讀，即《漢書・藝文志》「漢興，蕭何草律，亦著其法」之異文，指「漢興有（又）草書尉律」；而「諷籀書九千字」即《漢書・藝文志》「諷書九千字」之異文，指以諷誦、繕寫法律文書的漢初基層官吏的考選制度。

二　《說文解字・敘》「漢興有草書」之解讀

　　許慎《說文解字・敘》（下稱《說文・敘》）敘述了秦始皇統一六國後，為解決戰國末期的文字、語言亂象，故在周宣王太史籀《大篆》之基礎上編成《倉頡篇》、《爰歷篇》、《博學篇》（三篇又合稱「秦三蒼」），並云：

> 自爾秦書有八體：一曰大篆，二曰小篆，三曰刻符，四曰蟲書，五曰摹印，六曰署書，七曰殳書，八曰隸書。漢興有草書。尉律：學僮十七以上始試。諷籀書九千字，乃得為史。又以八體試之。郡移太史並

---

[*] 國立成功大學中國文學系專案助理教授。

> 課。最者，以為尚書史。書或不正，輒舉劾之。今雖有尉律，不課，小學不修，莫達其說久矣。[1]

此段先論秦代習用之八種字體，後述漢初《尉律》所載的官吏考課制度。類似文句又見於東漢初年班固所撰《漢書・藝文志・六藝略・小學》（下稱《漢志》），其云：

> 漢興，蕭何草律，亦著其法，曰：「太史試學童，能諷書九千字以上，乃得為史。又以六體試之，課最者以為尚書、御史、史書、令史。吏民上書，字或不正，輒舉劾。」六體者，古文、奇字、篆書、隸書、繆篆、蟲書，皆所以通知古今文字，摹印章，書幡信也。古制，書必同文，不知則闕，問諸故老，至於衰世，是非無正，人用其私。[2]

「草律」，顏師古云：「草，創造之。」指蕭何沿襲秦法，制定漢初使用之律令。班固、許慎所述大抵相近，段玉裁對二者之論已有比勘，其注云：

> 八體，《漢志》作六體。玫六體乃亡新時所立，漢初蕭何艸律當沿秦八體耳。班志固以試學童為蕭何律文也。自學僮十七至輒舉劾之，許與班略異，而可互相補正。班云大史試學童，許則云郡縣以諷籀書試之，又以八體試之，而後郡移太史試之，此許詳於班也。班云諷書，許則云諷籀書，此亦許詳於班也。班云六體，許則云八體，此許翳於班也。班云以為尚書、御史、史書、令史，許云尚書史，此班詳於許也。班云吏民上書，字或不正，輒舉劾，許不言吏民上書，此亦班詳於許也。班書之成雖在許前，而許不必見班書，固別有所本矣。[3]

《說文・敘》、《漢志》互有詳略。簡言之，許慎改「六體」為「八體」，又補入「郡移太史試之」的流程；班固之「尚書、御史、史書、令史」諸官職，則詳於許慎之「尚書史」，更有「吏民上書」句等，看似《漢志》詳於《說文・敘》。然段玉裁認為《漢志》成書雖早於《說文》，但二者各有所本，許

---

[1] 清・段玉裁：《說文解字注》（北京：中華書局，2013 年），卷 15，頁 766。
[2] 漢・班固：《漢書》（北京：中華書局，1964 年），卷 30，頁 4015。
[3] 清・段玉裁：《說文解字注》，卷 15，頁 766。

慎不必然得見班固《漢志》。但《說文》亦可見許慎徵引班固說法處，如「陧」字條載：「危也。从𠂤，从毁省。徐巡以為：陧，凶也。賈侍中說：陧，法度也。班固說：不安也。《周書》曰：『邦之阢陧。』讀若虹蜺之蜺。」[4] 此或當徵引班固所撰字書，[5] 況《說文・敘》又自云：「博采通人，至於小大；信而有證，稽譔其說。」許沖〈上安帝書〉亦云：「慎博問通人，考之於逵。」博采、博問皆指《說文》收集材料之詳實、豐富，強調其書所論字義之可靠，且段注「通人」云：

> 許君博采通人，載孔子說、楚莊王說、韓非說、司馬相如說、淮南王說、董仲舒說、劉歆說、楊雄說、爰禮說、尹彤說、逯安說、王育說、莊都說、歐陽喬說、黃顥說、譚長說、周成說、官溥說、張徹說、甯嚴說、桑欽說、杜林說、衛宏說、徐巡說、班固說、傅毅說，皆所謂通人也。[6]

《說文》之通人上起春秋戰國之孔子、楚莊王、韓非，下迄西漢之司馬相如、淮南王、劉歆，及東漢之譚長、杜林、班固等，人數眾多，反映許慎博採、博問之治學態度。[7] 由是可知，《說文・敘》所載尉律考課諸文句，或是許慎基於述及文字史之目的，故綜合、改寫《漢志》及當時所見律令條文。

　　《說文・敘》與《漢志》的撰作主旨不同，前者係在「小學不修，莫達其說久矣」之前提下，述中國古代文字發展之簡史及兩漢用字之亂象，故載六書、秦書八體、漢書六體；後者則在圖書目錄（劉歆〈六藝略・小學〉）

---

[4] 清・段玉裁：《說文解字注》，卷14，頁740。

[5] 《說文・敘》載：「孝宣皇帝時，召通《倉頡》讀者，張敞從受之……黃門侍郎揚雄，采以作《訓纂篇》。」「孔子曰：『吾猶及史之闕文，今亡矣夫。』」云云，亦皆見於《漢志》，只是順序不同。此亦可能是「許不必見班書，固別有所本矣」，但更可能是許慎擷採《漢志》內容為己用。

[6] 清・段玉裁：《說文解字注》，卷15，頁771。

[7] 然許慎著《說文解字》，是否完全稽考「賈逵」之說，仍可商榷。沈寶春師通過許慎、賈逵之生卒年、事蹟及《說文》引「通人說」之體例，認為該書缺乏「考之於逵」的實證，而是以「重言」的方式加強《說文》之價值與重要性。參沈寶春師：〈《說文解字》成書「考之於逵」辨〉，氏著：《沈寶春學術論文集（古文獻卷）》（臺北：萬卷樓圖書股份公司，2019年），頁1-14。

的體例下,述兩漢字書發展之沿革,因而記《史籀》、秦三蒼、《凡將》、《急就》、《元尚》與《訓纂》等。二書皆云及尉律考課文字之事,然立意不同,許慎置之於文字發展進程之中,班固則略有通古今文字之意,此即「八體」、「六體」之別。段玉裁云:「攷六體乃亡新時所立,漢初蕭何艸律當沿秦八體耳。」六體立於王莽篡漢之時,不可能用於漢初考課,《漢志》由劉向、歆父子《七略》而來,師承古文經,故亦持此說,許慎改為秦書八體,更符漢初原貌。

(一)《說文·敘》與草書源起

然《說文·敘》於秦書八體之後、尉律之前,無端多出「漢興有草書」句,十分突兀。事涉草書之源起,然歷來治《說文》者卻無疑慮,段玉裁雖關注到此句,卻云:

> 衛恆曰:「漢興有艸書,不知作者姓名,至章帝時,齊相杜度號善作之。」宋王愔曰:「元帝時史游作急就章,解散隸體,麤書之,章艸之始也。」按艸書之偶起於艸藁,趙壹云起秦之末,殆不始史游,其各字不連緜者曰章艸,晉以下相連緜者曰今艸,猶隸之有漢隸、今隸也,漢人所書曰漢隸,晉唐以下楷書曰今隸。艸書又為隸書之省,文字之變已極。故許蒙八體而附著之於此,言其不可為典要也。漢趙壹有〈非艸書〉一篇。[8]

段氏認為許慎在秦書八體後,補充說明「漢興有草書」,但草書並非正體,故有不可用其為考課之意。許慎是否蒙上而附,今人已不可知,但言「不可為典要也」,則似求之過深,既不可為典要,略而不表即是,又何必附驥尾於此。且「漢興」一詞大抵為文段之首,其後文先述考課選吏,再言漢代小學不修,及通讀《倉頡》、說文字、作《訓纂》等事,皆與草書初創無關,讀來頗感內容失諧。

---

[8] 清·段玉裁:《說文解字注》,卷15,頁766。

段玉裁悉知此點，故引西晉衛恆〈四體書勢并序〉、東漢趙壹〈非草書〉以為佐證。但佐以二者背景，可知段注所言亦難信從，〈四體書勢并序〉云：

> 漢興而有草書，不知作者姓名，至章帝時，齊相杜度號稱善作篇，後有崔瑗、崔寔亦皆稱工。[9]

按衛恆說，草書起源於西漢初年，作者未詳，但遲至東漢初年，方有專精善作者，其間發展演變也未可知。又如〈非草書〉云：

> 夫草書之興也，其於近古乎？上非天象所垂，下非河洛所吐，中非聖人所造。蓋秦之末，刑峻網密，官書煩冗，戰攻並作，軍書交馳，羽檄紛飛，故為隸草，趨急速耳，示簡易之指，非聖人之業也。但貴刪難省煩，損復為單，務取易為易知，非常儀也。故其贊曰：「臨事從宜。」[10]

趙壹認為秦末之時，因官書煩冗、軍書交馳，為求書寫簡便，故簡略隸書筆法，而有「隸草」，屬於簡化的隸書，故稱「非常儀也」，然此書體與後世之章草、今草，則不可並論。現今可見的秦漢代簡牘確實存在著少量的「草率隸書」，如睡虎地秦簡牘《黑夫家書》、銀雀山漢簡《尉繚子》、《守法守令十三篇》等，但直到稍晚的西漢武帝時期的走馬樓簡，才具備簡單的草書特徵，李洪財認為：

> 走馬樓西漢簡中很多文字並不祇是簡單的草率寫法，而是已具備草書的基本特徵：牽連與簡省……說明走馬樓西漢簡中的草書已經可作為一種書體形式，而不是草書的萌芽狀態。許慎在《說文》敘（引者按：原作序，今正。）中說「漢興有草書」，其所指的應該就是走馬樓這種草書。[11]

---

[9] 晉・衛恆：〈四體書勢并序〉，宋・陳思：《書苑精華》（《藏修堂叢書》本），卷3，頁6-7。

[10] 漢・趙壹：〈非草書〉，唐・張彥遠：《法書要錄》（《欽定四庫全書》本・子部八・藝術類），卷1，頁2。

[11] 李洪財：〈走馬樓西漢簡的斷代——兼談草書形成時間〉，《簡帛研究》2018年秋冬卷（桂林：廣西師範大學出版社，2018年），頁249。

西漢走馬樓簡雖然有草書特徵，但與《說文·敘》「漢興有草書」之概念大概不同，若從段玉裁言，許慎將之附於秦書八體之下，不正代表草書已是一種流傳較廣、體系成熟的書體？何以漢武帝時期之文字僅略具基本特徵？故李洪財認為：「過去有人認為行草是由章草演變而來，我們現在明白行草的用筆比章草還要早。」[12]其所謂「行草」即書法上所言之「今草」。[13]劉紹剛認為：「走馬樓西漢簡草書的發現，讓我們看到了漢武帝時期的草書，比過去見到的草書作品都要早得多，也比章草出現的時間早，說明今草的因素早在章草出現之前已經存在。」[14]二說皆認為西漢走馬樓簡已有草書字體的特徵，然而「具有草書特徵」與「草書出現」，恐怕不能一概而論。

草書之起源歷來有「篆書說」，如孫星衍《急就章考異》提出「草從篆生」。劉師培亦認為：「蓋由篆體而趨於簡易則為草書，由草書趨於工整則為行書。則草書者，字體中之用圓派者也。」[15]或有「古文說」，如蔣維崧提出草書來源於古文，認為草書的「為」字即演變自戰國楚系文字。陸錫興雖云：「無論六國古文還是秦國篆文的草法對漢代草書的影響都很大。」卻也認為：「漢代草書是古今草書的橋樑，一方面繼承古文草法，另一方面又為今草的源頭。」[16]或有「隸書說」，如裘錫圭以馬王堆遣冊為例，認為：「看來『草從篆生』的說法應該改為『草從古隸生』。」侯開嘉亦認為今草橫筆之波磔，及縱筆之懸針來源於隸草的橫勢與縱勢。[17]至於「篆隸同源說」，如

---

[12] 李洪財：《漢簡草字研究與整理》（長春：吉林大學博士學位論文，2014年），頁211。
[13] 在過去的書法史論中，「今草」往往被認定為晚出於「章草」，李洪財為求與簡牘所反映的草書發展演變之實際情況，故以後世所定東晉「二王」書法的「行草」來代稱走馬樓西漢簡之草書筆法。
[14] 劉紹剛：〈漢簡中的今草與章草——從五一廣場簡和肩水金關簡的草書說起〉，《書法》2022年第5期（2022年5月），頁68。
[15] 清·孫星衍：《急就章考異》，《續修四庫全書》（上海：上海古籍出版社，2002年，據南京圖書館藏清嘉慶三年〔1798〕刻岱南閣叢書本影印），頁577。劉師培：〈書法分方圓二派考〉，《國粹學報》第32期（1907年8月），頁84-85。
[16] 蔣維崧：《漢字淺說》（山東：山東人民出版社，1959年），頁74-75。陸錫興：〈論漢代草書〉，《漢代簡牘草字編》（上海：上海書畫出版社，1989年），頁12、14。
[17] 裘錫圭：〈從馬王堆一號漢墓「遣冊」談關於古隸的一些問題〉，《裘錫圭學術文集·語言文字與古文獻卷》（上海：復旦大學出版社，2012年），頁21。侯開嘉：〈隸草派生章

劉紹剛認為：「草書的源，可以上溯到六國古文，從草書的起筆、收筆、行筆、筆勢、筆順，草書和古文都有密切關係。在其形成過程中，也受到了秦系文字（古隸）中草率寫法的影響。」[18]諸說皆有理據，然誠如趙壹〈非草書〉所言，草書（或說隸草）的特徵在於「趨急速」、「示簡易」，但在古文、古篆、古隸等書體發展中，必然有為追求快速書寫，因而犧牲字體結構之字形，此類字形本即具備「草書特徵」，自然能有接近草書筆法之字體。

裘錫圭已指出《說文・敘》「漢興有草書」一句並未說明草書具體形成的年代，而漢末蔡邕、趙壹卻都以草書作於秦代：

> 如果這種說法可信，（引者按：馬王堆）「遣冊」裡的草書成分就可能是受草書影響而產生的。但是從漢簡所反映的情況來看，草書似乎不可能形成得這樣早。[19]

裘錫圭以草書來源於古隸。隸書既形成於戰國晚期，則草書也不可能出現太早，「草書由於太『草』，雖然曾經風行一時（主要在東漢時代），並且對八分的演變為楷書也起了很大影響，但是始終不能成為主要的字體。」[20]斯言甚是。就目前可見材料而言，草書的萌芽可能在秦代（或之前），但成熟草書的產生，最遲在西漢武帝元朔元年（128 B.C.）就已形成。[21]

文字既非成於一人一地一時，書法、書體亦然。各家對於草書起源之論述，皆可能符合「漢興有草書」句，畢竟許慎並未明言漢興涵蓋之時間長短，亦未詳述「草書」的定義，凡帶有草書特徵之古篆、古隸與古文，皆可受其指涉。然而《說文・敘》所舉之秦書八體，已相當成熟，並有實際功能，不

草今草說〉，《四川大學學報（哲學社會科學版）》2002年第5期（2002年9月），頁61-72。

[18] 劉紹剛：〈隸書成熟到「解散隸體粗書之」——《肩水金關漢簡書法選》所見書體演變〉，《書法》2021年第10期（2021年10月），頁73-74。

[19] 裘錫圭：〈從馬王堆一號漢墓「遣冊」談關於古隸的一些問題〉，《裘錫圭學術文集・語言文字與古文獻卷》，頁20。

[20] 裘錫圭：〈從馬王堆一號漢墓「遣冊」談關於古隸的一些問題〉，《裘錫圭學術文集・語言文字與古文獻卷》，頁21。

[21] 李洪財：《漢代簡牘草書整理與研究》（北京：中國社會科學出版社，2022年），頁5-7。

同於草書（隸草）一類僅據特徵，尚處萌芽階段之書體文字，可知段注所謂「蒙八體而附著之於此」，有待商榷。

況且段玉裁所引趙壹、衛恆之說，不僅未指明草書之作者，其說更晚出於許慎《說文解字》。衛恆為西晉時人，生年不詳，善草書，兼學隸篆，卒於晉惠帝永平元年（291）；[22]趙壹為東漢人，生於漢安帝延光元年（122），卒於漢獻帝建安元年（196）。據張震澤《許慎年譜》，知許慎於東漢章帝元和元年（84）從賈逵受古學（是時十八歲），於漢和帝永元二年（90）草創《說文》（是時廿四歲），永元十二年（100）書成，作後敘（是時卅四歲），安帝建光元年（121），遣子上《說文》（是時五十五歲）。[23]換言之，趙壹、衛恆有關隸草、草書成於秦末戰亂或漢興的說法，很可能即由許慎《說文》而來，非其獨創。段玉裁以趙、衛之說，佐《說文》「漢興有草書」，彌補文句之突兀感，實有「循環論證」之嫌。

（二）《說文解字・敘》「漢興有草書」之改讀

若「漢興有草書」無涉書體文字之產生，亦與尉律考課事宜無關，當如何理解？由《漢志》於尉律考課前有「漢興，蕭何草律，亦著其法」，後有「曰：『太史試學童，能諷書九千字以上，乃得為史。』」先述考課之起因，接敘考課之內容，銜接洽當，或可推論《說文・敘》亦屬類似結構，可讀為「漢興有（又）草書尉律：學僮十七以上始試。諷籀書九千字，乃得為史。」「有」、「又」二字皆為匣母之部，雙聲疊韻，於出土文獻中多有通假之例，如：

---

[22] 晉惠帝永平元年（291）三月後，改年號為元康。
[23] 各家對於許慎生平事蹟與生卒年，略有不同，如《辭源》認為許慎生於東漢光武帝建武六年，卒於安帝延光三年（30-124）（此係從清代惠棟《後漢書補注》引唐代張懷瓘《書斷》、清代錢大昕《廿二史考異》）；《辭海》則以為許慎生於東漢明帝永平元年，卒於桓帝建和元年（58-147）（嚴可均〈許君事蹟攷〉、陶方琦〈許君年表〉、諸可寶〈許君疑年錄〉等從此）。參丁福寶纂輯，楊家駱主編：《說文解字詁林正補合編》（臺北：鼎文書局，1983年），第1冊，頁1288-1338。張震澤：《許慎年譜》（瀋陽：遼寧大學出版社，1986年）。

伐于上甲十屮（又）五，卯十牢屮（又）五。(《乙》3411)

貞，燎十勿牛屮（又）五邕。(《合集》15617)

貞，燎牛屮（又）三穀。(《合集》15620)

隹（唯）戉（越）十有（又）九年。(《者汈鐘》，《集成》121)

有（又）且課縣官獨多犯令而令、丞弗得者，以令、丞聞。(睡虎地秦簡《語書》簡8)

有（又）廉絜（潔）敦愨而好佐上。(睡虎地秦簡《語書》簡9)

駕傳馬，一食禾，其顧來有（又）一食禾，皆八馬共。(睡虎地秦簡《秦律》簡47)

玄之有（又）玄，眾眇（妙）之門。(馬王堆帛書《老子》甲本94)

後三年有（又）欲殺丞相斯。(北大漢簡《趙正書》簡27)

引㾌，腸㾌及筋䅀，左手據左股，詘（屈）左黎（膝），後信（伸）右足，詘（屈）右手而左，雇（顧）三；有（又）前右足，後左足，曲左手，雇（顧）右三而已。(張家山漢簡《引書》簡70、71)

引口痛，兩手指內（入）口中，力引之；已，力張口，力張左揖（頜），有（又）力張右揖（頜），毛（吒）而勿發，此皆三而已。(張家山漢簡《引書》簡85)

書證甚多，茲不贅舉。[24]傳世文獻亦不乏假「有」為「又」之例，如《詩經·邶風·終風》：「終風且曀，不日有陰。」鄭箋云：「有，又也。」《春秋》「隱公三年」：「日有食之。」《穀梁傳》「成公七年」：「改卜牛，鼷鼠又食其角。又，有繼之辭也。」《論語·公冶長》：「子路有聞，未能行之，惟恐有聞。」《禮記·內則》：「三王有乞言。」鄭注云：「有，讀為又。」[25]

---

[24] 參全廣鎮：《兩周金文通假字研究》（臺北：臺灣學生書局，1989年），頁51-52。白於藍編：《簡帛古書通假字大系》（福州：福建人民出版社，2017年），頁117-126。

[25] 漢·毛亨傳，鄭玄箋，唐·孔穎達等正義：《毛詩正義》，清·阮元校勘：《重栞宋本十三經注疏附校勘記》（臺北：藝文印書館，2001年，據清嘉慶二十年〔1815〕江西南昌府學刊本影印），卷2，頁79。晉·杜預注，唐·孔穎達等正義：《春秋左傳正義》，清·阮元校勘：《重栞宋本十三經注疏附校勘記》（臺北：藝文印書館，2001年，據清嘉慶二十年〔1815〕江西南昌府學刊本影印），卷3，頁49。晉·范甯集解，唐·楊士勛疏：

或如《荀子・王霸》:「有以守少。」楊倞注:「有,讀為又。」〈正名〉:「共則有共,至於無共然後止。」王念孫《讀書雜誌》:「『共則有共』之『有』讀為『又』,謂共而又共,至於無共然後止也。」〈哀公〉:「士不信慤而有多知能,譬之其豺狼也,不可以身邇也。」楊倞注:「有,讀為又。」《呂氏春秋・首時》:「王季歷困而死,文王苦之,有不忘羑里之醜。」王引之《經傳釋詞》:「言又不忘羑里之醜也。」《史記・孔子世家》:「於是肅慎貢楛矢石砮,長尺有咫。」《拾遺記・前漢下》:「言食者死而更生,夭而有壽。」[26]諸「有」字皆當讀為「又」。

此外,《說文・月部》「有」字條,段注云:「古多叚『有』為『又』字。」王引之《經傳釋詞》云:「有,猶『又』也。」朱駿聲《說文通訓定聲・頤部》云:「有,假借為『又』,實為『再』。」[27]《說文》一書中亦可見以「有」為「又」之用詞現象,如:

> 《說文・禾部》:「稘,復其時也。从禾,其聲。《唐書》曰:『稘三百有六旬。』」[28]

「有」為或然之詞,指可能發生的情況;「又」則為必然之詞,指絕對存在之情況。〈禾部〉引《尚書・虞書》「稘三百有六旬」,表示一年有三百又六

《春秋穀梁傳正義》,清・阮元校勘:《重栞宋本十三經注疏附校勘記》(臺北:藝文印書館,2001年,據清嘉慶二十年〔1815〕江西南昌府學刊本影印),卷13,頁132。三國魏・何晏等注,宋・邢昺疏:《論語注疏》,清・阮元校勘:《重栞宋本十三經注疏附校勘記》(臺北:藝文印書館,2001年,據清嘉慶二十年〔1815〕江西南昌府學刊本影印),卷5,頁44。漢・鄭玄注,唐・孔穎達等正義:《禮記正義》,清・阮元校勘:《重栞宋本十三經注疏附校勘記》(臺北:藝文印書館,2001年,據清嘉慶二十年〔1815〕江西南昌府學刊本影印),卷28,頁531。

[26] 清・王先謙:《荀子集解》(北京:中華書局,2013年),卷11,頁223;卷22,頁419;卷31,頁545。清・王念孫:《讀書雜誌》(上海:上海古籍出版社,2016年),頁1868。許維遹:《呂氏春秋集釋》(北京:中華書局,2010年),卷14,頁322。漢・司馬遷:《史記》(北京:中華書局,2013年),卷47,頁2371。王興芬譯注:《拾遺記》(北京:中華書局,2019年),卷6,頁215。

[27] 清・段玉裁:《說文解字注》,卷7,頁317。清・王引之:《經傳釋詞》(上海:上海古籍出版社,2016年),卷3,頁59。清・朱駿聲:《說文通訓定聲》(北京:中華書局,2016年)卷5,頁204。

[28] 清・段玉裁:《說文解字注》,卷7,頁331-332。

十日，此種用法習見甲骨、金文與傳世文獻，如《尚書·堯典》：「朞三百有六旬有六日，以閏月定四時，成歲。」《漢書·律曆志上》：「歲三百有六旬有六日，以閏月定四時成歲。」[29]「有」讀為「又」的現象，多用於日期、數量等，又如《說文·龜部》：「𪓐，龜甲邊也。从龜，𠂇聲。天子巨𪓐，尺有二寸，諸矦尺，大夫八寸，士六寸。」《說文·敘》：「封於泰山者七十有二代。」尺有二寸指「一尺二寸」，七十有二代指「七十二代」。[30]是知讀「有」為「又」，不僅見於秦漢出土、傳世文獻，也能自證於《說文》。

況且兩漢文獻中，「漢興」二字多見於句、段之首，標示後續事件之時間起始，如：

> 漢興二百一十載而中天，其庶矣乎！（《法言·孝至》）
>
> 漢興，北平侯張蒼首律曆事。（《漢書·律曆志上》）
>
> 漢興，方綱紀大基，庶事草創，襲秦正朔。（《漢書·律曆志上》）
>
> 漢興，老父授張良書，已化為石，是以石之精為漢興之瑞也，猶河精為人持璧與秦使者，秦亡之徵也。（《論衡·無形》）
>
> 漢興，相國蕭何封鄼侯，本沛人，今長陵蕭其後也。（《潛夫論·志氏姓》）
>
> 漢興，因循其號，而婦制莫釐。（《後漢書·皇后紀上》）
>
> 漢興，以廉氏豪宗，自苦陘徙焉。（《後漢書·郭杜孔張廉王蘇羊賈陸列傳》）
>
> 漢興，儒者競復比誼會意，為之章句，家有五六，皆析文便辭，彌以馳遠。（《風俗通義·序》）[31]

---

[29] 漢·孔安國注，唐·孔穎達等正義：《尚書正義》，清·阮元校勘：《重栞宋本十三經注疏附校勘記》（臺北：藝文印書館，2001 年，據清嘉慶二十年〔1815〕江西南昌府學刊本影印），卷 2，頁 21。漢·班固：《漢書》，卷 21，頁 973。

[30] 清·段玉裁：《說文解字注》，卷 13，頁 685；卷 15，頁 762。

[31] 汪榮寶：《法言義疏》（北京：中華書局，1987 年），卷 20，頁 562。漢·班固：《漢書》，卷 21，頁 955、974。黃暉：《論衡校釋（附劉盼遂集解）》（北京：中華書局，1990 年），卷 2，頁 62-63。漢·王符撰，清·汪繼培箋：《潛夫論箋校正》（北京：中華書局，1985 年），卷 9，頁 460。南朝宋·范曄：《後漢書》（北京：中華書局，1973 年），卷 10，頁

文例甚多,茲不贅述。秦漢之間,律法制度之更迭、創新,多以漢代起始,如《史記・孝文本紀》云:「漢興,除秦苛政,約法令,施德惠,人人自安,難動搖,三矣。」言漢代興起後,廢除、簡化秦代之律法。〈漢興以來諸侯王年表〉云:「漢興,序二等。高祖末年,非劉氏而王者,若無功上所不置而侯者,天下共誅之。」言漢代興起後,頒敘諸侯王之等第,論功行賞。《漢書・禮樂志》云:「漢興,撥亂反正,日不暇給,猶命叔孫通制禮儀,以正君臣之位。」言漢代興起後,制定荒廢已久之禮儀。[32]因此,將「漢興有(又)草書尉律」視為句首,十分符合兩漢時人追述漢興後草擬律法的語言習慣,文暢意達。

是知「漢興有草書,尉律」句,或可讀為「漢興有(又)草書尉律」,「有」假借為「又」,為繼事之辭;「書」字,指書寫、繕寫,《說文・聿部》:「書,箸也。」[33]段注云:「敘目曰:『箸於竹帛謂之書。書者,如也。』」此即《漢志》所云「亦著其法」。若然,則此句便與「秦書八體」無關,而是他段之起。

「漢興有(又)草書尉律:學僮十七以上始試。諷籀書九千字,乃得為史。」指在秦代的各種書體之後,漢代更(再)草創了尉律,規定學僮考課為史,不僅文從字順,亦符合《漢志》所述「漢興,蕭何草律,亦著其法」的歷史事實與文意脈絡。

三　《說文解字・敘》「諷籀書九千字」之解讀

承前所論,《說文・敘》「漢興有(又)草書尉律」句反映了漢初蕭何草創尉律一事,則其後「學僮十七以上始試。諷籀書九千字,乃得為史」,當指以尉律考科之事。段注云:

399;卷31,頁1101。漢・應劭撰,王利器校注:《風俗通義》(北京:中華書局,2010年),頁4。
[32] 漢・司馬遷:《史記》,卷10,頁520;卷17,頁961-962。漢・班固:《漢書》,卷22,頁1030。
[33] 清・段玉裁:《說文解字注》,卷3,頁118。

> 諷籀書九千字者,諷謂能背誦尉律之文,籀書謂能取尉律之義推演發揮,而繕寫至九千字之多。諷若今小試之默經,籀書若今試士之時藝。上云始試,則此乃試之之事也。〈藝文志〉「試學童,諷書九千字以上,乃得為史」,無籀字。得為史,得為郡縣史也。《周禮》:「史十有二人。」注曰:「史,掌書者。」又「史掌官書以贊治」,注曰:「贊治,若今起文書草也。」[34]

段玉裁雖然對「漢興有(又)草書尉律」句有不同理解,但已認為本句與《漢志》屬於異文,更將「諷籀書」解釋為「背誦」、「推演」與「書寫」三事,以「九千字」為「尉律之文」。唯後世學者不僅對「諷籀書」各有解釋,更將「九千字」解為字書、六經等,聚訟不止。

劉葉秋認為:「漢代太史試學童,能識九千字以上的,才能做小史。」蒲衛忠認為:「漢代在選擇吏士時,能否識得九千字是一個重要的標志。」錢劍夫認為:「漢代的學僮入學後年滿十七歲的,不但要背誦九千個單字才能夠畢業,而且還有法律上的明文規定,要求是相當嚴格的。」[35]諸家對「諷籀書九千字」之理解,較為籠統,將「九千字」解釋為九千個單字,也僅以「識得」、「背誦」之概念掌握「諷籀書」三字。由此可知,對「諷籀書九千字」之解讀,必須先釐清漢人所謂的「諷籀書」之指涉為何,及「九千字」究竟屬於何種文獻。

(一)漢人所謂「諷籀書」

《說文‧敘》「諷籀書」,《漢志》作「諷書」,[36]顏師古無注,大抵以為「背誦」之義。清姚振宗以為《漢志》之文字「皆班氏所引尉律之文」,[37]顧

---

[34] 清‧段玉裁:《說文解字注》,卷15,頁766。
[35] 劉葉秋:《中國字典史略》(北京:中華書局,1983年),頁3。蒲衛忠:《中國古代蒙學教育》(北京:中國城市出版社,1996年),頁71。錢劍夫:《中國古代字典辭典概論》(北京:商務印書館,1986年),頁4。
[36] 漢‧班固:《漢書》,卷30,頁1721。
[37] 清‧姚振宗:《漢書藝文志條理》,王承略等編:《二十五史藝文經籍志考補萃編》(北京:清華大學出版社,2011年),第3卷,頁148。

實認為:「倍文曰諷,猶今言背誦默寫也。」[38]換言之,以背誦理解《漢志》「諷書」之意,應可信從,而許慎改為「諷籀書」,雖僅增一「籀」字,卻徒增困擾。「諷」字,《說文‧言部》:「誦也。从言,風聲。」又「誦」字云:「諷也。从言,甬聲。」[39]二字互訓,故「諷」字段注云:

> 〈大司樂〉以樂語教國子:興道、諷誦、言語。注云:「倍文曰諷,以聲節之曰誦。倍同背,謂不開讀也。誦則非直背文,又為吟詠,以聲節之。」《周禮》經注析言之,諷誦是二,許統言之,諷誦是一也。

段注引《周禮》鄭注,以為「諷」、「誦」義近,差別在「開讀」與否,「誦」是有節奏的背誦,「諷」則是直背其文,然細察文獻,漢人對於「諷」、「誦」似已混用,亦不因經典、文獻而有區別:

> 天子處位不端,受業不敬,教誨諷誦詩書禮樂之不經不法不古。(《新書‧傅職》)
>
> 今子大夫修先王之術,慕聖人之義,諷誦詩書百家之言,不可勝數。(《史記‧滑稽列傳》)
>
> (張楷)坐繫廷尉詔獄,積二年,恆諷誦經籍,作《尚書》注。(《後漢書‧鄭范陳賈張列傳》)[40]

「諷」、「誦」二字多可連用,且即便是供吟詠賦樂之《詩經》,漢人亦可諷之,足見諷、誦之對象並無限制,部分文獻亦能省略背誦之對象,如《荀子‧大略》:「少不諷【誦】,壯不論議,雖可,未成也。」《呂氏春秋‧孟夏紀‧尊師》:「凡學,必務進業,心則無營,疾諷誦,謹司聞。」〈博志〉:「蓋聞孔丘、墨翟,晝日諷誦習業,夜親見文王、周公旦而問焉。」[41]所諷誦者,亦皆六經典籍之文。又如律令條文、上書諫言,甚至抽象的道德感悟,亦能

---

[38] 顧實:《漢書藝文志講疏》,王承略等編:《二十五史藝文經籍志考補萃編》(北京:清華大學出版社,2011年),第4卷,頁75。

[39] 清‧段玉裁:《說文解字注》,卷3,頁91。

[40] 漢‧賈誼撰,閻振益等校注:《新書校注》(北京:中華書局,2000年),卷5,頁173。漢‧司馬遷:《史記》,卷126,頁3867。南朝宋‧范曄:《後漢書》,卷36,頁1243。

[41] 清‧王先謙:《荀子集釋》,卷19,頁509。許維遹:《呂氏春秋集釋》,卷4,頁94;卷24,頁653。

諷誦，如《後漢書·隗囂公孫述列傳》云：「囂賓客、掾史多文學生，每所上事，當世士大夫皆諷誦之，故帝有所辭荅，尤加意焉。」此言隗囂之上疏多經麾下賓客、掾史修訂，有文學性，故廣為世人背誦。或如〈光武十王列傳〉云：「臣知車駕今出，事從約省，所過吏人諷誦〈甘棠〉之德。」指官吏歌頌漢光武帝出行車駕簡樸之美德，堪比西周召公。〈宦者列傳〉云：「儲君副主，宜諷誦斯言；南面當國，宜履行其事。」此言呂強上疏，希望漢靈帝謹記《易經》「悅以使民，民忘其勞；悅以犯難，民忘其死」之理。[42]

「諷」指背誦，當無疑慮，惟「籀」、「書」二字，猶有可說。自唐代起，便有學者連讀「籀書」，認為即《漢志》所載之《史籀》，如張懷瓘《書斷》云：「以史官制之，用以教授，謂之《史書》，凡九千字。」桂馥云：「《大篆》十五篇，斷六百字為一篇，共得九千字……後人以名稱書，謂之籀書。」王鳴盛更云：「籀書九千字以上，即史籀所著大篆十五篇也。」[43]諸家皆認為《史籀》九千字即「籀書九千字」。只是漢初若有《史籀》類字書，其字數也不足九千字，如王國維認為：

且《倉頡》三篇僅三千五百字，加以揚雄《訓纂篇》亦僅五千三百四十字，不應《史籀篇》反有九千字。[44]

斯言甚是。章太炎亦認為：「《倉頡》小篆僅三千字，焉得籀文有九千字哉？」[45]據《說文·敘》可知，西元前二百二十一年，秦始皇兼併六國後，推書同文、車同軌之政策，由李斯作《倉頡篇》、趙高作《爰歷篇》、胡毋敬作《博學篇》，糾正戰國時「言語異聲，文字異形」之亂象。逮至西漢，閭里書師則合三篇為《倉頡篇》（共五十五章，三千三百字）；其後，揚雄

---

[42] 南朝宋·范曄：《後漢書》，卷 13，頁 526；卷 42，頁 1434；卷 78，頁 2529。
[43] 唐·張懷瓘：《書斷》（《欽定四庫全書》本，子部八，藝術類），頁 7。清·桂馥：《說文解字義證》（上海：上海古籍出版社，1987 年），卷 15，頁 1316。清·王鳴盛：《十七史商榷》，陳文和主編：《嘉定王鳴盛全集》（北京：中華書局，2010 年），卷 22，頁 239。
[44] 王國維：〈《史籀篇》疏證〉，《王國維遺書》（上海：上海古籍書店，1983 年），第 6 冊，頁 180。
[45] 章太炎：〈《說文解字序》〉，上海人民出版社編：《章太炎全集·演講集》（上海：上海人民出版社，2015 年），頁 552-553。

在漢初《倉頡篇》基礎上,「易《倉頡》中重復之字」(《說文・敘》段注),作《訓纂篇》(共八十九章,五千三百四十字)。東漢後,班固則續寫《訓纂篇》,增為一百零二章,六千一百廿字;漢和帝時,賈魴則接續班固,將《倉頡篇》擴增至一百廿三章,七千三百八十字,是為《滂喜》。[46]

若西漢初期已有收錄九千字之字書,則閭里書師、揚雄、班固、賈魴等人亦無需續寫、增修《倉頡篇》,逕用其書即可。[47]或有學者認為「籀書」非《史籀篇》,而是六經經文,[48]但既認為「郡縣級的小吏,只不過掌管一般的文字和文書管理工作,何須識得九千單字乃得為之」,其又何須嫻熟六經典籍?[49]可見以「籀書」為《史籀篇》或六經典籍,皆有疑慮,何況《漢志》僅作「諷書」,無「籀」字,兩詞之差異,恐怕不能僅視之為班固誤書、後人漏抄。不過清沈欽韓認為:「按此蓋通呼史書為籀書,非大篆之籀文也。官府所行隸書,通以為史籀。」[50]沈氏以為通過尉律選拔者可為郡縣、尚書史等官職,故應考核官府常用之隸書,但後續既言「以八體試之」,八體已有隸書,自當無需重複提起。沈氏將「籀書」視為官府通行之隸書雖不可從,但認為尉律之考核應以實際官府可見、可用的文獻、文字為主,或可信從。

---

[46] 參漢・班固:《漢書》,卷 30,頁 1721。唐・張懷瓘:《書斷》,頁 11。
[47] 亦有學者認為,以目前出土的《倉頡篇》具有「重複收字」之現象為例,漢初的《史籀篇》大概也可因複字而超出九千字,所以「諷籀書九千字」係考察學童對造字之法(「六書」)的掌握,而西周至漢初僅《史籀篇》屬於六書系統的字書,故「籀書」即《史籀篇》。《漢書・藝文志》之「諷書」係班固誤書,或後人漏抄之結果。參徐學標、曹寶麟:〈「諷籀書九千字」辯〉,《中國書畫》2003 年第 12 期(2003 年 12 月),頁 30-33。
[48] 參陳淑梅:〈「能諷書九千字乃得為史」解〉,《古漢語研究》1998 年第 3 期(1998 年 9 月),頁 82-84。
[49] 據易熙吾統計,十三經的總字數為 589,283 字,不重複用字為 6,544 字。但西漢初期,百廢待興,而秦火焚書,更不可能有完備的十三經可供研讀,如《漢書・楚元王傳》:「陵夷至于暴秦,燔經書,殺儒士,設挾書之法,行是古之罪,道術由是遂滅。」「天下唯有易卜,未有它書。至孝惠之世,乃除挾書之律。」漢惠帝除挾書律,效果卻有限,至文帝時,《伏生尚書》、《詩經》等經籍才逐漸現世,是知漢初蕭何制定尉律時,根本無法以六經典籍作為考課標準,而當時倖存的經學典籍,其字數亦遠不如後世所統計者。參易熙吾:《文字改革論集》(上海:東方書店,1955 年),頁 112。漢・班固:《漢書》,卷 36,頁 1968。
[50] 清・沈欽韓:《漢書藝文志疏證》,王承略等編:《二十五史藝文經籍志考補萃編》(北京:清華大學出版社,2011 年),第 2 卷,頁 67。

「籀」、「書」二字,《說文‧言部》:「讀,籀書也。从言,賣聲。」段注云:

> 籀,各本作誦,此淺人所改也,今正。〈竹部〉曰:「籀,讀書也。」讀與籀疊韵而互訓。〈庸風〉傳曰:「讀,抽也。」《方言》曰:「抽,讀也。」蓋籀、抽古通用。《史記》「紬史紀石室金匱之書」,字亦作紬,抽繹其義蘊,至於無窮,是之謂讀。故卜筮之辭曰:「籀謂抽繹,昜義而為之也。」……諷謂背其文,籀謂能繹其義……諷誦亦為讀,如《禮》言「讀賵」、「讀書」,《左傳》「公讀其書」,皆是也。諷誦亦可云讀,而讀之義不止於諷誦。諷誦止得其文辭,讀乃得其義蘊。自以誦書改籀書,而讀書者尟矣。孟子云:「誦其詩,讀其書。」則互文見義也。[51]

段玉裁以「籀」、「讀」二字疊韻互訓,「籀書」即「讀書」。有別於一般的背誦(諷誦),「籀」、「讀」除了要熟記內容,更要能夠統整、概括箇中意涵,故曰:「諷誦止得其文辭,讀乃得其義蘊。」對段氏而言,籀讀當然包括諷誦,但真正的籀讀必須能「抽繹其義蘊,至於無窮」,二者仍有差異。然細查文獻,漢人多用「讀」字,而非「籀」字,如《史記‧留侯世家》:「(張良)旦日視其書,乃太公兵法也。良因異之,常習誦讀之。」《論衡‧實知》:「(尹方)不學,得文能讀誦,論義引五經文,文說議事,厭合人之心。」《後漢書‧儒林列傳上》:「(周)防年十六,仕郡小吏。世祖巡狩汝南,召掾史試經,防尤能誦讀,拜為守丞。」[52]「讀誦」即「誦讀」,二者對舉,指張良、尹方、周防既能背誦文獻,又能昜義而為之,引申而開之,故得以成事、拜官。然而文獻中亦可見專於諷誦之人,如《漢書‧東方朔傳》云:

---

51 清‧段玉裁:《說文解字注》,卷5,頁91。
52 漢‧司馬遷:《史記》,卷55,頁2459。黃暉:《論衡校釋(附劉盼遂集解)》,卷26,頁1077。南朝宋‧范曄:《後漢書》,卷79,頁2560。

> 年十三學書,三冬文史足用。十五學擊劍。十六學詩書,誦二十二萬言。十九學孫吳兵法,戰陣之具,鉦鼓之教,亦誦二十二萬言。凡臣朔固已誦四十四萬言。[53]

東方朔十三歲學習字書,三年所學足以閱讀文史典籍,十六歲背誦二十二萬字的詩書,十九歲更背誦二十二萬字的兵法。所言不免誇大,但若僅僅是背誦文字,無法舉一反三,恐怕也無法博得漢武帝青睞。[54] 又如《吳越春秋・勾踐陰謀外傳・勾踐十二年》:「臣聞越王朝書不倦,晦誦竟夜,且聚敢死之士數萬,是人不死,必得其願。」「朝書不倦,晦誦竟夜」絕非單純的繕寫、背誦,否則勾踐怎能完成復國之事。《續列女傳》:「(班婕妤)每誦詩及窈窕、德象、女師之篇,必三復之。」「三復之」必不只是重複背誦,亦能感懷、體悟詩篇意義。《東觀漢記》載曹褒之事:「(曹褒)篤學有大度,常慕叔孫通為漢禮儀,晝夜研精沉思,寢則懷鉛筆,行則誦文書。」既然晝夜思索不已,則「誦文書」亦非僅止背誦。[55]《說文》以籀、讀互訓,段注亦區分諷誦與籀讀,但考諸文獻,諷誦亦有抽繹、概括之義,箇中意義,有時僅能就語境體會,與用字並無關係。[56]

---

[53] 漢・班固:《漢書》,卷 65,頁 2481。

[54] 《史記・滑稽列傳》:「朔初入長安,至公車上書,凡用三千奏牘。公車令兩人共持舉其書,僅然能勝之。人主從上方讀之,止,輒乙其處,讀之二月乃盡。詔拜以為郎,常在側侍中。數召至前談語,人主未嘗不說也。」東方朔所陳奏讀,漢武帝竟需以二個月的時間方能閱畢,拜為郎中後更能以言語取悅武帝,且觀《史記》所載言論,若東方朔僅能諷誦,而無法抽繹文獻,恐怕難有此種表現。漢・司馬遷:《史記》,卷 126,頁 3865-3866。

[55] 漢・趙曄:《吳越春秋》(北京:中華書局,1985 年),卷 5,頁 188。漢・劉向:《列女傳》(瀋陽:遼寧教育出版社,1998 年),卷 8,頁 90。漢・劉珍等撰,吳樹平校注:《東觀漢記校注》(北京,中華書局,2008 年),卷 15,頁 621。

[56] 當然,古人也意識到單純的背誦並不可取,如《荀子・正名》:「今聖王沒,名守慢,奇辭起,名實亂,是非之形不明,則雖守法之吏,誦數之儒,亦皆亂也。」「誦數」指反覆誦讀,雖是用功之舉,但若只能紙上談兵,無法隨「名」、「實」的變化而調整,也會造成國家不安定。故〈勸學〉云:「君子知夫不全不粹之不足以為美也,故誦數以貫之,思索以通之。」諷誦之最終目的係要能「通」,而非徒守文獻。王充更點出學者撰文需「發胸中之思,論世俗之事,非徒諷古經、續故文也」(《論衡・佚文》),僅是單純的諷、書,不能表現五經六藝之旨,也無法「傳流於世,成為丹青」(《論衡・佚文》)。參清・王先謙:《荀子集解》,卷 16,頁 414。黃暉:《論衡校釋(附劉盼遂集解)》,卷 20,頁 867、869。

況且若以尉律作為考核標準，尚須思考法令條文是否適合「抽繹其義」。西漢初期法律制定之概況，如《漢書・刑法志》云：

> 漢興，高祖初入關，約法三章曰：「殺人者死，傷人及盜抵罪。」蠲削煩苛，兆民大說。其後四夷未附，兵革未息，三章之法不足以禦姦，於是相國蕭何攈摭秦法，取其宜於時者，作律九章。[57]

西漢初期的律法是蕭何以秦法為基礎，刪減調整，去其繁複且不合時宜者而成，故應較秦法簡易，而蕭何所作「律九章」，係明確頒布的成文法。[58]但受考核者，能否以私意推演、抽繹此種明文公布之律令？漢承秦制，而作為秦國重要法家理論的《韓非子》一向反對以文害法之行為，強調「法須明」，如〈飾邪〉云：「古者先王盡力於親民，加事於明法。彼法明則忠臣勸，罰必則邪臣止。」法律必須明文規定，才能勉勵臣下遵守，故〈難三〉云：「法者，編著之圖籍，設之於官府，而布之於百姓者也。」法令頒布後，一國之臣子、人民皆應依法行事，動靜皆合乎法律規定，如〈有度〉所云：「明主使其群臣不遊意於法之外，不為惠於法之內，動無非法。」即便是抽象，不可捉摸的意念，一旦超之於法外，亦屬有罪。法雖客觀，但若以主觀的意進行解釋，自然可能損害法之正當性、權威性，而有意之人多為文學之人，尤其「有務奉下直曲、怪言偉服瑰稱、以眩民耳目者」，以不當言論影響人民對法律的信賴，故韓非子強調「儒以文亂法，俠以武犯禁」，儒生文人、俠客武夫「以難知為察，以博文為辯」、「以離群為賢，以犯上為抗」，皆會降低君主、法律之權威性，唯有如〈八說〉：「息文學而明法度，塞私便而一功勞，此公利也。錯法以道民也而又貴文學，則民之所師法也疑。」[59]杜絕一切對法令條文之批評臆說，才能明法導民。

---

[57] 漢・班固：《漢書》，卷23，頁1096。

[58] 姚明煇認為：「蕭何所草漢律，亦著以文字取人之法。太史以下，蓋律文也。」認為《漢志》所載「諷書九千字」云云，即出自漢初蕭何所草律法。參姚明煇：《漢書藝文志注解》，王承略等編：《二十五史藝文經籍志考補萃編》（北京：清華大學出版社，2011年），第4卷，頁239。

[59] 參清・王先慎：《韓非子集解》（北京：中華書局，1998年），卷5，頁122；卷16，頁380；卷2，頁37；卷18，頁425。

君主既不可一面頒布法令，又一面鼓勵文學之士恣意論說，則考核選拔基層官吏時，當然無需考驗其是否有推演開展法律文書的能力。[60]何況傳世文獻中，推演法條者，似乎多屬負面之酷吏，如《史記・酷吏列傳》載：

  （周陽由）所愛者，撓法活之；所憎者，曲法誅滅之。

  （周）亞夫為丞相，（趙）禹為丞相史，府中皆稱其廉平。然亞夫弗任，曰：「極知禹無害，然文深，不可以居大府。」今上時，禹以刀筆吏積勞，稍遷為御史。上以為能，至太中大夫。與張湯論定諸律令，作見知，吏傳得相監司。用法益刻，蓋自此始。

  （張湯）務在深文，拘守職之吏。[61]

周陽由、趙禹、張湯等為西漢著名之「酷吏」，史傳中多以「深文」、「刻」描述其撓法、曲法之行為，故云：「刀筆之吏專深文巧詆，陷人於罔，以自為功。」（《漢書・張馮汲鄭列傳》）此類刀筆吏尤善鍛鍊文章，羅織罪名，入人於罪，為官者若「多姦諛以取媚，撓法以便佞」，王符則視之為「亂危之原」（《潛夫論・務本》）。刀筆酷吏援引法條，周密訴狀，論據甚明，符合段注之「能取尉律之義推演發揮，而繕寫至九千字之多」，唯郡縣小吏真需此種能力？此說若可信，則後文云：「又以八體試之。郡移太史並課。最者，以為尚書史。書或不正，輒舉劾之。」以常理推斷，先以能否推演尉律之義試之，通過者再以八體書法試之，等於先考經義，再試書體。此種考核流程，豈非本末倒置？且舉劾之因在「書或不正」。[62]尚書之史不因法令條文之誤繹而遭罪，卻以六書之正否而舉劾，實不合情理。

---

[60] 高柏園認為：「法在韓非思想中乃是以其工具義與實用義而為韓非所重視。易言之，法的價值乃在其為充分伸張君勢所不得不有之客觀結構，以期由此客觀結構而使君勢能普遍而必然地貫徹到對象上，此即由法的工具義而推演出法的結構性、普遍性與必然性。」此說可從，法作為帝王之工具，其義自然不能，也不適合由他者抽繹推衍。參高柏園：《韓非哲學研究》（臺北：文津出版社，1994年），頁127。

[61] 漢・司馬遷：《史記》，卷62，頁3782-3784。

[62] 按：字不正，所寫字形不合六書、八體，故或因此遭彈劾、舉罪。參姚明煇：《漢書藝文志注解》，王承略等編：《二十五史藝文經籍志考補萃編》，第4卷，頁239。

《漢志》云：「古者八歲入小學，故周官保氏掌養國子，教之六書。」〈食貨志上〉亦云：「八歲入小學，學六甲五方書計之事，始知室家長幼之節。」[63]「教之六書」，指學習書寫，認識文字。王充曾述其學習歷程：

> 八歲出於書館，書館小僮百人以上，皆以過失袒謫，或以書醜得鞭。充書日進，又無過失。手書既成，辭師受《論語》、《尚書》，日諷千字。經明德就，謝師而專門，援筆而眾奇。[64]

王充八歲學書寫，其後始諷誦《論語》、《尚書》，知書寫、背誦當為基礎且正常的學習流程，不學文字書體，卻能通讀六經者，實屬特例。[65]可見段注以為「諷籀書」之關鍵在「推演發揮」，先考其義，再試其書，恰恰不符合正常的考課流程，而其中最者所擔任的尚書史，或因字不正而遭舉劾，並不因「推演誤譯」而有罪，反可證「諷籀書」之「籀」並非必要。[66]況且漢初是否允許一般人以私意闡釋法律，亦未可知。因此，《說文‧敘》之「諷籀書」，其「籀」字無需落實，當如《漢志》「諷書」為諷誦、書寫之義，如此或更符合漢初蕭何所草尉律之考課情況。

（二）「九千字」之確指

《說文‧敘》之「諷籀書」若同於《漢志》之「諷書」，考核能否背誦、書寫法律文書，則九千字便只能是尉律之內容，而非字書的繕寫。宋代王應麟云：「羅氏曰：『古來用字約少，板策所書，多者纔百名以上。今漢代試為

---

63 漢‧班固：《漢書》，卷 24，頁 1122。
64 黃暉：《論衡校釋（附劉盼遂集解）》，卷 30，頁 1188。
65 《論衡‧實知》云：「夫無所師友，明達六藝，本不學書，得文能讀，此聖人也。」然聖人始終是少數，學書不成者或占多數，如《史記‧項羽本紀》：「項籍少時，學書不成。」且多數人大概也不是於八歲學書，如前引東方朔年十三學書，又如傅介子年十四，好學書。參黃暉：《論衡校釋（附劉盼遂集解）》，卷 26，頁 1077。漢‧司馬遷：《史記》，卷 7，頁 376。晉‧葛洪：《西京雜記》（西安：三秦出版社，2006 年），卷 3，頁 128。
66 不過王充自言「或以書醜得鞭」，與尚書史「書或不正，輒舉劾之」意近，可看出漢人對書體美正之要求。

史者一童所記至九千字,烏覩古所謂正哉!」」[67]斯言甚是。在《倉頡篇》並未完全定型之時,豈能有九千字作為考核標準?張政烺即以為「九千字」係「九章」之草書:

> 按古者幼童入學先書後誦,〈學記〉云「呻其佔畢」是也。顧所謂九千字者究為何書,則絕無可考。六體若八體由班〈志〉許〈敘〉所記,今更參驗先秦兩漢古器物銘文,知乃種種職業不同之專門技術人才所習用之文字。一人既不能兼精,即精亦無所用之,已試弱冠之學僮,殊非所宜。故余疑此乃劉歆竄改律文,以為推行古文字學之論據,近人所謂「託古改制」之道也。[68]

班固《漢志》是否反映劉歆為推古改制而竄改,已不可考。不過張氏以「九章」二字多見於兩漢文獻,而疑《漢志》、《說文·敘》之「九千字」為「九章」之訛,則可以古文字稽核。漢隸之「千」字作:

馬王堆帛書《春秋事語》86行	張家山漢簡《算數書》簡11	銀雀山漢簡《五議》簡1028	北大漢簡《老子》簡123	北大漢簡《老子》簡221
居延新簡 E.P.T2	居延新簡 E.P.T50	居延新簡 E.P.T52	居延新簡 E.P.T58	馬圈灣漢簡 155

---

[67] 宋·王應麟:《漢書藝文志考證》,王承略等編:《二十五史藝文經籍志考補萃編》(北京:清華大學出版社,2011年),第1卷,頁113。

[68] 張政烺:〈《說文序》引尉律解〉,《中央研究院歷史語言研究所集刊》第17本(臺北:中央研究院歷史語言研究所,1948年4月),頁132。

《說文解字・敘》「漢興有草書」、「諷籀書九千字」發覆 ❖ 213

「字」字則作：

馬王堆帛書《老子乙》行66	馬王堆帛書《胎產書》行29	張家山漢簡《二年律令》簡184	北大漢簡《倉頡》簡9	北大漢簡《老子》簡188
北大漢簡《醫書》Z2	居延新簡E.P.T59	居延新簡E.P.S4	居延舊簡84	肩水金關漢簡73EJT10

而「章」字作：

張家山漢簡《二年律令》簡197	張家山漢簡《二年律令》簡463	北大漢簡《老子》簡55	北大漢簡《老子》簡1180	北大漢簡《老子》簡185
居延新簡E.P.W	居延新簡E.P.T6	居延新簡ESC	居延新簡E.P.C	居延舊簡138
居延舊簡188	居延舊簡234	肩水金關漢簡73EJT1	馬圈灣漢簡1206	馬圈灣漢簡623

兩漢出土文獻多有字例，茲不贅舉。字例有端正者，亦有潦草者，尤以出土於西北的居延、肩水金關、馬圈灣漢簡之風格最為明顯，只是不論來源，「千」、「字」皆容易辨識，「章」字雖然多潦草簡陋，然其上方之撇點、橫畫從未連接，如 ![章]（張家山《二年律令》簡 463）、![章]（居延舊簡 138）、![章]（肩水金關 73EJT1）等，上部筆畫皆似「二」，而不似「千」。又「字」字所從「宀」旁，兩旁雖有不向下延伸者，如 ![字]（張家山《二年律令》簡 184）、![字]（居延新簡 E.P.T59）、![字]（肩水金關 73EJT10）等，但仍可看出往下的筆勢，而非「章」字下方的橫筆。況且作為官修史書的《漢書》，或進獻於皇帝之《說文解字》，班固、許慎恐怕不會書寫得如此不嚴謹，致使「九章」訛為「九千字」。

張氏又謂「六體」為「六曹」之訛，「曹與體字偏旁近似，劉歆遂有意妄改」，並引應劭《漢官儀》云：

> （世祖詔）示州郡舉吏之法，云「於縣邑務授試以職」即尉律所謂「又以六曹試之」，蓋必如此始習於計簿，庶免「臨計過署不便習曹事」之弊。此雖後漢之事，去蕭何草律且二百餘年，然在制度上既不無沿襲之迹，其立法之意又相符合，持此以解尉律，宜可瞭然矣。[69]

《隋書‧經籍志》「曆數家」載有《九章六曹算經》，然未著撰作者；又《漢志》數術略曆譜家所載與算術之書籍有《律曆數法》、《許商算數》、《杜忠算數》，並無以「九章」為名者。可見當劉歆、班固之時，《九章算數》一類書籍或較罕見，漢初蕭何也難以此制律考核。[70]

而兩漢之「體」、「曹」二字是否相訛，仍可考之出土文獻，如「體」字作：

---

[69] 張政烺：〈《說文序》引尉律解〉，頁 135。
[70] 按：《隋書‧經籍志》載有不少以「九章」為名之算數書，如《九章術義序》、《九章算數》、《九九算數》、《九章別術》、《九章算經》、《九章重差圖》、《九章推圖經法》等，可見九章一類算數書當興起於《漢志》、《隋書》之間，漢初之蕭何當然不得目驗其書。參漢‧班固：《漢書》，卷 30，頁 1765。唐‧魏徵等撰：《隋書》（北京：中華書局，1982 年），卷 34，頁 1024-1026。

《說文解字‧敘》「漢興有草書」、「諷籀書九千字」發覆 ❖ 215

馬王堆帛書《病方》386行	馬王堆帛書《繫辭》7行	馬王堆帛書《病方》387行	馬王堆帛書《戰國縱橫家書》189行	張家山漢簡《二年律令》簡27
張家山漢簡《脈書》簡53	北大漢簡《老子》簡2	銀雀山漢簡《孫臏兵法》簡257	居延舊簡495	肩水金關漢簡73EJC
肩水金關漢簡73EJC	肩水金關漢簡73EJT37	張遷碑	司農劉夫人碑	無極山碑

「曹」字則作：

馬王堆帛書《養生方》118行	馬王堆帛書《戰國縱橫家書》204行	張家山漢簡《奏讞書》簡7	居延舊簡37	居延舊簡236
居延新簡E.P.T40	肩水金關漢簡73EJT21	馬圈灣漢簡204	馬圈灣漢簡342	馬圈灣漢簡518
居延新簡E.P.T5	居延新簡E.P.T51	居延新簡E.P.T20	肩水金關漢簡73EJT23	馬圈灣漢簡240

「體」字形旁雖有從「骨」、從「肉」、從「身」者，但聲符皆從「豊」，只是「豊」所從「豆」旁，或訛寫似「㠯」，如 （肩水金關漢簡 73EJC），或訛為「乙」，如 （肩水金關漢簡 73EJT37）即俗體「礼」。又「曹」字，《說文‧曰部》云：「獄兩曹也。从㯥，在廷東也。从曰，治事者也。」[71]上引諸「曹」字，或從「東」、從「㯥」，當為繁、簡體之別，不過居延、肩水金關、馬圈灣漢簡有更為簡略者，如 （居延新簡 E.P.T5）、（居延新簡 E.P.T51）、（馬圈灣漢簡 240）等，確實近於俗體「礼」字右半部所從。然此種形體較為晚出，係將「㯥」旁省略為「艹」，如 （居延新簡 E.P.T57）、（肩水金關漢簡 73EJT10），再與簡省的「曰」旁連筆，如 （肩水金關漢簡 73EJT4），即成此種字形。但即使「體」字所從偏旁可省為「乙」，其左半仍有「骨」、「肉」等形符，仍不同於簡寫的「曹」字，故「體」、「曹」形近而誤之說，仍可商。

此外，張氏認為九千字、六體蓋即九章、六曹一類的算經，係劉歆妄改尉律文，又為班固、許慎所承，故云：

> 六藝本有小大之別。古代小學學小藝，書數是也。大學學大藝，禮樂射御是也。書數為生民日用所需，不可或缺，故至漢代禮樂射御雖微，而書數不廢。自劉歆撰《七略》始專以書學為小學，屏算數於不顧，當非偶然之事。尉律試學童之法，諷書九章演於書學，歷試六曹演於數學，與古代教育習慣既相符合，與近代幕吏之有刑名錢穀亦正相似。劉歆乃不惜詭更正文，以遂己志，舉九章六曹皆成寫字之道。[72]

若劉歆有意妄改尉律之文，以切新莽託古之制，又何必考慮草書形近與否，析「章」為「千」、「字」，訛「曹」為「體」？逕改即可。且《漢志》云：「課最者以為尚書、御史、史書、令史。」諸官職是否需嫻熟、瞭解九章、六曹等書數之學，仍未可知。張氏又云：「（文字）一人既不能兼精，

---

[71] 清‧段玉裁：《說文解字注》，卷5，頁205。
[72] 張政烺：〈《說文序》引尉律解〉，頁135。

即精亦無所用之。」此說不合書道，反而合於算數之道，蓋基層官吏或可不通算數一事，卻不得不精文書謄寫，如唐宋明清之科舉、現代之公務員考試，故顧實認為：「隸書不過八體之一，而為史者必課以八體，此漢隸之所以多變形也。」[73]此說甚是。以八體試之，或因漢初所用文字多變，故需參以各種字體，以得確詁。所謂九章、六曹之說，只能建立在劉歆妄改律文之前提，難以核實，更可能違《漢志》、《說文·敘》之本意。

四　結語

《說文解字·敘》云：「漢興有草書。尉律：學僮十七以上始試。諷籀書九千字，乃得為史。又以八體試之。郡移太史並課。最者，以為尚書史。書或不正，輒舉劾之。」因涉及《漢書·藝文志》異文、秦漢草書源起、蕭何草創尉律、《史籀篇》與《倉頡篇》是否足九千字、九千字與八體是否即九章、六曹等問題，故自唐代以來，諸說紛陳，莫得其緒。本文在前人研究之基礎上，認為《說文·敘》此段文句，即《漢志》所云：「漢興，蕭何草律，亦著其法，曰：『太史試學童，能諷書九千字以上，乃得為史。又以六體試之，課最者以為尚書、御史、史書、令史。吏民上書，字或不正，輒舉劾。』」班固承自劉歆《七略》，後許慎改寫，後世卻以為許慎接續「秦書八體」，而補草書之起源，故於「草書」後斷句，又不明「有」當為「又」，表接續之義；漢末趙壹〈非草書〉、晉代衛恆〈四體書勢并序〉更因此將草書源起上溯至秦漢之間，致使段注採此二說而成循環論證。失之毫釐，差以千里，更與《漢志》文句分道揚鑣。

而「諷籀書九千字」，當如王國維所云：「《漢書·藝文志》所引無『籀』字可證。」[74]即《漢志》「能諷書九千字以上」之異文。許慎增一「籀」字，段注諦審其義，認為漢初尉律取吏，係以背誦、抽繹、繕寫法律條文至九

---

[73] 顧實：《漢書藝文志講疏》，王承略等編：《二十五史藝文經籍志考補萃編》，第4卷，頁75。

[74] 王國維：〈《史籀篇》疏證〉，《王國維遺書》，第6冊，頁180。

千字為考課標準，通過者再以八體試之；且其最者任官吏後，或因書不正而舉劾，並不以私意誤解律文為罪，可見能否抽繹其義，本不在考核之內。「法者，編著之圖籍，設之於官府，而布之於百姓者也」（《韓非子·難三》），本就不適合以私意開展之，且先論法義，再試字書，頗乖於常理。考諸兩漢文獻所用「諷」、「誦」字，多受語境影響而能有開展、推演之意，可知「籀」字不應落實所指，當以《漢志》文句為是。更有學者以草書字體論之，以為「九千字」、「八體」即「九章」、「六曹」一類算經之訛寫，係劉歆託古改制，而竄造文獻之舉。然稽以兩漢出土文獻之相關字形，知諸字難有訛誤，且劉歆若有意為之，何需大費周章揀選字形相近者，但改即可。

綜上所述，本文認為《說文解字·敘》「漢興有草書。尉律」句，當作「漢興有（又）草書尉律」，指漢初興起之際，蕭何草創尉律；「諷籀書九千字」即背誦、書寫法律文獻至九千字。如此，則《說文解字·敘》便合於《漢書·藝文志》所載，反映漢代初年，尉律中有以背誦、書寫文字，選拔、考課官吏之制度，但時過境遷，至東漢末年，選拔制度不彰，「今雖有尉律，不課，小學不修，莫達其說久矣」，故「詭更正文，鄉壁虛造不可知之書，變亂常行」者，多不勝數，方有許慎《說文解字》一書，「理群類，解謬誤，曉學者，達神恉」（《說文·敘》），正天下視聽。

台灣文學的生態移情
——吳晟早期詩作中的非人類角度[*]

費　陽（Thomas Eduard Fliss）[**]

一　前言

　　自古以來，人類不斷與「舊」或「熟悉」的，以人類為中心的問題掙扎，如戰爭、奴役、性別不平等、族群和宗教衝突等等。然而，自從二十世紀下葉，尤其是隨著二十一世紀的到來，則出現了一個新的且全球性的問題。許多學者與研究者提供了科學數據，證實人類對地球各個生態的影響與衝擊，而後其影響和破壞急速受到關注。[1]這類變遷使得荷蘭大氣化學家保羅・克魯岑（Paul Crutzen）與生物學家尤金・斯托默（Eugene Stoermer）於2000年提出「人類世」一詞做為新的地質時代，[2]取代全新世（Holocene）。雖然國際地層委員會於 2024 年透過表決最終拒絕以人類世為一個新的地質時代，但仍然聲明它是「一個無法估價的、描述人類對地球系統的衝擊的描述符」。[3]另如 Gabriele Dürbeck 和 Philip Hüpkes 的說法，「自然學科與各種社會和人文學科的諸多貢獻不同：前者主要目的在於建

---

[*] 本論文為筆者於德國聯邦教育及研究部之研究計畫「Taiwan als Pionier」／「台灣做頭陣」的部分研究成果。

[**] 德國特里爾大學漢學系（Universität Trier FB II Sinologie）博士後研究員。

[1] 如 Billie Lee Turner et al., *The Earth as Transformed by Human Action* (Cambridge: Cambridge University Press, 1990); John Theodore Houghton et al., *Climate change 1995 — the science of climate change: contribution of working group I to the second assessment report of the Intergovernmental Panel on Climate Change* (Cambridge: Cambridge University Press, 1996); John Robert McNeill, *Something new under the sun* (New York/London: WH Norton and Company, 2000); Erle C. Ellis, *Anthropocene: A Very Short Introduction* (Oxford: Oxford University Press, 2018).

[2] Paul J. Crutzen and Eugene F. Stoermer, "The 'Anthropocene'", *Global Change Newsletter* 41 (May 2000), pp.17-18.

[3] International Commission on Stratigraphy（國際地層委員會）網站，網址：https://stratigraphy.org/news/152（2025年1月31日上網）。若未註明，外文由筆者翻譯。

立人類世的科學基礎，而後者反思人類世這新概念和相關議論對歷史、哲學、道德，以及政治的牽連。」[4]

　　許多自然科學家已指出人類對地球的極大影響，[5]而解決此危機的方法在政治界、社會，以及（社會）媒體也被討論得相當活躍，甚至激動。雖然如此，卻仍有不少人否認氣候變遷，對相關數據有爭執，甚或質疑影響地球生態的人類因素是否真正存在。[6]除了解決這些嚴重問題外，同時也必須提升對人類影響力的意識。連同不斷的討論與對話，另有一項強大方法能夠擴大對生態議題的視野，即生態文學。文學語言——特別是詩的語言——是表現情感的，透過間接、委婉的方式做出主觀的價值判斷，而藉此產生情愫上的共鳴。詩也呈現出詩人面對生態議題時的個人且立即的感受，如疑慮、擔憂、惶恐等等。有異於科學數據的理性性質，這種感受在情感層面上亦能提高生態意識。除此之外，文學不會像社會媒體激起憎恨和憤怒，或使得討論兩極化；文學所提供的是多元的詮釋空間，讓人做跨

---

[4] Gabriele Dürbeck and Philip Hüpkes (eds.), *The Anthropocenic Turn: The Interplay between Disciplinary and Interdisciplinary Responses to a New Age* (New York: Routledge, 2020), p.1.

[5] 如種類絕種、由二氧化碳排放升高所造成的氣候變遷、全球微塑膠污染等等。Sacha Vignieri, "Vanishing Fauna," *Science* 345 (Jul 2014), 392-395; Tobias Andermann et al., "The past and future impact on mammalian diversity," *Sci. Adv.* 6 (Sept 2020), eabb2313; D. M. Etheridge et al., "Natural and anthropogenic changes in atmospheric CO2 over the last 1000 years from air in Antarctic ice and firn," *J. Geophys. Res.*, 101(D2) (Feb 1996), 4115-4128; Jaia Syvitski et al., "Extraordinary human energy consumption and resultant geological impacts beginning around 1950 CE initiated the proposed Anthropocene Epoch." *Commun Earth Environ* 1 (Oct 2020), 32.

[6] 一個眾所周知的例子即現任美國總統唐納‧川普（Donald Trump）。在 2024 年的美國總統選舉，川普與其民主黨對手卡瑪拉‧哈里斯（Kamala Harris，又譯賀錦麗）主張對立的立場。川普聲明其將促進石油和天然氣的生產、廢除環保法規，以及大幅度削減再生能源的津貼。而賀錦麗主張減少溫室氣體排放、生產再生能源、協助友善氣候農業，並改善大眾運輸和電動車輛建設。Lilly Hess, "Will the U.S. elections make or break the climate? Harris and Trump promise vastly different climate policies," Think Landscape 7 October 2024，網址：https://thinklandscape.globallandscapesforum.org/70023/will-the-u-s-elections-make-or-break-the-climate/（2025 年 2 月 24 日上網）。川普甚至宣稱氣候變遷是一個騙局。James Liddell, "Trump sparks controversy for calling climate change a 'scam' as Hurricane Helene leaves trail of destruction. Former president is heading to Georgia on Monday after the state was hammered by Hurricane Helene," Independent [London] 30 September 2024，網址：https://www.independent.co.uk/news/world/americas/us-politics/trump-climate-change-scam-hurricane-helene-georgia-b2621271.html（2025 年 2 月 24 日上網）。

文化比較以及挑戰現有的文化假定與框架，進一步發展出具有批判性的文化認識。[7]在這樣的空間中，生態文學可針對有關生態的概念發言、進行討論，甚或將其解構並重新組合。[8]與生態有關的概念包括浪漫主義、人類中心主義、自由主義、人類語言、西方思想、生態正義、生態女性主義、生態倫理等等。[9]

現今已有探討環境、生態等與人類世有關議題的台灣文學研究。除了吳明益與李育霖的專書及期刊論文之外，[10]亦有 Darryl Sterk（石岱崙）、Robert Visser、Astrid Møller-Olsen、Gwennaël Gaffric（關首其）等人的外文著作與論述。[11]這些著作的探討範圍相當地廣，例如對生態文學或「自

---

[7] Rachel Gholson and Chris-Anne Stumpf, "Folklore, literature, ethnography, and second language acquisition: Teaching culture in the ESL classroom," *TESL Canada Journal*, 22(2) (Spring 2005), pp.79-90; Jacqueline Costello, "Promoting Literacy through Literature: Reading and Writing in ESL Composition," *Journal of Basic Writing*, 9(1) (Spring 1990), pp.22-24; Michael Byram and Carol Morgan, *Teaching and Learning Language and Culture* (Bristol, Blue Ridge Summit: Multilingual Matters, 1994), p.187.

[8] 本文採用德國生物學家與哲學家恩斯特・海克爾（Ernst Haeckel，1834-1919）對「生態」所定之界說：「我們認為『生態』係生物對外界的關係的全面學科，而在廣義上所有『存在情形』皆可囊括在內。其中有部分具有機性質，另有部分具無機性質。」(Unter Oecologie verstehen wir die gesammte Wissenschaft von den Beziehungen des Organismus zur umgebenden Aussenwelt, wohin wir im weiteren Sinne alle „Existenz-Bedingungen" rechnen können. Diese sind theils organischer, theils anorganischer Natur; …) Ernst Haeckel, *Band 2 Allgemeine Entwickelungsgeschichte der Organismen: Kritische Grundzüge der mechanischen Wissenschaft von den entstehenden Formen der Organismen*《第二冊　生物之一般發展史：對生物所形成種類的機械學科之評論性基礎》(Berlin, Boston: De Gruyter, 1866), p. 446.

[9] 關於所列概念之說明，參見 Timothy Clark, *The Cambridge Introduction to Literature and the Environment* (Cambridge: Cambridge University Press, 2011), p.3, pp.15-16, p.46, pp.55-59, pp.87-89, pp.102-107, pp.111-117, pp.183-185.

[10] 吳明益：〈且讓我們蹚水過河：形構台灣河流書寫／文學的可能性〉，《東華人文學報》第 9 期（2006 年 7 月），頁 177-214；吳明益：《臺灣現代自然書寫的探索 1980～2002：以書寫解放自然 BOOK1》（新北市：夏日出版社，2012 年）；吳明益：《臺灣自然書寫的作家論 1980～2002：以書寫解放自然BOOK2》（新北市：夏日出版社，2012年）；吳明益：《自然之心──從自然書寫到生態批評：以書寫解放自然 BOOK3》（新北市：夏日出版社，2012 年）；李育霖：《擬造新地球：當代臺灣自然書寫》（臺北：國立臺灣大學出版中心，2015 年）。

[11] Chia-ju Chang and Scott Slovic (eds.), *Ecocriticism in Taiwan: Identity, Environment, and the Arts* (Lanham: Lexington Books, 2016); Astrid Møller-Olsen, "Trees Keep Time: An Ecocritical Approach to Literary Temporality," in *Ecocriticism and Chinese Literature: Imagined Landscapes and Real Lived Spaces*, eds. Riccardo Moratto, Nicoletta Pesaro, Di-kai Chao (London, New York: Routledge, 2022), pp.3-15; Gwennaël Gaffric, "History, Landscape, and

然書寫」提出定義標準，討論吳明益所著《複眼人》中的原始主義或其小說中所出現的生物、生態批評門徑的時間觀點、台灣有關海洋及原住民的生態文學作品等等。

然而，目前未有研究探討生態移情（ecological empathy）這近年新出的觀點在文學中如何發揮，尤其是其在分析台灣文學上的運用。因此，本文將此新概念應用於人類與自然之間的關係，並探究產生此類移情的技巧。為此，將透過詩作的分析示範此新的角度，以鄉土文學作家吳晟（1944-）所著的〈木麻黃〉一詩做為實例。文本的分析方法將採用「細讀法」（close reading）及「廣讀法」（wide reading），一方面包含文本本身的詮釋，另一方面在詮釋中也納入文本以外的相關作品，以及文本所處的文化與歷史範圍。[12]

二 生態移情與文學

如上所述，人類世包含許多相關議題，而近年來另出現的生態移情為其中之一。這種移情透過人類與非人類間情感關係的建構，具有重連人類與自然界的潛能，而進一步能夠克服人類中心主義。人類中心主義通常被

Living Beings in the Work of Wu Ming-yi," in *Ecocriticism and Chinese Literature: Imagined Landscapes and Real Lived Spaces*, eds. Riccardo Moratto, Nicoletta Pesaro, Di-kai Chao (London, New York: Routledge, 2022), pp.180-193; Darryl Sterk, "Responsible Primitivism: Wu Ming-yi's The Man with the Compound Eyes as Indigenous-Themed Environmental Literature," in *Taiwanese Literature as World Literature*, eds. Lin Pei-yin, Li Wen-chi (New York: Bloomsbury Academic, 2022), pp.80-96; Robin Visser, *Questioning Borders: Ecoliteratures of China and Taiwan* (New York: Columbia University Press, 2023), pp.189-230.

[12] Wolfgang Hallet, "Close Reading and Wide Reading: Teaching Literature and Cultural History in a Unit on Philip K. Dick's 'Minority Report'," *Amerikastudien / American Studies*, 52(3), pp.390-393.

視為人類無視其自然環境的主因之一。[13]移情理論並不新穎，[14]其流入文學研究中已超過二十年。比方說 Lisa Zunshine 與 Suzanne Keen 各寫過相關專書，Meghan Marie Hammond 和 Sue J. Kim 已出版散文集，且 Amy Coplan 和 Peter Goldie，以及 Heidi Maibom 也各編輯過以移情理論為焦點的冊卷。[15]不過，這些書籍討論的是移情的文學和美學反思，和移情的表現模式；文學類型焦點也在於散文體上。

「生態移情」這個名稱首次由 Rudmila Mahbub 提出，其指出對自然界的移情是超越人類中心主義的第一步，而且使人對人類與環境之間的互相

---

[13] 如法國人類學家菲利普・德斯寇拉（Philippe Descola）2001 年於法蘭西公學院（Collège de France）就職演講時所提議，不應當將人類的邊界停止於人種的大門，而是欣然地將最謙虛的植物和最卑微的動物迎接到社會生活的場所（"the frontiers of humanity stop at the gates of the human species, and [...] readily invite into the arena of [...] social life the most modest plants and the most insignificant animals."）。Philippe Descola, *Anthropology of Nature*, transl. Liz Libbrecht (Paris: Collège de France, 2014), p.15。亦見菲利浦・德斯寇拉（Philippe Descola）、亞歷山德羅・皮諾紀（Alessandro Pignocchi）著，宋剛譯：《將來世界民族誌》（高雄：無境文化事業股份有限公司，2023 年），頁 13。

[14] 「移情」一詞及其概念源自德文心理學與美學術語「Einfühlung」，可直譯為「感覺進去」。此詞首次由德國哲學家羅伯特・維歇爾（Robert Vischer, 1847-1933）提出。他在其著作《關於視覺之形象感覺──對美學的一篇文章》（Über das optische Formgefühl – ein Beitrag zur Ästhetik）中說道：「When I observe a stationary object, I can without difficulty place myself within its inner structure, at its center of gravity. I can think my way into it, mediate its size with my own, stretch and expand, bend and confine myself to it. With a small object, partially or totally confined and constricted, I very precisely concentrate my feeling. My feeling will be compressed and modest (a star, a flower–true reality: a tight belt–a contractive feeling). When, on the contrary, I see a large or partially overproportioned form, I experience a feeling of mental grandeur and breadth, a freedom of will (a building, water, air–true reality: a loose cloak–an expansive feeling [Ausfühlung]). More specifically, the compressed or upward striving, the bent or broken impression of an object fills us with a corresponding mental feeling of oppression, depression, or aspiration, a submissive or shattered state of mind.」英譯引自 Harry Francis Mallgrave and Eleftherios Ikonomou, *Empathy, Form, and Space: Problems in German Aesthetics, 1873-1893* (Santa Monica: Getty Center for the History of Art and the Humanities, 1994), pp.104-105. 爾後，移情概念為他人所進化，如德國哲學家西奧多・利普斯（Theodor Lipps, 1851-1914）、德國哲學家及現象學創始人埃德蒙德・胡塞爾（Edmund Husserl, 1859-1938）等等。

[15] Lisa Zunshine, *Why We Read Fiction: Theory of Mind and the Novel* (Columbus: The Ohio State University Press, 2006); Suzanne Keen, *Empathy and the Novel* (New York: Oxford Academic, 2011); Meghan Marie Hammond and Sue J. Kim (eds.), *Rethinking Empathy through Literature* (New York: Routledge, 2014); Amy Coplan and Peter Goldie (eds.), *Empathy: Philosophical and Psychological Perspectives* (Oxford, Oxford Academic: 2012); Heidi Maibom (ed.), *The Routledge Handbook of Philosophy of Empathy* (London: Routledge, 2017).

依賴（interdependency）能達到全面性的視角。[16]在此之前，Lori Gruen 已主張人類應當具有移情地回應動物的需求、興趣、慾望、弱點、期望，以及其獨特的觀點，而和動物建立關係。這種移情被她稱為「糾結移情」（entangled empathy）。[17]或就德國文學而言，Pamela Steen 曾討論有哪些變數令人對動物產生選擇性移情。[18]移情的運用甚至被擴大到整個地球，如 Elise Talgorn 和 Helle Ullerup 把對地球的移情界定為人類與非人類「保管者」在永續發展上的全面性關係。[19]他們認為，假如人類透過自己的情感去想像非人類生物的情感，即可實現這樣的移情，並且藉此可引導出具有同情心的行動以及對地球生態系統的保護。在2024年，Lauren Marie Lambert 繼續探討生態移情，進一步而將內在的保護倫理理由（ethic of care argument）與從超越人類角度可發展出的相輔相成的新關係價值觀（relational values）結合。其認為，這種具有系統性及結構性的生態移情將「支持深化人類與自然界間（重新）連結的努力」，並且將生態移情嵌入於決議、管理、政策、設計等環境的思維中。最終，這將使人做出對生態正面且更加環保的行為，並加深人類與自然界的重連。[20]

Lambert 所提出的「人類與自然的重連架構以建構生態移情能力（Human–nature (re)connection framework to build ecological empathy competence）」的概念奠基於社會移情架構，是由「宏觀自我與他者的意

---

[16] Rudmila Mahbub, "Can 'Ecological Empathy' Play an Effective Role to Make an Environmentally Responsible Individual? A Review of Deep Ecology and Covey's Idea of Empathy," in *Philosophy, Social and Human Disciplines* vol. II (2021), pp.1-27.

[17] Lori Gruen, *Entangled Empathy: An Alternative Ethic for Our Relationships with Animals* (New York: Lantern Books, 2015).

[18] Pamela Steen, "Selektive Empathie mit Tieren《對動物之選擇性移情》," in *Sprache und Empathie: Beiträge zur Grundlegung eines linguistischen Forschungsprogramms*《語言與移情：為一個語言學研究方案打下基礎》, eds. Katharina Jacob, Klaus-Peter Konerding, Wolf-Andreas Liebert (Berlin, Boston: De Gruyter, 2022), pp.249-284.

[19] Elise Talgorn and Helle Ullerup, "Invoking 'Empathy for the Planet' through Participatory Ecological Storytelling: From Human-Centered to Planet-Centered Design," *Sustainability*, 15(10) (May 2023), 7794.

[20] Lauren Marie Lambert, "Ecological Empathy: Relational Theory and Practice," *Ecosystems and People* 20(1) (Dec 2024), pp.11-12.

識」（macro self-other awareness）與「觀點採取」（perspective-taking）而組成。[21]簡而言之，一個人必須克服其自身的社會與歷史思維，才能達到更大的、包含自己與他者的生活經驗的宏觀社會觀點。Lambert 將此社會移情應用於生態情境中，換句話說，人類若要納入生態觀點，則首先必須超越人類情境而達到一個宏觀觀點。其架構包括兩個主要範疇：「對超越人類的互相依賴的情境理解」（contextual understanding of more-than-human interdependencies）和「超越人類意識與地球系統觀點的採取」（more-than-human awareness and earth system perspective-taking）。此二範疇再被分為幾種小成分：第一個範疇涵蓋「個人潛入」（personal embeddedness）、「身體潛入」（body embeddedness）和「生態潛入」（ecological embeddedness）；「超越人類觀點的採取」（more-than-human perspective-taking）、「超越人類時間觀點的採取」（more-than-human temporal perspective-taking）及「超越人類的感覺與傾聽」（more-than-human sensing and listening）構成第二個範疇。Lambert 認為，由這些成分組成的架構是處理生態移情的一個比較廣泛的方法。其說道：「藉由系統性地辨別因人類中心主義而被忽視的人類與自然間的關係，此生態移情概念應當提供一個支架，協助人學習超出二元論的人類中心主義思維。」（頁 5）在其架構中，第二大範疇「超越人類意識與地球系統觀點的採取」有兩個小成分與文學有關：「超越人類觀點的採取」和「超越人類的感覺與傾聽」。（頁 6）此二成分包含講述故事、推想文學、創作與寫作，也間接牽連到想像力。雖然文中未明確提及詩的朗讀和寫作，但由於詩一般被視為最能表現出主觀情感，[22]因此筆者認為作詩、讀詩也屬於培養生態移情的方法。另外，誠如 Wit Pietrzak 所言，

---

[21] Lauren Marie Lambert, "Ecological Empathy: Relational Theory and Practice," pp.5-6.
[22] 如德國哲學家格奧爾格‧威廉‧弗里德里希‧黑格爾（Georg Wilhelm Friedrich Hegel, 1770-1831）認為「抒情詩『要表現的不是事物的實在面貌，而是事物的實際情況對主體心情的影響，即內心的經歷和對所觀照的內心活動的感想』」。見朱立元：《黑格爾美學論稿》（上海：復旦大學出版社，1988 年），頁 285。德文原文見 Georg Wilhelm Friedrich Hegel, *Vorlesungen über die Ästhetik. Dritter Teil: Die Poesie* 《美學講稿‧第三部分：詩》, ed. Rüdiger Bubner (Stuttgart: Reclam, 1971), p.205.

「有異於使讀者與被敘述者所召喚的角色建立移情連結的小說，詩的讀者在朗讀時『成為』詩的說話者（lyrical speaker），而兼任讀者與演出者的我們被迫使採取說話者的位置，藉此直接內在化被文本所喚起的精神狀態。」[23]如此一來，即可建立起讀者與文本之間最強烈、最親密的情感關聯，因而筆者認為，比起散文體，詩能夠在人中激起最具有情感——包括移情——的反應和共鳴。

三　吳晟極早展現的生態意識及其分析法

本文採取上述「超越人類觀點的採取」和「超越人類的感覺與傾聽」兩種培養生態移情的小成分做為其分析出發點，並詳細探討吳晟的一首詩作。該詩是吳晟於 1975 年 2 月在《幼獅文藝》所發表的〈木麻黃〉。

挑選吳晟這位作家以及這首詩的原因有三：首先，筆者認為吳晟在台灣生態文學當中扮演一個相當重要的角色。台灣文學研究者一般認為生態文學在 1980 年代及其後成為主流中的次要文學體裁，也認為其主要和原住民思想有所關聯。[24]基於吳晟自 1972 年後所發表的詩以及 1982 年後的散文，其通常被歸類為鄉土文學作家，且是最早的作家之一。[25]當時鄉土文學仍然被中國國民黨極其邊緣化，[26]換句話說從事這方面的寫作起初並未有前途可言。政治和社會議題通常被認為是鄉土文學的特色之一，也確實為吳晟詩文的題材來源。但由於當時政治與社會上的情況和轉變也嚴重關係到生態的改變，早在 1970 年代，吳晟除了關心重大社會和政治議題之外，就已經觀察到台灣將來要面對的生態問題的前兆，並如預示者般在其詩作提出憂慮和關懷，從彼時至今嚴厲批判其所居住的環境以至整個台

---

[23] Wit Pietrzak, "Lyric Poetry and the Disorientation of Empathy," *Journal of Literary Theory*, 16(2) (Sept 2022), p.357.
[24] Robin Visser, *Questioning Borders: Ecoliteratures of China and Taiwan*, pp.191-196.
[25] 楊宗翰：《逆音：現代詩人作品析論》（臺北：新學林出版有限公司，2019 年），頁 191-192。
[26] Sung-sheng Yvonne Chang, *Literary Culture in Taiwan: Martial Law to Market Law* (New York Chichester, West Sussex: Columbia University Press, 2004), pp.125-126.

灣所忍受的生態破壞。[27]其次，吳晟出身於農夫家庭，且將近一輩子都居住在其家鄉溪州，因而長年以來累積了豐富的生態洞悉可供人參考。此外，他也是一位環保運動家，在過去積極參與反抗運動，如 2010 至 2011 年的「國光石化開發案」、2014 年的「中科四期搶水」等等。[28]不僅如此，吳晟自前總統蔡英文就任（2016.05-2024.05）以來，亦擔任總統府資政。[29]最後，吳晟許多作品瀰漫著生態關懷，而他不但把相關問題有系統地呈現出來，並且這方面的關懷不限於 1970 年代鄉土文學的顛峰時期而持續至今；[30]筆者認為，〈木麻黃〉是在其諸多作品中第一首傳達生態移情的詩，是故以此為分析實例。

為了分析〈木麻黃〉中生態移情的形象和範圍，本文採用 Wolfgang Hallet 所提出的「細讀法」（close reading）及「廣讀法」（wide reading），亦即互文性（intertextual）文學研究方法之一。Hallet 認為文本是在一個複雜的網絡內編織的，一方面包含文本本身的詮釋，另一方面在詮釋中也納入文本以外的相關作品，以及文本所處的文化與歷史範圍。[31]Hallet 指出「在這樣的互文性方法中，大批的文本、媒體和資料能夠揭示相關的、共同的，或對應的文本片段，以及重複主題、重疊概念、過多、對立和相似之處，還有觀念和態度的分歧。」（頁 392）承上，以下將首先詳細分析〈木麻黃〉一詩所蘊涵的多層意義，如工業化、人口外流、環境污染等等。第二個部分則針對詩的文化與歷史背景，並就生態移情將此背景和文

---

[27] 另外，吳晟及其作品獲得不少文學獎，包括 1970 年中國優秀青年詩人獎、1975 年吳望堯中國現代詩獎、2002 年磺溪文學獎特別貢獻獎、2007 年吳三連獎文學類新詩獎、2015 年台灣文學獎新詩金典獎、2017 年第二十一屆台灣文學家牛津獎等等。張俐璇主編：《吳三連獎文學家的故事》（臺北：財團法人吳三連獎基金會，2023 年），頁 295。

[28] 林明德編選：《臺灣現當代作家研究資料彙編・116：吳晟》（臺南：國立臺灣文學館，2019 年），頁 89。

[29] 見中華民國總統府網站，網址：https://www.president.gov.tw/Page/109（2025 年 2 月 2 日上網）。

[30] 如其最新詩集，吳晟：《他還年輕：吳晟二十一世紀詩集》（臺北：洪範書店，2022 年）。

[31] Wolfgang Hallet, "Close Reading and Wide Reading: Teaching Literature and Cultural History in a Unit on Philip K. Dick's 'Minority Report'," pp.390-393.

本情境連結起來,畢竟文本的一個微小成分蘊涵文本以外的意義（extratextual meaning），因而我們必須將這樣的成分基於其所處的文化、政策、歷史及其他文學和非文學情境來詮釋。[32]

四　吳晟七〇年代詩作〈木麻黃〉的生態移情

〈木麻黃〉是1975年在文學雜誌《幼獅文藝》所發表的詩作。顧名思義，這首詩以木麻黃為主題，但相當奇特的是，正文本身直到最後一節的最後一行才揭示此事。木麻黃「是一種常綠喬木，樹皮淡褐色，高可達二十公尺。小枝細軟多節，頗似針葉。初夏開花，果序球形。可做為行道樹、觀賞樹及防風林樹」。[33]木麻黃性喜高溫、多濕、陽光足的環境，加上耐風、耐旱及耐鹽的特性，使其成為台灣海岸防風林最佳樹種之一。[34]木麻黃另可做為優良木柴，且能穩定土壤質地，如移動沙丘、被侵蝕的山坡及濕地土壤。[35]其根部有能固氮的放線菌共生，因此還帶來有機的自然施肥作用。[36]如林廣指出，從以上特性「我們更可以看出木麻黃與台灣沿岸地區農漁民之間的密切關聯。」[37]但同時也必須提及，在戰後初期的台

---

[32] Wolfgang Hallet, "Methoden kulturwissenschaftlicher Ansätze: *Close Reading* und *Wide Reading*,"〈文化研究門徑之方法：細讀法與廣讀法〉in *Methoden der literatur- und kulturwissenschaftlichen Textanalyse. Ansätze – Grundlagen – Modellanalysen*《文學與文化研究文本分析方法：門徑—基礎—模範分析》, eds. Vera Nünning and Ansgar Nünning (Stuttgart, Weimar: Verlag J. B. Metzler, 2010), p.294.

[33] 林廣：《尋訪詩的田野：評析吳晟的四十首詩作》（臺北：聯合文學出版社股份有限公司，2005年），頁85。

[34] 林信輝、陳明義、陳清義：〈木麻黃生理及生態特性之研究〉，《現代育林》第2卷第1期（1987年9月），頁42-47；甘偉航、陳財輝：〈臺灣防風林之經營〉，《現代育林》第3卷第1期（1987年9月），頁22。

[35] Natural Research Council, *Casuarinas: Nitrogen-Fixing Trees for Adverse Sites* (Washington DC: The National Academies Press, 1984), p.4.

[36] Natural Research Council, *Casuarinas: Nitrogen-Fixing Trees for Adverse Sites*, pp.10-11.

[37] 林廣：《尋訪詩的田野：評析吳晟的四十首詩作》，頁85。

灣，木麻黃被認為無經濟價值，[38]因此我們可將其歸類為德斯寇拉所謂的「卑微」植物中。[39]

〈木麻黃〉這首詩分為四節，每一節的行數幾乎相同，後二節皆為五行，而第一節僅有四行，第二節即六行。前三節都交織於時間與空間軸線上。說話者描述在不同時段所做的與環境和社會變遷有關的觀察，即在白天、黃昏與夜間。唯有最後一節未出現時間名詞，因此其描述的情形不限於時間，而是一個常態。前三節的時間名詞皆為第一行的開頭詞，由此引子可見這首詩的戲劇性。同時，這三節的前三行也都是相同的句型，表現出反覆和互相連結的結構。其反覆的、持續的性質也為重覆出現的副詞「仍然」所加強。然而，一日一日重覆的不僅是一天的不同時段，還包括「同伴愈來愈稀少」，讓整首詩充滿著擔憂和孤獨的氣氛。就空間軸線而言，前三節各以三種不同地點為背景：由遠處所望見的家鄉、城市中的工廠，以及城市或家鄉中的道路。以下將依節陳列原文，並加以分析。

> 日頭仍然輝煌的照耀
>
> 在同伴越來越稀少的馬路上
>
> 而我們望見
>
> 吾鄉人們的腳步，不再踴躍[40]

第一節的時間為大白天，陽光明亮地照射在木麻黃上，而數量漸漸少去的植物從遠處看見家鄉的人也愈來愈不樂於其事。就木麻黃喜光的性質而言，第一行實際上應該創造出一個愉樂的氣氛，但底下三行反而營造出一個極大的反差。一方面，木麻黃在陽光下應當長得很茂盛，卻異常地日漸

---

[38] 甘偉航、陳財輝：〈臺灣防風林之經營〉，頁 22。

[39] 見註 13，Philippe Descola, *Anthropology of Nature*, p.15. 除〈木麻黃〉之外，吳晟在其〈植物篇〉詩當中另有幾首以「卑微」植物為主題，對家鄉和其中充滿的氛圍表達感慨：「例如〈含羞草〉的含羞與卑怯；〈牽牛花〉的不安與納悶；〈野草〉的卑微與驕傲；〈檳榔樹〉的昂揚與清香；〈月橘〉的微賤與艱苦」。林廣：《尋訪詩的田野：評析吳晟的四十首詩作》，頁 90。

[40] 吳晟：《泥土：吳晟二十世紀詩集》（臺北：洪範書店，2022 年），頁 182-183。

稀少,因而暗示生長環境受到破壞。[41]其數量減少,同時也帶來寂寞感。由於前三節皆出現同樣一句,因此四分之三的詩都充滿著這種孤苦無助的感覺。另一方面,第三行的「望見」表示木麻黃是從遠處看見吾鄉人們不再踴躍的情形,代表植物和人之間存有一定的距離甚或隔離,加重木麻黃的孤獨感。而最後一行本身就描述說話者的家鄉人已不愉快的情況。這一行在文本以外和吳晟的〈牽牛花〉一首建立關聯。[42]那一首詩的說話者描述家鄉因科技化、工業化、人口外移等社會變遷,而逐漸冷落:小孩子坐在電視台前,年輕人在外地的工廠工作,老年人已躺在棺材裡。[43]

> 晚霞仍然殷勤的送別
> 在同伴越來越稀少的馬路上
> 而我們望見
> 城市的工廠、工廠的煙囪、煙囪的煤灰
> 隨著一陣一陣吹來的風
> 瀰漫吾鄉人們的臉上

在第二節中,時間已達黃昏。被擬人化的晚霞和數量減少中的木麻黃告別,而此時的木麻黃在遠處看見城市所帶來的工業化、工廠,以及污染。這些污染卻不停留在遠方的城市,反而被風吹來說話者的家鄉,滲透所有人的身體。此節的第一行與第一節略微不同,因為「送別」一詞意味著分離和不捨,所以此處就已經開始營造出稍微難過和孤獨的感覺。作者在下半節的三行中特別著墨於環境變遷。首先,代表台灣七〇年代工業化的工廠被描述得相當具體。作者藉由三個分句逐漸畫出工廠的模樣,並且透過頂真手法將工廠、煙囪和煤灰串連起來,彷彿說話者用望遠鏡拉近距離。這一行很巧妙地是全詩的最長一行,使得煙囪的形象在讀者想像中更加逼真。接著倒數第二行敘述(未指明的)環境污染並無所不及,而透過如風

---

[41] 林廣:《尋訪詩的田野:評析吳晟的四十首詩作》,頁86。
[42] 林廣:《尋訪詩的田野:評析吳晟的四十首詩作》,頁90。
[43] 吳晟:《泥土:吳晟二十世紀詩集》,頁184-185。

的各種自然現象被散發出去。最後，這些污染就被散布到人的身上，慢慢滲透身體而最後影響到健康。雖然此處只提及人類的遭遇，但實際上處於同一個地方的木麻黃也必然遭殃。

  月光仍然溫柔的撫照
  在同伴越來越稀少的馬路上
  而我們望見
  呼嘯而來呼嘯而去
  匆匆忙忙的機車，並不在意

到了第三節，時間已入夜，月亮光線溫柔地投射在木麻黃上。中間，場景由寧靜的夜晚轉換成雞犬不寧的街景。孤獨站在月光中的木麻黃在遠方又看見既吵雜又匆忙的機車來來去去，機車卻毫不在意它們。機車這種交通工具本來就無法在意路邊的植物，可見這裡是以「機車」指代年輕的駕駛員。雖然最後一行並未明白說明不被在意是何人何物，但所指的應是或因濫伐，或因污染而愈來愈稀少的植物。此處也未揭示不在意的原因，或許是因為忙碌、騎車速度極快，或許是因為對木麻黃和使其變少的原因毫無興趣；不過由於機車可代表現代化與機械化，年輕人的不在意似乎歸咎於台灣當時的社會和生活改變。此時，讀者應當感受到木麻黃被拋棄的感覺而感到孤單無助。[44]

  以粗糙的皮為衣
  以乾硬的果為實
  笨拙的直立馬路兩旁
  我們是越來越瘦
  越來越稀少的木麻黃

---

[44] 這種被拋棄的感覺亦見於吳晟的〈稻草〉一首，其中倒數第二節說道：「終於是一束稻草的／吾鄉的老人／誰還記得／也曾綠過葉、開過花、結過果。」林廣：《尋訪詩的田野：評析吳晟的四十首詩作》，頁 86；吳晟：《泥土：吳晟二十世紀詩集》，頁 118-119。

上面已提到，第四節與前三節在三方面不同：一者，結構與句型；二者，內容與角度；三者，揭示說話者的身分。就結構而言，第四節可分為兩段：第一段由前三行組成，其中前二行形成排比句，第三行可視為單獨一個陳述句；第二段則是一個跨行的句子。在內容上，第一段描述木麻黃的外貌：樹皮粗糙、果實堅硬，屬於不美卻寫實的形容。第三行則再次透過「笨拙」一詞以擬人化的角度形容此植物在路邊生長的樣貌，直立不屈，卻不伶俐。由此形容可見，此三行同時也在影射家鄉的老人，甚至作者吳晟本身。[45]而在後二行，亦即在詩的最後，作者才揭示詩中的說話者竟非人，而是變得又稀少，又瘦，又孤獨的木麻黃。據林廣的分析，木麻黃在此詩中包含三個身分：漸漸消失的木麻黃本身、固守家園卻被遺棄的鄉人及作者的化身，「傳達……無力抗拒環境遽變的悲哀」。[46]

透過木麻黃的視角，作者以這首詩表達出面對家鄉正在面臨的社會與生態變遷所感受到的悲痛與無助。在以上分析，吾人突顯出木麻黃的角度，並且強調其擬人化和在其身上所投射的情愫如何激起生態移情。總而言之，就喚起生態移情來說，從〈木麻黃〉可以看出三個要素。首先，這首詩對社會與生態提出批判。其次，由於說話者——亦即讀者——化身為木麻黃的角色，因此整首詩瀰漫著非人類對人類社會及兩者所處的生態的視角。最後，作者在詩中將生態批判與人類情感連結在一起。換句話說，文中若僅有非人類角度，即不足以激起生態移情，而此非人類角度亦須滲透著人類的情愫。

五　結論

面對人類世及其相關生態議題，本文指出在現有的台灣生態文學研究中，目前尚未有人應用生態移情這類的概念，而本文嘗試彌補這個缺陷。

---

[45] 林廣：《尋訪詩的田野：評析吳晟的四十首詩作》，頁88。
[46] 林廣：《尋訪詩的田野：評析吳晟的四十首詩作》，頁89-90。

筆者出發自 Lambert 提出的生態移情架構，並將此概念應用在知名文學家和環保運動家吳晟的〈木麻黃〉一詩上，藉由「細讀法」和「廣讀法」分析詩中如何喚起讀者的生態移情。分析結果表示，激起生態移情須有三個要素：一、詩作本身必須討論生態議題或批判生態變遷；二、基於詩的說話者透過擬人化的寫作技巧表達出非人類觀點，朗讀時成為說話者的讀者才能從動植物的非人類角度觀看整個生態；三、雖然動植物在詩中成為非人類的說話者，但為了使得讀者在情感上產生共鳴和反應，仍然需要體現人類情感，如孤獨與無助感。筆者之所以提出生態移情的文學研究視角，是因為隨著生態與環境議題日益受台灣政府、社會和民眾的矚目，期望透過本文的分析實例能拋磚引玉，引起更多文學研究者探索有關生態的台灣文學作品，且提升對詩作中呈現的非人類觀點的理解。若將這類文學作品與日益緊要的生態議題連結，或許在國民教育和對外華語教學上甚至能夠多引進此類國際化觀點，使得台灣一方面更能與國際接軌，另一方面在教學內容上也更能吸引外籍學生。

清華陸〈鄭文公問太伯〉劄記二則

簡欣儀[*]

一　前言

　　2016 年出版的《清華大學藏戰國竹簡》第陸輯中有〈鄭文公問太伯〉甲、乙兩本，簡長約為 45 公分，寬 0.6 公分，三道編繩，共存 25 支簡：甲本 14 支，第 3 簡有殘缺，共 383 字；乙本當有 12 支，第 3 簡缺失，現存 11 支簡，共 321 字，[1]內容幾乎相同，但甲本較為完整，學界多以甲本作為研究的主要依據。簡文內容以鄭文公與太伯二人的對話為主，尤以太伯細數歷任「吾先君」功績，涉及許多現存歷史未載之鄭國前期涉外的開拓事蹟，有較高的文獻價值，除此，在人名、地名的對應判辨，也使簡文受到另一面向的關注。本文在前人的研究基礎，[2]以及後來陸續出版的簡文材料比對之下，嘗試再對兩個問題提出討論：其一為「輂車䦘𣪠克鄭」一句的釋讀及闡釋，其二是對於「牢鼠不能同穴」中「牢」字的再討論。

---

[*] 國立臺灣海洋大學共同教育中心博士後研究員、國立臺南護理專科學校通識教育中心兼任助理教授。
[1] 根據《清華大學藏戰國竹簡（陸）‧竹簡信息表》，甲本第 3 簡長度為 18.4 公分，斷成兩段（9.1＋9.3 公分），而乙本的殘損狀況又比甲本嚴重，乙本第 2 簡僅 22.2 公分（後由程薇指出乙本的一枚殘簡被編入〈越公其事〉中，可接在原缺損的第 2 簡之前，長度約有 9.75 公分，釋文為「被複（覆），不𪉲（穀）以能與遳（就）櫸（次），今天為」。見馬楠：〈關於《清華大學藏戰國竹簡（陸）》的一則說明〉，《出土文獻》第 9 輯（上海：中西書局，2016 年，頁 286），第 3 簡佚失，第 4 簡 18.8 公分。清華大學出土文獻研究與保護中心編，李學勤主編：《清華大學藏戰國竹簡（陸）》（上海：中西書局，2016 年），頁 238-239。
[2] 相關學位論文可見郝花萍：《《清華大學藏戰國竹簡（陸）》鄭國三篇集釋》（重慶：西南大學碩士論文，2017 年）；王瑜楨：《《清華大學藏戰國竹簡（陸）》鄭國史料三篇研究》（臺北：國立臺灣師範大學國文學系博士論文，2018 年）；朱忠恒：《《清華大學藏戰國竹簡（陸）》集釋》（武漢：武漢大學碩士論文，2018 年）；胡乃波：《清華簡《鄭文公問太伯》（甲本）集釋》（保定：河北大學碩士論文，2018 年）；鄭榆家：《清華簡中鄭國事類簡集釋及其相關問題研究》（花蓮：國立東華大學中國語文學系博士論文，2020 年）；廖昊東：《《清華簡》鄭國文獻研究》（鄭州：鄭州大學碩士論文，2022 年）；趙芹：《《清華簡（陸）》鄭國文獻研究》（漳州：閩南師範大學碩士論文，2023 年）。

二　「輹車闌𤉕克鄫」論考

〈鄭文公問太伯〉簡 4-6 描述鄭桓公事蹟：

> 昔虗（吾）先君逗（桓）公遂（後）出【四】自周，以車七萆（乘），徒丗＝（三十）人，故（固）亓（其）腹心，奮（奮）亓朏（股）拡（肱），以顉（擾）於𠄨（仇）觚（偶），䈕（攝）𦘔（胄）𠷎（擐）𩊱（甲），㪒（攘）戈盾以媒（造）【五】勛。戰（戰）於魚羅（陵），虗（吾）〔乃〕䐈（獲）鄟（氾）、邥（訾），輹車闌𤉕克鄫，寍＝（廟食）女（如）容社（社）之凥（處），亦虗（吾）先君之力也。[3]

前半段可見鄭桓公建國初期篳路藍縷之艱辛，在戰備薄弱且簡陋的基礎上奮勇開創，而後半段從「戰於魚羅（陵）」開始描述戰績，勝取鄟（氾）、邥（訾），又「輹車闌𤉕克鄫」，都是鄭桓公之功。其中「輹車闌𤉕克鄫」，學者說法分歧，影響前後文斷句，尤以「闌」的解釋為關鍵，故下文試從「闌」字討論。

〈鄭文公問太伯〉簡 6 之「闌」，寫作「𤉕」，整理者讀為「襲」，云：「從門、衺，『衺』又見清華簡《楚居》、《繫年》，即『襲』字，《文選》李善注引《說文》：『襲，重衣也。』」[4] 又徐在國言：

> 「闌」字首次出現，不見後世字書，疑此字當為「襲」字繁體，贅加「門」。「襲」字，意為出其不意的進攻。《春秋・襄公二十三年》：「齊侯襲莒。」杜預注：「輕行掩其不備曰襲。」《逸周書・武稱》：「岠嶮伐夷，並小奪亂，辟強攻弱而襲不正，武之經也。」[5]

整理者及徐說均認為「闌」的解釋與「衺」有關，「門」可能是累加偏旁，未必與字義有關，徐說更進一步將「襲」字解釋為出其不意的進攻，如杜《注》

---

[3] 清華大學出土文獻研究與保護中心編，李學勤主編：《清華大學藏戰國竹簡(陸)》，頁 119。整理者斷讀為「輹（覆）車闌（襲）𤉕（介），克鄫寍＝（迢迢）」。

[4] 清華大學出土文獻研究與保護中心編，李學勤主編：《清華大學藏戰國竹簡(陸)》，頁 121。

[5] 徐在國：〈清華六〈鄭文公問太伯〉札記一則〉，「武漢大學簡帛網」，2016 年 4 月 17 日，網址：http://m.bsm.org.cn/?chujian/6677.html（2024 年 12 月 30 日上網）。

所言「輕行掩其不備」的「偷襲」之意。後之學者如**子居**、**黃聖松**、**黃庭頎**、**王瑜楨**、**朱忠恆**、**范常喜**等均將此字解釋為偷襲、襲擊之意。[6]**鄭舒婷**則將「闠」視為襲擊的專字。[7]

關於「袞」字，清華簡曾出現幾次，其中《清華壹·楚居》共出現十次，均作「遷（徙）袞（襲）」，無一例外，字形上亦同寫作「」。而《清華貳·繫年》有兩例：

| | 簡 37-38 | 秦穆公乃召文公於楚，使袞（襲）懷公之室。 |
| | 簡 111 | 越人因袞（襲）吳之與晉為好。 |

除此之外，《清華柒·越公其事》簡 27：「乃因司袞（襲）尚（常）」，寫作「」，**整理者**解釋為因襲常規。[8]而在清華簡之前有《上博三·恆先》，**季旭昇**曾言「袞」可釋為「襲」，意思為「因襲」，[9]**蘇建洲**則據《繫年》材料，進一步指出｛襲｝的意思有二，一為<u>因襲、繼承</u>，如簡 37-38 及簡 111 的「袞」字用例，象重衣之形，應是因襲的本字；二為<u>偷襲、襲擊</u>，如簡 46「秦師將東𡧱（襲）鄭」、簡 93「欒盈𡧱（襲）巷（絳）而不果」、簡 94「莊

---

[6] 子居：〈清華簡《鄭文公問太伯（甲本）》解析〉，「中國先秦史網」，2016 年 5 月 1 日，網址：https://xianqinshi.blogspot.com/2017/09/blog-post_34.html（2024 年 12 月 30 日上網）；黃聖松、黃庭頎：〈《清華六·鄭文公問太伯》札記（二）〉，「武漢大學簡帛網」，2016 年 9 月 13 日，網址：http://m.bsm.org.cn/?chujian/7380.html（2024 年 12 月 30 日上網）；王瑜楨：《清華大學藏戰國竹簡（陸）鄭國史料三篇研究》，頁 257；朱忠恆：《清華大學藏戰國竹簡（陸）集釋》，頁 81；范常喜：〈清華六《鄭文公問太伯》札記三則〉，《出土文獻》第 12 輯（上海：中西書局，2018 年），頁 161。

[7] 鄭舒婷：〈出土上古文獻中襲擊之｛襲｝歷時用字研究〉，「第三屆漢語字詞關係學術研討會」，長春：東北師範大學文學院等主辦，2023 年 7 月 19-22 日，頁 201-202。其指出𡧱、闠皆為襲擊義的專字，而「闠」是楚系專字，「𡧱」是晉系專字。

[8] 清華大學出土文獻研究與保護中心編，李學勤主編：《清華大學藏戰國竹簡（柒）》（上海：中西書局，2017 年），頁 128。

[9] 季旭昇主編，陳惠玲、連德榮、李綉玲合撰：《《上海博物館藏戰國楚竹書（三）》讀本》（臺北：萬卷樓圖書股份有限公司，2005 年），頁 218-219。

公涉河𢧢（襲）朝歌」，[10]「𢧢」應是「偷襲」、「襲擊」的專字。[11]藉由蘇說對於《繫年》之結論來核對〈楚居〉和〈越公其事〉，「袭」字確實用作「因襲」義，是故簡文「輅車閵（襲）纍」或當重新思考其解。[12]

除了「袭」字，加上「門」旁的「閵」字另可見《清華柒·越公其事》：

字形	簡號	簡文
閵	簡 26	吳人既閵（襲）越邦，越王句踐將惎復吳。
閵	簡 68	越師乃因軍吳，吳人昆奴乃內越師，越師乃遂閵（襲）吳。
閵	簡 69	□□□□□閵（襲）吳邦，圍王宮。

整理者於簡 26 引《國語·晉語二》：「大國道，小國襲焉曰『服』；小國傲，大國襲焉曰『誅』」，韋昭注：「襲，入也。」疑「閵」為破國入侵之專名。[13]同此，子居解釋為「出其不意的攻擊」，[14]而沈雨馨、滕勝霖將「閵」視為「襲」之異體，[15]毛玉靜視為「侵襲」之專名，[16]另也有將「閵」讀為「合」、[17]「許」、[18]「毀」、[19]「燮」[20]的說法。而簡 68 同一個「閵」字，

---

[10] 蘇建洲、吳雯雯、賴怡璇：《清華二《繫年》集釋》（臺北：萬卷樓圖書股份有限公司，2013 年），頁 397。
[11] 海天：〈《繫年》的「蔡」字〉，「復旦網－論壇區」，2011 年 12 月 29 日。
[12] 徐在國〈清華六〈鄭文公問太伯〉札記一則〉一文原發表於「武漢大學簡帛網」，2016 年 4 月 17 日，後經刪修同名載於《中國文字學報》第 8 輯（北京：商務印書館，2017 年），此文則刪除關於「閵」的解釋，或亦認為有不妥之處。
[13] 清華大學出土文獻研究與保護中心編，李學勤主編：《清華大學藏戰國竹簡（柒）》，頁 127。
[14] 子居：〈清華簡七《越公其事》第四章解析〉，「中國先秦史網」，2018 年 5 月 14 日。
[15] 沈雨馨：《《清華大學藏戰國竹簡（柒）》集釋》（北京：首都師範大學碩士論文，2019 年），頁 52。滕勝霖：《《清華大學藏戰國竹簡（柒）》集釋及相關問題研究》（重慶：西南大學碩士論文，2019 年），頁 260。
[16] 毛玉靜：《《清華大學藏戰國竹簡（柒）》字用研究》（合肥：安徽大學碩士論文，2019 年），頁 10。
[17] 杜建婷：《清華簡第七輯文字集釋》（廣州：廣州中山大學碩士論文，2019 年），頁 295。
[18] 王青：〈清華簡《越公其事》補釋〉，收入華東師範大學歷史學系主辦：《出土文獻與商周社會學術研討會會議論文集》（上海：華南師範大學歷史學系，2019 年），頁 324。
[19] 湯志彪、孫欣：〈釋䦆〉，《語言科學》第 1 期（2021 年 1 月），頁 100-101。
[20] 俞紹宏：〈楚簡「袭」字補釋〉，《古文字研究》第 34 輯（北京：中華書局，2022 年），

則有**魏宜輝**訓為「進入」之義，[21]**高佑仁師**亦將簡 26 之「吳人既閜（襲）越邦」之「閜」訓為「進入」，並列舉了多處訓作「襲，入也」的例子。[22]「進入」和破國入侵、襲擊（偷襲）的解釋相比，「進入」指的是動作，到了某個範圍、狀態，未必一定有攻擊之義。

關於〈越公其事〉之「閜」字三例，首先，清華簡〈越公其事〉的背景，就《左傳》、《史記》的記載，即為夫椒之役，雖〈越公其事〉簡 1 殘損嚴重，但比對**趙曉斌**提供荊州棗紙簡〈吳王夫差起師伐越〉後，[23]〈越公其事〉簡 1 的內容可能是「吳王夫差起師伐越，遂克越邦，越王句踐失邦，趕登於會稽之山」，同一件事比對《史記》與《左傳》，描述上略有出入，整理如下：

〈越公其事〉簡 1	吳王夫差起師伐越，**遂克越邦，越王句踐失邦**，趕登於會稽之山。[24]
《史記·越王句踐世家》	吳王聞之，悉發精兵**擊越，敗之夫椒**。越王乃以餘兵五千人保棲於會稽，吳王追而圍之。[25]
《左傳》哀公元年	吳王夫差敗越于夫椒，報檇李也。**遂入越**。越子以甲楯五千保于會稽，使大夫種因吳大宰嚭以行成。[26]

頁 395。

[21] 魏宜輝：〈讀《清華大學藏戰國竹簡（柒）》札記〉，收入中國文字學會主辦：《中國文字學會第九屆學術年會論文集》（貴陽：貴州師範大學文學院，2017 年），頁 684。後經刪修同名載於《古典文獻研究》第 20 輯下卷（2017 年 12 月），刪除原先的第九則，即是關於簡 68「越師乃因軍吳，吳人昆奴乃入越師，越師乃遂襲吳」的說法。

[22] 高佑仁師：《清華柒《越公其事》研究》（臺北：萬卷樓圖書股份有限公司，2023 年），頁 292。舉《楚辭·九辯》：「去白日之昭昭兮，襲長夜之悠悠。」洪興祖《補注》：「襲，入也。」《淮南子·覽冥訓》：「虎豹襲穴而不敢咆」，高誘《注》：「襲，入也。」按：就《楚辭》和《淮南子》之例，「襲」之「入」意，非破國入侵之意。

[23] 趙曉斌：〈荊州棗紙簡《吳王夫差起師伐越》與清華簡《越公其事》〉，收入清華大學出土文獻研究與保護中心主辦：《清華戰國楚簡國際學術研討會論文集》（北京：清華大學出土文獻研究與保護中心，2021 年），頁 7。

[24] 清華大學出土文獻研究與保護中心編，李學勤主編：《清華大學藏戰國竹簡（柒）》，頁 114。

[25] 漢·司馬遷：《史記》（臺北：鼎文書局，2002 年，中華書局點校本），頁 1740。

[26] 晉·杜預注，唐·孔穎達正義：《春秋左傳正義》，《十三經注疏》（北京：北京大學出版

簡文言「越王句踐失邦」，而《左傳》則明確指出吳國「入」越，核對簡 26「吳人既闌（襲）越邦」之「既闌」，將其解釋為「已經進入」實比「已經襲擊」適切，史籍見「既入」之例，如《左傳》隱公十年：「宋、衛既入鄭。」[27]故簡 26 之「闌」作「進入」解較佳。又簡 68「吳人昆奴乃內越師，越師乃遂闌（襲）吳」，將「闌」同樣訓為「入」，解釋為吳人昆奴「納」越師，故越師遂「入」吳，文義通暢。而簡 69 的「㒸」，整理者釋作「闌」，而江秋貞、俞紹宏均認為此字應當是「袞」，上部蓋無「門」，[28]然此字上方正好即竹簡殘斷之處，且此處字形比例明顯比簡 27 的「袞」矮扁，字形是經過壓縮的，比較可能是某個字的一部分，可參下表（以等比例裁剪原簡圖片）：

簡 26	簡 27	簡 68	簡 69
闌	袞	闌	㒸

加上整理者言簡文「□□□□□闌（襲）吳邦，圍王宮」可與《國語・吳語》「越師遂入」對照，高佑仁師指出即相應《國語・吳語》的「越師遂入吳國，圍王臺」，[29]此處即為「闌」為「入」意的最直接例證，亦見「闌」於楚簡中有其用字的一致性。

綜上所述，「袞」、「闌」均讀為「襲」，但「袞」應訓作「因襲」，而「闌」加門旁，就上述梳理，當訓為「入」，有「進入」之義。在〈鄭文公問太伯〉與〈越公其事〉二篇為同一書手的狀況下，[30]可能用字習慣更有一致性。故

社，1999 年），頁 1610。
[27] 晉・杜預注，唐・孔穎達正義：《春秋左傳正義》，頁 120。
[28] 江秋貞：《《清華大學藏戰國竹簡（柒）・越公其事》考釋》（臺北：花木蘭文化事業有限公司，2022 年），頁 623-624。俞紹宏：〈楚簡「袞」字補釋〉，頁 428。
[29] 高佑仁師：《清華柒《越公其事》研究》，頁 773。
[30] 李松儒：〈清華七《子犯子餘》與《趙簡子》等篇字跡研究〉，《出土文獻》第 15 輯（上海：中西書局，2019 年），頁 177。

〈鄭文公問太伯〉之「輅車🈳🈳」，解釋上應為「輅車入🈳」，若將「🈳」視為「偷襲」，則「🈳」當為地名，[31]但就前述的整理，將「🈳」訓作「入」，則後面未必一定要銜接地名，也就是「🈳」有其他解釋的可能。

「🈳」字，甲本寫作「🈳」，乙本寫作「🈳」，**整理者**提出二說，一取甲介說，讀為「甲介」之「介」，指出「襲介」猶云披甲；二取地名說，「🈳」表二水之間的地名。[32]**黃聖松、黃庭頎**以「介」可與「制」相通，將「🈳」視為「制」地，[33]**王瑜楨**則認為「🈳」的地望應介於「函陵」與「鄶」之間，[34]而**王寧**則直接視其為「虢國」之「虢」。[35]換言之，「🈳」字在過去的解釋，可視為甲介之「介」，或是地名、國名。今若將「🈳🈳」解釋為「入🈳」，可先撤除甲介之義，又此處「入🈳」之「🈳」雖有地名、國名的可能，但依其字形有二水，亦有可能與水有關，簡文內容順序是在獲鄘、邘後，「入🈳」而克鄶，或可考慮是走水路而攻克鄶，**子居**已指出《說文》：「㳄，二水也」，「鄶在溱、洧相會處」，[36]雖言二水但仍強調「襲🈳」，似將「🈳」視為在二水上的鄶，欲表達先襲擊鄶而後攻克鄶的順序，[37]然而，此處「🈳」可能即是指二水——溱水及洧水，「入某水」之辭例蓋可見《戰國策・齊策二・張儀事秦惠王》：「齊、梁之兵，連於城下，不能相去，王以其間伐韓，

---

[31] 據黃聖松、黃庭頎：〈《清華六・鄭文公問太伯》札記（二）〉一文所言，舉例如成公十七年《傳》「楚公子櫜師襲舒庸」、襄公二十三年《傳》「齊侯襲莒」（按：此處有誤植，「齊侯襲莒」一事為《經》文所載）。

[32] 清華大學出土文獻研究與保護中心編，李學勤主編：《清華大學藏戰國竹簡（陸）》，頁121。

[33] 黃聖松、黃庭頎：〈《清華六・鄭文公問太伯》札記（二）〉。

[34] 王瑜楨：《《清華大學藏戰國竹簡（陸）》鄭國史料三篇研究》，頁257。

[35] 王寧：〈清華簡六《鄭文公問太伯》（甲本）釋文校讀〉，「復旦網」，2016年5月30日，網址：http://fdgwz.org.cn/Web/Show/2809（2024年12月30日上網）。

[36] 子居：〈清華簡《鄭文公問太伯（甲本）》解析〉。

[37] 子居言此處可能與「胡」之事相混，《韓非子・說難》：「昔者鄭武公欲伐胡……鄭人襲胡，取之。」而〈內儲說下〉以為鄭桓公取鄶，古本《竹書紀年》亦云晉文侯二年，桓公「伐鄶，克之。」見氏著：〈清華簡《鄭文公問太伯（甲本）》解析〉。後有范常喜補充，認為「🈳」與新蔡葛陵楚簡祭禱簡「大川有㳄」的「㳄」可能是異體關係，「大川之㳄」可訓為「大川之間」，把「㳄」訓為「間」，故用在「🈳」字，或可將其解釋為「二水之間」，見氏著：〈清華六《鄭文公問太伯》札記三則〉，頁160-161。雖將「介」作為聲旁實有意義，但倘依范說或許還需考慮「🈳」是否同時擁有「二水」和「間」之意。

入三川，出兵函谷而無伐……。」[38]又透過**江旻蓉**整理《左傳》鄭國的交通路線，其謂：「透過上述鄭國的交通路線發展，可知與水流域極為相關，許多鄭國聚落便是沿著水道而發展。其中洧水流域與潁水流域牽動著鄭國和他國交流的道路……。」[39]或許可以補充鄭桓公藉由進入水域而攻克鄶，可能是一種習慣的移動或作戰方式。

最後，談「輹車」。**整理者**讀為「覆車」，《左傳》隱公九年「君為三覆以待之」，杜注：「伏兵也。」[40]學者多從其讀，而訓解則有不同，如**徐在國**解釋為遮蔽戰車，[41]**暮四郎**則解釋為敗，「覆車」是說覆敗敵車，[42]**子居**指奇擊。[43]又**王寧**如字讀，「輹車」本意當是在車軸上纏皮革絲繩之類加固車軸，這裡相當於加固、維修車輛之意。[44]而**王瑜楨**、**范常喜**則訓／讀為「復」，有返回、返還之意，范氏指出近似《左傳》僖公五年晉獻公攻下虢國後返回途中順勢滅虞之情狀。[45]

然「覆車」於傳世文獻中，多指「翻車」之義，《周禮·冬官考工記·

---

[38] 諸祖耿編撰：《戰國策集注彙考（增補本）》（南京：鳳凰出版社，2008年），頁539。關於「三川」，高誘注：「三川，宜陽邑也。」〈秦策二〉：「寡人欲車通三川」，高誘注：「三川，宜陽川。」高誘所指「三川」時而指地，時而指水，程恩澤云：「案三川，向無定稱。……前云下兵三川，高誘注：三川，宜陽也，蓋就韓言。此三川，韋昭曰：有河、洛、伊，故曰三川，……至秦置三川郡，《正義》曰：在洛州。又以地言，不以水言矣。」（頁232）可知至秦朝時設三川郡。程氏又云：「蓋其始本以河、洛、伊三水得稱，後乃以水名為地名，或指洛州，或指宜陽，總不外此三水之間。」漢·劉向集錄，范祥雍箋證，范邦瑾協校：《戰國策箋證》（上海：上海古籍出版社，2006年），頁121，實以河、洛、伊三水延伸至其流域的狀況，與簡文「灘」解釋為二水的情況相似。

[39] 江旻蓉：《《左傳》宋、曹、許、鄭、周交通路線研究》（臺南：國立成功大學中國文學系碩士論文，2021年），頁90。

[40] 清華大學出土文獻研究與保護中心編，李學勤主編：《清華大學藏戰國竹簡（陸）》，頁121。

[41] 徐在國：〈清華六〈鄭文公問太伯〉札記一則〉。

[42] 「清華六《鄭文公問太伯》初讀」19樓，武漢簡帛網「簡帛論壇」，2016年4月19日，網址：http://m.bsm.org.cn/forum/forum.php?mod=viewthread&tid=3346&extra=&page=2（2024年12月30日上網）。

[43] 子居：〈清華簡《鄭文公問太伯（甲本）》解析〉。

[44] 王寧：〈清華簡六《鄭文公問太伯》（甲本）釋文校讀〉。

[45] 王瑜楨：《《清華大學藏戰國竹簡（陸）》鄭國史料三篇研究》，頁255-256；范常喜：〈清華六《鄭文公問太伯》札記三則〉，頁160-161。

鞘人》：「既克其登，其覆車也必易。」[46]亦有「捕鳥器」之義，如《爾雅‧釋器》：「罦，覆車也。」[47]未見遮蔽戰車或是覆敗敵車之用法，且如將「覆」解釋為「伏兵」或是「奇擊」，也不易解釋「覆車」之義。又同篇簡 2 有「譬若雞雛，伯父寔被複（覆）」，將「複」讀為「覆」，似也少見再寫作「輹」來表示覆蓋、遮蔽之義。而將「輹車」解釋為加固車軸，似可配合前述桓公開創時期戰車戰甲粗鄙的情狀，於史也常見戰前準備修繕、檢閱車兵，如《清華柒‧晉文公入於晉》「命蒐修先君之乘式車輆（甲）」（簡 4），以及《左傳》成公十六年的「子反命軍吏察夷傷，補卒乘，繕甲兵，展車馬，雞鳴而食，唯命是聽。晉人患之。苗賁皇徇曰：『蒐乘、補卒，秣馬、利兵，修陳、固列，蓐食、申禱，明日復戰！』」[48]除了是戰前必須準備的工作，二戰（戰後再戰）之前也必須如《左傳》所載「補卒乘，繕甲兵，展車馬」，符合對於前戰的創痍再作修復和調整的情況，或可視為一說。

而王瑜楨、范常喜將其讀為「復車」，即「還車」之義實符合當時狀況，如《易‧泰》：「無往不復。」高亨注：「復，返也。」[49]由於史籍未見如此用法的「復車」辭例，范氏另舉《詩經》、《呂氏春秋》的「還車」和《史記》的「回（迴）車」用例輔證，雖二人皆強調「復」是「返回」之義，但范氏所舉《史記》「道盡塗殫，迴車而還」之「迴車」的「迴」實有「掉頭轉向」之義，而王氏則藉圖表示從「邲（呰）」到「函陵（鄭）」再到「鄫」是需要轉向返回的，

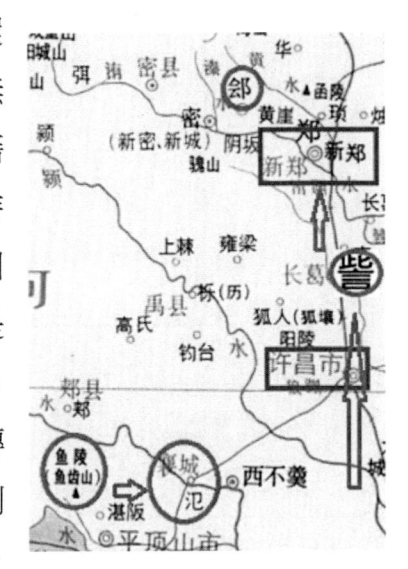

---

[46] 漢‧鄭玄注，唐‧賈公彥疏：《周禮注疏》，《十三經注疏》（北京：北京大學出版社，1999 年），頁 1091。
[47] 晉‧郭璞注，宋‧邢昺疏：《爾雅注疏》，《十三經注疏》（北京：北京大學出版社，1999 年），頁 138。
[48] 楊伯峻編撰：《春秋左傳注》，頁 889。
[49] 高亨：《周易大傳今注》，《高亨著作集林》（北京：清華大學出版社，2004 年），第 2 卷，頁 163。

在說法上其實含糊了「還車」和「迴車」二者原本的差異，此處當以「還車」指「車子歸返」為是，例見《詩‧邶風‧泉水》：「載脂載舝，還車言邁。」鄭玄《箋》：「言還車者，嫁時乘來，今思乘以歸。」[50]簡文「戰於魚羅（陵），吾〔乃〕獲郱（氾）、邥（訾），輹（復）車闖（襲）猭克鄶」，由右側地圖可見由魚陵，到氾、訾，再到鄶的中途經過且返回了鄭國的國都新鄭，故言「復車」。

簡文「輹（復）車闖（襲）猭克鄶」當解釋為「歸返車子進入溱水、洧水而攻取鄶」。

三　「牢鼠不能同穴」再探

〈鄭文公問太伯〉簡 9-10 為太伯談及昭公、厲公之事：

枼（世）及虐（吾）先君卲（昭）公、剌（厲）公，殹（抑）天也，亓（其）殹（抑）人也，為是牢鼩（鼠）不能同穴，朝夕戜（鬥）戜（鬩），亦不愧（逸）斬【九】伐。[51]

〈鄭文公問太伯〉一文，太伯前有陳述桓公、武公、莊公之雄韜武略，直至談及昭公、厲公之時，以「抑天也，其抑人也」（意譯：「是天，還是人（的原因）啊！」）發出感嘆，而言「牢鼠不能同穴，朝夕鬥鬩，亦不逸斬伐」。

此段，學者多關注在「牢鼠不能同穴」當如何釋解，**整理者**言：「《春秋》言『鼷鼠食郊牛』，是牢閑中有之。《漢書‧楊惲傳》有『鼠不容穴』語。」[52]而關於「牢」和「牢鼠」，相關研究者蓋有八種說法：

---

[50] 漢‧毛亨傳，漢‧鄭玄箋，唐‧孔穎達疏：《毛詩正義》，《十三經注疏》（北京：北京大學出版社，1999 年），頁 168。

[51] 清華大學出土文獻研究與保護中心編，李學勤主編：《清華大學藏戰國竹簡（陸）》，頁 119。

[52] 清華大學出土文獻研究與保護中心編，李學勤主編：《清華大學藏戰國竹簡（陸）》，頁 123。關於「鼠不容穴」，子居說是指鑽不進洞，與此處無關，尉侯凱亦言《楊惲傳》謂老鼠口銜戴器，故不能容納於穴中，有斷章取義之嫌。子居：〈清華簡《鄭文公問太伯（甲本）》解析〉；尉侯凱：〈《鄭文公問太伯》（甲本）注釋訂補（三則）〉，「武漢大學簡帛網」，2016 年 6 月 6 日，網址：http://m.bsm.org.cn/?chujian/6726.html（2024 年 12 月 30 日上網）。

1 「牢」為關牲畜的欄圈

　　王寧解釋為飼養牲畜的圈欄。牢鼠即牲畜圈裡的老鼠。[53]**朱忠恒**同，謂關牲畜的欄圈。[54]**鄭榆家**同，解釋為圈中之鼠。[55]

2 「牢」讀為「狸」

　　子居將「牢」讀為「狸」，狸、鼠是死對頭，因此說「不能同穴」，如《韓非子‧揚權》:「使雞司夜，令狸執鼠，皆用其能，上乃無事。」[56]

3 「牢」為祭享用牲畜

　　郝花萍謂牢亦當為動物，是古代祭祀或宴享時用的牲畜，牛羊豕各一曰太牢，羊豕各一曰少牢。[57]

4 「牢鼠」是被牢中豐食招來的鼠輩

　　王瑜楨指《詩經‧小雅‧瓠葉》序:「雖有牲牢饔餼」，鄭箋:「牛羊豕為牲，繫養者曰牢。熟曰饔，腥曰餼。」在祭祀前三個月，將挑選好的牛羊關在「牢」中飼養，養得肥美，表示祭祀者對神明的最高敬意，甲骨文就有「牢」字。而「牢鼠」指的是被牢裡的豐足飲食所招來的鼠輩，以鼠類各自有行動範圍的狀態可知其「牢鼠不能同穴」。[58]

5 「牢」由祭禮犧牲義代指鄭國先君

　　胡乃波指「牢」為古代祭禮用的犧牲，在此蓋由「祖廟」義來指代鄭

---

[53] 王寧:〈清華簡六《鄭文公問太伯》(甲本)釋文校讀〉。
[54] 朱忠恒:《清華大學藏戰國竹簡(陸)》集釋》，頁 91。
[55] 鄭榆家:《清華簡中鄭國事類簡集釋及其相關問題研究》，頁 208。
[56] 子居:〈清華簡《鄭文公問太伯(甲本)》解析〉。
[57] 郝花萍:《清華大學藏戰國竹簡(陸)》鄭國三篇集釋》，頁 77。
[58] 王瑜楨:《清華大學藏戰國竹簡(陸)》鄭國史料三篇研究》，頁 293-294。

國先君,而「鼠」則指鄭國的敵人,用以表示鄭國先君與其他國家「朝夕戡戜」。[59]

6 「牢鼠」為群鼠之意

尉侯凱指古人常以群鼠爭鬭於穴中,來比喻時事。如《史記‧廉頗藺相如列傳》:「其道遠險狹,譬之猶兩鼠鬭於穴中,將勇者勝。」《梁書‧元帝紀》:「侯景奔竄,十鼠爭穴。」簡文亦以群鼠爭鬭於穴中比喻鄭莊公死後群公子爭立的史實。[60]

7 「牢鼠」比喻覬覦神器者

劉信芳指「牢鼠」字面義謂食牢之鼠,比喻覬覦神器者。神器繼承人是唯一的,設若鄭國廟食繼承人之諸公子王孫出現紛爭,參與爭奪的公子王孫不能「同穴」,是必然的。[61]

8 「牢鼠」當讀為「䶉鼠」(異體作鼺),指竹鼠

范常喜指出《淮南子》高誘注「楚謂牢為霤」、《釋名》「留,牢也」之聲訓,加上新蔡葛陵楚簡中多用「留」、「罼」、「膤」等為「牢」,可藉以將清華簡〈殷高宗問於三壽〉簡 18-19 之「窅邦偃兵」(整理者讀為「留」)讀為「牢」,解釋為「牢固」,語譯為「牢固邦國、停止戰爭」,「邦固」之例也可參《上博五‧三德》簡 6:「凡托官於人,是謂邦固。」另,陸德明《釋文》:「……司馬云:『䶉,竹鼠也。』」揚雄〈蜀都賦〉:「春羔秋䶉」,章樵注:「物以時而美者。䶉,穴蟲,類鼠而大。」指出竹鼠為古人經常獵食的一種動物,故對其習性熟悉,而野生竹鼠一般穴居洞內,好鬥且喜歡獨處。[62]

---

[59] 胡乃波:《清華簡《鄭文公問太伯》(甲本)集釋》,頁 38。
[60] 尉侯凱:〈《鄭文公問太伯》(甲本)注釋訂補(三則)〉。
[61] 劉信芳:〈清華簡「牢鼠不能同穴」試解〉,《文博》第 2 期(2020 年 4 月),頁 67。
[62] 范常喜:〈清華簡《鄭文公問太伯》「牢鼠不能同穴」新解〉,「第三屆漢語字詞關係學術研討會」,長春:東北師範大學文學院等主辦,2023 年 7 月 19-22 日,頁 204-210。

去除比喻和指代之意,「牢」可能與圈欄、祭祀用牲畜、通假為「貍」、一群有關。其中,圈欄之鼠不能同穴解釋,似有矛盾,圈欄與同穴都是將其同置一處。而若將「牢」視為「太牢」、「少牢」,可能指牢、鼠不得同穴,無論是祭祀用牲與老鼠不能在一起,或將「牢鼠」解釋為吃了在牢中圈養之牢牲的豐食之鼠、食牢之鼠,意思上不易理解,或似有增字解經之嫌。而通假為「貍」的說法,《說文‧新附字》:「貓,貍屬。」[63]雖然就「不能同穴」、「朝夕鬥鬩」而言,貍、鼠確實為兩種無法和平共存的動物,而兩者間顯以貍占上風,若以兩方互鬥,當不應以勝負強弱大相逕庭的兩者來說,[64]就聲音條件「牢」為來母幽部(*ru),「貍」為來母之部(*rɯ),亦不相通。就「鬥鬩」一詞,《詩‧小雅‧常棣》:「兄弟鬩于牆,外禦其務。」[65]「鬩」字幾乎僅用於兄弟內部之爭鬥,《清華玖‧迺命一》:「復交爭戩（鬮）戜（鬩）」（簡8),亦言朝間內部爭吵。[66]簡文「朝夕鬥鬩」用來指兄弟爭鬥,亦不適用兩種能力懸殊太大的動物來作比喻。而「群鼠」說,未言「牢」為何解釋為「群」,除所舉「十鼠爭穴」之辭例較晚,亦將其他鄭莊公之子同列爭鬥行列中。然就歷史記載,期間雖然尚有子亹、子儀二人曾任君位,但其二人皆未爭奪,均是在鄭國之卿祭仲、高渠彌的干涉操控之下即位。而竹鼠說因未見其他先秦文獻記載,尚可再探。

簡文「牢」字寫作「」,就前後文,疑為「兩」的訛誤字。新蔡楚簡乙一(簡11):「禱於文夫人,㺅宰(牢),樂且賁之。」「牢」寫作「」(宰),**整理者**按:「本簡『牢』字皆從『羊』,疑指少牢。」[67]而同樣從羊的字形,

---

[63] 漢‧許慎撰,宋‧徐鉉校定:《說文解字》(北京:中華書局,2003年),頁198。

[64] 王瑜楨嘗言:「貓鼠本來就不可能同穴,貓鼠同穴,也必然是貓戰勝鼠,用來形容莊公的四個兒子爭位,反不如『牢鼠不能同穴』來得貼切。」見氏著:《《清華大學藏戰國竹簡(陸)》鄭國史料三篇研究》,頁294。

[65] 漢‧毛亨傳,漢‧鄭玄箋,唐‧孔穎達疏:《毛詩正義》,頁571。

[66] 清華大學出土文獻言就與保護中心編,黃德寬主編:《清華大學藏戰國竹簡(玖)》(上海:中西書局,2019年),頁171。

[67] 陳偉等:《楚地出土戰國簡冊(十四種)》(北京:經濟科學出版社,2009年),頁432。關於「㺅牢」,劉信芳讀為「荊牢」,李家浩指出僅見葛陵楚簡兩處,均認為即「少牢」。劉信芳:《楚系簡帛釋例》(合肥:安徽大學出版社,2011年),頁268;李家浩:〈楚墓

侯馬盟書中有一「网」字寫作「⿱宀羊」，上半部亦寫作如「宀」的寫法，似為同形字，查考清華簡中「兩」的寫法：

⿱宀羊	⿱宀羊	⿱宀羊	⿱宀羊	⿱宀羊	⿱网二	⿱宀羊
子儀 11	邦道 05	心中 04	虞夏 02	成人 25	禱辭 17	四時 18
⿱宀羊	⿱宀羊					
四時 18	司歲 12					

下部多見從羊的字形，「网」字的金文寫作「⿱网」，學者認為是從二「丙」形「變形音化」，演變為從「羊」。[68]蘇建洲則指出《清華玖·禱辭》簡 17 的「兩」，是在「⿱网」字形下方加上意符「二」，將「二」穿插入「⿱网」中，看起來便像是「羊」。[69]

又，「牢」字於清華簡目前僅出現一次，是否為誤寫之字尚可再探，但是就簡文主旨在描述鄭昭公、厲公「兩」人之事，此處若解釋為「『兩』鼠不能同穴」，配合《史記·廉頗藺相如列傳》：「其道遠險狹，譬之猶<u>兩鼠鬥於穴中</u>，將勇者勝。」釋成「兩」是有文例的，即所謂的「兩鼠鬥穴」，符合昭公、厲公二人互爭上位的歷史事實。而以動物來隱喻其二人者，亦見《左傳》莊公十四年：「初，內蛇與外蛇鬥於鄭南門中，內蛇死。六年而厲公入。」[70]二蛇互鬥之事，內蛇、外蛇所指亦為昭、厲二公。

另外，「亦不脆（逸）斬伐」一句，**整理者**將「脆」讀為「逸」，訓為「放失」。[71]**ee（單育辰）**認為讀為「失」更符合典籍用語習慣，將「不逸」解釋為「不失」，即沒有丟掉的意思。[72]**子居、王寧**均從其說，將「不失斬伐」視

卜筮簡說辭中的「樂」「百」「贛」〉，《出土文獻綜合研究集刊》第 10 輯（成都：巴蜀書社，2020 年），頁 4。
68 劉釗：《古文字構形學》（福州：福建人民出版社，2006 年），頁 113。
69 蘇建洲：〈說戰國文字「再」、「兩」的字形結構〉，《中國文字》2021 年夏季號（總第 5 期）（臺北：萬卷樓圖書股份有限公司，2021 年），頁 99。
70 晉·杜預注，唐·孔穎達正義：《春秋左傳正義》，頁 251。
71 清華大學出土文獻研究與保護中心編，李學勤主編：《清華大學藏戰國竹簡（陸）》，頁 123。
72 「清華六〈鄭文公問太伯〉初讀」10 樓，武漢簡帛網「簡帛論壇」，2016 年 4 月 17 日，網址：http://m.bsm.org.cn/forum/forum.php?mod=viewthread&tid=3346（2024 年 12 月 30

為「不失征伐」、[73]「也沒有放鬆對外的征伐」，[74]意思是對的，但是此處當從整理者讀為「逸」，訓為「失」，如《說文‧兔部》：「逸，失也。」[75]又程浩云：「昭厲之間的『公子五爭』持續了二十餘年，朝夕鬥鬩、不逸斬伐，嚴重削弱了鄭國的國力……。」[76]程說似將「不逸斬伐」視為內部誅殺之意，但「不逸」解釋為「不失」，是沒有放失、沒有亡失之意，此處解釋為「沒有放失誅殺」顯有不妥，且後文簡 10 云「今及吾君，弱幼而滋長，不能慕吾先君之武徹莊功……」此處「吾先君」當為太伯所提之諸位先君，就前面桓公、武公、莊公均有對外爭戰之功，故此處昭、厲公雖有國內爭鬥之亂，解釋為「也沒有放失對外的征伐」符合前後文意。

四　結語

〈鄭文公問太伯〉簡中涉及桓公、武公之歷史事蹟，對於鄭國之歷史無疑是相當重要的文獻，其中簡 4-6 描述鄭桓公的對外開拓，亦補充了過去未能具體得知鄭國初期的疆域範圍，除了對地名的考察受到關注外，本文嘗試對於「䩞車閵淼克鄶」一句重新釋讀，另外對於簡 9 昭公、厲公時的「牢鼠不能同穴」提出其他的解釋。

（一）「䩞車閵淼克鄶」可讀作「復車襲㳽克鄶」，語譯為「歸返車子進入溱水、洧水而攻取鄶」。「閵」字，當讀為「襲」，訓為「進入」，透過查考〈越公其事〉簡 26、簡 68、簡 69 三個「閵」字均有「進入」之義，又「淼」可能指的即是二水——溱水及洧水，將「閵淼」解釋為「入二水」，實與《戰國策》所言「入三川」異曲同工，亦可輔以鄭國喜以水流域作為交通路線的習慣。「䩞車」，就前後文雖不排除如字讀作加固、修繕車軸，也可能讀為「復

　　日上網）；單育辰：〈清華簡六《鄭文公問太伯》釋文商榷〉，《語言研究集刊》第 18 輯（上海：上海辭書出版社，2017 年），頁 311-312。
[73] 子居：〈清華簡《鄭文公問太伯（甲本）》解析〉。
[74] 王寧：〈清華簡六《鄭文公問太伯》（甲本）釋文校讀〉。
[75] 漢‧許慎撰，宋‧徐鉉校定：《說文解字》，頁 203。
[76] 程浩：〈牢鼠不能同穴：基於新出土文獻的鄭國昭厲之亂再考察〉，《史林》第 3 期（2019年 6 月），頁 42。

車」,有車子歸返之義。據簡文「戰於魚羅(陵),吾〔乃〕獲鄘(氾)、邶(訾),輹(復)車闈(襲)淥(林)克鄭」,搭配地理位置,從魚陵,到氾、訾,再到鄭的中途,會經過並返回了鄭國的國都新鄭,所以言其「復車」。

（二）「牢鼠不能同穴」,研究者將「牢」解釋為「欄圈」、「狸」、「祭享用牲畜」、「鄭國先君」,把「牢鼠」解釋為「被牢中豐食招來的鼠輩」、「覬覦神器者」、「群鼠」、「竹鼠」,然就昭公與厲公二人之爭鬥,疑「牢」為「兩」之誤字,字形上,新蔡楚簡之「牢」寫作「⿱宀牛」(宰),而侯馬盟書有一「网」字寫作「⿱𠆢羊」,二者似為同字形,又清華簡「兩」的寫法下部多見從羊字形,且「牢」字於清華簡中僅見一次。字義上,文例除可見《史記‧廉頗藺相如列傳》:「其道遠險狹,譬之猶兩鼠鬥於穴中,將勇者勝。」《左傳》莊公十四年亦有以內蛇、外蛇指昭、厲二公之例。

《漢隸字源》之文淵閣本底本及其相關問題

邱郁茹[*]

一　前言

　　現存《欽定四庫全書》（以下簡稱「《全書》」）以影印臺灣國立故宮博物院的文淵閣本最為通行，文津閣本現藏北京中國國家圖書館，文溯閣本現藏甘肅圖書館，文瀾閣本現藏浙江圖書館，此外尚有北京中國國家圖書館藏之內府清抄本等不同版本，並有纂修《全書》之初，先行繕寫並鈔成於乾隆四十三年（1778）、庋藏於坤寧宮御花園的摛藻堂《欽定四庫全書薈要》（以下簡稱「《薈要》」，正本現藏臺北國立故宮博物院），本文主要討論今日通行且成書時間較早的文淵閣本《漢隸字源》。[1]

　　《漢隸字源》共六卷，南宋婁機（1133-1211）所撰，《宋史》本傳云：「婁機，字彥發，嘉興人。乾道二年進士，授鹽官尉。丁母憂，服除，調含山主簿。郡委治銅城圩八十有四，役夫三千有奇，設廬以處之，器用材植，一出於官，民樂勸趨，兩旬告畢。七攝鄰邑，率以治績聞。調於潛縣丞，輕賦稅，正版籍，簡獄訟，興學校。遭外艱，免喪，為江東提舉司幹辦公事，易淮東，已而復舊，改知西安縣。……通判饒州，平反冤獄。……」嘉定元年（1208）以吏部侍郎「兼太子詹事，著《歷代帝王總要》以裨考訂。……所著復有《班馬字類》。機深於書學，尺牘人多藏弆云。」[2]《薈要》

---

[*] 國立成功大學中國文學系研究所碩士生。
[1] 南宋・婁機：《漢隸字源》（臺北：臺灣商務印書館，1982-1986 年，景印文淵閣《欽定四庫全書》本），經部第 219 冊，頁 791-792。
[2] 乾道二年，即西元 1166 年。元・脫脫等撰，楊家駱主編：《宋史》（臺北：鼎文書局，1980 年，元至正配補明成化本），卷 410，頁 12335、12337-12338。清・徐松纂輯：《宋會要輯稿》（臺北：新文豐出版股份有限公司，1976 年），第 3 冊，職官 7 之 44，頁 2542。中央研究院歷史語言研究所、哈佛大學建置之「宋會要輯稿」，網址：https://digital.ntu.edu.tw/10_SongHuiYao/index.html（2025 年 3 月 18 日上網）。除《宋史》本傳外，婁機之生卒年及生平事蹟可詳參南宋・樓鑰：〈資政殿大學士致仕贈特進婁公神道碑〉，《攻媿集》（臺北：臺灣商務印書館，1967 年，《四部叢刊初編》影上海涵芬樓藏

本僅收婁機《漢隸字源》一書,[3]至文淵閣《全書》「經部・小學類」則收有《班馬字類》[4]及《漢隸字源》二書,《四庫全書總目》(以下簡稱「《總目》」)提要云《漢隸字源》體例「是書前列攷碑、分韻、辨字三例,次〈碑目〉一卷,凡漢碑三百有九,魏晉碑三十有一,各記其年月、地里、書人姓名以次編列,即以其所編之數注卷中碑字之下,以省繁文。次以《禮部韻畧》二百六部,分為五卷,皆以真書標目而以隸文排比其下,韻不能載者十四字附五卷之末終焉。其文字異同,亦隨字附註。……於古音古字亦多存梗概,皆足為考證之資,不但以點畫波磔為書家模範已也。」[5]書中〈碑目〉依時代先後著其所出,後五卷收字以漢、魏、晉碑之隸書為主,可依韻部一一檢索漢隸字形及其異體。

關於《漢隸字源》一書,截至目前(2025)相關研究並不多,僅見 2002 年郭國慶〈《漢隸字源》版本考〉,述及南宋至清代的《漢隸字源》各刻本、抄本之源流,並簡評各本之優劣;[6]2015 年孫瑩瑩〈黃節舊藏《漢隸字原校勘記》考〉,主要討論香港大學馮平山圖書館典藏的丁杰(1738-1807)稿本

武英殿聚珍本),卷 97,頁 1-13。

[3] 南宋・婁機:《漢隸字源》(臺北:世界書局,1985 年,景印摛藻堂《欽定四庫全書薈要》本),經部第 79 冊,頁 657-841。

[4] 南宋・婁機:《班馬字類》(臺北:臺灣商務印書館,1982-1986 年,景印文淵閣《欽定四庫全書》本),經部第 219 冊,頁 749-790。

[5] 清・永瑢等:《四庫全書總目》(臺北:臺灣商務印書館,1982-1986 年,景印文淵閣《欽定四庫全書》本),卷 41,頁 31。南宋・婁機:《漢隸字源》,景印文淵閣《欽定四庫全書》本,頁 791-792。金毓黻:《文溯閣四庫全書提要》(瀋陽:遼海書社,康德二年〔1935〕據文溯閣《欽定四庫全書》抄校排印),經部,卷 25,頁 11,「尚儀近代華文書籍暨圖像資料庫」,網址:https://www.mgebooks.com/dist/index.html?sTK=x&sFileID=uB%2f4kB7aFLkoZtPdXq2ZfA%3d%3d#p/40(2021 年 6 月 18 日上網)。南宋・婁機:《漢隸字源》(北京:商務印書館,2006 年,景印文津閣《欽定四庫全書》本),經部第 77 冊,頁 593。筆者案:《薈要》本與諸閣本略異,作「其書前列綱目,分考碑、分韻、辨字三例,次〈碑目〉一卷,凡漢碑三百有九,魏晉三十有一,既紀其年月、地里、書人姓名,即以其次第之數,注卷中碑字之下,以省繁文。次依禮部韻二百六部,分為五卷,皆以真書標目而以隸文排比其下,韻不能載者十四字附五卷之末終焉。其異同須考證者,亦隨字附註。……於古音古字亦多存梗概,不但以點畫波磔為書家模範也。」南宋・婁機:《漢隸字源》,景印摛藻堂《欽定四庫全書薈要》本,頁 657-658。

[6] 郭國慶:〈《漢隸字源》版本考〉,《江蘇圖書館學報》2002 年第 5 期(2002 年 10 月),頁 30-32。

內容，文中談及《漢隸字源》的體例與版本、丁杰的校勘內容與翁方綱（1733-1818）跋語、陳以綱（1732-1781）與錢坫（1741-1806）的題跋、黃節（1873-1935）《校勘記》序跋、陳垣（1831-1892）書信及黃節《四庫全書薈要述略》等。[7]不過，二文均未提及文淵閣或其他閣本《漢隸字源》所據之底本為何。經初步比對文淵閣本與文津閣本，知二書底本理應相同，如頁 581「四十九宥」韻「疚」字下闕文（詳後），也發現重新影印出版之文津閣本《漢隸字源》有多頁闕漏或重複影印的情況，致使無法確知其原貌，[8]故本文僅著重討論文淵閣本，並就《漢隸字源》目前相關研究成果，如刊刻年代、修補暨重校者等問題作進一步考究，再以《薈要》本、《薈要》本所據之底本汲古閣明刊本[9]以及曾作為《薈要》本編纂時的對校本，即現藏臺灣國家圖書館之「宋慶元間刊嘉定五年修補本」《漢隸字源》[10]（以下簡稱「修補本」）比對參看，試圖釐清編纂《全書》時，文淵閣本所據之底本為南宋刊本，抑或編纂之時通行的汲古閣明刊本以及延伸自《漢隸字源》相關研究的幾個小問題。

---

[7] 孫瑩瑩：〈黃節舊藏《漢隸字原校勘記》考〉，《文獻》2015 年第 4 期（2015 年 7 月），頁 169-181。

[8] 李昭鴻曾舉《古今說海》為例，認為「就整體來說，文淵閣本之校改多有依據，抄寫校訂時亦較為細心，而文津閣本或沿襲底本之訛，按照己意臆改之處較多，其固然貼近於嘉靖本原貌，卻也留下不少訛誤處，這也是對於兩閣本與四庫底本異文問題，和援引、比較兩閣本時所應該有的認知。」李昭鴻：〈《四庫全書》之異文現象——以文淵閣本、文津閣本《古今說海》「說選部」為討論範疇〉，《東吳中文學報》第 29 期（2015 年 5 月），頁 191。

[9] 本文採用之汲古閣明刊本，書號 00989，臺灣國家圖書館「古籍與特藏文獻資源」，網址：https://rbook.ncl.edu.tw/NCLSearch/Search/SearchDetail?item=a6b8a1cc7fba47c79fc67e4ea641de3afDkwNjk4MA2.DYr4blqfFuWuLvt3rlRx_yzx_32JxinLTyiQxRZj_l4_&page=&whereString=&sourceWhereString=&SourceID=1&HasImage=（2025 年 3 月 11 日上網）。

[10] 書號 00988，臺灣國家圖書館「古籍與特藏文獻資源」，網址：https://rbook.ncl.edu.tw/NCLSearch/Search/SearchDetail?item=981594e84b9e4b4bb74609200dff1776fDg5MzA4OQ2.webXLKGFDUUfnVxSxvQFOXP8kLlCbv5PcKRR7ALRBMY_&page=&whereString=&sourceWhereString=&SourceID=1&HasImage=（2025 年 3 月 11 日上網）。

二　《漢隸字源》刊刻年代

　　郭國慶〈《漢隸字源》版本考〉與孫瑩瑩〈黃節舊藏《漢隸字原校勘記》考〉「一、《漢隸字源》的體例及版本」此小節均論及南宋迄清初的《漢隸字源》版本，郭氏關注歷代《漢隸字源》版本源流及優劣，條理清晰，論述精當，孫氏一文旨在研究黃節《漢隸字原校勘記》，故概述《漢隸字源》體例及版本時多援引前人之說，而其間有些問題似可再細究。

　　首先，《總目》提要云《漢隸字源》「是書前列攷碑、分韻、辨字三例，次〈碑目〉一卷，凡漢碑三百有九，魏晉碑三十有一」，即《薈要》本、文淵閣本（成於乾隆四十六年，1781）、文溯閣本（成於乾隆四十七年，1782）、文津閣本（成於乾隆四十九年，1784）《漢隸字源》書前提要皆云漢碑三百有九，魏晉碑三十有一，然而該書卷一〈碑目〉載錄之碑僅序至「三百九」，據陳振孫（1179-1262）《直齋書錄解題》云，《漢隸字源》六卷乃「婁機撰，以世所存漢碑三百有九，韻類其字，魏碑附焉者僅三十之一。首為〈碑目〉一卷，每字先載經文而以漢字著其下，一字數體者並列之，皆以〈碑目〉之次第著其所從出。」[11]可知並非在漢碑之外，另有魏晉碑三十一，上述各本提要均誤省「附焉者」三字，使漢碑、魏晉碑並列，合計後增至「三百四十」之數。孫瑩瑩曾引《直齋書錄解題》，文中可能誤以「三百有九」為「三百九十」，又加「三十之一」後，而得出「四百餘篇漢魏碑文，即被列為《漢隸字源》卷首碑目」一說。[12]

　　其次，有關《漢隸字源》成書或刊刻年代，孫瑩瑩認為「《漢隸字源》

---

[11] 一般而言，有些書的文溯閣本提要與通行的文淵閣本、文津閣本內容差異甚大。經筆者比對文淵、文津及文瀾閣之《漢隸字源》提要，除「注」或作「註」等一兩個通同字，以及篇末校訂年月不同外，三閣本內容一致，《薈要》本則遣詞用字略有出入，顯見自編纂之初，《漢隸字源》提要經寫定後未再修改。南宋・陳振孫：《直齋書錄解題》（臺北：世界書局，1985年，景印摛藻堂《欽定四庫全書薈要》本），經部第237冊，卷3，頁52-53。金毓黻：《文溯閣四庫全書提要》（瀋陽：遼海書社，康德二年〔1935〕據文溯閣《欽定四庫全書》抄校排印），經部，卷25，頁11。

[12] 孫瑩瑩：〈黃節舊藏《漢隸字原校勘記》考〉，頁170。

完成於南宋寧宗慶元（1195-1201）初年，是一部重要的金石學著作」；[13]而據該書洪邁（1123-1202，字景盧）序末所署時間，郭國慶則說「此書慶元年間應有刻本。今存世最早的刻本為宋嘉定本」（筆者案：即臺灣國家圖書館之修補本），並引洪序、《總目》提要概述本書特點。[14]郭氏從洪序的年月判斷「慶元年間應有刻本」較孫氏所云「完成」於慶元初年來得穩當，「完成」一詞語意寬泛，或指書稿初成，或指刊刻梓行。目前，可資判斷《漢隸字源》一書年代的主要依據是洪邁〈漢隸字源序〉，[15]洪氏云《漢隸字源》六帙乃「檇李婁君彥發所輯也」，又曰：

> 吾兄文惠公自壯至老耽癖弗懈，嘗區別為五種書：曰《釋》，曰《纘》，曰《韻》，曰《圖》，曰《續》，四者備矣，唯《韻》書不成，以為蠹竭目力，於摹寫至難臂，旦旦而求之，字字而倣之，雖眾史堵牆，孫甥魚貫，不堪替一筆也，功之弗就，使獲覯是書且悉循其《隸釋》次第，志之所底，不謁而同，正應懨然（筆者案：意同「悚然」）起立，興不得並時之歎。彥發曩歲有《班馬字類》，突過諸家漢史之學，予嘗序之矣。今此帙刊於高明臺，方通守吾州，朱墨鮮暇，趣了官事竟，輒蕭然一室中，廓輿側睍，但見其放策欠伸，搔頭揩眼而用心獨苦之狀，固所不克知。……慶元三年十二月朔旦，野處洪景盧序。[16]

「文惠」為南宋洪适（1117-1184）諡號，與其弟洪遵（1120-114）、洪邁並稱「三洪」，乃饒州鄱陽（今江西鄱陽）人，著有《隸釋》、《隸續》等書，唯《隸韻》未成（同時另有作者不同、書名相同之《隸韻》，詳後）。洪邁序

---

[13] 孫瑩瑩：〈黃節舊藏《漢隸字原校勘記》考〉，頁170。
[14] 郭國慶：《《漢隸字源》版本考》，頁30。
[15] 除〈漢隸字源序〉一文，婁機存世文章尚未得見該書成書或刊刻訊息，樓鑰、洪邁諸氏其他著作亦暫查無。參「上海辭書全宋文目錄（2011/09/26更新）」，網址：https://www.ihp.sinica.edu.tw/ttscgi/ttsweb?@@956289631（2025年3月18日上網）。
[16] 臺灣國家圖書館「古籍與特藏文獻資源」，網址：https://rbook.ncl.edu.tw/NCLSearch/Search/SearchDetail?item=d80edcccab3c4a1992af94081c9b185afDMyNTU4OA2.jOmD2eQPq4HkJ_rC9dgSmHOfmacb_1Gvof6RB0pA8Ks_&page=&whereString=&sourceWhereString=&SourceID=2&HasImage=（2025年3月11日上網）。

作於慶元三年（1197），孫氏或許因此認為《漢隸字源》應完成於作序前的「慶元初年」。據序云「今此帙刊於高明臺，方通守吾州」，首先，「今此帙」應指《漢隸字源》，非洪邁曾為之作序的《班馬字類》，查閱相關資料時曾見文物拍賣資訊引用洪序時，誤「此帙」為《班馬字類》；而「吾州」即饒州，洪邁晚年致仕後歸饒州。「高明臺」後若不句讀，此句可讀為「今此帙刊於高明臺方通守吾州」，「明臺」可為「方通守吾州」的州守敬稱，然南宋一代查無通守饒州的高氏，[17]而同治年間刻本《饒州府志》載有古蹟「高明臺在通判廳南，舊州治內」、「清風臺、高明臺竝在通判廳南，舊州治內」，兩處均作「高明臺」，同書〈藝文志・金石〉則云「茲《漢隸字源》，彥發通守吾饒時，作於通明臺，是饒郡宋槧本」，且錄洪邁序於其後，序中仍作「高明臺」，則此處「通明臺」應為「高明臺」之誤。[18]如此看來，序文此句應於「高明臺」後點斷，刊刻「此帙」暨「方通守吾州」的主詞乃前三行提及的婁「彥發」，臺在饒州舊府治內「通判廳南」，故〈藝文志〉稱該本為「饒郡宋槧本」。從目前已知的《漢隸字源》重修、重校及《全書》編纂的相關資料，還有重要的洪邁序內容來看，「饒郡宋槧本」應是該書最早刊本。洪序云「刊」，〈藝文志〉稱「作」，洪邁於序中描述婁機在饒州時「朱墨鮮暇，趣了官事竟，輒蕭然一室中，廝輿側睨，但見其放策欠伸，搔頭揩眼而用心獨苦之狀」，一如親聞親見「今此帙刊於高明臺」的煞費苦心。

　　翁方綱（1733-1818）〈跋宋槧漢隸字原二首〉云「洪景廬序有彥發『通

---

[17] 明、清之《饒州府志》暨《江西通志》，南宋任職江南東路、江南西路之高氏有：高衛（？-？）建炎四年（1130）知洪州暨紹興（1131-1162）年間知撫州、高閌（1097-1153）紹興年間知筠州（未到任）、高諏之（？-？）慶元三年至五年（1197-1199）知袁州以及高夔（？-？）咸淳年間（1265-1274）知贛州，饒州一地暫查無高氏通判或州守。諸方志詳參「中國數字方志庫」，網址：http://x.wenjinguan.com/default.aspx；人物生卒年主要依據「中國歷代人物（CBDB）」，網址：https://www.inindex.com/biog（2025年3月23日上網）。

[18] 清・錫德修、石景芬等纂：《饒州府志》（清同治十一年〔1872〕刻本），卷3，頁13、14；卷30，頁25。「中國數字方志庫」，網址：http://x.wenjinguan.com/default.aspx。「雕龍中日古籍全文資料庫」，網址：http://hunteq.com/ancientc/ancientkm?@@250593973（2025年3月14日上網）。

守吾州』語」又「洪序在慶元三年丁巳,其刻本當又在前」,[19]郭國慶認為《漢隸字源》有慶元年間刻本,卻未斷言慶元刻本乃最早版本,若對孫瑩瑩「完成」之說未理解錯誤,則孫氏應以慶元本為該書的最早刻本,即成書並刊刻於慶元年間。臺灣國家圖書館典藏「宋慶元間刊嘉定五年修補本」開卷題有「宋婁機撰／漢隸字源五卷附碑目一卷／宋紹熙間刊本」諸字,既說「宋慶元間刊」,又將刊刻年代往前推至「紹熙」(1190-1194)年間,那麼「饒郡宋槧本」是紹熙或慶元年間刊本?抑在慶元刊本之前另有紹熙刊本?

　　《宋史》暨宋會要未載婁機居饒的時間,由於洪邁明確指出「今此帙刊於高明臺,方通守吾州」,婁機何時通守饒州,或可從前文所引《宋史》本傳,輔以樓鑰(1137-1213)〈資政殿大學士致仕贈特進婁公神道碑〉文來一窺端倪。文中云婁機以臨安府鹽官尉起家,曾「通判饒州,平反冤獄」,然《宋史》並未載任通判之年月,神道碑文則詳述婁機「紹興二年通判饒州,五年皇上踐阼,轉朝請郎。慶元二年到官,事多關決而無侵官之嫌,滯訟隨以清省。一重囚獄具,欲上,察其誣,白郡覆鞫之,得不冤死。又二人已經詳覆,以其可疑者,同太守以聞,俱得減等。」碑文此處「紹興」(1131-1162)應為「紹熙」之誤,「紹熙」乃光宗趙惇(1147-1200)唯一使用之年號,在位約五年即內禪予其子趙擴(1168-1224),是為寧宗,此書有「宋紹熙間刊本」之說,應與婁機「紹熙二年通判饒州」有關。然而,從「慶元二年到官」一語及其後關乎刑獄平反的描述,對照《宋史》來看,遲至慶元二年(1196),婁機才到饒州任上,當時洪邁已於紹熙初年解組歸鄱陽,居鄉里六載。神道碑文繼云婁機通判饒州時,曾有「參政袁公說友帥蜀,辟議幕,不就。攝州及南康諸臺,益稱其能,相率列薦。內相洪公邁稱道尤不容口,謂公學有源委,工詞章,身端行治。既以敘公所輯《漢隸字源》,又以監司科薦之。丞相京公一見,即除幹辦諸軍審計司,五年之

---

[19] 清・翁方綱:〈跋宋槧漢隸字原二首〉,翁方綱:《復初齋文集》(臺北:文海出版社,1974年),《清代稿本百種彙刊》,集部第 26 冊,卷 16,頁 671。

七月也。」[20]「幹辦諸軍審計司」在《宋史》作「幹辦諸司審計司」，事在慶元五年（1199）。洪邁前有作序，後有舉薦，對婁機的才學身行甚是肯定，至如「攝州及南康諸臺」事，二地俱在江南東路，「州」乃饒州，即婁機以饒州通判攝州事，[21]後者為南康軍（治所在江州星子，今江西廬山），洪邁載「饒州使院吏羅仲寅，於慶元四年正月，送通判婁彥發往權南康守」，[22]則婁機離饒赴南康軍在慶元四年（1198）正月。那麼「饒郡宋槧本」即「今此帙刊於高明臺」時間點，應在婁機居饒的「慶元二至三年」（1196-1197）。

不過，洪邁撰序時的「慶元三年十二月」與婁機赴南康軍時的「四年正月」逼近，頗疑此序乃嘉定年間重修《漢隸字源》時附入，據「今此帙刊於高明臺，『方』通守吾州」語意，作序時婁機似已不在饒州任內。一如淳熙十一年（1184）舒光（？-？）請於郡守鋟木刊刻的《班馬字類》池陽郡庠本，在婁機跋及又書（淳熙八年，1181）、樓鑰序（淳熙九年，1182）外，又增淳熙十一年（1184）洪邁〈班馬字類序〉以及「淳熙甲辰六月旦日鄱陽舒光書」跋，[23]亦不無可能。

---

[20] 本段所引神道碑文，俱出南宋・樓鑰：《攻媿集》，卷 97，頁 4。

[21] 爬梳相關文獻後，婁機攝州事可能在湯碩（？-？）知饒州之後或之前。慶元元年（1195）七月，蕭忱（？-？）新知饒州，至二年（1196）四月已改由湯碩知饒州，慶元三年（1197）七月二十六日詔，則已載「監察御史沈繼祖、湯碩」，知湯碩守饒州應不足兩年。光宗在位並不久（1190 年 2 月 7 日-1195 年 2 月 11 日），《江西通志》僅載「林祖洽知饒州，紹熙中任，據《鄞縣志》補」，紹熙年間饒州其他諸州守暫未詳。參寧宗慶元元年七月「七日，新知常州趙亮夫放罷，新知饒州蕭忱差主管建寧府〔武〕夷山沖佑觀。以臣僚言：『亮夫貪鄙無狀，人所不齒，向守廣德，席捲而去；忱庸繆有餘，且乏廉稱，曩守衢州，郡政盡廢，惟事燕飲。』慶元二年四月「二十四日，知饒州湯碩言：『……然州縣之吏間有不能奉承德意、尚為民害者，曰擅科，曰預借不給鈔，曰重催。夫近郡猶無忌憚，況於遠方之民，誠恐無所伸訴。乞行下諸路監司常切覺察，不容州縣違戾，體訪以聞，將官吏重寘典憲。監司失於舉發，亦坐失職之罪。』從之。」通常一任三年，李之亮乃據宋會要所載故列慶元元年至三年為湯碩在任。清・劉坤一等修、趙之謙纂：《江西通志》（光緒七年〔1881〕刻本），卷 10，頁 33，「中國數字方志庫」，網址：http://x.wenjinguan.com/default.aspx（2025 年 3 月 23 日上網）。清・徐松纂輯：《宋會要輯稿》，第 5 冊，職官 73 之 62，頁 4033；第 5 冊，職官 79 之 12，頁 4201；第 2 冊，禮 49 之 86，頁 1512。李之亮：《宋兩江郡守易替考》（成都：巴蜀書社，2001 年），頁 164-165。

[22] 南宋・洪邁撰，李昌憲整理：〈羅仲寅逢故兄〉，《夷堅三志壬》（鄭州：大象出版社，2018 年），《全宋筆記》第 9 編，卷 10，頁 478。

[23] 樓鑰序云「淳熙壬寅余丞宗正，同年李聖俞為簿，暇日以一書相示，蓋婁君機所編史漢字類也」，「聖俞啞然笑曰：『婁君屬我以序，久未落筆，當盡以子之言寄之。』」序中原

三 《漢隸字源》重修者、重校者及其他

孫瑩瑩一文述《漢隸字源》體例時，引陳振孫《直齋書錄解題》云：

> 「以世所存漢碑三百有九，韻類其字，魏碑附焉者僅三十之一。首為〈碑目〉一卷。每字先載經文，而以漢字著其下，一字數體者並列之。皆以碑目之次第，著其所從出。」其中「碑目之次第」即依照碑文年代先後順序，主要採用洪适（1117-1184，字景伯，諡號文惠）《隸釋》、《隸續》收錄的漢魏碑刻次序……而《漢隸字源》所依據的韻部次序，則主要來自宋代劉球（1392-1443）的《隸韻》。翁方綱作〈重刻淳熙隸韻序〉云：「洪文惠之《隸韻》未及成書，其集中有〈題劉氏隸韻〉之文，即此書也。洪蓋嫌其采字太略，而未知其後婁氏《字原》所采漢隸，實皆沿此而稍附益之。」[24]

婁氏《字原》即《漢隸字源》，翁方綱云洪适嫌劉球《隸韻》采字太略，並認為後出的《漢隸字源》所采漢隸應是在《隸韻》基礎上稍作增益。[25]

作「史漢字類」，在神道碑文改以正式書名《班馬字類》稱之，目前不見李嘉言（?-?，字聖俞，江西廣德人）序，應是婁機乞序於李氏而終以樓序代之。洪邁〈班馬字類序〉云「去歲予在鄉里得其書，以冊帙博大不能以自隨，姑刪摭其旨以為序。……淳熙甲辰上巳日，鄱陽洪邁書於金華松齋。」諸序跋詳見南宋・婁機：《班馬字類》（清席氏景寫宋淳熙十一年〔1184〕池陽郡庠本，故善 001279-001280），臺灣國立故宮博物院「古籍輿圖檢索系統」，網址：https://rarebooks-maps.npm.edu.tw/index.php?act=Display/image/124627tlyh=eV（2025 年 3 月 15 日上網）。南宋・樓鑰：〈資政殿大學士致仕贈特進婁公神道碑〉，《攻媿集》，卷 97，頁 12。筆者案：《班馬字類》存世有二卷本、五卷本，文淵閣及文津閣本均為五卷本，僅收樓鑰序、婁機後序及又後序。南宋・婁機：《班馬字類》（北京：商務印書館，2006 年，景印文津閣《欽定四庫全書》本），經部第 77 冊，頁 525-542。

[24] 孫瑩瑩：〈黃節舊藏《漢隸字原校勘記》考〉，頁 170-171。
[25] 洪适〈書劉氏子隸韻〉云「及觀其書，乃是借標題以張虛數，其間數十碑韻中初無一字，至他碑所有則編次又甚疎略，古碑率多模糊，辨之誠為甚難，予因作隸釋，目為之昏。」南宋・洪适：《盤洲文集》（臺北：臺灣商務印書館，1982-1986 年，景印文淵閣《欽定四庫全書》本），集部第 97 冊，卷 63，頁 13。筆者案：洪适《隸釋》成於乾道二年（1166），淳熙二年（1175）劉球撰《隸韻》，二書成書年代若無誤，此處「因作隸釋」的「隸釋」應非特指《隸釋》。洪适曾親睹劉球《隸韻》，然而婁機《漢隸字源》成書較晚，洪氏已去世，自然是「未知其後婁氏《字原》所采漢隸，實皆沿此而稍附益之」。

孫氏亦云《漢隸字源》之碑目次第與洪适《隸釋》、《隸續》相同，[26]據前文所述，洪氏二作成書在《漢隸字源》之前，應無疑慮，唯《漢隸字源》與《隸辨》之各碑稱名或同或異。但孫氏認為《漢隸字源》韻部次第乃依劉球《隸韻》而來，所據不知為何？準確來說，南宋的劉球《隸韻》、洪适《隸辨》、婁機《漢隸字源》韻部依據應是北宋陳彭年《廣韻》、丁度《集韻》與《禮部韻略》等官方韻書而來，《漢隸字源》提要已明言「以《禮部韻畧》二百六部，分為五卷」。此外，《薈要》暨《全書》纂成於乾隆年間（1736-1796），故未及收錄劉球《隸韻》，劉氏之書遲至嘉慶十五年（1810）始由江都秦恩復據宋石刻本重刊，翁方綱於同年夏六月始得見揚州新刻[27]「《隸韻》十卷，前有進表，失其前幅，有月日而無歲，以《玉海》攷之，知是淳熙二年劉球所表進也。……嘉慶十五年冬十二月八日北平翁方綱識。」[28]南宋王應麟《玉海》曾云「《隸韻》十卷，淳熙二年，劉球撰集。石刻隸字為之纂注」，[29]淳熙二年為 1175 年，可能是劉氏生平事跡不顯，[30]孫氏一文才將《隸韻》作者南宋劉球（？-？）誤為明代劉球（1392-1443，字廷振，號兩溪，江西人）。

---

[26] 陳侶佐云「《隸釋》成書時共二十七卷只有錄所藏 189 種碑版資料（按今存版本總碑目僅 183 種），而到了《淳熙隸釋》則五十卷累積了 285 種之夥。……是書為淳熙年間將《隸釋》和《隸續》合為一再加以擴編，惜今其本不傳。」其註云：「雖然洪邁云藏碑 189 種……但是按宋人婁機《漢隸字源》卷一所編碑目，順序與今存本《隸釋》總目相同共計 183 種。」參陳侶佐：〈宋人所見漢、魏篆書的形式──以洪适《隸釋》《隸續》為例〉，《書畫藝術學刊》第 28 期（2020 年 6 月），頁 244。
[27] 清・翁方綱：〈又跋《隸韻》〉，《復初齋文集》，卷 16，頁 16。
[28] 清・翁方綱：〈重刻淳熙《隸韻》序〉，南宋・劉球：《隸韻》（上海：上海古籍出版社，1989 年，《續修四庫全書》影印上海辭書出版社藏清嘉慶十五年〔1810〕秦恩復刻本），第 236 冊，頁 1。
[29] 南宋・王應麟：〈景德新定韻畧　祥符篇韻筌蹄〉，《玉海》（臺北：臺灣商務印書館，1982-1986 年，景印文淵閣《欽定四庫全書》本），子部第 250 冊，卷 45，頁 31。
[30] 如以「劉球」檢索 Google、「中國歷代人物（CBDB）」僅見明代劉球；檢索「識典古籍」則得南朝「梁朝兵部尚書郎中兼史館學士」劉球（如：唐・道世撰《法苑珠林》，卷 100，述意部：「《沙門傳》三十卷。其十卷，劉球續，梁外兵郎劉球、秦勑撰。」）、南宋劉球（即《隸韻》作者）、明代劉球等三種結果；檢索「人名規範資料庫」無獲。詳參「中國歷代人物（CBDB）」，網址：https://www.inindex.com/biog；「識典古籍」，網址：https://www.shidianguji.com/；「人名規資料庫」，網址：https://authority.dila.edu.tw/person/（2025 年 3 月 13 日上網）。

關於《隸韻》作者劉球歷來所知不多，其人《宋史》無傳，僅〈藝文志〉載劉球有「《隸韻略》七卷」、「《劉鄜王事實》一十卷」，其中《劉鄜王事實》一書暫未得見，劉光世（1086-1142）本傳云其「開禧元年，追封鄜王」，推測該書可能作於寧宗開禧元年（1205）之後。[31]此外，《宋會要輯稿》〈帝系十一〉曾引《寶訓》（淳熙二年閏九月）：「輔臣進呈：內批『劉球，勳臣之後，可差充諸州軍簽判。』輔臣奏：『球未經，有礙堂除。』上曰：『此劉光世孫，可特堂之。』次日，中使至龔茂良私第傳旨宣諭：『昨日劉球差簽判指揮更不須行。方進呈時，誤認未曾經任之意，反覆思之，此除正礙近制，不可廢法。』」又〈選舉二六・銓試〉孝宗淳熙十二年（1185）十二月二十一日：「臣僚言：『竊見銓試之法，近至於權貴，遠至於寒畯，其子弟以門蔭補官者，非中銓試，不許出官，此近世之至良法。然臣竊惟有以國戚而與宮觀差遣者，如張似續；有以勳臣之後而特差帥司干官差遣者，如楊文昌；有特令吏部差充憲司差遣者，如劉球。此三人者，問其嘗中銓試乎？則曰未也。」[32]此則「臣僚言」亦見於楊萬里（1127-1206）乙巳年（1185）〈輪對第三劄子〉。[33]綜合《宋史》及《宋會要輯稿》來看，可確知《隸韻》作者劉球乃南宋中興四將之一劉光世之孫，故有《劉鄜王事實》之作，而孝宗「內批『劉球，勳臣之後，可差充諸州軍簽判』」，或許與其同年五月二十日進表之事有關，[34]據上可知劉氏曾於淳熙（1174-1189）間任官，其生存年代至少歷高宗朝（1127-1162）、孝宗朝（1162-1194）、光宗朝（1194-1200）與寧宗朝（1194-1224）。

孫氏又云：「《漢隸字源》成書不久，即有寧宗三年（1197）刊本。嘉定時，又有宋鈞重修本：『《文正公集》并《奏議》、《漢隸字源》歲久漫滅，

---

[31] 元・脫脫等撰，楊家駱主編：《宋史》（臺北：鼎文書局，1980年，元至正本配補明成化本），卷202，頁5077；卷203，頁5117；卷369，頁11478。
[32] 清・徐松纂輯：《宋會要輯稿》，第1冊，帝系11之9，頁203；第5冊，選舉26之15，頁4642。
[33] 南宋・楊萬里：《誠齋集》（臺北：臺灣商務印書館，1967年，《四部叢刊初編》景江陰繆氏藝風堂藏景宋鈔本），卷69，頁16。
[34] 南宋・劉球：〈表〉，《隸韻》，頁3。

嘉定壬申郡丞莆陽宋鈞重修。」嘉定壬申為 1212 年，離成書時間很近。《蘇平仲集》、《宋潛溪集》均錄有宋鈞此次重修所作序言〈宋季子重校漢隸字源六卷序〉，但其重修本今已不傳。」孫氏對宋鈞（？-？）重修本的瞭解來自曾任四庫全書館任校辦各省送到遺書纂修官的翁方綱之跋，[35]但孫氏以為該重修版本「今已不傳」，實則該修補本現藏於臺灣國家圖書館。至如明初蘇伯衡（1330-1393，字平仲）、[36]宋濂（1310-1381，號潛溪）二人曾為「宋鈞此次重修」作序之事或可商榷，宋鈞確實曾「重修」，但是否曾「重校」《漢隸字源》？蘇、宋二人為明初著名學者，何以不約而同為南宋嘉定（1208-1224）年間的宋鈞作序？或可從蘇、宋二序予以釐清。

　　蘇伯衡〈重校漢隸字源六卷〉云：「《重校漢隸字源》六卷，臨川宋季子所輯，不鄙伯衡，以序見屬其書。伯衡雖未之見，觀其自序，季子之輯是書也夫，豈一日之力？……然則隸法雖備於漢，而所以觀其會通以極乎書之為書者，其可畫漢而遽止哉？此宋儒婁機《字源》之所由作，而季子之所以重校也歟？……季子生車書混一之代，年學俱富，志于稽古，推其餘力重校此書，其有關於字學之大者。……今季子述其承傳之自甚悉，使人觀其書而知其師，亦賢於敞（筆者按：指漢代張敞）也已矣。」[37]從臨川宋季子（？-？）向蘇伯衡求序，序文稱婁機為「宋儒」而「今季子」，且蘇、宋二人同時卻未曾謀面，蘇氏乃透過季子自序瞭解「輯是書」之用意，可知宋鈞「重修」與宋季子「重校」應為二人二事。

　　宋季子於《明史》無載，《明實錄》僅見洪武十三年（1380）「召儒士宋季子勅曰：朕惟歷代世治民安，法彰弊革，禮明樂和，風淳俗美，惟在舉任得人而已，舍是而能然者，未之聞也。翰林典籍吳伯宗薦爾學問該博，

---

[35] 孫瑩瑩：〈黃節舊藏《漢隸字原校勘記》考〉，頁 171。
[36] 蘇伯衡生卒年，參董剛：《元末明初浙東士大夫群體研究》（杭州：浙江大學博士學位論文，2004 年），頁 104-106、鄧旻：《蘇伯衡研究》（贛州：贛南師範學院碩士學位論文，2014 年），頁 9-10。
[37] 明・蘇伯衡：《蘇平仲集》（北京：中華書局，1985 年，《叢書集成初編》據金華叢書本排印），第 2 冊，卷 4，頁 97-98。

才識優長，特遣使召爾詣闕，朕將加禮焉。」舉薦人吳祐（1334-1384，字伯宗）為撫州金谿人（今江西），元代撫州路在順帝末年曾為朱元璋一度改稱臨川府，不久改稱撫州府，明、清兩代撫州府在今江西境內，吳、宋二人有同籍之誼。[38]郭國慶以為宋季子及其書今不可考，目前所知關於宋季子生平記載，應以宋濂〈重校漢隸字源序〉最為詳細：

> 同姓宋君季子，博學篤行，且留意於隸古之書，所獲漢魏諸碑刻，必夙夜潛玩，不知有寒暑。其父友處士桂兢、刑部王經勸之曰：「學必有師，無師，雖勞弗工也。」季子乃三走鄱陽，見伯誠先生歐君復。歐君憫其用志不分，悉以作隸之法授受焉。……久之，復往龍虎山中，質諸方壺翁從義。翁蓋深於隸學者，見季子，欣然接之，語蟬聯不自休，季子於是學大進，遂以善隸書知名當時。……季子頗病其（筆者按：《漢隸字源》）未博，研精覃思，增多一千八十七字，仍集師友微言，作《漢隸綱領》一十四則，別撰《辨訛字類》及《連綿字略》又一千三百八十四字。至若字有闕遺，采班、馬二家所用者補之，目為兩漢字統，以附《字源》之後。二書各六卷，合為十二，可傳於學者。……今觀季子之重校，非惟有功彥發，抑可以補洪氏之不及矣。當今大明麗天，正四海同文之時，他日或援蔡邕故事，立石經於太學門外，舍季子將焉徵哉？願季子善自愛也。……濂三復其書，僭為序其篇端，嗜古之士必有以濂為知言者。季子以字行，家於臨川，為詩文有法，以道自守，不為外物所移。[39]

宋季子，本名不詳，以字行，臨川人（今江西），宋濂序文談及的王經

---

[38] 元順帝至正二十二年（1362），朱元璋「改撫州路為臨川府，建昌路為肇慶府。未幾皆復其舊。」目前所見文獻多云「臨川宋季子」，其人際往來又常與「撫州金谿」有關，未能確知此「臨川」指元末「臨川府」或明初撫州府下轄之「臨川縣」。明‧胡廣等：《明實錄》（臺北：中央研究院歷史語言研究所，1964年），卷132，頁2098；卷10，頁125。中央研究院歷史語言研究所「明實錄、朝鮮王朝實錄、清實錄資料庫」，網址：https://hanchi.ihp.sinica.edu.tw/mql/login.html（2025年3月15日上網）。

[39] 明‧宋濂：《宋文憲公全集》（臺北：中華書局，1981年，《四部備要》據劉榮校刻足本校刊），第3冊，卷43，頁15。

（1325-1371，撫州金谿人）、歐復（？-？）、[40]江西龍虎山方從義（1302-1379？）[41]等，理應均為元末明初江西人，宋濂在序末提及朱夢炎（？-1378）乃撫州進賢人，曾任金谿縣丞，[42]可能是由於地緣及人際關係，使宋濂得以獲知宋季子受「禮部朱君夢炎極推重之，謂無讓大雅君子」。宋季子似曾入金谿張性（？-？，字伯成）門下，張氏「嘗以所著《尚書補傳》、《杜詩演義》、雜文若干，手抄成編，謂門人宋季子曰：『吾志在斯，惟求吾師曾先生正之而已。』先生指子白也。」[43]張性自云其師為曾堅（？-？），曾堅乃金谿人曾嚴卿（1276-1328）之子，歐復為曾嚴卿之婿，曾「悉以作隸之法」授宋季子。至如蘇伯衡〈跋張承旨贈朱季誠隸古歌〉及其後《書史會要》等書均不出宋濂所述。[44]在與江西的地緣與人際關係之外，程本立（？-1402）〈侍從親王之國大梁代祀嶽瀆陵寢與宋季子奉祠偕行至鄭州分道〉等數首詩作、[45]管訥（1339-？，字時敏）〈次韻有懷周府奉祠宋季子〉：「故人爲別動經年，況復祠官久不遷。白髮交游惟我舊，清時文物尚君賢。」[46]

---

[40] 「歐復字伯誠，番易人，善古隸。」明・陶宗儀：《書史會要》（臺北：臺灣商務印書館，1982-1986年，景印文淵閣《欽定四庫全書》本），子部第120冊，卷7，頁17。「中國歷代人物（CBDB）」，網址：https://www.inindex.com/biog（2025年3月13日上網）。

[41] 方從義「生於江西貴溪。字無隅，號方壺、又號上清羽士、不芒道人、金門羽客、鬼谷山人。」謝世維：〈元末明初的道教山水藝術——方從義與道教山水藝術的關係〉，《國文學報》第71期（2022年6月），頁70。

[42] 朱夢炎於至正十年（1350）中榜，「初登第後任金谿縣。復避亂，與宋濂友」。清・聶當世修、謝興成等纂：《進賢縣志》（清康熙十二年，1673），卷11，頁7，「中國數字方志庫」，網址：http://x.wenjinguan.com/default.aspx（2025年3月23日上網）。

[43] 明・蔣冕：〈書元張伯成杜詩演義後〉，黃宗羲：《明文海》（臺北：臺灣商務印書館，1982-1986年，景印文淵閣《欽定四庫全書》本），集部第1455冊，卷213，頁5-6。明・黃顯修、陳九川、徐良傳纂：〈人道志・辟舉表〉，《撫州府志》（嘉靖三十三年〔1554〕刻本），卷之10上，頁10，「中國數字方志庫」，網址：http://x.wenjinguan.com/default.aspx（2025年3月23日上網）。

[44] 明・蘇伯衡：《蘇平仲集》，卷10，頁19-20。明・陶宗儀：《書史會要》，卷7，頁17。

[45] 卷二另有〈季子奉祠浚井得奇石次韵〉、1387年〈洪武丁卯春侍從親王朝京寄宋季子〉、1388年〈七月九日葭萌道中寄宋季字奉祠〉及〈戊辰七月九日用葭萌道中韵再寄宋季子奉祠〉，詳明・程本立：《巽隱集》（臺北：臺灣商務印書館，1982-1986年，景印文淵閣《欽定四庫全書》本），集部第175冊，卷1，頁8-9；卷2，頁22、25-26。

[46] 明・管時敏：《蚓竅集》（上海：上海書店出版社，1936年，《四部叢刊三編》上海涵芬樓景印北平圖書館藏明永樂刊本），第72冊，卷6，頁10。

此「宋季子」應與善古隸的宋季子為同人，故其應曾任明朝藩王周府[47]奉祠，此從《撫州府志》[48]可證。

孫瑩瑩又云「近代楊守敬（1839-1915）曾考證，日本狩谷氏求古樓藏有元代重修本殘本，但似乎並非依據宋鈞嘉定本而修訂。」此處乃引用楊守敬《日本訪書志》，談到求古樓元槧殘本：「《蘇平仲集》及《宋潛溪集》均有宋季子重校漢隸字源六卷序，似此書即季氏所編，然潛溪稱其於《字原》之外，增多僅一千八百十七字，而此書所增約略計之，幾及原書之半，然則亦非宋氏書也。」[49]楊氏認為此元槧殘本應非宋季子之重校漢隸字源六卷，孫氏或許一時失察將宋鈞、宋季子誤合為一人，實乃「重校」《漢隸字源》者為元末明初的臨川人宋季子，「重修」者為南宋的莆陽人宋鈞。

翁方綱〈跋宋槧漢隸字原二首〉已云「《莆田志》鈞字茂洪，紹熙四年進士，通判饒州，歷官至秘閣修撰」，[50]宋鈞於《宋史》無傳，《宋會要輯稿》僅見寧宗八年（1215）十一月「淮東總領宋鈞」一筆，此外，南宋初年另有宋鈞（？-？），與莆陽宋鈞為二人。[51]據康熙年間《興化府莆田縣志》詳載，宋鈞「字茂洪，（宋）藻孫，紹熙四年進士。調晉江尉，捕盜有方，以能賞，

---

[47] 明太祖第五子朱橚（1361-1425）洪武三年（1370）初封吳王，十一年（1378）改封周王，十四年（1381）十月「詔周王橚之國」，藩府在今河南開封，故程本立與宋季子「偕行至鄭州分道」。明·胡廣等：《明實錄》，卷51，頁1001；卷117，頁1917；卷139，頁2200。中央研究院歷史語言研究所「明實錄、朝鮮王朝實錄、清實錄資料庫」，網址：https://hanchi.ihp.sinica.edu.tw/mql/login.html（2025年3月15日上網）。
[48] 明·黃顯修、陳九川、徐良傳纂：〈人道志·薦辟〉，《撫州府志》，卷之10，頁1，「中國數字方志庫」，網址：http://x.wenjinguan.com/default.aspx（2025年3月23日上網）。
[49] 清·楊守敬：《日本訪書志》（臺北：廣文書局，1967年，影印清光緒丁酉〔1897〕宜都楊氏鄰蘇園刊本），卷3，頁135-136。
[50] 清·翁方綱：〈跋宋槧漢隸字原二首〉，《復初齋文集》，卷16，頁671。
[51] 《金史》大定八年（1168）「正月甲子朔，宋試戶部尚書唐琢、保寧軍承宣使宋鈞賀正旦。」乾道五年（1169）十月至翌年三月，樓鑰隨舅父汪大猷（？-1200）出使金國，使節團成員「六知閣」下註「張說、張掄、宋鈞、朱直溫、康諝、王抃」，從經歷及年代來看，此宋鈞與紹熙年間進士的莆陽宋鈞為不同人，應即《宋人傳記資料索引》所載三位「宋鈞」（北宋一人、南宋二人）其二，見於南宋周麟之《海陵集》卷18的「宋鈞奉使回轉官」。清·徐松纂輯：《宋會要輯稿》，第4冊，職官48之146，頁3514。元·脫脫等撰，楊家駱主編：《金史》（臺北：鼎文書局，1980年），卷61，頁1424。南宋·樓鑰：〈北行日錄〉，《攻媿集》，卷101，頁135-136。昌彼得、王德毅、程元敏等編：《宋人傳記資料索引》（臺北：鼎文書局，1974年），第1冊，頁749。

改授荊門軍簽判,移知南海縣。通判饒州,召為太府寺主簿,尋知嚴州。……後以朝奉大夫直敷文閣,再知泉州。……」[52]紹熙四年為1193年,在《晉江縣志》、《廣東通志》均誤作紹興進士。[53]繼查明代《閩書》〈英舊志・縉紳〉云宋鈞為宋藻(?-?)之孫,而宋藻「字去華,(宋)棐從子。紹興中,以布衣上十君論召對補官,尋擢第。」[54]宋棐「政和二年壬辰」(1112)進士,宋藻紹興「八年戊午」(1138)進士,宋鈞「癸丑」進士,癸丑即紹熙四年,可知「紹興四年」確為「紹熙四年」之誤,同書〈文莅志〉晉江縣云「宋均,紹興中任尉(見莆田縉紳)」,「宋均」即「宋鈞」,「紹興中」亦為「紹熙中」之誤。[55]嘉定五年(1212),除重修《漢隸字源》一書,當時通判饒州[56]的宋鈞與知州趙氏還重脩了淳熙丙午(1186)十二月由「郡從事北海綦煥」刊補的番陽(筆者案:即鄱陽)郡齋州學藏「文正范文公集奏議」,「范文正公別集卷第四」末有「嘉定壬申仲夏重脩」、「朝奉郎通判饒州軍州兼管內勸農營田事宋鈞」、「朝請大夫知饒州軍州兼管內勸農營田事趙󠄀󠄀」題記。[57]

---

[52] 此本刊刻年代詳見同書〈補刻興化府莆田縣志序〉末署1747年「乾隆丁卯嘉平穀旦,文林郎知莆田縣事蘭亭王裕璸撰」。清・金臬謝修,林麟焻、朱元春纂:《興化府莆田縣志》(清乾隆二十六年〔1761〕刻本),卷首,頁1-4;〈人物〉,卷24,頁24。「中國數字方志庫」,網址:http://x.wenjinguan.com/default.aspx(2025年3月23日上網)。

[53] 明代除何喬遠《閩書》外,與宋鈞相關之方志多未載何年登進士。清代除《興化府莆田縣志》外,多見「紹熙」誤作「紹興」者。清・方鼎修、朱升元纂:《晉江縣志》(乾隆三十年〔1765〕刻本),卷6,頁22、清・郝玉麟等修,魯曾煜纂:《廣東通志》(雍正九年〔1731〕刻本),卷39,頁31,「中國數字方志庫」,網址:http://x.wenjinguan.com/default.aspx(2025年3月23日上網)。

[54] 明・凌迪知:《萬姓統譜》(臺北:臺灣商務印書館,1982-1986年,景印文淵閣《欽定四庫全書》本),子部第263冊,卷92,頁11。

[55] 明・何喬遠:《閩書》(臺南:莊嚴文化事業出版社,1996年,《四庫全書存目叢書》景福建省圖書館藏明崇禎刊本),史部第206冊,卷54,頁6;卷105,頁13、17。

[56] 《萬姓統譜》云宋鈞曾「通判饒州」,同治年間《饒州府志》據之補,但其字誤作「茂德」。《宋人傳記資料索引》未有宋鈞通判饒州、知嚴州等經歷。明・凌迪知:《萬姓統譜》,卷92,頁11-12。清・錫德修、石景芬等纂:《饒州府志》,卷9,頁9。南宋・鄭瑤、方仁榮:《景定嚴州續志》(臺北:臺灣商務印書館,1982-1986年,景印文淵閣《欽定四庫全書》本),史部第245冊,卷1,頁8;卷10,頁4。昌彼得、王德毅、程元敏等編:《宋人傳記資料索引》,第1冊,頁749。

[57] 趙氏之名在《范文正公忠宣公全集》作「󠄀」(圖一),似為「臼檥」,「異體字字典」查無「檥」,「檥」則釋為「木樁」且未列任何異體字。暫查無趙氏此人相關事蹟,《宋兩江郡守易替考》饒州嘉定年間亦無此名。北宋・范仲淹:《范文正公集》(元天曆

以上從不同文獻之間的比勘，試著釐清南宋、大明幾位人士因名姓或同或近以致紛然淆混的事行，如南宋劉球非明代劉球；有宋一代史籍載為「宋鈞」者至少三人，其中一人即南宋紹熙間登進士的莆陽宋鈞，於嘉定年間通判饒州時，重修慶元年間婁機通判任內所刊的《漢隸字源》；明初善古隸的臨川人宋季子則重校並增補了婁氏《漢隸字源》。宋鈞、宋季子同姓氏，均與概屬今日江西一地的饒州、臨川有涖官或籍屬之故，而與婁機《漢隸字源》結下因緣，然其人其書命運迥異，宋鈞重修之《漢隸字源》修補本完整保留至今，其事蹟可稽考者多，而宋季子聲名事蹟幽隱，其重校《漢隸字源》之書已湮沒於歷史洪流中。

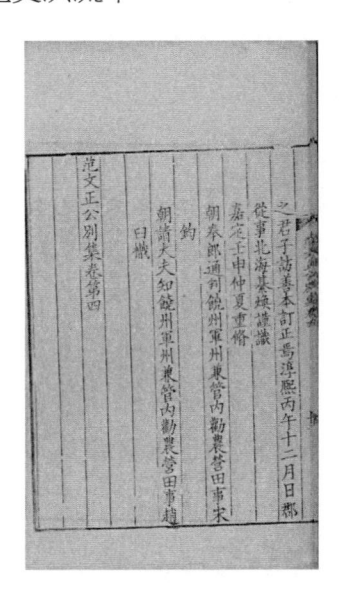

圖一　宋鈞重脩之《范文正公別集》（哈佛燕京圖書館藏）

元年〔1328〕范氏歲寒堂刊迄至正間增補本），卷4，頁13-14，書號09982，臺灣國家圖書館「古籍與特藏文獻資源」：https://rbook.ncl.edu.tw/NCLSearch/Search/SearchDetail?item=89a3daba17dd461d9ef05adb1d9cf57efDI1NjI5Mw2.rjF6QZKX0ahJ_mEz_suE24hWvm7WNr3WlJIrcuI4yCY_&page=&whereString=&sourceWhereString=&SourceID=0&HasImage=。李之亮：《宋兩江郡守易替考》，頁166-167。北宋・范仲淹、范純仁撰：《范文正公忠宣公全集》，「識典古籍」，網址：https://www.shidianguji.com/book/HY1101/chapter/1kvmckzsg5csp?page_from=searching_page&paragraphId=7437038137823608841&keywords=%E5%98%89%E5%AE%9A%E5%A3%AC%E7%94%B3%E4%BB%B2%E5%A4%8F&hightlightIndex=0&topicId=&version=51&contentMatch=1（2025年3月13日上網）。教育部「異體字字典」，網址：https://dict.variants.moe.edu.tw/dictView.jsp?ID=60757（2025年3月13日上網）。

四 《漢隸字源》文淵閣本之底本

郭國慶概述《漢隸字源》版本源流甚為明晰，除臺灣國家圖書館南宋修補本全本（圖二）、國立故宮博物院明刊黑口本（僅存部分去聲卷，圖三）以及日本之元槧殘本[58]之外，「明代有陸師道影抄宋本、[59]汲古閣仿宋刊本。由於毛氏汲古閣刻書影響大，流傳多，明以後的刻本和抄本多從汲古閣刊本出。從存漢隸之真的角度而言，每一次寫刻都會使其形神發生偏離，所以宋本最為可貴，陸師道影宋抄本次之，汲古閣刊本較下，從汲古閣刊本出而不加校勘者最下。」而「《四庫全書》經部・小學類所收《漢隸字源》以內府藏本為底本。四庫本在某些地方較汲古閣刊本為優。」[60]此乃在《全書》編纂過程中，四庫館臣們反覆仔細校訂勘誤的成果，修正因歷代重刻梓行造成的部分錯訛。此處郭氏提及《全書》本以「內府藏本」為底本，又云「摛藻堂《四庫全書薈要》也收有《漢隸字源》」，但未再進一步說明「內府藏本」為何種版本？《薈要》本與文淵閣本所據底本相同或不同？

乾隆三十八年（1773），奉敕編纂《全書》的四庫館於二月開館，時屆高齡的乾隆帝怕未及親睹《全書》，便先令從各省採訪蒐集之遺書中，擷其菁華鈔成《薈要》專供御覽。今查《薈要》總目云：「《漢隸字源》六卷，宋參知政事嘉興婁機撰，今依前浙江巡撫[臣]三寶所上孫仰曾家藏明毛晉汲古閣刊本繕錄恭校。」[61]可知《薈要》本底本即當時通行，也是翁方綱曾批評「宋槧本雖

---

[58] 〔日本〕澁江全善（1808-1858）、森立之（1807-1885）《經籍訪古志》卷二：「《漢隸字源》，元槧本，求古樓藏，未見。」除楊守敬《日本訪書志》卷三曾詳細著錄此本內容外，「其他各家版本目錄幾無著錄，傳世絕稀。」日本另有《漢隸字源》和刻本與和抄本，暫不列入討論。詳見郭國慶：〈《漢隸字源》版本考〉，頁30。日本所藏漢籍可參「全國漢籍データベース」，網址：http://kanji.zinbun.kyoto-u.ac.jp/kanseki（2025年5月14日上網）。

[59] 日本三菱集團「靜嘉堂文庫」典藏約20萬冊漢籍，其中有明陸師道（1517-1580）寫本，該文庫漢籍的重要來源之一，即陸心源（1838-1894）約44,000冊的皕宋樓藏書，涵蓋數千冊宋、元時代善本。原本限定館內瀏覽之微捲，2016年9月起已數位化，然該網站目前未見此《漢隸字源》手寫本。「靜嘉堂文庫所藏　宋元版」，網址：https://j-dac.jp/infolib/meta_pub/G0000018SGDB（2025年3月18日上網）。

[60] 郭國慶：〈《漢隸字源》版本考〉，頁32。

[61] 清・于敏中輯：《景印摛藻堂四庫全書薈要》（臺北：世界書局，1985年，景印摛藻堂

已重脩,尚去碑本未遠,毛氏則就宋本之已漶者重繕開雕,楷之工不足贖其隸之謬,直是一不曉隸書者為之過錄,不特失其神且失其形」[62]的汲古閣明刊本,至於文淵閣本《總目》提要僅云《漢隸字源》為「內府藏本」。[63]據郭國慶研究,清代通行的《漢隸字源》主要為汲古閣明刊本及據此版翻刻者,汲古閣本為仿宋本,其「行款版式同宋嘉定本,無魚尾,書口下有『汲古閣』,後無嘉定壬申重修題記」。[64]此外,從圖三可見汲古閣本之外的另一種刊本,除行款不同,此黑口本「五寘」韻收字亦較修補本、汲古閣本等為多。

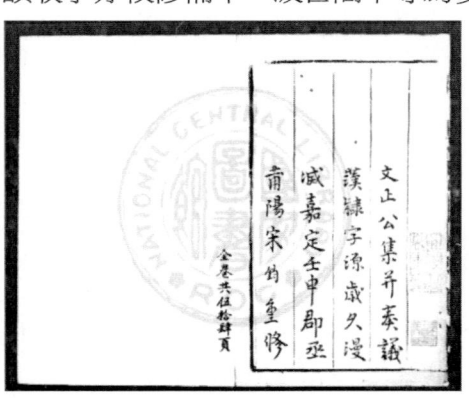

圖二　《漢隸字源》南宋嘉定修補本書影[65]

(左:書衣為何紹基手書題記,右:書末為宋鈞重修題記)

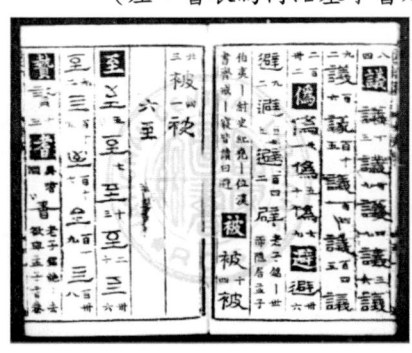

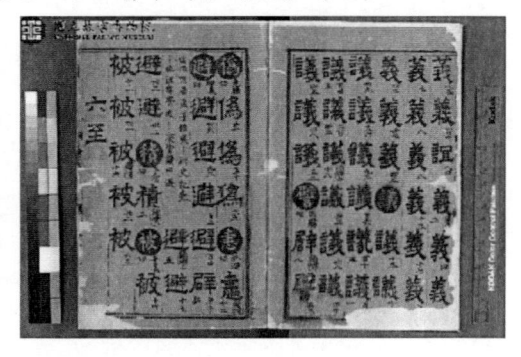

圖三　《漢隸字源》書影

(左:南宋嘉定修補本,右:明刊黑口本[66])

《欽定四庫全書薈要》本),第 1 冊,頁 133。
[62] 清・翁方綱:〈跋宋槧漢隸字原二首〉,《復初齋文集》,卷 16,頁 672。
[63] 清・永瑢等:《四庫全書總目》,卷 41,頁 31。
[64] 郭國慶:〈《漢隸字源》版本考〉,頁 30。
[65] 書號 00988,臺灣國家圖書館「古籍與特藏文獻資源」。

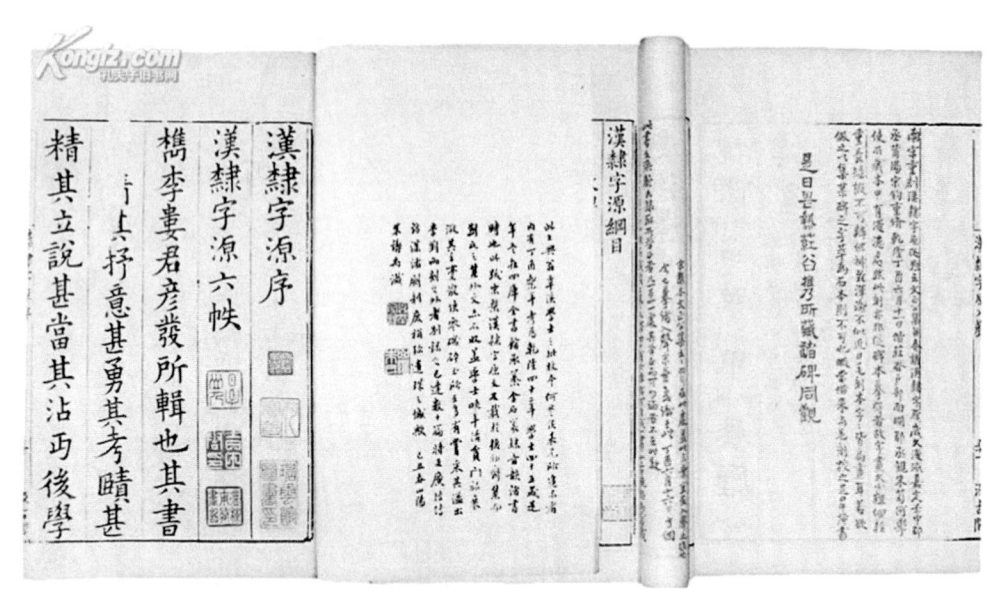

圖四　翁方綱《漢隸字源》重校本[67]

翁方綱批評汲古閣本之隸書失其神形，乃因曾「借朱筠藏宋槧《漢隸字原》來校，適丁杰以所著《校勘漢隸字原識語》一卷見示，乃採其足資考證者錄於首冊，又取顧氏《隸辨》考校之，凡四日而畢，至二十一日午記于冊前。(〈漢隸字原〉)」事在乾隆四十二年（1777）六月十六日，[68]即在編纂《薈要》之時，翁氏曾以宋鈞修補本作對校本，校勘汲古閣本之誤。此處提及的《校勘漢隸字原識語》或即指丁杰《漢隸字源校勘記》稿本，後來應未刻刊，[69]《漢隸字源校勘記》稿本現藏香港大學馮平山圖書館，正

---

[66] 僅「五貫」韻此頁，暫無其他數位檔可公開閱覽，此書刊行年代有待進一步研究。南宋・婁機：《元本漢隸字源》（明刊黑口本，故觀 000813），臺灣國立故宮博物院「古籍與圖檢索系統」，網址：https://rarebooks-maps.npm.edu.tw/index.php?act=Display/image/135308j-MSLAL（2025 年 5 月 14 日上網）。

[67] 書影取自北京德寶國際拍賣有限公司「翁方綱批校本漢隸字源　德寶 10 迎春拍亮點之一」，2010 年 1 月 21 日，孔夫子舊書網，網址：http://pmgs.kongfz.com/article/1269（2021 年 6 月 18 日上網）。

[68] 沈津：《翁方綱年譜》（臺北：中央研究院中國文哲研究所，2002 年），頁 105-106。後世奉翁方綱此重校本為「《漢隸字源》最佳版本」，說見楊吉源：《朱筠河研究——以樸學論題為中心》（臺北：國立臺北大學碩士學位論文，2013 年），頁 44。筆者案：郭國慶撰文時，以為翁方綱《漢隸字源》重校本（圖四）已不傳。

[69] 錢塘〈漢隸字原攷正敘（未刻）〉首云「丁君小疋以所著《漢隸字原攷正》一書屬予為敘」，末署「庚子中夏嘉定錢塘序」，則丁杰稿本應成於乾隆四十五年（庚子，1780）之前，翌年（1781）丁杰登進士。然〈漢隸字原攷正敘〉題下有「未刻」小注，此書後來

文共 27 葉，收錄校勘語共 153 條。[70]乾隆三十九年（1774）纂修《全書》之初，任事者如朱筠、戴震輒延丁杰佐校，「小學一門往往出其手」（許宗彥〈丁教授傳〉），丁氏校讎之深「每竟一編，校籤細字壓黏，倍其原書」（《復初齋文集》卷十三），[71]這些校勘成果其中有一部分收入後來輯成的《四庫全書考證》[72]（以下簡稱《考證》）一書。

朱筠藏「宋槧」本即國家圖書館典藏之宋鈞修補本，書衣有何紹基（1799-1873）手書題記：「此宋版《字源》，朱笥河先生藏本，今歸道州何氏。憶得此書時，與吾仲弟子毅共相欣賞，今毅歿已廿季，每一檢閱，不勝愴愴。咸豐己未二月，蝯叟記。」卷末有宋鈞題記共二十六字（圖二）。[73]朱筠，字竹君，號笥河，乾隆辛卯年（1771）督安徽學政，翌年乾隆帝下詔要求各省總督、巡撫及學政搜訪遺書，朱筠「奏言翰林院貯有《永樂大典》，內多古書，世未見者，請開局使尋閱，且言搜輯之道甚備。」經議後，「卒用先生說，上之四庫全書館自是啟矣。」[74]可知朱筠與《全書》編纂之淵源。此宋

應未梓行，疑即《漢隸字源校勘記》稿本。清‧錢塘：〈漢隸字原攷正敘〉，《溉亭述古錄》（上海：上海古籍出版社，2011 年），《清代詩文集彙編》，第 386 冊，卷 2，頁 31-32。丁杰生平事蹟，詳見陳鴻森：〈丁杰行實輯考〉，《傳統中國研究集刊》第 6 輯（上海：上海人民出版社，2009 年），頁 274-307。

[70] 郭國慶撰文之時應該也未曾得見此本，「是本為丁小山校勘《漢隸字原》的成果，目前僅見此一稿本，至今未有專門研究。中山大學圖書館藏容庚舊藏汲古閣本《漢隸字源》，書中有容庚以紅筆抄錄的丁杰〈校勘記〉內容，並分別標出作者如『丁氏』、『任大椿』及『方綱』，疑錄自該稿本。」孫瑩瑩：〈黃節舊藏《漢隸字原校勘記》考〉，頁 171。

[71] 陳鴻森：〈丁杰行實輯考〉，頁 278。

[72] 清‧王太岳等纂輯：《文淵閣本欽定四庫全書考證》（臺北：臺灣商務印書館，1982-1986 年，景印文淵閣《欽定四庫全書》本）。

[73] 咸豐己未年，即咸豐九年（1859）。郭國慶一文頁 30 自「嘉定壬申（1212）距慶元三年僅有十五年」至「版心上記大小字數」，與前三句「《文正公集》……郡丞莆陽宋鈞重修」均為與正文字體不同的「標楷體」，整段文字置於「卷末有題記：」以下，然此段標楷體文字並非全部引用自修補本題記。經比對內容，與傅增湘〈宋刊漢隸字源跋〉所載版本資訊幾近，見氏著：《藏園群書題記》（上海：上海古籍出版社，1989 年），頁 53-55。

[74] 清‧姚鼐：〈朱竹君先生傳〉，《惜抱軒詩文集》（臺北：臺灣商務印書館，1967 年，《四部叢刊初編》影上海涵芬樓藏原刊本），卷 10，頁 1。《清史稿》本傳云：「旋奉上諭：『軍機大臣議復朱筠條奏校核《永樂大典》一節，已派軍機大臣為總裁。又朱筠所奏將《永樂大典》擇取繕寫，各自為書，及每書校其得失，撮舉大旨，敘於本書卷首之處，即令承辦各員，將各原書詳細檢閱，並書中要旨總敘厓略，呈候裁定；又將來書成，著名四庫全書。』《四庫全書》自此始。」趙爾巽等撰，楊家駱校：〈文苑‧朱筠〉，《清史稿》

槧本在朱筠〈苔花吟舫書目〉第四架有載：「宋板／《漢隸字原》／一套／六本」，[75]後歸何紹基。何氏藏書後來也散佚，此宋槧本為邃雅堂所得，民初藏書家傅增湘（1872-1949）1931 年曾於坊中得觀，後貽書告知當時任職北平圖書館的袁同禮（1895-1965），不久，袁氏即以重金購藏此本，[76]爾後該書又輾轉來到臺灣典藏於國家圖書館。

《薈要》編纂及鈔成早於各閣本，翁方綱既認為《漢隸字源》之底本汲古閣本不如宋槧本為優，是否文淵閣本所據「內府藏本」亦是汲古閣本？已有《薈要》本校勘成果，後出文淵閣本是否更為精善優良？茲以修補本、汲古閣本、《薈要》本暨文淵閣本《漢隸字源》並對照《考證》以明之。

以《考證》第 234 條為例：「四十九宥『疢』注『四九』，刊本闕此二字，據〈碑目〉第四十九〈袁良碑〉補。」[77]參照圖五，修補本與《薈要》本之真書楷體均作「疢」，汲古閣本與文淵閣本則作「疢」，修補本真書下所繫之隸體有二，碑目次第俱全，而《薈要》本第一字僅注「四」，第二字下注「四九」與《考證》校記合，文淵閣本則兩隸體之碑目次第均闕，[78]與汲古閣刊本闕字相同，據此知文淵閣本底本「內府藏本」應為汲古閣本。儘管《考證》校出「疢」字隸體出自「四九」〈國三老袁良碑〉，[79]然而可能因為校籤位置改動，或因校記失之過簡，在謄錄《薈要》本時，誤將「四九」補至第二個隸體下，第一個隸體之碑目次第反誤作「四」，碑目四即〈靈

（臺北：鼎文書局，1981 年關外二次本），卷 485，頁 13393-13394。有關朱筠生平、學術成就及其與《全書》編纂之關係，詳參楊吉源《朱笥河研究——以樸學論題為中心》。

[75] 同架並有妻機「宋板／《班馬字類》／五本」。楊吉源：〈附錄：苔花吟舫書目〉，《朱笥河研究——以樸學論題為中心》，頁 175。

[76] 傅增湘：〈宋刊漢隸字源跋〉，《藏園群書題記》，卷 1，頁 53。

[77] 清・王太岳等纂輯：《文淵閣本欽定四庫全書考證》，第 1 冊，卷 19，頁 526。

[78] 文津閣本亦闕。南宋・婁機：《漢隸字源》，景印文淵閣《欽定四庫全書》本，經部第 219 冊，頁 954。南宋・婁機：《漢隸字源》，景印文津閣《欽定四庫全書》本，經部第 77 冊，頁 581。

[79] 覆核《隸釋》〈國三老袁良碑〉作「瀟（測）切防䋲（絕），朕（朕）疢心以戒（戒）」，確有「疢」字。南宋・洪适：《隸釋》（臺北：臺灣商務印書館，1982-1986 年，景印文淵閣《欽定四庫全書》本），第 681 冊，卷 6，頁 7。筆者案：以下正文所引《隸釋》碑文，均於引文之後標注卷次、頁碼，不另出注。

臺碑陰〉，其碑文並無「疚」字（詳《隸釋》卷 1，頁 12-14），文淵閣本則維持底本闕字情況，由此可知此本不曾以修補本對校，亦未全據《考證》校勘成果訂誤。修補本「疚」字隸體的碑目次第俱全，知《薈要》本隸體首字應出自「四九」，次字出自「九二」，即〈安平相孫根碑〉「察孝抱疚」（《隸釋》卷 10，頁 12）。

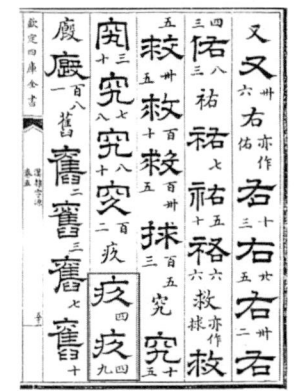

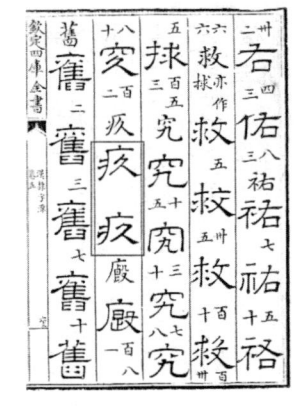

圖五　《漢隸字源》去聲「四十九宥」

（左上：修補本，右上：汲古閣刊本，左下：《薈要》本，右下：文淵閣本）

比對上述各本，茲舉此例，可知《薈要》本與文淵閣本之《漢隸字源》底本均為汲古閣本，編纂《薈要》時因校勘者如丁杰、翁方綱等人之用心，輔以朱筠所藏的宋槧本（宋鈞修補本）作對校，使得《薈要》本較汲古閣本、文淵閣本的錯誤來得較少，也從《薈要》本與文淵閣本內容不一致，得知《薈要》本的校勘成果部分曾收入《考證》一書，然而這些校記內容

並未全用於後續《全書》各閣本的編纂，以致有些錯誤仍沿襲汲古閣本。

附帶一提，《薈要》本、文淵閣本均將《漢隸字源》〈碑目〉列於前，標為「卷一」，即《直齋書錄解題》云「首為〈碑目〉一卷」，卷二至卷六則依《禮部韻畧》「韻類其字」，文津閣本則按「韻類其字」原則，卷一至卷五為上平一東韻至入聲三十四乏韻暨附字，而將提要、洪邁序與〈碑目〉等以「漢隸字源碑目」之名附於全書之末，與修補本、汲古閣本、《薈要》本與文淵閣本將〈碑目〉置於全書之首不同。[80]比對文津閣本《漢隸字源》之前的婁機《班馬字類》及其後的南宋‧戴侗（？-？）《六書故》均無提要置於書末的情況，顯然與《全書》體例不合，疑為影印出版時卷次錯置所導致。[81]

五　結語

在前人對《漢隸字源》自南宋至清代的抄本與刻本源流的研究成果之上，本文討論由《漢隸字源》一書延伸而出的幾個問題，如該書所收漢、魏、晉碑之總數為三百九，《薈要》本暨各閣本之提要省略陳振孫《直齋書錄解題》「以世所存漢碑三百有九，韻類其字，魏碑附焉者僅三十之一」的「附焉者」三字，誤以漢碑三百有九，魏晉碑三十有一，合計為三百四十。爬梳文獻資料後，對宋、明兩代姓名相同或近似者，如《隸韻》作者南宋劉球與明代劉球，《漢隸字源》一書重修者南宋宋鈞與重校者明代宋季子等人經歷略作梳理，或有助於日後進一步研究。此外，從樓鑰為婁機所撰之

---

[80] 南宋‧婁機：《漢隸字源》，景印文津閣《欽定四庫全書》本，經部第 77 冊，頁 543-606。
[81] 黃明理針對《文津閣四庫全書》（臺灣大學圖書館藏 2006 年初版一刷本）有指瑕 127 條，其中「書冊編排裝訂的失誤」，略分四類：增頁、紙張上下顛倒、錯置、漏裝。參黃明理：〈新複製技術下的失真問題——以北京商務印書館《文津閣四庫全書》為討論對象〉，《書目季刊》第 53 卷第 1 期（2019 年 6 月），頁 3-4。筆者案：從《漢隸字源》文津閣本的〈漢隸字源碑目〉來看，起首的頁 593「攷碑」：「……諸碑所存之地，以《水經》、《集古錄》、《集古錄目》、《金石錄》」以降，至〈碑目〉十六「……云海廟一樣不存，今不復見」以上俱闕，而卷末頁 605 序號「三百」以下俱闕，其他闕漏或重複者：頁 594 與頁 595 相同，頁 600 自「一百六十一」以降至碑目「一百八十五」俱闕，頁 601 與頁 602 相同。

神道碑文與《宋史》、洪邁著作互證，知婁機通判饒州的慶元二至三年（1196-1197）間，於府治內通判廳南的高明臺刊刻《漢隸字源》一書，應為最初的「饒郡宋槧本」，修補本開卷題作「紹熙間刊本」者，應有誤；爾後十餘年，通判饒州的莆陽宋鈞在重脩范文正公集并奏議的嘉定五年（1212）也重修了婁機《漢隸字源》，此本現典藏臺灣國家圖書館，而元末明初宋季子重校《漢隸字源》本目前不得見，明代毛晉仿宋本重新梓行的《漢隸字源》，亦即後來清代較通行的汲古閣明刊本，然而翁方綱對此本的評價不高。乾隆年間《全書》編纂之初，《薈要》本與文淵閣本均以汲古閣本為底本，後者多沿汲古閣本之誤，前者則因主事者翁方綱、丁杰等人曾借來朱筠家藏宋槧本對校，訛誤較汲古閣本、文淵閣本來得少。如此看來，在「《漢隸字源》最佳版本」之稱的翁方綱重校本之外，國家圖書館典藏的南宋宋鈞修補本及《薈要》本應是較好的版本選擇，至於重新影印出版的文津閣本，則又產生了闕漏、錯置等新問題。

直、肆、果——
楚簡〈五行〉成「義」的修養論探微

嚴浩然[*]

一　前言

　　近年，地下材料重見天日，使得先秦思想研究帶來新思的機會，其意義不僅只為斷代之用，更重要的是，提供吾人重新思考思想史、特定觀念的發展脈絡，一方面釐清楚簡佚籍遺文的思想內容，一方面也能夠使得傳世文獻的思想定位有嶄新的了解。而《郭店楚墓竹簡》（下稱《郭店簡》）的面世，亦激發了許多與儒道思想定位（《老子》、〈太一生水〉），以及儒學內部重要概念與思潮之相關討論議題，所引發學術討論如林，許多關鍵的道德概念，受到學者廣泛的關注，開創不同層面的思想主題。[1]在《郭店簡》所載〈五行〉，[2]近年有學者關注文獻的修養思想論述，宋立林、[3]末永高康[4]關注

---

[*] 國立成功大學中國文學系研究所博士生。
[1] 謝君直曾羅列出〈五行〉篇所引發的五大議題，分別是：1.形上學、天道觀、天人合一或合德；2.倫理道德思想；3.「金聲而玉振之」相關問題；4.「慎獨」觀念；5.心性論與身心觀。謝君直：〈簡帛〈五行〉的人道思想〉，《揭諦》第 14 期（2008 年 2 月），頁 185-215；187-188。
[2] 〈五行〉篇原已散佚，直到二十世紀的考古發掘才得以重見天日，為與在此以前的帛書本有所相應。1973 年，湖南長沙馬王堆三號漢墓出土帛書，其中包含一部未題名的佚書，帛書本兼具〈經〉與〈說〉，墓葬年代為西漢文帝前元十二年（公元前 168 年）。1993 年，湖北荊門郭店楚墓考古進一步揭示〈五行〉的全貌，出土的竹簡標題為《五行》，入葬年代推斷為戰國中晚期（公元前 300 年左右），對於理解戰國至西漢初期的思想流變具有深遠意義。
[3] 宋立林則以早期儒學修養論的框架，尤以思孟學派的視野，分析五行、四行、德之行、聖智、慎獨的概念，當中的討論主軸依然係以儒家學派的思想關聯為主。宋立林：《孔門後學與儒學的早期詮釋研究》（北京：人民出版社，2021 年），頁 329-338。
[4] 末永高康主要關注〈五行〉「覺醒知」的論述模式，將修養分為由「智」到「聖」的層次性進程，並將「德之行」與「行」進行區分；亦關注是從「智」而發的修養過程，以掌握「人道」層次的「善」；進一步經由「聖」達至「天道」層次的「德」，並實踐內在的「仁」、「義」等「德之行」。〔日〕末永高康著，佐藤將之監譯：〈郭店楚簡〈五行〉的修養論〉，《性善論的誕生：先秦儒家思想史的一個斷面》（臺北：國立臺灣大學出版中心，2023 年），頁 179-184。

簡本之中諸如五行、四行、德之行、聖智、慎獨、思等重要概念，深化文本所載的德目，在「形於內」、「不形於內」[5]之間區分基礎上，更進一步建構〈五行〉篇中與修養成德相關的思想內容。學者們除了填補從孔到孟在思想史上的過渡階段（改寫思想史的企圖），也藉由釐清簡文所載的關鍵德目概念，試圖重建「子思」，或曰「前《孟子》」時期的道德思想圖象。存於〈五行〉寫本中的「義」，過往的研究皆置入與仁、禮、智、聖（四行、五行）概念群的研究視角之中，以建構〈五行〉中宏觀的思想面貌。有別於此，本文以微觀視角，審視簡文中的「義」，發現〈五行〉中關於義的討論，過去多從「形於內」的角度切入。然在〈五行〉簡 33-35 處，出現與「義」相關的遞進式陳述，釋文如下：

■审（中）心詊（辯）肰（然）而正行之，植（直）也。植（直）而述（遂）之，逨（肆）也。逨（肆）而不畏彊（強）語（禦），果也。不以少（小）道夌（害）大道，柬（簡）也。又（有）大辠（罪）而大豉（誅）之，行也。貴貴，其屰（等）障（尊）臤（賢），義也。■

從簡文句式來看，不論作為關鍵概念的名詞（直、肆、果、簡、義），還是與之相關的陳述句，皆富有豐富的道德思想意蘊，不妨藉由陳麗桂的解讀，窺探一二：

內心能明辨事理，循正道以行之便是「直」。直而能堅持以成，叫做「泄」（澈底有終）。能澈底有終地直，而不畏強大的外力，叫做「果」。堅持正理與分寸，不使小道小理妨害大道大理，便

---

[5] 「四行」、「五行」的主題，可謂簡帛〈五行〉中受到高度關注的討論主題，相關討論甚多，幾乎是討論《郭店簡》道德思想必然會涉及的思想論辯。討論的切入點，集中在「形於內、不形於內」、「德之行」的道德概念區分，如梁濤、郭沂、王博等學者，其觀點差異在於「型／形」、「內在」、「德性」詮釋差異。郭沂：《郭店竹簡與先秦學術思想》（上海：上海教育出版社，2001 年），頁 169。王中江：《簡帛文明與古代思想世界》（北京：北京大學出版社，2011 年），頁 264-285。王博：《簡帛思想文獻論集》（臺北：臺灣古籍出版有限公司，2001 年），頁 56。而相關的討論詳見熊偉均：〈「不形於內」的「德之行」——郭店楚簡《五行》首章的文義商榷〉，《國立臺灣大學哲學論評》第 62 期（2021 年 10 月），頁 1-32。

是能判別輕重，叫做「簡」。治政裁量時對有大罪者能加以重誅重罰，便是能踐履。能尊崇賢者，依其不同程度之賢而尊之就是「義」。[6]

陳先生在解讀簡文的內容時，所使用的語彙別具道德規範（如：循正道以行之）與個人修養規範意涵（如：堅持以成、堅持正理與分寸），已然揭櫫簡文所載的思想意義，無一不與道德思想與規範有深厚關係，這一點可從其他學者概括中可知一二。[7]過往學者對於此段文獻解讀，從「直」到「義」的外推實踐過程，說明義乃是以「中心辯然」為始，以達致「義」的實踐。[8]是故，「直」在當中則常被理解為起始、發端，[9]即視由直達至義的句式乃是實踐過程的論述。

---

[6] 陳麗桂：《近四十年出土簡帛文獻思想研究》（臺北：五南圖書出版股份有限公司，2013年），頁217-218。

[7] 劉祖信、龍永芳：《郭店楚簡綜覽》（臺北：萬卷樓圖書股份有限公司，2005年），頁45；又如鄭吉雄分析文獻「正行」時，說明：「第四、『正行』、『簡行』：『正行』和『簡行』也標誌了《郭店楚簡》『五行』觀念以人文精神為主的指標。第三十三及三十四簡說：『中心辯然而正行之，直也；直而遂之，肆也；肆而不畏強禦，果也。』『正行』源於『中心』，意思是以正直的態度，實踐第一至五簡所說的『形於內』的『五行』。再詳細說下去，就是要『肆』而『果』，亦即『直而遂』和『不畏強禦』。」引文見鄭吉雄、楊秀芳、朱歧祥、劉承慧：〈先秦經典「行」字字義的原始與變遷──兼論「五行」〉，《中國文哲研究集刊》第35期（2009年9月），頁114-115。

[8] 學者常以層次之外推、擴延來說明概念組所形構之意義。梁濤指出：「直，《五行》的解釋是『中心辯然而正行之』（《第十五章》），指內心的判斷以及行為。《說》形象地把它解釋為『中心弗迷』、不食籲嗟之食，**由直層層外推**，就可達到義。」梁濤：《郭店竹簡與思孟學派》（北京：中國人民大學出版社，2008年），頁197。郭齊勇指出：「由內在的理智、分辨出發，區分直曲、是非、善惡、大道小道、貴賤、賢不肖，這個過程就是義。**這是義德的內收與外拓。**」郭齊勇：《中國哲學智慧的探索》（北京：中華書局，2008年），頁61。張志強以「次序」的角度處理概念之間的關係：「首先就要忠實於內心，即『中心辯然』，其間的次序是『直』→『肆』→『果』→『簡』→『行』→『義』，『直』是起點，『義』是終點。由『直』到『義』的過程，是由內在德性到外在規範的過程。」張志強：〈先秦儒家『直』觀念探析〉，《當代中國價值觀研究》第23期（2019年5月），頁59。

[9] 相關的思維，大部分學者在解釋此段文字時，皆採此詮釋進路。梁濤：《郭店竹簡與思孟學派》，頁197。陳來：〈帛書五行說部的孟學思想〉，《回向傳統：儒學的哲思》（北京：北京師範大學出版社，2011年），頁331。陳麗桂：〈先秦儒學的聖、智之德──從孔子到子思學派〉，《漢學研究》第30卷第1期（2012年2月），頁18。〔日〕池田知久：《郭店楚簡儒教研究》（東京：汲古書院，2003年），頁153-154。

除了字詞本身的道德意涵，簡 21-22 有相關的段落，把關鍵概念的關係串聯起來，與簡 33-35 所見的內容，構成更為完整的思想內容：[10]

■不惠（直）不𦆯（肆），不𦆯（肆）不果，不果不柬（簡），不柬（簡）不行，不行不義。■

另外，在遞進式之陳述中，筆者認為，簡文更強調概念與概念之間「條件」義。[11]簡文中的道德邏輯是如何通過層層遞進的條件關係來構建思想框架？「直」、「肆」、「果」、「簡」、「行」與「義」之間的遞進關係如何體現道德實踐的系統性與層次性？就此，筆者稱之為「條件視野」，聚焦於當中的倫理概念層次，探索以下多重交織的道德問題：「直」作為行為正當性的基礎，在道德規範的建構中究竟具有何種理論地位，是研究的首要關注點；同時，「肆」在保障道德規範的過程中所發揮的作用，其內涵是否涵蓋特定的價值維度，也值得深入探討。進一步而言，勇氣與正當性之間的聯繫如何透過「果」的實踐得以深化，構成倫理實踐層面的關鍵問題；另外，簡、行又如何以上述為基礎，成為權衡、誅罰之正當要求？

由簡 33-35 與簡 21-22 兩組陳述所結合的文本，以及目前所見與之相關的學者詮釋，可以確定兩段由「直」及「義」的陳述，實則上是闡明以直為始、以義為終的道德論述，而當中環環相扣的意義圖象。以修養思想的角度切入，說明成「義」的思想路徑如何可能，結合字義與義理的詮釋；另外，亦進一步分析概念與概念之間的依存關係。筆者雖以「修養」為題，然而簡文之中的修養論述，實則並不止於個人道德層面而言，而是與社會公共脈絡

---

[10] 兩則簡文按照郭店楚簡形制（方形墨塊）而言，應各為單獨分章。惟按照麥笛以結構模塊的文本單元的判斷方法，兩段簡文乃分屬於同一章，且認為簡 21-22 的內容乃簡 33-35 的「解釋」。見於〔英〕麥笛（Dirk Meyer）著，劉倩譯：《竹上之思：早期中國的文本及其意義生成》（香港：中華書局，2021 年），頁 137-138。

[11] 從句法上來看，簡文「不 A 不 B」每個分句所呈現的應該是條件複句結構，表示若無前者（A），則無後者（B）；或者是連續遞進的關係，強調前者為後者的前提或基礎，乃漢語常見的句法結構，故不 A 不 B，應以不 A 則不 B 來理解。如王充《論衡·實知》：「不學不成，不問不知。」韓愈〈原道〉：「不塞不流，不止不行。」

不無關係。[12]除了字義本身所具備的道德規範意義，以及對應同時期楚簡佚籍所記載「義」的不同用意，均收攝在簡文的修養路徑之中：包括「行動」（正行）、「禁制」（簡）之義、[13]誅罰之義、權衡之義、君臣之義、正當之義、「門外」之義皆廣涉其中。

　　本文雖以「義」為主題，惟目標並非以歸納出全部楚簡所見「義」字用例，而是試圖以釐清簡文 33-35 中的字義解詁、道德思想意義，以及作為修身定位，務求顯明成「義」的修養思想之整體圖像。結合遞進式陳述與「不 A 不 B」的條件複句，呈現「由直及義」的論述。這種論述不僅系統地展現了古代思想中道德實踐的複雜性與多層次性，還強調了每一階段在道德建構中扮演的核心作用與關鍵地位。一方面，本文聚焦於「直→肆→果」的實踐序列，細緻地闡釋了各環節如何成為後續階段的必要條件，並通過逐層剖析展現了其邏輯上的嚴密性與相互依存的結構；另一方面，本文亦致力於揭示這種遞進式結構內在的整體性和動態性，進一步突顯古代思想中的修養實踐如何在道德範疇中生成意義。筆者以「修養」思想為核心，從系統化的視角深入探討以下三個關鍵議題：（1）各核心概念及相關描述之間的道德意義及其相互關係；（2）詳細梳理該實踐序列中各階段的邏輯連貫性及其前後依賴的關係網絡；（3）探討每一階段（如：直）作為後續階段（如：肆）的條件性意涵，進而揭示其在修養實踐中的必要性與獨特性。

二　義之「端」：由知及行的「直」義探微

　　承如上文所言，主題關涉的乃為修養論，意即以條件、次序、始終、本末等線性思維，來剖析由直及義的思想。而作為修養之起始、發端，不僅只

---

[12] 承如郝樂為（Kenneth W. Holloway）指出，該簡文中所有與義相關的概念，皆是與「社會脈絡」有關，其所言甚是。觀乎簡文之「簡」、「行」，到最後的「貴貴」、「尊賢」，皆為士人在君臣、政治場域下的行為。Kenneth W. Holloway, *Guodian: The Newly Discovered Seeds of Chinese Religious and Political Philosophy* (New York: Oxford University Press, 2009), p. 97.

[13] 陳弱水：《公義觀念與中國文化》（新北：聯經出版事業股份有限公司，2020 年），頁 228-230。

是「第一步」的序列意義,更是「成義」的重要基礎、條件。[14]那麼,欲釐清此處所言之「直」,及相關的描述,必須從字義入手,且進一步說明其作為成「義」之「始」的意義。是故,本一小節將先就字義層面解讀簡文「中心辯(辨)然而正行之」,辨明當中「知」與「行」的道德思維,以「知而行之」的「君子道」脈絡進一步拓展箇中「辯(辨)」的源頭;再者,說明由知、行組成的「直」,如何結合正直與率直兩種語義,形構「義」之始的意義。以兩者論「端」,充分展開「直」不僅只是成「義」的根本條件。

作為「直」的陳述句,其意義概可分為「中心辨然」與「正行」兩個層面,涵蓋是非判斷過渡至行動的意義。「中心」在古漢語使用之中,與內在的感知、情感活動之主體有密切關係,[15]這一點與〈五行〉其他「中心」之用例有共通之處,然此一情感實則並非只是抒情層面而言,更是與道德實踐有關。在〈五行〉的脈絡下,「中心」更與君子道、仁、義、禮思想相關,郭梨華言及此處之「中心」,尤其強調當中「情感」以及「經驗」二者:

> 「中心」或可理解為今日之「衷心」,所指當是「情感之真摯熱切之心」,此心是在經驗中之心。「仁」以情感熱切真摯之心與人交;「義」是以情感之真摯但有所辨明而行;「禮」則是以不狎近之心與人交。[16]

---

[14] 與「直」相對照的,乃為簡 32 所記載「仁」之「顏色容貌溫弁」之「弁」,范麗梅曾就此字的異文疊解進行分析,其定論為「在掌握『悅』之前,必須做到顏色容貌溫的『弁』,這是個體內在修養應該達至的高度,是仁德由己及人,由內至外最初的把握。」可見,「弁」作為「仁」的實踐步驟之始,乃是修養最初之把握。同理,在「義」脈絡之中,「直」也同樣是修養步驟最初、同樣也是最基礎的關鍵一步。引文見於范麗梅:〈釋「弁」與「變」──簡帛〈五行〉多層次的身心書寫〉,《漢學研究》第 32 卷第 1 期(2014 年 3 月),頁 5。

[15] 「中心」在先秦文獻的用例之中,大多數是與某一經驗所相應的內在情感狀態,常見於《詩經》的用例中。如《詩經‧終風》:「謔浪笑敖,中心是悼。」《詩經‧谷風》:「行道遲遲,中心有違。」《詩經‧二子乘舟》:「願言思子,中心養養。」當中所言「中心」,乃代稱人之感知於事的情感狀態。

[16] 郭梨華:〈早期儒學的道德倫理哲學探析──以郭店儒簡為中心的討論〉,《政大中文學報》第 17 期(2012 年 6 月),頁 26。

以上，郭梨華將「義」的「中心」基礎，乃透過辨明將真摯情感引導至符合倫理的行動。[17]當中，義異於仁、禮，「義」融合情感與判斷，由情之真、由衷所應合「辨」之能力。而「辨」，指的是辨別能力，[18]或指對是非有所分辨。[19]換言之，是非判斷的把握能力，體現在「中心」的狀態，即為「辨然」之義。故「中心」在此除了郭氏、陳氏所指，仁、義的實踐根植於「中心」所蘊含的真摯、由衷義，更進一步突顯。「辨然」一詞十分鮮見，僅見於鄭玄注《周禮》「辨然不疑惑也」，賈公彥《疏》：「辨，辨然不疑惑也者，謂其人辨然於事分明，無有疑惑之事也。」以「不疑惑」解「辨然」，雖未必與能夠完全符合〈五行〉脈絡，但可藉此側面補充「辨然」的可能意義。「然」乃為形容詞後綴，表「貌」狀態義，形容「辨」字，指涉中心能夠明辨是非的狀態，而「不疑惑」於是非，謂之「辨然」。因此，「辨然」在此所指的應為「是非」判斷了然於中心的狀態，乃為實踐「直」的關鍵。

「中心辨然」，指涉人對應是非判斷的掌握，其背後的來源為何？由「中心」所體現的「明辨」功能，到「正行」的行為論述，實則與同篇簡文裡提及「知而行之」、「安而行之」相應，應可進一步補充「中心辨然」與「知」、「安」的關係，即突顯中心辨然的狀態，一方面乃源於「道」之知的學習進路；另一方面，又與人的感受狀態有關，「辨然」即指人在是非判斷能力上的表現，與「安」相符。在簡26-27處所載：「沓（聞）君子道，聰也。沓（聞）而智（知）之，聖也。聖人智（知）而（天）道

---

[17] 陳麗桂則以「由衷真誠」以詮釋「中心」之情，同樣也映照其在〈五行〉篇中，惟所強調「中心」在仁、義、禮的層次區別：「『義』始於『中心辯然』，禮始於『外心』交人；這個『中心辯然』的『中心』，和仁、智、聖的『中心之憂』的『中心』，深度層次不大相同；前者強調『憂』之深層，後者顯然泛指『內心』。換言之，在〈五行〉作者心目中，『義』要能崇賢、尊賢；『禮』重在保持適度距離之尊重與交往，其區辨、尊重與交往，當然需要由衷真誠，卻並不特別強調深心那一點不由自主的焦慮與自覺。要之，『仁』、『智』、『聖』較之『義』、『禮』更為由『內』，這很清楚是〈五行〉經文作者的思維。」陳麗桂：〈先秦儒學的聖、智之德——從孔子到子思學派〉，《漢學研究》第30卷第1期（2012年3月），頁18。
[18] 劉信芳：《簡帛五行解詁》（臺北：藝文印書館，2000年），頁108。
[19] 陳來：《竹帛五行與簡帛研究》（北京：生活・讀書・新知三聯書店，2009年），頁115。

也。智（知）而行之，義也。行之而時，惪（德）也。」簡文顯示，「義」係由人聞君子之道而知之，繼而實踐之，形成「聞－知－行」之整體架構。此段文字闡明，自「知天道」[20]而知之，進而實踐之。此處之「知」，置於「辨然」的脈絡言之，可推斷「辨然」之基礎，源於天道的吸收與內化成辨然之狀態。聞君子之道的過程，既是理解，也是內化；既是認知，更是實踐的開端。此處的「智（知）」過程隱含對「中心」狀態之改變而成「辨」之貌，從而為「正行」奠定穩固的道德基礎。[21]

除了「知」之脈絡，簡文亦出現「安」的說法，補充「中心辨然」的感受層面。簡 30-31 處「見而智（知）之，智也。智（知）而安之，惪（仁）也。**安而行之，義也**。行而敬之，豊（禮）也。惪（仁），義豊（禮）所繇[22]（由）生也，四行之所和也。」在「四行相和」的陳述裡，義乃「安而行之」的表現。當中接續「知而安之」（仁）之後，義乃是在智、仁之基礎而行，如此「安」即為「中心」在「辨然」狀態的感受義。「中心辨然」賦予道德判斷以明晰與準確，使主體能在是非抉擇中保持內在秩序與清明，從而奠定「安」的心理基礎，能夠如同上述所言，保持在不惑於是非的「中心」狀態。[23]

---

[20] 「聖人知天道」一句在此論述中與其他的略顯不同，齊思敏（Mark Csikszentmihalyi）認為此處「聖人知天道」為誤置，疑未必與「聞君子道」及「知而行之」相關，筆者認同此說法。Mark Csikszentmihalyi, *Material Virtue: Ethics and the Body in Early China* (Leiden; Boston: Brill, 2004), p. 411.

[21] 李雨鍾指出「聞」、「見」乃是人據君子典範的學習進路：「《五行》中的聖人，並非通過獨自體悟天道之理來達成，而是透過聆聽、學習君子的典範來實現。這意味著，人並非直接藉由與『天』的連通而成為聖人，而是通過人倫世界的中介，最終達到『知天道』的層次。」見氏著：《渴望「形式」的「感受」：先秦儒家的政治考古學》（臺北：五南圖書出版股份有限公司，2020 年），頁 148。

[22] 原整理者未有隸定此字，本文採劉信芳隸定。見氏著：《簡帛五行解詁》，頁 94。

[23] 梁濤視「知而行之」與「安而行之」兩者性質不同，其論點與後期儒學的觀點有關：「需要指出的是，『安而行之』與上述五行中的『知而行之』雖然同樣涉及『行』，但其性質卻有所不同。『知而行之』是道德主體的自覺行為，類似孟子所言『由仁義行，非行仁義也』（《孟子·離婁下》）；而『安而行之』則是實踐外在規範的行為，更接近荀子所言『唯義之為行』以及『行義動靜度之以禮』（《荀子·君道》）。」以自覺行為或外在規範，應為據《孟子》、《荀子》思想框架作分類，然筆者認為「知」、「安」均是與規範的實踐有關，均是義在「行」之前的重要元素。梁濤：《郭店竹簡與思孟學派》，頁 192。

而「中心」處於能夠「明辨是非」之狀態，進一步落實乃「行為」層面——即正行也。「正行」一詞在先秦時期用例即兼具政治與品德的意義，不僅只是指正確行為而已，更涉及「治世」與「修身」之結合，[24]以及與之相關的名聲。[25]故「中心」之明辨是非，既是心智層面的澄明與抉擇，亦為是非分辨上不惑的「安」然狀態，必然以「正行」之方式落實於政治、倫理實踐層面。二者相連，不難察覺此乃由「知」至「行」的思考模式：先在「中心」呈現「明辨是非」的狀態，方能在外部世界實踐正當行為的政治行為。此一方面，前者之「知」與「安」，乃是「正行」行動之重要根源。

以知及行的「直」置於成義之「始」，其道德思想意義，可從「直」的歧解切入。過往釋「直」有二種：一作「正直」，[26]另一則作「率直」。[27]筆者認為兩者結合，方能進一步體現成義之始的特點：以「知行」論述作為「直」的詮釋，一方面與儒學「直」義的道德人格意涵相合，另一方面，則

---

[24] 以《荀子》為例，「正行」即與道德修養及政治實踐密切相關，如《荀子·議兵》中提到「然後百姓曉然皆知循上之法，像上之志，而安樂之。於是有能化善、脩身、正行、積禮義、尊道德，百姓莫不貴敬，莫不親譽」，將「正行」置於禮義與德行的實踐之上，乃聖人的行為規範與修養；《荀子·堯問》：「孔子弗過。世不詳察，云非聖人，奈何！天下不治，孫卿不遇時也。德若堯禹，世少知之；方術不用，為人所疑；其知至明，循道正行，足以為紀綱。」《睡虎地秦簡·為吏》：「正行脩身，過（禍）去福存。」「正行」乃為官修身之義。足見此概念，一為個人倫理修養，強調內在德性與外在行為的規範；二為治理方略，彰顯德行與政治秩序的結合。
[25] 「正行」在《孟子》思想屬於「名聲」的層面，按照李明輝的分析，乃屬於「利」（與義區分）的部分。見李明輝：《儒家與康德（增訂版）》（臺北：聯經出版事業股份有限公司，2018 年），頁 189。
[26] 劉釗：《郭店楚簡校釋》（福州：福建人民出版社，2005 年），頁 79。涂宗流、劉祖信：《郭店楚簡先秦儒家佚書校釋》（臺北：萬卷樓圖書股份有限公司，2001 年），頁 173。
[27] 廖名春：〈郭店楚簡〈五行〉篇校釋札記〉，《中國哲學史》2001 年第 3 期（2001 年 8 月），頁 31。沈培：〈說郭店楚簡中的「肆」〉，收入《金聲玉振：郭店楚墓竹簡出土三十周年研究文選》（武漢：武漢大學出版社，2023 年），頁 171。瑞麗（Lisa Raphals）同樣詮釋為「直率」。Lisa Raphals, *Body and Mind in the Guodian Manuscripts,* in Shirley Chan, ed., *Dao Companion to the Excavated Guodian Bamboo Manuscripts,* vol. 10 (Cham: Springer, 2019), p. 250.

以修養論的意義進行詮釋轉向,結合「率直」與「直接」。在儒學傳承上,「直」作為儒家道德傳統有深厚的連結。

首先,「直」與「正」關係密切,在先秦時期即常有二字連用的情況,以示品德。[28]而直作為品德義,在〈五行〉脈絡中即指涉正當的「知行」。承上文所言,〈五行〉論義之「知」,乃是以「君子道」作為典範之學習與仿效,成為個人「行」之依據。誠然,以直作為道德性的標示與強調,在儒家思想傳統中並不陌生,楊儒賓分析先秦思想「木型人格」,言及儒家之脈絡,則言及「直」作為儒家道德人格思想的傳統:

> 從宇宙軸的觀點考量,我們也可了解到為什麼在孔孟思想中,「剛」、「直」是極重要的人格特質。孔子認為人的本質在「剛」、「直」,他說,他未見「剛」者,這顯示「剛」不易做到。「剛」配上「毅」,兩者顯示一種持久堅忍的精神,易契近仁道,所以說「剛毅木謂近於仁」(案:《論語》作「剛毅木訥,近仁」)……大臣該作的準則是「直道而事人」,「質直而好義」,而且要「舉直錯諸枉」。「直」是正直,但不是莽撞,所以真正的正直者,父為子隱,子為父隱,「直在其中矣」。相反地,像微生高那般慷他人之慨、成就自己美名者,自然談不上「直」字。「直」在《論語》一書中始終是一個極美好的字眼,《易經》的用法亦然,「直方大」是它描繪的典型君子人格。……孟子的「剛」、「直」顯然繼承孔子而來,至於這種剛健正直的個性最顯著的體現,當然莫過於孟子所說的大丈夫之道。「直」不但是孔孟極重視的道德概念,它事實上還可提升到「道德」本身的層次上來。[29]

---

[28] 《詩經・北山之什・小明》:「靖共爾位,正直是與。」《尚書・洪範》中亦見「正直」與「剛克」、「柔克」並列;《左傳》中亦見「正直為正,正曲為直」、「神,聰明正直而壹者也」。

[29] 楊儒賓:《五行原論:先秦思想的太初存有論》(臺北:聯經出版事業股份有限公司,2018年),頁328-329。

楊儒賓指出,「直」在孔孟儒學傳統中具有深遠的意涵,不僅僅是單純的道德判斷標準,或是非對錯的基準。更重要的是,「直」承載道德人格的完整性,體現於正直品格的統一性與持續性。而〈五行〉篇作為成義之始的「直」,雖稱不上為道德人格,然而「直」無疑是成義的關鍵基礎,乃是道德實踐的根本要求。[30]

另外,「直」也有率直之義,體現在由「知」落實至「行」的要求,也就是知與行一致的規範要求。「直」作為率直之義,即不加以掩飾以表露於言行之中。把這特點置於「正行」上,乃「是非」分辨於中心者,無所掩飾地表現個人行為之中。因而,直作為直率的意義,正是串連「知」及「行」之間的一致性要求。

總之,「直」作為成義之始,不僅承載修養過程中的起點意義,更是「知行」思想的道德範式。在「中心辨然」與「正行」的結合,「中心辨然」指涉內在明辨是非的能力,其根源在於道的學習與內化,並賦予主體明確的道德判斷力;「正行」則是這一內在澄明狀態的外顯,進一步實踐於政治與倫理層面。二者的互動反映修養論中由「知」及「行」的邏輯進程,體現「聞－知－行」的整體架構。「直」的內涵可以從「正直」與「率直」兩方面結合來理解,分別對應內在心智的澄明與外在行為的坦率,兩者共同構成道德實踐的核心基礎。「直」在孔孟思想中具有深厚的道德人格意涵,成為「義」成的正當性基礎。在〈五行〉篇中,「直」則作為實踐「義」的起始條件,其所蘊含的正直與率直意義不僅延續儒家傳統,更為修養論提供具體的進路,反映修養論中知行一致的核心要求。正直彰顯道德判斷的準確性,率直則突顯行為表達的真實性,兩者交織構成「直」的完整面貌。

---

[30] 值得補充的是,「直」有一關鍵的引申義,即與「是非」有密切關係,乃是「直曲」成詞,即以此作為是非的指涉,「直與曲」作為是非隱喻而言,標榜是非之區分作用。而在此脈絡下,兩者對舉的情況下,「直」即具備正確、恰當的意義。如《左傳·僖公二十八年》:「子犯曰:師直為壯,曲為老。」《國語·晉語四》:「偃也聞之:戰鬭,直為壯,曲為老。」《國語·晉語四》:「我曲楚直。」

三　義之「擴」：落實至行的「肆」、「果」義

「直」的存在，不僅僅是倫理實踐的出發點，更是後續道德層次建構的重要前提。透過〈五行〉簡文的遞進式陳述可知，「直」在內心辨明事理與行為正當性中扮演關鍵角色，其道德價值為後續「肆」、「果」、「簡」等概念的實踐提供了邏輯起點。進一步分析「肆－果」的過程可見，其作為實踐「義」時所需的條件，既體現「直」的內在要求，也深化正當性在道德實踐中的重要地位。「肆」代表正道落實於倫理關係世界的核心思維，也是進一步補充「正行」的實踐方式，「肆」的核心在於延展「直」的影響力，以空間思維擴展作為打開「直」義的倫理維度，同時使「直」的道德實踐模式轉化為「有待完成」的概念。具體而言，「肆」的延展並非單純擴展範圍，而是通過依循正道，將內在的「直」轉化為外在的道德規範，進一步成為影響周圍世界的力量。而「果」則象徵不畏外力、勇於實踐的道德力量，二者共同構築實現成「義」的必要條件。

在〈五行〉篇的思想架構中，「直」被視為道德實踐的基礎條件，其核心意涵在於行為的正當性與道德判準的起點。接續基礎條件的陳述，簡文以「述（遂）」言之。欲釐清肆與直的關係，則必須從「述（遂）」的字義切入。就簡文中「述」字，過往學者常讀作「遂」，固然符合楚文字的通假字慣例。[31]然此字有解作「循」，[32]或可解作「完成」義。兩者均有文獻書例依據，均言之成理。惟據張宇衛的梳理，在楚簡文獻裡通假為「遂」的「述」字文例，未有表「依循」、「循」義，且指出在傳世文獻中，「遂」字通常表示「完成」的意思，而「述」字則解作「循」義。這種字義的對應關係，

---

[31] 劉信芳：《楚簡帛通假彙釋》（北京：高等教育出版社，2011年），頁284。另外，傳世文獻亦有不少通假情況，見高亨纂著，董治安整理：《古字通假會典》（濟南：齊魯書社，1989年），頁555。

[32] 劉信芳指出：「『遂』，簡本作『述』，解釋為『遵道而行』。引用下文『遂直者也』，說明是『循直道也』。《荀子・大略》：『遂理而不敢，不成義。』楊倞注釋：『雖得其理而不敢行，則不成義。』」劉信芳：《簡帛五行解詁》，頁109。

在兩類文獻中呈現出相反的情況。[33]職是之故，簡文中「遂」義應理解為「完成」義。筆者認為，釋作「完成」，實則比「循」義更切合簡文文義，[34]同時也能夠在義理上轉化「直」的道德意義。

接續「直」以言「述」，在道德思想定位上即轉化「直」的意義。「直」在首句乃是「成義」意義的基本條件與「知行」模式；而當「直」與「述」相連時，其意涵即轉化為「有待完成」的概念。「述」之「完成」，在此或可理解為「達成」，「直」的思想條件明示「知」至「行」的思想要求，故「直」從「條件」義轉為「起始」義，而有待實現的道德意涵。如此，若置於「知行」視野而言之，「述」在此即打開知與行之間的距離，即把論題深入延展至「如何從知及行」的問題視野下。至於達成「直」之具體方式，即是此句簡文所示之「肆」。

近年簡文迉讀作「隸」字，已無異議。而在字義理解上，以沈培的說法最為合理，提出「肆」字應解作「肆意」，而非「放肆」、「恣意」，指出「肆」不一定包含貶義，而簡文之中應解釋為「放」。[35]沈說可從，尤其「肆」可貶義可不貶的中性情況，有助吾人進一步在此展開義理層面的討論。誠如沈培先生指出，以「放」作為「肆」在先秦用例不一定是表貶義，這一點筆者認為可從「擴」的角度，進一步補充「肆」之「放」義。「肆」一字有表「展開」、「散開」、[36]「延伸」[37]義，這意味著此等由內而外的展開、延展之義，實質上乃為空間隱喻，指出人自身之特質表露於言行，作用於人際倫理關係之中。「肆」意味著個人的辨然與正行在社會中面對困難

---

[33] 張宇衛：〈戰國楚簡「述（遂）」舊讀「墜」之文例再探〉，《漢學研究》第 41 卷第 4 期（2023 年 12 月），頁 43-77。

[34] 若將「述」理解為「依循」之義，則所依循者應為可遵循之事物，如「道」或「法」。然而，若僅循「直」而無所指，則缺乏明確的對象，難以成立。因此，將「述」解釋為「完成」更為合理，符合楚簡文獻中的實際用例。

[35] 沈培：〈說郭店楚簡中的「肆」〉，頁 173。

[36] 王力：《王力古漢語字典》（北京：中華書局，2001 年），頁 986。

[37] 王力主編：《古漢語常用字字典》（北京：商務印書館，2005 年），頁 328。

與阻礙時的堅持。他人在面對「曲」時往往選擇退避，但「肆」則是直面困境、堅守道德立場的態度。

進一步而言，「肆」之所以能夠把個人是非判斷與正行落實在社會之中，則必須具備「果」的特質。「果」指果敢、果斷，即道德勇氣的具體實現，果敢與果斷行動。置於「直－肆」的脈絡，即果敢將「肆」的道德勇氣推向實踐，使其成為一種能改變社會現狀的力量。另外，「果」的核心在於保障道德實踐的穩定性與連續性，確保知行一致的完整過程。在面對困難與阻礙時，「果」賦予行動者堅守正道的能力，無懼他人之曲或外界壓力的干擾，並以果斷而堅實的行動，實現道德價值在現實中的落地。

在〈五行〉篇的思想框架中，「肆」與「果」構成實現「義」的重要中介與條件，展示道德實踐從個體內在到社會外在的遞進過程。「肆」的核心意涵在於將「直」的內在倫理價值延展至外在行為，並通過空間思維的擴展，為「直」的道德實踐提供開展的維度，使其從靜態的道德判準轉化為動態的行為規範。「肆」的作用不僅體現在範圍擴大，更體現於正道如何落實於社會倫理關係之中，進一步完成從內在辨然到外在正行的過渡。此外，「肆」的延展並非單純擴展範圍，而是以空間倫理的視角，將「直」的內在價值逐步融入更廣闊的社會情境，並形成一種能夠影響外界的道德動能。

總結而言，「肆」與「果」構築遞進且相輔相成的實踐框架：前者開啟從內至外的道德延展，後者則提供在實踐過程中面對阻力時的支持力量。通過這種由「直」至「義」的倫理進程，我們能夠更加深入地理解修養思想的內在邏輯，特別是知行統一在道德實踐中所扮演的關鍵角色，進一步彰顯其在古代思想框架中的重要性。

四　結論

在〈五行〉簡文之中，「義」之終點與完成，乃係體現於「貴貴」與「尊賢」的君臣倫理，階層化社會秩序的形成。「貴貴」與「尊賢」分別

指涉上下之間的相互之敬，前人多以《孟子・萬章下》釋〈五行〉之義：「用下敬上，謂之貴貴；用上敬下，謂之尊賢。」本文以「義」成之前為主題，著力揭示楚簡文本中「由直及義」的修養思想圖像。透過對簡 33-35 文中字義的解詁及其道德思想意義的剖析，本文系統展現了古代思想中道德實踐的複雜性與多層次性，強調各階段在道德建構中的核心作用與關鍵地位。從「直→肆→果→簡→行→義」的實踐序列出發，本文闡明各環節作為後續階段必要條件的邏輯關係，展現其內在的整體性與動態性，並揭示古代修養實踐在道德範疇中的深遠意義，且藉由遞進式的論述結構，梳理出該實踐序列中各階段的邏輯連貫性與依存關係。

透過對「直」、「肆」、「果」等核心倫理範疇的全面剖析，本研究展現這些範疇在道德哲學框架中的深層結構及其相互關聯性。首先，「直」作為行為正當性的理論根基，奠定知識判斷與道德實踐之間的關鍵紐帶。此概念不僅提供倫理行為的起點，也作為行為規範的正當性依據，對道德行動的理論正當性進行強有力的支撐。「直」的意義不僅限於理論層面的分析，其更深入地連結倫理思想與實踐中的核心價值，提供一個穩固的起點，使道德實踐具有更高的可靠性與一致性。

在「直」的基礎上，「肆」進一步強化行為的道德合法性，通過對行為規範的邏輯強化，確保道德行為的穩定性與持續性。「肆」的功能不僅在於承接「直」的正當性基礎，其更延伸出對規範邏輯的深層維護，展現倫理行為從基礎邏輯到具體實踐的過渡環節。在此過程中，「肆」通過提升行為的執行力度，進一步拓展倫理實踐的適用範圍，使其能夠在不同的情境中實現連續性與一致性。

同時，「果」的內涵則在此基礎上延伸與深化，其核心在於將道德理論轉化為具體實踐的動力。「果」不僅彰顯道德行為中的勇氣，亦通過道德實踐的多樣化展現，強化倫理行為的動態適應性。「果」的作用不僅是實踐層面的完成標誌，亦是行為連續性的強化工具，為道德行為的持久發展提供內

在動力。其在倫理實踐中的多樣化應用展現出道德思想的靈活性與應變能力，體現理論到實踐的真正轉化。

　　未來的研究可進一步探討〈五行〉篇中關於仁與禮的修養論述，特別是其對「顏色容貌溫變弁」的描述，如何通過內心的悅、戚、親、愛等情感的遞進，最終達至仁的境界，並分析這一過程中的心理機制與倫理意涵。同時，應深入剖析仁的形成與實踐如何對整體修養思想的發展產生深遠影響，以及其與其他思想流派的關聯與互動。此外，禮的修養過程亦值得深入挖掘，從「遠」到「敬」、「嚴」、「尊」、「恭」，最終達至禮的實踐，如何形成一個完整且相互依存的道德規範體系。對於這一修養過程，研究者可以關注其在文化背景與時代意涵中的角色，探討禮的修養在不同文化與歷史情境中的具體表現與變化，並分析其在儒家思想整體結構中的地位和功能。這一方向的研究將有助於揭示〈五行〉篇中修養思想的多層次性與實踐細節，為儒家修養論的當代詮釋提供新的理論依據。同時，未來研究亦可將〈五行〉的修養路徑與《孟子》修養思想進行對照，特別是聚焦於「羞惡之心」的培養與「善養浩然之氣」的實踐方法，探索兩者在理論基礎與實踐路徑上的異同，以豐富中國早期儒家修養思想的發展脈絡。

《安大簡》書寫現象觀察

謝宜家*

一 前言

　　《安大簡》全稱《安徽大學藏戰國竹簡》，2015 年 1 月入藏於「安徽大學出土文獻與中國古代文明研究協同創新中心」。此批竹簡時代大致為戰國早中期，共計 1,167 支，整體保存狀況良好，所錄內容涵蓋《詩經》、楚史類文獻、諸子類、楚辭類等，涉及經史哲學、語言文字等不同領域，迄今已公布至第二輯。《安大簡》第一輯成果報告出版於 2019 年（以下簡稱《安大一》），內容為《詩經》《國風》的六個篇章，依序為《周南》、《召南》、《秦》、《矦》、《甬》、《魏》，內容與今本《詩經》稍有出入。其中《周南》收錄了 11 篇，現存 18 支簡；《召南》收錄 14 篇，除了〈殷其雷〉、〈江有汜〉，餘篇皆有殘損；《秦》部分，收錄 10 篇；《矦》收錄 6 篇；《鄘風》在《安大一》作「甬」，共收錄 9 篇；《魏》部分，共收錄 10 篇，[1]收錄內容為今本《毛傳・唐風》詩篇，篇章次序也和今本《唐風》有出入。形制編聯方面，《安大一》完簡長約 48.5cm、寬 0.6cm，每簡字數 30-40 字。長簡有三道編繩，短簡則有兩道。簡下有編號，《詩經》部分為 1-117 號，但中間偶有缺簡，故實際僅存 97 支。簡背留有劃痕、墨痕、編號、文字等。[2]

　　第二輯成果報告則出版於 2022 年（以下簡稱《安大二》），收錄了〈仲尼曰〉、〈曹沫之陳〉兩篇文獻，其中〈曹沫之陳〉也可在《上海博物館

---

* 國立成功大學中國文學系研究所博士生。
[1] 《魏風》共 18 支簡，簡末寫有「魏九　葛屨」，意味「收錄 9 篇，以〈葛屨〉為首」，事實上應有 10 篇。
[2] 黃德寬：〈安徽大學藏戰國竹簡概述〉，《文物》2017 年第 9 期（2017 年 9 月），頁 54。

藏戰國楚竹書（四）》（以下簡稱《上博四》）[3]見到另一異本。〈仲尼曰〉屬儒家文獻，共存 13 支簡，完簡長 43cm，寬 0.6cm；〈曹沫之陳〉則為失傳的先秦兵家文獻，共有 46 支簡，佚 2 支實存 44 支，整簡長 48.5cm，寬 0.7cm，多有殘斷。[4]

論及「書寫現象」，就必須參考李松儒《戰國簡帛字迹研究——以上博簡為中心》，該書以「字迹」作為研究對象，相關定義如下：「……『字迹』這一概念，是建立在現代文件檢驗學中『筆跡』一詞基礎上的。筆跡分為廣義與狹義兩種，廣義的筆跡也包括繪畫，畫出的畫也是筆跡的範疇，……筆跡是個人書寫技能和書寫習慣，通過書寫活動外化成的文字符號形象。」[5]筆者認為，狹義的「筆跡」比較偏向探討文字書寫後之筆畫狀況，而書手撰寫時，其日常的用字習慣，也可作為主要之研究題材，故將論文定名為意義較寬泛的「書寫現象」，以下將針對書法、用字習慣，舉《安大一》、《安大二》之例證分析之。

二 《安大簡》書法分析

（一）《安大一》頓筆書寫情形探論

《安大簡》文字主要以楚系寫法為主，相關文例如「家」。《安大一》所收錄的 7 例「家」字，均有上部加「爫」的情況。清華讀書會報告指出：「『家』增加『爪』頭的現象僅見於楚國及受楚國影響的一些南方小國的文字中，其出現時間很早，西周晚期的楚公家鐘即作此形。我們認為，這種特殊寫法的『家』字可能源自較早時的底本。」[6]

---

[3] 馬承源主編：《上海博物館藏戰國楚竹書（四）》（上海：上海古籍出版社，2004 年）。
[4] 黃德寬、徐在國主編：《安徽大學藏戰國竹簡（二）》（上海：中西書局，2022 年），頁 43、53。
[5] 李松儒：《戰國簡帛字迹研究——以上博簡為中心》（上海：上海古籍出版社，2015 年），頁 3。
[6] 清華讀書會：〈20201224 讀書會：清華簡拾整理報告補證（之二）〉，「清華大學出土文獻研究與保護中心」網站，2020 年 12 月 25 日，網址：https://www.ctwx.tsinghua.edu.cn/info/1081/2594.htm（2023 年 8 月 23 日上網）。

關於《安大簡》之書法問題，潘燈指出：「從簡書用筆結體來看，安大簡《仲尼》篇與第一輯公布的《詩經》篇，書法風格接近，大多字形扁平，筆畫酣暢淋漓，筆筆不苟，剛柔相濟，堪稱書法神品。」[7]《安大一》所收錄之字形，豎筆、豎撇偶有頓筆，「尒」在《安大一》的 9 個字（見《安大一》附錄〈字形表〉編號 60），[8]除了最末的「 」（《矦‧伐檀》簡 80）字跡模糊難辨之外，其餘 8 個字形均粗細有致，分別作「 」、「 」（《周南‧螽斯》簡 10）、「 」、「 」（《矦‧伐檀》簡 77）、「 」（《矦‧伐檀》簡 78）、「 」（《矦‧伐檀》簡 79）；有時書手為求便捷，會將上部的「人」與其下豎筆連成一線，如「 」（《周南‧螽斯》簡 11）、「 」（《矦‧伐檀》簡 80）。以上 8 個字形，豎筆左側豎撇開頭有明顯頓筆，之後線條便由粗轉細。

再觀察編號 166 的「皮」，《安大一》共有 43 個字例，相關字形羅列如下：

字形								
出處	簡 6	簡 6	簡 7	簡 7	簡 8	簡 25	簡 35	簡 39	簡 39
	周南‧卷耳					召南‧草蟲	召南‧小星	召南‧何彼襛矣	
字形								
出處	簡 40	簡 40	簡 46	簡 52	簡 53	簡 54	簡 55	簡 55	簡 72
	召南‧騶虞	秦‧小戎	秦‧黃鳥			秦‧晨風		矦‧汾沮洳	

---

[7] 潘燈：〈安大簡《仲尼曰》初讀〉1 樓，「武漢大學簡帛研究中心」網站，2022 年 3 月 31 日，網址：http://m.bsm.org.cn/forum/forum.php?mod=viewthread&tid=12727（2024 年 12 月 2 日上網）。案：再次引用時逕省網址、上網時間。
[8] 以下諸字之編號某，皆出自安徽大學藏戰國竹簡成果整理之附錄〈字形表〉。參黃德寬、徐在國主編：《安徽大學藏戰國竹簡（一）》（上海：中西書局，2019 年），頁 205-312；黃德寬、徐在國主編：《安徽大學藏戰國竹簡（二）》，頁 121-199。

字形	![]	![]	![]	![]	![]	![]	![]	![]	![]
出處	簡72	簡72	簡73	簡73	簡75	簡76	簡77	簡79	簡80
	矣·汾沮洳	矣·陟岵		矣·園有桃		矣·伐檀				
字形	![]	![]	![]	![]	![]	![]	![]	![]	![]
出處	簡81	簡81	簡82	簡84	簡84	簡84	簡84	簡84	簡84
	矣·碩鼠			甬·柏舟					
字形	![]	![]	![]	![]	![]	![]	![]		
出處	簡89	簡98	簡98	簡108	簡109	簡111	簡112		
	甬·君子偕老	甬·干旄		魏·椒聊		魏·有杕之杜			

「皮」之左側豎撇與橫曲筆相接，書手寫到豎撇筆畫的彎曲處時，筆速可能變慢，造成頓筆情形，筆畫明顯加粗，如「![]」（簡6）、「![]」（簡7）、「![]」（簡75）、「![]」（簡89）；「![]」（簡73）撇筆則無頓筆，線條較細，而「![]」（簡98）、「![]」（簡112）則因殘泐而無法看到撇筆處的筆端及彎曲處的頓筆。

再看編號251的「于」，在《安大一》共有40個字例，[9]相關字形如下所示：

字形	![]	![]	![]	![]	![]	![]	![]	![]	![]
出處	簡3	簡4	簡4	簡4	簡11	簡12	簡12	簡13	簡13
	周南·葛覃			周南·桃夭			周南·兔罝		

---

[9] 《安大一》〈字形表〉所列的「于」共有49個字例，據筆者考察，實際收錄者應僅40字，其餘者為重複計算，44、51、52、53、55、59、94簡各多計1次，104簡則多2例。

字形									
出處	簡16	簡17	簡20	簡20	簡21	簡21	簡22	簡22	簡22
	周南・漢廣		周南・麟之趾		召南・鵲巢		召南・采蘩		
字形									
出處	簡22	簡22	簡22	簡22	簡27	簡36	簡37	簡37	簡40
	召南・采蘩				召南・采蘋	召南・江有汜			召南・騶虞
字形									
出處	簡44	簡44	簡51	簡52	簡53	簡55	簡59	簡94	簡104
	秦・駟驖		秦・黃鳥			秦・渭陽	秦・權輿	甬・定之方中	魏・揚之水
字形									
出處	簡104	簡105	簡115	簡116					
	魏・揚之水		魏・鴇羽						

以上所列字形，大部分「于」字之中間豎撇有明顯加粗之情形，如「于」（簡3）、「于」（簡4）、「于」（簡11）、「于」（簡12）、「于」（簡22）、「于」（簡51）、「于」（簡115）。豎撇筆畫向左彎曲時，彎曲處明顯停頓，故線條較粗。部分「于」之豎撇筆端線條明顯偏細，到了筆畫彎曲處明顯粗化，致使整個「于」字之中間豎撇較為顯眼。

編號 256「今」在《安大一》有 12 例，分別寫作「今」（《召南・摽有梅》簡34）、「今」（《秦・車鄰》簡43）、「今」（《秦・權

輿》簡 59)、「▢」(《矦・伐檀》簡 76)、「▢」(《矦・伐檀》簡 78)、「▢」(《矦・伐檀》簡 79)、「▢」(《魏・蟋蟀》簡 101)、「▢」(《魏・蟋蟀》簡 102)、「▢」(《魏・蟋蟀》簡 103)、「▢」(《魏・綢繆》簡 109)、「▢」(《魏・綢繆》簡 110)、「▢」(《魏・綢繆》簡 111)。觀察「今」之寫法,可發現部分字形的「𠆢」折筆處有頓筆,如「▢」(簡 34)、「▢」(簡 43)、「▢」(簡 59)、「▢」(簡 76)等,以上字形的頓筆處所接筆畫多有轉細情形,使得線條粗細相鄰,造成折筆處的銳角較明顯。

編號 275「矦」在《安大一》亦有類似情形,如其 8 個文例:「▢」、「▢」、「▢」(《周南・兔罝》簡 13)、「▢」(《召南・采蘩》簡 22)、「▢」(《召南・何彼襛矣》簡 39)、「▢」(《召南・何彼襛矣》簡 40)、「▢」(《矦》簡 83)、「▢」(《魏・綢繆》簡 111)。書手寫完一橫筆後,接著再寫一撇筆,撇筆筆端偏細,之後再出現頓筆,筆畫線條加粗,之後接近末尾處之線條逐漸轉細。綜觀下來「矦」字線條,部分字之中間豎筆亦粗細有致,當豎筆筆畫與第二橫筆相交時,開始左彎形成一撇筆,彎曲處有頓筆,筆畫線條較粗。

再看《安大一》「人」(編號 420)之寫法,線條亦是粗細有致,相關字形整理如下:

字形	▢	▢	▢	▢	▢	▢	▢	▢	▢
出處	簡 6	簡 12	簡 31	簡 31	簡 32	簡 42	簡 47	簡 48	簡 49
	周南・卷耳	周南・桃夭	召南・羔羊	召南・羔羊	召南・羔羊	秦・車鄰	秦・小戎	秦・蒹葭	秦・蒹葭
字形	▢	▢	▢	▢	▢	▢	▢	▢	▢
出處	簡 52	簡 52	簡 53	簡 53	簡 75	簡 76	簡 83	簡 84	簡 85
	秦・黃鳥	秦・黃鳥	秦・黃鳥	秦・黃鳥	矦・園有桃	矦・園有桃	矦	甬・柏舟	甬・柏舟

字形	◌	◌	◌	◌	◌	◌	◌	◌	◌
出處	簡89	簡92	簡92	簡100	簡100	簡105	簡105	簡106	簡107
	甬·君子偕老	甬·鶉之奔奔		魏·葛屨		魏·揚之水		魏·山有樞	
字形	◌	◌	◌	◌	◌	◌	◌		
出處	簡108	簡110	簡110	簡113	簡113	簡113	簡113		
	魏·山有樞	魏·綢繆		魏·羔裘					

綜觀上表的 34 個「人」字，其中《召南·羔羊》的「人」字寫法，可能與「氐」相關，[10]或書手起筆時將之與「食」字相混而誤寫，[11]或為「以」之誤字。[12]此類寫法之背後成因莫衷一是，本文暫且從略。再看「◌」（簡 83）、「◌」（簡 113），該字第二筆畫明顯加粗；至於其他的「人」，部分字形的第一筆撇筆與第二筆形成之 角度數偏大，如「◌」（簡 49）、「◌」（簡 92）。

再看編號 461「尸」字，在《安大一》寫作「◌」，該字从尸从示，左上部件「尸」右向左撇筆，先有頓筆，線條由粗轉細，下方部件「示」，中間豎筆線條明顯較粗。左側豎撇筆端明顯較細，之後再轉粗，筆畫尾端則線條較細。

《安大一》中「勿」（編號 499）、「昜」（編號 500）本字及其相關

---

[10] 潘燈：〈安大簡《詩經》初讀〉第 189 樓，「武漢大學簡帛研究中心」網站，2019 年 11 月 7 日，網址：http://m.bsm.org.cn/forum/forum.php?mod=viewthread&tid=12687&page=20#pid28319（2024 年 12 月 4 日上網）。
[11] 黃德寬、徐在國主編：《安徽大學藏戰國竹簡（一）》，頁 90。
[12] 我蠻夷也：〈安大簡《詩經》初讀〉第 142 樓，「武漢大學簡帛研究中心」網站，2019 年 10 月 9 日，網址：http://m.bsm.org.cn/forum/forum.php?mod=viewthread&tid=12687&extra=&page=15（2024 年 12 月 4 日上網）。

字，最外圍之筆畫彎曲處，有明顯頓筆、線條加粗之情形，如「勿」寫作「󰀀」、「󰀀」（《召南‧甘棠》簡 28）、「󰀀」（《矦‧園有桃》簡 75）、「󰀀」（《矦‧園有桃》簡 76）；「昜」寫作「󰀀」（《召南‧殷其雷》簡 33）、「󰀀」（《秦‧渭陽》簡 55）、「󰀀」（《甬‧君子偕老》簡 88）、「󰀀」（《甬‧君子偕老》簡 89）、「󰀀」（《魏‧揚之水》簡 104）、「󰀀」（《魏‧揚之水》簡 105）；編號 23「芴」在《安大一》寫作「󰀀」（《召南‧何彼襛矣》簡 39）、「󰀀」（《甬‧桑中》簡 89）；編號 137「踢」寫作「󰀀」、「󰀀」（《甬‧牆有茨》簡 86）；編號 304「楊」寫作「󰀀」（《秦‧車鄰》簡 42）；編號 553「慇」則寫作「󰀀」（《召南‧草蟲》簡 25），觀察以上字形的部件「󰀀」形，部分字形向左撇筆筆端偏細，之後再頓筆轉粗，如「󰀀」（《召南‧草蟲》簡 25）、「󰀀」（《召南‧甘棠》簡 28）等。

再如編號 506「馬」，《安大一》共有 7 例，有明顯頓筆的文例見於《周南‧卷耳》「󰀀」（簡 6）、「󰀀」（簡 7），原整理者認為該字寫法特殊，筆者考察了「馬」在楚文字之寫法，發現該字構形也見於他處，原整理者所說的特殊之處，應該是右旁筆畫之「肥筆」情形。「馬」字之馬尾處屬彎鉤筆畫，彎曲處有明顯頓點，形成塗黑、有稜角之筆畫。

書寫「水」字（編號 560）時，中間的第一筆彎曲筆畫有頓筆，如「󰀀」（《秦‧蒹葭》簡 48）、「󰀀」、「󰀀」（《秦‧蒹葭》簡 49）、「󰀀」（《秦‧蒹葭》簡 50）、「󰀀」（《矦‧伐檀》簡 77）、「󰀀」（《矦‧伐檀》簡 78）、「󰀀」（《矦‧伐檀》簡 79）、「󰀀」、「󰀀」（《魏‧揚之水》簡 104）、「󰀀」（《魏‧揚之水》簡 105），全書共有 10 例。當「水」作偏旁時，原本中間的曲線拉直成豎筆，在《安大一》中筆勢也是粗細有致，豎筆中段偶有加粗現象，如「󰀀」（編號 561「河」，《矦‧伐檀》簡 78）、「󰀀」（同上，《甬‧君子偕老》簡 87）。

透過以上文例，可知《安大一》文字在開端、彎曲處多有頓筆，使得筆畫線條粗細有致，筆勢線條之變化性，也塑造《安大簡》書寫上之特殊

性，以下將探討《安大一》「隹」、「鳥」等字及其相關字，其所呈現的筆畫轉折處有尖角特性，該現象應與粗細不同之筆畫相接合之情形有關。

（二）《安大一》字形尖角突出現象分析

1 「隹」部件之相關字

《安大一》中的「隹」部件之字，有編號 195「隹」、72「唯」、189「翟」、196「雀」、197「雖」、202「䍃」、203「集」、564「灘」、566「灌」等。「隹」字在《安大一》有 33 例，相關字形如下所列：

字形									
出處	簡3	簡4	簡7	簡7	簡21	簡21	簡21	簡21	簡21
	周南·葛覃		周南·卷耳		召南·鵲巢				

字形									
出處	簡29	簡29	簡36	簡40	簡51	簡51	簡52	簡53	簡53
	召南·行露		召南·小星	召南·騶虞	秦·黃鳥				

字形									
出處	簡54	簡75	簡76	簡82	簡83	簡84	簡85	簡89	簡90
	秦·黃鳥	矦·園有桃		矦·碩鼠	矦	甬·柏舟		甬·桑中	

字形						
出處	簡91	簡101	簡113	簡115	簡116	簡117
	甬·桑中	魏·葛屨	魏·羔裘	魏·鴇羽		

從上表，可以觀察到「隹」字有四類寫法：一、「隹」左側呈尖角，如「󰀀」（《周南·葛覃》簡 3）、「󰀀」（《召南·鵲巢》簡 21），「尖角」應由向左撇筆之末端，與向右撇筆之頓筆組成，因頓筆處筆畫較粗，故形成一明顯「尖角」；二、與第一類字形相似，左側亦有「尖角」，但「隹」下部再加一橫畫、頓點為飾筆，如「󰀀」（《秦·黃鳥》簡 51）、「󰀀」（《鄘·桑中》簡 91）；三、筆畫平直，「隹」左側並無「尖角」，下部亦無肥筆、頓點為飾筆，如「󰀀」（《柣》簡 83）、「󰀀」（《魏·鴇羽》簡 117）等，其中「󰀀」構形看似與其他「隹」不同，其他「隹」之右撇筆其實帶有彎曲向左之筆勢，彎曲處多有頓筆，而「󰀀」線條平直，向右撇筆並無彎曲向左之筆勢；四、「隹」之頭部位置少一向左撇筆，如《召南·行露》2 例「󰀀」（簡 29）、「󰀀」（簡 29），以上兩字之「頭部」，並非封閉結構，而是勾線張開角度小，以致筆畫幾乎重合，下部豎筆與橫筆交接處，有裝飾性肥筆。

「唯」字 1 例，見於《周南·行露》「󰀀」（簡 29），該字在詩中讀為「雖速我獄」之「雖」。上部「コ」部件與豎撇形成一銳角。「󰀀」上部構造與「隹」之第四類寫法相近。

「翟」字在《安大一》有 4 例，皆集中在《周南·關雎》，依序為「󰀀」（簡 1）、「󰀀」（簡 1）、「󰀀」（簡 2）、「󰀀」（簡 3），其中部件「隹」之最下部之向右撇筆較其他筆畫粗厚，與前一個向左撇筆形成一尖角。

「雀」在《安大一》中僅 1 例，為《召南·行露》「󰀀」（簡 29）。「雀」在楚系寫法，作「󰀀」（《包山》簡 202）、「󰀀」（《郭店·尊德》簡 2）、「󰀀」（《上博一·孔》簡 27）、「󰀀」（《郭店·魯穆》簡 6）；「雀」有時作「鈔」形，如「󰀀」（《包山》簡 255）；「雀」作「雛」者僅「󰀀」（《清華三·說命下》簡 3）一例。[13]禤健聰言，楚簡

---

[13] 字形參黃德寬主編，徐在國、程燕、張振謙編著：《戰國文字字形表》（上海：上海古籍出版社，2017 年），頁 501。

中以「雀」表爵位之｛爵｝，｛雀｝則以「 」、「雗」表示，「雗」源自「雀」加「鳥」旁，屬異體分化以別義的用法。[14]

「雗」、「𦊆」各 1 例，在《安大一》分別寫成「﹝圖﹞」（《召南・何彼襛矣》簡 39）、「﹝圖﹞」（《魏・蟋蟀》簡 103），部件「隹」上部的「冖」，也與豎撇形成一銳角。

「集」在《安大一》有 3 例，依序為「﹝圖﹞」（《周南・葛覃》簡 4）、「﹝圖﹞」（《魏・鴇羽》簡 115）、「﹝圖﹞」（《魏・鴇羽》簡 116），以上 3 字的部件「隹」均有尖角，前兩個字例的「上部」為一封閉的圓圈，最後一個字例「﹝圖﹞」之上部為一橫撇，開口向左，非封閉性結構。

再看「漢」、「灌」之寫法，部件「隹」亦有彎曲、頓筆形成之尖角，如《周南・漢廣》的 4 個「漢」字：「﹝圖﹞」、「﹝圖﹞」（簡 15）、「﹝圖﹞」（簡 16）、「﹝圖﹞」（簡 17），其中第 4 個字「﹝圖﹞」字跡較模糊，無法辨別是否有尖角；再看 2 例「灌」字：「﹝圖﹞」、「﹝圖﹞」（《周南・葛覃》簡 5），「隹」字頓筆處呈現明顯稜角。

觀察《安大一》「隹」之相關字形，可知與「冖」相接的豎撇，多為頓筆起始，頓筆處線條明顯較粗，上一筆畫之線條則偏細。當書手為求快而連筆時，粗細筆畫相接處便會形成一銳角。

2 「鳥」部件之相關字及其他

除了以上提到的「隹」字，與「隹」意義相近的「鳥」（編號 204）亦有相似現象。另外，「見」（編號 468）、「肅」（編號 158）、「頛」（編號 201）、「於」（編號 213）等字，也有轉折處呈明顯粗筆之情形。

《安大一》中含有「鳥」部件之字，有編號 204「鳥」、205「䳌（鳩）」、206「䳐（鷙）」、207「䴉（鴇）」、208「䴓」、209「鶉」、210「鳴」、211「𪁕」、80「䳟」、212「鵲」等，相關字形整理如下表：

---

[14] 禤健聰：《戰國楚系簡帛用字習慣研究》（北京：科學出版社，2017 年），頁 259。

字形						
隸定	鳥	鳨（鳩）			鴧（鷖）	
出處	簡4 周南·葛覃	簡1 周南·關雎	簡21 召南·鵲巢		簡84 甬·柏舟	簡85 甬·柏舟
字形						
隸定	驪（鴞）	皎			鶉	
出處	簡115 魏·鴞羽	簡51 秦·黃鳥	簡52 秦·黃鳥	簡53 秦·黃鳥	簡92 甬·鶉之奔奔	
字形						
隸定		鳴			嗁	㗚
出處	簡4 周南·葛覃	簡51 秦·黃鳥	簡52 秦·黃鳥	簡53 秦·黃鳥	簡4 周南·葛覃	簡4 周南·葛覃
字形						
寬式 隸定	鵲					
出處	簡21 召南·鵲巢			簡92 甬·鶉之奔奔		

《安大一》「鳩」字有3例，「」（《周南·關雎》簡1）、「」、「」（《召南·鵲巢》簡21），从鳥从口九聲，此類構形見於《上博一·孔子家語》「」（簡21）、「」（簡22）。[15]偏旁「鳥」部分，「」與一般楚系文字寫法不同，楚系文字之「鳥」形，上為「目」形，下接直劃或彎曲撇形，直劃與數條橫筆相交，如鳴「」（《上博一·孔》

---

[15] 李守奎、曲冰、孫偉龍編：《上海博物館藏戰國楚竹書（一～五）文字編》（北京：作家出版社，2007年），頁200。

簡 9）偏旁；[16]亦有鳥身呈「8」字形的寫法，如鵑「▨」（《清華三・說命上》簡 2）。[17]或添數劃橫筆、短撇作羽毛狀，如：「▨」（《上博二・容》簡 21）、[18]鵲「▨」（《上博一・孔》簡 10）偏旁、[19]鴻「▨」（《上博三・周》簡 50）；[20]《郭店簡》「▨」（《老甲》簡 33）；[21]《包山簡》「▨」（簡 194）。[22]亦有目下接爪形者，如「▨」（《清華四・筮》簡 52）等。[23]少有如《安大一》「▨」，「目」下所接筆劃，為左撇與頓壓向右下之挑筆組成，相似字形可見「▨」（《清華六・子產》簡 8），《清華簡》字形之底部橫筆並無頓壓，與《安大簡》不同。此外，《安大一》中，與「▨」構形相似者，亦見《周南・關雎》鴡「▨」偏旁、《周南・葛覃》的鳥「▨」、鴟「▨」偏旁、鳴「▨」偏旁、鵹「▨」（簡 4）偏旁，及鴄「▨」偏旁（簡 85）等。

除了上述提到的「鳥」，「見」字下半部也有左向撇筆，與頓壓後之向右撇筆相接之情形。「見」在《安大一》寫作「▨」、「▨」（《召南・草蟲》簡 25）、「▨」、「▨」（《秦・車鄰》簡 42）、「▨」（《秦・車鄰》簡 43）、「▨」（《矦》簡 83）、「▨」、「▨」（《魏・揚之水》簡 104）、「▨」、「▨」（《魏・綢繆》簡 110）、「▨」（《魏・綢繆》簡 111）。「見」上半為部件「目」，下半部象人之跪坐身軀，左向撇筆與向右且微彎、頓壓之筆畫相接，使最末一筆的撇橫筆畫線條看起來較粗。

《安大一》中部分的「肅」也有橫筆與撇筆形成一銳角之寫法，如《周南・兔罝》「▨」（簡 12）、「▨」（簡 13）；《安大一》的「顗」寫

---

[16] 王瑜楨：《上海博物館藏戰國楚竹書（一）～（六）字根研究》（新北市：淡江大學中國文學系碩士論文，2010 年），頁 402。
[17] 黃德寬主編，徐在國、程燕、張振謙編著：《戰國文字字形表》，頁 518-519、525。
[18] 李守奎、曲冰、孫偉龍等編：《上海博物館藏戰國楚竹書（一～五）文字編》，頁 200。
[19] 王瑜楨：《上海博物館藏戰國楚竹書（一）～（六）字根研究》，頁 402。
[20] 黃德寬主編，徐在國、程燕、張振謙編著：《戰國文字字形表》，頁 520。
[21] 黃德寬主編，徐在國、程燕、張振謙編著：《戰國文字字形表》，頁 518。
[22] 黃德寬主編，徐在國、程燕、張振謙編著：《戰國文字字形表》，頁 522。
[23] 黃德寬主編，徐在國、程燕、張振謙編著：《戰國文字字形表》，頁 518-519、525。

作「⿰」（《甬‧桑中》簡89），其中右半偏旁的「頁」下半部象人之跪坐姿勢，筆畫與「見」之下半部相近，為向左撇筆、頓壓右向撇筆所組成；部分「於」字在《安大一》也有筆畫成「尖角」之狀態，如「⿰」、「⿰」（《秦‧權輿》簡59），其他的「於」字如「⿰」（《魏‧有杕之杜》簡111）、「⿰」（《魏‧有杕之杜》簡112）則無此情況。所謂「尖角」為右向左撇筆、橫撇筆畫組成，書手可能為求快速，將左向撇筆末端與橫撇筆端接成一線，形成一尖角突出之筆畫。

除了「隹」，上述所分析的「鳥」、「見」、「肅」、「於」等字，其轉折處也因頓筆所造成的線條粗細差異，相接處形成明顯的尖角，在快速連筆書寫時，產生轉折處呈稜角之情形。

（三）《安大二》〈仲尼曰〉與〈曹沫之陳〉風格比較

比較《安大一》、《安大二》之字形表收字，二書皆收錄者共計 198 個字。[24]而《安大二》中，同時見於〈仲尼曰〉、〈曹沫之陳〉二文之字，則有 104 個，如一、天、三、中等字。[25]

---

[24] 據筆者統計，二書皆收錄之字有：一、天、上、下、三、王、玉、士、中、芋、若、繁、莫、少、尔、公、必、告、君、命、唯、啻、周、此、正、是、徒、過、道、遄、迖、德、後、得、御、行、鈞、古、十、言、僕、異、與、興、為、又、父、戲、及、反、取、事、寺、專、皮、斂、教、售、自、皆、者、智、百、於、愛、禹、敢、死、胃、肰、則、角、亓、甘、曰、可、喜、鼓、虐、啻、臘、既、飤、舍、內、矢、矣、良、來、韋、弟、樂、東、無、才、之、帀、南、生、邦、都、日、參、有、多、甬、齊、穧、兼、家、室、安、實、宜、害、同、常、白、人、保、敽、北、身、求、壽、兄、見、卿、山、長、勿、昜、易、豫、獄、能、大、亦、喬、交、夫、思、心、德、慎、愈、忘、悤、惡、水、湯、魚、孔、不、至、閒、聞、手、女、毋、弗、弋、也、氏、或、戔、我、義、亡、孫、鮩、坤、二、坪、堂、城、坂、勞、鐘、勺、尻、所、斯、新、車、載、阪、四、五、六、七、獸、子、巳、以、未、醬。

[25] 據筆者統計，同時見於〈仲尼曰〉、〈曹沫之陳〉二文之字依序為：一、天、下、三、中、若、少、必、君、命、唯、周、啻、此、正、過、道、退、得、行、足、古、言、信、善、戒、異、與、為、又、及、史、改、斂、自、者、智、於、敢、死、胃、亓、曰、可、虐、去、飤、今、矣、厚、果、柑、才、之、出、貴、邦、日、多、甬、穧、耑、害、疾、同、白、人、身、見、首、長、而、豫、能、大、亦、夫、思、心、志、慎、悤、不、聖、聞、女、弗、也、我、亡、絢、二、勝、勞、尻、所、四、五、七、禹、成、子、以、未。

關於《安大簡》之書手問題，潘燈曾言〈仲尼曰〉與《安大一》書寫風格相近，字形扁平、剛柔並濟。[26]對於〈曹沫之陳〉的書法風格，其云：「安二《曹沫之陳》筆畫起伏變化不大，不疾不徐，用筆沉穩。結體俊朗，有謙謙君子之風。」[27]具體而言，〈仲尼曰〉、《安大一》之筆畫多有頓筆，線條富有粗細變化。如《安大二》編號 1「一」字，〈仲尼曰〉寫作「一」（簡 10），〈曹沫之陳〉寫作「一」（簡 43）；再如編號 10「三」字，〈仲尼曰〉寫法為「三」（簡 3 背），在〈曹沫之陳〉則寫作「三」（簡 26）。比較二者橫筆特性，〈仲尼曰〉筆畫開端有頓筆，之後下筆力道變輕，使線條筆畫粗細有別；〈曹沫之陳〉的筆畫線條則較為平直，較少變化性。

再觀察「少」字（編號 24）撇筆，〈仲尼曰〉寫作「少」（簡 2），〈曹沫之陳〉則寫作「少」（簡 10）、「少」（簡 23）。〈曹沫之陳〉筆畫較平直，但也有頓筆造成的筆畫粗細差異，「少」向左撇筆之筆端較粗，後轉細，但筆畫之粗細落差仍不及〈仲尼曰〉的「少」字。

「古」（《安大一》編號 126、《安大二》編號 83）在《安大一》共有 14 個文例，大部分寫作「古」，僅 1 例寫成「古」（《魏‧鴇羽》簡 115）；〈仲尼曰〉、〈曹沫之陳〉共 11 例大抵寫成「古」、「古」形。《安大一》的「古」，部件「口」內有一橫筆，而〈仲尼曰〉、〈曹沫之陳〉的寫法則無橫畫。比較〈仲尼曰〉、〈曹沫之陳〉之筆畫線條，〈仲尼曰〉之 2 個字例「古」、「古」（簡 7），筆畫線條偶有頓挫，部件「口」比例較小，U 型頂端處較尖且稍微向左傾斜；而〈曹沫之陳〉的 9 個字例「古」（簡 12）、「古」（簡 23）、「古」（簡 24）、「古」（簡 28）、「古」、「古」、「古」、「古」

---

[26] 潘燈：〈安大簡《仲尼曰》初讀〉1 樓，「武漢大學簡帛研究中心」網站，2022 年 3 月 31 日。
[27] 潘燈：〈安大簡《曹沫之陳》初讀〉6 樓，「武漢大學簡帛研究中心」網站，2022 年 8 月 16 日，網址：http://www.bsm.org.cn/forum/forum.php?mod=viewthread&tid=12728（2025 年 5 月 1 日上網）。

（簡45）、「古」（簡46），筆畫封閉處「口」構形較大，整體筆畫線條較為平直，U型筆畫頂端處較寬，位置亦較無傾斜。

編號111「又」之寫法，〈仲尼曰〉寫作「⺕」（簡3）、「⺕」（簡5），三指部位開口向左，呈平行橫線，似橫放之U型；〈曹沫之陳〉有47例，其中39例作「⺕」，8例寫成「⺕」，兩者三指部位開口偏上，起筆動勢皆由右往左。「⺕」橫畫右邊有明顯下筆時形成的銳角，呈現自右向左橫書，再向左收筆之勢，而「⺕」的橫畫線條則較為平直。

編號148「自」，〈仲尼曰〉寫成「自」（簡5）、「自」（簡7），上方的向左撇筆明顯突出，與向右撇筆形成似「人」之形。中間兩橫筆間的距離也偏窄；〈曹沫之陳〉則把「自」寫成「自」（簡15）、「自」（簡20）、「自」（簡30），向左撇筆並無明顯突出，且中間部分之兩橫筆距離較寬。

編號157「於」，〈仲尼曰〉有「於」（簡1）、「於」、「於」、「於」（簡2）、「於」（簡5）、「於」、「於」（簡6）、「於」（簡9）、「於」（簡11）、「於」（簡12），左旁簡化之鳥身，筆畫偶有頓挫，甚至出現連筆。而粗細筆畫相接的部分，有時看起來像一尖角，如「於」、「於」；〈曹沫之陳〉「於」共有25個字例，筆畫較平直，相關字例如「於」（簡2）、「於」（簡14）等，而《安大一》的「於」（編號213）寫作「於」、「於」（《秦·權輿》簡59）、「於」（《魏·有杕之杜》簡111）、「於」（《魏·有杕之杜》簡112），第一個字例風格與〈仲尼曰〉較相近，不僅彎筆處有明顯頓筆，向左撇筆也與下一道彎筆連成一線，後三者則與〈曹沫之陳〉近似。

編號285「人」，在〈仲尼曰〉有20例，相關字例如「人」（簡1）、「人」（簡2）、「人」（簡4），筆畫線條粗細有致，尤其是人手部位，頓筆後線條漸細，與代表身軀的筆畫，呈現出明顯的粗細對比；〈曹沫之陳〉有15例，字例如「人」（簡18）、「人」（簡22），雖偶有彎筆處線條較粗的情形，但總體而言，〈曹沫之陳〉之「人」字，筆畫寬度較

〈仲尼曰〉平均。

再觀「以」（編號489），〈仲尼曰〉寫作「󰀀」（簡3），〈曹沫之陳〉則寫作「󰀀」（簡3）、「󰀀」（簡12）二形。「以」在〈仲尼曰〉的筆端偏細長，筆畫線條較彎曲，起始筆畫之方向為右上處；〈曹沫之陳〉的「以」字寫法較多元，大部分「以」之起筆方向為正上方，線條普遍較〈仲尼曰〉方正。

編號364「心」，〈仲尼曰〉作「󰀀」形、〈曹沫之陳〉則作「󰀀」。若比較〈仲尼曰〉、〈曹沫之陳〉寫法，會發現「心」作偏旁時，〈仲尼曰〉的「心」字底部較寬，整個「心」呈三角形，如「󰀀」（志，簡11）、「󰀀」（快，簡13），水滴狀封閉結構較為扁平；〈曹沫之陳〉的「心」字偏旁底部較窄，中間部分較寬，如「󰀀」（志，簡17）、「󰀀」（愈，簡2）、「󰀀」（忘，簡39）等。

據上述對「一」、「三」、「少」、「古」、「又」、「自」、「於」、「人」、「以」、「心」等字例之分析，可發現〈仲尼曰〉、〈曹沫之陳〉的書寫風格明顯不同，〈仲尼曰〉之筆畫多帶有頓筆，線條呈現明顯的粗細變化，曲筆處則細長多變，封閉結構則多呈扁平、狹窄之勢；反觀〈曹沫之陳〉，筆畫線條較為平直方正，較少變化性，封閉結構之形態則較為寬大。

再比較《安大一》、《安大二》之書寫風格，除了少數案例，大體而言《安大一》與《安大二》〈仲尼曰〉較為近似，筆畫多有頓筆，線條粗細有致，《安大一》開端、彎曲處之頓筆，使筆畫線條粗細多變，進而使「隹」、「鳥」等字因筆畫之變化性，出現尖角突出之現象，塑造了《安大一》的書寫特點。

三　《安大簡》中的「同文避複」現象概述

（一）筆畫變動及飾筆增減

馬超曾指出，《安大一》在同篇、同簡之狀況下偶有不同寫法，可能

是出於「同文避複」目的，其云：「其中『夫』字的甲類寫法是古文字中常見的類型，即在『大』形上部填加橫畫作為分化符號。乙類寫法則較為特殊，是在『大』形上部增加墨團『▲』代替橫畫，……類似於古文字中的『白』字，應是書寫時未塗實所致。……甲、乙兩種寫法有時出現在同篇甚至同簡之內，可能有出於同文避複的目的。」[28]除了飾符、飾筆之增減，書手在撰寫同一字時，筆畫間亦常有些微差異，如編號32「萋」字，在《安大一》有3個字例，寫作「𦰩」（《周南·葛覃》簡4）、「𦰩」（《周南·桃夭》簡12）、「萋」（《秦·蒹葭》簡49），其中第三個字「萋」的「艹」下方的部件「甾」寫法與前二者不同，前二者的「甾」僅一條長橫筆，與下方所接的「日」形緊密連接。第三個字的「甾」則有2條斷裂、向下彎曲之橫筆。[29]

荔（苈，編號48）在《安大一》有3例即「荔」、「荔」、「荔」（《召南·摽有梅》簡34），其中第一個字形「荔」，線條明顯較後二者拉長，「力」之撇筆明顯呈左向；第三個字形「荔」，筆勢則偏右，多有頓筆，筆畫線條較粗短。

再看《安大一》的18個「矣」字（編號276），下方部件「矢」之中間筆畫有呈一連貫、微曲或傾斜之橫畫的情形，相關字例見「矣」、「矣」、「矣」、「矣」（《周南·卷耳》簡8）、「矣」（《周南·漢廣》簡15）、「矣」（《周南·漢廣》簡16）、「矣」、「矣」、「矣」（《周南·漢廣》簡17）、「矣」、「矣」（《召南·殷其雷》簡32）、「矣」（《矦·園有桃》簡75）；有時「矢」之中間筆畫也會寫成一筆直短橫，如「矣」（《周南·漢廣》簡16）、「矣」（《召南·殷其雷》簡33）、「矣」、「矣」（《召南·何彼襛矣》

---

[28] 馬超：〈據安大簡《詩經》釋玄鏐戈中「夫」字〉，收入西南大學漢語言文獻研究所主編：《簡帛國際學術研討會（《詩》類文獻專題）論文集》（重慶：西南大學漢語言文獻研究所，2021年11月27-28日），頁63。

[29] 「萋」之中間部件為「甾」，相關詮釋可參季旭昇：《說文新證》（臺北：藝文印書館，2014年），頁850。

簡 39）、「◯」（《矦‧陟岵》簡 76）。

編號 402 的「寑」在《安大一》有 4 例：「◯」、「◯」（《周南‧關雎》簡 2）、「◯」（《秦‧小戎》簡 47）、「◯」（《矦‧陟岵》簡 73），寫法亦稍有差異。第一個字形「◯」的右半偏旁「帚」，下方似「不」的構形與上方橫筆相接；第三個字形「◯」，「帚」之下部有兩橫筆，其中最長的橫筆可能是「不」形兩側撇筆之連寫，最下短橫不排除為飾筆；第四個字形「◯」，「帚」之下方部件「不」形則與其上橫筆明顯分離。

觀察部件「宀」在《安大一》之寫法，則有兩種構形：寫成鈍角倒 V 狀者，如「◯」（編號 395「家」，《召南‧行露》簡 29）、「◯」（編號 398「定」，《魏‧葛屨》簡 100）、「◯」（編號 399「安」，《魏‧無衣》簡 114）；有時「宀」左右延展的撇筆之長度會拉長，甚至寫成兩弧線，如「◯」（編號 396「室」，《魏‧山有樞》簡 108）、「◯」（編號 400「實」，《矦‧園有桃》簡 75）、「◯」（編號 401「宜」，《周南‧桃夭》簡 11）。

「心」字（編號 548）《安大一》多寫作「屮」狀，但「心」作為偏旁時，亦有「屮」之寫法。含有部件「心」之字，除了「心」本字，尚有編號 547「思」、549「念」、551「愈」、552「忘」、553「慁」、554「悲」、555「憖」、556「忎」、557「䰴」、558「懼」、559「㥻」及「愁」、253「憙」、115「悥」及「䛡」、397「窓」等 61 個文例，相關字形羅列如下：

字形	◯	◯	◯	◯	◯	◯	◯	◯	◯
隸定	心									
出處	簡 13 周南‧兔罝	簡 25 召南‧草蟲	簡 46 秦‧小戎	簡 74 矦‧園有桃	簡 75 矦‧園有桃	簡 76 矦‧園有桃	簡 83 矦‧十畝之間

字形									
隸定	心			思					
出處	簡101 魏·葛屨	簡111 魏·有杕之杜	簡112 魏·有杕之杜	簡2 周南·關雎	簡15 周南·漢廣		簡16 周南·漢廣		簡17 周南·漢廣
字形									
隸定	思								
出處	簡17 周南·漢廣	簡33 召南·殷其雷	簡54 秦·黃鳥		簡55 秦·渭陽	簡75 矦·園有桃	簡76 矦·園有桃	簡89 甬·桑中	簡90 甬·桑中
字形									
隸定	思				念				愈
出處	簡91 甬·桑中	簡101 魏·蟋蟀	簡102 魏·蟋蟀	簡103 魏·蟋蟀	簡45 秦·小戎	簡47 秦·小戎	簡48 秦·小戎		簡106 魏·山有樞
字形									
隸定	忘	悥	悲		惡				
出處	簡43 秦·車鄰	簡51 秦·終南	簡25 召南·草蟲	簡25 召南·草蟲	簡74 矦·園有桃	簡75 矦·園有桃		簡76 矦·園有桃	簡103 魏·蟋蟀
字形									
隸定	惡	忞	慜	懼	怘	怸		憙	
出處	簡105 魏·揚之水	簡45 秦·小戎	簡48 秦·小戎	簡77 矦·伐檀	簡102 魏·蟋蟀	簡59 秦·權輿	簡36 召南·江有汜	簡112 魏·有杕之杜	

字形	![]	![]	![]	![]	![]	![]	![]
隸定	悥					懇	崑
出處	簡47 秦·小戎	簡54 秦·黃鳥	簡78 矦·伐檀	簡81 矦·碩鼠	簡85 甬·柏舟	簡79 矦·伐檀	簡6 周南·葛覃

《安大一》中，將「心」寫作「忄」者大致有 48 個字例；另有 13 個字例將「忄」底部向右突出的筆畫縮減，與左向之撇筆形成一封閉圓圈，作「忄」。而「忄」向上彎曲之橫弧筆畫末端，有時會裝飾性地寫成「ひ」，如「忄」（簡 75）、「忄」（簡 83）。

除了筆畫線條之不同，亦有部件方位之變換，如《安大一》的「韋」字（編號 287），亦有寫法上的些許差距，如下半象腳趾的「牛」字，開口向右者有 3 例：「牛」（《召南·殷其雷》簡 32）、「牛」（《召南·殷其雷》簡 33）、「牛」（《秦·蒹葭》簡 48）；開口向左者有 4 例，如「牛」（《召南·殷其雷》簡 33）、「牛」、「牛」、「牛」（《秦·蒹葭》簡 49）。

前文提到，同簡、同篇之同一字形，偶有飾筆之增減，如編號 335 的「才」在《安大一》有 33 個字例，大致可分成四種寫法，第一種為橫豎筆畫交叉的「十」形右下處畫一撇筆，寫作「十」（《周南·關雎》簡 1）、「十」（《召南·殷其雷》簡 32）；第二種為「十」之右下、左下處各有一撇筆，左右撇筆有時會連成一橫筆，如「十」（《周南·關雎》簡 2）、「十」（《召南·殷其雷》簡 32）、「十」（《召南·殷其雷》簡 33）；第三種寫法為「十」之右下一撇筆，其下再一橫筆，僅「十」（《秦·蒹葭》簡 50）一例；第四種寫法為「十」之橫筆下方有兩橫筆，為第二種寫法之基礎下再增加一飾筆，寫作「丰」（《召南·殷其雷》簡 32）、「丰」（《魏·綢繆》簡 109）。以上四種「才」字寫法，以第二種居多。

再看「鼠」（編號 530），《安大一》的《矦·碩鼠》寫成「鼠」

（簡80）、「□」（簡81）兩型。前者可依原整理者隸定為「鼠」，後者則隸定為「鼠」。原整理者認為第一個字「鼠」從「予」聲，與「鼠」皆為「鼠」之異體字。觀察「鼠」、「鼠」兩種寫法，前者較後者多了「八」形部件。[30]

橫筆、墨團相互替代之現象，可見於《安大一》「芫」字（編號47），其在《安大簡》中有兩型，皆為《周南·關雎》之字例，第一種字形之最後筆畫為橫筆，寫作「□」（簡1）、「□」（簡2），第二種寫法為豎筆中間以墨團代替橫畫，寫作「□」（簡3）。再如前文馬超提到的「夫」字（編號545），在《安大一》中有7例，如「□」（《周南·卷耳》簡8）、「□」（《周南·兔罝》簡12）、「□」、「□」（《周南·兔罝》簡13）、「□」（《秦·黃鳥》簡52）、「□」（《秦·黃鳥》簡53）、「□」（《秦·黃鳥》簡54）。馬超將以上7個字形分成甲、乙兩種寫法，甲類寫法為「大」上添一橫畫，乙類寫法則以三角形墨團代替橫畫。[31]

筆畫結構明顯改變之字例，也有《安大一》的「周」（編號78），其在《安大一》中有2例不同寫法，一為《周南·卷耳》「□」（簡6），一為《周南》卷尾標題「□」（簡20）。二字寫法稍微不同，前者的「口」部件上部為一橫筆，後者則為右向左之撇筆。

「既」字（編號266）在《安大一》寫法多變，8個字例構形不同，如左半部的食器，下部有呈「口」狀的，如「□」（《召南·草蟲》簡25）、「□」（《秦·車鄰》簡43）、「□」（《秦·駟驖》簡44）、「□」；有下部呈「匕」的「□」（《魏·揚之水》簡104），似「口」連接向右之短撇筆；亦有「口」連接向右之長撇筆者，如「□」（《召南·摽有梅》簡35）、「□」（《秦·車鄰》簡42）、「□」（《甬·定之方中》簡94），上述諸字右半部分，亦構形各異。

---

[30] 黃德寬、徐在國主編：《安徽大學藏戰國竹簡（一）》，頁123。
[31] 馬超：〈據安大簡《詩經》釋玄鏐戈中「夫」字〉，頁63。

編號349的「員」,《安大一》有9例,如「▨」(《周南‧卷耳》簡8)、「▨」(《矦‧園有桃》簡75)、「▨」(《矦‧園有桃》簡76)、「▨」(《甬‧桑中》簡89)、「▨」(《甬‧桑中》簡90)、「▨」(《甬‧桑中》簡91)、「▨」(《甬‧定之方中》簡94)、「▨」(《魏‧揚之水》簡104)、「▨」(《魏‧揚之水》簡105)。該字下半部有時寫成「夾」,如「▨」(簡8)、「▨」(簡90)、「▨」(簡91)、「▨」(簡94)、「▨」(簡104)、「▨」(簡105);有時下半部的「夾」少一橫筆,如「▨」(簡89);有時「夾」的左右兩側撇筆會寫成左右對稱的「〈」形,如「▨」(簡75)、「▨」(簡76)。

編號395「家」在《安大一》有7例,依序為:「▨」(《周南‧桃夭》簡11)、「▨」(《周南‧桃夭》簡12)、「▨」(《周南‧桃夭》簡12)、「▨」(《召南‧行露》簡29)、「▨」(《矦‧伐檀》簡77)、「▨」(《矦‧伐檀》簡78)、「▨」(《矦‧伐檀》簡79)。筆者以為「家」之寫法可以分成三類:第一類為「▨」、「▨」(《周南‧桃夭》簡11、12),下部筆畫均往左撇且無豎筆,類似寫法亦可參「▨」(《清華一‧金縢》簡12)、「▨」(《清華三‧琴舞》簡7)、「▨」(《上博九‧史》簡11);第二類「▨」(《周南‧桃夭》簡12),儘管筆畫如第一類往左撇,但中間有一豎筆向下延伸,似乎與逆時針90度轉向之「又」相似,同樣寫法也可見「▨」(《上博四‧柬大王》簡12)、「▨」(《郭店‧老乙》簡16)、「▨」(《包山》簡249);第三類寫法為「▨」(《召南‧行露》簡29)、「▨」(《矦‧伐檀》簡77)、「▨」(《矦‧伐檀》簡78)、「▨」(《矦‧伐檀》簡79),第一、二類向左之撇筆,拉直向下延伸,左右兩邊筆畫與一橫筆形成方正構形,相似寫法如「▨」(《清華一‧皇門》簡7)、「▨」(《包山》簡226)、

「▆」(《包山》簡 236)等。[32]

　　編號 466「允」，共有三形：「▆」、「▆」(《矦·陟岵》簡 73)、「▆」(《矦·陟岵》簡 74)。「允」之楚系寫法，有「▆」(《郭店·成》簡 36)、「▆」(《郭店·成》簡 25)、「▆」(《帛甲》簡 51)、「▆」(《上博一·緇衣》簡 3)等，[33]《安大一》之「允」字寫法，皆可見於其他楚系文獻。第一類字形「▆」，下方部件為「牛」，與《上博一》「▆」相似；第二類字形「▆」下方部件為「𠂆」；第三類字形「▆」之下方部件似「以」形，與「▆」(《帛甲》簡 51)構形相似。

　　《安大二》中同時收錄於〈仲尼曰〉、〈曹沫之陳〉二文之字，多達 104 個，但因部分收字之字例偏少，難以推斷其中書寫特性，故筆者將以字例較多者，作為說明例證。以下將按類別，依序列舉「天」(編號 2)、「下」(編號 3)、「言」(編號 86)、「亓」(編號 180)、「而」(編號 342)、「不」(編號 398)、「邦」(編號 240)、「未」(編號 490)、「中」(編號 15)、「異」(編號 106)、「𩚵」(編號 195)、「身」(編號 307)、「見」(編號 316)、「過」(編號 52)、「今」(編號 198)、「多」(編號 255)等字說明。

　　「天」在〈仲尼曰〉作「▆」(簡 1)、「▆」(簡 3)，〈曹沫之陳〉的「天」上部則多一橫筆為飾筆，寫作「▆」(簡 2)、「▆」(簡 7)、「▆」(簡 7)、「▆」(簡 32)、「▆」(簡 42)、「▆」(簡 44)。而在《安大一》中，「天」皆寫作「▆」，與〈曹沫之陳〉同，上部皆有一橫畫為飾筆。

　　「下」，〈仲尼曰〉作「▆」(簡 3)，〈曹沫之陳〉則多一飾筆，作「▆」(簡 2)、「▆」(簡 20)、「▆」(簡 42)、「▆」(簡 44)等形。在《安大一》中，「下」皆寫為「▆」，與〈曹沫之陳〉寫法相近。

---

[32] 黃德寬主編，徐在國、程燕、張振謙編著：《戰國文字字形表》，頁 1020-1021。
[33] 滕王生：《楚系簡帛文字編（增訂本）》（武漢：湖北教育出版社，2008 年），頁 785。

至於「言」字，〈仲尼曰〉有 6 例，均作「❏」（簡 2）形，〈曹沫之陳〉有 5 例，均作「❏」（簡 3）構形，比〈仲尼曰〉之寫法多一橫筆。

「丌／亓」字在〈仲尼曰〉有 7 例，有 5 例寫作「❏」（簡 4），有 2 例寫作「❏」（簡 9）；〈曹沫之陳〉則有 27 例，上方均有一橫筆，寫作「❏」（簡 2）。

「而」在〈仲尼曰〉12 例，均寫作「❏」（簡 1）形；〈曹沫之陳〉的 22 個字例，上部均有橫筆，作「❏」（簡 13）形。

〈仲尼曰〉的「不」字，上部並無橫畫為飾筆，均作「❏」（簡 1）形；〈曹沫之陳〉的「不」字，該字上方、中間豎筆均有橫畫作飾筆，寫成「❏」（簡 1）形。

「邦」字在〈仲尼曰〉、〈曹沫之陳〉構形相近，二者不同處在於前者以塗黑肥筆取代橫筆作飾符，寫作「❏」、「❏」（簡 3）；〈曹沫之陳〉的右半偏旁肥筆處，則寫作橫筆，如「❏」（簡 13）；「未」字情況與「邦」字相近，〈仲尼曰〉在不考慮背面字跡之情況下，「未」均寫作「❏」（簡 3），豎筆中間有一圓形墨塊，〈曹沫之陳〉則寫作一橫筆，作「❏」（簡 27）形。再看類似結構的「土」部件在〈仲尼曰〉、〈曹沫之陳〉的寫法，前者的上部橫筆多作塗黑圓點，如編號 438「坪」寫作「❏」（簡 7）、編號 444「墊」寫成「❏」（簡 2），編號 451「堇」有 4 例，依序寫為「❏」（簡 5）、「❏」、「❏」（簡 6）、「❏」（簡 11）；而〈曹沫之陳〉的「土」字寫法，編號 436「土」部字以下共 13 個字頭，如「❏」（土，簡 2）、445「❏」（坂，簡 27）、450「❏」（堯，簡 2）等，大部分寫成橫畫，以塗黑圓點作橫筆者，僅有編號 437「❏」（地／墜，簡 30）1 例。

「中」在〈仲尼曰〉、〈曹沫之陳〉之寫法較統一，並不像《安大一》在同篇、同簡情況下，出現「同文避複」情形。〈仲尼曰〉「中」字均寫作「❏」（簡 1），〈曹沫之陳〉則多增一、兩道橫筆，寫作「❏」（簡 21）、「❏」（簡 34）、「❏」（簡 20）、「❏」（簡 29）。前兩個字

形「⿱」、「⿱」之橫筆為一短一長，向右之豎撇筆僅與長橫筆相交；後兩個字形「⿱」、「⿱」上方為兩道長橫筆，與向左之豎撇筆相交。比較這二類字形，其豎撇筆勢方向也明顯相反。而《安大一》編號 18 的「中／申」，有「中」、「⿱」、「⿱」三種寫法，與第一種寫法見於〈仲尼曰〉，第二種寫法與〈曹沫之陳〉的「⿱」相似，但第二筆橫畫較短，不像「⿱」的第二橫與豎撇筆相交。

「異」在〈仲尼曰〉有 2 例，寫成「異」、「異」（簡 9），〈曹沫之陳〉亦有「異」、「異」（簡 6）2 個字例。〈曹沫之陳〉的「異」，部件「田」下方有 2 道橫弧筆畫，〈仲尼曰〉則僅有 1 道。《安大一》編號 141 的「異」有 3 例，寫成「異」（《矦·汾沮洳》簡 72）、「異」、「異」（《魏·羔裘》簡 113），亦有兩筆畫但較〈曹沫之陳〉寫法來得平直。

「飤」共 7 例，在〈仲尼曰〉寫成「飤」（簡 10），餘字〈曹沫之陳〉寫作「飤」（簡 13）、「飤」（簡 17）、「飤」（簡 31）、「飤」、「飤」（簡 35）、「飤」（簡 41），該字左半部為人口及食器，〈仲尼曰〉的寫法，食器底部呈「廿」形；〈曹沫之陳〉的寫法則把食器底部寫成「乀」，向右之長撇筆甚至包覆了右半的部件「人」。

「身」在〈仲尼曰〉僅 1 例，寫作「身」（簡 2），人形中間部件呈「以（㠯）」形；〈曹沫之陳〉則有 4 例，寫成「身」（簡 7）、「身」（簡 20）、「身」（簡 25）、「身」（簡 44），以橫筆、L 部件代表身體中間部位。

「見」，在〈仲尼曰〉有兩型，第一型為「目」下之部件呈人體跪姿，如「見」（簡 8）、「見」（簡 10）、「見」（簡 11）；第二型為該部件與「又」相似，如「見」（簡 4）、「見」（簡 8）、「見」（簡 9）。〈曹沫之陳〉的寫法則多作「見」（簡 1），與〈仲尼曰〉第一型寫法相似。

《安大二》「過」，可隸定為「怣」，部件「化」在〈仲尼曰〉、〈曹

沫之陳〉之寫法稍有不同，在〈仲尼曰〉寫作「󰀀」（簡4）、「󰀀」（簡5）等形，右半部為向左撇筆，〈曹沫之陳〉則寫成向右撇筆，如「󰀀」（簡30）、「󰀀」（簡36）、「󰀀」（簡37）。在《安大一》，編號95「過」僅1例，寫成「迉」，如「󰀀」（簡37）。

「今（含）」共5例，〈仲尼曰〉寫成「󰀀」、「󰀀」（簡7），〈曹沫之陳〉則寫作「󰀀」（簡2）、「󰀀」（簡6）、「󰀀」（簡45）。比較二文本之寫法，〈仲尼曰〉的「今」字，部件「口」位於文字下部，〈曹沫之陳〉則位於文字左半部。

與「今」之情況相近，「多」共5例，〈仲尼曰〉寫成「󰀀」（簡1）、「󰀀」（簡3）；〈曹沫之陳〉「󰀀」（簡18）、「󰀀」（簡23）、「󰀀」（簡45）。兩文本之「多」字，部件「夕」之擺放位置不同，〈仲尼曰〉為對角斜置，〈曹沫之陳〉則為水平並列。

觀察《安大一》之「同文避複」情形，可發現字在同篇、同簡之狀況下，偶有不同寫法。關於「筆畫變動」、「飾筆增減」之類項下，又可再細分成：同字筆畫差異、部件方位變換、飾筆增減、橫筆及墨團替換、結構改變。比較《安大二》兩篇文本之用字差異，發現也有飾筆增減、橫筆及墨團替換、筆畫差異、部件方位變換等情形，藉此可知〈仲尼曰〉、〈曹沫之陳〉文本出自不同書手撰寫，且同一文本之書手，用字習慣較為一致。如〈曹沫之陳〉的書手習慣添加飾筆；而〈仲尼曰〉的書手，較少添加裝飾性橫筆，反而多用墨團取代橫畫。

（二）偏旁替換與部件增減

除了上述提到的飾筆之增減、筆畫之變動，《安大簡》的「同文避複」現象亦涵括偏旁替換、部件「宀」、「口」、「土」等之增減。如《安大一》編號18「中」、25「䰀」、36「菜」、50「謹」、53「葳」、99「遺」、175「敹」、254「鼓」、257「虎」、259「盈」、365「星」、366「參」、

401「宜」、495「石」、535「楚」等字，以下分述之。

「中」在《安大一》共有19處，寫法常見於其他楚系文獻。「中」之楚系寫法作「𠂤」（《包山》2.35）、「𠂤」（《新甲》3.43）、「𠂤」（《望山》2.13）、「中」（《郭店.語》1.19）、「𠂤」（《郭店・成》簡26）、「𠂤」（《上博二・容》簡40）、「𠂤」（《包山 2.174）、「𠂤」（《九店》56.41）等。[34]而在《安大一》中，亦有不少增添部件「宀」之寫法。相關字形以下表呈現：

字形				
出處	簡51	簡51	簡47	簡92
	秦・黃鳥		秦・小戎	甬・定之方中

字形								
出處	簡3	簡4	簡13	簡13	簡22	簡49	簡50	簡84
	周南・葛覃		周南・兔罝		召南・采蘩	秦・蒹葭		甬・柏舟

字形							
出處	簡85	簡86	簡87	簡90	簡91	簡111	簡112
	甬・牆有茨			甬・桑中		魏・有杕之杜	

透過上表，可將「中」之寫法大致分成三類：

第一類為「中」、「中」（《秦・黃鳥》簡51），與今日所見的「中」構形相同；第二類為「𠂤」（《秦・小戎》簡47）、「𠂤」（《甬・定

---

[34] 「中」的寫法，參「小學堂：楚系簡帛文字」網站，網址：https://xiaoxue.iis.sinica.edu.tw/chuwenzi（2024年12月6日上網）。

之方中》簡 92），「中」上方加上一長一短橫筆；第三類可隸作「宙」，上表的其餘字例，以此類加「宀」之構形比例最高。

「囍」在《安大一》共 3 例，依序為「▨」（《周南・樛木》簡 8）、「▨」（《周南・樛木》簡 9）、「▨」（《周南・樛木》簡 9），3 字皆為同一詩篇的收字，前兩個字例可隸定為「壴」，第三個字例則少一部件「土」，寫作「囍」形。

「菜」在《安大一》常與「采」混用，有 8 例，〈關雎〉第二章、第三章「參差荇菜」之「▨」（簡1）、「▨」（簡2）、「▨」（簡3）；〈卷耳〉第一章「采采卷耳」之「▨」（簡 6）；〈芣苢〉三章，每章四句，共十二句，第一、三、五、十一句「采采芣苢」之「▨」（簡 13）、「▨」（簡 14）、「▨」（簡 14）、「▨」（簡 15）；沒有艸旁的編號 320「采」，則見《安大一》〈芣苢〉第二、三章「采采芣苢」之「▨」、「▨」（簡 14），作形容詞，表茂盛之意。《安大一》〈關雎〉第三章「左右采之」之「▨」（簡2）；〈芣苢〉第一章第二句「薄言采之」的「▨」（簡 14）；〈采蘩〉第一、二章「于以采蘩」之「▨」、「▨」（簡 22）；〈草蟲〉第二章「言采其薇」之「▨」（簡 25）；〈汾沮洳〉第三章「言采其藚」之「▨」（簡 72）；〈桑中〉第一章「爰采唐可」之「▨」（簡 89）、第二章「爰采麥可」之「▨」（簡 90）、第三章「爰采葑可」之「▨」（簡 91）等，則作動詞使用，表摘取之意。由以上例證可知，《安大一》中「菜」、「采」常見混用狀況，「菜」在《安大一》皆作「菜」从「采」聲，應屬「聲符兼義」之形聲字，加上意符「艹」用以明確本義。[35]

「薑」在《安大一》寫作「▨」（《甬・桑中》簡 89）、「▨」（《甬・桑中》簡 90）、「▨」（《甬・桑中》簡 91），黃德寬將第一個字隸定作「薑」，第二、三個字則隸定作「菫」，較第一個字少了部件

---

[35] 呂佩珊：《《上海博物館藏戰國楚竹書（一～六）》通假字研究》（臺北：臺灣師範大學國文學系博士論文，2010 年），頁 97。

「言」，該字可對應今本《詩經》的「沬」字。

「蔵」見於《召南·小星》「󰀀」（簡 35）、「󰀀」（簡 36），《召南·何彼襛矣》「󰀀」（簡 39）。第一個字形「󰀀」左下部件為「口」，第二、三字例「󰀀」、「󰀀」之左下部件為「朩」，潘燈認為「口」、「朩」在楚簡中常相互替換。[36]

「遺」在《安大一》中共 6 例，亦有不同寫法，如「󰀀」（《周南·卷耳》簡 7）、「󰀀」（《甬·桑中》簡 91）。第一種「󰀀」的部件「止」上方為「少」，亦見於包山二號墓簡 18「󰀀」、《郭店·唐虞》簡 8「󰀀」。第二種「󰀀」的部件「止」上方則為「又」。

《安大一》之「敳」有時亦寫作異體字「斀」，「敳」及其異體字共有 3 例，皆見於《矦·伐檀》：「󰀀」（敳，簡 78）、「󰀀」（斀，簡 77）、「󰀀」（斀，簡 79），原整理者將「敳」、「斀」釋為「稽」，以上三字皆為「甾」聲，从「土」、「攴」部件，後兩字累增飾符「口」。[37]

再看「鼓」，《安大一》中有兩類構形，一是「鼓」：「󰀀」、「󰀀」（《魏·山有樞》簡 107），二是加飾符「口」的「皷」，寫作「󰀀」（《周南·關雎》簡 3）、「󰀀」（《秦·車鄰》簡 42）、「󰀀」（《秦·車鄰》簡 43）。

「虎」在《安大一》有 2 種寫法，一為「虎」，如「󰀀」（《秦·小戎》簡 46）、「󰀀」、[38]「󰀀」（《秦·黃鳥》簡 53）；第二類寫法如「󰀀」、「󰀀」（《魏·羔裘》簡 113），隸定為「虖」。

「盈」在《安大一》共 4 例，有「溋」、「🅂」2 類寫法，「溋」寫作「󰀀」（《周南·卷耳》簡 6）；第二種寫法「󰀀」（《召南·鵲巢》

---

[36] 潘燈：〈安大簡《詩經》初讀〉190 樓，《武漢大學簡帛研究中心》網站，2019 年 11 月 8 日，網址：http://m.bsm.org.cn/forum/forum.php?mod=viewthread&tid=12687&extra=&page=19（2024 年 12 月 4 日上網）。

[37] 引自徐在國說法，參自黃德寬、徐在國主編：《安徽大學藏戰國竹簡（一）》，頁 121。

[38] 〈葛覃〉簡 5 無「虎」字，該字形出自〈黃鳥〉簡 53，〈字形表〉編號 257「虎」下誤作「005」。

簡 22)、「▦」(《魏・椒聊》簡 108)、「▦」(《魏・椒聊》簡 109),隸定作「溫」。

「星」在《安大一》有 4 例,分別寫作「▦」(《召南・小星》簡 35)、「▦」(《魏・綢繆》簡 109)、「▦」(《魏・綢繆》簡 110)、「▦」(《魏・綢繆》簡 111)。後面三個字例可隸定為「曐」,上半部件為「晶」;第一個字例則从日从生,隸定為「星」,即為「曐」之省形。

再看「參」在《安大一》9 例之寫法,共有 3 種:「▦」(《秦・小戎》簡 47),隸定為「參」;第 2 類寫法為「晶」,應為「參」之省聲,如「▦」(《周南・關雎》簡 1)、「▦」(《周南・關雎》簡 3)、「▦」(《召南・摽有梅》簡 34)、「▦」(《召南・小星》簡 36)、「▦」(《魏・綢繆》簡 110);第 3 類寫法為「厽」,為「晶」之異構,如「▦」(《召南・小星》簡 35)、「▦」(《魏・綢繆》簡 109)、「▦」(《魏・綢繆》簡 111)。以上三種異體字寫法不同,為省聲、異構之區別。

「宜」在《安大一》有 7 例,如:「▦」、「▦」(《周南・螽斯》簡 10)、「▦」、「▦」(《周南・螽斯》簡 11)、「▦」、「▦」(《周南・桃夭》簡 12)、「▦」(《甬・君子偕老》簡 87),其中「▦」與其他 6 字寫法不同,前者應為省形寫法,後者則未省形,多一部件「肉」。

據《安大一》之字形表,「石」有 2 種寫法共 5 例,一為「石」,如「▦」、「▦」(《矦・碩鼠》簡 81)、「▦」、「▦」(《魏・揚之水》簡 104)、「▦」(《魏・揚之水》簡 105);一為加飾符「口」的「𥒥」,如「▦」(《矦・碩鼠》簡 80)。

《安大一》的「焚」字有兩型各 1 例,一為從「林」之「▦」(《周南・桃夭》簡 11),一為從「艹」之「▦」(《矦・汾沮洳》簡 72)。有艹、木偏旁相替換之情形,有時寫作異體字「苂(▦)」。

偏旁替換、部件增減之情形,多見於《安大一》。而《安大二》用字

風格較趨一致，此類的用字變化也較《安大一》少見。

綜觀〈仲尼曰〉、〈曹沬之陳〉，可從部分字形差異、添加飾筆或部件之習慣，判斷兩篇文本出自不同書手。相較於《安大一》，同一書手撰寫同篇文本時，其書寫習慣較為一致，較少出現《安大一》中常見的「同文避複」現象。

四　結論

全文共有四節，主要闡釋《安大簡》之書寫現象，內容依序為「前言」、「《安大簡》書法分析」、「《安大簡》中的『同文避複』現象概述」、「結論」等。第二節部分屬筆勢分析，藉字例之舉證，歸納出以下數項內容：一、《安大一》文字在開端、彎曲、橫撇處有不少頓筆，使筆畫粗細有致，線條富有變化。而線條較為細長的筆畫末尾，常與下一個頓筆處相接，在連筆書寫之情況下，往往形成轉折處呈稜角狀之情形；二、粗細不同之筆畫相接，常使筆畫轉折處出現尖角特性，其中以「隹」、「鳥」及其相關字較為明顯；三、《安大二》〈仲尼曰〉與《安大一》書寫風格相似，筆畫多有頓筆，線條粗細有致，筆畫構成的封閉結構亦多呈扁平、狹窄之勢。而〈曹沬之陳〉的筆畫較為平直方正，較少變化，筆畫所形成的封閉結構，其字形較為寬大。《安大二》的〈仲尼曰〉、〈曹沬之陳〉分別由不同書手所撰寫，而書手撰寫同篇文本時，書寫風格往往趨於一致。

第三節藉《安大一》、《安大二》用字習慣之比較，探討《安大簡》之「同文避複」現象。此類現象大致可分為「筆畫變動及飾筆增減」、「偏旁替換與部件增減」兩類，而「筆畫變動及飾筆增減」類項下，又能具體歸納出「同字筆畫差異」、「部件方位變換」、「飾筆增減」、「橫筆及墨團替換」、「結構改變」等要點。相較於《安大二》，《安大一》之「同文避複」較常見，《安大二》書手的用字習慣較為一致，較少出現同篇、同簡情況下，用字及寫法不一致之情形。

臺港兩地教育標準字形的取捨
——從重要差異字例說起

胡智聰[*]

一　前言

　　漢字是一套龐大的符號，在群眾使用與發展的過程中，難免會出現混亂和訛謬，因此要有措施維持漢字的系統性、科學性，以免整套符號變得隨意草率甚至雜亂無章。楷書在南北朝時盛行，可是其時戰亂頻繁，文事不彰，多俗訛字。至唐時天下大安，群儒奉皇命整理經籍，先後有《顏氏字樣》、《群書新定字樣》、《干祿字書》（簡稱《干祿》）、《五經文字》（簡稱《五經》）、《新加九經字樣》（簡稱《九經》）面世，確立字樣學。所謂「字樣」，指字的樣板、法式，指字形的標準、規範，而且針對的是楷書文字。後來歷朝的官修字書，如《大宋重修廣韻》（簡稱《廣韻》）、《洪武正韻》（簡稱《洪武》）、《康熙字典》（簡稱《康熙》）等，以及研究者編撰的字書，如《字彙》、《正字通》，和指出正字寫法的著作，都支持着這門學問的發展。

　　到了現代，使用繁體字的臺灣和香港兩地分別研訂了教育標準。在臺灣，國立臺灣師範大學國文研究所自 1973 年受教育部之委託，負責研訂國民常用字及標準字體。1975 年印行《國民常用字表初稿》。[1] 1978 年修訂為《常用國字標準字體表》，[2]並公佈試用。1982 年正式使用，出版手寫字形的正式版本。[3]到了 1993 年公佈楷體和宋體母稿，[4]其字形由華康公司（現

---

[*] 國立成功大學中國文學系研究所碩士。
[1] 中華民國教育部：《國民常用字表初稿》（臺北：教育部社會教育司，1975 年）。
[2] 中華民國教育部：《常用國字標準字體表（初稿名國民常用字表）》（臺北：教育部，1978 年）。
[3] 中華民國教育部：《常用國字標準字體表》（臺北：正中書局，1983 年）。
[4] 教育部國語推行委員會：《國字標準字體楷書母稿〈教育部字序〉》（臺北：教育部，1998 年）；教育部國語推行委員會：《國字標準字體宋體母稿〈教育部字序〉》（臺北：教育部，1999 年）。

名「威鋒數位開發股份有限公司」）製作。1994 年發佈電腦字型檔案，並出版《國字標準字體教師手冊》，期待假以時日，能「使『教育課本』、『新聞媒體』、『一般書籍』及『電子媒體』等，所用的字型齊一，古人所謂的『書同文』時代即將來臨」。[5]字表中，凡不同字形而音義相同者，皆只確立一個形體作標準，甚少例外。

在香港，1984 年起，香港政府教育署轄下的語文教育學院中文系提出「常用字標準字形研究計畫」，由李學銘統籌，訂定《常用字標準字形芻議表》。翌年，研訂者邀請院外人士組成委員會，審訂芻議表。1986 年出版手寫字形的正式版本。[6]1990 年作了全面修訂，[7]其後也數次推出修訂版。2007 年，教育局出版《香港小學學習字詞表》，[8]書中並附錄了《常用字字形表》重排本，以電腦楷書字形重新排版，同時修訂了一些建議字形和內容。編者多番強調無意樹立「正字」權威：「本表所提供的，只是一個可供參考的標準，而不是唯一的遵循標準。」「學生習作上的字，雖或與本表所列標準字形未盡相符，只要是通行的異體字而不是錯別字，教師宜採取較寬容態度。」亦說明不處理印刷體（如「宋體」）字形。[9]每字以一個建議形體為原則，但必要時也會兼容一兩個並行異體，說明不視為錯誤。

如果與中國大陸的規範字形、日本的學習參考字形相比，由於這兩地都實行過程度不同的漢字簡化，臺、港教育字形與它們不相同，是可以預期的。然而，同樣使用繁體字的臺灣和香港兩地，教育使用的字形仍有許多不一樣，可能出乎大家意料。當中的差異，小的話可以相當細微，例如「有」字的第三筆孰豎孰撇，「處」字的末筆是否帶鉤等；大的話可以字的結構和組成部件不相同。隨着兩地交流更頻繁，今後這種差異帶來的影響勢必更大。

---

[5] 曾榮汾：《國字標準字體教師手冊》（臺北：臺北教育部語推行委員會，1994 年），頁 23。
[6] 香港教育署語文教育學院中文系編：《常用字字形表》（香港：教育署，1986 年）。
[7] 香港教育署語文教育學院中文系編：《常用字字形表（修訂本）》（香港：教育署，1990 年）。
[8] 香港特別行政區政府教育局課程發展處中國語文教育組：《香港小學學習字詞表》（香港：政府物流服務署，2007 年）。
[9] 李學銘主編：《常用字字形表（二零零零年修訂本）》（香港：香港教育學院，2000 年），頁 VI、XVII。

本文會以一些重要差異為例，探討兩地教育字形的實際差異和背後原因，亦會比較歷代書家字跡，[10]以及今天生活常見的字形。[11]由於本研究涉及字形筆畫差異，內文植字未必便於顯示，請以字形表的大字字形為準。

二　麪／麵

歷代字形表[12]

麪	麪	麵	麵	麵	麵
①說文小篆	②唐.干祿	③唐.干祿	④宋.廣韻	⑤清刻廣韻	⑥宋.廣韻

---

[10] 所比對的材料為〔日本〕黑須雪子：《大書源》（東京：二玄社，2007年）及〔日本〕京都大學人文科學研究所：「拓本文字データベース」網站，網址：http://coe21.zinbun.kyoto-u.ac.jp/djvuchar（2024年6月10日上網）。下文不贅。

[11] 日常生活裏會接觸的字形，主要來自臺、港兩地的街道上、公共交通系統上的文字，以及日常的書報刊物使用的字型。由於範圍廣大，因此筆者僅選取七款字型來比對，包括：一、臺灣道路路牌主要使用的金梅粗黑體，二、香港道路路牌主要使用的全員粗黑體（「全員字庫（港人版）」版本），三、香港鐵路主要使用的港鐵宋體，四、臺灣《自由時報》內文主要使用的華康細明體，五、臺灣《聯合報》內文主要使用的文鼎明體L，六、香港《明報》內文主要使用的方正新秀麗繁體，七、香港《東方日報》內文主要使用的蒙納宋體。透過跟日常生活字形的比對，我們可以知道，教育標準所選擇的字形有否與日常生活所接觸者脫節，或者教育標準不採用的字形是否真的不普及。

[12] 歷代字形表的字形來源，主要有：東漢.許慎著，北宋.徐鉉校訂：《說文解字》（北京：中華書局，1963年）；唐.顏元孫著，唐.顏真卿書，施安昌編：《顏真卿書干祿字書》（北京：紫禁城出版社，1990年）；唐.張參：《開成石經.五經文字》（日本京都大學人文科學研究所藏拓本）；唐.唐玄度：《開成石經.新加九經字樣》（日本京都大學人文科學研究所藏拓本）；北宋.陳彭年等：《大宋重修廣韻》（日本國立國會圖書館藏南宋寧宗年間杭州刻五卷本）；明.樂韶鳳、明.宋濂等：《洪武正韻》（美國哈佛燕京圖書館藏明嘉靖四十年〔1561〕劉以節刊本）；明.梅膺祚：《字彙》（臺灣國家圖書館善本室藏明萬曆四十三年〔1615〕江東梅氏原刊本）；明.張自烈、清.廖文英編：《正字通》（日本內閣藏清康熙十年〔1671〕白鹿書院本）；清.張玉書、清.陳廷敬等主編：《御製康熙字典》（美國哈佛燕京圖書館藏康熙五十五年〔1716〕內府武英殿本）；〔日本〕諸橋轍次編纂：《大漢和辭典》（東京：大修館書店，1999年）。部分已整理的字形圖片來自白易：《字統網》網站，2019年12月25日，網址：https://zi.tools（2024年6月10日上網）。而篆前文字多來自中央研究院歷史語言研究所、中央研究院資訊科學研究所、中央研究院數位文化中心、臺灣大學中國文學系：《小學堂文字學資料庫》網站，2013年4月25日，網址：https://xiaoxue.iis.sinica.edu.tw/（2024年6月10日上網）；北京師範大學漢字漢語實驗室、北京師範大學民俗典籍文字研究中心：《漢字全息資源應用系統》網站，2019年1月11日，網址：https://qxk.bnu.edu.cn/（2024年6月10日上網）；顧國林：《古音小鏡》網站，2020年8月15日，網址：http://www.kaom.net/（2024年6月10日上網）。

⑦元.字鑑	⑧明.洪武	⑨明.字彙	⑩明.字彙	⑪清.正字通	⑫清.正字通
⑬清.康熙	⑭清.康熙	⑮大漢和	⑯大漢和		

麪,《說文》作①:「麥末也。从麥,丏聲。」[13]目前出土文獻中,未見早於《說文》小篆的古文字。

此字在《干祿》中收錄了「麵③、麪②」兩形,編者並云:「上俗,下正。」留意的是,《干祿》所錄的「麸、麯、麵、麪」等字,其「麥」旁皆寫作「麦」。[14]《五經》、《九經》並不見「麪」或「麵」之規定,惟「麥」字已不再作「麦」,在《九經》中規定寫作上「來」下「夊」的「麥」。[15]理論上,要是把《干祿》字形中的「麦」旁改爲《九經》的「麥」旁,本可作正寫「麪」和俗寫「麵」,沒想到在宋本《廣韻‧去聲‧三十二霰》中,出現的卻是另外兩個形體,主要釋義的字頭作「麫」④,其右旁並非作「丏」,而是作「丐」。下方還有「麵」字頭⑥,釋義爲「同上」二字。[16]從字理而言,「丏」字可作「麪」字的聲符,但「丐」字發音殊異,是當不上「麫」字聲符的,只是因「丐」與「丏」形近而訛寫。如果對照清康熙年間張士俊的澤存堂本,則可見澤存堂本把「麫」字改作「麪」⑤,[17]即把「丐」旁改正成「丏」旁。

元代李文仲的《字鑑》,則以「麪」字⑦爲正字,把「麫」和「麵」都視爲俗字:「莫見切。《說文》:『麥末也。』从麥,丏聲。俗作麫、麵。」[18]

---

[13] 東漢‧許慎著,北宋‧徐鉉校訂:《說文解字》,頁112。
[14] 唐‧顏元孫著,唐‧顏真卿書,施安昌編:《顏真卿書干祿字書》,頁41、52。
[15] 唐‧唐玄度:《五經文字附九經字樣》(美國國會圖書館藏清乾隆祁門馬氏叢書樓影刻石經原本),頁18a。
[16] 北宋‧陳彭年等:《大宋重修廣韻》,去聲卷,頁25b。
[17] 北宋‧陳彭年等:《大宋重修廣韻》(日本早稻田大學圖書館藏清康熙年間澤存堂本),去聲卷,頁35b。
[18] 元‧李文仲:《字鑑》(日本內閣藏清康熙年間吳郡張士俊刊澤存堂本),卷4,頁14b。

到了明本《洪武》，則只列「麪」字⑧。明末梅膺祚的《字彙》，依然以「麪」字⑨作正字，只是把「▙形」延伸結構改為左右結構。梅氏也列出「麵」字頭⑩，但視為俗字。清初出版的《正字通》處理方法與《字彙》一樣，正字作「麪」⑪，「麵」⑫為俗字。清朝《康熙》的編輯過程，主要參考了《字彙》和《正字通》，也承繼這兩部字書的做法，以「麪」⑬作正字，以「麵」⑭為俗字。到了現代，《大漢和辭典》（簡稱《大漢和》）和《中文大辭典》（簡稱《大辭典》）也參考了《康熙》，繼續以「麪」⑮作為正字，主要的音義解釋都放在「麪」字頭下方。不過「麵」字⑯的地位有所提升，說成是「與麪同」，不再視為俗字。[19]

現代各地教育字形表[20]

麪	麵	麪	麵	面
⑰臺初稿	⑱臺標楷	⑲港教	⑳日學參	㉑陸規楷

到了今天的教育字形，不同地域也有不同的取捨。仍然依《說文》，以「丏」作聲符的，只有香港的建議字形⑲。《常用字字形表》的說明是：「**右偏旁或作面，今作丏。**」原則上並沒有把「麵」列作可以接納為並行的異體字。[21]不過《香港小學學習字詞表》的編者在處理「麪」字的詞條時，還是把「麵」字增列作異體字。[22]

臺灣的標準字形，於 1975 年公佈的《國民常用字表初稿》中，本來也是依《說文》作「麪」的。但從 1978 年《常用國字標準字體表（初稿名國民常用字表）》起就已改作「麵」。《常用國字標準字體表》說明：「**本作麪。**

---

[19] 〔日本〕諸橋轍次編纂：《大漢和辭典》，頁 13532；中文大辭典編纂委員會編纂，張其昀監修，林尹、高明主編：《中文大辭典》（臺北：華岡出版部，1973 年），頁 16958。
[20] 現代各地教育字形表的字形來源，主要有：教育部國語推行委員會：《國字標準字體楷書母稿〈教育部字序〉》；香港特別行政區政府教育局課程發展處中國語文教育組：《常用字字形表》（香港：政府物流服務署，2012 年）；〔日本〕文化廳：《常用漢字表（平成 22 年 11 月 30 日內閣告示）》（東京：ぎょうせい，2011 年）；中華人民共和國教育部、國家語言文字工作委員會：《通用規範漢字表》（北京：國務院辦公廳秘書局，2013 年）。
[21] 香港特別行政區政府教育局課程發展處中國語文教育組：《常用字字形表》，頁 385。
[22] 香港特別行政區政府教育局課程發展處中國語文教育組：《香港小學學習字詞表》，頁 325。

爲免丏誤作丐,故作此。」[23]換言之,編者本不希望看到像宋《廣韻》般的誤寫,而選擇形體與「丐」字分別較大的「面」部件作聲符。

日本的學參字形也以「面」字作聲符,不過左旁的「麥」字簡化爲「麦」。中國大陸則直接以「面」代「麵」。

翻查歷代書家字跡,可知古代書法作品中很少出現此字,無論「麵、麪、麫」都沒多少例子。可是來到今天,「麪」或「麵」是常見字。由於 Unicode 已分別編碼,有好些電腦字型都同時支援兩者,但也有些只支援本來 Big-5 碼裏收錄的「麵」字。[24]

無論寫作「麪」還是「麵」,兩者都是形聲字,都是符合字理的形體。原則上,取其常見者作爲教育字形即可。而另一字形也常見,不妨將之納入爲可接受的異體字,不視爲錯字。不過,從「丐」的「麫」則只是形近而出現的訛寫,不應視爲可接受的寫法。臺灣標準字形的編者採用「麵」字,以減少訛字「麫」的出現,避免像宋本《廣韻》般的情況,考慮精心,是很可取的。

三　裏／裡

歷代字形表

①周中.吳方彝蓋	②周晚.毛公鼎	③周晚.三年師兌簋	④周晚.番生簋蓋	⑤戰.楚.曾59	⑥戰.楚.包2.262
⑦戰.楚.信2.09	⑧戰.楚.信2.09	⑨秦.睡.封82	⑩秦.睡.封22	⑪說文小篆	⑫西漢.孫臏105

---

[23] 中華民國教育部:《常用國字標準字體表》,頁239。
[24] 包括全眞粗黑體、文鼎明體 L、方正新秀麗繁體、蒙納宋體,都同時支援「麪」和「麵」。金梅粗黑體、港鐵宋體、華康細明體,則只能顯示「麵」字。

裏	裏	裏	裏	裏	裏
⑬東漢.吳仲山碑	⑭唐.干祿	⑮唐.干祿	⑯唐.開成.五經	⑰宋.廣韻	⑱明.洪武

裏	裏	裏	裏
⑲明.字彙	⑳清.正字通	㉑清.康熙	㉒大漢和

裏，《說文》作⑪：「衣內也。从衣，里聲。」[25]「衣」字寫在字的外圍，分拆作上部的「亠」和下部的「伙」，上下之間，則內嵌聲符「里」。

「裏」字本義是衣服的內層。後來引申指內部，與「外」相反的位置。目前我們找到最早的「裏」字，是西周的青銅銘文，如①～④，皆為外从「衣」，「衣」內作聲符「里」。楚簡文字⑤～⑦也維持着這種構形，⑧則省略「衣」的上部分。秦簡字形⑨、⑩，乃至《說文》篆文也維持着「外从衣，內作里聲」的構形。甚至在兩漢隸變時，如字形⑫、⑬所示，這構形也沒變。

到了唐楷，《干祿》收錄了「裏」⑮和「裏」⑭兩種字形，指出「上俗，下正」。[26]細察俗寫的「裏」字，它把「衣」字上部「亠」與聲符「里」黏合在一起，並訛寫成「重」形，不合六書字理。《五經》延續《干祿》的規定，直接把字形定作「裏」⑯，並指作「裏」訛。[27]自此以後，宋本《廣韻》⑰、明本《洪武》⑱也沿用「裏」字。明末清初的《字彙》⑲、《正字通》⑳亦然。清朝《康熙》㉑、現代《大漢和》及《大辭典》㉒亦然。

至於「裡」字，始見於吳任臣《字彙補》，於「裏」字條的內文中說：「俗作裡。」[28]而出版於數年後的《正字通》則在「裏」字條內云：「或作裡。」[29]但到《康熙》都沒有設立「裡」字頭。直至《大漢和》及《大辭典》

---

[25] 東漢・許慎著，北宋・徐鉉校訂：《說文解字》，頁170。
[26] 唐・顏元孫著，唐・顏真卿書，施安昌編：《顏真卿書干祿字書》，頁35。
[27] 唐・張參：《五經文字》（美國國會圖書館藏清乾隆祁門馬氏叢書樓影刻石經原本），中卷，頁19b。
[28] 清・吳任臣：《字彙補》（北京大學圖書館藏康熙五年〔1666〕本），申集，頁37b。
[29] 明・張自烈，清・廖文英編：《正字通》，申集下，頁25a。

才新增「裡」的字頭,³⁰惟仍以「裏」字爲正。

現代各地教育字形表

裏	裡	裏	裏	里	
㉓臺初稿	㉔臺標楷	㉕港教	㉖日學參	㉗陸規楷	

　　到了今天的教育字形中,香港和日本兩地的做法相近。香港以「裏」㉕作爲建議字形,日本的學參字形則作「裏」㉖。兩者都是沿襲了一直以來的傳統字典字形。分別是,香港的《常用字字形表》同時說明:「亦作裡。」把「裡」列作可以接納爲並行的異體字,採取包容態度。³¹日本則沒有兼容「裡」這種寫法。

　　臺灣的標準字形,在一開始的時候,即 1975 年出版的《國民常用字表初稿》,這字還是以「裏」㉓作標準字形。³²只是到了 1978 年的《常用國字標準字體表(初稿名國民常用字表)》,就突然改作「裡」㉔,其說明只說:「或作裏。」沒說明這改變的原因。³³到了《常用國字標準字體表》,依然只說「或作裏」三字,卻不接受它作爲可容許並行的寫法。³⁴《國字標準字體教師手冊》更完全沒有跟「裡」字字形相關的說明。只有在坊間出版的《常用標準國字解析》,才找到這樣的解釋:「『裡』本作『裏』……爲了配合中文電腦化,『標準字體表』採用了『左形右聲』的『裡』爲『標準』字;從軟體設計上來說『裡』比『裏』要方便得多,故請大家能常用『裡』字。」³⁵但細思之下,這種說法是站不住腳的。「裏」字的字形與「裹」字頗相似,卻不見在電腦字型設計時碰上甚麼問題,不必因中文電腦化而改形作「猓」字。同樣地,「囊」字的橫筆比「裏」字多,卻沒有

30　〔日本〕諸橋轍次編纂:《大漢和辭典》,頁 10658;中文大辭典編纂委員會編纂,張其昀監修,林尹、高明主編:《中文大辭典》,頁 13143。
31　香港特別行政區政府教育局課程發展處中國語文教育組:《常用字字形表》,頁 310。
32　中華民國教育部:《國民常用字表初稿》,頁 261。
33　中華民國教育部:《常用國字標準字體表(初稿名國民常用字表)》,頁 374。
34　中華民國教育部:《常用國字標準字體表》,頁 187。
35　陳善湖:《常用標準國字解析》(臺北:遼力出版社,1983 年),頁 270。

因此而改形作左右結構，也沒有電腦字型的設計師會造不出「𠰻」字。而且一套電腦字型開始設計時，設計師都會先試造「鷹、鬱、靈」等筆畫眾多的字，以測試設計效果，尤其是有十筆橫畫的「鷹」字，是用來試驗這套字型的橫筆如何均勻分配的。[36] 既然比「裏」字複雜得多的字形都能好好處理，「裏」字對字型設計來說不應構成問題。誠然，也許當年的技術未必及得上今天，對當初電腦字型製作者來說，也許製作難度真的較大。但時至今天，電腦技術問題顯然已解決，為電腦化而削足適履改造字形，可說是已無必要。

　　翻查歷代書家楷體，古時書法家絕大多數都寫作外形內聲的「裏」。今天生活中常見的日用字形，因為在 Unicode 尚未普及時，繁體中文常用的 Big-5 碼已同時支援「裡」和「裏」，[37] 因此各電腦字型都同時支援兩者，[38] 也證明了使用「裏」字不會妨礙中文電腦化。

　　「裏」和「裡」同為形聲字，前者外形內聲，後者左形右聲，理論上都符合六書。不過，與「裏」字相似的「裹」字，則必須作外形內聲的寫法，若寫成左形右聲，就會變成意義相反的「裸」字。可見聲符的位置，在這種少數情況下，也會影響漢字使用者的暗示心理。既然如此，「裏」和「裹」的意義都跟內部相關，同樣指內裏的「裏」字與「裹」字看齊，兩者都作外形內聲，似乎比較方便記憶。而且以書寫習慣來說，外形內聲的「裏」字是由古至今人們書寫的長年習慣，早已深入民心。連當初 Big-5 碼第一個版本

---

[36] 〔日本〕雪朱里、Graphic 社編輯部著，蔡青雯譯：《文字部：造字×用字×排字，14 組世界頂尖字體設計師的字型課》（臺北：臉譜出版，2018 年），頁 8-9；柯志杰、蘇煒翔：《字型散步 Next：從台灣日常出發，無所不在的中文字型學》（臺北：臉譜出版，2019 年），頁 154-157。

[37] 最早由資策會所定的版本「Big5-1984」並無「裏」字，但當時繁體中文電腦最普及的「倚天中文系統」已馬上在 F9D6～F9FE 的碼位添加七個倚天擴充字「碁、銹、裏、墻、恒、粧、嫻」，後來各版本的 Big5 碼都支援這七字。參中華民國數位發展部：〈中文碼介紹〉，《全字庫中文標準交換碼》網站，1999 年 7 月 21 日，網址：https://www.cns11643.gov.tw/pageView.jsp?ID=9（2024 年 6 月 10 日上網）。

[38] 包括金梅粗黑體、全真粗黑體、港鐵宋體、華康細明體、文鼎明體 L、方正新秀麗繁體、蒙納宋體，皆同時支援「裏」和「裡」。

沒有「裏」字時，當時市佔最大的中文系統就立即補上。今天在臺灣也有以「裏」字命名的常見品牌，「裏」字仍未被「裡」字取代。綜合而言，以「裏」字作為教育字形，應比「裡」字更合宜。當然，同時接納「裡」字作為容許的寫法，不視之為錯字，也是一種務實的做法。

　　香港和臺灣還有一些教育漢字，也是彼此所選擇的組字結構不相同，但組字部件相同的，例如香港以上形下聲的「峯」字作建議字形，同時採納「峰」字為並行的異體字，臺灣則以左形右聲的「峰」作為標準字形；香港以下形上聲的「羣」字作建議字形，同時採納「群」字為並行的異體字，臺灣則以右形左聲的「群」作為標準字形。這些字的不同字形都符合六書，而且沒有「裏」和「裡」那種情況，那麼，選擇最常見、最符合習慣的寫法作教育字形，同時接納另一字形，不視為錯字，是較務實的做法。

四　牀／床

歷代字形表

①商.乙2778	②商.乙2772	③戰晚.十四祀銅犀	④戰.楚.包2.260	⑤戰.楚.清參.赤.8	⑥秦.睡.日甲125
⑦說文小篆	⑧東漢.武威醫簡84甲	⑨東漢.熹.易.剝	⑩唐.干祿	⑪唐.干祿	⑫唐.干祿
⑬唐.開成.五經	⑭宋.廣韻	⑮宋.廣韻	⑯明.洪武	⑰明.字彙	⑱明.字彙
⑲清.正字通	⑳清.正字通	㉑清.康熙	㉒清.康熙	㉓大漢和	㉔大漢和

牀，《說文》作⑦：「安身之坐者。从木，爿聲。」[39]不過整部《說文》都沒收錄「爿」字，遂引來紛紜眾說。

其實，「爿」就是「牀」字的初文。它跟戰國時才出現的，從半「木」的「片」部件截然不同，早在商朝甲骨文已經出現，如字形①、②，是「牀」的象形字，本應看成「⊓」形，有牀板和兩隻牀腳，惟因書寫之便而旋轉九十度，向左或右並無分別。「爿」字除了獨用，也作為其他漢字的部件。例如「牆」字，古文字作「▨（商代甲骨，存下915）、▨（周中金文，史牆盤）」，「爿」部件作為聲符。又如「疒（𠙹）」字，商代甲骨文作「▨（燕639 背）、▨（林1.6.7）」，西周早期金文作「▨（疒父乙卣）」，則作為會意字的意符。「爿」字在青銅銘文中很少獨用，多作為部件。到了戰國晚期，書手在象形的「爿」旁加上「木」部件，作「牀」③。「牀」大多為木造，「木」為意符。「牀」字在楚簡文字中作④、⑤，在秦簡文字中作⑥，儘管寫法不同，但都看得出是從甲骨文字形①而來的。當中⑤的牀腳寫成空心。同樣地，兩漢隸變雖然把篆形的弧筆拉直，但仍能看出「爿」字與古文字的關係。

到了唐楷，《干祿》卻一口氣收錄了三個字形：「床⑫、牀⑪、牀⑩」，並判定這三字形是「上俗，中通，下正。」[40]這三個字形中，可以看到「丬」是「爿」隸變時的另一種寫法，無論作「牀」或「牀」，也仍然是從古文字而來。但「床」則改換了部件，去掉了牀的象形部分，變成從「广」內「木」的會意字。《五經》不但沿襲《干祿》的規定，以「牀」⑬為準，更直接只收錄「牀」字這字形，沒有作進一步說明。此後的字書，基本上都沿用這規定。宋本《廣韻》以「牀」字⑭為正，「床」字⑮列於其下，解說僅書「俗」字。明本《洪武》只收「牀」字⑯。《字彙》、《正字通》、《康熙》、《大漢和》和《大辭典》，都以「牀」字為正。雖然它們都設立了「床」字頭，但都視為是「牀」的俗字。

---

[39] 東漢・許慎著，北宋・徐鉉校訂：《說文解字》，頁121。
[40] 唐・顏元孫著，唐・顏真卿書，施安昌編：《顏真卿書干祿字書》，頁29。

現代各地教育字形表

床	牀	床	床		
㉕臺標楷	㉖港教	㉗日學參	㉘陸規楷		

到了今天的教育字形，只有香港地區仍然延續傳統字書的做法，以「牀」字作爲建議字形。《常用字字形表》的說明是：「或作床，今作牀。」[41]以其體例而言，編者並沒有把「床」列作可以接納爲並行的異體字。不過《香港小學學習字詞表》的編者在處理「牀」字的詞條時，還是把「床」字增列作異體字。[42]

臺灣的標準字形，則採用傳統字書視爲俗字的「床」，《常用國字標準字體表》的說明欄只簡單地寫道：「或作牀。」[43]《常用國字標準字體表（訂正本）》的〈常用國字及標準字體研訂報告〉中，有提及蔡樂生的《常用字選》取「牀」不取「床」，「皆以繁體爲主，與本表稿之取簡刪繁，剛好相反了。」[44]言下之意，因「床」字爲七畫，「牀」字爲八畫，因此國字標準字體選擇了少一畫的「床」字。

翻查《國字標準字體教師手冊》，更讓人困惑。其寫法要點參考資料說：「下作『木』：中豎不鉤，寫法同一八五三『木』字。俗或作『牀』，非正。」而本來顯示「篆體」的地方則漏空。[45]《國字標準字體教師手冊》這種做法令人莫名其妙。明明《說文》就收錄了小篆⑦，並說明構字理據是「从木，爿聲」，《國字標準字體教師手冊》的一貫做法都是依從《說文》的。現在卻一反慣例，故意漏空篆形，不引用《說文》，還特別聲稱「牀」字是「俗」字、是「非正」的，到底有甚麼根據？《國字標準字體教師手冊》的說法，與實際證據恰恰相反。

---

[41] 香港特別行政區政府教育局課程發展處中國語文教育組：《常用字字形表》，頁218。
[42] 香港特別行政區政府教育局課程發展處中國語文教育組：《香港小學學習字詞表》，頁154。
[43] 中華民國教育部：《常用國字標準字體表》，頁61。
[44] 中華民國教育部：《常用國字標準字體表（訂正本）》，頁68。
[45] 曾榮汾：《國字標準字體教師手冊》，頁118。

倒是陳新雄在《教育部異體字字典》「床」字條目的研訂說明中，坦白說「牀爲床之本字，床爲牀之俗字」，是《常用國字標準字體表》「定俗字床爲正體」而已。[46]日本和大陸兩地，也採用「床」作學參字形或規範字形，同樣地定俗字爲正體。

翻查歷代書家形體，可說在古時書法家的筆下，「牀」與「床」都常見。到了今天的電腦字型，由於 Unicode 已分別編碼，大多數電腦字型都同時支援兩者，只有個別較舊開發的字型，才只支援本來 Big-5 碼裏收錄的「床」字。[47]無論是「牀」還是「床」，兩者在古、在今皆爲常見形體。

理論上，「牀」字是會意兼形聲字，「床」字是會意字，皆符合六書。不過「牀」字所從的「爿」是其初文，是牀的象形字，其形相當直觀，構字理據較強、較直接。而「爿」部件也會出現在其他常用字中，例如「壯、妝、狀、將、牆」等字，皆以「爿」作聲符；「寐、寤、寢」等字，「爿」都是表意部件（意符）。連「疒」部件的「丬」也是「爿」的省筆寫法。如果選用「床」字作教育字形，學生在學習這些字時，還是無可避免要學習「爿」部件。現在，即使臺灣以「床」爲標準字形，但要教導學生其古文字來源時，還是要由「牀」字入手。[48]那倒不如一開始就學習「牀」字，以「牀」爲教育字形，反而有助學生記憶「牀」字本身的字源，以及「爿」部件的相關漢字。「牀」與「床」也只是相差一筆而已。爲了這一筆，在教育字形中捨棄「牀」字，卻無法排除「爿」部件出現在常用字中，到頭來對識字教學並無助益，是得不償失的。

---

[46] 中華民國教育部：〈床〉，《教育部異體字字典》（臺灣學術網路十四版〔正式七版〕），2024年3月18日，網址：https://dict.variants.moe.edu.tw/（2024年6月10日上網）。

[47] 包括全真粗黑體、港鐵宋體、華康細明體、文鼎明體 L、方正新秀麗繁體、蒙納宋體，皆同時支援「牀」和「床」。金梅粗黑體則只能顯示「床」字。

[48] 周碧香、馬偉怡、戚恕平、陳玉明：《漢字好好教　好好教漢字——華語師培與漢字教學》（臺北：五南圖書出版股份有限公司，2024年），頁584。

五　着／著

歷代字形表

①戰.楚.包2.145反	②戰.楚.包2.14	③戰.楚.信1.028	④戰.秦.詛楚文	⑤說文小篆	⑥西漢.蒼頡篇44
⑦西漢.春秋事語59	⑧東漢.尹宙碑	⑨東漢.禮器碑陰	⑩東漢.夏承碑	⑪東漢.堯廟碑	⑫東漢.靈臺碑
⑬唐.干祿	⑭唐.干祿	⑮唐.干祿	⑯唐.開成.五經	⑰宋.廣韻	⑱明.洪武
⑲明.俗書刊誤	⑳明.字彙	㉑明.字彙	㉒清.正字通	㉓清.正字通	㉔清.康熙
㉕大漢和	㉖大漢和				

　　「著」和「着」都不見於《說文》。《說文》有的是「箸」字，作⑤：「飯欹也。从竹，者聲。」[49]「箸」字本義是筷子。後來「箸」字又指標舉、明顯、撰寫等義，後作「著」。又有穿、附着等義，後作「著」或「着」。

　　楚簡文字中的「箸」字，从竹，者聲，如①～③。雖然「者」部件的字形多變，但都是楚文字「者」。秦文字「箸」作④，「者」部件的字形較穩定。

　　進入兩漢，漢字形體經歷了隸變。隸變過程中，有許多偏旁部件大量混

---

[49] 東漢・許慎著，北宋・徐鉉校訂：《說文解字》，頁96。

同，當中「⺮（竹）」和「⺾（艸）」是著名的例子。⁵⁰西漢的字跡還是以「⺮」頭為主，如⑥、⑦，但東漢已出現許多「⺾」頭的「著」字，如⑧～⑩。此外，「⺾」頭在隸書中又可省寫作「⺷」形，《隸辨》除了收錄從「⺮」頭者和「⺾（艸）」頭者，也收錄了《堯廟碑》⑪和《靈臺碑》⑫的字形，它們的頂部都寫作「⺷」形。而後者的「者」部件更把「耂」形寫作「耂」，跟頂部的「⺷」連起來就成為「羊」形。這個「着」字跟今天的「着」，就只差下方「曰」形變成「目」形的一橫。

到了《干祿》，就有把「者」下方的「曰」形寫成「目」形的版本。《干祿》收錄了「着⑮、著⑭、著⑬」三字，並說明：「**上俗，中通，下正。**」《干祿》同頁並收了「筯、箸」這組字，並云：「**上通，下正。**」⁵¹可見「箸」與「著」在《干祿》時已分工作兩個不同的字，「箸」字專指筷子義。後文我們將集中在「著」字身上，不再檢視已明確分工的「箸」字。《五經》直接只收錄「著」形，釋曰：「**竹去反。明也。又紵略反，又陟略反，又竹呂反，見《論語注》。又音佇，又音除，見《詩》。**」⁵²可看到在當時，「著」字已承擔了不少音義。

宋本《廣韻》⑰與明本《洪武》⑱都只收「著」字。明朝焦竑的《俗書刊誤》⑲指：「俗誤作着，非。」⁵³《字彙》也以「著」字⑳作字頭。「着」字㉑並沒放在正文字頭中，卻在「著」字「職略切」這讀音的釋文中出現：「……**又職略切，音灼。被服也，又置也。古作箸。俗作着，非。**」同時也在卷末〈醒誤〉裏找到：「**著：音灼。著衣、著棋，今誤作着。着：字書竝無此字，疑即著字，傳寫之譌。**」⁵⁴從《字彙》的解說，其實已可看到坊間的俗字用法，並不是在甚麼情況下都把「著」字寫作「着」，而是在唸「職

---

⁵⁰ 趙平安：《隸變研究》（保定：河北大學出版社，2008 年），頁 56-57。
⁵¹ 唐・顏元孫著，唐・顏真卿書，施安昌編：《顏真卿書干祿字書》，頁 47。
⁵² 唐・張參：《五經文字》，中卷，頁 7a。
⁵³ 明・焦竑：《俗書刊誤》，收入《景印文淵閣四庫全書》經部第 228 冊（臺北：臺灣商務印書館，1983 年，影印國立故宮博物院藏本），卷 4，頁 2b。
⁵⁴ 明・梅膺祚：《字彙》，申集，頁 24b；卷末，頁 19a。

略切」這讀音時,在解作「衣服」、「放置」和「着棋」這些義項下,才會寫作「着」,這其實就是利用不同字形來分工。《正字通》的編排與《字彙》相似,只是字形有輕微差異,《字彙》的「着」字㉑上方從「䒑」形,《正字通》的「着」字㉓上方則從「䒑」形。至於《康熙》,它不像《字彙》、《正字通》般有〈醒誤〉,因此只有「著」字頭,在「直略切」的讀音下說「俗作着」。55《大漢和》及《大辭典》承繼《康熙》,以「著」字㉕為準,只是在「目部」增立「着」字頭㉖,釋為「著之俗字」。56

現代各地教育字形表

著	著	着	著	着	著
㉗臺標楷	㉘港教	㉙港教	㉚日學參	㉛日學參	㉜陸規楷
着					
㉝陸規楷					

到了今天的教育字形,除了臺灣外,各地都把「著」和「着」分工。

臺灣的標準字形作「著」㉗,《常用國字標準字體表》的說明為:「或作着。」57《國字標準字體教師手冊》沒有特別說明此字。

香港的建議字形,則分別有「著」字㉘和「着」字㉙。《常用字字形表》「艸部」的「著」字㉘的說明是:「本作箸,今作著。下亦作者。」把有點的「著」列作可以接納為並行的異體字,58《香港小學學習字詞表》標其讀音為「普:zhù。粵:zyu3〔注〕」,組成的詞語有「著名、著作、著稱、顯著」。59而「目部」的「着」字㉙,《常用字字形表》沒有特別說明,60《香

---

55 清・張玉書、清・陳廷敬等主編:《御製康熙字典》,頁4996-4997。
56 〔日本〕諸橋轍次編纂:《大漢和辭典》,頁8359;中文大辭典編纂委員會編纂,張其昀監修,林尹、高明主編:《中文大辭典》,頁9957。
57 中華民國教育部:《常用國字標準字體表》,頁176。
58 香港特別行政區政府教育局課程發展處中國語文教育組:《常用字字形表》,頁294。
59 香港特別行政區政府教育局課程發展處中國語文教育組:《香港小學學習字詞表》,頁256、374。
60 香港特別行政區政府教育局課程發展處中國語文教育組:《常用字字形表》,頁240。

港小學學習字詞表》註其讀音作「普：zháo、zhuó、zhe。粵：zoek6〔雀6〕、zoek3〔雀〕」，組成的詞語有「着手、着火、着急、着重、着迷、着陸、着想、用不着、有着、衣着、沉着、爲着、穿着、接着、跟着」，還有〈附表二‧多字熟語〉的「牽着鼻子走」。[61]可見香港的教育，按不同讀音和義項，來把「著」與「着」分工。

日本和大陸也有相似的情況，「著」與「着」肩負着不同的音義。不過，日本的「着」字㉛寫法與香港一樣，上方作「䒑」。大陸的「着」字㉝則作「䒑」，少寫一筆。至於「著」字，日本㉚和大陸㉜都採用三畫的「艹」頭，而非四筆的「⺿」。

翻查歷代書跡，古代書法家多寫「著」字，不過也有一些「着」字的例子，而且「著」字的「艹」頭也常常寫成「䒑」形，乍看之下跟「着」字也相似。現代生活中，大家使用中文電腦時，因爲 Unicode 分別爲「著」和「着」編碼，因此許多電腦字型都同時支援兩者。[62]

「着」字的字形從訛寫而來，若站在教育字形必須符合六書的角度，的確會有衝突。可是文字的運用是約定俗成的，從晚明至今，坊間已習慣「著、着」分工多年，若廢除「着」字，「著」字肩負的讀音和義項都很多。根據不同讀音和義項來分工，是有利於表義清晰的。何況臺灣的研訂原則有提及：「字有多體，其義古通而今異者，予以並收。……古別而今同者，亦予並收。」[63]而「着」與「著」用法已有異，臺灣標準中不並收它們，也許不太符合原則。

---

[61] 香港特別行政區政府教育局課程發展處中國語文教育組：《香港小學學習字詞表》，頁103、114、118、130、173、177、218、252、281、396。

[62] 包括全真粗黑體、港鐵宋體、華康細明體、文鼎明體 L、方正新秀麗繁體、蒙納宋體，皆能同時顯示「著」和「着」。金梅粗黑體則只支援「著」字。

[63] 曾榮汾：《國字標準字體教師手冊》，頁11。

六　汙／污

歷代字形表

①戰.晉.𪞁𥁕壺	②戰.楚.九.56.47	③戰.楚.上（5）.三.12	④秦.睡.封66	⑤秦.睡.日甲146	⑥說文小篆
⑦西漢.老子甲後422	⑧西漢.孫子56	⑨東漢.禮器碑	⑩唐.開成.五經	⑪唐.開成.左傳（廿六）	⑫宋.廣韻
⑬宋.廣韻	⑭元.六書正譌	⑮明.洪武	⑯明.字彙	⑰明.字彙	⑱清.正字通
⑲清.正字通	⑳清.康熙	㉑清.康熙	㉒大漢和	㉓大漢和	㉔大漢和

汙，《說文》作⑥：「薉也。一曰小池爲汙。一曰涂也。从水，于聲。」[64]

目前我們找到最早的「汙」字，已是戰國文字。屬晉系的中山國《𪞁𥁕壺》上有「洿」字①，即「汙」字。而楚簡文字中，更有从「水」，「于」聲的「汙」字，如②、③。秦簡文字中，《睡虎地》也有「汙」字的身影，如④、⑤，亦是从「水」，「于」聲。兩漢隸書承秦簡文字，如⑦～⑨，同樣从「水」，「于」聲。

到了唐楷，《干祿》並沒有與「汙」字相關的規定。《五經》則收錄了「污」字⑩，釋曰：「烏路反。經典及《釋文》有相承作洿者，與字義不同。」[65]不過並非整部《開成》都作「污」，而是恰恰相反，《開成》裏作「污」者只得《五經》此處。至於《尚書》、《毛詩》、《左傳》等碑，都找到「汙」字⑪，

---

[64] 東漢・許慎著，北宋・徐鉉校訂：《說文解字》，頁235。
[65] 唐・張參：《五經文字》，下卷，頁6a。

甚至連《五經》碑上的〈五經文字序例〉中,「猶慮歲月滋久,官曹代易,儻複羕汙,失其本眞」之句,羕汙的「汙」字也是作「汙」,其右旁爲「于」,不作「亐」。[66]似乎《五經》針對的是《說文》釋作「濁水不流也。一曰窊下也。從水,夸聲」的「洿」字,指出「汙」與「洿」有別。

宋本《廣韻》收錄了唸「羽俱切、烏路切」兩個「汙」字⑫,也在唸「哀都切」的「洿」字下刊載了「汚」字⑬,釋作:「上同,又一故切。」[67]不過元代周伯琦的《六書正譌》,則云:「𣲙、汚:淳濁水也。从水,亐聲。又烏瓜、烏故、烏臥三切。隸作洿,通。別作涴,非。」[68]把各種讀音都統以「汚」字⑭。明本《洪武》則與《六書正譌》相反,只錄「汙」⑮。

到了明末梅膺祚的《字彙》,則「汙⑯、汚⑰」並收,以「汙」字頭爲主,釋文包括主要音義。「汚」字頭置於其後,釋曰:「同上。《玉篇》:『从亐者古文,从于者今文。』歐陽氏曰:『汚、汙本一字,今經傳皆以今文書之,蓋俗从簡。』」[69]張自烈的《正字通》也相似,「汙」字頭⑱釋文包括主要音義。「汚」字頭⑲下則云:「汚、汙、洿同。本作汚。……」[70]編撰時多參考前述二書的《康熙》,處理方法亦相同,在「汙」⑳下詳釋各音義,把「汚」列爲其古文。然後,在「汙」之下,也另列「汚」㉑,釋文卻只言:「同上。《玉篇》:『从亐者古文,从于者今文。』歐陽氏曰:『汚、汙本一字,今經傳皆以今文書之,蓋俗从簡。』又《集韻》:邕俱切,音紆。深也。分『汙、汚』爲二字。」[71]到了《大漢和》和《大辭典》,仍然以「汙」字頭㉒爲主,主要音義都放在其下。不過在「汙」字後,除了「汚」字頭㉓,也列出「汚」字頭㉔,兩字的解釋都是「與汙同」。[72]「汙」與「汚」的分別,是

---

[66] 唐·張參:《開成石經·五經文字》,碑3,欄1。
[67] 北宋·陳彭年等:《大宋重修廣韻》,上平卷,頁39a。
[68] 元·周伯琦:《六書正譌》(上海圖書館藏元至正十五年〔1355〕平江郡守高德基刊本),卷1,頁20a。
[69] 明·梅膺祚:《字彙》,巳集,頁2b。
[70] 明·張自烈、清·廖文英編:《正字通》,巳集上,頁5a-5b。
[71] 清·張玉書、清·陳廷敬等主編:《御製康熙字典》,頁2896。
[72] 〔日本〕諸橋轍次編纂:《大漢和辭典》,頁6623-6625;中文大辭典編纂委員會編纂,

前者右方从「亐」，後者右方从「亏」。按「于」字商代甲骨作「于（前1.53.1）、于（拾5.14）、丂（甲3941）」，西周金文作「于（靜簋）、于（土上卣）、丂（㝬侯旨鼎）」，把「于」這種字形直接隸定，便成為今楷的「于」形。到了春秋金文，為求美觀，「于」字已彎曲了的豎筆有時會進一步扭曲，寫作「亏（秦公鎛）、亐（鱳鎛）」這樣的形體，隸定可得「亐」形，如東漢《魯峻碑》作「亐」。「于」字小篆本應作「亐（嶧山碑）」，然而傳抄之下，後人卻把《說文》篆形訛寫作「亐」，即「亏」形。杜忠誥指出，在魏、晉以前的古文字實物資料中，都寫作「于」或「亐」，絕無中豎不與第二橫相交而作「亏」者。[73]

現代各地教育字形表

汙	污	汚	污	
㉕臺標楷	㉖港教	㉗日學參	㉘陸規楷	

到了今天的教育字形，臺、港、日、陸四地有不同的考慮。

臺灣把「汙」字㉕收為常用字，把「污」字收為次常用字。《國字標準字體教師手冊》在寫法要點參考資料中說明：「右半作『于』。此字依說文小篆當作『污』，但其右偏旁獨寫時作『于』，字表為慮及同偏旁寫法的一致，故取『汙』形為常用，『污』歸次常用字。」[74]針對中小學階段學習的《國語辭典簡編本》，所收的二十七個詞語，如「汙名、汙穢、汙水、汙辱、貪汙、油汙、核汙染、同流合汙」等，都作「汙」，不作「污」。[75]不過在《國語小字典》裏查「污」字，則有與「汙」字一樣的六項解釋，每項解釋下舉的詞例也用「污」字，只是各義項都會說明「同『汙』」，可見寫作「污」也不算錯誤，但識字教育中以「汙」為主。《教育部異體字字典》中，「污」雖也立為正字字頭，但其兩音之解釋都只是『『汙』之異體」。[76]李添富指出，「汙、

張其昀監修，林尹、高明主編：《中文大辭典》，頁 7860-7862。
[73] 杜忠誥：《說文篆文訛形釋例》（臺北：文史哲出版社，2002 年），頁 226-227。
[74] 曾榮汾：《國字標準字體教師手冊》，頁 145。
[75] 中華民國教育部：《教育部國語辭典簡編本》（臺灣學術網路版第三版），2021 年 11 月，網址：https://dict.concised.moe.edu.tw/（2024 年 6 月 10 日上網）。
[76] 中華民國教育部：〈村〉，《教育部異體字字典》（臺灣學術網路十四版〔正式七版〕），2024

污」二字歷來文獻皆以正、異體之關係處理，《異體字字典》因遷就標準字體表的收字，造成「污」字不具獨立音義，正字條件有所不足，依例不得收爲正字之不合理現象。[77]

香港則以「污」㉖作建議字形，《常用字字形表》的說明爲：「或作汙、汚，今作污。」[78]以其體例而言，編者並沒有把「汙」字和「污」字列作可以接納爲並行的異體字。不過《香港小學學習字詞表》的編者在處理「污」字的詞條時，還是把「汙」字增列作異體字，容許了「汙」字這種寫法，不視爲錯字。[79]

大陸以「污」爲規範字形，與香港相同。日本則取「汚」形。翻查古人書法字跡，可見古代書家多寫「汙」字，「汚」字也會寫，而「污」則很少，且都較晚期。但時至今天，以電腦字形顯示生活中常見的日用字形時，由於 Big-5 碼已把「汙」和「污」分別編碼，幾乎所有字型都能顯示出兩者。[80]

古文字「亐」在隸變後，或變成「于」形，或變成「亏」形。雖然獨用時基本上都作「于」，但作爲部件時，像「吁、宇、盂、竽、芋、迂」等字習慣从「于」，「夸、粵、虧」等字習慣从「亏」，「咢」的下部也類化作「亏」，已約定俗成，難以逆轉。既然「于」部件和「亏」部件都要學習，選用「汙」還是「污」，宜看大衆習慣。

而「亏」於現代習慣作「亐」，雖是來自訛寫，但若要把「夸、粵」等字強行還原作「夸、粵」等从「亏」的形體，則已非今人所習慣。即使「亐」這形體來自訛寫，它卻不會跟其他字或其他部件混淆，還是可以接受的。取

年3月18日，網址：https://dict.variants.moe.edu.tw/（2024年6月10日上網）。
[77] 李添富：〈臺灣教育部《異體字字典》的正字觀〉，《第五屆海外中國語言學者論壇論文集》（江蘇：江蘇師範大學語言科學編輯部，2015年），頁105；李添富：〈《異體字字典》的正字綱領〉，《中國文字學報》第7輯（2017年1月），頁18。
[78] 香港特別行政區政府教育局課程發展處中國語文教育組：《常用字字形表》，頁192。
[79] 香港特別行政區政府教育局課程發展處中國語文教育組：《香港小學學習字詞表》，頁115。
[80] 包括金梅粗黑體、全真粗黑體、港鐵宋體、華康細明體、文鼎明體L、方正新秀麗繁體、蒙納宋體，皆能顯示「汙」字。至於輸入「污」字，金梅粗黑體顯示成「污」，其餘各字型都顯示作「污」。

「污」不取「汚」，可使字形與「夸、粵」等其他从「亏」的字一致，減少記憶負擔。

七　電／電

歷代字形表

①周晚.番生簋蓋	②戰.楚.帛乙3.5	③說文小篆	④東漢.趙寬碑	⑤東漢.武榮碑	⑥唐.開成.九經
⑦唐.開成.九經	⑧宋.廣韻	⑨清刻廣韻	⑩明.洪武	⑪明.字彙	⑫清.正字通
⑬清.康熙	⑭大漢和				

電，《說文》作③：「陰陽激燿也。从雨从申。𩇕：古文電。」[81]

「電」字的初文是「申」，其商代甲骨文作「（燕540）、（鐵163.4）、（後1.18.6）、（甲2881）」，像電燿屈折之形，葉玉森指出《說文》「虹」字下收錄了籀文「䖝」，作「」，許慎釋曰：「籀文虹从申。申：電也。」[82]可知「申」字本義實為電。[83]電是天上隨雨雲而來的自然現象，故可加「雨」部件。就目前出土文字所見，从「雨」的「電」字最早見於西周晚期①。季旭昇解說道：「戰國文字兩旁電枝或訛為兩『口』，或訛為『臼』。」[84]楚系文字的兩旁電枝通常作兩「口」形，作「」（包2.162），但字形②下方卻作「臼」形，接近與秦系（如「」（睡.日甲3)」）、

---

[81] 東漢・許慎著，北宋・徐鉉校訂：《說文解字》，頁241。
[82] 東漢・許慎著，北宋・徐鉉校訂：《說文解字》，頁282-283。
[83] 葉玉森：《殷虛書契前編集釋》（上海：上海大東書局，1934年），卷1，頁17b。
[84] 季旭昇：《說文新證》（臺北：藝文印書館，2014年），頁982。

晉系（如「𢆉（璽彙1295）」）的寫法。《說文》的小篆與古文，電枝同樣作「𦥑」形，只差中間主電燿的屈折程度。

兩漢隸變時，「申」字兩旁電枝從分開的「𦥑」形，如「𢆉（西漢.孫臏155）」，漸漸連寫成「曰」形，如「申（東漢.熹.春秋.僖十六年）」，其主電燿則多作豎筆，但也有一些字形的主電燿呈屈曲形，如「电（東漢.尚方鏡三）」。「電」字的「申」部件居下方，也許因爲結字，主電燿通常都呈屈曲形，如字形④、⑤。當中④的主電燿上方穿頭，⑤則不穿頭，似乎礙於上方有「雨」部件的關係，翻查古代書家字跡，隸變以後，「电」部件以上方不穿頭的寫法佔多，但也有一些穿頭的。

唐朝的字樣釐定中，《干祿》、《五經》沒載「電」字。《九經》增錄「電」⑦與「電」⑥，解曰：「陰陽激燿也。上《說文》，下隸省。」[85]故《開成》以「電」⑥爲準。宋本《廣韻》作⑧，「雨」的中豎與「电」的豎曲鉤黏在一起。清刻的澤存堂本，「电」上方穿頭，作⑨。明本《洪武》恢復電枝呈「𦥑」形的「電」⑩，但明末清初的《字彙》⑪、《正字通》⑫，以及清朝御製的《康熙》⑬，都採用从「电」的今形，而「电」部件的上方俱穿頭。「電」形仍設字頭，俱釋爲古文。不過，現代的《大漢和》和《大辭典》則作⑭，「电」部件作不向上穿頭之形。

現代各地教育字形表

電	電	電	電	电	
⑮臺標1982	⑯臺標楷	⑰港教	⑱日學參	⑲陸規楷	

在今天，各地的教育字形裏，對「電」字的選形有不同的取態。臺灣的標準字形，從1975年的初稿、[86]1978年的易名本、[87]1979年的訂正本，[88]到

---

[85] 唐・唐玄度：《五經文字附九經字樣》，頁20a。
[86] 中華民國教育部：《國民常用字表初稿》，頁313。
[87] 中華民國教育部：《常用國字標準字體表（初稿名國民常用字表）》，頁448。
[88] 中華民國教育部：《常用國字標準字體表（訂正本）》，頁520。

1982 年正式頒佈的《常用國字標準字體表》，[89]「電」字皆寫作「電」⑮。上从「⻗」，第五至八筆依序作點、挑、撇、點，呈向內聚攏之勢；下从「电」，末筆爲豎曲，上方穿頭，收尾不帶鉤。坊間的《常用標準國字解析》強調以標準字模來印刷，不但字模字形作「電」，更說明這字的寫法是：「『電』屬『雨』部五畫，是由『雨』和『申』合成的『會意』字。『雨』是個『象形』字，……『申』也是『象形』字，像閃電由雲層中伸出來之形，後被借地支第九名及『申請』之意，乃在上方加個『雨』作『電』，所以『申』是『電』的本字。『電』的下偏旁是『申』變成的，所以直筆要上凸，直筆橫折後不帶『鉤』。」[90]

然而，到了 1993 年，教育部委託華康科技公司完成國字標準字體母稿，其後出版《國字標準字體楷書母稿》時，「電」字的寫法卻變成「電」⑯，頂部的「⻗」部件不變，但下部由「电」部件變成「甩」部件。[91]《國字標準字體教師手冊》完全沒有說明「電」字的字形問題。國立臺北教育大學的《標準字體書寫要點》則認爲此楷書母稿的字形有誤，不但在「電」字的說明中指：「末筆爲一豎折，不鉤。」更在前言部分的〈《標準字體書寫要點》說明〉中言道：「若電腦字形有誤，則於書寫要點中說明。例如：序號 0089 的『電』字，尾筆不可勾起。」[92]可是《教育部異體字字典》的「字樣說明」欄則稱：「下半爲『申』之變形，末筆作豎曲鉤，起筆不出頭，寫法參『申』字。」[93]兩者說法有衝突。

香港則以「電」⑰作建議字形，上从「⻗」，與臺灣標準字形相同；下从「电」，末筆爲豎曲，上方穿頭，收尾不帶鉤。《常用字字形表》並說明，

---

[89] 中華民國教育部：《常用國字標準字體表》，頁 224。
[90] 陳善湖：《常用標準國字解析》，頁 287。
[91] 教育部國語推行委員會：《國字標準字體楷書母稿〈教育部字序〉》（臺北：教育部，1998 年），頁 41。
[92] 孫劍秋：《標準字體書寫要點》（臺北：國立臺北教育大學，2007 年），頁 5；頁 Ⅱ。
[93] 中華民國教育部：〈敘〉，《教育部異體字字典》（臺灣學術網路十四版〔正式七版〕），2024 年 3 月 18 日，網址：https://dict.variants.moe.edu.tw/（2024 年 6 月 10 日上網）。

下方或作「甩」，今作「电」。[94]自《常用字字形表》面世，到現在最新版，香港局方的教育建議字形一直都是「電」，這寫法跟臺灣原來的標準字體⑮相同。不過臺灣後來改形作「電」⑯，使兩地的教育字形不一致。

日本的學參字形是「電」，在《常用漢字表の字体・字形に関する指針（報告）》中，1483 號的「電」字列出的印刷字形，如明體、黑體、圓體，上方的「⻗」第五至八筆皆爲短橫，但教科書體⑱此四筆則皆爲點。報告還說明，「雨」和「⻗」部件這四筆，無論作「四點」、「四橫」、「點、挑、點、點」或「點、挑、撇、點」，都是正確的寫法，不視爲錯誤。同時，下方的「甩」部件，無論末筆作豎曲還是豎曲鉤，也同樣是正確的寫法。[95]日本的做法比較包容，可以化解許多印刷字形與手寫文字之間的細微差異。這些細微差異，不影響構字理據，應當兼容。

至於大陸地區，「電」字簡化作「电」⑲，即把初文「申」字的末筆拐成豎曲鉤，以跟「申」字區分。

八　衛／衞

歷代字形表

①商.乙4577	②商.後2.22.16	③商.甲3523	④周早.衛作父庚簋	⑤周早.衛尊	⑥周中.五祀衛鼎
⑦周晚.嗣寇良父壺	⑧戰.楚.新甲3.113	⑨戰.楚.包2.263	⑩秦.睡.秦196	⑪說文小篆	⑫西漢.孫臏148

---

[94] 香港特別行政區政府教育局課程發展處中國語文教育組：《常用字字形表》，頁 363。
[95] 〔日本〕文化廳編：《常用漢字表の字体・字形に関する指針（報告）》（東京：三省堂，2016 年），頁 171；頁 43-44；頁 55。

衛	衛	衛	衛	衛	衛
⑬西漢.天文雜占1.1	⑭東漢.熹.春秋.僖廿六年	⑮東漢.趙菿殘碑	⑯唐.開成.九經	⑰唐.開成.九經	⑱宋.廣韻
衛	衛	衛	衛	衛	衛
⑲明.洪武	⑳明.洪武	㉑明.字彙	㉒明.字彙	㉓清.正字通	㉔清.正字通
衛	衛	衛	衛		
㉕清.康熙	㉖清.康熙	㉗大漢和	㉘大漢和		

衛，《說文》作⑪：「宿衛也。从韋、帀，从行。行，列衛也。」[96]

「衛」的初文是「韋」，如商代甲骨「（前4.31.6）」，从上下兩「止」（腳掌）圍着「口」（城垣）。兩「止」通常不同方向，但有時也會寫成同方向的。在「韋」字外加上表示街道的「行」部件，就是「衛」字，如①。中間的「口」也可以改作「方」，表示邊區、方國，如②。有時書手會簡化字形，省去「方」下的「止」，如③。西周金文中，兩「止」除了圍着「方」④、圍着「口」⑦外，也可以圍着「帀」（軍隊），如⑥。字形⑤則在整個字下再加「止」部件。楚系文字主要承繼了⑦（中間从「口」）的寫法，如⑧；以及於其下方再加「止」，如⑨。秦系文字則省略⑦下方的「止」，以求同時容納「口」部件與「帀」部件。《說文》篆形則不省略二「止」，但仍在其下加上「帀」。此外，《說文》「行」部件的篆形有訛。「行」為十字路口之象形，商代甲骨作「（後2.2.12）、（甲574）」，秦簡文字也寫作「（睡.雜39）」，按理小篆應依小徐本作「」而非「」，「衛」字也應依小徐本作「」才對。[97]

「衛」字在隸變時，基本上只是將筆畫拉直，構形上沒有大變化。兩漢隸書中，有些像⑫的寫法，繼承自《說文》篆形那種「衛」形。⑬、⑮則如

---

[96] 東漢・許慎著，北宋・徐鉉校訂：《說文解字》，頁44。
[97] 南唐・徐鍇，南唐・朱翱注音：《說文解字繫傳》（北京：中華書局，1987年），頁167-168。

甲、金文字般,「行」內从「韋」。《熹平》的「衛」字⑭則如⑩一樣,省略「韋」下方的「止」,以容納「帀」。邁入楷書階段,在官方字樣中,《干祿》和《五經》都沒有特別的規定。《九經》則補上空缺,規定:「衛⑰、衞⑯:宿衞也。從韋。從帀。從行,行列也。上《說文》,下隸省。」[98]整部《開成》都按之作「衞」。宋本《廣韻》亦沿襲之。到了明本《洪武》,「衞」字兩見,但首次於去聲出現時卻誤作「衛」⑲,於入聲再出現時才作「衞」⑳。明末清初的《字彙》和《正字通》,乃至清朝官修的《康熙》,及現代的《大漢和》、《大辭典》,都以「衞」字為正(㉑、㉓、㉕、㉗)。雖然它們都列出「衛」字頭(㉒、㉔、㉖、㉘),但皆說明是「衞」的俗字。

現代各地教育字形表

衛	衞	衛	卫
㉙臺標楷	㉚港教	㉛日學參	㉜陸規楷

今天,各地對「衛」字字形的處理,有不同的取捨。臺灣的標準字形作「衛」㉙,1982年正式頒佈的《常用國字標準字體表》列於「行部」,說明欄言道:「或作衞。」[99]《國字標準字體教師手冊》沒有此字的相關規定或說明。國立臺北教育大學的《標準字體書寫要點》說明指出此字「中作『韋』:中『口』,下為一橫、一撇橫,末為一豎。」[100]

香港的建議字形則是「衞」㉚,《常用字字形表》的備註稱:「中或作韋,今作肀。」[101]香港的政府部門名稱,例如「醫務衞生局」、「衞生署」、「食物環境衞生署」等,都選用「衞」字,不用「衛」字。然而,《香港小學學習字詞表》的編者在處理「衞」字的詞條時,還是把「衛」字增列作異體字,學生寫出「衛」字並不會視為錯字。[102]

---

[98] 唐・唐玄度:《五經文字附九經字樣》,頁 3b。
[99] 中華民國教育部:《常用國字標準字體表》,頁 186。
[100] 孫劍秋:《標準字體書寫要點》,頁 43。
[101] 香港特別行政區政府教育局課程發展處中國語文教育組:《常用字字形表》,頁 308。
[102] 香港特別行政區政府教育局課程發展處中國語文教育組:《香港小學學習字詞表》,頁 334。

香港的選形雖然遵從傳統字書,是一個有字理依據的選擇。不過,臺灣選擇的標準字形,縱使在傳統字書中被視為俗字,卻非無據,它可上溯至甲骨文和金文的字形,例如①和⑦,保留完整的「韋」字,可以看出上下兩隻腳掌「𠂆」和「牛」圍着城池,配合古文字字形,可以讓學生生動地了解此字的構意。[103]相反,「衛」字省略了一隻腳掌,直觀上看不出包圍之勢,而「帀」字現代已罕見,若要解釋它代表軍隊,得另花工夫。從這角度來看,似乎選擇「衞」字會更勝一籌。這也反映傳統字書的選形,有時會太拘泥於《說文》,反而沒有仔細思考該形體本身的構字理據有多合理。今天,我們看到商周的甲骨文、金文,以及其他先秦的出土文字,可以知道《說文》的字形反而是後起的,從「韋」的寫法反而是更原初的。

日本的學參字形選用「衞」字;中國大陸則簡化作「卫」,《通用規範漢字表》中也沒有其他从「衞」部件或「衛」部件的字。

翻查古代書家楷體,寫作「衞」或「衛」的書法字跡皆不難找到,但數量上「衞」形較多。今天生活中常見的日用字形,則通常同時支援「衞」和「衛」。[104]

九　龜／龜

歷代字形表

①商.前7.5.2	②商.前4.54.6	③商晚.弔龜瓿	④周早.龜父丙鼎	⑤戰.楚.清玖.禱.15	⑥說文小篆

---

[103] 周碧香、馬偉怡、戚恕平、陳玉明:《漢字好好教　好好教漢字——華語師培與漢字教學》,頁 622。

[104] 包括全真粗黑體、港鐵宋體、華康細明體、文鼎明體 L、方正新秀麗繁體、蒙納宋體,皆能同時顯示「衞」和「衛」。金梅粗黑體則只能顯示「衛」字。

⑦說文古文	⑧西漢.居延簡甲115	⑨西漢.銀雀山簡	⑩東漢.尹宙碑	⑪東漢.熹.易益	⑫東漢.孫叔敖碑
⑬唐.干祿	⑭唐.干祿	⑮唐.開成.五經	⑯唐.開成.五經	⑰宋.廣韻	⑱元.字鑑
⑲明.洪武	⑳明.洪武	㉑明.字彙	㉒明.字彙	㉓清.正字通	㉔清.正字通
㉕清.康熙	㉖清.康熙	㉗大漢和	㉘大漢和		

龜，《說文》作⑥：「舊也。外骨內肉者也。从它，龜頭與它頭同。天地之性，廣肩無雄；龜鼈之類，以它為雄。象足甲尾之形。凡龜之屬皆从龜。⊕：古文龜。」[105]

然而本來「龜」就是整體象形字，取象於龜。當中商朝甲骨文①像龜的正視形，上方有頭，中間圓形為殼與身，殼上有紋，還有兩手、兩足、尾巴伸出來。另一甲骨文②像龜的側視形，上方有頭，身體一側伸出手和腳，因為是側視，所以只看到兩肢而非四肢，另一側有龜殼，下方有尾巴。即使側視形的頭部、身體與尾巴三部分組合起來像「它」字，但也不應分析為「从它」。[106]此外，「龜」的正視形與「黽」字相似，比如「 （掇2.409）、 （師友2.118）」，關鍵的分別是「黽」沒有尾巴，此外「黽」的後肢也常常回折。[107]

商朝晚期至西周早期的金文，如③、④，以正視形為主流，有些講究的青銅器會寫得特別仔細，畫出龜殼上的許多紋理。戰國楚系文字⑤的龜頭、

---

[105] 東漢·許慎著，北宋·徐鉉校訂：《說文解字》，頁285。
[106] 董蓮池：《說文解字考正》（北京：作家出版社，2005年），頁534。
[107] 季旭昇：《說文新證》，頁900。

身體與尾巴已連寫、類化成「它」（𠃑）形，其餘部分也類化作「臼」形，不再看到有四肢從龜殼裏伸出來，而且與「黽」字同形。許慎編《說文》時，以側視形作為字頭，以正視形作「古文」，這個正視形也看不到四肢伸出來。

隸變時，「龜」字變化甚多，比如西漢的⑧已寫得難以辨析。所幸像⑨雖然墨跡殘泐，但仍看到類似篆文側視形的、較規整的寫法。東漢《熹平石經》⑪作為官方教學文本，則比較講究，各部分尚能與小篆字形對應，惟龜頭已跟「兔、象、魚」等字一樣類化成「ク」。同時期的《尹宙碑》⑩也寫得清楚，而且龜頭沒有上述的類化。不過像字形⑫也訛變甚劇，教人難以辨析出來。

面對字形劇變，《干祿》遂規定「龜」⑭與「龜」⑬是「上通，下正」。[108] 其正形與《熹平》相似，背上的殼則依《說文》篆形作交叉紋。唯《五經》編者卻有不同意見，它在「黽部」收錄了「龜⑯、龜⑮」，編者主張：「象形，舊也。外骨內肉。上《說文》，下石經。」[109] 原則上，「龜」字作為象形字，有少許寫法差異也不太影響構字理據。無論「囟」形還是「目」形，也是有紋的龜殼。兩肢不與龜殼連寫，也在運筆上比較方便，避免「橫豎」（或稱「橫折」）筆畫的長度、大小難以控制，或者龜殼部分寫得太小，影響結字美觀。宋本《廣韻》則恢復《干祿》之規定，作「龜」⑰；但明本《洪武》又見差異，而且兩次的寫法都不一樣（⑲、⑳），不過可以觀察到，它繼承了《字鑑》「龜」字⑱恢復頭部作豎點而不作「ク」的寫法。

明末清初的《字彙》和《正字通》，都以「龜」字作主字頭（㉑、㉓），在其下詳細釋義，同時立跟《字鑑》一樣的「龜」字頭（㉒、㉔），指為「龜本字」。無論「龜」還是「龜」，中間部分都作「㠯」，不作「㠯」，而且龜的兩肢與龜殼部分不連寫。這樣寫雖然方便，不過兩本字典都把「龜」字放作十六畫的部首，而其字頭的寫法應為十八畫。《康熙》保留了中間的「㠯」

---

[108] 唐・顏元孫著，唐・顏真卿書，施安昌編：《顏真卿書干祿字書》，頁 17-18。
[109] 唐・張參：《五經文字》，下卷，頁 30a。

形，不過兩肢與龜殼連寫，作「龜」㉕，維持十六畫。其本字亦連寫作「龜」㉖。《大漢和》和《大辭典》的「龜」㉗字也跟《康熙》一樣，兩肢與龜殼連寫，但其本字「龜」㉘則採用不連寫的字形。

現代各地教育字形表

龜	龜	亀	龟		
㉙臺標楷	㉚港教	㉛日學參	㉜陸規楷		

　　到了今天的教育字形，各地對「龜」字的選形都很不同。日本和大陸地區都經過簡化，造型大異。在繁體地區中，臺灣的標準字形作「龜」㉙，跟維持十六畫的《康熙》寫法相似，《國字標準字體教師手冊》研訂分則120規定：「『龜』字篆文『从它象足甲尾形』，上作撇、橫撇。此字筆順複雜，示之如下：首二筆作撇、橫撇，不作『刀』；下半起筆數筆筆順為左豎、橫折、左下短橫、右下短橫，與『黽』字同；下中右作直豎，左作豎曲鉤，豎筆下不接鉤筆；中左象龜腳形，中右框中作一撇、一頓點，象龜殼形狀，框中不加點，與『鹵』下半不同。」[110]香港則以「龜」㉚作建議字形，跟《字彙》、《正字通》的寫法相類，而且《常用字字形表》把「龜部」改列為十八畫的部首，避免了畫數不一致的問題，同時說明：「本作龜，或作龜，今作龜。」[111]

　　原則上，「龜」字是象形字，無論寫作十六畫的「龜」還是十八畫的「龜」，「龜」的兩手是否與龜殼連着一起書寫，都不太影響字理。在這種情況下，筆者認為可以選擇較好寫的字形，而且在現實生活中，不管臺灣或香港，兩種字形都有可能是民眾小時候學到的寫法。[112]在這種情況下，採取包容態度也許是較務實的做法。

---

110 曾榮汾：《國字標準字體教師手冊》，頁55。
111 香港特別行政區政府教育局課程發展處中國語文教育組：《常用字字形表》，頁388。
112 李明融：〈你學的是哪個「龜」？媽媽見兒子作業驚寫錯30年　PO文求救網掀熱議〉，《民視新聞網》網站，2021年11月1日，網址：https://www.ftvnews.com.tw/news/detail/2021B01W0124（2024年6月10日上網）。

翻查歷代書家字跡，此字在古時書家筆下，造形變化多端。《教育部異體字字典》收錄了一百零四個異體字。[113]今天生活中常見的日用字形，較多作十八畫的「龜」，亦有作十六畫的「龜」，[114]雖然仍有造型差異，但相比古人書法已比較統一了。

十　總結

在中文教育裏，識字教育是非常重要的一環，而一套爲教育用途而設的字形標準或建議，有助維護字形的一致，不致令同年齡層的學童在學習上莫衷一是。同樣是使用繁體字的地區，臺灣的國字標準字形，以及香港的《常用字字形表》建議字形，均於 20 世紀 80 年代開始實行，至今在教育上與社會中都有深遠影響。兩套教育字形對識字教育的貢獻，是有目共睹的。

然而，隨着時代演變，今天我們回顧這兩份約 40 年前的字形標準或建議，難免會發現當中存在着一些問題值得重新檢視。透過筆者在前文的論述，可見有一些標準或建議字形，的確值得修訂，使整套標準更臻完善。

可是，說到要修訂沿用多年的教育字形，部分教育工作者或許會擔心，此舉可能會對多年來的教學標準產生衝擊，令民眾過往學習的字形變成錯誤寫法。筆者認爲，若學習香港標準，採納一些對字理不太大影響的異體，作爲可接受、不視爲錯誤的字形，未嘗不是務實的解決方法。早在唐代，字樣學的重鎮《干祿》中，就已經出現「並正」的現象，即允許多種正體共存的情況，也會除「正」體外接納「通」體。因此，這種「標準與異體並行」的做法其實有歷史依據，也能緩解單一標準帶來的壓力。

楊立龍批評在教學裏只取「教」字而排斥「敎」字是積非成是後，提出國字標準字形的改善方略，是持續、不間斷地調整標準字形，而且列爲可接

---

[113] 中華民國教育部：〈龜〉，《教育部異體字字典》（臺灣學術網路十四版〔正式七版〕），2024 年 3 月 18 日，網址：https://dict.variants.moe.edu.tw/（2024 年 6 月 10 日上網）。

[114] 包括金梅粗黑體、文鼎明體 L、方正新秀麗繁體、蒙納宋體，皆作十八畫的「龜」。全真粗黑體、華康細明體則作十六畫的「龜」。而港鐵宋體獨作「龜」。

受、符合標準的字形並不限於一字:「標準字體不要太多太泛是對的,然而從長遠角度視之,廣泛的文字可由長的時間不斷收斂與淘選,逐漸形成穩定的和量少的標準字體,而不必在一時之間動大手術式的切割整理。因此『一字爲限』的原則,可調整成『一字爲原則』,少許字音義同者仍可二三字同列標準字體,這在過去字書中亦有先例。」[115]如是者,把「教」和「敎」都列爲標準字體,或至少都不視爲錯誤的形體,那麼就有空間改善一些值得修訂的地方。筆者期望,臺、港兩地的教育字形都能持續精進,一方面更能幫助學習者了解漢字字理,另一方面能減少與生活所見字形的衝突。

臺港兩地的教育字形尚有許多差異,涉及許多常用部件,諸如「匕、幺、厶、夂、戶、日、木、麻、青、寺、豆、告、次、兌、囪、臽、肅、黃、晉、周、縣、盈、叟、敘」等。因篇幅所限,本文只能割愛,僅以「麵、裏、牀、着、汙、電、衛、龜」八字爲例,指出兩地對字形標準取捨時的一些特點。其餘的差異,尚待日後繼續深入探討。

---

[115] 楊立龍:〈教的正字地位衰退與恢復〉,《教育論叢》第 3 期(2015 年 6 月),頁 35-36。

沈寶春教授指導研究生一覽表

	論文名稱	學校／系所	年度	學位	研究生	備註
1.	《說文解字》指事象形考辨	成功大學中國文學研究所	89	碩士	晏士信	與謝一民教授共同指導
2.	殷周金文形聲字研究	成功大學中國文學研究所	90	碩士	宋鵬飛	
3.	兩周金文助動詞詞組研究	成功大學中國文學研究所	91	碩士	莊惠茹	
4.	春秋金文形構演變研究	成功大學中國文學研究所	92	碩士	吳欣潔	
5.	兩漢鏡銘內容用字研究	成功大學中國文學研究所	93	碩士	陳英梅	
6.	《張家山漢墓竹簡·二年律令》通假字研究	成功大學中國文學研究所	94	碩士	成蒂	
7.	東漢到晉買地券文字研究	成功大學中國文學研究所	94	碩士	陳鋸鍵	
8.	甲骨文武丁時期王卜辭與非王卜辭之祭祀研究	成功大學中國文學研究所	95	碩士	張宇衛	
9.	許瀚之金文學研究	成功大學中國文學研究所	96	碩士	郭妍伶	

10.	郭店簡、上博簡引《書》研究	成功大學中國文學研究所	96	碩士	陳一綾	
11.	兩周金文軍事動詞研究	成功大學中國文學研究所	98	博士	莊惠茹	
12.	封泥考略研究	成功大學中國文學研究所	99	碩士	鄭宇清	
13.	殷商至秦代出土文獻中的紀日時稱研究	成功大學中國文學研究所	100	博士	彭慧賢	
14.	上博楚簡莊、靈、平三王研究	成功大學中國文學研究所	100	博士	高佑仁	
15.	《嶽麓書院藏秦簡（壹）・占夢書》研究	成功大學中國文學研究所	101	碩士	龎壯城	
16.	先秦「五刑」及其相關之研究	高雄師範大學經學研究所	101	碩士	王鈺婷	與蔡根祥教授共同指導
17.	道咸時期山左金文學研究	成功大學中國文學研究所	103	博士	郭妍伶	
18.	銀雀山漢簡、北大漢簡所見陰陽、五行類出土文獻研究	成功大學中國文學研究所	105	博士	龎壯城	

學術論文集叢書 1500048

瞻彼淇奧——沈寶春教授七秩壽慶論文集

主　　編	高佑仁
編　　輯	論文集編輯委員會
排　　版	邱郁茹
責任編輯	林以邠
發 行 人	林慶彰
總 經 理	梁錦興
總 編 輯	張晏瑞
編 輯 所	萬卷樓圖書股份有限公司
封面設計	陳薈茗
印　　刷	博創印藝文化事業有限公司
封面圖源	國家圖書館典藏清・高僑鶴《詩經圖譜慧解》
封底圖源	百壽圖（集字）
發　　行	萬卷樓圖書股份有限公司
	臺北市羅斯福路二段 41 號 6 樓之 3
	電話 (02)23216565
	傳真 (02)23218698
	電郵 SERVICE@WANJUAN.COM.TW
香港經銷	香港聯合書刊物流有限公司
	電話 (852)21502100
	傳真 (852)23560735

ISBN 978-626-386-308-8
2025 年 8 月初版一刷
定價：新臺幣 1280 元

如何購買本書：

1. 轉帳購書，請透過以下帳戶
　合作金庫銀行　古亭分行
　戶名：萬卷樓圖書股份有限公司
　帳號：0877717092596
2. 網路購書，請透過萬卷樓網站
　網址　WWW.WANJUAN.COM.TW

大量購書，請直接聯繫我們，將有專人為您服務。客服：(02)23216565 分機 610

如有缺頁、破損或裝訂錯誤，請寄回更換
版權所有・翻印必究
Copyright©2025 by WanJuanLou Books CO., Ltd.
All Rights Reserved　　Printed in Taiwan

國家圖書館出版品預行編目資料

瞻彼淇奧：沈寶春教授七秩壽慶論文集/高佑仁主編. -- 初版. -- 臺北市：萬卷樓圖書股份有限公司, 2025.08
　面；　公分. -- (學術論文集叢書；1500048)

ISBN 978-626-386-308-8(精裝)

1.CST: 漢語文字學　2.CST: 文集

802.207　　　　　　　　　　　　114011190